THE OUTSIDER

아웃사이더 1

THE OUTSIDER
by Stephen King

THE OUTSIDER

아웃사이더 1

스티븐 킹 장편소설 | 이은선 옮김

황금가지

STEPHEN KING

랜드 홀스턴과 주디 홀스턴에게 바친다.

사상이라는 것은 사상의 겉모습에 현혹될 만큼 나약한 인간들에게
질서의 허울을 부여해 줄 수 있을 뿐이다.

—콜린 윌슨, 「맹인의 나라」*

* 영국 작가 콜린 윌슨의 대표작 『아웃사이더』의 첫 장(章) 제목.

목차

7월 14일

검거

1

그 위장 차량은 연식이 몇 년 된 별다른 특징 없는 미국 세단에 불과했지만, 블랙월 타이어와 안에 탄 세 남자를 보면 그 차의 정체를 알 수 있었다. 앞자리에 앉은 두 명은 파란 제복을 입었다. 뒷자리에 앉은 한 명은 양복을 입었지만, 덩치가 산만 했다. 인도에 흑인 남자아이 둘이 서 있었다. 한 명은 여기저기 긁힌 주황색 스케이트보드 위에 한 발을 얹고 다른 한 명은 라임색 스케이트보드를 겨드랑이춤에 끼고, 에스텔 바거 휴양 공원의 주차장으로 진입하는 그 차를 지켜보다가 서로를 바라보았다.

한 아이가 말했다.

"짭새다."

다른 아이가 말했다.

"두말하면 잔소리지."

그들은 더 이상 아무 말 없이 스케이트보드를 타고 출발했다. 기본 원칙은 간단했다. 짭새가 뜨면 토낀다. 그들의 부모님은 '흑인들의 생명도 소중하다.'고 가르쳤지만 짭새들이 보기에도 늘 그런 건 아니었다. 야구장에서는 1점 뒤진 상황에서 플린트 시티 골든 드래건스의 9회 말 공격이 시작되자 관중들이 환호성을 지르고 박자에 맞춰서 박수를 치기 시작했다.

두 아이는 뒤돌아보지 않았다.

2

조너선 리츠의 진술서

7월 10일, 9:30PM, 담당자: 랠프 앤더슨 형사

앤더슨 형사 : 혼란스러우신 거 압니다, 리츠 씨. 이해하고요. 하지만 오늘 저녁에 정확히 어떤 광경을 목격하셨는지 말씀해 주셨으면 합니다만.

리츠 : 그 광경을 절대 잊지 못할 겁니다. 절대. 약을 먹어야겠어요. 바륨을. 지금까지 한 번도 그런 걸 먹어 본 적 없지만 지금은 뭘 좀 먹어야겠어요. 아직도 심장이 목젖을 누르는 느낌이에요. 과학수사반이 사건 현장에서 토사물을 발견하거든, 분명히 발견할 텐데, 제 것이라고 얘기해 주세요. 민망하지

않습니다. 그런 광경을 목격한 사람이라면 누구든 저녁을 게울 수밖에 없을 테니까요.

앤더슨 형사 : 신문이 끝나면 병원에서 진정제를 처방받을 수 있을 겁니다. 제가 연결해 드릴게요. 하지만 지금은 맑은 정신 상태를 유지해 주셨으면 해서요. 이해하시죠?

리츠 : 네. 그럼요.

앤더슨 형사 : 어떤 광경을 목격하셨는지 하나도 남김없이 말씀해 주시면 오늘은 그걸로 끝이에요. 그래 주실 수 있겠습니까?

리츠 : 알겠습니다. 오늘 저녁 6시쯤에 데이브를 산책시키려고 데리고 나갔거든요. 데이브는 우리가 기르는 비글이에요. 5시에 저녁을 먹죠. 우리 부부는 5시 30분에 먹고요. 데이브는 6시가 되면 볼일을 치를 태세를 갖춰요. 큰 일과 작은 일 말입니다. 아내 샌디가 설거지를 하는 동안 제가 녀석을 데리고 나가요. 집안일을 공평하게 분담하는 차원에서. 결혼 생활에서, 특히 아이들을 다 키운 이후에는 집안일을 공평하게 분담하는 게 아주 중요하죠. 우리가 생각하기에는 그래요. 제가 횡설수설하고 있죠?

앤더슨 형사 : 괜찮습니다, 리츠 씨. 편하게 말씀하세요.

리츠 : 아, 그냥 존이라고 불러 주세요. 리츠 씨라는 호칭은 질색입니다. 크래커가 된 것 같아서요. 학창시절에 친구들이 저를

그렇게 불렀거든요, 리츠 크래커.

앤더슨 형사 : 그러시군요. 그래서 개를 산책시키고 있었는데…….

리츠 : 맞아요. 그때 데이브가 강렬한 냄새를 맡았어요. 죽음의 냄새였겠죠. 그 바람에 제가 두 손으로 목줄을 당겨야 했어요. 덩치가 조그만 녀석인데도 말이죠. 냄새의 진원지로 달려가고 싶어 했어요. 그…….

앤더슨 형사 : 잠깐만요, 되짚어 보겠습니다. 6시에 멀버리 로 249번지 자택을 나서서…….

리츠 : 그 조금 전이었을 수도 있어요. 데이브와 함께 고급 식료품을 판매하는 길모퉁이의 제럴스 마트까지 언덕을 내려갔고, 바넘 가를 따라 걷다가 피기스(Figgis) 공원으로 들어갔어요. 애들이 프리그* 어스(Frig Us) 공원이라고 부르는 곳 말이에요. 애들은 자기들이 하는 말을 어른들은 못 알아듣거나 한 귀로 듣고 한 귀로 흘리는 줄 알지만 그건 아니죠. 적어도 일부는 그렇지 않다 이겁니다.

앤더슨 형사 : 평소에도 저녁 때 그 길로 다니시나요?

리츠 : 아, 싫증나지 않게 가끔 살짝 바꿀 때도 있지만 집으로 돌아가기 전에 마지막으로 들르는 곳은 거의 항상 공원이에요. 왜냐하면 거기 가면 데이브가 냄새를 맡을 것들이 많거든요.

* 영어로 성교하다는 뜻이다.

주차장이 있긴 하지만 저녁 그 무렵에는 거의 아무도 없어요. 가끔 고등학생들이 거기서 테니스를 칠 때도 있지만 그날 저녁에는 아무도 없었어요. 클레이 코트인데 그날 비가 왔거든요. 거기에 주차된 차량은 흰색 밴 한 대뿐이었어요.

앤더슨 형사 : 영업용 밴이었을까요?

리츠 : 맞아요. 창문 없이 뒤쪽에 슬라이딩 도어만 달렸어요. 작은 회사에서 화물용으로 쓰는 그런 밴이었죠. 이코노라인이었을 수도 있지만 확실하진 않아요.

앤더슨 형사 : 회사 이름이 적혀 있었나요? 예를 들면 '샘스 에어컨'이나 '밥스 커스텀 윈도'. 이런 게 보이던가요?

리츠 : 아뇨. 전혀 아무것도 없었어요. 하지만 지저분했다는 건 말씀드릴 수 있어요. 오랫동안 세차를 하지 않았더라고요. 그리고 비가 와서 타이어에 진흙이 묻어 있었고요. 데이브가 타이어 냄새를 맡았고, 그런 다음 둘이서 나무 사이로 난 자갈길을 걸었어요. 한 400미터쯤 갔을 때 데이브가 짖기 시작하면서 오른쪽 덤불 속으로 달려 들어갔어요. 그때 그 냄새를 맡은 거예요. 하마터면 목줄을 놓칠 뻔했지 뭐예요. 내가 목줄을 당겨도 녀석은 꿈쩍 않고 주저앉아서 앞발로 땅을 파헤치며 계속 짖었어요. 그래서 목줄을 짧게 잡고 녀석을 따라갔죠. 자동식이라 그런 때 아주 좋아요. 데이브는 이제 성견이라 다람쥐나 얼룩다람쥐에는 별로 관심이 없기 때문에 너

구리 냄새를 맡은 게 아닌가 했어요. 반려견들에게 누가 주인인지 교육을 시킬 필요가 있으니 녀석이 원하거나 말거나 이제 그만 끌고 가야겠다고 생각한 찰나, 핏방울을 맨 처음 발견했어요. 제 가슴 높이, 그러니까 지면으로부터 1.5미터쯤 되는 자작나무 잎사귀에 묻어 있더군요. 조금 옆의 또 다른 잎사귀에도 묻어 있었고, 거기서 조금 더 가면 나오는 덤불에는 아예 여기저기 튀었더라고요. 그때까지 빨갛고 축축한 핏자국이. 데이브는 그 덤불에 대고 코를 킁킁거렸지만 계속 걸어가고 싶어 했어요. 그리고 잊어버리기 전에 미리 말씀드리는데, 바로 그때 뒤에서 차에 시동을 거는 소리가 들렸어요. 못 들을 수가 없었던 것이, 머플러가 박살나기라도 한 것처럼 아주 요란했단 말이죠. 부릉부릉, 이렇게요. 무슨 말인지 아시겠어요?

앤더슨 형사　: 네, 알겠습니다.

리츠　: 그 흰색 밴이었다고 장담할 수는 없고, 돌아가서 확인해 보지 않았으니 그 차가 없어졌는지 어쨌는지 모르지만, 아마 그 밴이었을 거예요. 그렇다면 그게 무슨 뜻인지 아시겠어요?

앤더슨 형사　: 무슨 뜻이라고 생각하시는데요?

리츠　: 그자가 나를 지켜보고 있었을지 모른다는 뜻이죠. 살인범이. 나무 사이에 서서 나를 지켜보고 있었을지 모른다는 거예요. 생각만 해도 소름이 끼쳐요. 이제 와 생각해 보면. 그때는 핏자국에 정신이 팔려 있었어요. 그리고 데이브가 하도 목줄을 당기는 바람에 팔이 뽑힐 지경이었거든요. 나는 점점 겁이 났고, 그랬다고 시인한들 전혀 부끄럽지 않아요. 건강 관리는 꾸준히 하고 있지만 내 덩치가 크지도 않고 이제 60대잖아요. 20대에도 싸움에 별로 소질이 없었고요. 그래도 확인해야 했어요. 누가 다쳤을지 모르니까요.

앤더슨 형사 : 아주 존경스럽습니다. 핏자국을 맨 처음 목격하신 게 몇 시쯤이었을까요?

리츠 : 손목시계를 보지는 않았지만 6시 20분쯤 됐을 거예요. 계속 목줄을 바짝 쥐고 데이브가 앞장서는 대로 따라가서, 녀석이 그 짧은 다리로 그냥 통과한 덤불을 나는 헤치고 들어갔죠. 사람들이 비글을 두고 말하길 콧대는 높은데 몸은 바닥에 붙어 다닌다고 하잖아요. 녀석이 얼마나 미친 듯이 짖었는지 몰라요. 잠시 후에 공터가 나왔어요. 그러니까…… 뭐랄까, 연인들끼리 앉아서 주물럭거리기 좋은 한쪽 구석이었다고 할까요. 그 한가운데에 화강암 벤치가 있었는데, 그게 피투성이였어요. 피를 뒤집어쓰다시피 했죠. 아래쪽은 더 심했고요. 시신은 그 옆 풀밭에 누워 있었어요. 가엾은 그 남자아이가. 고개를 내 쪽으로 돌리고 눈을 뜨고 있었는데 목이 아예 사라졌더군요. 시뻘건 구멍 말고는 아무것도 없었어요. 청바지와 팬티가 발목까지 내려졌고 뭔가가 보였는데…… 죽은 나뭇가지 같은 게…… 그 아이의…… 그 아이의…… 아시죠?

앤더슨 형사 : 네, 압니다. 하지만 정식 기록으로 남길 수 있게 말씀해 주셨으면 하는데요.

리츠 : 아이는 엎드리고 있었고 나뭇가지가 아이의 엉덩이에 꽂혀 있었어요. 그것도 피투성이였죠. 나뭇가지 말이에요. 껍질이 일부분 벗겨졌고 거기에 손자국이 남아 있었어요. 내 두 눈으로 똑똑히 봤어요. 데이브는 더 이상 짖지 않고 딱하게도 하울링을 했죠. 도대체 어떤 인간이 그런 짓을 저지르는지 모르겠어요. 분명 정신병자일 거예요. 범인을 잡아 주시겠어요, 앤더슨 형사님?

앤더슨 형사 : 아, 네. 저희가 범인을 잡을 겁니다.

3

에스텔 바거 공원 주차장은 랠프 앤더슨 부부가 토요일 오후마다 장을 보는 크로거스 주차장과 거의 맞먹을 정도로 넓었지만 7월의 이날 저녁에는 빈자리가 하나도 없었다. 수많은 차량의 범퍼에 골든 드래건스 스티커가 붙어 있었고 뒷유리창에 비누로 열광적인 슬로건을 적은 차량도 몇 대 있었다. **승리는 우리의 것. 드래건이 곰을 불태워 주마. 수도에 우리가 왔다. 올해는 우리 차례.** (아직 해가 지려면 제법 남았지만) 조명이 켜진 구장에서 환호성과 리드미컬한 박수 소리가 터져 나왔다.

경력 20년 차인 베테랑 트로이 래미지가 위장 차량의 운전석에 앉아 있었다. 그는 빽빽하게 주차된 차량의 행렬 사이로 한 줄씩 천천히 이동하며 말했다.

"여기 올 때마다 에스텔 바거가 도대체 누군지 궁금해진다니까."

랠프는 아무 대꾸도 하지 않았다. 근육이 팽팽하게 당겨졌다. 피부는 화끈거렸고 심장 박동은 최대 한계치에 다다른 듯했다. 지난 몇 년 동안 수없이 범인을 검거했지만 이번은 달랐다. 이번은 특별히 끔찍했다. 그리고 사적인 감정이 결부돼 있었다. 그게 최악이었다. 사적인 감정이 결부돼 있다는 것이. 랠프는 검거조로 출동하기에 부적절했고 그 자신도 그렇다는 걸 알았지만, 가장 최근에 이루어진 예산 삭감으로 인해 플린트 시티의 경찰 인력에 정규직 형사가 세 명밖에 남지 않았다. 잭 호스킨스는 휴가 중이라 어느 오지에서 낚시를 하고 있었고 사라져 줘서 다행이었다. 벳시 리긴스는 출산 휴가를 떠났어야 하지만 주 경찰이 맡은 오늘 저녁의 또 다른 임무를 도울 예정이었다.

그들이 너무 서두르는 것만은 아니길 바랄 따름이었다. 랠프는 바로 그날 오후에 검거 전 회의를 열었을 때도 플린트 카운티의 빌 새뮤얼스 지방검사에게 똑같은 우려를 표명했다. 새뮤얼스는 서른다섯 살밖에 되지 않았으니 그런 직책을 맡기에는 조금 젊은 편이었지만, 정당을 잘 선택했고 자신감이 넘쳤다. 다행히 독선적이지는 않았지만 누가 봐도 패기만만했다.

"아직 허술한 부분이 몇 군데 있어서 보충을 좀 했으면 좋겠는데요." 랠프가 말했다. "우리가 배후를 전부 파악하지 못했잖아요. 게

다가 알리바이가 있다고 할 거예요. 그냥 포기하지 않는 이상 그럴 거라고 보면 확실해요."

"그자가 알리바이를 주장하더라도 우리가 박살 내면 돼요. 그러면 된다는 걸 형사님도 아시잖아요."

랠프는 그러면 된다고 믿어 의심치 않았고 새뮤얼스가 그런 일에 적임자라는 걸 알았지만 그래도 방아쇠를 당기기 전에 좀 더 수사를 하고 싶었다. 그 개자식의 알리바이에서 구멍을 찾아서 트럭도 지나갈 수 있을 만큼 넓게 벌린 다음 체포하고 싶었다. 대부분의 경우에는 그것이 정석이었을 것이다. 하지만 이 사건은 그렇지가 않았다.

"주안점은 세 가지예요. 들어 보실래요?"

랠프는 고개를 끄덕였다. 좋으나 싫으나 그는 이 남자와 공조해야 했다.

"첫째, 이 마을의 주민들, 특히 어린아이를 둔 부모들이 공포와 분노를 느끼고 있어요. 그들은 다시 안심하고 지낼 수 있게 조속한 검거를 원하죠. 둘째, 증거에 의심의 여지가 없어요. 이렇게 반박이 불가능한 사건은 지금까지 본 적이 없어요. 이 부분은 형사님도 동의하시죠?"

"네."

"좋아요, 그럼 이제 셋째. 이게 중요한 건데요." 새뮤얼스는 몸을 앞으로 숙였다. "그 사람이 전에도 이런 짓을 저지른 적 있는지 그건 잘 모르겠어요. 전과가 있는 경우, 본격적으로 파헤쳐 보면 나오겠죠. 하지만 이제는 전적이 생긴 게 분명하잖아요. 시동이 걸렸죠.

초보 딱지를 뗐어요. 그리고 한번 그러기 시작하면…….”

“다시 그럴 수 있죠.”

랠프가 대신 말문을 맺었다.

“맞아요. 피터슨의 그 사건이 벌어지고 얼마 안 된 시점에서 그럴 가능성이 아주 높지는 않지만 그래도 모르는 일이죠. 다른 건 몰라도 그자가 줄곧 애들을 상대하잖아요. 어린 남자애들을. 그중 한 명이라도 그자의 손에 죽는다면 우리는 직장에서 잘리는 건 둘째 치고 우리 자신을 절대 용서하지 못할 거예요.”

랠프는 좀 더 일찍 예견하지 못했다는 점에서 이미 자기 자신을 용서하지 못하고 있었다. 리틀 리그 시즌이 끝나고 열린 뒷마당 바비큐 파티에서 어떤 남자의 눈빛을 보고 그가 차마 말로 표현할 수 없는 짓을 계획하고 있다는 것을, 쓰다듬고 물을 주며 점점 그 계획이 자라는 모습을 지켜보았다는 것을 간파할 수는 없었으니 얼토당토않은 반응이었지만, 얼토당토않다고 해서 그의 기분이 달라지는 건 아니었다.

이제 랠프는 앞자리에 앉은 두 경찰관 사이로 몸을 기울이며 이렇게 얘기했다.

“저쪽으로. 장애인 구역을 살펴봐.”

그러자 조수석에서 톰 예이츠 경관이 말했다.

“그러면 벌금이 200달러인데요, 반장님.”

“이번 같은 경우에는 예외가 적용되겠지.”

“농담한 거였어요.”

랠프는 농담 따먹기를 할 기분이 아니었기에 아무 대꾸도 하지 않았다.

"장애인 구역이 보인다." 래미지가 말했다. "빈자리가 두 군데 있네요."

그가 그중 한곳에 주차하자 세 사람은 차에서 내렸다. 랠프는 예이츠가 글록 권총을 넣어 둔 벨트를 푸는 걸 보고 고개를 저었다.

"미쳤어? 저 경기 관람객이 1500명은 될 텐데."

"녀석이 도망치면 어떻게 해요?"

"자네가 잡아야지."

랠프는 위장 차량의 보닛에 기대고 서서 플린트 시티 소속 경관 두 명이 경기장과 조명과 발 디딜 틈 없는 관중석을 향해 걸어가는 모습을 지켜보았다. 관중석에서는 박수와 환호성의 음량과 강도가 점점 커지고 있었다. 피터슨 살인범의 조속한 검거는 그와 새뮤얼스의 합작품이었다.(비록 새뮤얼스는 마지못해 거든 수준이었지만.) 경기장에서 검거하는 것은 전적으로 랠프가 내린 결정이었다.

래미지가 뒤를 돌아보았다.

"같이 안 가세요?"

"음. 자네가 체포하고 그의 권리를 또박또박, 우라지게 큰 소리로 읽어 준 다음 여기로 데리고 오도록 해. 갈 때는 톰, 자네가 그와 함께 뒷자리에 타도록. 나는 트로이와 함께 앞에 탈 테니까. 빌 새뮤얼스가 내 연락을 기다리고 있다가 지서로 올 거야. 그들은 최정예 팀이야. 하지만 검거는 100퍼센트 자네들의 몫이지."

"하지만 반장님 사건이잖아요." 예이츠가 말했다. "그런데 왜 반장님이 이 개새끼의 덜미를 잡지 않으세요?"

랠프는 계속 팔짱을 낀 채 말했다.

“나뭇가지로 프랭크 피터슨의 직장을 쑤시고 아이의 목을 딴 인간이 4년 동안 우리 아들을 가르쳤거든. 2년은 피위 리그에서, 2년은 리틀 리그에서. 우리 아들 몸에 손을 대고 방망이 쥐는 법을 가르쳤던 인간이라 내가 자제할 수 있을지 자신이 없어.”

“아하, 과연.”

트로이 래미지가 말했다. 그와 예이츠는 경기장을 향해 발걸음을 옮기기 시작했다.

“그리고 명심해, 자네 둘.”

두 사람이 고개를 돌렸다.

“바로 그 자리에서 수갑을 채워. 그리고 앞으로 채우고.”

“그건 통례에 어긋나는데요, 반장님.” 래미지가 말했다.

“알아. 그리고 상관없어. 그가 수갑을 찬 채 끌려가는 걸 모든 사람이 봐 주었으면 하니까. 알겠나?”

그들이 출발하자 랠프는 허리춤에 찼던 휴대전화를 꺼냈다. 벳시 리긴스가 단축번호로 입력되어 있었다.

“대기 중인가?”

“네. 그의 집 앞에 주차했어요. 저하고 주 경찰관 네 명이서요.”

“수색 영장은?”

“손에 꼭 쥐고 있어요.”

“좋아.” 그가 막 전화를 끊으려고 했을 때 생각난 게 또 하나 있었다. “베스, 예정일이 언제지?”

“어제요. 그러니까 이 개떡 같은 사건을 얼른 해치워야 해요.”

그러고는 그녀 쪽에서 전화를 끊었다.

4

알린 스탠호프 부인의 진술서

7월 12일, 1:00PM, 담당자: 랠프 앤더슨 형사

스탠호프 : 형사님, 시간이 오래 걸릴까요?

앤더슨 형사 : 전혀요. 7월 10일 화요일 오후에 뭘 목격하셨는지 얘기해 주시면 그걸로 끝입니다.

스탠호프 : 알았어요. 제럴스 파인 마트에서 나오던 길이었어요. 화요일에 항상 거기서 장을 보거든요. 제럴스 마트 물건들이 더 비싸긴 하지만 운전을 그만둔 이후로 크로거 마트에는 가지 않아요. 나는 남편이 죽은 다음 해에 면허증을 반납했어요, 내 반사 신경을 더는 믿을 수가 없어서. 사고를 두어 번 냈거든요. 그냥 펜더가 휘는 정도의 사고였지만 그걸로 충분했어요. 제럴스 마트는 내가 단독주택을 팔고 이사한 아파트에서 두 블록밖에 안 되고, 의사가 걸으면 좋다고 했거든요. 심장에 좋다고. 카트에 봉지 세 개를 담아서 나오던 길이었어요. 요즘은 물가가 너무 올라서 세 봉지밖에 살 수가 없어요. 특히 고기, 마지막으로 베이컨을 먹은 게 언제인지 모르겠네.

아무튼 그때 피터슨 집안의 아들을 봤어요.

앤더슨 형사 : 프랭크 피터슨이 확실한가요?

스탠호프 : 아, 그럼요, 프랭크였어요. 딱하기도 하지. 그런 일을 겪다니 너무 안됐지만 이제는 하늘나라로 떠났으니 고통이 끝났겠죠. 그나마 다행이에요. 피터슨 집안에는 아들이 둘이고 둘 다 머리색이 그 흉측한 당근색인데, 큰아이 올리버가 아무리 못해도 다섯 살은 더 많아요. 예전에 걔가 우리 집에 신문 배달을 했었죠. 프랭크는 핸들이 높고 안장이 좁은 자전거를 타고 다녔고……

앤더슨 형사 : 그런 걸 '바나나 안장'이라고 하죠.

스탠호프 : 그건 모르겠지만 밝은 노란빛이 도는 녹색이었고, 참 흉측한 색이죠, 안장에 스티커가 붙어 있었던 건 알아요. '플린트 시티 고등학교'라고 적힌 스티커요. 그런데 그 아이는 고등학교에 다닐 일이 없게 되었네요. 딱하기도 하지.

앤더슨 형사 : 스탠호프 부인, 잠깐 쉬었다가 하시겠어요?

스탠호프 : 아뇨, 마저 끝낼게요. 집에 가서 고양이 밥 줘야 하거든요. 늘 3시에 줬으니 배가 고플 거예요. 그리고 내가 어디 있는지 궁금할 테고. 저기, 휴지 한 장만 주실래요? 내가 지금 엉망일 게 뻔해서. 고마워요.

앤더슨 형사 : 프랭크 피터슨의 자전거 안장에 붙은 스티커를 볼 수 있었던

이유가……?

스탠호프 : 아, 그 아이가 자전거를 타고 있지 않았거든요. 그걸 끌고서 제럴스 마트 주차장을 가로지르고 있었어요. 체인이 끊겨서 바닥에 질질 끌렸어요.

앤더슨 형사 : 어떤 옷을 입고 있는지 보셨나요?

스탠호프 : 로큰롤 밴드가 그려진 티셔츠요. 밴드에 대해 아는 게 없어서 어느 밴드였는지는 몰라요. 중요한 정보라면 미안해요. 그리고 텍사스 레인저스 야구모자를 쓰고 있었어요. 뒤로 젖혀 쓰고 있어서 빨간 머리가 다 보였죠. 당근색 머리는 대개 아주 일찍 대머리가 돼요. 그 아이는 이제 그런 걱정을 할 필요가 없겠네요. 아, 너무 슬퍼요. 아무튼 주차장 저쪽 끝에 먼지를 뒤집어쓴 흰색 밴이 주차되어 있었는데, 어떤 남자가 내려서 프랭크에게 다가갔어요. 그 남자는…….

앤더슨 형사 : 그 부분은 잠깐 건너뛰고 먼저 밴에 대해서 듣고 싶은데요. 창문이 없는 그런 종류였나요?

스탠호프 : 맞아요.

앤더슨 형사 : 그리고 차체에 아무것도 적혀 있지 않았고요? 회사 이름이나 뭐 그런 거요.

스탠호프 : 내가 본 바로는요.

앤더슨 형사 : 좋습니다. 그럼 이제 부인이 본 남자에 대해서 얘기해 보겠

습니다. 아는 사람이었나요, 스탠호프 부인?

스탠호프 : 아, 그럼요. 테리 메이틀랜드였어요. 웨스트사이드에서 T코치를 모르는 사람이 있겠어요? 심지어 고등학교에서도 그렇게 불리잖아요. 거기서 영어를 가르치고요. 남편이 퇴직 전에 같은 학교에서 근무했어요. T코치라고 불리는 이유는 리틀리그를, 리틀 리그 시즌이 끝나면 시티 리그 야구단을 가르치고, 가을에는 미식축구를 좋아하는 꼬맹이들을 가르치기 때문이죠. 그 리그에도 이름이 있는데 지금은 생각이 나지 않네요.

앤더슨 형사 : 화요일 오후에 목격하신 광경으로 다시 돌아가자면…….

스탠호프 : 이제 더 얘기할 것도 별로 없어요. 프랭크가 T코치에게 말을 걸고 끊어진 체인을 가리켰어요. T코치는 고개를 끄덕이고 흰색 밴의 뒤편을 열었는데, 그의 차일 리가 없는 게…….

앤더슨 형사 : 왜 그렇게 생각하십니까, 스탠호프 부인?

스탠호프 : 왜냐하면 번호판이 주황색이었거든요. 내 원거리 시력이 예전 같지 않아서 어느 주 번호판이었는지는 모르겠지만, 오클라호마는 파란색이랑 흰색이잖아요. 아무튼 밴 뒤편에서 공구함처럼 보이는 긴 초록색 물건 말고는 아무것도 못 봤어요. 그거 공구함이었나요, 형사님?

앤더슨 형사 : 그런 다음에는요?

스탠호프 : T코치가 프랭크의 자전거를 뒤편에 싣고 문을 닫았어요. 프

랭크의 등을 쳤고요. 그런 다음 T코치는 운전석 쪽으로, 프랭크는 조수석 쪽으로 갔어요. 둘 다 차를 탔고 밴은 멀버리 로 쪽으로 멀어졌어요. 나는 T코치가 그 아이를 집까지 태워다 주려는 줄 알았어요. 당연히 그럴 수밖에요. 달리 뭐라고 생각할 수 있었겠어요? 테리 메이틀랜드는 웨스트사이드에서 거의 20년 동안 살았고 아내와 두 딸로 이루어진 아주 번듯한 가정이 있었고…… 휴지 한 장 더 주실래요? 고마워요. 이제 거의 끝났나요?

앤더슨 형사 : 네, 정말 도움이 많이 됐습니다. 기록으로 남기기 전에 한 가지 여쭤 볼 게 있는데, 그때가 3시 무렵이었다고 하셨죠?

스탠호프 : 3시 정각이었어요. 카트를 밀고 나왔을 때 시청에서 정각을 알리는 종소리가 들렸거든요. 얼른 집에 가서 고양이 밥을 주고 싶었죠.

앤더슨 형사 : 부인이 보신 그 빨간 머리 남자애는 프랭크 피터슨이었고요.

스탠호프 : 맞아요. 피터슨 가족은 모퉁이 바로 너머에 살아요. 올리가 예전에 우리 집에 신문 배달을 했고요. 오며 가며 항상 보던 애들이에요.

앤더슨 형사 : 그리고 그 남자, 흰색 밴 뒤편에 자전거를 싣고 프랭크 피터슨과 함께 차를 타고 사라진 남자는 테리 코치 아니면 T코치라고도 불리는 테런스 메이틀랜드였고요.

스탠호프 : 맞아요.

앤더슨 형사 : 확실하신 거죠.

스탠호프 : 그럼요.

앤더슨 형사 : 감사합니다, 스탠호프 부인.

스탠호프 : 테리가 그런 짓을 할 거라고 누가 상상이나 했겠어요? 공범이 있다고 보세요?

앤더슨 형사 : 수사해 보면 알 수 있겠죠.

5

모든 시티 리그 토너먼트가 이 카운티를 통틀어 가장 시설이 훌륭하고 조명 덕에 야간 경기를 치를 수 있는 유일한 야구장인 에스텔 바거 구장에서 열리기 때문에, 홈팀을 결정할 때는 동전을 던졌다. 테리 메이틀랜드는 그 옛날 그의 시티 리그 코치에게 물려받은 미신에 따라 늘 그랬던 것처럼 뒷면을 선택했고, 결국 뒷면이 나왔다. "어디에서 경기하느냐는 중요하지 않고 그냥 후공이면 된다." 그는 아이들에게 항상 그렇게 얘기했다.

그리고 오늘 저녁에는 그 후공이 필요했다. 경기는 이제 9회 말이고 베어스 팀이 1점차로 이 리그의 준결승전에서 이기고 있었다.

골든 드래건스는 아웃카운트가 하나밖에 남지 않았지만 만루였다. 포볼, 폭투, 실책 또는 내야안타 하나면 동점이었고 공을 쳐서 야수 사이로 보내면 승리할 수 있었다. 체구가 아담한 트레버 마이클스가 좌타자석에 들어서자 관중들은 박수를 치고 철제 관중석에서 발을 굴렀다. 가장 작은 타자용 헬멧을 썼는데도 시야를 가려서 계속 위로 올려야 했다. 트레버는 초조하게 방망이를 앞뒤로 씰룩거렸다.

테리는 대타를 내보낼까 고민했지만, 트레버는 키가 155센티미터밖에 안 되다 보니 포볼을 많이 얻어 낸다는 이점이 있었다. 그리고 홈런 타자는 아니지만 가끔 공을 제대로 맞힐 줄 알았다. 자주는 아니고 가끔. 테리가 트레버를 빼고 대타를 내보내면 가엾은 아이는 앞으로 중학교 1년 내내 굴욕감을 견뎌야 할 것이다. 반면에 안타를 쳐 내면 평생 뒷마당 바비큐 파티에서 맥주를 앞에 두고 그 순간을 회상할 수 있을 것이다. 테리는 알았다. 옛날 옛적, 아직 알루미늄 방망이를 쓰지 않았던 호랑이 담배 피우던 시절에 그도 똑같은 경험을 한 적이 있었다.

진정한 강속구 투수인 베어스 팀의 마무리 투수가 와인드업을 하고 플레이트의 한복판에서 오른쪽 아래로 공을 던졌다. 트레버는 당황한 얼굴로 가만히 지켜보았다. 주심이 원 스트라이크를 선언했다. 관중들은 앓는 소리를 냈다.

테리의 보조 코치인 개빈 프릭은 (테리가 그러지 말라고 몇 번이고 얘기했건만) 돌돌 만 야구 기록지를 한 손에 쥐고서는, 최소한 XXXL은 되는 배 위로 꼭 끼는 XXL 사이즈 골든 드래건스 티셔츠를 입은 채

선수 대기석에서 아이들 앞을 왔다 갔다 했다.

"트레버를 그냥 내보낸 게 판단 착오는 아니었으면 좋겠네요, 코치님." 땀방울이 개빈의 뺨을 타고 흘러내렸다. "하얗게 질린 것처럼 보이는데, 테니스 라켓을 쥐여 준들 저 아이의 빠른 공을 칠 수 있으려나 모르겠어요."

"두고 보자고. 예감이 좋거든."

사실은 그렇지가 않았다.

베어스의 투수가 와인드업을 하고 또다시 빠른 공을 뿌렸지만 이번에는 홈플레이트 앞의 땅바닥을 맞혔다. 관중들은 3루에 있던 드래건스의 동점 주자 베이버 파텔이 라인을 따라 몇 발짝 잽싸게 움직이는 걸 보고 자리에서 일어났다. 하지만 공이 튀어서 포수의 글러브 안으로 들어가자 앓는 소리를 내며 다시 앉았다. 베어스의 포수가 3루 쪽을 쳐다보는 순간, 테리는 마스크 사이로 그의 표정을 읽을 수 있었다. *어디 뛰어 봐.* 베이버는 뛰지 않았다.

다음 공은 멀찌감치 빠지는 공이었지만 트레버가 냅다 헛스윙을 했다.

"삼진으로 잡아, 프리츠!" 관중석 상단에서 우렁찬 고함이 들렸다. 아이가 그쪽으로 고개를 휙 돌린 걸 보면 이 강속구 투수의 아버지인 게 거의 분명했다. "삼진으로 잡아아아아!"

트레버는 몸 쪽으로 바짝 붙어서 들어온 다음 공에 꿈쩍하지 않았다. 사실 방망이를 휘두르기에는 너무 바짝 붙어서 들어온 공이었지만, 주심이 볼을 선언하자 이번에는 베어스의 팬들이 앓는 소리를 냈다. 누군가가 심판에게 안경 도수를 높여야 하는 거 아니냐고 외쳤다. 또 다른 팬은 맹도견을 운운했다.

이제 투 스트라이크 투 볼이었고 테리는 드래건스의 시즌이 다음 공에 의해 판가름 날 듯한 강렬한 예감을 느꼈다. 팬더스 팀과 이 도시의 챔피언 자리를 놓고 싸워 경기가 텔레비전 중계도 되는 시 대항전에 진출할 것인가, 아니면 집으로 돌아가 늘 그랬듯 메이플랜드의 집 뒷마당에서 열리는 바비큐 파티로 시즌 종료를 선포할 것인가.

테리는 여느 때처럼 홈플레이트 그물망 뒤편의 접이식 의자에 앉아 있는 마시와 딸들을 돌아보았다. 딸들은 예쁘장한 북엔드처럼 아내의 양옆에 앉아 있었다. 세 사람 모두 양쪽의 두 손가락을 십자가 모양으로 포개고 그를 향해 흔들었다. 테리는 그들에게 윙크와 미소를 날리며 양쪽 엄지손가락을 들어 보였지만 여전히 기분이 찜찜했다. 경기 때문만이 아니었다. 찜찜한 기분을 느낀 지는 좀 됐다. 어째 이상했다.

마주 보며 미소를 짓던 마시가 영문을 모르겠다는 듯이 미간을 찌푸렸다. 그녀는 왼쪽을 쳐다보며 엄지손가락으로 그쪽을 가리켰다. 테리가 고개를 돌려 보니 시 경찰관 두 명이 발을 맞추어 가며 3루 베이스라인을 따라 걸어와, 그쪽에서 코치를 보고 있는 배리 훌리헌을 지나쳤다.

"*타임, 타임!*"

주심이 우렁차게 외치며 이제 막 와인드업에 들어간 베이스 투수를 막았다. 타석에서 벗어나는 트레버 마이클스는 테리가 보기에 안도의 표정을 짓고 있는 듯했다. 관중들은 두 경찰관을 쳐다보며 잠잠해졌다. 한 경찰관은 등 뒤로 손을 뻗고 있었다. 다른 경찰관은 권총집에 넣은 권총 개머리판에 손을 얹은 상태였다.

"*구장에서 나가요!*" 주심이 소리를 질렀다. "*구장에서 나가요!*"

트로이 래미지와 톰 예이츠는 그 말을 무시했다. 그들은 기다란 벤치와 장비를 넣은 바구니 세 개, 지저분한 연습용 야구공을 담은 양동이 한 개로 이루어진 임시 시설에 불과한 드래건스 선수 대기석으로 들어가서, 곧장 테리가 서 있는 곳으로 향했다. 래미지가 허리 뒤춤에서 수갑을 꺼냈다. 관중들은 그를 쳐다보며 당혹과 흥분이 2대1의 비율로 섞인 속삭임을 내뱉었다. 오오오오오.

"이봐요!" 개빈이 외치며 달려왔다.(그러다 하마터면 리치 갤런트가 내동댕이쳐 놓은 1루수 글러브에 발이 걸려서 넘어질 뻔했다.) "우리 경기 마쳐야 한다고요!"

예이츠가 고개를 저으며 그를 밀쳤다. 관중석은 이제 고요했다. 잔뜩 긴장하고서 수비 자세를 취하고 있던 베이스 선수들은 글러브를 내리고 멀뚱멀뚱 구경했다. 포수가 투수에게로 터벅터벅 다가가더니 둘이 마운드와 홈플레이트의 중간에 같이 섰다.

테리는 수갑을 들고 있는 경관과 조금 아는 사이였다. 그들 형제가 가을에 가끔 유소년 미식축구 경기를 보러 온 적이 있었다.

"트로이? 왜 이래요? 무슨 일이에요?"

래미지가 보기에 이 남자는 진짜로 영문을 몰라 하는 표정을 짓고 있었지만, 그는 1990년대부터 경찰로 근무했기에 진짜 악질들이 '누구, 나요?' 하는 표정을 얼마나 완벽하게 짓는지 알았다. 그리고 이 남자는 누구 못지않게 악질이었다. 그는 앤더슨의 지침을 기억하고 있었기에(그리고 지침을 따를 용의가 살짝 있었기에), 다음 날 신문에 보도된 바에 따르면 1588명이었다는 전체 관중이 들을 수 있도록 언성을 높였다.

"테런스 메이틀랜드, 당신을 프랭크 피터슨 살인범으로 체포한다."

또다시 오오오오오 하는 소리가 관중석에서 들렸는데, 이번에는 좀 전보다 커서 거세어진 바람 소리 같았다.

테리는 래미지를 보고 미간을 찌푸렸다. 단순한 영어로 이루어진 간단한 선언이었기에 뭐라는지 알아들었고, 그도 프랭크 피터슨이 누구이며 그 아이에게 무슨 일이 벌어졌는지 알았지만, 이 말이 무슨 뜻인지 도무지 알 수가 없었다. 그가 할 수 있는 말이라고는 "뭐라고요? 지금 장난해요?"밖에 없었는데, 바로 그때 《플린트 시티 콜》의 스포츠 담당 사진기자가 그의 사진을 찍었고, 이 사진이 다음 날 1면에 실렸다. 골든 드래건스 야구모자 주변으로 머리가 삐친 가운데 입을 벌리고 눈을 휘둥그레 뜬 사진이었다.

"방금 뭐라고요?"

"손을 내밀어 주시기 바랍니다."

테리는 철조망 뒤편의 의자에 앉아 있는 마시와 딸들을 돌아보았다. 그들은 똑같이 놀라서 얼어붙은 표정으로 그를 쳐다보고 있었다. 경악은 나중에 찾아올 것이었다. 3루 베이스를 벗어난 베이버 파텔이 타자용 헬멧을 벗고 땀으로 떡이 진 까만 머리를 드러내며 선수 대기석 쪽으로 걸어오는데, 이제 보니 울고 있었다.

"다시 돌아가!" 개빈이 그에게 외쳤다. "경기 아직 안 끝났어."

하지만 베이버는 파울 구역에 서서 테리를 쳐다보며 목 놓아 울었다. 테리는 그 아이를 멍하니 바라보며 이 모든 게 꿈인 게 분명하다는(거의 분명하다는) 생각을 했지만, 톰 예이츠가 그를 잡고 팔을 앞으로 세게 당기는 바람에 휘청거렸다. 래미지가 그에게 수갑을 채웠다. 플라스틱이 아니라 큼지막하고 묵직한 진짜였고 늦은 오후 햇살을 받고 반짝였다. 좀 전처럼 우렁찬 목소리로 래미지가 선언했다.

"당신은 묵비권을 행사하고 답변을 거부할 권리가 있지만 발언을 할 경우 법정에서 불리한 증거로 쓰일 수 있습니다. 현재는 물론이고 향후에 신문을 받을 때 변호사를 선임할 권리가 있습니다. 아시겠습니까?"

"트로이?" 테리는 거의 들리지 않는 목소리로 말했다. 주먹으로 맞아서 숨을 못 쉬게 된 느낌이었다. "이게 도대체 무슨 일이에요?"

래미지는 들은 척도 하지 않았다.

"아시겠습니까?"

마시가 철조망 앞으로 다가와 구멍에 손가락을 끼우고 흔들었다. 그녀의 뒤에서 세라와 그레이스가 울고 있었다. 그레이스는 세라의 접이식 의자 옆에 무릎을 꿇고 있었다. 그레이스가 앉았던 의자는 뒤집혀서 흙바닥에 나뒹굴었다.

"지금 뭐하는 거예요?" 마시가 외쳤다. "지금 도대체 뭐하는 거예요? 여기서 이러는 이유가 뭐예요?"

"아시겠습니까?"

테리가 알겠는 거라고는 그의 손에 수갑이 채워졌고, 아내와 두 딸을 비롯해 거의 1600명에 육박하는 사람들 앞에서 낭독되는 그의 권리를 듣고 있다는 사실뿐이었다. 꿈이 아니었고, 단순한 검거도 아니었다. 그도 알 수 없는 이유에서 자행된 공개적인 망신 주기였다. 최대한 빨리 해치우고 오해를 바로잡는 게 최선이었다. 하지만 테리는 충격적이고 어리둥절한 상황이었음에도 그의 일상이 정상으로 되돌아가려면 한참이 걸리겠다는 걸 알아차렸다.

"알겠습니다." 테리는 그렇게 얘기하고 다시 말했다. "프릭 코치, 제자리로 돌아가."

주먹을 쥐고 시뻘게진 얼굴로 경찰들을 향해 다가오고 있었던 개빈이 팔을 내리고 뒤로 물러났다. 그는 철조망 너머로 마시를 쳐다보며 거대한 어깨를 들고 통통한 두 손을 벌렸다.

트로이 래미지는 뉴잉글랜드의 마을 광장에서 한주간의 중요한 소식을 알렸던 포고꾼이라도 되는 양, 좀 전처럼 우렁찬 목소리로 말을 이었다. 위장 경찰차에 기대고 서 있었던 랠프 앤더슨의 귀에까지 들렸다. 트로이는 잘하고 있었다. 이건 추태였고 랠프는 이 일로 문책을 당할 수도 있었지만, 그래도 프랭크 피터슨의 부모에게 문책을 당할 일은 없었다. 그들에게 그럴 일은 없었다.

"변호사를 선임할 여력이 되지 않는다면 원하는 경우 신문 전에 국선 변호사를 소개받을 수 있습니다. 아시겠습니까?"

"네. 그리고 아는 게 또 있는데요." 테리는 관중석을 향해 고개를 돌렸다. "*제가 체포되는 이유를 전혀 모르겠어요! 경기가 끝날 때까지 개빈 프릭이 코치를 맡을 겁니다!*" 그러고는 뒤늦게 생각났다는 듯이 덧붙였다. "베이버, 3루로 돌아가라. 파울선 바깥으로 달리는 거 잊지 말고."

박수 소리가 들렸지만 겉치레 수준이었다. 관중석에서 또 누군가가 고래고래 소리를 질렀다.

"*무슨 짓을 저질렀다고요?*"

그러자 관중들이 대답 삼아 두 단어를 중얼거렸고, 그 단어는 이내 웨스트사이드와 도시 전역으로 퍼졌다. 바로 프랭크 피터슨의 이름이었다.

예이츠가 테리의 팔을 잡고 매점과 그 너머의 주차장으로 떠밀기 시작했다.

"대중 연설은 나중에 하시죠, 메이틀랜드 씨. 지금은 구치소로 이동합니다. 그런데 그거 알아요? 이 주(州)에는 주사기가 있고 우리는 그걸 쓴다는 거. 하지만 당신은 교사죠? 그러니까 알고 있었을지 모르겠네."

그들이 임시로 만든 선수 대기석에서 스무 발짝도 가지 못했을 때, 마시 메이틀랜드가 따라와 톰 예이츠의 팔을 잡았다.

"도대체 이게 무슨 짓이에요?"

예이츠는 마시를 떨쳐 냈다. 그녀가 남편의 팔을 잡으려고 하자, 트로이 래미지는 조심스럽지만 단호하게 옆으로 밀쳤다. 마시는 그 자리에 잠깐 서 있다가 검거 경찰관들을 맞이하러 다가오는 랠프 앤더슨을 보았다. 그녀는 데릭 앤더슨이 테리가 이끄는 제럴스 파인 마트 라이온스 소속 선수로 활약했던 리틀 리그 시절부터 그와 알고 지낸 사이였다. 당연히 랠프는 모든 경기를 참관하지 못했지만 최대한 시간을 냈다. 그 당시에는 제복 경관이었다. 그가 형사로 승진하자 테리가 축하 이메일을 보낸 적도 있었다. 마시는 행운의 신발이라고 주장하며 테리의 경기가 있을 때마다 신고 다니는 낡은 테니스 운동화로 잔디밭을 잽싸게 지나 그에게로 달려갔다.

"랠프! 이게 무슨 일이에요? 지금 실수하시는 거예요!"

"이런 말 하기 뭐하지만 실수 아니에요."

랠프는 마시를 좋아했기 때문에 이런 말을 하기가 영 내키지 않았다. 그런가 하면 그는 테리도 좋아했다. 이 남자는 데릭에게 일말의 자신감을 심어 준 전력이 있었다. 덕분에 아이의 인생이 엄청나게 달라진 것은 아니지만, 열한 살짜리에게는 일말의 자신감이 얼마나 큰일인가. 하지만 고려해야 할 또 다른 측면이 있었다. 의식적인 수준에서는 아닐지 몰라도 마시가 남편의 정체를 알고 있었을 가능성이 있었다. 메이틀랜드 부부는 오랜 역사를 자랑하는 커플이었고 피터슨 살인과 같은 끔찍한 사건이 뜬금없이 발생할 리 없었다. 행동으로 옮기기 전에 준비 기간이 있기 마련이었다.

"집에 가요, 마시. 지금 당장. 딸들은 친구네 집에 보내는 게 좋을 수도 있어요. 경찰이 당신을 기다리고 있을 테니까."

그녀는 무슨 소리인지 이해하지 못하는 눈빛으로 랠프를 쳐다볼 따름이었다.

그들 뒤편에서 알루미늄 방망이가 공을 제대로 맞히는 소리가 들렸지만 환호성은 거의 들리지 않았다. 사람들은 아직 충격에서 헤어 나오지 못했다. 눈앞에서 펼쳐지는 경기보다 방금 전에 목격한 광경에 더 관심이 쏠려 있었기 때문이었다. 어떻게 보면 안타까운 일이었다. 트레버 마이클스가 그 어느 때보다 세게, T코치가 느린 연습 공을 던졌을 때보다 더 세게 공을 때렸던 것이다. 안타깝게도 공은 베어스의 유격수에게 직선타로 날아갔고 그는 점프할 필요도 없이 공을 잡았다.

경기가 끝났다.

6

준 모리스의 진술서

7월 12일 5:45PM, 담당자: 랠프 앤더슨 형사, 프랜신 모리스 부인 배석

앤더슨 형사 : 따님을 경찰서까지 데리고 와주셔서 감사합니다, 모리스 부인. 준, 그 탄산음료 어때?

준 모리스 : 맛있어요. 저한테 무슨 문제 생겼어요?

앤더슨 형사 : 전혀 아니야. 이틀 전날 저녁에 네가 본 장면에 대해서 몇 가지 묻고 싶어서 그러는 거야.

준 모리스 : 제가 테리 코치님 본 날 말인가요?

앤더슨 형사 : 맞아, 테리 코치님 본 날.

프랜신 모리스 : 우리는 준이 아홉 살이 됐을 때부터 혼자 걸어가서 친구 헬렌을 만나게 했어요. 해가 지기 전까지는요. '헬리콥터 부모'가 되고 싶지 않았거든요. 앞으로는 절대 그럴 일 없을 거

예요, 믿으셔도 돼요.

앤더슨 형사 : 코치님을 본 게 저녁을 먹은 다음이었지, 준? 맞지?

준 모리스 : 네. 우리는 미트로프 먹었어요. 어제 저녁은 생선이었고요. 저는 생선 싫어하지만 산다는 게 그런 거잖아요.

프랜신 모리스 : 이 아이가 길을 건너거나 그럴 필요는 없어요. 우리는 괜찮을 줄 알았어요, 워낙 번듯한 동네에 살고 있으니까. 적어도 제가 생각하기에는 그랬어요.

앤더슨 형사 : 아이들에게 언제부터 책임감을 부여하면 좋을지 판단하기가 쉽지 않죠. 자, 준…… 그 길을 걷다가 피기스 공원 주차장을 곧장 지나치게 됐을 텐데, 맞지?

준 모리스 : 네. 나하고 헬렌은…….

프랜신 모리스 : 헬렌하고 저는…….

준 모리스 : 헬렌하고 저는 남아메리카 지도를 완성할 생각이었어요. 우리 데이 캠프 숙제였거든요. 나라마다 다른 색깔을 써서 거의 다 완성했는데 파라과이를 깜빡하는 바람에 처음부터 다시 시작해야 했어요. 역시 산다는 게 그런 거잖아요. 그런 다음 헬렌의 아이패드로 앵그리 버드랑 코기 홉 게임을 하면서 아빠가 데리러 올 때까지 기다릴 생각이었어요. 그때쯤이면 어두워지기 시작할 수 있었으니까요.

앤더슨 형사 : 이때가 몇 시쯤이었을까요, 어머니?

프랜신 모리스 : 주니가 집을 나섰을 때 지역 뉴스가 방송되고 있었어요. 남편이 그걸 보는 동안 저는 설거지를 했죠. 그러니까 6시에서 6시 30분 사이였어요. 아마 6시 15분이었을 거예요, 일기예보가 나왔던 것 같으니까.

앤더슨 형사 : 주차장을 지나가는데 뭐가 보였는지 얘기해 주겠니, 준?

준 모리스 : 테리 코치님이라고 말씀드렸잖아요. 코치님은 우리 동네에 살고, 예전에 우리 개가 길을 잃어버렸을 때 그분이 데려다 준 적이 있어요. 저는 가끔 그레이스 메이틀랜드랑 놀기도 하지만 자주는 아니에요. 그레이스는 나보다 한 살 많고 남자를 좋아하거든요. 코치님이 피투성이였어요. 코 때문에.

앤더슨 형사 : 아하. 네가 봤을 때 그분이 뭘 하고 있었니?

준 모리스 : 숲속에서 나오는 길이었어요. 제가 쳐다보는 걸 보고는 손을 흔들었어요. 저도 마주 손을 흔들고 말했어요. "안녕하세요, 테리 코치님. 왜 그러세요?" 그러니까 코치님은 나뭇가지에 얼굴을 맞았다고 하더라고요. "무서울 것 없어, 그냥 코피가 난 거니까. 나는 코피가 자주 나." 그 말을 듣고 제가 그랬어요. "무섭지는 않은데 그 셔츠는 앞으로 못 입겠네요. 우리 엄마가 핏물은 지워지지 않는다고 하셨거든요." 코치님은 웃으면서 말했어요. "셔츠가 많아서 다행이로구나." 하지만 코치님의 바지에도 묻었더라고요. 손에도.

프랜신 모리스 : 이 아이가 그 정도로 가까이 있었구나. 그 생각을 멈출 수가

없어요.

준 모리스 : 왜요, 코치님이 코피가 나서요? 롤프 제이컵스도 작년에 운동장에서 넘어져서 코피가 났지만 저는 무섭지 않았어요. 제 손수건을 주려고 했는데 그리서 선생님이 먼저 양호실로 데려갔어요.

앤더슨 형사 : 어느 정도로 가까이 있었는데?

준 모리스 : 잉, 모르겠는데. 코치님은 주차장에 있고 저는 인도에 있었거든요. 그게 어느 정도 거리예요?

앤더슨 형사 : 나도 잘 모르겠지만 알아볼게. 그 탄산음료 맛 괜찮니?

준 모리스 : 아까 물어보셨잖아요.

앤더슨 형사 : 아, 맞다. 그랬지.

준 모리스 : 나이가 들면 깜빡깜빡한다고, 할아버지가 그러셨어요.

프랜신 모리스 : 준, 그런 말하면 못써.

앤더슨 형사 : 괜찮습니다. 할아버님이 현명한 분인 것 같구나, 준. 그러고 나서 어떻게 됐니?

준 모리스 : 아무 일도 없었어요. 테리 코치님은 밴을 타고 갔어요.

앤더슨 형사 : 밴이 무슨 색이었어?

준 모리스 : 음, 깨끗했다면 흰색이었을 텐데 엄청 더러웠어요. 그리고

소리도 요란하고 파란 연기를 막 뿜었어요. 피유 하면서.

앤더슨 형사 : 옆면에 뭐라고 쓰여 있었니? 회사 이름 같은 거?

준 모리스 : 아뇨. 그냥 흰색 밴이었어요.

앤더슨 형사 : 번호판은 봤고?

준 모리스 : 아뇨.

앤더슨 형사 : 밴이 어디 쪽으로 갔어?

준 모리스 : 바님 가로요.

앤더슨 형사 : 그리고 네가 코피를 흘렸다고 얘기한 그 남자가 테리 메이틀랜드였던 게 확실하고?

준 모리스 : 그럼요. 테리 코치님, T코치님. 왔다 갔다 하면서 계속 만나는 분인걸요. 코치님 괜찮으세요? 무슨 나쁜 짓을 저질렀어요? 엄마는 신문이나 뉴스를 보지 못하게 하지만 공원에서 뭔가 안 좋은 일이 벌어진 게 분명하거든요. 학기 중이었다면 다들 떠들어 대서 알았을 텐데. 테리 코치님이 악당이랑 싸웠어요? 그래서 코피를…….

프랜신 모리스 : 거의 끝났나요, 형사님? 정보가 필요하시다는 건 알지만 오늘 밤에 이 아이를 재워야 하는 사람은 저라는 걸 기억해 주세요.

준 모리스 : 저 혼자 자잖아요!

앤더슨 형사 : 네, 거의 끝났습니다. 그런데 준, 마지막으로 너랑 게임을 하나 하고 싶은데. 게임 좋아하니?

준 모리스 : 아마도요, 재미있는 게임이라면요.

앤더슨 형사 : 여섯 사람의 사진을 테이블 위에 펼쳐 놓을 거거든…… 이렇게…… 다들 테리 코치랑 조금 닮았어. 이 중에서…….

준 모리스 : 저분요. 4번. 4번이 테리 코치님이에요.

7

트로이 래미지가 위장 경찰차의 뒷문을 열었다. 테리가 어깨 너머로 돌아보니 마시가 고뇌 어린 당혹감이 어떤 건지 완벽하게 보여 주는 표정으로 그들 뒤편의 주차장 끝에 서 있었다. 그녀 뒤에서 등장한 《플린트 시티 콜》 사진기자가 잔디밭을 달리며 계속 셔터를 눌렀다. *그래 봐야 쓸 만한 사진은 못 건질 거다.* 테리는 그런 생각을 하며 일말의 만족감을 느꼈다. 그는 마시에게 외쳤다.

"하위 골드한테 연락해! 내가 체포됐다고 전해! 전화해서……."

그러자 예이츠가 테리의 정수리에 손을 얹고 눌러서 안으로 밀었다.

"들어가세요, 들어가. 내가 안전벨트 매 줄 테니까 그동안 손을 무릎 위에 얹어 놓고 있어요."

테리는 안으로 들어갔다. 손을 무릎 위에 얹었다. 앞 유리창 너머로 야구장의 큼지막한 전광판이 보였다. 2년 전에 그의 아내가 기금 마련 캠페인을 주도해 설립한 전광판이었다. 이제 그녀가 그 앞에 서서 그가 절대 잊지 못할 표정을 짓고 있었다. 화염에 휩싸인 자신의 마을을 바라보는 제3세계 여자 같은 표정을 짓고 있었다.

잠시 후 래미지가 운전석에, 랠프 앤더슨이 조수석에 앉았고, 위장 경찰차는 랠프가 문을 닫기도 전에 끼이익 소리를 내며 후진으로 장애인 구역을 빠져나왔다. 래미지는 손바닥의 두툼한 부분으로 핸들을 돌려서 우회전을 하고 틴슬리 로로 향했다. 그들은 사이렌을 울리지 않고 달렸지만 계기판에 달린 파란 경광등이 흔들리고 번쩍이기 시작했다. 테리는 차 안에서 멕시코 음식 냄새가 난다는 걸 알아차렸다. 일상이, 삶이 있는 줄도 몰랐던 나락으로 느닷없이 떨어지는 추락하는 순간에 이런 것들이 의식에 들어오다니 얼마나 희한한 일인가. 그는 앞으로 몸을 기울였다.

"랠프, 내 말 좀 들어 봐요."

랠프는 앞을 똑바로 바라보고 있었다. 두 손은 단단히 깍지를 꼈다.

"하고 싶은 얘기 있으면 서에 가서 실컷 해요."

"젠장, 얘기하게 내버려 두세요. 시간도 아낄 겸."

"입 다물어, 트로이."

랠프는 그렇게 얘기하고, 앞으로 펼쳐지는 도로만 계속 바라보았다. 그의 뒷덜미에서 숫자 11처럼 불룩 튀어나온 힘줄 두 개가 테리의 눈에 들어왔다.

"랠프, 뭣 때문에 나를 의심하는지, 어째서 마을 사람들 절반이 모인 자리에서 나를 체포했는지 모르겠지만 완전히 헛다리 짚은 거예요."

"다들 그렇게 얘기해요." 톰 에이츠가 그의 옆에서 그냥 시간 때우기 식으로 말했다. "그 손 무릎 위에서 옮기지 마요, 메이틀랜드 씨. 코도 긁지 마요."

테리는 머릿속이 많이는 아니더라도 조금씩 맑아지고 있었기에 에이츠 경관(이름표가 제복 셔츠에 달려 있었다.)이 시키는 대로 했다. 에이츠는 수갑을 찼는지 여부에 상관없이 수감자를 한 대 칠 핑계만 호시탐탐 노리는 성격인 듯했다.

누군가가 이 차 안에서 엔칠라다를 먹었다고 테리는 장담할 수 있었다. 세뇨르 조에서 산 것일 수도 있었다. 항상 식사 시간마다 깔깔대며 웃고(아, 얼마나 잘 웃는지 몰랐다.) 집으로 가는 길에 방귀를 뀌었다고 서로를 비난하는 그의 딸들이 좋아하는 음식점이었다.

"내 말 좀 들어 봐요, 랠프. 제발요."

그러자 랠프가 한숨을 쉬었다.

"알았어요, 듣고 있어요."

"우리 모두 듣고 있어요." 래미지가 말했다. "귀를 쫑긋 세우고요. 귀를 쫑긋 세우고."

"프랭크 피터슨은 화요일에 죽었잖아요. 화요일 오후에. 신문에서도, 뉴스에서도 그랬어요. 나는 화요일, 화요일 저녁 그리고 수요일 거의 내내 캡 시티에 있었어요. 수요일 밤 9시인가 9시 30분이 되어서야 돌아왔다고요. 개빈 프릭, 배리 훌리헌 그리고 베이버의 아버지인 루키시 파텔이 그 이틀 동안 애들 훈련을 맡았어요."

잠깐 동안 차 안에 정적이 흘렀고 꺼 놓은 라디오조차 이 정적을 흐트러뜨리지 못했다. 테리는 이 절호의 순간에 랠프가 이제 운전석에 앉은 덩치 큰 경찰에게 차를 세우라고 얘기할 거라고 굳게 믿었다. 당황해서 휘둥그레진 눈으로 테리를 돌아보며 '맙소사, 우리가 정말 바보 같은 실수를 했네요.'라고 얘기할 거라고 굳게 믿었다.

하지만 랠프가 고개를 돌리지도 않은 채 한 말은 이거였다.

"아. 그 유명한 알리바이가 등장하는군요."

"네? 그게 무슨 소린지……."

"당신은 머리가 잘 돌아가죠, 테리. 리틀 리그에서 데릭을 가르치는 코치로 당신을 처음 만난 순간부터 그렇다는 걸 알고 있었어요. 나는 당신이 자백해 주길 바라긴 했지만 사실 기대하지는 않았고, 바로 자백하지 않을 경우에는 알리바이를 제시할 거라고 확신했어요." 그가 마침내 고개를 돌렸지만 테리를 마주한 것은 전혀 낯선 사람의 얼굴이었다. "그리고 우리가 그걸 박살 낼 수 있을 거라고도 마찬가지로 확신했고요. 이번 건은 우리가 제대로 당신의 덜미를 잡았거든요. 그럼요."

"캡 시티에서는 뭘 하셨나요, 코치님?"

예이츠가 물었다. 테리에게 코도 긁지 말라고 했던 사람이 갑자기 관심을 보이며 친근하게 접근했다. 테리는 그가 거기에서 뭘 했는지 하마터면 얘기할 뻔했지만 하지 않기로 했다. 이성이 반사작용을 대체하기 시작했고, 그는 엔칠라다 냄새가 점점 희미해져 가는 이 차가 적지임을 깨달았다. 하위 골드가 경찰서에 도착할 때까지 입을 다물어야 할 시점이었다. 둘이서 이 사태를 해결할 수 있을 것이다. 오래 걸리지 않을 것이다.

그는 또 다른 사실을 깨달았다. 어쩌면 평생을 통틀어 이보다 심했던 적이 없을 만큼 화가 났다. 그는 메인 가로 접어들어 플린트 시티 경찰서로 향하는 동안 다짐을 했다. 가을이면, 어쩌면 그보다 더 빨리, 한때 그가 친구라고 생각했던 앞좌석의 남자는 다른 직장을 찾아야 할 것이다. 어쩌면 털사나 애머릴로의 은행에 경비로 취직해야 할지도 몰랐다.

8

칼턴 스카우크로프트 씨의 진술서

7월 12일 9:30PM, 담당자: 랠프 앤더슨 형사

스카우크로프트: 오래 걸릴까요, 형사님? 제가 평소에 일찍 자거든요. 철도 정비사로 일하는데, 7시까지 출근하지 못하면 찍혀요.

앤더슨 형사 : 최대한 빨리 끝낼게요, 스카우크로프트 씨. 하지만 워낙 심각한 사안이라서요.

스카우크로프트: 알아요. 그리고 저도 힘닿는 데까지 도울게요. 그냥, 제가 드릴 말씀도 별로 없고 집에 가고 싶어서요. 하지만 잠을 얼마나 푹 잘 수 있을지 모르겠네요. 열일곱 살 때 알코올 파티

에 갔던 이후로 이 경찰서는 처음이라서요. 그때는 찰리 보턴이 서장님이었는데. 아버지들이 와서 빼내 주셨지만 저는 여름 내내 외출 금지였죠.

앤더슨 형사 : 아무튼 출두해 주셔서 감사합니다. 7월 10일 저녁 7시에 어디에 있었나요?

스카우크로프트: 들어오면서 데스크 여직원한테도 얘기했던 것처럼 쇼티스 펍에 있었고 그 흰색 밴과 웨스트사이드에서 야구랑 미식축구를 가르치는 남자를 봤어요. 이름은 기억나지 않지만 올해 그 사람 팀이 시티 리그에서 좋은 성적을 내고 있기 때문에 신문에 사진이 실린 걸 봤어요. 신문에서는 결승전까지 갈 수 있을지 모른다던데. 이름이 모어랜드인가요? 온몸이 피투성이더라고요.

앤더슨 형사 : 어쩌다 그를 보게 되었죠?

스카우크로프트: 그게, 저는 집에서 기다리는 마누라도 없고 요리도 잘 못해서 퇴근길에 정해진 스케줄이 있거든요. 월요일이랑 수요일에는 플린트 시티 다이너 식당에 가요. 금요일에는 보낸자 스테이크하우스에 가고요. 그리고 화요일이랑 목요일에는 대개 쇼티스 펍에 가서 립이랑 맥주를 먹어요. 그 화요일에 펍에 도착한 시각이, 음, 6시 15분쯤이었을 거예요. 그 시각이면 아이가 죽고 한참 지난 뒤였죠?

앤더슨 형사 : 하지만 7시쯤에 뒷문으로 다시 나왔죠? 쇼티스 펍 뒷문으로

말이에요.

스카우크로프트: 네, 라일리 프랭클린하고 같이요. 그 친구하고 거기서 만나서 저녁을 같이 먹었어요. 뒷문 앞은 담배 피우는 곳이에요. 화장실 사이 통로를 지나서 뒷문으로 나가면 거기에 재떨이용 양동이랑 뭐랑 다 있어요. 그래서 같이 저녁을 먹었죠. 저는 립을, 그 친구는 마카로니 앤드 치즈를 먹었어요. 디저트를 주문한 다음, 음식이 나오기 전에 뒤로 나가서 담배를 한 대씩 피웠어요. 거기 서서 말 같지 않은 소리들을 지껄이고 있었는데 지저분한 흰색 밴이 오더라고요. 뉴욕 번호판을 달고 있었던 게 기억나요. 차종이 확실하진 않지만 소형 스바루 왜건 옆에 주차하고, 그 남자가 밴에서 내렸어요. 이름이 모어랜드인지 뭔지 잘 모르겠는 남자가.

앤더슨 형사 : 어떤 옷을 입고 있던가요?

스카우크로프트: 음, 바지는 잘 모르겠어요. 라일리는 기억할지 모르겠고 치노팬츠일 수도 있지만 셔츠는 흰색이었어요. 앞에 피가 제법 많이 묻어 있어서 기억해요. 바지에는 많지 않고 몇 방울 튄 게 전부였고요. 얼굴에도 피가 묻어 있었어요. 코 아래, 입 주변, 턱에요. 어휴, 피를 뒤집어썼더라고요. 저는 맥주를 한 잔밖에 안 마셨지만 라일리는 제가 도착하기 전에 두세 잔 마셨나 보던데, 그 친구가 이렇게 물었죠. "상대방은 몰골이 어때요, T코치님?"

앤더슨 형사　: 그를 'T코치'라고 불렀단 말씀이죠?

스카우크로프트: 네. 그랬더니 그 코치가 웃으면서 말했어요. "상대방은 없어요. 콧속에서 뭔가 올드 페이스풀*처럼 터졌을 뿐이지. 이 근처에 응급 병원이 있을까요?"

앤더슨 형사　: 그걸 메드나우나 퀵케어처럼 당일 진료를 받을 수 있는 병원을 묻는 걸로 해석했단 말이죠?

스카우크로프트: 그런 뜻에서 물은 거 맞았어요. 왜냐하면 안쪽을 지져야겠는지 궁금하다고 그랬거든요. 아프겠죠? 예전에도 한 번 그런 적이 있었대요. 제가 버필드 쪽으로 1.5킬로미터쯤 가다가 두 번째 신호등에서 좌회전하면 간판이 보일 거라고 했어요. 코니 포드 옆에 달린 그 게시판 아시죠? 거기 보면 대기 시간이 얼마이고 기타 등등 모든 게 적혀 있잖아요. 그러자 그 사람이 술집 뒤편의 조그만 주차장에 차를 두고 가도 되느냐고 묻더라고요. 손님용이 아니라 직원용인데, 건물 뒤편의 푯말에 그렇게 적혀 있었어요. 그래서 제가 말했죠. "제 가게는 아니지만 너무 오래 두지 않으면 괜찮을 거예요." 그랬더니 글쎄, 저희 둘 다 요즘 같은 시대에 그러겠다니 희한하다는 생각이 들었는데, 누가 차를 움직여야 할 경우에 대비해서 컵홀더에 열쇠를 두고 가겠다고 하는 거예요. 라일리가 말했어요. "그러면 도난당하기 딱 좋은데요, T코치님." 하지만 금

* 옐로스톤 국립공원의 유명한 간헐천.

방 다녀올 거라고, 누가 차를 옮기고 싶어 할지 모른다고 다시 한 번 강조하더군요. 저는 어떻게 생각하는지 아세요? 누가, 어쩌면 심지어 저나 라일리가 그 차를 훔쳐가길 그 사람이 바랐다고 생각해요. 그럴 수도 있지 않을까요, 형사님?

앤더슨 형사 : 그러고 나서 또 무슨 일이 있었습니까?

스카우크로프트: 그 사람이 그 초록색 소형 스바루에 올라타서 떠났어요. 그것도 희한하다 싶더라고요.

앤더슨 형사 : 뭐가 희한하게 느껴졌다는 거죠?

스카우크로프트: 견인이라도 될까 봐 걱정하는 사람처럼 자기 밴을 거기 좀 두어도 되느냐고 물었는데, 자기 차는 아까부터 멀쩡하게 잘 있었던 거잖아요. 희한하지 않아요?

앤더슨 형사 : 스카우크로프트 씨, 각기 다른 남자 사진 여섯 장을 앞에 펼쳐 놓을 테니, 쇼티스 펍 뒤편에서 본 남자를 지목해 주셨으면 하는데요. 다들 비슷하게 생겼으니까 천천히 골라도 됩니다. 부탁드려도 될까요?

스카우크로프트: 그럼요. 그런데 천천히 고르고 자시고 할 것도 없어요. 저기 저 남자예요. 이름이 모어랜드인지 뭔지 모르겠지만. 이제 집에 가도 될까요?

9

그들은 위장 경찰차가 경찰서로 들어서 **공무 차량 전용**이라고 적힌 공간에 주차할 때까지 그 뒤로 아무 말도 하지 않았다. 이윽고 랠프는 고개를 돌려서 그의 아들을 가르쳤던 남자를 관찰했다. 테리 메이틀랜드는 쓰고 있는 드래건스 야구모자가 살짝 삐딱하게 기울어져서 껄렁한 분위기를 풍겼다. 드래건스 티셔츠는 한쪽 허리춤이 삐져나왔고 얼굴은 땀투성이였다. 그 순간만큼은 누가 봐도 죄인이었다. 랠프의 눈을 똑바로 쳐다보는 두 눈만 예외였다. 접시만 한 그 눈은 말없이 랠프를 비난하고 있었다.

랠프는 당장 묻고 싶은 질문이 있었다.

"왜 하필 그 아이였어요, 테리? 왜 프랭크 피터슨이었어요? 그 아이가 올해 라이온스 리틀 리그 팀원이었나요? 평소부터 눈여겨보고 있었나요? 아니면 우발적인 범행이었나요?"

테리는 다시금 부인하려고 입을 열었지만 그런들 무슨 소용일까 싶었다. 아직은 랠프가 그의 말을 듣지 않을 터였다. 그들 모두 그럴 것이었다. 기다리는 편이 나았다. 힘든 일이었지만 결국에는 그쪽이 시간을 절약하는 방편일 수 있었다.

"대답해 봐요." 랠프가 일상적인 대화를 나누듯 부드럽게 말했다. "좀 전에 얘기하고 싶어 했잖아요. 그러니까 지금 해 봐요. 얘기해 봐요. 나를 이해시켜 줘요. 이 차에서 내리기 전에, 바로 이 자리에서."

"변호사가 올 때까지 기다리겠어요."

"죄가 없으면 변호사도 필요 없잖습니까." 예이츠가 말했다. "능력이 되면 지금 이 상황을 잘 모면해 봐요. 그럼 우리가 집까지 태워다 줄 수도 있는데."

테리는 계속 랠프 앤더슨의 눈을 똑바로 쳐다보며 거의 들리지도 않을 만큼 나지막이 얘기했다.

"이건 부당 행위야. 화요일에 내가 어디 있었는지 확인하지도 않았지? 당신이 이럴 줄은 몰랐는데." 그는 고민하는 듯 말을 멈추었다가 다시 말했다. "이 나쁜 놈아."

랠프는 그 부분에 대해서 새뮤얼스와 의논하기는 했지만 짧게 끝냈다고 테리에게 밝힐 생각이 전혀 없었다. 여긴 작은 마을이었다. 메이틀랜드의 귀에 소문이 들어갈지도 모르는데, 여기저기 캐묻고 다니고 싶지 않았다.

"확인할 필요가 없었던 드문 경우였거든요." 랠프는 자기 쪽 문을 열었다. "내려요. 변호사 오기 전에 서류 작성하고 지문이랑 사진이랑……."

"테리! *테리!*"

랠프의 충고에도 불구하고 마시 메이틀랜드가 도요타를 몰고 야구장에서 경찰차를 쫓아왔다. 한 동네에 사는 제이미 매팅리가 세라와 그레이스를 자기 집에 데리고 가겠다고 했다. 두 아이 모두 울고 있었다. 제이미도 마찬가지였다.

"테리, 이 사람들 뭐하는 거야? 내가 뭘 어째야 해?"

테리는 몸을 비틀어 그의 팔을 잡은 예이츠에게서 잠깐 벗어났다.

"하위한테 연락해!"

테리는 그렇게 외칠 시간밖에 없었다. 래미지가 **경찰서 직원 전용**이라고 적힌 문을 열자, 예이츠가 테리의 등 한가운데에 손을 얹고 별로 조심스럽지 않게 그를 안으로 떠밀었다.

랠프는 문을 붙잡고 뒤에 잠깐 남았다.

"집으로 가요, 마시. 신문기자들이 들이닥치기 전에."

그는 하마터면 '일이 이렇게 돼서 유감이에요.'라고 덧붙일 뻔했지만 참았다. 유감스럽지 않기 때문이었다. 벳시 리긴스와 주 경찰이 그녀를 기다리고 있을 테지만 그래도 집으로 돌아가는 게 최선의 방편이었다. 어쩌면 유일한 방편이었다. 그리고 어쩌면 그는 그녀에게 빚을 졌을 수도 있었다. 아이들을 생각하면 분명 그랬다. 두 아이야말로 아무 죄가 없지 않은가. 하지만…….

이건 부당 행위야. 당신이 이럴 줄은 몰랐는데.

어린아이를 성폭행하고 살해한 남자의 비난에 죄책감을 느낄 이유는 없었지만 그래도 그는 잠깐 죄책감을 느꼈다. 그랬다가 범죄 현장을 찍은 사진들, 차라리 앞을 보지 못했으면 좋겠다는 생각이 들 만큼 처참했던 그 사진들을 떠올렸다. 소년의 직장에 꽂혀 있었던 나뭇가지를 떠올렸다. 반질반질한 나무에 찍힌 핏자국을 떠올렸다. 그 나무가 반질반질했던 이유는, 핏자국을 남긴 손이 그것을 껍데기가 벗겨질 정도로 열심히 문질렀기 때문이었다.

빌 새뮤얼스는 간단하게 두 가지 관점에서 상황을 정리했다. 랠프는 동의했고 새뮤얼스에게 다양한 영장을 부여한 카터 판사도 마찬가지였다. 첫째, 성공할 게 분명했다. 필요한 모든 게 갖추어져 있는데 기다릴 이유가 없었다. 둘째, 시간을 주면 테리가 도망칠 수 있었고 그랬다가는 제2의 프랭크 피터슨이 성폭행과 살해를 당하기 전에 그를 찾아내야 했다.

10

라일리 프랭클린 씨의 진술서

7월 13일, 7:45AM, 담당자: 랠프 앤더슨 형사

앤더슨 형사 : 프랭클린 씨, 각기 다른 남자 사진 여섯 장을 보여 드릴 테니 7월 10일에 쇼티스 펍 뒤편에서 본 남자를 지목해 주셨으면 합니다. 천천히 골라도 됩니다.

프랭클린 : 그럴 필요 없어요. 저기 저 사람이에요. 2번. 저 사람이 T코치예요. 믿기지가 않아요. 리틀 리그에서 우리 아들을 가르쳤는데.

앤더슨 형사 : 저희 아들도 가르쳤죠. 감사합니다, 프랭클린 씨.

프랭클린 : 주사기는 너무 너그러운 처벌이에요. 밧줄로 천천히 고통스럽게 교수형을 당해야 해요.

11

마시는 틴슬리 로의 버거킹 주차장에 들어가 핸드백에서 휴대전화를 꺼냈다. 손이 떨리는 바람에 전화기를 바닥에 떨어뜨렸다. 그녀는 전화기를 집으려고 허리를 숙였다가 운전대에 머리를 부딪히고 다시 울음을 터뜨렸다. 연락처 목록을 휙휙 넘긴 끝에 하위 골드의 번호를 찾았다. 메이틀랜드 부부에게는 변호사 연락처를 단축번호로 입력해 놓을 이유가 없었지만 지난 두 시즌 동안 하위가 테리와 함께 유소년 미식축구 코치를 맡았었다. 그는 두 번째 신호에 전화를 받았다.

"하위? 저 마시 메이틀랜드예요. 테리의 아내요."

누가 들으면 그들이 2016년부터 한 달에 한 번 정도 저녁을 같이 먹은 사이인 줄 몰랐을 것이다.

"마시? 지금 울어요? 왜 그래요?"

너무 엄청난 사태라 그녀는 처음에 아무 말도 하지 못했다.

"마시? 전화 끊은 거 아니죠? 사고 났어요?"

"안 끊었어요. 제가 아니라 테리 때문에요. 테리가 경찰에 체포됐어요. 랠프 앤더슨이 테리를 체포했어요. 그 아이 살인범으로. 경찰들 얘기로는 그래요. 그 피터슨이라는 아이를 죽인 죄라고."

"뭐라고요? 지금 장난하는 거 아니죠?"

"그이는 이 마을에 있지도 않았다고요!" 마시가 울부짖었다. 그녀는 자기 목소리가 짜증을 부리는 10대처럼 느껴진다는 생각이 들었지만 어쩔 수가 없었다. "그이를 체포해 갔고 집에 가면 경찰이 기다리고 있을 거래요!"

"세라하고 그레이스는 어디 있어요?"

"옆길에 사는 제이미 매팅리한테 맡겼어요. 당분간은 괜찮을 거예요."

하지만 아버지가 체포돼서 수갑을 찬 채로 끌려가는 걸 방금 전에 보았는데 무슨 수로 괜찮을 수 있을까?

마시는 이마를 문지르며 운전대에 부딪힌 흔적이 남았을까 상념에 빠졌다가 문득 왜 거기에 신경 쓰는지에 생각이 미쳤다. 이미 기자들이 기다리고 있을지 모르기 때문일까? 기다리고 있다면 흔적을 보고 테리한테 맞았나 보다고 생각할 수 있기 때문일까?

"하위, 저 좀 도와줄래요? 우리 좀 도와줄래요?"

"당연하죠. 테리를 경찰서로 데려갔어요?"

"네! 수갑을 채워서요!"

"알았어요. 지금 당장 갈게요. 집으로 가요, 마시. 경찰이 원하는 게 뭔지 알아봐요. 수색 영장을 들고 왔으면…… 아마 그래서 거기 있을 거예요. 다른 이유는 모르겠네요. 그걸 읽고 경찰이 뭘 찾으려고 하는지 파악해서 안으로 들이되, 아무 말도 하지 마요. 알겠어요? 아무 말도 하지 마요."

"저는…… 알았어요."

"피터슨이라는 아이는 지난 화요일에 살해된 걸로 아는데. 잠깐만요……." 뒤에서 중얼거리는 소리가 들렸다. 처음에는 하위였다가 곧바로 여자 목소리로 바뀌었는데, 아마도 하위의 아내 일레인일 것이었다. 잠시 후에 하위가 다시 돌아왔다. "맞네요, 화요일이었어요. 화요일에 테리가 어디 있었어요?"

"캡 시티요! 그이는……."

"지금은 그 부분에 대해서 신경 쓰지 마요. 경찰이 당신한테 거기에 대해 물어볼 수 있어요. 온갖 것들을 물어볼 수 있어요. 그러면 변호사한테 들은 대로 묵비권을 행사하겠다고 해요. 알았죠?"

"아……알았어요."

"회유나 협박이나 미끼에 넘어가지 마요. 경찰이 이 세 가지를 다 잘하거든요."

"알았어요. 알았어요. 넘어가지 않을게요."

"지금 어디 있어요?"

간판을 보았기 때문에 마시는 거기가 어딘지 알았지만 다시 한 번 확인해야 확실하게 알 수 있었다.

"버거킹에 있어요. 틴슬리 로에 있는 거. 당신한테 전화하려고 들어왔어요."

"운전할 수 있겠어요?"

하마터면 머리를 부딪혔다는 얘기를 할 뻔했지만 결국 하지 않았다.

"네."

"심호흡해요. 세 번. 그런 다음 집에 가요. 제한속도 지키고, 모퉁이 돌 때마다 깜빡이 켜면서. 테리한테 컴퓨터 있어요?"

"그럼요. 사무실에요. 거기다 아이패드도 있는데 그건 잘 쓰지 않아요. 그리고 우리 둘 다 노트북 있어요. 아이들도 각자 아이패드 미니가 있고. 그리고 당연히 휴대전화, 넷 다 휴대전화 있어요. 그레이스는 석 달 전에 생일선물로 받았어요."

"경찰이 압수품 목록을 줄 겁니다."

"경찰에서 정말 그래도 되는 거예요?" 그녀는 다시 울부짖지는 않았지만 거의 그러는 거나 다름없었다. "우리 물건을 막 가져가고 그래도 돼요? 러시아나 북한도 아니고!"

"영장에 가져가도 된다고 적힌 건 들고 갈 수 있지만 당신도 따로 목록을 작성해요. 애들은 휴대전화를 들고 다니나요?"

"그걸 말이라고요. 손에 붙어 있는 거나 다름없어요."

"좋아요. 경찰 측에서 당신 전화기도 들고 가겠다고 할 수 있어요. 그럼 거부해요."

"그래도 들고 가면요?"

그리고 그게 중요한 문제일까? 그럴까?

"안 그럴 거예요. 당신이 기소된 항목이 없으면 들고 가지 못해요. 이제 가요. 나도 최대한 빨리 달려갈게요. 둘이서 같이 해결하면 됩니다, 약속해요."

"고마워요, 하워." 그녀는 다시 울음을 터뜨렸다. "정말, 정말 고마워요."

"별말씀을. 그리고 잊어버리면 안 돼요. 제한속도 지키고 꼬박꼬박 정차하고 깜빡이 켜는 거. 알았죠?"

"알았어요."

"이제 나는 경찰서로 갈게요."

그리고 그는 전화를 끊었다.

마시는 기어를 주행으로 옮겼다가 다시 주차로 바꿨다. 심호흡을 한 번 했다. 두 번 했다. 세 번 했다. *이건 악몽이지만 그래도 짧게 끝날 거야. 그이는 캡 시티에 있었어. 그 사실이 밝혀지면 그이는 풀려나겠지.*

"그러면." 마시가 자기 차에 대고 말했다.(뒤에서 키득거리고 옥신각신하는 아이들이 없으니 너무 허전하게 느껴졌다.) "그 인간들을 고소해서 눈물콧물 빼 놔야지."

그 생각이 들자 허리를 곧게 펴고 다시 정신을 집중할 수 있었다. 그녀는 제한속도를 지키고 신호등마다 완전히 정차해 가며 집이 있는 바넘 코트로 향했다.

12

조지 저니 씨의 진술서

7월 13일 8:15AM, 담당자: 로널드 윌버포스 경관

윌버포스 경관 : 출두해 주셔서 감사합니다, 처니 씨.

저니 : '저니'라고 발음해요. C-Z-E-R-N-Y. C는 묵음이에요.

윌버포스 경관 : 아하, 고맙습니다, 적어 놓을게요. 랠프 앤더슨 형사님도 말씀을 나누고 싶으실 텐데, 지금 다른 면담을 진행 중이라 저니 씨가 아직 생생하게 기억하고 있을 때 기본적인 사항들

을 파악해 달라고 저한테 부탁하셨어요.

저니 : 그 차 견인하실 거예요? 그 스바루 말이에요. 아무도 증거를 훼손하지 못하게 압수하세요. 거기에 증거가 어마어마하게 많을 거예요.

윌버포스 경관 : 현재 처리하고 있습니다. 자, 오늘 아침에 낚시를 하러 나가셨다고요?

저니 : 뭐, 그럴 생각이긴 했는데 낚싯줄을 물에 담그지도 못했어요. 동이 트자마자 아이언 브리지라고 불리는 데로 갔거든요. 아시죠, 올드 포지 도로에 있는 곳?

윌버포스 경관 : 네, 압니다.

저니 : 거기서 메기가 잘 잡히거든요. 못생긴 데다 낚싯바늘을 빼려고 할 때 가끔 물리는 경우도 있어서 메기 낚시를 싫어하는 사람들도 많지만, 우리 집사람이 거기다 소금이랑 레몬주스를 뿌리고 튀기면 맛이 기가 막히단 말이죠. 레몬이 비법이에요. 그리고 무쇠 팬을 써야 해요. 우리 어머니는 '거미'라고 부르던 걸.

윌버포스 경관 : 그래서 다리 끝에 차를 세우고…….

저니 : 네, 하지만 고속도로에서는 멀리요. 그 근처에 오래된 나루터가 있어요. 몇 년 전에 누가 그 땅을 사서 출입 금지 푯말이 달린 철조망을 설치했거든요. 그런데 아무것도 짓질 않았

어요. 그냥 방치돼서 잡초만 자라고 있죠, 땅의 절반은 물속에 잠겨 있고요. 나는 항상 그 철조망으로 가는 샛길에 트럭을 세워요. 오늘 아침에도 그랬는데 뭐가 보였게요? 철조망이 쓰러져 있고 초록색 소형차가 그 물속에 잠긴 나루터에 주차되어 있더란 말이죠, 앞바퀴가 진흙에 반쯤 잠길 정도로 바짝. 그래서 내려가 봤어요. 누가 전날 밤에 스트립 바에서 취해 차를 몰고 가다가 큰길에서 빠져나온 거 아닌가, 그래서 기절한 채로 차에 타고 있는 거 아닌가 싶었거든요.

윌버포스 경관 : 스트립 바라면 마을 경계선 바로 저쪽에 있는 '젠틀맨 플리즈'를 말씀하시는 건가요?

저니 : 네. 맞아요. 남자들이 거기 가서 술을 푸고, 빈털터리가 될 때까지 아가씨들 팬티에 1달러나 5달러짜리 지폐를 꽂아 주고, 알딸딸한 상태로 차를 몰고 집으로 가잖아요. 나는 그런 데를 왜 가는지 모르겠지만.

윌버포스 경관 : 아하. 그래서 내려가서 차 안을 들여다보셨군요.

저니 : 소형 초록색 스바루였어요. 안에 아무도 없는데 조수석에 피가 묻은 옷가지들이 있기에 당장 살해당한 남자아이를 떠올렸죠. 경찰이 그 사건과 관련해서 초록색 스바루를 찾고 있다는 뉴스를 들었거든요.

윌버포스 경관 : 또 다른 건 목격하지 못하셨습니까?

저니 : 운동화요. 조수석 바닥의 좌석 아래쪽에. 거기도 피가 묻어 있었어요.

윌버포스 경관 : 선생님께서 건드리신 게 있을까요? 문을 열려고 하셨다든지.

저니 : 전혀요. 집사람하고 나는 「CSI」 본방송을 한 편도 놓친 적이 없어요.

윌버포스 경관 : 그래서 어떻게 하셨습니까?

저니 : 911에 연락했죠.

13

테리 메이틀랜드는 취조실에 앉아서 기다렸다. 조만간 변호사가 도착했을 때 핏대를 세워 가며 항의하는 일이 없도록 경찰 측에서 수갑을 풀어 주었다. 랠프 앤더슨은 열중쉬어 자세로 서서 이중 거울 너머로 아들의 예전 코치를 지켜보았다. 예이츠와 래미지는 내보냈다. 벳시 리긴스와 통화해 보니 메이틀랜드 부인은 아직 귀가하지 않았다고 했다. 검거를 마치고 흥분이 좀 가라앉자 랠프는 일이 진행되는 속도에 다시 불안해졌다. 테리가 알리바이를 주장하는 것도 무리는 아니고 분명 근거가 희박한 것으로 밝혀지겠지만…….

"랠프, 왔어요?"

빌 새뮤얼스가 넥타이 매듭을 바로잡으며 바쁘게 들어왔다. 그는 키위 구두약처럼 새까만 머리를 짧게 쳤는데, 한쪽 구석이 뻗쳐서 전보다 더 어려 보였다. 랠프도 알다시피 새뮤얼스는 대여섯 건의 1급 살인 사건에서 검사로서의 역할을 훌륭하게 수행했고, 유죄 선고를 받은 살인범(새뮤얼스는 이들을 그의 '자식들'이라고 불렀다.) 가운데 두 명이 현재 매컬레스터*에서 사형 집행을 기다리고 있었다. 모두 잘된 일이었고 같은 팀에 신동이 있어서 나쁠 건 없었지만, 오늘 저녁에 플린트 카운티의 지방검사는 그 옛날 「꾸러기 클럽」의 등장인물 중에서 앨팰퍼와 섬뜩하게 닮은 구석이 있었다.

"빌, 왔어요?"

"저 사람이로군요." 새뮤얼스가 테리를 쳐다보며 말했다. "아직까지 시합용 유니폼을 입고 드래건스 모자를 쓰고 있는 게 마음에 안 드네요. 근사한 갈색 죄수복으로 갈아입히면 뿌듯하겠어요. 사형 집행 테이블에서 6미터 떨어진 감방에 수감되어 있으면 더 뿌듯하겠고요."

랠프는 아무 말도 하지 않았다. 그는 양손을 으스러져라 맞잡고 길을 잃은 아이처럼 경찰서 주차장 끝에 서서 생판 처음 보는 사람 대하듯, 아니면 도깨비 대하듯 그를 바라보던 마시를 생각하는 중이었다. 하지만 도깨비는 그녀의 남편이었다.

랠프의 생각을 읽기라도 한 듯 새뮤얼스가 물었다.

"괴물 같아 보이지는 않네요, 그렇죠?"

---

* 오클라호마 주 동부의 도시로, 주립 교도소가 있으며 이곳에서 사형이 집행된다.

"그렇게 보이는 경우가 거의 없잖아요."

새뮤얼스는 스포츠재킷 주머니에서 접은 종이 몇 장을 꺼냈다. 그중 하나가 플린트 시티 고등학교의 파일에서 복사한 테리 메이틀랜드의 지문이었다. 새로 부임한 교사들은 교단에 서기 전에 전부 지문을 날인하게 되어 있었다. 나머지 두 장은 맨 꼭대기에 **주 경찰청 과학수사반**이라고 적혀 있었다. 새뮤얼스가 그걸 들고 흔들었다.

"가장 마지막 증거가 대박이에요."

"스바루에서 채취한 거요?"

"네. 주 경찰청 과학수사반에서 도합 70개의 지문을 땄는데 그중 57개가 메이틀랜드의 지문이에요. 감식한 전문가에 따르면 나머지는 훨씬 작다고, 2주 전에 캡 시티에서 차를 도난당했다고 신고한 여자의 지문일 것 같다고 해요. 이름은 바버라 니어링인데, 그 여자 지문은 훨씬 오래전에 남은 거라 피터슨 살인 사건에 가담했을 가능성이 없어요."

"그렇군요. 그래도 DNA가 필요한데. 저 사람이 샘플 채취를 거부했거든요."

이 주에서는 지문과 달리 뺨 안쪽에서 면봉으로 DNA를 채취하는 건 인권 침해로 간주됐다.

"필요 없다는 걸 누구보다 잘 아시면서. 리긴스하고 주 경찰이 그 남자 면도기, 칫솔, 베개에 남은 체모를 모조리 들고 올 거예요."

"이 자리에서 채취한 샘플하고 비교하면 모를까, 그걸로는 부족하죠."

새뮤얼스는 고개를 모로 꼬고 그를 쳐다보았다. 이제는 「꾸러기 클럽」의 앨팰퍼가 아니라 극도로 영리한 설치류처럼 보였다. 아니면 반짝이는 뭔가를 포착한 까마귀처럼.

"생각이 바뀌었어요? 아니라고 대답해 줘요. 오늘 아침까지만 해도 나만큼 열의를 보였잖아요."

그때는 데릭 생각을 했으니까. 테리가 당당하게 내 눈을 쳐다보기 전이었으니까. 나를 나쁜 놈이라고 욕하기 전이었으니까. 이쪽 귀로 들어와서 저쪽 귀로 빠져나갔어야 하는 욕인데, 그렇게 되질 않네.

"생각이 바뀐 건 아닙니다. 너무 빠르게 진행되니까 불안해서 그렇지. 나는 차근차근 증거를 수집하는 방식에 익숙하거든요. 심지어 아까 체포 영장도 없었잖아요."

"어린애가 배낭을 들고 다니며 시티 광장에서 약물 거래를 하는 걸 봤을 때도 영장이 필요하겠어요?"

"당연히 아니죠. 하지만 이건 다르잖아요."

"별로 다르지 않아요, 거의. 그런데 내가 영장을 발부받았어요. 당신이 그를 체포하기 전에 카터 판사가 발부해 줬어요. 지금 여기 팩스 기계에서 잠을 자고 있을 겁니다. 그러니까…… 이제 들어가서 문제를 논의해 볼까요?"

새뮤얼스의 눈이 그 어느 때보다 환하게 반짝였다.

"아무 말도 하지 않을 텐데요."

"그렇겠죠."

새뮤얼스는 미소를 지었고, 랠프는 그 미소 안에서 두 명의 살인범을 사형수 감방으로 보낸 남자를 보았다. 저기 앉아 있는 데릭 앤더슨의 예전 리틀 리그 코치도 조만간 그 신세를 면치 못할 거라고 랠프는 거의 장담할 수 있었다. 빌의 '자식들' 중 한 명이 될 거라고 말이다.

"하지만 우리 쪽에서 그에게 얘기할 수는 있잖아요, 안 그래요? 벽들이 점점 다가오고 있는데 조만간 그 사이에 껴서 곤죽이 되게 생겼다고 말이에요."

14

윌로 레인워터 씨의 진술서

7월 13일 11:40AM, 담당자: 랠프 앤더슨 형사

레인워터 : 괜찮아요. 얘기하세요, 형사님. 윌로라는 이름하고 이렇게 안 어울리는 사람은 처음 봤다고요.*

앤더슨 형사 : 레인워터 씨의 몸집은 중요한 사안이 아니라서요. 저희가 이 자리에서 논의할 문제는…….

레인워터 : 중요한 사안 맞아요, 형사님이 몰라서 그렇지. 내가 거기 간 이유가 내 몸집 때문이거든요. 밤 11시 무렵이면 그 '팬티의

* 윌로(Willow)는 버드나무라는 뜻으로 종종 호리호리한 사람을 지칭할 때 쓰인다.

궁전' 앞에서 대개 택시가 열 대 내지 열두 대가 기다리는데, 나 혼자 여자예요. 왜냐고요? 승객들이 아무리 취해도 나한테는 수작을 걸지 않거든요. 고등학교 때 미식축구 팀에서 여학생도 받아 줬더라면 나는 레프트 태클을 맡을 수도 있었을 거예요. 더군다나 승객 절반은 택시에 탔을 때 내가 여자인 줄 모르고, 대부분은 내릴 때까지 몰라요. 그래도 나는 아무 상관 없어요. 다만 내가 어쩐 일로 거기에 갔는지 형사님이 궁금해하실지도 모른다는 생각이 들어서요.

앤더슨 형사 : 그렇군요, 고맙습니다.

레인워터 : 하지만 이날은 11시가 아니라 8시 30분쯤이었어요.

앤더슨 형사 : 7월 10일 화요일 밤이었고요.

레인워터 : 맞아요. 정유업계가 고사한 이후로 어딜 가나 평일 저녁에는 한산하거든요. 택시 기사들은 대개 차고지에서 헛소리를 늘어놓거나 포커를 치거나 음담패설을 하면서 시간을 때우는데, 나는 그런 데 관심 없으니까 플린트 호텔이나 홀리데이 인이나 더블트리로 나가요. 아니면 젠틀맨 플리즈로. 거기 가보면 집까지 차를 몰고 가는 멍청한 짓을 저지를 만큼 취하지 않은 사람들을 위해 마련된 택시 승차장이 있는데, 일찍 나가면 내가 대개 1번이에요. 아무리 못 해도 2번 아니면 3번. 거기 앉아서 킨들로 책을 읽으며 승객을 기다리죠. 어두워지면 종이책은 읽기 힘들어지지만 킨들은 괜찮아요. 이쯤

에서 아메리카 원주민의 표현을 쓰자면 '우라지게 훌륭한 발명품'이죠.

앤더슨 형사 : 제가 듣고 싶은 얘기는…….

레인워터 : 얘기할게요, 내 방식대로. 나는 기저귀 차던 시절부터 이런 식이었으니까 잠자코 듣기나 하세요. 형사님이 원하는 게 뭔지 알고 있고, 원하는 대로 해 드릴게요. 이 자리에서는 물론이고 법정에서도요. 그런 다음 그 애를 죽인 개새끼의 지옥행이 확정되면 사슴 가죽을 입고 깃털을 달고 쓰러질 때까지 바보 춤을 출게요. 알겠어요?

앤더슨 형사 : 알겠습니다.

레인워터 : 그날 밤에는 이른 시각이다 보니 택시가 나 한 대뿐이었어요. 그가 들어가는 건 보지 못했어요. 그 부분에 대해 나름대로 추측한 게 있는데, 내 짐작이 맞는다는 데 5달러 걸게요. 그는 발라당 까진 댄서들을 구경하러 들어간 게 아니에요. 아마 내가 도착하기 전에, 어쩌면 내가 도착하기 직전에 등장해 택시를 부르려고 안에 들어갔을 거예요.

앤더슨 형사 : 돈을 걸었다면 땄겠는데요, 레인워터 씨. 배차원이…….

레인워터 : 화요일 저녁 배차 담당은 클린트 엘런퀴스트였어요.

앤더슨 형사 : 맞습니다. 엘런퀴스트 씨는 전화한 사람에게 주차장의 택시 승차장을 체크해 보라고, 거기 없더라도 택시가 금방 도

착할 거라고 얘기했죠. 일지 기록상으로 그 전화가 온 시각이 8시 40분이었어요.

레인워터　: 얼추 비슷해요. 그래서 그 인간이 밖으로 나와서 곧장 내 택시 쪽으로…….

앤더슨 형사　: 어떤 옷을 입고 있었는지 들을 수 있을까요?

레인워터　: 청바지에 깔끔한 버튼업 셔츠요. 청바지는 빛이 바랬지만 깨끗했어요. 주차장의 아크등 불빛으로 본 거라 잘 모르겠지만 셔츠는 노란색이었던 것 같아요. 아, 그리고 허리띠에 근사한 버클이 달려 있었어요. 말 머리 모양이었죠. 로데오 선수처럼. 허리를 숙이기 전까지는 원유가가 곤두박질쳐도 어찌어찌 직장에서 잘리지 않은 정유업계 직원이거나 건설 현장 인부인 줄 알았거든요. 그런데 보니까 테리 메이틀랜드더라고요.

앤더슨 형사　: 확신하시는군요.

레인워터　: 하늘에 대고 맹세할 수 있어요. 주차장 불빛이 대낮처럼 환하거든요. 강도질이나 몸싸움이나 마약 거래를 하지 못하게 그렇게 켜 놔요. 손님들이 하도 점잖다 보니. 그리고 내가 YMCA에서 프레리 리그 농구 코치예요. 남녀 혼성팀이지만 대부분 남학생이에요. 메이틀랜드가 매주 토요일은 아니지만 자주 찾아와서 학부모들이랑 같이 관중석에서 애들이 경기하는 모습을 보곤 했어요. 시티 리그 야구팀으로 스카우트할 인재를 물색하는 중이라고, 농구하는 걸 보면 수비에 천부적인 소질이 있는 아이를 간파할 수 있다고 했는데, 나는 바보처럼 그 말을 믿었어요. 거기 앉아서 누굴 따먹으면 좋을지 고민하고 있었을 텐데. 남자들이 술집에서 여자들 점수를 매기듯 애들 점수를 매기고 있었을 텐데. 빌어먹을 변태 새끼. 인재 물색이라니, 내 코끼리만 한 인디언 궁둥이가 웃겠네!

앤더슨 형사 : 그가 택시에 탔을 때 알은척했나요?

레인워터 : 아, 그럼요. 성격이 조심스러운 사람이 있을지 몰라도 난 아니거든요. 그래서 인사했어요. "안녕하세요, 테리 코치님. 코치님의 오늘 밤 행선지를 부인도 아세요?" 그랬더니 "볼일이 좀 있어서 왔어요."라고 하더라고요. 내가 물었죠. "그 볼일이라는 게 랩 댄스하고 연관이 있는 건 아니겠죠?" 그러자 "회사에 연락해서 배차원한테 내가 택시 탔다고 전해 주세요."라고 했어요. 그래서 나는 "알겠습니다. 집으로 갈까요, T코치님?" 했어요. "아뇨, 기사님. 더브로로 가 주세요. 기차역으로."라고 하더군요. 내가 말했죠. "요금이 40달러 나올 텐데요." 그러니까 그 남자가 "댈러스행 열차를 탈 수 있게 가 주면 팁으로 20달러를 얹어 줄게요."라고 했어요. 그래서 말했어요. "거시기 꽉 잡으세요, 코치님. 출발할게요."

앤더슨 형사 : 그래서 더브로에 있는 앰트랙 역까지 태워다 주었나요?

레인워터 : 네. 댈러스-포트워스행 야간열차 시각에 맞춰서 여유 있게

도착했죠.

앤더슨 형사 : 가는 길에 그와 얘기를 나누었나요? 보아하니 대화를 좋아하시는 편인 것 같아서 묻는 겁니다.

레인워터 : 아, 맞아요! 내 혀로 말할 것 같으면 월급날 슈퍼마켓 컨베이어 벨트처럼 쌩쌩 돌아가죠. 그걸 모르는 사람이 없어요. 먼저 시티 리그 토너먼트에 대해 물었어요, 베어스를 이길 수 있겠느냐고. 그랬더니 이러더라고요. "좋은 결과를 기대합니다." 매직 에잇볼*에 물어본 것도 아닌데 말이죠. 자기가 저지른 짓을 생각하면서 얼른 도망치느라 그랬을 거예요. 그런 짓을 저지르고 나면 잡담을 나누는 능력에 구멍이 생길 수밖에 없지 않겠어요? 내가 묻고 싶은 건 뭔가 하면요, 형사님, 그 인간이 왜 플린트 시티로 돌아왔느냐는 거예요. 왜 텍사스를 넘어서 우리의 멕-시-코까지 도망치지 않았느냐는 거예요.

앤더슨 형사 : 또 뭐라고 하던가요?

레인워터 : 별말 없었어요. 잠깐 눈 좀 붙여야겠다며 눈을 감았는데 연극이었던 것 같아요. 무슨 수작을 모의하면서 나를 훔쳐보고 있었을지도 몰라요. 그랬더라면 얼마나 좋았을까요. 그 인간이 무슨 짓을 저질렀는지 내가 그때 알았다면 얼마나 좋았을까요. 그랬다면 택시에서 끌어내 창자를 찢어 버렸을 텐데.

* 운세를 물어보는 장난감.

진심이에요.

앤더슨 형사 : 앰트랙 역에 도착했을 때는요?

레인워터 : 하차장에 차를 댔더니, 앞좌석으로 20달러짜리 지폐 세 장을 던졌어요. 부인한테 안부 전해 달라고 얘기하려고 했는데 벌써 가고 없더라고요. 스트립 바에 들어갔던 것도 화장실에서 옷을 갈아입기 위해서였을까요? 옷에 피가 묻어서?

앤더슨 형사 : 각기 다른 남자 사진 여섯 장을 앞에 펼쳐 놓을게요, 레인워터 씨. 다들 비슷하게 생겼으니까 천천히 고르셔도…….

레인워터 : 그럴 필요 없어요. 바로 저기 있네요. 저 남자가 메이틀랜드예요. 가서 체포하세요. 그 인간이 저항했으면 좋겠네요. 세금을 한 푼이나마 절약할 수 있게.

15

마시 메이틀랜드는 중학교 때 가끔 알몸으로 등교해 모두의 웃음을 사는 악몽을 꾸었다. *바보 마시 깁슨이 오늘 아침에는 옷 입는 걸 깜빡했네. 저것 봐, 다 보여!* 고등학생이 되었을 때는 불안할 때 꾸는 이 꿈이 좀 더 복잡해져서, 옷을 제대로 입고 등교는 하지만 일생일대의 시험을 앞두고 깜빡하는 바람에 공부를 하지 못한 걸로 바뀌었다.

바넘 가에서 빠져나와 바넘 코트로 진입한 순간 이런 꿈을 꾸었을 때 느꼈던 공포와 무력감이 떠올랐지만, 이번에는 깨어나 '하느님 감사합니다.'라고 중얼거리며 달콤한 안도감을 느낄 수도 없었다. 테리를 경찰서로 데리고 간 차와 쌍둥이일 수도 있겠다 싶은 경찰차가 집 앞 진입로에 서 있었다. 옆면에 큼지막한 파란색 글씨로 **주 경찰청 기동 수사반**이라고 적힌 창문 없는 트럭이 그 뒤에 서 있었다. 오클라호마 고속도로 순찰대 소속의 까만색 순찰차 한 쌍이 점점 짙어 가는 어둠 속에서 경광등을 번쩍이며 진입로 양옆을 지키고 있었다. 카운티 보안관 대리가 쓰는 모자 때문에 키가 최소 2미터는 넘어 보이는 거구의 주 경찰관 넷이 다리를 쩍 벌리고(*불알이 너무 커서 다리를 모으고 설 수 없다는 거야 뭐야.* 그녀는 생각했다.) 인도에 서 있었다. 이것만으로도 불쾌한데 최악은 따로 있었다. 앞마당에 나와서 구경하는 동네 주민들이야말로 최악이었다. 그들은 메이틀랜드의 깔끔한 랜치하우스 앞에 난데없이 경찰이 등장한 이유를 알까? 추측컨대 휴대전화의 저주로 대부분은 이미 알고 있었고, 그들이 나머지 사람들에게 알려 줄 것이었다.

주 경찰관 한 명이 한 손을 들고 도로로 나섰다. 그녀는 차를 멈추고 차창을 내렸다.

"마르시아 메이틀랜드 씨 되십니까?"

"네. 저 차들이 진입로를 막고 있어서 차고로 들어갈 수가 없네요."

"저쪽 길가에 대세요." 그는 한 순찰차 뒤편을 가리켰다.

마시는 차창 너머로 몸을 내밀어 그의 면전에 대고 고함을 지르고 싶은 충동을 느꼈다. ***내*** *진입로야!* ***내*** *차고고! 너희들이 비켜야지!*

하지만 차를 주차하고 내렸다. 소변이, 그것도 아주 급했다. 아마 경찰이 테리에게 수갑을 채웠을 때부터 그랬는데 지금까지 알아차리지 못했을 것이다.

다른 경찰관 한 명이 어깨 마이크에 대고 뭐라고 얘기하는 중이었고, 불길하게 초현실적인 오늘 저녁의 대미를 장식하는 사람이 한 손에 무전기를 들고 집 모퉁이를 돌아 나왔다. 민소매 꽃무늬 원피스를 입은 만삭의 임산부였다. 그녀는 출산이 임박한 임산부 특유의 오리걸음으로 거의 뒤뚱뒤뚱 메이틀랜드의 앞마당을 가로질렀다. 목에는 라미네이트 코팅이 된 신분증을 걸고 있었다. 원피스에 핀으로 꽂혀서 거대한 한쪽 가슴을 타고 오르락내리락하는 것은, 성반*에 놓인 개 비스킷만큼이나 어울리지 않는 플린트 시티 경찰 배지였다.

“메이틀랜드 부인? 저는 벳시 리긴스 형사예요.”

그녀가 손을 내밀었다. 마시는 악수를 하지 않았다. 그리고 하위에게 이미 들은 게 있음에도 이렇게 물었다.

“원하시는 게 뭐죠?”

리긴스는 마시의 어깨 너머를 쳐다보았다. 주 경찰관 중 한 명이 거기 서 있었다. 셔츠 소매에 줄무늬 계급장이 달려 있는 걸 보면 4인조의 우두머리인 모양이었다. 그가 서류를 한 장 내밀었다.

“메이틀랜드 부인, 저는 유넬 사블로 경위입니다. 이 저택을 수색하고 부군인 테런스 존 메이틀랜드의 소지품을 무엇이든 가지고

---

* 영성체하는 사람의 턱 밑에 대는 접시.

갈 수 있는 영장을 들고 왔습니다."

마시는 서류를 낚아챘다. 맨 꼭대기에 고딕체로 **수색 영장**이라고 적혀 있었다. 그 뒤로 어쩌고저쩌고하는 법리 문구가 무더기로 이어졌는데, 맨 아래에 서명된 이름을 그녀는 크레이터 판사로 잘못 읽었다. *이 판사는 오래전에 실종되지 않았나?* 그런 생각이 들었다가, 눈을 깜빡여 땀일 수도 있고 눈물일 수도 있을 물기를 없앴더니 그 이름이 크레이터(Crater)가 아니라 카터(Carter)라는 걸 알 수 있었다.* 영장에 오늘 날짜가 찍혀 있는 것으로 보아 서명한 지 여섯 시간도 되지 않은 게 분명했다.

그녀는 서류를 뒤집어 보고 미간을 찌푸렸다.

"목록이 없네요. 그럼 원하면 그이의 속옷도 들고 갈 수 있다는 얘긴가요?"

벳시 리긴스는 자신들이 빨래 바구니에 들어 있던 아무 속옷이라도 들고 갈 **예정**이라는 걸 알기에 이렇게 말했다.

"저희 재량에 따라 결정됩니다, 메이틀랜드 부인."

"당신들의 재량요? 당신들의 재량? 뭐예요, 나치 독일이에요?"

"제가 경찰로 근무한 20년을 통틀어 이 주에서 벌어진 가장 흉악한 범죄를 수사하는 중이기 때문에, 저희는 압수해야 하는 게 있으면 뭐든 압수할 겁니다. 부인이 귀가할 때까지 기다리는 예의를 보였으니……."

---

* 1930년도에 실종된 뉴욕 주 1심법원 판사 조지프 크레이터를 말한다. 20세기 미국에서 사회적으로 가장 큰 반향을 일으켰던 실종 사건이었다.

"당신들의 예의는 엿이나 먹으라고 그래요. 내가 늦게 왔으면 어쩔 거였는데요? 문을 부술 거였어요?"

리긴스는 아주 불편해 보였다. 마시가 보기에는 그녀의 질문 때문이 아니라 이 무더운 7월 저녁에 배 속에 품고 있는 아이 때문이었다. 그녀는 에어컨을 틀어 놓은 집에서 발을 올려놓고 앉아 있어야 하는 상황이었다. 그러거나 말거나 관심 없었다. 마시는 머리가 지끈거리고 방광이 욱신거렸고 눈에는 눈물이 고였다.

"그건 최후의 수단이었을 겁니다." 소매에 개똥을 달고 있는 주 경찰관이 말했다. "하지만 제가 방금 보여 드린 영장에도 명시되어 있다시피 저희에게는 그럴 수 있는 법적 권리가 있긴 합니다."

"들어가게 해 주세요, 메이틀랜드 부인." 리긴스가 말했다. "일찍 시작하면 할수록 일찍 사라져 드릴 수 있어요."

"경위님." 다른 주 경찰관 한 명이 말했다. "콘도르들이 오네요."

마시는 고개를 돌렸다. 아직 접혀 있는 위성 안테나를 지붕에 얹은 텔레비전 중계차가 모퉁이를 돌아 나왔다. 보닛에 흰색으로 큼지막하게 KYO라고 붙인 SUV가 중계차 꽁무니를 따라왔다. 그 뒤를 이어서 KYO 차량의 범퍼를 거의 들이받을 기세로 다른 방송국의 중계차가 등장했다.

"저희랑 같이 안으로 들어가시죠." 리긴스의 말은 거의 회유하는 투였다. "저들이 들이닥쳤을 때 인도에 계시고 싶지 않을 텐데."

마시는 굴복하며, 이번을 기점으로 향후에 수많은 걸 포기해야 할지 모른다는 생각을 했다. 프라이버시. 인간으로서의 존엄성. 아이들의 안정감. 그리고 남편은? 테리까지 포기해야 할까? 그건 분명 아닐 것이다. 경찰은 그에게 말도 안 되는 혐의를 제기하고 있었다. 차라리 린드버그의 아들을 납치했다고 하는 편이 나았을 것이다.*

"알았어요. 하지만 아무 얘기도 하지 않을 테니까 시도조차 하지 마세요. 그리고 내 전화기는 넘기지 않을 거예요. 변호사가 그렇게 얘기했어요."

"좋습니다."

몸집으로 보건대 리긴스가 발을 헛디뎌 그 엄청난 배를 깔고 넘어지지 않도록 마시가 그녀의 팔을 잡아야 하는 상황이었지만 리긴스가 그녀의 팔을 잡았다.

KYO(자칭 '키요')의 쉐보레 타호가 길 한복판에서 멈추어 섰고 금발의 예쁘장한 기자가 하도 급하게 내리느라 치마가 허리까지 올라갔다. 주 경찰관들은 이 장면을 놓치지 않았다.

"메이틀랜드 부인! 메이틀랜드 부인, 몇 가지만 여쭈어 볼게요!"

차에서 내렸을 때 핸드백을 챙긴 기억이 없었는데 어깨에 걸쳐져 있기에, 마시는 가방 옆 주머니에서 아무 문제 없이 집 열쇠를 꺼냈다. 문제는 그걸 구멍에 넣으려고 할 때 생겼다. 손이 너무 심하게 떨렸던 것이다. 리긴스는 열쇠를 건네받는 대신 진정이 되도록 마시의 손을 자기 손으로 감쌌다. 그러자 열쇠가 마침내 제 집을 찾아갔다.

뒤에서 소리가 들렸다.

"남편이 프랭크 피터슨 살인범으로 체포된 게 사실입니까, 메이

---

* 대서양 단독 비행에 성공한 찰스 린드버그의 아들이 1932년에 납치, 살해된 사건이 있었다.

틀랜드 부인?"

"뒤로 물러나요." 주 경찰관 한 명이 말했다. "인도에서 한 발짝도 벗어나면 안 됩니다."

"메이틀랜드 부인!"

이윽고 그들은 안으로 들어갔다. 임산부 형사와 함께이긴 해도 다행스러운 일이었다. 하지만 집이 다르게 느껴졌고, 마시는 앞으로 절대 예전과 같을 수 없다는 걸 알았다. 딸들과 함께 웃으며 신나게 이 집을 나섰던 여인을 떠올리자, 사랑했지만 세상을 떠난 여인을 추억하는 듯한 기분이 들었다.

다리에서 힘이 풀리는 바람에 마시는 딸들이 겨울에 부츠를 신을 때 앉는 현관 앞 벤치에 털썩 주저앉았다. (오늘 저녁에도 그랬던 것처럼) 테리가 경기장으로 출발하기 전에 가끔 앉아서 마지막으로 라인업을 점검하는 벤치이기도 했다. 벳시 리긴스가 살았다는 듯이 끙끙대며 옆에 앉자 그녀의 두툼한 오른쪽 엉덩이가 그보다 살이 없는 마시의 왼쪽 엉덩이를 철썩 때렸다. 소매에 개똥을 단 사블로와 다른 두 경찰관이 두툼한 파란색 비닐장갑을 끼며 그들을 쳐다보지도 않은 채 지나쳤다. 똑같은 파란색의 신발 커버도 이미 신고 있었다. 마시는 남은 한 명이 구경꾼들을 통제하고 있나 보다고 추측했다. 나른한 바넘 코트에 있는 마시네 집 앞에서 구경꾼 통제라니.

"화장실에 가야겠는데요." 그녀는 리긴스에게 말했다.

"저도요. 사블로 경위님! 얘기 좀 할까요?"

소매에 개똥을 단 경찰관이 벤치로 돌아왔다. 나머지 두 명은 계속 전진해 부엌으로 들어갔지만, 거기서 발견할 수 있는 가장 해로운 물품이 있다면 반만 먹고 냉장고에 넣어 둔 초콜릿 케이크였다.

마시에게 리긴스가 물었다.

"1층에 화장실이 있나요?"

"네, 식료품 저장실 지나면 나와요. 테리가 작년에 직접 거기다 증축했어요."

"그렇군요. 경위님, 여자들이 화장실에 가야 하겠으니까 거기부터 시작해서 최대한 빨리 끝내 주세요." 그러고 나서 마시에게 물었다. "부군의 사무실도 있나요?"

"따로 있지는 않고 식당 한쪽 끝을 써요."

"고맙습니다. 그다음 차례는 거기예요, 경위님." 그녀는 다시 마시 쪽을 돌아보았다. "기다리는 동안 사소한 질문 하나만 해도 될까요?"

"아뇨."

리긴스는 아랑곳하지 않았다.

"지난 몇 주 동안 부군의 행동에서 이상한 낌새를 느낀 적 있나요?"

마시는 건조한 웃음을 터뜨렸다.

"그이가 살인을 저지르려고 준비를 하고 있었을까 봐서요? 왔다 갔다 서성이고 손을 마주 비비고 어쩌면 침을 흘리고 혼잣말을 중얼거리면서요? 임신 때문에 지적 능력에 문제가 생겼나요, 형사님?"

"그럼 그런 적 없었다는 거로군요."

"맞아요. 이제 제발 그만 좀 괴롭히세요!"

리긴스는 뒤로 기대 앉아서 깍지 낀 손을 배에 얹었다. 마시는 욱신거리는 방광을 달래며 개빈 프릭이 불과 지난주에 연습이 끝났을 때 했던 말을 떠올렸다. 요즘 *테리 코치님이 정신을 어디 팔고 다녀요? 연습 시간 절반은 딴 데 가 있어요. 독감이나 뭐 그런 걸로 고생하는 사람처럼.*

"메이틀랜드 부인?"

"왜요?"

"무슨 생각이 난 표정인데요."

"맞아요. 이 벤치에 형사님이랑 나란히 앉아 있으니까 너무 불편하다는 생각을 하고 있었어요. 숨을 쉴 줄 아는 오븐 옆에 앉아 있는 것 같거든요."

안 그래도 불그스름하던 벳시 리긴스의 뺨이 한층 더 벌게졌다. 마시는 자신이 그렇게 모진 말을 내뱉었다는 데 경악했다. 하지만 또 한편으로는 급소를 제대로 찔렀다는 데 희열을 느꼈다.

리긴스는 더 이상 아무것도 묻지 않았다.

영원처럼 느껴진 시간이 지난 뒤에 사블로가 1층 화장실 수납장에 들어 있던 약(그냥 약국에서 살 수 있는 약들이었다. 몇 안 되는 처방약은 2층의 두 군데 화장실에 있었다.)과 테리의 치질 크림을 담은 투명 비닐봉지를 들고 돌아와서 말했다.

"들어가도 좋아요."

"먼저 가세요." 리긴스가 말했다.

다른 때 같았으면 마시는 임산부에게 양보하고 좀 더 참았겠지만 지금은 아니었다. 화장실로 들어가 문을 닫은 그녀의 눈에 삐딱하게 놓인 변기 탱크가 들어왔다. 뭐 하러 거길 쑤셨는지 아무도 모를 일이었지만, 약물이 있는지 뒤졌을 공산이 가장 컸다. 그녀는 엉망진창인 다른 부분을 쳐다볼 필요가 없게 고개를 숙여서 두 손에 얼굴을 묻고 볼일을 보았다. 세라와 그레이스를 오늘 밤에 집으로 데려와야 할까? 그때쯤이면 방송국 조명이 설치될 텐데, 그 눈 부신 불빛 사이로 아이들을 끌고 와야 할까? 집이 아니면 어디로 피신해야 할까? 호텔? 그들(주 경찰관은 콘도르라고 했다.)이 찾아내지 않을까? 당연히 그럴 것이었다.

그녀의 용무가 끝나자 벳시 리긴스가 들어갔다. 마시는 현관문 앞 벤치에 코끼리 경찰관과 다시 앉아 있고 싶은 마음이 없었기에 슬그머니 식당으로 들어갔다. 경찰들이 테리의 책상을 헤집고 있었다. 서랍을 모조리 열고 안에 든 것들을 대부분 바닥에 쏟으며 사실상 유린하고 있었다. 컴퓨터는 이미 분해돼 차고 세일에 내놓을 물품이라도 되는 듯 각양각색의 부품에 노란색 스티커가 붙어 있었다.

마시는 생각했다. *한 시간 전만 해도 내 인생에서 가장 중요한 일은 골든 드래건스가 결승전에 진출하는 거였는데.*

벳시 리긴스가 돌아와서 식탁에 앉으며 말했다.

"아, 이제 좀 살 것 같네요. 앞으로 꼬박 15분 동안은."

마시는 하마터면 '당신 배 속의 아이가 죽어 버렸으면 좋겠어요.'라고 말할 뻔했다.

하지만 실제로는 이렇게 말했다.

"나 아닌 다른 사람이나마 살 것 같다니 다행이네요. 비록 15분이나마."

16

클로드 볼턴 씨의 진술서

7월 13일 4:30PM, 담당자: 랠프 앤더슨 형사

앤더슨 형사 : 클로드, 말썽을 부린 게 아니라 다른 이유로 여기서 만나니까 좋네. 신선해.

볼턴 : 그러게요. 경찰차 뒷자리가 아니라 앞자리에 탄 것도요. 캡 시티에서 여기까지 거의 시속 140킬로미터로 달린 것도 그렇고. 경광등에 사이렌에 기타 등등. 맞아요. 좋았어요.

앤더슨 형사 : 캡 시티에는 어쩐 일이었어?

볼턴 : 관광하러요. 이삼일 쉬는 날이 생겨서 훌쩍 떠났어요. 그게 불법은 아니잖아요, 그렇죠?

앤더슨 형사 : 일하는 데서는 '픽시 드림보트'라고 불리는 칼라 젭슨하고 관광을 같이 한 걸로 안다만.

볼턴 : 저랑 같이 순찰차를 타고 왔으니 당연히 아시겠죠. 그나저나 칼라도 순찰차 타고 오니까 좋았대요. 트레일웨이스 버스보다 훨씬 좋다고요.

앤더슨 형사 : 그리고 너희가 다닌 관광지는 대부분 40번 고속도로 근처에 있는 웨스턴 비사트 모텔 509호실 주변이고.

볼턴 : 아, 우리가 진종일 거기 틀어박혀 있었던 건 아니에요. 보낸자에서 저녁도 두 번 먹었어요. 거기 엄청 맛있거든요, 싸고. 그리고 칼라가 쇼핑을 하고 싶어 해서 쇼핑몰에도 좀 다녀왔어요. 거기에 암벽 등반이 있는데 내가 아주 끝장을 냈다는 거 아닙니까.

앤더슨 형사 : 어련했으려고. 여기 이 플린트 시티에서 남자아이가 살해당한 건 알고 있었나?

볼턴 : 뉴스에서 본 것 같기도 한데. 제가 그 사건하고 연관이 있다고 생각하는 건 아니죠?

앤더슨 형사 : 아니야. 하지만 네가 범인에 얽힌 정보를 알 수도 있어서.

볼턴 : 제가 무슨 수로…….

앤더슨 형사 : 너는 젠틀맨 플리즈에서 경비로 일하잖아. 아니야?

볼턴 : 보안 요원이죠. 우리는 경비라는 단어를 쓰지 않아요. 젠틀맨 플리즈는 고급 업소거든요.

앤더슨 형사 : 거기에 대해서 왈가왈부하지는 않겠다. 네가 화요일 저녁에 근무조였다고 들었는데. 수요일 오후에서야 플린트 시티를 나섰지?

볼턴 : 저랑 칼라가 캡 시티로 갔다는 얘기를 토니 로스한테 들었어요?

앤더슨 형사 : 음.

볼턴 : 그 모텔이 토니 삼촌 거라 할인을 받았거든요. 토니도 화요일 저녁 근무조라 그의 삼촌한테 연락해 달라고 부탁했어요. 우리 둘이 친하거든요, 토니하고 저 말이에요. 4시부터 8시까지 문 앞을 지켰고 8시부터 12시까지는 플로어에 있었어요. 신사분들이 앉는 무대 앞쪽 말이에요.

앤더슨 형사 : 로스 씨 말로는 네가 8시 30분이나 그쯤에 아는 사람을 만났다던데.

볼턴 : 아, T코치님을 만났어요. 코치님이 그 애한테 그런 짓을 저질렀다고 생각하시는 건 아니겠죠? 왜냐하면 T코치님은 고지식한 분이거든요. 미식축구 팀하고 리틀 리그에서 토니의 조카들을 가르쳤어요. 우리 업소에서 그분을 봐서 놀라기는 했지만, 충격을 받지는 않았어요. 어떤 사람들이 우리 업소를 찾는지 형사님은 짐작도 못 할 거예요. 은행원, 변호사, 심지어 성직자도 몇 명 본 적 있어요. 하지만 라스베이거스를 두고 하는 말도 있잖아요. 남자 화장실에서 벌어진 일은…….

앤더슨 형사 : 그렇지. 너는 고해소를 지키는 신부님만큼 분별력이 있을 거라고 본다.

볼턴 : 실컷 비웃으셔도 좋지만 진짜예요. 이 일을 계속하고 싶으면 그래야 해요.

앤더슨 형사 : 정확히 짚고 넘어가려고 묻는 건데, T코치라고 하면 테리 메이틀랜드를 말하는 거지?

볼턴 : 그렇죠.

앤더슨 형사 : 어쩌다 그를 만나게 됐는지 얘기해 봐.

볼턴 : 우리가 플로어만 지키고 있는 건 아니에요. 그것 말고도 할 일이 있거든요. 대개는 거기를 왔다 갔다 하면서 아가씨들한테 손을 대는 손님은 없는지 살피고 싸움질이 벌어지기 전에 말려요. 손님들이 흥분하면 과격해지거든요, 형사님도 이 일을 하니까 아시겠지만. 그런데 플로어에서만 말썽이 벌어지는 게 아니라 그럴 가능성이 가장 큰 곳이기 때문에 한 명은 붙박이로 거길 지켜요. 나머지는 여기저기 돌아다니면서 바 카운터, 비디오 게임 몇 개하고 동전을 넣고 하는 당구 테이블이 설치된 코너, 개인 댄스룸 그리고 남자 화장실을 체크하죠. 거기서 약물 거래가 이루어지기 십상이라 그런 인간들이 보이면 중단시키고 내쫓아요.

앤더슨 형사 : 판매 목적의 약물 불법 소지죄로 복역한 전과자가 그런 얘길 하다니.

볼턴 : 외람된 말씀이지만 너무하시네. 저 6년 동안 깨끗하게 지내 왔다고요. 약물중독자 치유 모임에도 참석하고 그러면서. 소변 검사하고 싶으세요? 기꺼이 해 드릴게요.

앤더슨 형사 : 그럴 필요 없고 약물 끊은 거 축하한다. 그러니까 8시 30분쯤에 순찰을 돌고 있었는데…….

볼턴 : 맞아요. 바 카운터를 체크하고 남자 화장실을 들여다보려고 통로를 향해 걸음을 옮겼을 때 전화를 막 끊은 T코치님이랑 맞닥뜨렸어요. 그쪽에 공중전화기가 두 대 있는데, 한 대는 고장이 났거든요. 코치님은…….

앤더슨 형사 : 클로드? 얘기를 하다가 말았다만.

볼턴 : 생각하느라고요. 기억을 더듬느라. 좀 묘해 보였거든요. 어안이 벙벙한 사람처럼. 그 사람이 정말로 그 아이를 죽였다고 생각하세요? 저는 젊은 아가씨들이 옷을 벗어젖히는 그런 데 처음 와서 그런 줄 알았는데. 그런 식으로 바보가 되는 남자들도 있거든요. 아니면 약에 취했을 수도 있고요. 제가 인사를 건넸어요. "안녕하세요, 코치님. 요즘 그 팀 잘하고 있어요?" 그랬더니 처음 만나는 사람 대하듯 저를 쳐다보더라고요. 제가 스티비와 스탠리가 출전한 모든 미식축구 경기를 보러 갔었고 더블 리버스 하는 법도 설명했었는데 말이죠. 코치는 어린애들한테는 너무 복잡하다며 그 작전을 쓰지는 않았지만. 하지만 긴 나눗셈을 배울 수 있는 아이들이라면 그런 작전도 배울 수 있어야 하는 거 아니에요?

앤더슨 형사 : 테런스 메이틀랜드가 확실했단 말이지.

볼턴 : 아, 그렇다니까요. 코치는 팀이 잘하고 있다며 택시를 부르려고 들어왔다고 했어요. 남자들은 다들 화장실 변기 옆에 놓아둔 《플레이보이》를 부인한테 들키면 기사만 읽었다고 하

잖아요, 그런 식인 거죠. 하지만 나는 그런가 보다 했어요. 젠틀맨 플리즈에서는 손님이 왕이거든요, 아가씨들 가슴을 만지려고 들지만 않으면. 코치에게 밖에 나가 보면 택시가 한두 대 있을 거라고 알려 주었죠. 그랬더니 배차요원한테 들었다며 고맙다고 하고는 나갔어요.

앤더슨 형사 : 어떤 옷을 입고 있던가?

볼턴 : 노란색 셔츠에 청바지요. 허리띠 버클에 말 머리가 있었어요. 근사한 운동화를 신었고요. 제법 비싸 보여서 기억해요.

앤더슨 형사 : 클럽에서 그를 본 사람이 너 말고는 없었나?

볼턴 : 아뇨, 그 사람이 나가는 걸 보고 두어 명이 손을 흔들었어요. 누구였는지는 모르겠고 찾으려면 골치깨나 아플 거예요, 대부분의 남자들이 젠틀맨 플리즈 같은 데를 드나든다고 실토하지 않을 테니까. 어쩔 수 없는 현실이죠. 이 일대에서 워낙 유명한 편이라 알아보는 사람들이 있는 걸 보고 놀라지는 않았어요. 심지어 몇 년 전에는 무슨 상인가도 받았잖아요, 신문 기사 읽었거든요. 플린트 시티라 그런 것도 있겠죠. 워낙 손바닥만 한 마을이라 서로 모르는 사람이 거의 없으니까, 적어도 얼굴로는. 그리고 이른바 운동선수 성향이 있는 아들을 둔 집이라면 야구나 미식축구로 T코치님을 알 수밖에 없죠.

앤더슨 형사 : 고맙다, 클로드. 도움이 많이 됐어.

볼턴 : 또 하나 기억나는 게 있는데, 별건 아니지만 그 사람이 정말 그 아이를 죽인 범인이라면 좀 섬뜩해요.

앤더슨 형사 : 뭔지 들어 보자.

볼턴 : 어느 누구의 잘못이랄 것도 없고 그냥 살다 보면 벌어지는 사건인데요. 그 사람이 택시가 있는지 나가서 찾아보려고 그랬다고 했잖아요. 내가 손을 내밀면서 말했어요. "토니의 조카들을 위해 베풀어 주신 모든 것에 감사드리고 싶어서요, 코치님. 착한 아이들이지만 부모님이 이혼도 하고 그래서 좀 거칠거든요. 코치님 덕분에 그 아이들이 이 마을을 헤집고 다니는 거 말고도 할 일이 생겼어요." 제 말을 듣고 그 사람이 놀랐는지 뒤로 살짝 움찔했다가 저하고 악수를 했어요. 그런데 악기힘이 셌고 그리고…… 제 손등에 이렇게 조그맣게 딱지가 앉은 거 보이죠? 악수할 때 그 사람이 새끼손가락으로 상처를 낸 거예요. 이제는 많이 나았고 애초부터 살짝 파인 수준이었지만 잠깐 제 약쟁이 시절이 생각나더라고요.

앤더슨 형사 : 어째서?

볼턴 : 예전에 대개 헬스 엔젤스나 데블스 디시플스 같은 모터사이클 클럽에 한쪽 새끼손가락 손톱을 기른 남자들이 있었거든요. 그 옛날 중국 황제처럼 길게 기른 경우도 본 적 있어요. 일부 바이커들은 심지어 여자들처럼 거기에 스티커를 붙였고요. 그런 걸 '코카인 손톱'이라고 불러요.

17

야구장에서 검거를 했으니 착한 경찰인 척 당근 작전을 동원할 수 없었기에, 랠프는 그저 취조실 벽에 기대고 서서 계속 지켜보는 수밖에 없었다. 또다시 비난의 눈초리와 맞닥뜨릴 것에 대비해 마음의 준비를 했지만, 테리는 아무 표정 없이 그를 흘끗 쳐다보고는 테이블 맞은편의 의자 세 개 중에 한 의자에 앉은 빌 새뮤얼스에게로 다시 관심을 돌렸다.

랠프는 이제 새뮤얼스를 관찰해 보니 그가 그렇게 빠른 속도로 그렇게 높은 자리까지 올라간 이유를 알 수 있었다. 그들 둘이 이중 거울의 저편에 서 있었을 때는 지방검사가 이런 사건을 맡기에 조금 어려 보였다. 프랭크 피터슨을 성폭행한 살인범을 마주하고 있는 지금은 더 어려 보였다. (일종의 행정 착오로) 1급 흉악범과 이런 식으로 면담하게 된 변호사 사무소 인턴 같았다. 앨팰퍼처럼 삐죽 솟은 뒷머리칼도 그가 맡은 역할(이 자리에서는 그저 행복한 햇병아리)에 일조했다. 동그랗게 뜬 호기심 어린 눈빛으로 이렇게 얘기했다. *나한테 무슨 얘기든 해도 돼요, 다 믿어 줄게요. 거물을 상대하는 게 이번이 처음이라 뭘 잘 모르거든요.*

“안녕하세요, 메이틀랜드 씨. 저는 이 카운티의 지방검사실에서 일하는 사람입니다.”

시작이 좋네. 랠프는 생각했다. *자기가 지방검사실, 그 자체면서.*

“시간 낭비예요. 변호사가 오기 전에는 아무 말도 하지 않을 테니까요. 거액의 부당 체포 소송이나 각오하세요.”

"기분 상하신 거 이해합니다. 선생님 같은 상황이면 누구나 그렇겠죠. 어쩌면 지금 이 자리에서 당장 해결할 수도 있을 것 같은데요. 피터슨이라는 아이가 살해됐을 때 어디 계셨는지 말씀해 주실 수 있을까요? 지난 화요일 오후였는데요. 어디 다른 데 계셨다면……."

"다른 데 있었어요. 하지만 먼저 변호사와 상의한 다음 말씀드리죠. 변호사 이름은 하워드 골드예요. 그분이 도착하면 단둘이서 만나고 싶습니다. 그럴 권리가 있는 거 맞죠? 유죄로 확정될 때까지는 무죄로 추정되니까요."

금세 충격을 극복하는군. 랠프는 생각했다. *전문 범죄자도 이보다 더 훌륭하지는 못하겠어.*

"맞습니다. 하지만 아무 잘못이 없으면……."

"그만하세요, 새뮤얼스 씨. 나한테 잘해 주려고 여기로 데려온 거 아니잖습니까."

"무슨 말씀이세요." 새뮤얼스는 열띤 목소리로 말했다. "무슨 착오가 있었다면 저도 바로잡고 싶은 마음이 선생님 못지않게 지대합니다."

"뒷머리가 삐쳤네요. 좀 어떻게 하지그래요. 그것 때문에 내가 어렸을 때 봤던 코미디 드라마에 나오는 앨팰퍼라는 등장인물을 닮은 것처럼 보이는데."

랠프는 감히 웃음을 터뜨리지는 않았지만 한쪽 입가를 실룩거렸다. 그것까지는 어쩔 도리가 없었다.

순간 허를 찔린 새뮤얼스는 손을 들어 삐친 머리를 매만졌다. 그

머리는 잠깐 눌렀다가 다시 삐죽 고개를 들었다.

"이 사태를 해결하고 싶지 않은 거 확실합니까?"

새뮤얼스는 몸을 앞으로 숙이고, 테리가 아주 심각한 실수를 저지르고 있다는 듯이 진지한 표정으로 물었다.

"네. 그리고 그 소송도 확실해요. 딱한 당신네 개쓰레기들이 오늘 저녁에 나뿐 아니라 아내와 우리 딸들에게 저지른 짓을 돈으로 보상할 방법이 과연 있겠는지 한번 알아볼 작정이니까요."

새뮤얼스는 몸을 앞으로 숙이고 기대에 찬 순진한 눈빛으로 테리의 눈을 똑바로 쳐다보며 그 자리에 잠깐 더 앉아 있다가 일어섰다. 순진한 눈빛이 사라졌다.

"네. 알겠습니다. 변호사랑 상의하세요, 메이틀랜드 씨. 그럴 권리가 있으니까. 녹음도 녹화도 하지 않고 커튼까지 쳐 드릴게요. 두 분이 신속하게 처리해 주시면 오늘 밤 중으로 정리할 수 있을지 모르겠네요. 내일 아침 일찍 '티오프'가 있어서."

테리는 자기가 제대로 들은 게 맞는지 의심스러워하는 표정을 지었다.

"골프 말입니까?"

"골프요. 조그만 공을 구멍에 넣는 게임이죠. 제가 그 게임은 잘하지 못하지만 이 게임은 아주 잘하거든요, 메이틀랜드 씨. 그리고 존경하는 골드 씨도 얘기할 테지만 우리는 당신을 기소 없이 48시간 동안 여기 붙잡아 놓을 수 있어요. 사실 그 정도로 오래 걸리지도 않겠지만. 그러고도 해결이 되지 않으면 월요일 아침 일찍, 날이 환할 때 당신을 데리고 나가서 기소인부절차*를 밟을 거예요. 그때쯤이면 당신이 체포됐다는 소식이 주 전체로 퍼져서 여기저기 보도도 많이 될 거예요. 사진기자들은 당신을 어느 쪽에서 찍으면 더 잘나오는지도 파악할 테고요."

새뮤얼스는 맺음말로 추정되는 발언을 마치고 거들먹거리며 문 쪽으로 걸어갔다.(랠프가 짐작하기로는 테리에게 삐친 머리를 지적당한 뒤끝이 남아 있어서 그런 듯했다.) 그가 아직 문을 열지 못했을 때 테리가 말했다.

"안녕하세요, 랠프."

랠프는 고개를 돌렸다. 테리는 침착해 보였다. 이런 상황에서 대단했다. 어쩌면 그게 아닐 수도 있었다. 정말로 냉정한 인간들, 예컨대 소시오패스들은 최초의 충격이 지나면 그렇게 침착해지면서 길고 힘든 싸움에 대비했다. 랠프는 전에도 본 적 있었다.

"하위가 도착하기 전에는 그 어떤 것도 논의할 생각이 없지만 당신한테는 하고 싶은 말이 하나 있는데요."

"하세요."

새뮤얼스가 기대하는 티를 내지 않으려고 애를 쓰며 대꾸했는데, 테리의 말을 듣는 순간 그는 실망한 표정으로 바뀌었다.

"데릭은 내가 가르친 아이들 중에 드래그 번트를 제일 잘 댔어요."

"아뇨." 랠프가 말했다. 그는 분노로 인해 자기 목소리가 비브라토처럼 떨리는 것을 느낄 수 있었다. "그런 얘기는 하지 마요. 당신 입에서 내 아들 이름이 튀어나오는 건 듣고 싶지 않으니까. 오늘 저

---

* 피고인에게 기소 사유를 알려 주고 유죄를 인정하느냐고 묻는 절차.

녁은 물론이고 앞으로도 영원히."

테리는 고개를 끄덕였다.

"그 심정 이해해요. 나도 아내와 딸아이와 1000명도 넘는 다른 사람들 앞에서 경찰에 체포되고 싶은 마음은 없었거든요. 그 1000여 명이 대부분 동네 주민이었는데 말이죠. 그러니까 당신이 내 말을 듣고 싶어 하건 말건 관심 없어요. 가만히 듣기나 해요. 나를 그런 식으로 못되게 끌고 왔으니 나한테 빚을 진 거 아닌가요?"

랠프는 문을 열었지만 새뮤얼스가 그의 팔에 손을 얹고 고개를 저으며 한쪽 구석에서 빨간색으로 조그맣게 반짝이는 카메라 쪽을 향해 눈을 살짝 치켜들었다. 랠프는 문을 닫고 팔짱을 끼며 테리 쪽으로 다시 몸을 돌렸다. 사람들 보는 앞에서 끌려온 것에 대해 응징하겠다는 테리의 발상이 그의 아픈 곳을 건드릴 듯한 예감이 들었지만 새뮤얼스의 판단이 옳았다. 변호사가 올 때까지 용의자가 입을 꾹 다물고 있는 것보다는 뭐라도 얘기를 하는 게 나았다.

"데릭은 리틀 리그에서 뛰었을 때 키가 147 내지 150센티미터 정도밖에 안 됐을 거예요. 그 뒤로 계속 지켜보았는데 이후로 15센티미터 더 컸더군요. 사실 올해 플린트 시티 선수로 영입하려고 했는데. 고등학교를 졸업할 무렵이면 당신보다 클 거예요."

랠프는 기다렸다.

"데릭은 땅꼬마였지만 타석에서 겁이 없었죠. 대부분의 아이들이 그렇지만 데릭은 심지어 와인드업을 하고 아무 데로나 공을 던지는 투수 앞에서도 피하는 법이 없었어요. 그러다 대여섯 번 공에 맞았지만 절대 굴복하지 않았고요."

사실이었다. 경기가 끝나고 데릭이 유니폼을 벗었을 때 랠프도 멍 자국을 본 적이 있었다. 엉덩이에, 허벅지에, 팔에, 어깨에. 한번은 목덜미에 까만색과 파란색의 완벽한 동그라미가 생긴 적도 있었다. 그걸 볼 때마다 지넷은 펄펄 뛰었고 데릭이 타자용 헬멧을 쓰고 있어도 마음을 놓지 못했다. 그녀는 데릭이 타석에 들어설 때마다 거의 피가 날 정도로 세게 랠프의 팔을 잡으며 저러다 눈 사이를 맞아서 혼수상태에 빠지면 어쩌느냐고 걱정했다. 랠프는 그럴 일 없다고 아내를 안심시켰지만, 데릭이 테니스가 더 잘 맞는다는 결론을 내렸을 때 지넷 못지않게 기뻐했다. 테니스공이 더 말랑말랑했다.

테리는 살짝 미소를 지으며 몸을 앞으로 숙였다.

"그 정도로 키가 작으면 볼넷을 많이 얻기 마련이거든요. 사실 오늘 저녁에 내가 트레버 마이클스를 타석에 그냥 내보낸 것도 그걸 바랐기 때문이었는데, 데릭은 대충 때울 생각이 없었어요. 안쪽이 됐건 바깥쪽이 됐건 머리 위로 날아오건 원바운드로 튀건 그냥 아무 공에나 방망이를 휘둘렀지. 몇몇 아이들이 헛스윙 앤더슨이라고 부르기 시작하다가 그중 한 명이 헛스윙칩이라고 과자 이름 비슷하게 바꿔서 그 별명으로 불렀어요. 얼마 동안은."

"아주 흥미진진하군요." 새뮤얼스가 말했다. "하지만 그 대신 프랭크 피터슨 얘기를 하면 어떨까요?"

테리의 시선은 계속 랠프에게서 떠날 줄 몰랐다.

"간단하게 요약하자면 그 아이가 그냥 걸어 나갈 생각이 없는 걸 보고 나는 번트를 가르쳤어요. 열 살이나 열한 살, 그 또래의 남자

아이들은 대개 번트를 치려고 들지 않아요. 어떻게 치면 되는지는 알지만, 정말로 세게 공을 던질 수 있는 아이를 앞에 두고 홈플레이트 위로 방망이를 낮추고 싶지 않거든요. 그런 식으로 방망이를 내밀었다가 맨손에 공을 맞으면 얼마나 아플까, 계속 그 생각이 드니까. 하지만 데릭은 아니었어요. 당신 아들은 배짱이 아주 두둑했어요. 게다가 발은 또 얼마나 빠른지, 희생 번트를 치라고 내보냈는데 안타가 될 때가 얼마나 많았는지 몰라요."

랠프는 고개를 끄덕이는 등 관심을 기울이는 내색을 전혀 보이지 않았지만 테리가 무슨 말을 하는지 알았다. 그는 그 번트를 보며 수없이 박수갈채를 보냈고, 아들이 엉덩이에 불이 난 사람처럼 베이스라인을 질주하는 광경을 직접 목격했다.

"방망이를 어떤 각도로 들어야 하는지만 가르쳐 주면 됐죠." 테리는 손을 들어 직접 보여 주었다. 오늘 저녁 경기 전에 타격 연습공을 던져 주었는지 손에 아직까지 흙이 묻어 있었다. "왼쪽으로 기울여서 공이 3루선상으로 튀게. 오른쪽으로 기울여서 1루선상으로 튀게. 방망이를 밀면 잡기 쉬운 투수 앞 뜬공이 되기 십상이니 마지막 찰나의 순간에 살짝 내밀기만. 데릭은 금세 노하우를 터득했어요. 아이들이 이제는 헛스윙칩이라 부르지 않고 다른 별명을 지어 주었죠. 경기 후반부에 우리 주자가 1루나 3루에 있으면 상대팀은 데릭이 번트를 치리라는 걸 알았거든요. 페이크 동작도 없이 투수가 셋업모션에 들어가자마자 그 아이가 방망이를 홈플레이트 위로 내리면 벤치에 있던 아이들이 일제히 외쳤어요. '푸시 번트 쳐, 데릭, 푸시 번트!' 작년에 우리가 지구 우승을 차지했을 때 1년 내내 아이들이 데릭을 그렇게 불렀거든요. 푸시 번트 앤더슨이라고. 당신도 알았나요?"

랠프는 몰랐다. 아마 철저하게 같은 팀원들만 아는 정보였기 때문이었을 것이다. 그가 알았던 게 있다면 데릭이 그해 여름에 많이 자랐다는 사실이었다. 더 많이 웃었고, 경기가 끝나면 고개를 숙이고 글러브를 늘어뜨린 채 차로 직행하기보다 친구들과 좀 더 어울려서 놀고 싶어 했다.

"대부분 데릭 스스로 거둔 업적이었죠. 제대로 할 수 있을 때까지 엄청 연습했거든요. 하지만 노력해 보도록 설득한 사람이 바로 나였어요." 테리는 말을 잠깐 멈추었다가 아주 나지막하게 다시 이었다. "그런데 당신은 나한테 이랬단 말이죠. 그 많은 사람들 앞에서."

랠프는 뺨이 화끈거리는 게 느껴졌다. 대꾸를 하려고 입을 벌렸지만 새뮤얼스가 그를 끌다시피 문 밖으로 데리고 나갔다. 새뮤얼스는 그러다 말고 잠깐 멈춰서 어깨 너머로 말했다.

"랠프가 그런 게 아닙니다, 메이틀랜드 씨. 내가 그런 것도 아니고. 당신이 자초한 거지."

그러고 나서 두 사람은 이중 거울을 마주 보았다. 새뮤얼스가 랠프에게 괜찮으냐고 물었다.

"괜찮습니다." 랠프는 뺨이 계속 화끈거렸다.

"상대방을 자극하는 데 도가 튼 녀석들이 있잖아요. 알죠?"

"알죠."

"그리고 저자가 범인이라는 것도 아시죠? 나는 이렇게 범인이 확실한 사건을 본 적이 없어요."

그래서 신경이 쓰인단 말이지. 아까는 아니었는데 지금은 그래. 새뮤얼스 말이 맞으니까 그러면 안 되는데도 그래.

"그 사람 손 봤어요?" 랠프가 물었다. "데릭한테 어떤 식으로 번트를 가르쳤는지 시범을 보였을 때, 손 봤어요?"

"네. 손이 왜요?"

"새끼손가락 손톱이 길지 않았어요. 양손 모두."

새뮤얼스는 어깨를 으쓱했다.

"잘랐나 보네요. 괜찮은 거 맞아요?"

"괜찮아요. 그냥……."

업무 공간과 구치동 사이에 달린 문이 부스럭거리다가 쾅 하고 열렸다. 복도를 달려오는 남자는 토요일 저녁에 집에서 편안하게 쉬다가 나오기라도 한 양, 빛바랜 청바지에 텍사스 크리스천 대학교의 마스코트인 슈퍼프로그가 허공으로 점프하는 그림이 그려진 티셔츠를 입고 있었다. 하지만 상자 모양의 서류가방을 들고 있는 걸 보면 변호사였다.

"안녕하세요, 검사님. 안녕하세요, 앤더슨 형사님. 어느 분께서 2015년 올해의 플린트 시티 시민을 체포한 이유를 설명해 주시겠습니까? 어찌어찌 수습할 수 있는 판단 착오인가요, 아니면 두 분 모두 빌어먹을 정신 이상을 일으킨 건가요?"

하워드 골드가 왔다.

18

수신: 카운티 지방검사 윌리엄 새뮤얼스

플린트 시티 경찰서장 로드니 겔러

플린트 카운티 보안관 리처드 둘린

주 경찰청 제7지구대장 에이버리 루돌프

플린트 시티 경찰서 랠프 앤더슨 형사

발신: 주 경찰청 제7지구 유넬 사블로 경위

날짜: 7월 13일

제목: 더브로 보겔 교통회관

새뮤얼스 지방검사님과 앤더슨 형사님의 요청 아래 상기한 일자의 오후 2시 30분에 보겔 교통회관을 찾아갔습니다. 3개 주요 버스 노선(그레이하운드, 트레일웨이스, 미드스테이트)과 앰트랙 철도 서비스를 갖춘 보겔은 이 주 남부에서 가장 중요한 육상 교통 시설입니다. 흔히 볼 수 있는 렌터카 업체들(허츠, 에이비스, 엔터프라이즈, 알라모)도 있습니다. 교통회관 전역에 감시 카메라가 제대로 설치되어 있기에 곧장 보안실로 가서 보겔의 보안실장 마이클 캠프를 만났습니다. 저를 기다리고 있더군요. 녹화 영상은 30일 동안 보관되고 전부 컴퓨터로 작동되기 때문에 7월 10일 저녁부터 총 16대의 카메라가 촬영한 영상을 모두 살펴볼 수 있었습니다.

7월 10일 저녁에 플린트 시티 택시회사에서 근무 중이었던 배차원 클린턴

엘런퀴스트 씨의 진술에 따르면 윌로 레인워터 기사가 9시 30분에 연락해 승객을 운송 완료했다고 보고했다고 합니다. 레인워터 씨의 진술에 따르면 피의자는 서던 리미티드 열차에 탑승할 계획이었다고 하는데, 그 열차가 보겔 역사로 진입한 시각이 오후 9시 50분이었습니다. 승객들은 3번 승강장에서 하차했습니다. 댈러스-포트워스로 가는 승객들은 7분 뒤인 9시 57분에 3번 승강장에서 탑승 승인을 받았고요. 서던 리미티드 열차는 10시 12분에 출발했습니다. 모든 출발과 도착이 컴퓨터로 관찰, 기록되기 때문에 지연되지 않습니다.

캠프 보안실장과 저는 (만전을 기하는 차원에서) 7월 10일 오후 9시부터 서던 리미티드가 역사를 나서고 약 50분이 지난 11시까지 16대의 카메라가 촬영한 모든 영상을 살펴보았습니다. 모든 영상의 특이사항을 아이패드에 기록했지만 (새뮤얼스 검사님께서) 워낙 시급한 상황이라 하셨으니 이 초기 보고에서는 간단하게 요약만 하겠습니다.

9:33PM: 용의자가 일반적인 택시 하차 지점이자 대부분의 승객들이 이용하는 북문을 통해 역사로 진입. 중앙 홀을 지난다. 노란색 셔츠에 청바지. 짐은 없음. 위에 달린 대형 시계를 올려다보자 2~4초 동안 얼굴이 선명하게 보인다.(새뮤얼스 검사님과 앤더슨 형사님에게 이메일로 정지 화면 전송함.)

9:35PM: 용의자가 광장 중앙의 신문 가판대에서 걸음을 멈춘다. 페이퍼백 책을 한 권 사고 현금으로 계산. 제목은 확인할 수 없고 점원은 기억하지 못하지만 필요한 경우 입수 가능. 이 장면에서는 말 머리 버클이 선명하게 보임.(새뮤얼스 검사님과 앤더슨 형사님에게 이메일로 정지 화면 전송함.)

9:39PM: 용의자가 몬트로스 로 출입구(남문)를 통해 역사를 빠져나감. 이

쪽 출입구가 일반인들에게도 공개되어 있기는 하지만 직원용 주차장이 이쪽이기 때문에 대개 교통회관 직원들이 이용하는 곳임. 이 일대에 설치된 카메라는 두 대. 용의자가 어느 카메라에도 잡히지 않았지만 오른쪽 뒷골목으로 향하는, 용의자로 추정되는 그림자 포착.

용의자는 현금으로든 신용카드로든 서던 리미티드 열차표를 구입하지 않았습니다. 화질이 선명하고 제가 판단하건대 완전한 3번 선로의 영상을 여러 번 살펴본 결과, 용의자가 역사로 다시 들어와 열차에 탑승하지 않았다고 상당히 분명하게 단언할 수 있습니다.

결론적으로 용의자가 더브로에 온 것은 거짓 단서로 수사에 혼선을 야기하기 위해서라고 봅니다. 용의자는 공범의 도움을 받거나 차를 얻어 타고 플린트 시티로 돌아갔을 겁니다. 차를 훔쳤을 가능성도 있고요. 더브로 경찰서에 따르면 문제의 그날 밤, 보겔 교통회관 인근에서 차량 도난 신고는 없었지만 캠프 보안실장도 짚고 넘어갔다시피 장기 주차장에 세워 놓은 차를 슬쩍하면 일주일이나 심지어 그 이상 신고가 접수되지 않을 수도 있죠.

장기 주차장의 보안 영상도 입수 가능하고 요청이 있을 경우 살펴보겠지만, 모든 곳이 완벽하게 커버되지는 않습니다. 뿐만 아니라 캠프 보안실장의 전언에 따르면 교체할 시기가 돼서 오작동이 잦다고 합니다. 따라서 일단은 다른 방향으로 수사를 진행하는 것이 좋을 듯합니다.

Y. 사블로 경위 드림

첨부 파일을 참고하시기 바랍니다.

19

하워 골드는 새뮤얼스와 랠프 앤더슨과 악수했다. 그런 다음 골든 드래건스 유니폼을 입고 행운의 모자를 쓰고 있는 테리 메이틀랜드를 이중 거울 너머로 바라보았다. 테리는 허리를 꼿꼿하게 펴고, 고개를 들고, 두 손은 깔끔하게 포개 테이블 위에 올려놓았다. 씰룩거리지도 꼼지락거리지도 불안한 듯 좌우를 흘끗거리지도 않았다. 랠프도 속으로 인정했다시피 켕기는 구석이 없어 보였다.

마침내 골드가 새뮤얼스를 돌아보았다.

"말씀하시죠."

반려견에게 재주를 부려 보라는 듯한 말투였다.

"지금 시점에서는 할 애기가 별로 없는데요, 하워드." 새뮤얼스는 손을 뒤통수로 가져가 삐친 머리를 눌렀다. 머리는 잠깐 눌렸다가 다시 삐죽 고개를 들었다. 랠프는 어렸을 때 남동생과 둘이서 듣고 키득댔던 앨팰퍼의 대사를 떠올렸다. *평생에 한 번뿐인 친구*는 *평생에 한 번밖에 못 만나는 거야.* "판단 착오도 아니고, 우리가 빌어먹을 정신 이상을 일으킨 것도 아니라는 얘기 말고는."

"테리는 뭐랍니까?"

"아직까지는 아무 말도 없었습니다." 랠프가 말했다.

골드는 둥그스름한 안경 렌즈 때문에 살짝 커 보이는 파란 눈을 반짝이며 몸을 돌렸다.

"내 말을 잘못 이해하셨네요, 앤더슨 씨. 오늘 저녁 말고요. 오늘 저녁에는 테리가 아무 얘기도 하지 않았을 거라는 건 알아요, 바보가 아니니까. 내 말은 1차 신문 때 말이에요. 그냥 알려 주시는 편이 좋을 겁니다, 어차피 테리에게 들을 테니까요."

"1차 신문은 없었어요."

4일이라는 짧은 기간 동안 진상을 파악한 사건이었으니 거기에 대해 찝찝함을 느낄 필요가 없었는데도 불구하고 랠프는 찝찝함을 느꼈다. 카운티 법원 청사 맞은편의 왜건 휠에서 서로 술을 사 주는 사이였던 하위 골드가 그를 이름이 아닌 성으로 불렀기 때문도 있었다. 그는 하위에게 이렇게 얘기하고 싶은 어이없는 충동을 느꼈다. *나를 보지 말고 내 옆에 있는 사람을 봐요. 전속력으로 밀어붙인 장본인이니까.*

"뭐라고요? 잠깐만. 나 원 참, 잠깐만요."

골드는 앞주머니에 손을 넣고 발뒤꿈치를 디딘 채 몸을 앞뒤로 흔들기 시작했다. 랠프는 카운티와 지방 법원에서 수없이 접했던 광경이기에 마음의 준비를 했다. 증인석에서 하위 골드에게 반대 신문을 당하는 건 결코 유쾌한 경험이 되지 못했다. 하지만 랠프는 그에게 악감정을 품은 적이 없었다. 모두 정당한 절차에 따라서 밟는 댄스 스텝이었다.

"지금 해명할 기회도 주지 않고 2000명 앞에서 그를 체포했다는 거예요?"

"당신이 훌륭한 변호사이긴 하지만 이번 경우에는 하느님도 메이틀랜드를 구제하지 못할 거예요. 그리고 거기 있었던 관중은 아마 1200명, 많아야 1500명이었을 테고요. 에스텔 바거 구장은 2000명을 수용하지 못해요. 그랬다가는 관중석이 무너질 거예요."

골드는 분위기를 밝게 바꾸려는 랠프의 이 어설픈 시도를 무시했다. 신종 벌레를 대하는 눈빛으로 랠프를 빤히 쳐다보았다.

"하지만 공개적인 장소에서 그를 체포했잖아요, 그것도 절정의 극치라고 할 만한 순간에……."

"뭐의 극치요?" 새뮤얼스가 웃으며 물었다.

골드는 이 발언도 무시했다. 계속 랠프만 빤히 쳐다보았다.

"경기장 주변에 조용히 경찰 병력을 배치해 놓고 경기가 끝난 다음 집에서 그를 체포할 수도 있었는데 그랬단 말이죠. 아내와 딸들 앞에서 일부러. 무슨 생각으로 그랬어요? 도대체 무슨 생각으로?"

랠프는 얼굴이 다시 화끈거리는 걸 느꼈다.

"진심으로 알고 싶습니까, 변호사님?"

"랠프."

새뮤얼스가 경고하는 투로 말했다. 참으라는 듯이 랠프의 팔에 손을 얹었다.

랠프는 그 손을 치웠다.

"내가 체포한 게 아니에요. 경관을 몇 명 보냈지. 새파랗게 질리도록 그의 목을 조를 수도 있겠다 싶어서. 그러면 당신 같은 영리한 변호사가 할 일이 조금 너무 많아질 테니까요." 랠프는 골드의 바로 앞으로 다가가서 그가 몸을 앞뒤로 흔들지 못하게 했다. "그자는 프랭크 피터슨을 잡아서 피기스 공원으로 끌고 갔어요. 거기서 나뭇가지로 아이를 욕보이고 살해했어요. 어떤 식으로 살해했는지 알고 싶어요?"

"랠프, 그건 기밀 사항이에요!" 새뮤얼스가 꽥꽥거렸다.

랠프는 아랑곳하지 않았다.

"예비 감식 결과에 따르면 이로 아이의 목을 뜯었답니다. 아이의 살점을 삼켰을 수도 있다고요, 알아요? 그러느라 흥분이 돼서 바지를 내리고 아이의 허벅지 위에다 자기 정액을 마구 뿌렸어요. 별 이변이 없는 한 어느 누구도 두 번 다시 볼 일 없을 만큼 끔찍하고 악랄하고 입에 담을 수 없는 살인 사건이었다고요. 그자는 한참 전부터 계획을 세웠을 게 분명해요. 현장에 출동했던 사람은 죽을 때까지 그날 본 광경을 지우지 못할 거예요. 그런데 테리 메이틀랜드가 범인이었어요. T코치가, 얼마 전까지 내 아들의 손을 잡고 번트 치는 방법을 가르쳤던 사람이. 그러고는 좀 전에 그때 얘기를 늘어놓더군요, 그러면 자기의 결백이 입증이라도 되는 듯이."

골드는 더는 무슨 벌레 대하듯 그를 쳐다보지 않았다. 이제는 알 수 없는 외계 종족이 남긴 유물을 맞닥뜨린 사람처럼 경이로워하는 표정을 짓고 있었다. 랠프는 상관하지 않았다. 상관할 수 있는 한계를 넘어섰다.

"당신도 아들이 있잖아요. 토미, 맞죠? 그래서 테리랑 같이 유소년 미식축구 코치를 맡은 거 아닌가요, 토미가 그 팀에서 뛰고 있었기 때문에? 그자는 당신 아들한테도 손을 댔어요. 그런데 변호를 하겠다고요?"

그러자 새뮤얼스가 말했다.

"맙소사, 아가리 닥쳐요."

골드는 더 이상 몸을 흔들지는 않았지만 뒤로 물러나지도 않고, 거의 인류학자처럼 경탄하는 눈빛으로 랠프를 계속 쳐다볼 따름이었다.

"테리를 신문하지도 않았다니." 그는 내뱉었다. "하지 않았다니, 신문조차. 나는 지금까지…… 나는 지금까지……."

"자, 그만합시다." 새뮤얼스가 어색하게 명랑한 목소리로 말했다. "다 보셨다고 보면 됩니다, 하위 씨. 대부분 두 번씩 보셨어요."

"이제 그와 상의를 해야겠습니다." 골드가 딱딱하게 말했다. "그러니까 녹음기 치우고 커튼 쳐 주세요."

"좋습니다. 15분 드리고 저희가 들어갈게요. 코치님이 할 얘기가 있는지 확인하게."

"한 시간 쓰겠습니다, 새뮤얼스 씨."

"30분 드리죠. 그런 다음, 매컬레스터에서 종신형을 사느냐 사형을 당하느냐의 기로에 섰을 때 상당한 영향이 미치니 그의 자백을 받든지, 월요일에 기소인부절차를 밟을 때까지 구치소로 끌고 가든지 하죠. 당신 하기 나름이에요. 하지만 우리가 생각 없이 이러고 있다고 생각하면 그보다 더 엄청난 착각은 없을 겁니다."

골드는 문 앞으로 다가갔다. 랠프는 신분증을 잠금장치에 대고 이중 빗장이 철컹 하고 열리는 소리가 들리는지 확인한 다음 거울 앞의 원래 자리로 돌아가 변호사가 들어가는 걸 지켜보았다. 메이틀랜드가 자리에서 일어나 팔을 내밀고 골드에게로 다가가자 새뮤얼스는 긴장했지만, 메이틀랜드는 공격적인 표정이 아니라 안심한 표정을 짓고 있었다. 그가 끌어안자 골드도 상자 모양의 서류가방을 내려놓고 마주 안았다.

"사나이들의 포옹이네요. 이보다 보기 좋을 수 있을까요?"

골드가 새뮤얼스의 말을 듣기라도 한 듯, 빨간색으로 조그맣게 반짝이는 카메라를 가리켰다.

"이거 끄세요." 머리 위에 달린 스피커에서 그의 목소리가 흘러나왔다. "소리도. 그런 다음 커튼 쳐요."

벽에 달린 콘솔 스위치 중에 녹음과 녹화 스위치도 있었다. 랠프가 그 두 스위치를 내렸다. 취조실 구석에 달린 카메라의 빨간 불빛이 꺼졌다. 그가 고개를 끄덕이자 새뮤얼스가 커튼을 닫았다. 커튼이 거울을 덮는 소리에 랠프는 불쾌한 기억을 떠올렸다. 랠프는 지금까지 세 번, 모두 빌 새뮤얼스가 등장하기 전에 매컬레스터에서 열린 사형식을 참관한 적이 있었다. 사형실과 참관실 사이의 기다란 유리창에 그 비슷한 커튼이 걸려 있었다.(어쩌면 같은 회사 제품일 수도 있었다!) 증인들이 참관실로 들어서자 커튼이 젖혔고 죄수에게 사망선고가 내려지자마자 닫혔다. 그때도 지금처럼 귀에 거슬리는 소리가 났다.

"길 건너편 조니스에 가서 탄산음료랑 햄버거 사 가지고 올게요." 새뮤얼스가 말했다. "너무 초조해서 저녁을 못 먹었거든요. 뭐 필요한 거 있어요?"

"커피요. 우유는 말고 설탕만 한 개 넣어서."

"진짜요? 나도 조니스 커피 마셔 봤지만 아무 이유 없이 블랙 데스라고 불리는 게 아니던데."

"도전해 볼게요."

"알았어요. 15분 안으로 올게요. 저들이 일찍 끝내더라도 나 올 때까지 기다려요."

당연한 얘기였다. 랠프가 보기에 이제부터는 빌 새뮤얼스의 작품이었다. 이런 소름 끼치는 사건에서 그럴 일이 있을지 모르겠지만 영광은 모두 그의 몫이었다. 복도 저편에 의자들이 일렬로 놓여 있었다. 랠프는 나지막이 웅웅거리며 잠을 자는 복사기 바로 옆 의자에 앉았다. 쳐진 커튼을 바라보며 테리 메이틀랜드가 그 안에서 뭐라고 하고 있을지, 유소년 미식축구 공동 코치 앞에서 무슨 황당한 알리바이를 늘어놓고 있을지 궁금해했다.

랠프는 메이틀랜드를 젠틀맨 플리즈 앞에서 더브로 기차역까지 태우고 갔다던 덩치 큰 아메리카 원주민 여자를 떠올렸다. *내가 YMCA에서 프레리 리그 농구 코치예요.* 그녀는 이렇게 말했다. *메이틀랜드가 학부모들이랑 같이 관중석에서 애들이 경기하는 모습을 보곤 했어요. 시티 리그 야구팀으로 스카우트할 인재를 물색하는 중이라고…….*

그녀가 그를 알았으니 그도 그녀를 분명 알았을 것이다. 레인워터는 몸집과 인종 때문에 쉽게 잊힐 상대가 아니었다. 그런데도 택시를 탔을 때 그는 그녀를 기사님이라고 불렀다. 왜 그랬을까? YMCA에서 본 적 있지만 이름은 생각이 나지 않았기 때문에? 그럴 수도 있었겠지만 썩 탐탁지 않은 가설이었다. 윌로 레인워터도 쉽게 잊힐 만한 이름이 아니었다.

"뭐, 스트레스를 받고 있는 상황이었잖아." 랠프는 자기 자신, 혹은 꾸벅꾸벅 조는 복사기를 향해 중얼거렸다. "게다가……."

또 다른 기억이 떠올랐고 그와 더불어 메이틀랜드가 기사님이라는 단어를 쓴 좀 더 그럴듯한 이유가 생각났다. 랠프보다 세 살 어린 남동생 조니는 숨바꼭질에 소질이 없었다. 자기 눈에 랠프가 보이지 않으면 랠프 눈에도 자기가 보이지 않을 거라고 생각했는지 대개 자기 방으로 뛰어 들어가서 이불을 뒤집어썼다. 방금 전에 끔찍한 살인을 저지른 사람도 그 비슷하게 허튼 희망을 품을 수 있지 않을까? *내가 너를 모르면 너도 나를 모르지.* 물론 말도 안 되는 논리이긴 하지만 이건 미치광이가 저지른 범죄였고, 그 관점에서 해석하면 테리가 레인워터에게 보인 반응뿐 아니라 그가 플린트 시티에서 많은 사람들이 아는 주지의 인물인 데다 스포츠 팬들에게는 사실상 유명 인사였는데도 불구하고 처벌을 모면할 수 있다고 생각한 이유까지 알 수 있었다.

하지만 칼턴 스카우크로프트가 있었다. 랠프는 눈을 감으면 스카우크로프트의 중요 진술에 밑줄을 긋고 배심원들에게 어쩌면 O.J. 심슨의 변호사가 한 말을 도용해 이런 식으로 최종 변론하는 골드의 모습이 그려지는 듯했다. *이 장갑이 맞지 않으면 그는 무죄입니다.* 조니 코크런은 그렇게 말했다.* 이걸 골드 식으로 바꾸면 거의 비슷하게 기억하기 쉬운 이런 문구가 탄생될지 모른다. *그 병원을 몰랐으니 그는 석방입니다.*

이 방법은 효과가 없을 테고 결과가 전혀 비슷하지도 않을 테지만…….

스카우크로프트에 따르면 메이틀랜드는 얼굴과 옷에 피가 묻은

* 1990년대에 미식축구 선수였던 O.J. 심슨이 전처 살인범으로 체포됐을 때 사건 현장에서 발견된 피 묻은 장갑이 결정적인 증거로 채택됐다. 하지만 이 장갑은 심슨의 손에 맞지 않았고 담당 변호사였던 조니 코크런이 "이 장갑이 맞지 않으면 그는 무죄입니다."라는 유명한 말을 남기며 무죄 선언을 이끌어 냈다.

이유가 콧속에서 뭐가 터졌기 때문이라고 했다. 올드 *페이스풀처럼 터졌을 뿐이지. 이 근처에 응급 병원이 있을까요?*

그런데 테리 메이틀랜드는 대학교에 다닌 4년을 제외하면 평생을 플린트 시티에서 살았다. 그러니 코니 포드 옆에 있는 퀵케어 병원까지 가는 길을 물을 필요도 없었을 것이다. 애초에 그런 데가 있느냐고 물을 필요도 없었을 것이다. 그런데 왜 물었을까?

새뮤얼스가 콜라와 포일에 싼 햄버거와 테이크아웃용 컵에 담긴 커피를 들고 돌아와 랠프에게 커피를 내밀었다.

"저 안은 잠잠해요?"

"네. 내 시계에 따르면 앞으로 20분 남았어요. 저들 얘기가 끝나면 내가 들어가서 DNA를 채취하겠다고 설득할게요."

새뮤얼스는 햄버거 포장을 풀고 빵을 들어서 안을 살짝 들여다보았다.

"이런 망할. 긴급 의료원이 화상 환자한테서 긁어낸 살점처럼 생겼네."

그는 그렇게 말해 놓고 햄버거를 먹기 시작했다.

랠프는 테리와 레인워터가 나눈 대화, 테리가 응급 병원에 대해서 물은 희한한 상황에 대해 언급할까 하다가 그만두었다. 테리가 변장도 하지 않고 심지어 선글라스로 얼굴을 가리려는 시도조차 하지 않은 것이 생각났지만 그것 역시 언급하지 않았다. 전에도 그 얘기를 꺼낸 적이 있었지만, 새뮤얼스는 목격자와 우라질 법의학 증거와 비교하면 전혀 중요하지 않은 부분이라며 한쪽 옆으로 제쳤고 그건 맞는 말이었다.

새뮤얼스가 예견했다시피 커피 맛이 끔찍했지만 그래도 랠프는 조금씩 마셨고, 거의 다 마셨을 때 골드가 버저를 눌러 취조실에서 나가겠다는 신호를 보냈다. 그의 표정을 보고 랠프 앤더슨의 뱃속이 경련을 일으켰다. 불안해하는 표정도 화난 표정도, 의뢰인이 아주 난처한 지경에 놓였다는 사실을 깨달았을 때 일부 변호사들이 오버해 가며 짓는 분개하는 표정도 아니었다. 그는 동정하는 표정이었고 진심인 듯했다.

"아이고, 이를 어쩌나. 두 분 아주 골치 아프게 됐네요."

20

플린트 시티 종합병원

병리학 및 혈청학과

수신: 랠프 앤더슨 형사

유넬 사블로 경위

윌리엄 새뮤얼스 지방검사

발신: 에드워드 보건 박사

날짜: 7월 14일

제목: 혈액형과 DNA

혈흔:

여러 품목에서 혈액형 검사를 실시했습니다.

먼저 희생자인 11세 백인 남자 어린이 프랭크 피터슨을 계간하는 데 쓰인 나뭇가지. 이 나뭇가지의 길이는 약 55센티미터이고 지름은 8센티미터입니다. 하단의 헐거운 껍데기가 벗겨진 이유는 범인이 거칠게 다루었기 때문일 가능성이 큽니다.(첨부한 사진을 참고) 껍데기가 벗겨진 이 부분에서 지문이 발견됐습니다. 주 경찰청 과학수사반이 여기서 지문을 사진촬영하고 채취한 뒤 랠프 앤더슨 형사(플린트 시티 경찰서)와 유넬 사블로 주 경찰관(주 경찰청 제7지구대)이 증거물을 저에게 전달했습니다. 따라서 증거의 연속성이 손상되지 않았다고 진술할 수 있습니다.

이 나뭇가지의 끝쪽 13센티미터에 남은 혈흔은 O+이고 이는 프랭크 피터슨 가정의 호러스 코널리가 맞다고 확인한 희생자의 혈액형입니다. 나뭇가지 곳곳에 O+의 혈흔이 남은 것은 이른바 '튀기기' 또는 '거품' 현상 때문입니다. 희생자가 성폭행을 당하는 순간 튄 것일 가능성이 크고 범인의 피부와 옷에도 이런 흔적이 남았을 것으로 추정됩니다.

샘플에서 발견된 또 다른 혈액형이 있습니다. 숫자가 훨씬 적은(인구의 3퍼센트) AB+형입니다. 범인의 혈액형일 텐데, 엄청난 힘을 동원해 나뭇가지를 다루었을 때 손을 베였을 수도 있다고 봅니다.

쇼티스 펍(메인 가 1124번지) 뒤편의 직원용 주차장에 유기된 2007년형 이코노라인 밴의 운전석, 운전대, 계기판에서도 상당히 많은 양의 O+형의 혈흔이 검출됐습니다. 운전대에서 AB+형의 혈흔 몇 방울도 검출됐습니다. 주 경찰청 과학수사반 소속 엘머 스탠턴과 리처드 스펜서 경사가 이 샘플들을 제게 전달했기에 증거의 연속성이 손상되지 않았다고 진술할 수 있습니다.

(올드 포지 도로라고도 불리는) 72번 도로 인근의 방치된 나루터에서 발견된 2011년형 스바루에서 수거한 의류(셔츠, 바지, 양말, 아디다스 운동화, 자키 속옷)에서도 O+형의 혈흔이 다량 검출됐습니다. 셔츠의 왼쪽 소맷단에 AB+형의 혈흔이 한 방울 남아 있었고요. (제7지구대) 존 코리타 주 경관과 주 경찰청 과학수사반 소속 스펜서 경사가 이 샘플들을 제게 전달했기에 증거의 연속성이 손상되지 않았다고 진술할 수 있습니다. 이 보고서를 작성하는 시점을 기준으로 스바루 아웃백에서는 AB+형의 혈흔이 검출되지 않았습니다. 향후에 검출될 수도 있겠으나, 범인이 범행 당시 찰과상이 생겼다 하더라도 스바루를 유기한 시점에서는 이미 응고됐을 가능성도 있습니다. 붕대를 감았을 수도 있지만 샘플이 워낙 적은 걸 감안했을 때 그랬을 가능성은 없다고 봅니다. 기껏해야 살짝 긁힌 정도였을 겁니다.

AB+형이 비교적 소수라는 점을 감안해 용의자의 혈액형을 조속히 확인하시기 바랍니다.

DNA:

캡 시티에서 DNA 검사 결과를 기다리는 샘플의 대기열이 워낙 길기 때문에 일반적인 경우에는 결과를 입수하기까지 몇 주, 심지어 몇 개월이 소요됩니다. 하지만 워낙 잔인한 범행인 데다 피해자의 연령이 있기에 현장에서 입수된 샘플을 '대기열 맨 앞'에 놓았습니다.

가장 중요한 샘플은 피해자의 허벅지와 둔부에서 채취한 정액이지만, 피해자의 항문에 꽂힌 나뭇가지에서도 피부 샘플이 채취되었고 물론 앞에서 말씀드린 혈액 샘플도 있습니다. 현장에서 채취한 정액의 DNA 분석 결과는 다음 주에 나올 겁니다. 스탠턴 경사 말로는 그보다 더 일찍 나올 수도 있을지 모른다지만 지금까지 DNA 문제를 숱하게 다루어 본 사람으로서 아무리 이처럼 우선적인 사안이라도 다음 주 금요일은 되어야 할 거라고 봅니다.

관례에 어긋나는 일이지만 이쯤에서 사견을 하나 덧붙일까 합니다. 저는 지금까지 수많은 살인 사건의 증거를 검토했지만 이렇게 끔찍한 사건은 처음이기에 조속한 시일 내로 범인을 검거해 주시길 촉구하는 바입니다.

오전 11시, 에드워드 보건 박사의 구술

21

하워 골드는 오후 8시 40분에 할당받은 30분에서 꼬박 10분을 남기고 테리와의 개인 면담을 마쳤다. 그 무렵에는 트로이 래미지와, 8시에 근무를 시작하는 스테퍼니 굴드 순경이 랠프와 빌 새뮤얼스에게 합류했다. 그녀는 계속 비닐봉지에 보관한 DNA 키트를 휴대하고 있었다. 랠프는 하워의 '아이고, 이를 어쩌나. 두 분 아주 골치 아프게 됐네요.' 발언을 무시하고 그에게 의뢰인의 DNA 샘플을 채취해도 되겠느냐고 물었다.

하워는 문이 다시 잠기지 않게 발로 취조실 문을 열어 놓고 있었다.

"뺨 안쪽에서 면봉으로 DNA 샘플을 채취하고 싶다는데, 테리. 그래도 괜찮을까? 어차피 샘플은 다른 데서라도 입수할 테고 나는 두세 군데 얼른 전화를 걸 데가 있어."

"좋아요." 테리의 눈 밑으로 다크서클이 나타나기 시작했지만 목소리는 차분했다. "자정 전에 여기서 빠져나갈 수 있게, 해야 하는 건 뭐든 해치우자고요."

그렇게 될 거라고 절대적으로 확신하는 말투였다. 랠프와 새뮤얼스는 서로 흘끗 쳐다보았다. 새뮤얼스가 눈썹을 추켜세우자 그 어느 때보다도 앨팰퍼와 닮은꼴이 되었다.

"집사람한테 전화해 줘요. 나 괜찮다고."

그러자 하위는 씩 웃었다.

"거기가 통화 순위 1번이지."

"복도 끝으로 가세요." 랠프가 말했다. "거기가 전파가 제일 잘 잡혀요."

"알아요. 여기 와 봤거든요. 환생한 기분이네요." 하위가 그러고는 테리에게 말했다. "내가 돌아올 때까지 아무 말도 하지 마."

래미지 경관이 면봉을 두 개 꺼내 양쪽 뺨 안쪽을 한 개씩 긁었고 카메라를 향해 들어 보인 다음 각각 조그만 유리병에 담았다. 굴드 경관은 유리병을 비닐봉지에 넣고 카메라를 향해 들어 보이며 증거임을 뜻하는 빨간색 스티커로 봉인했다. 그런 다음 관리의 연속성을 증명하는 서류에 서명했다. 두 경관이 플린트 시티 경찰관의 증거 보관실 역할을 하는 벽장 크기의 방으로 이 샘플을 들고 갈 것이다. 아마도 주 경찰청에서 두 명의 경관이 추가돼 다음 날 샘플을 캡 시티로 전달할 것이다. 따라서 보건 박사도 나중에 얘기하겠지만 증거의 연속성이 손상되지 않을 것이다. 조금 까다로운 척하는 것처럼 들릴 수도 있겠지만 그냥 하는 말이 아니었다. 랠프는 그 연속선상에 어떤 허점도 용납하지 않을 작정이었다. 실수는 없을 것이다. 빠져나갈 방법도 없을 것이다. 이 사건의 경우에는 그랬다.

하위가 본관으로 나가는 문 옆에서 통화를 하는 동안 새뮤얼스 지방검사가 취조실로 다시 들어가려고 했지만, 랠프는 통화 내용을 듣고 싶은 마음에 그를 붙잡아 세웠다. 하위는 테리의 아내와 잠깐 통화하고(*"잘 해결될 거예요, 마시."*라고 하는 소리가 랠프의 귀에 들렸다.) 그다음으로 누군가에게 전화해 테리의 딸들이 어디 있는지 알리고, 바넘 코트 앞에 기자들이 진을 치고 있을 테니 거기에 걸맞게 일을 처리하라며 아까보다 더 짧게 전화를 끝냈다. 그런 다음 취조실로 다시 돌아왔다.

"자, 이 난장판을 정리할 수 있을지 볼까요?"

랠프와 새뮤얼스는 테이블을 사이에 두고 테리의 맞은편에 앉았다. 그 둘 사이의 의자에는 아무도 앉지 않았다. 하위는 의뢰인의 어깨에 손을 얹고 그 옆에 서 있었다.

새뮤얼스가 웃는 얼굴로 말문을 열었다.

"어린 남자아이들을 좋아하시죠, 코치님?"

테리 쪽에서는 일말의 주저함도 없었다.

"아주 좋아하죠. 딸이 둘이나 있으니 어린 여자아이들도 좋아하고요."

"따님들도 분명 운동을 하겠죠. 아빠가 T코치님이니 그럴 수밖에 없지 않겠어요? 하지만 코치님은 여자아이들은 가르치지 않죠? 축구도 소프트볼도 라크로스도. 남자아이들만 고집해요. 여름에는 야구, 가을에는 미식축구, 겨울에는 YMCA 농구. 그건 그냥 관람만 하겠지만. 토요일 오후에 YMCA에 갈 때마다 스카우트하러 가는 거라고 했다면서요? 스피드와 민첩성을 갖춘 아이를 찾는다고. 그리고 이왕 간 김에 아이들이 반바지를 입으면 어떤 모습인지 확인도 하고."

랠프는 하위가 제지하고 나설 거라고 예상했지만, 그는 적어도 당장은 아무 말도 하지 않았다. 그의 얼굴은 완벽한 백지가 되었고, 얘기하는 사람들 사이를 오가는 눈 말고는 아무것도 움직이지 않았다. *포커를 치면 아주 끝내주게 잘 치겠어.* 랠프는 생각했다.

반면에 테리는 미소를 머금기 시작했다.

"윌로 레인워터한테 그 얘길 들었나 보네요? 당연히 그렇겠지만. 그 여자, 걸작 아니에요? 토요일 오후마다 어떤 식으로 고함을 지르는지 들어 봐야 해요. *박스 아웃, 박스 아웃, 부지런히 움직여, 이제* ***골밑으로 돌진!*** 요즘 어떻게 지낸대요?"

"그야 당신이 더 잘 알잖아요. 화요일 밤에 만났으니까요."

"만난 적 없……."

테리가 더 이상 뭐라고 얘기하기 전에 하위가 그의 어깨를 세게 잡는다.

"초보적인 신문은 건너뛰죠? 그냥 테리가 여기 잡혀 온 이유를 알려 주세요. 어디 설명을 차근차근 들어 봅시다."

"화요일에 어디 있었어요?" 새뮤얼스는 이렇게 맞받아쳤다. "아까 하려고 했던 얘기 마저 하시죠."

"나는……."

하지만 하워 골드가 이번에는 전보다 좀 더 세게 다시 테리의 어깨를 잡았다.

"아뇨, 빌, 그런 식으로 밀어붙일 생각은 하지 마요. 어떤 패를 쥐고 있는지 얘기하시죠. 안 그러면 언론사와 당장 접촉해 당신이 플린트 시티의 모범 시민을 프랭크 피터슨 살인범으로 체포해 그의 명성에 먹칠을 하고 아내와 딸들을 공포로 몰아넣고 이유도 밝히지 않는다고 얘기할 테니까."

새뮤얼스가 쳐다보자 랠프는 어깨를 으쓱했다. 지방검사가 이 자리에 없었다면 랠프는 신속한 자백을 바라는 마음에 진작부터 증거를 제시하고 있었을 것이다.

"어서요, 빌. 이 사람, 집에 가서 가족들과 함께 있어야 한단 말입니다."

새뮤얼스는 미소를 지었지만 웃음기가 없는 눈빛이었다. 그냥 이를 드러낸 것에 불과했다.

"가족들은 법정에서 만날 거예요, 하워드. 월요일에 열리는 기소인부절차 때."

랠프는 예의라는 허울이 점점 얇아지는 걸 느낄 수 있었고, 범죄와 그 범죄를 저지른 자에게 진심으로 분노한 빌에게 대부분의 책임이 있다고 생각했다. 누구라도 비슷한 심정을 느꼈겠지만…… 랠프의 할아버지가 씀직한 표현을 빌자면 성질을 부린다고 해결되는 일은 아무것도 없었다.

"저기, 시작하기 전에 묻고 싶은 게 있는데요." 랠프가 짐짓 쾌활한 목소리로 말했다. "딱 한 가지만요. 괜찮을까요, 변호사님? 어차피 우리가 알아내지 못할 건 없는데."

하위는 새뮤얼스에게서 주의를 돌려준 데 고마워하는 눈치였다.

"뭔지 들어 보죠."

"혈액형이 어떻게 돼요, 테리? 당신 혈액형이 뭔지 알아요?"

테리는 하위를 쳐다보았다가 그가 어깨를 으쓱하자 다시 랠프에게로 시선을 돌렸다.

"모를 수가 없죠. 해마다 여섯 번씩 적십자에서 헌혈을 하거든요, 상당히 드문 혈액형이라."

"AB형요?"

테리는 눈을 깜빡였다.

"그걸 어떻게 알았어요?" 그는 이내 정답을 깨달았다. "하지만 그렇게 드문 혈액형도 아니죠. AB-형에 비하면. 그건 인구의 1퍼센트밖에 안 돼요. 적십자에서는 그 혈액형인 사람의 연락처를 단축번호로 입력해 놔요, 진짜예요."

"드문 걸로 얘기하자면 나는 항상 지문이 생각나던데요." 새뮤얼스가 안부를 건네는 투로 말했다. "법정에서 하도 자주 언급이 돼서 그렇겠지만."

"하지만 배심원단의 판결에 영향을 미치는 경우는 거의 없죠."

새뮤얼스는 하위의 말을 못 들은 척했다.

"100퍼센트 똑같은 지문이 없잖아요. 심지어 일란성 쌍둥이도 여기저기 미세하게 다르니 말이죠. 혹시 일란성 쌍둥이가 있는 건 아니죠, 테리?"

"설마 피터슨이 살해된 현장에서 내 지문이 입수됐다는 얘기는 아니죠?"

테리는 진심으로 못 미더워하는 표정을 지었다. 랠프도 인정하는 수밖에 없었다. 그는 일말의 빈틈도 용납하지 않는 배우였다.

"입수된 지문이 하도 많아서 셀 수 없을 정도예요. 당신이 피터슨을 납치할 때 쓴 흰색 밴도 지문투성이고, 밴 뒷자리에서 발견된 아이의 자전거에도 남아 있고, 밴의 공구함에도 남아 있고, 당신이 쇼티스 펍 뒤편에서 갈아탄 스바루도 지문투성이고." 랠프는 말을 멈추었다. "그리고 피터슨의 항문에 꽂은 나뭇가지에도 남아 있어요. 하도 우악스럽게 넣어서 장기 손상 하나만으로도 아이가 목숨을 잃을 수 있었다던데."

"지문 감식 가루나 자외선램프를 동원할 필요도 없었어요." 새뮤얼스가 말했다. "아이의 피가 묻은 채로 찍혔거든요."

이 시점에 이르면 변호사가 있건 없건 대부분의 범인들은, 약 95퍼센트 정도가 무너졌다. 하지만 이번에는 아니었다. 랠프는 남자의 표정에서 충격과 경악이라면 모를까, 죄책감은 읽을 수 없었다.

하위가 정신을 차렸다.

"지문이 있다고요? 좋아요. 하지만 가짜 지문이 남겨지는 경우가 어디 한두 번인가요."

"몇 개라면 그럴 수 있죠." 랠프가 말했다. "하지만 70개를? 80개를? 그것도 피를 묻혀서 무기, 그 자체에다가요?"

"목격자도 줄줄이 있어요." 새뮤얼스가 손가락으로 꼽기 시작했다. "당신이 제럴스 파인 마트 주차장에서 피터슨에게 다가가 말을 거는 걸 본 사람이 있고. 아이의 자전거를 당신이 타고 온 밴 뒷자리에 넣는 걸 본 사람도 있고. 아이가 당신과 함께 밴에 오르는 걸 본 사람도 있고. 살인이 벌어진 숲속에서 피투성이로 나오는 걸 본 사람도 있고. 이런 식으로 끝도 없지만 우리 어머니가 항상 얘기하길 나중을 위해서 몇 개는 아껴 두라더군요."

"목격자는 믿을 만한 존재가 못 되죠. 지문이 불확실하다면 목격자는……."

하위는 고개를 저었다.

랠프가 끼어들었다.

"그건 그래요, 대부분의 경우에는 그렇죠. 하지만 이번은 아니에요. 얼마 전에 면담한 누군가가 그러더군요, 플린트 시티는 그냥 작은 마을이라고. 그 말에 나도 전적으로 동의하는지는 잘 모르겠지만, 웨스트사이드는 상당히 좁은 동네고 여기 이 메이틀랜드 씨는 유명 인사란 말이죠. 테리, 제럴스 마트에서 당신을 보았다는 여자분은 동네 주민이고 피기스 공원의 숲에서 당신이 나오는 걸 보았다는 여자아이는 같은 바넘 가에 살 뿐 아니라, 개를 잃어버렸을 때 당신이 찾아 주었기 때문에 당신을 아주 잘 알아요."

"준 모리스요?" 테리는 절대 못 믿겠다는 표정으로 랠프를 쳐다보았다. "*주니요?*"

"그 둘 말고도 더 있어요." 새뮤얼스가 말했다. "한두 명이 아니에요."

"월로요?" 테리는 배를 한 대 얻어맞은 것처럼 숨을 헐떡거렸다.

"윌로도 그랬다고요?"

"한두 명이 아니라니까요." 새뮤얼스가 같은 말을 반복했다.

"다들 여섯 장의 사진 중에서 당신을 골랐어요." 랠프가 말했다. "전혀 망설임 없이."

"아마도 내 의뢰인이 골든 드래건스 야구모자를 쓰고 큼지막하게 C라고 적힌 셔츠를 입고 있는 사진이겠죠? 신문한 경관이 그 사진을 손끝으로 톡톡 두드렸을 테고요?"

"아니라는 걸 알면서 그러시네." 랠프가 말했다. "설마 모르고 그러는 건 아니죠?"

그러자 테리가 말했다.

"이건 악몽이네요."

새뮤얼스가 동조하는 미소를 지었다.

"그 심정 이해해요. 왜 그랬는지 얘기하면 악몽을 끝낼 수 있어요."

제정신 박힌 사람이 이해할 수 있을 만한 이유가 이 지구상에 과연 존재할까. 랠프는 생각했다.

"그러면 달라질 수 있을지 몰라요." 새뮤얼스는 이제 거의 회유하는 투였다. "하지만 DNA 검사 결과가 나오기 전이라야 해요. DNA 샘플도 대거 입수했는데, 그게 당신 뺨 안쪽에서 채취한 DNA와 일치하면……." 그는 어깨를 으쓱했다.

"얘기해요. 일시적인 정신병이었는지, 해리성 둔주* 상태에서 저지른 짓인지, 성적 충동인지, 다른 뭔지 모르겠지만 얘기해요." 랠

* 해리성 기억상실의 한 형태로 자신의 과거나 신분이나 이름을 모두 잊어버리고 배회하는 질환.

프는 자신의 언성이 높아지는 걸 느끼고 억누르려고 했다가 알 게 뭐냐고 생각했다. "*남자답게 얘기하라고요!*"

테리는 테이블 맞은편에 앉은 사람들을 향해 하는 얘기라기보다 혼잣말에 가깝게 중얼거렸다.

"어떻게 이럴 수가 있는지 전혀 모르겠어요. 나는 심지어 화요일에 여기 있지도 않았는데."

"그럼 어디 있었는데요?" 새뮤얼스가 물었다. "마음대로 썰을 풀어 봐요. 내가 재밌는 이야기를 좋아하거든요. 고등학교 때 애거서 크리스티도 거의 다 읽었어요."

테리가 올려다보자 골드는 고개를 끄덕였다. 하지만 랠프는 하위가 이제 불안한 표정을 짓고 있다는 생각이 들었다. 혈액형과 지문이 엄청난 일격이었고, 목격자들의 증언은 그보다 더 엄청난 일격이었다. 아마 그중에서도 잃어버린 개를 선하고 믿음직한 T코치가 찾아 주었던 주니 모리스의 증언이 가장 큰 일격이었을 것이다.

"캡 시티에 있었어요. 화요일 오전 10시에 출발해 수요일 밤 늦게 돌아왔죠. 9시 30분쯤이었는데, 나로서는 늦은 시각이었어요."

"동행은 없었겠죠." 새뮤얼스가 말했다. "혼자 떠나서 생각을 좀 정리하고 싶었겠죠? 큰 경기를 앞두고 마음의 준비도 할 겸."

"나는……."

"당신 차하고 흰색 밴, 둘 중에 뭘 타고 갔어요? 그나저나 그 밴은 어디 숨겨 두었어요? 무슨 수로 뉴욕 번호판이 달린 차를 훔쳤고. 내 나름대로 추측한 가설이 있지만 당신이 맞는다고 할지, 아니라고 할지……."

"내 얘기 끝까지 들을 거예요, 안 들을 거예요?" 놀랍게도 테리는 다시 미소를 짓고 있었다. "듣기 겁이 나는 모양이네요. 겁이 날 만도 해요. 지금 허리까지 똥밭에 빠졌는데 점점 더 깊숙이 빠져들고 있으니 말이죠."

"그래요? 그럼 이 면담이 끝났을 때 취조실을 빠져나가 집으로 갈 수 있는 사람이 나인 건 왜 그럴까요?"

"진정해요." 랠프가 조용히 말했다.

새뮤얼스가 그를 돌아보자 삐친 머리가 까딱거렸다. 랠프의 눈에는 이제 그게 전혀 우습게 느껴지지 않았다.

"나더러 진정하라고 하지 마요, 랠프. 지금 우리 앞에는 나뭇가지로 아이를 성폭행하고 무슨…… 빌어먹을 식인종처럼 목을 물어뜯은 인간이 앉아 있다고요!"

골드는 구석에 설치된 카메라를 똑바로 올려다보며 미래의 판사와 배심원단을 대변했다.

"화난 애처럼 굴지 마세요, 지방검사님. 안 그러면 이 자리에서 당장 면담을 종료하겠습니다."

"동행이 있었어요. 그리고 흰색 밴에 대해서는 아는 게 전혀 없고요. 에버렛 라운드힐, 빌리 퀘이드 그리고 데비 그랜트하고 같이 갔어요. 그러니까 플린트 고등학교 영어과 전원이요. 내 익스피디션은 에어컨이 사망해서 수리를 맡겼기 때문에 에버렛의 차를 타고 갔죠. 영어학과장이고 차가 BMW라 널찍하거든요. 학교에서 10시에 출발했어요."

새뮤얼스가 그 말을 듣고 잠깐 너무 당황해서 빤한 질문을 하지 못하는 눈치를 보이길래 랠프가 대신 물었다.

"여름방학 중간에 영어과 교사 네 명이 캡 시티에는 어쩐 일로요?"

"할런 코벤 때문에요."

"할런 코벤이 누군데요?"

빌 새뮤얼스가 물었다. 미스터리 소설에 대한 그의 관심은 애거서 크리스티로 정점을 찍은 모양이었다.

랠프는 그가 누군지 알았다. 랠프 자신은 소설을 별로 즐기지 않았지만 아내가 좋아했다.

"그 미스터리 작가요?"

"그 미스터리 작가요." 테리가 맞장구쳤다. "'3개주 영어교사회'라는 단체가 있는데, 거기서 해마다 한여름에 3일 동안 학회를 개최해요. 모두가 한자리에 모일 수 있는 유일한 시기죠. 모여서 세미나도 하고 패널 토론도 하고 그래요. 해마다 다른 도시에서 열리는데, 올해는 캡 시티 차례였어요. 영어 교사들도 남들과 같아서 여름이라도 한자리에 모이기가 쉽지 않아요. 학기 중에는 할 수 없는 페인트칠이며 수리도 해야 하고, 가족 휴가도 있고, 거기다 각종 여름 행사가 있으니까요. 내게는 그게 리틀 리그와 시티 리그죠. 그래서 3개주 영어교사회에서는 참석자가 제일 많은 둘째 날에 유명한 연사를 초빙하려고 해요."

"이번에는 그게 지난 화요일이었나요?" 랠프가 물었다.

"맞아요. 올해 학회는 월요일인 7월 9일부터 수요일인 7월 11일까지 셰러턴 호텔에서 열렸어요. 나는 5년 동안 학회에 참석한 적이 없었는데, 에버렛이 말하길 할런 코벤이 기조 강연을 맡은 데다 다른 선생님들도 간다기에, 화요일과 수요일 연습을 개빈 프릭과 베이버 파텔의 아빠에게 부탁했어요. 준결승전이 얼마 안 남은 시점이라 죽도록 고민스러웠지만, 돌아와서 목요일하고 금요일 연습을 내가 챙기면 될 일이고, 코벤의 강연을 놓치고 싶지 않았거든요. 나는 그의 작품을 모두 읽었어요. 플롯을 짜는 능력이 뛰어나고 유머 감각이 있는 작가죠. 게다가 올해 학회 주제가 7학년부터 12학년까지 학생들에게 성인 대중소설을 가르치는 것이었는데, 특히 이 일대에서 몇 년 전부터 뜨거운 쟁점이었어요."

"장황한 설명은 생략합시다." 새뮤얼스가 말했다. "핵심만 얘기하세요."

"그러죠. 다 같이 갔어요. 환영 오찬 식사를 하고, 코벤의 강연을 듣고, 저녁 8시에 열린 패널 토론에 참석하고, 하룻밤을 거기서 보냈어요. 에버렛하고 데비는 싱글룸을 썼지만 나는 빌리 퀘이드하고 더블룸을 같이 썼어요. 빌리가 그러자고 했거든요. 집을 증축하고 있어서 돈을 아껴야 한다며. 그 사람들이 내 말을 뒷받침할 거예요." 테리가 램프를 쳐다보며 손바닥을 펼쳐서 들어 보였다. "*나는 거기 있었다*. 그게 핵심이에요."

취조실에 정적이 흘렀다. 이윽고 새뮤얼스가 말했다.

"코벤의 강연이 몇 시였죠?"

"3시요. 화요일 오후 3시."

"참 편리하기도 하지." 새뮤얼스가 신랄한 투로 말했다.

하위 골드가 활짝 웃었다.

"검사님 입장에서는 아니겠지만요."

3시라. 랠프는 생각했다. 알린 스탠호프가 테리가 훔친 흰색 밴 뒷자리에 프랭크 피터슨의 자전거를 싣고 아이를 조수석에 태우고 가는 걸 보았다고 한 게 거의 그 시각이었다. 아니, 거의도 아니었다. 스탠호프 부인은 정각을 알리는 시청의 종소리를 들었다고 했다.

"강연은 셰러턴 호텔 대회의실에서 열렸나요?" 랠프가 물었다.

"네. 연회장 바로 맞은편이었죠."

"3시에 시작한 게 분명하단 말이죠."

"3개주 영어교사회장이 그때 소개를 시작했어요. 아무리 못 해도 10분 동안 구구절절 늘어놓더라고요."

"흐음, 그리고 코벤은 얼마 동안 강연을 했나요?"

"한 45분 정도 했던 것 같아요. 그런 다음 질문을 받았고요. 4시 30분쯤에 전부 끝났을 거예요."

바람에 날리는 종이처럼 랠프의 머릿속에서 온갖 생각들이 소용돌이쳤다. 이 정도로 심하게 허를 찔린 게 언제였는지 기억조차 나지 않았다. 테리의 동선을 미리 체크했어야 했는데, 이제 와서 그런 후회를 해 봐야 엎질러진 물이었다. 그와 새뮤얼스와 주 경찰청의 유넬 사블로는 메이틀랜드에 대해 수소문하고 다니면 아주 위험한 인물이 경계 태세를 갖출 수도 있다는 데 합의했다. 그리고 증거의 무게를 감안했을 때 불필요한 조치처럼 느껴졌다. 하지만 지금은…….

랠프는 새뮤얼스를 흘끗 쳐다보았지만 거기에서도 당장은 희망이 없었다. 그는 의심스러워하는 한편으로 당혹스러워하는 표정을 짓고 있었다.

"이건 엄청난 실수입니다." 골드가 말했다. "두 분도 분명 아시겠지만."

"실수라니요." 랠프가 말했다. "우리는 이 사람의 지문과 이 사람을 아는 목격자들의 증언을 입수했고 조만간 DNA 검사 결과가 나올 거예요. DNA가 일치하는 걸로 밝혀지면 그걸로 끝이라고요."

"아, 하지만 조만간 나오는 건 그것뿐만이 아니에요. 우리가 이렇게 얘기를 하는 동안 내 수사관이 열심히 캐고 있는 정보가 있는데, 신빙성이 높거든요."

"뭔데요?" 새뮤얼스가 쏘아붙였다.

골드는 미소를 지었다.

"알렉이 뭘 찾아낼지 미리 터뜨리면 재미없잖아요. 내 의뢰인이 나한테 한 얘기가 맞다면 그걸로 당신 배에 구멍이 하나 더 뚫릴 겁니다, 빌. 벌써부터 심하게 물이 새고 있긴 하지만."

문제의 알렉은 전직 주 경찰관으로 현재는 형사 사건 변호사들만을 위한 탐정으로 활약 중인 알렉 펠리였다. 그는 몸값이 비쌌고 실력이 좋았다. 랠프는 예전에 한번 같이 술을 마시며 펠리에게 왜 어둠의 편으로 넘어갔느냐고 물은 적이 있었다. 펠리는 나중에 무죄라고 확신하게 된 사람을 최소 네 명 철창에 가둔 적이 있기 때문에 속죄해야 하는 일이 많다고 했다. "그리고 골프를 치지 못하면 은퇴 생활이 구려지거든."

불가능한 희망사항이거나 피고 측 변호사의 허풍이 아닌 이상 펠리가 이번에는 뭘 추적하는지 넘겨짚으려고 해 봐야 소용없었다. 랠프는 다시 한 번 양심의 가책을 느끼는 표정을 기대하며 테리를 쳐다보았지만, 보이는 거라고는 걱정과 분노와 혼란스러움뿐이었다. 자기가 저지른 적 없는 잘못으로 체포된 사람의 표정이었다.

하지만 모든 증거가 그를 범인으로 지목했고, DNA 결과가 나오면 그에게 사망선고가 내려질 것이었다. 그의 알리바이는 애거서 크리스티의 소설(아니면 할런 코벤의 소설)에서 차용한 교묘한 술책일 것이었다. 랠프는 내일 아침부터 당장 이 속임수를 파헤치는 작업에 착수할 것이다. 먼저 테리의 동료들을 면담하고 코벤의 강연이 시작된 시점과 끝난 시점에 초점을 맞춰서 학회 일정을 거꾸로 되짚을 작정이었다.

그의 밥줄이 걸렸다고 볼 수 있는 그 작업을 시작하기 전부터 테리의 알리바이에서 구멍이 하나 눈에 띄었다. 알린 스탠호프는 3시에 프랭크 피터슨이 테리와 함께 흰색 밴에 타는 걸 보았다고 했다. 준 모리스가 피투성이로 피기스 공원에서 나오는 테리를 보았다고 한 시각은 6시 30분 무렵이었다. 그녀의 어머니가 말하길 딸이 나갔을 때 지역 뉴스 채널에서 일기예보가 나왔다고 했으니 그쯤이었다. 그 사이의 세 시간 30분이면 차를 몰고 캡 시티에서 플린트 시티까지 110킬로미터를 오기에 충분했다.

만에 하나 제럴스 파인 마트에서 스탠호프 부인이 본 사람이 테리 메이틀랜드가 아니었다면? 테리와 비슷하게 생긴 공범이었다면? 골든 드래건스 모자를 쓰고 셔츠를 입는 등 테리와 옷차림이 비슷했을 뿐이라면? 가능성 없는 얘기 같지만 스탠호프 부인의 나이와…… 그녀가 쓰고 있었던 두툼한 안경을 감안한다면…….

"끝났나요, 두 분?" 골드가 물었다. "두 분이 메이틀랜드 씨를 붙잡아 둘 작정이라면 내가 할 일이 많아지거든요. 1순위가 언론 접촉이에요. 내가 좋아하는 방법은 아니지만……."

"거짓말하지 마세요." 새뮤얼스가 퉁명스럽게 말했다.

"하지만 그러면 테리의 집에서 기자들을 끌어낼 수 있을 테니 아이들이 집으로 돌아갈 때 그들에게 쫓기거나 사진을 찍힐 일이 없겠죠. 무엇보다 두 분이 그 가족에게서 아무 생각 없이 앗아간 평화를 조금이나마 돌려줄 수 있을 테고요."

"그런 발언은 방송 카메라를 위해서 아껴 둬요." 새뮤얼스는 테리를 가리키며 일부 판사와 배심원을 겨냥해 연극을 했다. "당신 의뢰인은 어린아이를 고문하고 살해했어요. 가족이 부수적인 피해를 입었다면 이 사람 책임이죠."

"어이가 없네요. 당신은 체포하기 전에 나를 신문조차 하지 않았어요. 질문을 단 한 개도 하지 않았어요."

"강연이 끝난 뒤에는 뭘 했나요, 테리?"

랠프의 질문에 테리는 고개를 저었다. 부정하기 위해서가 아니라 정신을 차리기 위해서인 듯했다.

"그 이후에요? 남들처럼 줄을 섰죠. 하지만 데비 덕분에 한참 뒤에 섰어요. 화장실이 급하다면서 기다려 달라고, 자기랑 다 같이 가자고 했거든요. 그러고서는 한참 있다가 왔어요. 질의응답 시간이 끝나자마자 화장실로 달려간 남자들도 많았지만 항상 여자들이 더 오래 걸리죠, 왜냐하면…… 뭐, 화장실 칸이 몇 개 안 되니까요. 나는 에버렛과 빌리와 함께 잡지 매점으로 가서 그 앞에서 기다렸어요. 그녀가 나왔을 때는 사람들이 이미 로비까지 줄을 섰고요."

"무슨 줄 말입니까?"

"세상하고 담을 쌓고 사세요, 새뮤얼스 씨? 사인 줄이죠. 다들 그의 신작 『내가 그럴 거라고 했잖아』를 들고 왔어요. 학회 참석비에 포함되어 있었거든요. 나도 들고 가서 날짜와 사인을 받고 왔으니까 기꺼이 보여 드릴게요. 내 다른 소지품들하고 이미 집에서 들고 나왔겠지만. 우리가 사인 테이블 앞에 도착한 건 5시 30분이 넘어서였어요."

그렇다면 랠프가 테리의 알리바이에 뚫려 있을지 모른다고 생각했던 구멍이 바늘구멍 정도로 좁아지는 셈이었다. 고속도로 제한속도가 시속 110킬로미터이지만, 교통경찰이 신경 쓰지 않으면 130킬로미터나 심지어 140킬로미터로 달려도 캡 시티에서 플린트 시티까지 한 시간 만에 주파하는 게 이론적으로는 가능했다. 하지만 어느 시간에 테리가 범행을 저지를 수 있었을까? 비슷하게 생긴 공범이 저지른 범행이라면 어떻게 해서 테리의 지문이 나뭇가지를 비롯해 온 사방에 남았을까? 정답은 '공범이 저지른 범행이 아니다.'였다. 그리고 테리가 어째서 생김새와 옷차림이 자기와 비슷한 공범을 동원했을까? 정답은 '공범은 동원하지 않았다.'였다.

"다른 영어 교사들도 처음부터 끝까지 같이 줄을 섰나요?"

새뮤얼스가 물었다.

"네."

"사인도 널찍한 방에서 했고요?"

"네. 연회장이라고 부르는 것 같던데."

"다 같이 사인을 받은 뒤에는 뭘 했나요?"

"나가서 줄을 서는 동안 알게 된 브로큰 애로의 영어 선생님 몇 명과 저녁을 먹었죠."

"어디에서요?" 랠프가 물었다.

"파이어피트라는 곳에서요. 호텔에서 세 블록 가면 나오면 스테이크하우스예요. 6시쯤 거기 도착해서 식전에 술을 두어 잔 마시고 식후에 디저트를 먹었어요. 기분 좋게." 테리는 그리워하는 투로 말했다. "다 합해서 아홉 명쯤 됐던 것 같아요. 다시 호텔까지 다 같이 걸어가서 저녁 패널 토론을 들었죠. 『앵무새 죽이기』나 『제5도살장』과 같은 책을 어떤 식으로 다룰 것인가가 주제였는데, 에버렛하고 데비는 먼저 일어났고 빌리와 나는 끝까지 자리를 지켰어요."

"그게 몇 시였죠?" 랠프가 물었다.

"9시 30분쯤요."

"그런 다음에는요?"

"빌리하고 바에서 맥주 한 잔씩 하고 객실로 올라가서 잤어요."

피터슨이 납치됐을 때 유명한 미스터리 작가의 강연을 듣고 있었군. 랠프는 생각했다. 피터슨이 살해됐을 때는 최소 여덟 명과 저녁을 먹고 있었고, 윌로 레인워터가 택시로 젠틀맨 플리즈에서 더브로 역까지 태워다 주었다고 주장한 시각에는 금서를 주제로 한 패널 토론을 들었고. 그는 우리가 동료들을 찾아가고, 브로큰 애로에서 온 교사들을 추적하고, 셰러턴 호텔 라운지의 바텐더와 대화를 나눌 거라는 걸 알았다. 호텔 보안 영상과 심지어 할런 코벤의 신작에 받은 사인까지 확인하리라는 걸 알았다.

그의 주장을 확인하고 나면 불가피하고 믿기지 않는 결론이 내려질 수밖에 없었다.

새뮤얼스가 턱을 내밀고 테이블 위로 몸을 숙였다.

"화요일 3시부터 8시까지 계속 남들과 함께 있었다고 믿어 주길 바랍니까? 계속 함께 있었다고?"

테리는 고등학교 선생님만 지을 수 있는 눈빛으로 그를 쳐다보았다. *당신이 바보라는 건 우리 둘 다 알지만 당신 동료들 앞에서 폭로하는 난처한 상황을 만들지는 않겠어.*

"그건 당연히 아니죠. 나는 코벤의 강연이 시작되기 전에 혼자 화장실에 다녀왔어요. 식당에서도 한 번 다녀왔고. 내가 방광을 비우는 1분 30초 동안 플린트 시티로 와서 가엾은 프랭크 피터슨을 죽이고 캡 시티로 돌아갔다고 배심원을 한 명이라도 설득할 수 있을까요? 배심원들이 그걸 믿을 것 같아요?"

새뮤얼스는 랠프를 쳐다보았다. 랠프는 어깨를 으쓱했다.

"질문은 이 정도면 된 것 같습니다." 새뮤얼스가 말했다. "메이틀랜드 씨는 구치소로 이송돼서 월요일에 기소인부절차를 밟을 때까지 구금될 겁니다."

테리의 어깨가 내려갔다.

"끝까지 해 보겠다는 거로군요. 정말 그럴 생각이에요."

랠프는 골드의 말에 새뮤얼스가 또다시 폭발할 줄 알았지만 이번에는 지방검사가 뜻밖의 반응을 보였다. 메이틀랜드의 표정만큼이나 지친 듯이 들리는 목소리로 이렇게 말했던 것이다.

"왜 이래요, 하위. 증거가 있는데 나도 어쩔 도리가 없잖아요. 그리고 DNA가 일치하는 걸로 나오면 게임 끝이에요."

그는 다시금 몸을 앞으로 기울여 테리의 공간을 침범했다.

"사형을 면할 수 있는 기회가 아직 남아 있어요, 테리. 가능성이 많지는 않지만 그래도. 그 기회를 잡아요. 헛소리는 접고 자백해요. 상상할 수 없을 만큼 끔찍하게 아들을 잃은 프레드와 알린 피터슨 부부를 위해서라도. 자백하고 나면 마음이 홀가분해질 겁니다."

테리는 새뮤얼스의 예상과 달리 뒤로 물러나지 않았다. 오히려 몸을 앞으로 숙였고, 그러자 테이블 저편의 남자에게 뭔가 감염될까봐 두렵기라도 한 듯 지방검사 쪽에서 뒤로 물러났다.

"자백할 거 아무것도 없습니다, 검사님. 나는 프랭크 피터슨을 죽이지 않았어요. 내 손으로 아이를 해칠 일은 없어요. 헛다리 짚으셨네요."

새뮤얼스는 한숨을 쉬고 일어섰다.

"알았어요, 기회가 있었는데. 지금은…… 신의 가호를 빌게요."

22

플린트 시티 종합병원

병리학 및 혈청학과

수신: 랠프 앤더슨 형사

유넬 사블로 경위

윌리엄 새뮤얼스 지방검사

발신: 병리학과장 F. 애커먼 박사

날짜: 7월 12일

제목: 부검 소견서/개인 및 기밀 정보

요청하신 대로 저의 의견을 피력합니다.

부검(7월 11일, 앨빈 바클랜드 박사의 보조 아래 본인이 시행함.) 보고서에 명기된 계간이 자행되었을 당시 프랭크 피터슨의 생존 여부는 알 수 없지만, 직접적인 사인이 실혈(즉, 과다 출혈)인 것만큼은 분명합니다.

남아 있는 피터슨의 얼굴, 목, 어깨, 가슴, 우측 옆구리, 상반신에서 잇자국이 발견되었습니다. 살인 현장을 촬영한 사진과 상처를 병행 판단하건대 다음과 같은 순서였을 겁니다. 피터슨은 땅바닥에 똑바로 내동댕이쳐져 최소 6회, 많게는 12회 물렸습니다. 광란 행위였죠. 그런 다음 뒤집혀 계간을 당했습니다. 그즈음에 피터슨은 거의 의식이 없었을 겁니다. 범인은 계간하는 동안 또는 그 직후에 사정했습니다.

이 첨부자료에 개인 및 기밀 정보라고 명기한 이유는 이 사건의 어떤 측면이 공개되면 이 지역뿐 아니라 전국의 언론에서 선정적으로 다루어질 게 분명하기 때문입니다. 피터슨의 시신 중 일부분, 가장 구체적으로는 우측 귓불, 우측 유두 그리고 기도와 식도의 일부분이 없습니다. 범인이 목덜미의 상당 부분과 함께 이 시신의 일부분을 전리품으로 가져갔을지 모릅니다. 그것이 그나마 가장 나은 시나리오입니다. 범인이 그걸 먹었다는 것이 다른 시나리

오니까요.

이 사건을 담당하는 분들께서 알아서 하시겠습니다만, 이 사실과 제가 차후에 내린 결론은 유죄 선고에 절대적으로 필요한 경우가 아닌 이상 언론뿐 아니라 재판정에서도 공개하지 않길 강력하게 추천하는 바입니다. 이런 정보를 접했을 때 부모가 어떤 반응을 보일지 당연히 상상할 수 있을 테지만, 어느 누가 이런 정보를 알고 싶어 하겠어요? 제가 주제넘은 참견을 했다면 죄송하지만 이번만큼은 그럴 필요성을 느꼈습니다. 저는 의사이고 이 카운티의 검시관이지만, 아이 엄마이기도 하니까요.

이 아이를 훼손하고 살해한 범인을 반드시 그리고 조속히 검거해 주시길 간청합니다. 그렇지 않으면 동일 범행을 반복할 가능성이 거의 100퍼센트니까요.

펠리시티 애커먼, 의학박사
플린트 시티 종합병원
병리학과장
플린트 카운티 수석 검시관

23

플린트 시티 경찰서의 본관은 넓었지만 테리 메이틀랜드를 기다리는 네 남자로 꽉 찬 느낌이었다. 주 경찰관 두 명과 카운티 구치소에서 나온 교도관 두 명이었는데 하나같이 몸집이 우람했다. 테리는 그에게 벌어진(그리고 계속 벌어지고 있는) 사태로 여전히 망연자실한 상태였지만 조금 재밌게 느껴지는 건 어쩔 수 없었다. 카운티 구치소는 여기서 겨우 네 블록이었다. 그를 데리고 800미터 남짓한 거리를 이동하기 위해 엄청난 덩치들이 동원된 것이었다.

"손 앞으로." 한 교도관이 말했다.

테리는 손을 내밀고 수갑이 그의 손목에 새롭게 채워지는 광경을 지켜보았다. 그는 다섯 살 때 유치원에 등원한 첫날, 어머니가 그의 손을 놓았을 때처럼 갑작스럽게 불안해져서 하위를 찾았다. 하위는 빈 책상의 구석에 앉아서 휴대전화로 통화를 하다가 테리의 표정을 보더니 전화를 끊고 허둥지둥 달려왔다.

"선생님, 재소자의 몸에 손을 대지 마세요."

테리에게 수갑을 채운 교도관이 말했다.

골드는 그의 말을 무시했다. 테리의 어깨를 한 팔로 감싸 안고 중얼거렸다.

"다 잘 해결될 거야."

그런 다음 테리의 뺨에 입을 맞추었다. 의뢰인 못지않게 골드의 입장에서도 놀랄 만한 행동이었다.

테리는 네 명의 남자들에게 둘러싸인 채 카지노 기계처럼 불빛을 반짝이는 주 경찰청 순찰차의 뒤에서 기다리는 카운티 밴까지 정문 계단을 내려가는 동안 그 입맞춤을 곱씹었다. 그리고 말도 곱씹었다. 카메라들이 번쩍이고 방송 조명이 불을 밝히고 탄환처럼 질문이 쏟아지는 동안 특히 그 말을 곱씹었다. *기소되셨나요, 그 범행을 저지르셨나요, 무죄이신가요, 자백하셨나요, 프랭크 피터슨*

의 부모님에게 하실 말씀 없으신가요.

다 잘 해결될 거야. 테리는 골드가 한 그 말에 매달렸다.

하지만 당연히 그렇게 되지 않았다.

7월 14일 ~ 7월 15일

유감

1

알렉 펠리가 익스플로러 중앙 콘솔에 넣고 다니는, 건전지로 작동하는 경광등은 애매모호한 지점에 있었다. 그가 주 경찰청에서 퇴직한 걸 감안하면 전적으로 불법은 아니었지만, 지금은 캡 시티 경찰 예비대의 명망 있는 대원이었으니 불법일 수 있었다. 어찌됐건 이번만큼은 계기판에 얹고 불을 켤 필요가 있어 보였다. 덕분에 캡 시티에서 플린트 시티까지를 기록적인 시간에 주파해 9시 15분에 바넘 코트 17번지의 대문을 두드릴 수 있었다. 이 앞에는 기자들이 없었지만, 조금 더 가면 나오는 메이틀랜드의 집이겠거니 싶은 곳은 눈부시게 환한 텔레비전 방송국 조명이 비추고 있었다. 하위가 즉흥적으로 마련한 기자회견이라는 신선한 먹잇감 쪽으로 모든 똥파리들이 몰려가지는 않은 모양이었다. 그도 그럴 거라고 예상하지는 않았다.

모래색 머리칼에 미간을 찡그리고 입은 거의 안 보일 정도로 굳게 다문, 소화전처럼 짤막하게 생긴 남자가 문을 열었다. 꺼지라고 퍼부을 만반의 준비가 갖추어진 남자였다. 그의 뒤에 서 있는 초록색 눈의 금발 여성은 남편보다 키가 8센티미터 컸고, 화장을 하지 않은 데다 눈이 부었는데도 훨씬 인물이 좋았다. 지금 그녀는 울음을 그쳤지만 집 안 어딘가에서 누군가가 울고 있었다. 아이였다. 메이틀랜드의 딸일 거라고 알렉은 짐작했다.

"매팅리 씨와 부인 되십니까? 저는 알렉 펠리입니다. 하위 골드의 전화 받으셨죠?"

"네." 여자가 말했다. "들어오세요, 펠리 씨."

알렉은 앞으로 걸음을 옮겼다. 그보다 키가 20센티미터 작은 매팅리가 여기에 전혀 굴하지 않고 그의 앞을 가로막았다.

"먼저 신분증을 볼 수 있을까요?"

"그럼요."

알렉은 면허증을 보여 줄 수도 있었지만 그 대신 경찰 예비 대원증을 선택했다. 요즘에는 주로 록밴드 공연, 로데오 대회, 프로레슬링 시합, 1년에 세 번 원형 경기장에서 열리는 몬스터 트럭 잼과 같은 행사장에서 말만 그럴듯한 보안 요원으로 일하고 있다는 얘기는 굳이 할 필요 없었다. 주차 단속하는 여경이 병으로 결근하면 그가 대신 분필 막대를 들고 캡 시티의 상업지구를 돌아다니기도 했다. 주 경찰청 형사 네 명을 거느렸던 전직 반장이 하기에는 변변찮은 일이었지만 알렉은 상관하지 않았다. 그는 햇볕을 맞으며 야외로 돌아다니는 게 좋았다. 게다가 그는 성서를 공부하는 학자이기도 했고 야고보서 4장 6절에는 이렇게 적혀 있었다. "하나님은 교만한 자를 물리치시고 겸손한 자에게 은혜를 주신다 하였느니라."

"고맙습니다." 매팅리 씨는 그렇게 말하며 옆으로 비켜서는 동시에 손을 내밀었다. "톰 매팅리입니다."

알렉은 상대와 악수하며 손아귀 힘이 셀 거라고 예상했다. 그의 짐작은 맞아떨어졌다.

"여기가 워낙 번듯하고 조용한 동네라 원래는 이렇게 의심하지 않는데, 세라와 그레이스를 보호하는 동안에는 신중에 신중을 기해야 한다고 제이미한테도 얘기했어요. 벌써부터 T코치에게 화가 난 사람들이 한두 명이 아니지만 이건 정말이지 시작에 불과해요. 코치가 무슨 짓을 저질렀는지 소문이 나면 훨씬 심각해질 거예요. 애들을 데리러 와 주셔서 다행입니다."

제이미 매팅리는 나무라는 눈빛으로 그를 쳐다보았다.

"아빠가 무슨 짓을 저질렀건, 무슨 짓을 저지른 게 확실하다 하더라도 그게 애들 잘못은 아니잖아." 그러고 나서 이번에는 알렉에게 말했다. "애들이 엄청난 충격을 받았어요, 특히 그레이스가요. 아빠가 수갑을 차고 끌려가는 걸 봤으니 말이에요."

"어휴, 이유가 밝혀지면 어떻게 될지 두고 봐. 밝혀질 거야. 요즘 애들은 알아내지 못하는 게 없거든. 빌어먹을 인터넷, 빌어먹을 페이스북, 빌어먹을 트위터 짹짹이 때문에." 매팅리는 고개를 저었다. "제이미 말이 맞아요. 무죄 추정의 원칙, 그게 미국의 원칙이죠. 하지만 그런 식으로 많은 사람들 앞에서 체포해 버리면……." 그는 한숨을 쉬었다. "뭐 좀 마시겠어요, 펠리 씨? 제이미가 경기 시작전에 만들어 놓은 아이스티가 있는데."

"감사하지만 아이들을 이제 그만 집으로 데려가는 게 좋을 듯합니다. 아이들 어머니가 기다릴 거예요."

그리고 아이들을 데려다 주는 건 오늘 밤에 해야 하는 첫 번째 일에 불과했다. 하워는 눈부신 텔레비전 방송국 조명 안으로 들어서기 직전에 따발총을 쏘듯 해야 하는 일들을 우다다다 늘어놓았고, 여기저기 전화를(전화로 부탁을) 하며 캡 시티로 다시 돌아가는 것이 그가 두 번째로 해야 하는 일이었다. 미들랜드 가에서 타이어에 분필로 표시하는 것보다는 훨씬 나았고 다시 일다운 일을 할 수 있어서 좋았지만, 이 부분은 난항이 예상됐다.

아이들이 있는 방은 옹이가 진 소나무 벽 위에서 허공으로 솟구치는 박제한 물고기들로 보건대 톰 매팅리의 아지트일 수밖에 없었다. 큼지막한 평면 스크린 안에서는 스펀지밥이 해저 도시 비키니 시티에서 깡충거리고 있었지만 소리가 무음이었다. 알렉이 데려가야 하는 아이들은 골든 드래건스 티셔츠에 야구모자를 쓴 채 소파에 웅크리고 앉아 있었다. 검은색과 금색으로 페이스페인팅까지 했지만, 동생은 우느라 거의 다 지워지고 없었다. 아마 아이들 어머니가 몇 시간 전에, 그 전까지만 해도 다정했던 세상이 앞발을 들고 그들의 가정을 물어뜯어 구멍을 내기 전에 해 주었을 것이다.

언니는 낯선 남자가 문 앞에서 어른거리는 걸 보고 흐느껴 우는 동생을 더욱 힘껏 끌어안았다. 알렉은 자식이 없었지만 두 아이가 마음에 들었고 세라 메이틀랜드의 본능적인 반응에 가슴이 아파졌다. 아이가 아이를 보호하는 형국이었다.

그는 방 한가운데로 가서 앞으로 손깍지를 끼고 섰다.

"세라? 나는 하워 골드의 친구야. 그분 알지?"

"네. 우리 아빠 괜찮으세요?"

세라의 목소리는 속삭임에 가까웠고 우느라 쉬어 있었다. 그레이스는 알렉을 아예 쳐다보지도 않고 언니의 어깨 오목한 부분으로 얼굴을 돌렸다.

"응. 아빠가 너희를 집에 데려다 주라고 하셨어."

진짜로 그런 건 아니었지만 지금은 꼬치꼬치 따질 때가 아니었다.

"아빠가 집에 계세요?"

"아니. 하지만 엄마는 계셔."

"우리끼리 걸어가면 돼요." 세라가 희미하게 말했다. "바로 이 동네예요. 제가 그레이시 손을 잡고 가면 돼요."

그레이스 메이틀랜드가 언니의 어깨에 대고 싫다는 뜻에서 고개를 좌우로 저었다.

"해가 진 다음에는 안 되지, 아가." 제이미 매팅리가 말했다.

그리고 오늘 밤은 더욱 안 되고. 알렉은 생각했다. 앞으로 많은 날 밤 동안 그럴 것이었다. 낮도 다를 바 없었다.

"일어나자, 얘들아." 톰이 억지로 명랑한(그래서 다소 섬뜩한) 목소리로 말했다. "내가 배웅해 줄게."

현관 밖으로 나서 불빛 아래에 서자 제이미 매팅리의 얼굴이 전보다 더 창백해 보였다. 세 시간 만에 극성 엄마에서 암환자로 바뀌었다.

"끔찍하네요. 온 세상이 거꾸로 뒤집힌 느낌이에요. 우리 딸이 캠프에 간 게 얼마나 다행인지. 세라하고 모린이 단짝 친구라 오늘 저녁 경기를 관람하러 간 거였거든요."

친구 이름이 등장하자 세라 메이틀랜드도 울음을 터뜨렸고, 그러자 동생의 울음소리가 한층 격렬해졌다. 알렉은 매팅리 부부에게 고맙다고 인사하고 아이들을 그의 익스플로러로 데려갔다. 아이들은 동화에 나오는 주인공처럼 고개를 숙이고 손을 꼭 잡고 천천히 걸었다. 그가 조수석의 잡동사니를 모두 치워 놓았기에 둘이 한 자리에 끼여 앉았다. 그레이스는 다시 언니의 어깨 오목한 곳에 얼굴을 묻었다.

알렉은 굳이 안전벨트를 매라고 하지 않았다. 인도와 메이틀랜드 가(家)의 앞마당을 환히 밝힌 빛의 동그라미까지 300미터밖에 되지 않았다. 집 앞에 남은 취재진은 한 팀뿐이었다. 캡 시티의 ABC 방송 계열사에서 나온 네댓 명이 중계차의 위성 안테나가 드리운 그림자 안에 서서 스티로폼 컵에 담긴 커피를 마시고 있었다. 그들은 익스플로러가 메이틀랜드의 집 앞 진입로로 들어서는 걸 보고 허둥지둥 작업에 돌입했다.

알렉은 차창을 내리고 최대한 위협적인 목소리로 말했다.

"*촬영 절대 하지 마! 이 아이들 촬영 절대 하지 마!*"

그 말을 듣고 그들은 행동을 멈추었지만 잠깐에 그쳤다. 언론계의 똥파리들에게 촬영하지 말라고 하는 건 모기에게 물지 말라고 하는 것과 같았다. 알렉은 지금과 달랐던 시절(신사가 숙녀를 위해 문을 잡아 주었던 호랑이 담배 피우던 시절)을 기억했지만 그 시절은 지나간 지 오래였다. 바님 코트에 홀로 남겨진 기자, 알렉도 희미하게 얼굴을 기억하는 라틴아메리카 출신의 남자로 나비넥타이를 유난히 좋아했고 주말에 일기예보를 맡은 기자가 벌써부터 마이크를 부여잡고 허리춤에 찬 배터리를 체크하고 있었다.

메이틀랜드의 집 현관문이 열렸다. 세라는 어머니가 거기서 나오려고 하는 걸 보았다.

"잠깐만, 세라야."

알렉은 말하고 뒤편으로 손을 뻗었다. 집에서 출발하기 전에 1층 화장실에서 챙긴 수건을 아이들에게 한 장씩 주었다.

"이걸로 얼굴을 가려, 눈만 빼고." 그는 미소를 지었다. "영화에 나오는 노상강도처럼, 알았지?"

그레이스는 그를 빤히 쳐다볼 따름이었지만 세라는 알아듣고 수건으로 동생의 머리를 덮었다. 세라가 자기 수건을 만지는 동안 알렉이 수건으로 그레이스의 입과 귀를 막아 주었다. 그들은 차에서 내려 턱 밑으로 수건을 잡고 텔레비전 중계차가 비추는 눈부신 조명 사이로 질주했다. 노상강도 같아 보이지 않았다. 모래 폭풍을 만난 베두인족 꼬맹이 같아 보였다. 알렉은 이렇게 슬프고 절박해 보이는 아이들은 처음이었다.

마시 메이틀랜드는 얼굴을 가릴 수건이 없었기에 카메라맨이 그녀에게 초점을 맞추었다.

"메이틀랜드 부인!" 나비넥타이가 그녀를 향해 외쳤다. "부군의 검거에 대해 하실 말씀 있으신가요? 부군과 얘기 나누셨나요?"

알렉은 카메라를 가로막고 서서(카메라맨이 앵글을 다시 잡으려고 하자 잽싸게 따라 움직였다.) 나비넥타이를 가리켰다.

"잔디 절대 밟지 마, *에르마노*(형제). 밟으면 구치소 바로 옆 칸에서 메이틀랜드한테 직접 개떡 같은 질문을 던지게 되는 수가 있어."

나비넥타이는 기분 상한 표정으로 그를 쳐다봤다.

"지금 누구더러 *에르마노*라고 하는 거예요? 나는 여기서 해야 할 일이 있다고요."

"정신이 하나도 없는 여자와 어린 두 아이를 괴롭히는 거? 참 대단한 일을 하고 있군그래."

하지만 알렉의 임무는 끝났다. 메이틀랜드 부인이 딸들을 안으로 데리고 들어갔다. 그들은 안전했다. 상황이 허락하는 한도 안에서 최대한 안전했다. 하지만 그는 두 아이가 앞으로 한참 동안 그 어디에서도 안전한 기분을 누리지 못할 듯한 예감을 느꼈다.

알렉이 자기 차로 걸음을 옮기자 나비넥타이가 카메라맨에게 따라오라는 수신호를 보내며 잰걸음으로 인도를 따라왔다.

"선생님은 누구십니까? 성함이 어떻게 되시죠?"

"푸딘테인. 다시 물어도 똑같이 대답할 거야.* 여긴 기삿거리 없으니까 이 사람들 건드리지 말고 그냥 가시오, 엉? 가족들은 이 사건하고 아무 상관 없잖소."

그도 차라리 러시아어로 얘기하는 편이 나았을지 모른다는 걸 알았다. 벌써부터 동네 주민들이 바닐 코트에서 연속적으로 펼쳐지는 드라마의 다음 장면을 보기 위해 앞마당으로 다시금 나오기 시작했다.

---

* 오래전부터 전해 내려오는 동요 가사다.

알렉은 후진으로 진입로를 빠져나와 서쪽으로 향했다. 카메라맨이 그의 번호판을 촬영 중일 테니 그가 누구이고 누굴 위해 일을 하는지 조만간 밝혀지리라는 걸 알았다. 별건 아니었지만 11시 뉴스를 보려고 채널을 고정한 시청자들에게는 아이스크림 위에 얹는 체리 역할을 할 수 있을 것이었다. 그는 그 집에서 지금 어떤 풍경이 펼쳐지고 있을지 잠깐 상상해 보았다. 경기용 페이스페인팅을 한 채 망연자실 겁에 질린 딸들과 그들을 달래려고 하는 망연자실 겁에 질린 어머니.

"그가 범인인가?" 하워가 전화해 상황을 속기사처럼 잽싸게 요약했을 때 알렉은 물었다. 일은 일이었으니 상관없었지만 그는 항상 궁금했다. "자네 생각은 어때?"

"모르겠어." 하워는 대답했다. "하지만 세라하고 그레이스를 집으로 데려다 주자마자 자네가 다음으로 해야 할 일이 뭔지는 알아."

고속도로 표지판이 처음으로 보이자 알렉은 캡 시티의 셰러턴 호텔로 전화해 예전에 거래를 한 적 있는 컨시어지를 바꿔 달라고 했다.

뭐, 그와 거래를 한 적 없는 컨시어지는 거의 없다고 보면 맞았다.

2

랠프와 빌 새뮤얼스는 넥타이를 내리고 셔츠 윗단추를 푼 채 랠프의 사무실에 앉아 있었다. 밖을 비추던 텔레비전 중계차 조명이

10분 전에 사라졌다. 랠프의 책상에 놓인 전화기의 버튼 네 개에 모두 빨간불이 들어와 있었지만 제리 몰든이 11시에 출근할 때까지 샌디 맥길이 걸려 온 전화를 처리하고 있었다. 당분간 그녀의 업무는 반복적일지 몰라도 단순했다. *현 시점에서 플린트 시티 경찰서는 드릴 말씀이 전혀 없습니다. 수사가 진행 중이라서요.*

그동안 랠프는 그의 휴대전화로 연락한 사람들을 처리하고 있었다. 이제 그는 전화기를 외투 주머니에 다시 넣었다.

"유넬 사블로는 부인과 함께 처가 식구들을 만나러 북부에 갔답니다. 이미 두 번 연기해서 일주일 동안 상담을 받지 않으려면 이번에는 어쩔 수 없었다고 해요. 상담실 의자가 아주 불편하다면서. 내일 돌아올 예정이고 기소인부절차에는 당연히 참석할 거랍니다."

"그럼 셰러턴 호텔에는 다른 사람을 보내야겠군요. 잭 호스킨스가 휴가를 간 게 너무 아쉽네요."

"아뇨, 그건 아니에요."

랠프가 그렇게 말하자 새뮤얼스는 웃음을 터뜨렸다.

"뭐라고 할 말이 없네. 우리 잭이 이 주를 통틀어 가장 형편없는 형사는 아닐지 몰라도, 거의 그 수준이라는 건 나도 인정해요. 캡 시티의 모든 형사를 알죠? 괜찮은 친구 얻어 걸릴 때까지 전화 돌리세요."

그러자 랠프는 고개를 저었다.

"사블로여야 합니다. 이 사건에 대해서 잘 아는 데다 주 경찰청과 우리의 소통 창구잖아요. 오늘 밤 사태를 고려했을 때 그쪽의 심기를 건드리면 안 되는 시점이에요. 우리가 예상한 대로 풀리지 않았잖아요."

예상한 대로 풀리지 않았다니 금세기 최고는 아닐지 몰라도 올해 최고의 과소평가로는 꼽힐 수 있었다. 랠프는 있을 수 없는 알리바이보다, 놀라워할 뿐 양심의 가책을 전혀 드러내지 않는 테리를 보고 받은 충격이 더 컸다. 그 안의 괴물이 그 아이를 죽이기만 한 게 아니라 그가 저지른 짓에 얽힌 모든 기억까지 지워 버린 걸까? 그런 다음…… 뭘까? 캡 시티에서 교사 학회가 열렸다는, 있지도 않은 세밀한 과거로 그 공백을 채웠을까?

"대체 요원을 가능한 빨리 보내지 않으면 골드가 부리는 사람이……."

"알렉 펠리요."

"네, 그 사람. 우리보다 먼저 호텔 보안 카메라 영상을 입수할 거예요. 영상이 아직 남아 있다면 말이죠."

"남아 있을 거예요. 모든 영상을 30일 동안 보관하니까."

"확실해요?"

"네. 하지만 펠리는 영장이 없죠."

"왜 이래요. 그 사람에게 영장이 필요할 거라고 생각해요?"

사실 아니었다. 알렉 펠리는 지난 20년 동안 주 경찰청에서 근무했다. 그동안 구축한 인맥이 어마어마할 텐데, 하워드 골드 같은 잘나가는 형사 변호사 밑에서 일을 하고 있으니 그 인맥을 계속 유지하고 있을 것이었다.

"공개적으로 검거하자는 당신의 발상이 잘못된 선택이었던 것 같네요."

랠프는 새뮤얼스를 노려보았다.

"검사님도 찬성했던 걸로 아는데요."

"아주 열렬하게 찬성하지는 않았어요. 다들 집에 가고 우리 둘만 남았으니 솔직하게 얘기하자고요. 랠프, 정곡을 찔렀죠?"

"누가 아니랍니까. 지금도 얼얼하네요. 그리고 우리 둘만 남았으니까 분명히 짚고 넘어갈게요, 검사님은 그냥 동의한 정도가 아니었다는 걸. 올가을에 선거가 있는데 드라마틱한 검거로 주목을 받으면 나쁠 것 없었겠죠."

"그런 생각은 절대 한 적 없는데요."

"아, 네. 그런 생각은 절대 한 적 없고 그냥 내가 하자는 대로 따르셨군요. 하지만 구장에서 검거한 게 그냥 내 아들 때문이라고 생각한다면, 범죄 현장을 촬영한 사진을 다시 한 번 보시고 펠리시티 애커먼의 부검 소견서를 되짚어 보세요. 이런 작자들은 절대 한 번으로 그치지 않아요."

새뮤얼스의 뺨이 벌게지기 시작했다.

"내가 그러지 않은 줄 알아요? 이봐요, 랠프, 나로 말할 것 같으면 그자를 빌어먹을 식인종에 비유한 사람이에요, 그것도 공식적으로."

랠프는 손바닥으로 뺨을 쓸었다. 까칠했다.

"누가 무슨 말을 했고 뭘 어쨌는지를 두고 옥신각신한들 무슨 소용 있겠어요. 기억해야 할 게 있다면 보안 카메라 영상을 누가 먼저 입수하든 상관없다는 거예요. 펠리가 먼저 입수한들 챙겨서 들고 갈 수는 없잖아요. 지울 수도 없고."

“그렇죠. 그리고 어차피 결정적인 증거가 될 수도 없고. 메이틀랜드를 닮은 남자가 보일지 몰라도…….”

“맞아요. 하지만 몇 번 언뜻 보인 장면을 근거로 그 남자가 메이틀랜드임을 입증하는 건 전혀 차원이 다른 문제가 되겠죠. 특히 우리가 제시하는 목격자 증언과 지문을 상대로 그러자면.” 랠프는 일어나서 문을 열었다. “어쩌면 보안 카메라 영상이 제일 중요한 문제가 아닐지 몰라요. 전화를 해야겠어요. 진작 생각했어야 하는 건데.”

새뮤얼스는 그를 따라 안내 데스크가 있는 곳으로 나갔다. 샌디 맥길이 전화에 응대하고 있었다. 랠프가 그녀에게 다가가 목을 긋는 시늉을 했다. 그녀는 전화를 끊고 기대에 찬 눈빛으로 그를 쳐다보았다.

“에버렛 라운드힐. 고등학교 영어과장이야. 추적해서 전화 연결해 줘.”

“추적은 어려울 것 없어요, 이미 연락처를 알거든요. 벌써 두 번 전화해서 선임 수사관을 바꿔 달라고 했는데, 제가 줄을 서라고 했어요.” 샌디가 부재중 연락 메모지를 집어서 랠프를 향해 흔들었다. “내일 참고하시라고 형사님 책상에 갖다 놓으려고 했거든요. 내일이 일요일인 건 알지만 전화한 사람들한테는 출근하실 게 분명하다고 얘기하고 있어요.”

빌 새뮤얼스는 옆에 선 남자가 아니라 바닥을 쳐다보며 아주 천천히 말했다.

“라운드힐이 전화를 했었다니. 두 번이나. 예감이 좋지 않네요. 예감이 전혀 좋지 않아요.”

3

랠프는 그 토요일 밤 10시 45분에 집에 도착했다. 차고 열림 장치를 누르고 차를 안에 넣은 다음 다시 눌렀다. 문이 덜커덩거리며 순순히 홈을 따라 내려왔다. 멀쩡하게 정상적으로 남아 있는 게 세상에 적어도 하나는 있었다. 버튼A를 누르면 배터리를 넣는 칸B가 비교적 쌩쌩한 건전지로 채워져 있을 경우, 차고 문C가 열리고 닫혔다.

그는 시동을 끄고 어둠 속에 그대로 앉아서 결혼반지로 운전대를 두드리며, 시끌벅적했던 10대 시절에 운율을 맞춰 가며 부른 노래를 떠올렸다. *면도하고 머리 깎고…… 오, 예! 사창가에서 부르는…… 사중주!*

문이 열리면서 실내복을 입은 지넷이 나왔다. 부엌에서 쏟아진 불빛에 비춰 보니 그가 지난 생일 때 장난으로 선물한 토끼 슬리퍼를 신고 있었다. 진짜 선물은 키웨스트로 단둘이 떠나는 여행이었고 둘이서 즐거운 시간을 보냈지만, 모든 휴가가 나중이 되면 그렇듯 지금은 흐릿한 잔상에 불과했다. 솜사탕의 뒷맛처럼 더는 실체가 없었다. 오히려 남은 건 1달러 전문점에서 사다가 장난으로 선물한, 우스꽝스럽도록 작은 눈과 익살스럽게 펄럭이는 귀가 달린 분홍색 슬리퍼였다. 그걸 신은 아내를 보고 있자니 눈시울이 시큰거렸다. 피기스 공원의 공터로 들어가 배트맨과 슈퍼맨을 영웅처럼 떠받들었을 남자아이의 피투성이 잔재를 목격한 이후로 스무 살은 나이를 먹은 듯한 느낌이었다.

랠프는 차에서 내려 아내를 으스러져라 끌어안고 수염이 까칠하게 난 뺨을 그녀의 보드라운 뺨에 대고 누르며, 처음에는 아무 말도 하지 않고 나오려는 눈물을 참는 데 집중했다.

"여보." 그녀가 말했다. "여보, 그 사람을 체포했잖아. 체포했는데 뭐가 문제야?"

"아무것도 아닐 수 있어. 전부일 수도 있고. 데려다가 신문했어야 하는 건데. 하지만 젠장, 너무 확실했다고!"

"들어가자. 차를 끓일 테니까 그거 마시면서 얘기해."

"차 마시면 잠을 못 잘 텐데."

지넷은 몸을 뒤로 빼고, 쉰 살이 되도록 스물다섯 살 때처럼 사랑스럽고 까만 눈으로 그를 쳐다보았다.

"잘 생각이었어?" 그가 아무 대꾸도 하지 않자 그녀는 덧붙였다. "물 건너간 얘기잖아."

데릭이 미시건 주에서 열리는 캠프에 갔기에 집에는 그들 둘밖에 없었다. 그녀가 부엌 텔레비전으로 11시 뉴스를 보겠느냐고 묻자 그는 고개를 저었다. 플린트 시티의 괴물이 어떤 식으로 막다른 궁지에 몰렸는지 10분 동안 보도하는 프로그램이야말로 절대 피하고 싶었다. 지넷은 차와 함께 먹을 건포도 토스트를 만들었다. 랠프는 식탁에 앉아서 자기 손을 쳐다보며 그녀에게 전부 얘기했다. 에버렛 라운드힐을 제일 마지막까지 아껴 두었다.

"라운드힐은 우리 모두에게 격분했어. 하지만 답신 전화를 한 사람이 나였으니 내가 날아오는 포탄을 전부 뒤집어썼지."

"그러니까 그가 테리의 주장을 뒷받침했다는 거야?"

"한마디도 빠짐없이. 라운드힐이 학교에서 테리와 다른 두 교사, 퀘이드와 그랜트를 차에 태웠어. 약속한 대로 화요일 오전 10시에. 캡 시티의 셰러턴 호텔에 11시 45분쯤에 도착해서 딱 알맞게 학회 참석증을 받고 환영 오찬에 참석했어. 라운드힐 말로는 점심식사를 마치고 한 시간 정도 테리를 보지 못했는데, 퀘이드하고 같이 있었을 거라고 해. 아무튼 3시에 다시 다 같이 뭉쳤는데, 그 시각에 스탠호프 부인은 그가 110킬로미터 남쪽에서 프랭크 피터슨의 자전거와 아이를 지저분한 흰색 밴에 싣는 걸 보았지."

"퀘이드하고 얘기해 봤어?"

"응. 집으로 오는 길에. 라운드힐은 완전 뚜껑이 열려서 검찰총장이 주도하는 전면 수사를 요청하겠다고 협박하는 중이고, 퀘이드는 화를 내지는 않았어도 믿기지 않아 했어. 어안이 벙벙하다며. 환영 점심 식사를 마치고 테리와 함께 '세컨드 에디션'이라는 중고서점에 가서 책 구경을 하고 코벤의 강연을 들으러 돌아갔다고 하더라고."

"그랜트는? 그는 뭐래?"

"여자야. 데비 그랜트. 아직 통화 못 했어. 남편이 다른 친구들이랑 나갔다고, 그럴 때마다 전화기를 꺼 놓는다더라고. 내일 아침에 다시 연락할 건데, 분명 라운드힐과 퀘이크가 한 얘기를 뒷받침할 거야." 그는 토스트를 작게 한 입 먹고 접시에 다시 내려놓았다. "이건 내 실수야. 목요일 저녁에, 스탠호프와 모리스가 테리의 신원을 확인했을 때 그를 신문했다면 우리 가설에 문제가 있다는 걸 알았을 테고, 그랬더라면 지금처럼 이 사태가 텔레비전과 인터넷에 도배가 되지 않았을 텐데."

"하지만 그때쯤 채취한 지문이 테리 메이틀랜드의 지문하고 일치한다는 걸 파악하지 않았어?"

"응."

"지문이 밴에도 있었고, 밴의 열쇠에도 있었고, 테리가 강가에 버리고 간 차에도 있었고, 사용한 나뭇가지에도 있었고……."

"응."

"그리고 목격자들도 추가로 등장했잖아. 쇼티스 펍 뒤편에서 본 남자와 그 친구. 뿐만 아니라 택시 기사. 그리고 스트립 클럽의 경비. 전부 테리를 아는 사람들이었잖아."

"그렇지. 그리고 체포됐으니 젠틀맨 플리즈에서 목격자가 몇 명 더 나올 거야. 대부분 뭐 하러 거기 갔는지 아내에게 설명할 필요 없는 독신남들이겠지. 그래도 기다렸어야 했는데. 학교에 연락해서 살인 당일의 행보를 체크했어야 했는데. 여름방학이다 보니 그럴 필요성을 못 느꼈단 말이지. '출근 안 하셨는데요.' 그 소리 말고 뭘 들을 수 있었겠어?"

"그리고 여기저기 묻고 다니면 그 사람 귀에 들어갈 수도 있다는 게 걱정스러웠고."

그때는 그게 당연시되었는데 지금은 바보 같은 판단처럼 느껴졌다. 거기서 한 걸음 더 나아가 경솔했던 것처럼 느껴졌다.

"지금까지 일을 하면서 실수를 몇 번 저질렀지만 이 정도는 처음이야. 내가 마치 눈이 멀었던 것 같아."

지넷이 격하게 고개를 저었다.

"당신이 어떻게 할 생각인지 얘기했을 때 내가 뭐라고 했는지 기억해?"

"응."

밀어붙여. 다른 아이들한테서 최대한 빨리 떼어 내.

그녀는 그렇게 얘기했다.

그들은 식탁을 사이에 두고 앉아서 서로를 바라보았다.

"이건 있을 수 없는 일이야." 이윽고 지넷이 말했다.

그는 손가락으로 그녀를 가리켰다.

"그게 바로 이 문제의 핵심이라고 생각해."

그녀는 생각에 잠긴 표정으로 차를 마시다 찻잔 너머로 그를 쳐다보았다.

"인간에게는 누구나 대역이 있다는 속담도 있잖아. 에드거 앨런 포는 그걸 주제로 단편도 쓴 걸로 아는데. 「윌리엄 윌슨」이라고."

"포가 작품 활동을 하던 시절은 지문과 DNA가 나오기 전이잖아. 아직 DNA 결과는 나오지 않았지만 기다리는 중인데, 만약 테리의 DNA로 밝혀지면 범인은 그가 맞고 나는 괜찮을지 몰라. 제삼자의 것으로 밝혀지면 나는 정신병원으로 실려 가겠지. 경찰서에서 잘리고 불법 체포로 고소당한 다음에 말이야."

그녀는 자기 몫의 토스트를 들었다가 다시 내려놓았다.

"당신은 이쪽의 지문을 입수했지. 그리고 조만간 이쪽의 DNA 결과도 입수할 테고. 하지만 랠프…… 저쪽의 지문이나 DNA는 없잖아. 캡 시티에서 열린 학회에 참석한 사람의 지문이나 DNA는 말이야. 만약 테리 메이틀랜드가 그 아이를 죽였고 그의 대역이 그 학회에 참석한 거라면?"

"테리 메이틀랜드에게 지문과 DNA가 일치하는, 서로 모르고 지낸 일란성 쌍둥이가 있다는 거라면 있을 수 없는 얘기야."

"그게 아니야. 캡 시티에 간 사람이 테리라는 법의학적인 증거가 없다는 얘기지. 테리가 여기 있었고, 그랬다는 법의학적인 증거가 있다면, 거기 있었던 사람은 대역일 수밖에 없잖아. 그래야 말이 되니까."

랠프는 어떤 논리인지 이해했다. 지넷이 좋아하는 탐정소설이었다면, 애거서 크리스티나 렉스 스타우트나 할런 코벤의 작품이었다면 지금이 바로 미스 마플 아니면 네로 울프 아니면 마이런 볼리타가 사건의 전말을 폭로하는 마지막 장의 클라이맥스였을 것이다. 하지만 세상에 중력처럼 견고하고 바위처럼 단단한 사실이 하나 있다면, 누구라도 같은 시각에 두 군데의 장소에 존재할 수 없다는 것이었다.

하지만 랠프가 이쪽의 목격자들을 신뢰한다면 메이틀랜드와 함께 캡 시티에 있었다는 목격자들도 똑같이 신뢰해야 했다. 어떻게 그들을 의심할 수 있겠는가? 라운드힐, 퀘이드 그리고 그랜트는 모두 같은 과목을 가르쳤다. 메이틀랜드와 날마다 만났다. 그 세 교사가 아동 성폭행, 살해 사건을 공모했다고 보아야 할까? 아니면 일말의 의심도 한 적 없을 만큼 완벽한 대역과 이틀 동안 같이 있었다고 보아야 할까? 그 자신은 그렇게 믿을 수 있을지 몰라도 빌 새뮤얼스가 배심원을 한 명이라도 설득할 수 있을까? 가뜩이나 하위 골드처럼 노련하고 약은 변호사를 상대해야 하는 마당에?

"올라가서 눕자. 내 수면제 한 알 먹어. 등 마사지 해 줄게. 날이 밝으면 좀 더 괜찮게 느껴질 거야."

"과연 그럴까?"

4

지넷 앤더슨이 남편의 등을 마사지하는 동안 프레드 피터슨과 큰아들(프랭크가 세상을 떠났으니 외아들이었다.)은 접시를 치우고 거실과 서재를 정리했다. 추모 모임이었지만 길고 성대한 하우스파티가 끝난 다음과 다를 게 거의 없었다.

올리가 뜻밖의 모습을 보였다. 평소에는 두세 번 얘기해야 커피 테이블 아래에 벗어 놓은 양말을 치우고 자기밖에 모르는 전형적인 10대였는데, 오늘 밤에는 10시에 끊임없이 이어지던 조문객 행렬이 마감된 이래 군소리 없이 유능하게 일손을 돕고 있었다. 찾아오는 친구와 동네 주민들의 숫자가 7시부터 점점 줄어들기 시작하자 프레드는 8시면 끝나길 바랐다. 프랭크가 천국에 갔을 거라고 사람들이 말할 때마다 고개를 끄덕이는 것도 지긋지긋했다. 하지만 테런스 메이틀랜드가 프랭크의 살인범으로 체포됐다는 소식이 전해지자 이 망할 것이 다시금 힘을 얻었다. 2차는 엄숙한 분위기일지언정 거의 파티나 다름없었다. 프레드는 첫째, 믿기지 않는다, 둘째, T코치는 항상 평범해 보였다, 셋째, 그에게는 매컬레스터의 주사기도 아깝다는 얘기를 몇 번이고 들어야 했다.

올리는 거실과 부엌을 왔다 갔다 하며 잔과 접시를 나르고 프레드로서는 예상하지 못했던 능력을 발휘해 그걸 식기세척기에 차곡차곡 넣었다. 식기세척기가 가득 차면 올리가 작동 버튼을 누르고, 접시를 헹궈서 다음번에 넣을 수 있게 개수대에 쌓아 놓았다. 프레드가 서재에 방치된 접시를 치우고 나면 뒷마당으로 담배를 피우러 나간 일부 손님들이 피크닉 테이블에 두고 간 접시가 눈에 들어왔다. 오륙십 명이 집 안을 훑고 지나간 다음에서야 마침내 끝이 났다. 모든 동네 주민과 다른 지역의 조문객, 브릭스턴 신부는 물론이고 성 안토니오 성당의 어중이떠중이들(프레드가 보기에는 신부의 추종자들이었다.)까지 찾아왔다. 문상객과 구경꾼 행렬이 쉬지 않고 이어졌다.

프레드와 올리는 각자의 생각과 각자의 상심 속에서 말없이 뒷정리를 했다. 몇 시간 동안 조의를 듣고 났더니(전혀 모르는 사람들이 건네는 말에도 진심이 담겨 있었다.) 서로 조의를 주고받을 수가 없었다. 어쩌면 이상한 일이었다. 어쩌면 서글픈 일이었다. 어쩌면 이런 걸 두고 문인들은 아이러니라고 표현할지 몰랐다. 프레드는 너무 피곤하고 애통해서 아무 생각도 할 수가 없었다.

그동안 죽은 아이의 어머니는 가장 번듯한 실크 원피스를 입고, 무릎을 모으고, 추운 사람처럼 두툼한 두 팔을 손으로 감싸고 소파에 앉아 있었다. 그날 저녁의 마지막 손님(아니나 다를까, 바로 옆집에 사는 깁슨 부인이 끝까지 버텼다.)이 마침내 떠날 때까지 아무 말도 하지 않았다.

이제는 갈 때도 됐겠지, 얘깃거리를 다 모았으니. 알린 피터슨은

현관문을 잠그고 우람한 몸을 문에 기대며 남편에게 그렇게 말했다.

브릭스턴 신부의 전임자가 혼배미사를 집전했을 때 알린 켈리는 하얀 드레스를 입은 날씬한 미의 화신이었다. 올리를 낳은 뒤에도 여전히 날씬하고 예뻤지만 그건 17년 전이었다. 프랭크를 낳은 다음부터 살이 찌기 시작해 지금은 비만의 경계선상에 있었지만…… 프레드의 눈에는 여전히 예뻤다. 그는 최근에 건강검진을 받았을 때 코널리 박사에게 들은 충고를 실천에 옮길 생각이 없었다. *프레드 씨는 건물에서 추락하거나 트럭 앞으로 뛰어들지 않는 한 앞으로 50년 더 건강하게 사실 수 있지만, 부인은 2형 당뇨가 있고 20킬로그램은 빼셔야 건강을 유지할 수 있어요. 프레드 씨가 부인을 도와주셔야 해요. 두 분 다 건강하게 살아야 하는 이유가 많잖아요.*

하지만 프랭크가 그냥 죽은 게 아니라 살해되고 나니 그들이 살아야 하는 이유의 대부분이 한심하고 하찮게 느껴졌다. 여전히 소중하고 중요한 건 올리뿐이었고, 프레드는 상심한 와중에도 그들 부부가 앞으로 몇 주, 몇 달 동안 올리를 대할 때 조심해야 한다는 걸 알았다. 올리도 동생의 죽음을 슬퍼하고 있었다. 올리가 프랭클린 빅터 피터슨의 장례라는 이 부족적인 의식에서 마지막 장의 뒷정리를 한몫 담당할 수는 있겠지만, 내일부터는 10대 소년의 모습을 조금씩 되찾아야 했다. 시간이 걸리겠지만 결국에는 성공할 수 있을 것이다.

앞으로 커피 테이블 아래 벗어 놓은 올리의 양말이 보이면 좋아해야겠다. 프레드는 스스로 다짐했다. *그리고 얼른 할 말을 생각해내서 이 끔찍하고 어색한 침묵을 깨야겠어.*

하지만 아무 말도 생각나지 않았다. 올리가 진공청소기 호스를 끌고 몽유병 환자처럼 그를 지나 서재로 가자 프레드는 최소한 상황이 이보다 더 나빠질 일은 없겠다는 생각을 했지만, 그게 얼마나 엄청난 착각인지도 모르고서 한 생각이었다.

그는 서재 문 앞으로 다가가 올리가 좀 전처럼 섬뜩하고 예상 밖의 유능한 모습을 뽐내며 회색 카펫을 청소하는 걸 지켜보았다. 올리는 카펫 털을 길고 일정하게 먼저 이쪽으로 민 다음 다시 저쪽으로 밀었다. 냅스, 오레오, 리츠 크래커 부스러기들이 흔적도 없이 사라지자 마침내 프레드는 할 말을 찾았다.

"거실은 내가 하마."

"괜찮아요."

올리의 눈은 빨갰고 퉁퉁 부었다. 두 형제는 일곱 살이라는 나이 차에도 놀라우리만치 가깝게 지냈다. 어쩌면 놀랍다기보다 나이 차 덕분에 형제간의 질투가 최소화된 것일 수도 있었다. 올리가 프랭크의 작은 아버지 비슷한 존재가 되었던 것일 수도 있었다.

"알아. 그래도 똑같이 나눠서 해야지."

"알았어요. '프랭키도 그래 주길 바랐을 거다.' 이런 소리만 하지 마세요. 그러면 청소기 호스로 아빠의 목을 조를 수밖에 없을 테니까."

프레드는 그 말에 미소를 지었다. 지난 화요일에 경찰이 찾아온 이래 처음은 아니었지만 진정한 의미의 미소는 이번이 처음이었을 것이다.

"좋아."

올리는 카펫 청소를 마치고 아버지에게 청소기를 넘겼다. 프레드가 거실로 청소기를 끌고 가서 카펫을 청소하기 시작하자 알린은 자리에서 일어나 뒤도 돌아보지 않은 채 터벅터벅 부엌 쪽으로 걸음을 옮겼다. 프레드와 올리는 서로 흘끗 쳐다보았다. 올리는 어깨를 으쓱했다. 프레드도 어깨를 으쓱하고 다시 청소기를 돌리기 시작했다. 다들 찾아와서 같이 슬퍼해 준 건 고마웠지만, 와, 그들이 떠난 자리는 정말이지 난장판이었다. 아일랜드식 경야였다면 이보다 훨씬 심했을 거라는 사실을 위안으로 삼았지만, 프레드는 올리가 태어난 뒤로 술을 끊었고 그들 가족은 술을 한 방울도 입에 대지 않았다.

부엌에서 가장 뜻밖의 소리가 들렸다. 웃음소리였다.

프레드와 올리는 다시 서로를 쳐다보았다. 올리가 부엌으로 달려가는 동안 처음에는 자연스럽고 편안하게 들렸던 어머니의 웃음소리가 이제는 히스테릭한 고음으로 변했다. 프레드는 진공청소기의 전원 버튼을 발로 눌러서 끄고 아들을 따라갔다.

알린 피터슨은 개수대에 등을 대고 서서 상당히 불룩한 배를 잡고 거의 비명을 지르듯이 웃고 있었다. 열이 나는 것처럼 얼굴이 새빨개졌다. 눈물이 두 볼을 타고 흘러내렸다.

"엄마? 도대체 무슨 일이에요?"

거실과 서재에서 접시는 치웠지만 아직 부엌에 할 일이 산더미처럼 남아 있었다. 개수대 양옆으로 조리대가 하나씩 있었고 한쪽 구석에는 피터슨 가족이 거의 날마다 저녁을 먹던 식탁이 놓여 있었다. 이 모든 곳이 먹다 남은 캐서롤, 터퍼웨어 그릇, 알루미늄 포일로 싼 남은 음식들로 뒤덮여 있었다. 스토브 위에는 먹다 남은 닭고기의 몸통과 갈색으로 굳은 그레이비소스가 가득 담긴 그릇이 있었다.

"남은 음식으로 한 달은 때울 수 있겠어!"

알린이 간신히 말했다. 그녀는 허리를 접고 깔깔대다가 다시 허리를 폈다. 뺨이 자주색으로 변했다. 지금 앞에 서 있는 아들과 땅속에 묻힌 아들, 이렇게 양쪽 모두에게 물려준 빨간 머리가 핀에서 삐져나와 곱슬곱슬한 빛무리처럼 그녀의 충혈된 얼굴을 감싸고 밖으로 뻗쳤다.

"슬픈 소식은 프랭키가 죽었다는 거! 기쁜 소식은 내가 앞으로 장을 볼 필요가 없다는 거, *아주…… 아주…… 오랫동안!*"

그녀는 울부짖기 시작했다. 부엌이 아니라 정신병원에 어울림직한 소리였다. 프레드는 움직이라고, 가서 그녀를 안아 주라고 두 다리에 명령을 내렸지만 처음에는 다리들이 말을 듣지 않으려고 했다. 먼저 움직인 쪽은 올리였지만 그가 옆으로 아직 다가가지 못했을 때 알린이 닭고기를 집어서 던졌다. 올리는 고개를 수그렸다. 닭은 안에 담긴 소를 흩뿌리며 빙글빙글 날아가 철푸덕 하는 끔찍한 소리와 함께 벽에 부딪혔다. 시계 아래 벽지에 동그란 기름 자국이 남았다.

"엄마, 그만해요. 그만해요."

올리가 그녀의 어깨를 잡고 끌어안으려고 했지만, 알린은 그의 손 아래로 빠져나가 계속 깔깔대고 울부짖으며 한쪽 조리대를 향해 돌진했다. 그러고는 브릭스턴 신부의 아침 부대 가운데 한 명이 들고 온, 라자냐가 든 대접시를 두 손으로 집어서 자신의 머리 위로 쏟았다. 차가운 파스타가 그녀의 머리카락 사이와 어깨 위로 떨어졌다. 그녀는 접시를 거실로 던졌다.

"*프랭키가 죽고 우리 집에는 빌어먹을 이탈리아식 뷔페가 차려졌네!*"

이쯤 되자 프레드가 움직였지만 알린은 그에게서도 빠져나갔다. 열심히 술래잡기 놀이를 하느라 신이 난 어린애처럼 웃었다. 그녀는 마시멜로 딜라이트가 가득 담긴 터퍼웨어 그릇을 집었다. 그걸 위로 들어 올리려다 발 사이로 떨어뜨렸다. 웃음소리가 멈췄다. 그녀는 한 손을 오므려 커다란 왼쪽 가슴을 덮었다. 다른 손은 그 위쪽에 평평하게 얹었다. 아직까지 눈물이 그렁그렁 맺힌 눈을 휘둥그레 뜨고 남편을 쳐다보았다.

저 눈. 프레드는 생각했다. *내가 사랑에 빠진 게 저 눈이었지.*

"엄마? 엄마, 왜 그래요?"

"아무것도 아니야." 알린이 그렇게 말했다가 다시 덧붙였다. "심장이." 그녀는 허리를 숙여서 닭고기와 마시멜로 디저트를 쳐다보았다. "내가 한 짓을 좀 봐."

알린이 쌕쌕거리며 덜거덕덜거덕 길게 숨을 헐떡였다. 프레드가 그녀를 붙잡았지만 너무 무겁다 보니 그의 팔 사이로 미끄러졌다. 프레드는 그녀가 옆으로 쓰러지기 전부터 이미 뺨에서 핏기가 가시는 것을 보았다.

올리가 비명을 지르며 그녀 옆에 털썩 무릎을 꿇었다.

"엄마! 엄마! *엄마!*" 그는 아버지를 올려다보았다. "숨을 안 쉬는 것 같아요!"

프레드는 아들을 옆으로 밀쳤다.

"911에 연락해."

프레드는 올리가 전화하는지 확인하지도 않고 아내의 두툼한 목을 손으로 감싸고 맥을 짚었다. 맥이 짚였지만 어지럽고 엉망진창이었다. *두근-두근, 두근두근두근, 두근-두근-두근*, 이런 식이었다. 그는 다리를 벌리고 알린의 위에 올라타 오른손으로 왼쪽 손목을 감싸고 일정한 리듬으로 누르기 시작했다. 이렇게 하면 되는 걸까? 심폐소생술이 맞을까? 알 수 없었지만 그녀가 눈을 뜨자 그의 심장이 가슴 속에서 펄쩍 뛰었다. 됐다, 그녀가 정신을 차렸다.

심장마비가 아니었어. 너무 무리했던 거야. 그래서 기절한 거야. 이런 걸 실신이라고 하지. 하지만 여보, 우리가 당신 다이어트를 시켜야겠어. 당신 생일선물은 그 손목밴드가 될 거야.

"내가 난장판을 만들었네." 알린이 속삭였다. "미안해."

"아무 말도 하지 마."

올리가 부엌 벽에 걸린 전화기에 대고 거의 고함을 지르다시피 속사포를 쏟아내고 있었다. 집 주소를 대며 얼른 와 달라고 했다.

"거실을 다시 치워야 하게 생겼어. 미안해, 프레드. 정말, 정말 미안해."

프레드가 아무 말도 하지 말라고, 좀 괜찮아질 때까지 가만히 누워 있으라고 미처 얘기하지도 못했을 때 알린이 다시금 덜거덕거리며 요란하게 숨을 들이마셨다. 그 숨을 내뱉는 순간 그녀의 눈이 뒤집혔다. 충혈된 흰자위가 불룩 튀어나오면서 그녀가 공포영화에 나오는 데스마스크처럼 돌변했다. 프레드는 나중에 이 얼굴을 기억에서 지우려고 하지만 실패할 것이다.

"아빠? 출동한대요. 엄마 괜찮으세요?"

프레드는 대답하지 않았다. 엉터리 심폐소생술을 하며 정식으로 배우지 못한 걸 후회하느라 정신이 없었다. 왜 시간을 내서 배우지 못했을까? 그는 후회스러운 게 너무 많았다. 시간을 딱 일주일만 되돌릴 수 있다면 불멸의 영혼을 내놓을 수도 있었다.

눌렀다가 놓고. 눌렀다가 놓고.

괜찮을 거야. 그는 그녀에게 말했다. *괜찮아야 해. 미안하다는 게 당신이 이 세상에 남긴 마지막 말이 되면 안 돼. 내가 용납하지 않겠어.*

눌렀다가 놓고. 눌렀다가 놓고.

5

마시 메이틀랜드는 그레이스가 같이 침대에 누워 달라고 했을 때 기꺼이 그러겠다고 했다. 하지만 그녀가 세라에게 같이 눕겠느냐고 묻자 큰딸은 고개를 저었다.

"알았어. 하지만 생각이 바뀌면 언제든 말해."

한 시간이 지나고 두 시간이 지났다. 마시의 인생을 통틀어 가장 끔찍했던 토요일이 가장 끔찍한 일요일로 바뀌었다. 마시는 지금쯤 그녀 옆에서 쌔근쌔근 자고 있어야 하는데(베어스를 처리했으니 다가오는 시티 리그 선수권 대회의 꿈을 꾸고 있었을 것이다.) 그 대신 철창에 갇힌 테리를 생각했다. 그도 잠을 설치고 있을까? 당연히 그럴 것이었다.

힘든 날들이 그들을 기다리고 있었지만 하워가 처리해 줄 터였다. 테리는 예전에 한때 그와 유소년 미식축구 팀을 같이 가르쳤던 코치가 남서부를 통틀어 가장 실력이 좋은 변호사라고, 언젠가는 이 주의 대법관 자리에 앉을지 모른다고 얘기한 적이 있었다. 테리의 확실한 알리바이를 생각하면 하워가 패소할 가능성은 없었다. 하지만 여기에서 위안을 얻으며 잠이 들려고 할 때마다, 친구라고 생각했던 랠프 앤더슨이라는 배신자 새끼가 생각나서 눈이 번쩍 떠졌다. 그들은 이 사태가 정리되자마자 플린트 시티 경찰서를 불법 체포와 명예 훼손과 하워 골드가 생각해 낸 기타 등등으로 고소할 테고, 하워가 법으로 무장한 스마트 폭탄을 투하하기 시작하면 랠프 앤더슨의 주변은 쑥대밭이 될 것이다. 그를 개인적으로 고소할 수도 있을까? 그가 가진 모든 걸 박탈할 수 있을까? 마시는 그러고 싶었다. 그와 그의 아내와, 테리가 그렇게 공을 들여서 가르쳤던 아들을 맨발에 누더기 차림으로, 손에는 동냥그릇을 쥐여 주고 길거리로 내쫓고 싶었다. 개화되었다는 이 선진 시대에 그럴 수 있는 가능성은 없을 것 같았지만 그렇게 내쫓겨 플린트 시티의 거지가 된 세 사람의 모습이 선명하게 떠올랐고 그럴 때마다 그녀는 눈을 번쩍 뜨며 분노와 만족감에 몸을 부르르 떨었다.

침대 옆 탁자의 시계가 2시 15분을 가리켰을 때 큰딸이 문 앞에 등장했다. 잠옷으로 입은 특대 사이즈 오키 시티 선더 셔츠 아래로 다리만 선명하게 보였다.

"엄마? 아직 안 주무세요?"

"응."

"엄마랑 그레이시 옆에 누워도 돼요?"

마시는 이불을 젖히고 옆으로 자리를 옮겼다. 세라가 들어왔다. 마시가 끌어안으며 목덜미에 입을 맞추자 세라는 울음을 터뜨렸다.

"쉬잇, 동생 깨겠다."

"못 참겠어요. 수갑이 자꾸 생각나서요. 죄송해요."

"조용히 울어, 그럼. 조용히, 아가."

마시는 세라가 설움을 모두 토할 때까지 안아 주었다. 5분 정도 잠잠해지자 마시는 큰딸이 잠들었나 보다고 생각했다. 이제 양쪽에 한 명씩 딸을 거느리고 누웠으니 그녀도 잠을 잘 수 있을 것 같았다. 하지만 잠시 후에 세라가 몸을 돌려서 그녀를 쳐다보았다. 젖은 눈이 어둠 속에서 반짝였다.

"아빠가 감옥에 가지는 않겠죠, 엄마?"

"그럼. 아무 잘못도 하지 않으셨는걸."

"하지만 죄 없는 사람들도 감옥에 가잖아요. 가끔은 무죄가 밝혀질 때까지 몇 년씩. 그래서 감옥에서 나오지만 늙은 다음이고요."

"너희 아빠는 그러지 않을 거야. 아빠는 경찰에서 아빠를 범인으로 지목한 그 사건이 벌어졌을 때 캡 시티에……."

"아빠가 무슨 죄로 체포됐는지 저도 알아요." 세라는 눈물을 닦았다. "제가 바보는 아니에요."

"엄마도 네가 바보 아니라는 거 알아."

세라는 가만히 있지 못하고 꼼지락거렸다.

"경찰에서 체포한 이유가 있을 거 아니에요."

"경찰에서는 그렇게 생각할지 몰라도 착각이야. 골드 씨가 아빠가 어디 있었는지 설명하면 경찰에서 풀어 줄 거야."

"알았어요." 긴 정적이 흘렀다. "하지만 이 사태가 해결될 때까지 커뮤니티 캠프에 가지 않을래요. 그레이시도 그래야 한다고 생각해요."

"가지 않아도 돼. 그리고 가을이 되면 이 모든 게 그냥 지나간 일이 될 거야."

"지나간 나쁜 일이 될 거예요." 세라는 말하고 코를 훌쩍였다.

"그렇지. 이제 자자."

세라는 잠이 들었다. 두 딸의 체온을 느끼며 마시도 잠이 들었지만, 테리가 두 경찰관에게 끌려가는 동안 사람들은 구경하고 베이버 파텔은 소리를 지르고 개빈 프릭은 믿기지 않는다는 듯이 멀뚱멀뚱 쳐다보는 악몽을 꾸었다.

6

자정이 될 때까지 구치소는 먹이 주는 시간의 동물원과 같았다. 취객들이 노래를 부르고, 울고, 철창 앞에 서서 고래고래 대화를 나누었다. 심지어 주먹다짐을 하는 듯한 소리까지 들렸다. 모든 감방이 1인실인데, 철창을 사이에 두고 서로 주먹을 휘두르는 게 아닌 이상 어떻게 그런 소리가 날 수 있는지 테리로서는 알 수 없는 노룻이었다. 복도 저쪽 끝에서 어떤 남자가 요한복음 3장 16절의 첫 구절을 목이 찢어져라 외치고 또 외쳤다.

"하나님이 세상을 이처럼 사랑하사! 하나님이 세상을 이처럼 사랑하사! 하나님이 이 빌어먹을 세상을 이처럼 사랑하사!"

오줌, 똥, 소독약, 무슨 소스 범벅이었을지 알 수 없는, 저녁으로 배식된 파스타 냄새가 났다.

구치소에서 보내는 첫날이네. 테리는 놀라워했다. *40년의 세월을 산 끝에 감방, 큰집, 학교, 국립 호텔에 착륙했어. 어이없기도 하지.*

그는 분노를, 응당한 분노를 느끼고 싶었고 날이 밝고 세상의 초점이 다시 맞추어지면 그런 감정이 고개를 들 것도 같았지만 일요일 새벽 3시, 고함과 노랫소리가 코 고는 소리, 방귀 소리, 이따금 들리는 신음으로 잦아드는 이 시각에 느껴지는 감정이라고는 수치심뿐이었다. 그가 정말로 무슨 짓을 저지른 것만 같았다. 하지만 그가 경찰에서 주장하는 짓을 저질렀다면 그런 감정은 전혀 느끼지 못할 것이었다. 아이를 상대로 그렇게 외설스러운 짓을 저지를 정도로 역겹고 사악한 인간이었다면, 덫에 갇힌 짐승처럼 빠져나갈 수 있다면 어떤 것이든 마다하지 않겠다는 자세로 절박하게 머리를 굴리고 있을 것이었다. 아니, 정말 그럴까? 그런 남자가 어떤 생각을 하고 어떤 감정을 느낄지 그가 무슨 수로 알 수 있을까? 그건 외계인의 머릿속에는 뭐가 들어 있는지 알아맞히려는 거나 다름없었다.

테리는 하위 골드가 그를 여기서 꺼내 줄 거라고 믿어 의심치 않았다. 단 몇 분 만에 그의 인생이 어떻게 통째로 뒤집힐 수 있는지 파악하려고 애를 쓰는, 어둠의 골짜기가 가장 깊은 이 시각에도 그 사실만큼은 믿어 의심치 않았다. 하지만 모든 똥이 다 지워 없어지지는 않으리라는 점도 알았다. 그는 내일이 아니면 기소인부절차 이후에, 기소인부절차 이후가 아니면 아마도 캡 시티에서 열리는 대배심 심리 이후에 사과와 함께 석방될 것이다. 하지만 다음번에 그가 교실에 들어서면 학생들이 어떤 눈빛을 짓고 있을지 알 수 있었고, 어린이 스포츠 코치로서 그의 이력은 끝났을 수 있었다. 웨스트사이드의 주민들이나 플린트 시티 전체 시민들이 보기에 그는 절대 완벽하게 혐의를 벗을 수 없을 것이다. 영원히 프랭크 피터슨 살인범으로 체포된 사람으로 남을 것이다. 그를 두고 사람들은 영원히 '아니 땐 굴뚝에 연기 나겠느냐.'고 수군댈 것이었다.

그 혼자만의 문제라면 감상할 수 있었다. 아이들이 심판의 판정이 부당하다고 징징거리면 그가 뭐라고 얘기했던가? *훌훌 털고 다시 나가라. 묵묵히 플레이 해.* 하지만 그만 훌훌 털고 묵묵히 플레이 하면 되는 게 아니었다. 마시에게 낙인이 찍힐 것이다. 회사에서, 슈퍼에서 사람들이 수군대고 흘깃거릴 것이다. 친구들이 더 이상 연락하지 않을 것이다. 제이미 매팅리는 예외일지 몰라도 심지어 그녀조차 자신할 수 없었다.

그리고 아이들도 문제였다. 세라와 그레이스는 그 또래 아이들만 할 수 있는 잔인한 입방아에 오르내리고 완벽하게 따돌림을 당할 것이다. 이 사태가 해결될 때까지 마시가 어련히 알아서 두 아이를 끼고 있겠지만, 사냥개 같은 기자들로부터 보호하기 위해서라도 그러겠지만, 가을이 되고 그가 혐의를 벗은 뒤에도 아이들에게는 낙인이 찍힐 것이다. *저기 쟤 보이지? 쟤네 아빠가 어떤 애를 죽이고 엉덩이에 나뭇가지를 쑤셔 넣었다고 체포된 적 있잖아.*

그는 침대에 누웠다. 어둠을 물끄러미 올려다보았다. 구치소의 악취를 맡으며 생각했다. *이사를 해야 할 거야. 털사나 캡 시티나 텍사스로. 어딘가에 취직은 할 수 있을 거야. 야구나 미식축구나 농구 연습하는 아이들 근처에는 얼씬도 하지 못하겠지만. 추천서는 잘 받을 수 있겠지. 추천서를 거부했다가는 차별 소송을 걱정해야 할 테니까.*

그래도 체포된 전적과 체포된 이유는 이 구치소의 악취처럼 그들을 따라다닐 것이다. 특히 아이들한테 그럴 것이다. 페이스북 하나만으로도 그들을 추적해 지목하기에 충분했다. *이 아이들 아버지가 사람을 죽이고도 처벌을 모면했음.*

그는 이런 식의 생각을 그만하고 잠을 좀 자 두어야 했고 다른 사람, 콕 집어서 얘기하자면 랠프 앤더슨이 끔찍한 실수를 저지른 거였으니 수치심도 그만 느껴야 했다. 이런 일은 항상 오밤중에 더 심각하게 느껴지기 마련이라는 사실을 기억해야 했다. 셔츠 등판에 '교정국'이라고 적힌 헐렁한 갈색 죄수복을 입고 감방에 갇힌 현재 상황에서는 공포가 명절 퍼레이드에 나선 대형 풍선처럼 부풀어 오를 수밖에 없었다. 날이 밝으면 좀 더 괜찮게 느껴질 것이었다. 그럴 게 분명했다.

맞다.

그래도 이 수치심은.

테리는 눈을 덮었다.

7

하위 골드는 일요일 아침 6시 30분에 침대에서 빠져나왔다. 그 시각에 할 일이 있었거나 개인적으로 좋아하는 시각이라 그런 건 아니었다. 60대 초반으로 진입한 대다수의 남자들이 그렇듯 개인 연금 액수와 더불어 전립선은 커지고 성욕과 더불어 방광은 쪼그라드는 느낌이었다. 일단 눈을 뜨면 뇌의 기어가 주차에서 주행으로 바뀌었고 다시 잠을 청하는 게 불가능해졌다.

그는 일레인이 기분 좋은 꿈을 꾸고 있길 바라며 맨발로 부엌까지 걸어가 커피를 끓이고, 잠자리에 들기 전에 무음으로 해 놓고 조리대에 올려놓은 휴대전화를 확인했다. 오전 1시 12분에 알렉 펠리가 보낸 문자가 있었다.

하위가 커피를 마시며 레이즌 브랜 시리얼을 먹고 있었을 때 일레인이 가운 허리띠를 묶고 하품을 하며 부엌으로 들어왔다.

"어떻게 됐어?"

"기다려 봐야 알아. 스크램블드에그 먹을래?"

"이이가 나한테 아침을 차려 주겠다고 하네." 그녀는 커피를 따르며 말했다. "밸런타인데이도 아니고 내 생일도 아닌데, 의심스러워해야 하는 건가?"

"시간 때우려고 그래. 알렉한테 문자가 왔는데 통화하려면 7시까지 기다려야 하거든."

"좋은 소식이야, 나쁜 소식이야?"

"모르겠어. 아무튼 달걀 먹을 거야?"

"응. 두 개. 스크램블드에그 말고 프라이로."

"내가 항상 노른자 깨뜨리는 거 알면서."

"앉아서 구경하기로 했으니 비판은 자제할게. 통밀 토스트로 부탁해요."

놀랍게도 노른자가 한 개만 터졌다. 그가 일레인 앞에 접시를 내려놓자 그녀가 말했다.

"테리 메이틀랜드가 그 아이를 죽였다면 세상이 미친 거야."

"이 세상은 미친 거 맞아. 하지만 그는 범인이 아니야. 슈퍼맨 가슴팍에 새겨진 S만큼 강력한 알리바이가 있거든."

"그런데 그 사람을 왜 체포했대?"

"슈퍼맨 가슴팍에 새겨진 S만큼 강력한 증거가 있다고 믿거든."

그녀는 잠깐 생각했다.

"막을 수 없는 힘이 움직일 수 없는 물체를 만난 건가?"

"세상에 그런 경우는 없어, 여보."

하위는 손목시계를 확인했다. 6시 55분이었다. 이 정도면 충분했다. 그는 알렉의 휴대전화로 전화를 걸었다.

그의 수사관은 세 번째 신호에 전화를 받았다.

"일찍 전화를 하셨네, 면도하는 중인데. 5분 뒤에 다시 전화해 주겠나? 그러니까 내가 얘기한 대로 7시에."

"아니. 전화 받는 쪽 얼굴에 묻은 면도 크림 닦아 낼 때까지 기다릴 수는 있어. 그러면 어때?"

"까다로운 대장님이시로군."

알렉은 이렇게 말했지만 그 시각에도 불구하고, 대부분의 남자들이 혼자만의 상념에 잠긴 채 하기 좋아하는 일이 중간에 끊겼음에도 불구하고 기분 좋은 목소리였다. 그래서 하위에게 희망이 생겼다. 그는 이미 무기가 많았지만, 많으면 많을수록 좋았다.

"좋은 소식이야, 나쁜 소식이야?"

"1분만 기다려 주겠나? 이 망할 것이 전화기에 다 묻고 있어."

1분이 아니라 5분에 가까웠지만 아무튼 알렉이 다시 돌아왔다.

"좋은 소식입니다, 대장님. 우리한테는 좋은 소식이고 지방검사한테는 나쁜 소식이죠. 아주 나쁜 소식."

"보안 카메라 영상은 확인했나? 얼마나 있고 카메라는 모두 몇 대야?"

"영상 확인했고 많아." 알렉이 말을 멈추었다가 다시 이었을 때 하위는 그가 웃고 있다는 걸 알 수 있었다. 목소리에서 느껴졌다. "그런데 더 괜찮은 게 있어. 훨씬 괜찮은 게."

8

지넷 앤더슨이 7시 15분에 일어나 보니 남편이 눕는 옆자리가 비어 있었다. 부엌에서 갓 끓인 커피 냄새가 났지만 랠프는 거기에도 없었다. 창밖을 내다보니 그가 줄무늬 잠옷 차림으로 뒷마당의 피크닉 테이블에 앉아서, 지난 아버지의 날에 데릭이 선물한 재미있는 컵에 담긴 커피를 홀짝이고 있었다. 옆면에 파란색으로 큼지막하게 이렇게 적힌 컵이었다. **너는 내가 커피를 다 마실 때까지 침묵**

할 권리가 있다. 그녀도 커피를 한 잔 챙겨 들고 나가서 그의 뺨에 입을 맞추었다. 더운 날이 되겠지만 아직은 이른 시각이라 시원하고 고요하고 상쾌했다.

"생각을 멈출 수가 없구나?"

"이번 사건은 아무도 생각을 멈추지 못할 거야. 당분간은."

"일요일이야. 쉬는 날이라고. 그리고 당신은 쉬어야 해. 당신 안색이 영 마음에 안 드네. 내가 지난주에 《뉴욕 타임스》 건강 코너에서 읽은 기사에 따르면 당신은 심장 마비의 나라로 진입했대."

"격려가 된다."

그녀는 한숨을 쉬었다.

"가장 먼저 해야 하는 일이 뭐야?"

"데브러 그랜트라는 다른 선생님한테 문의하는 거. 그냥 만전을 기하는 차원이야. 테리랑 같이 캡 시티에 갔었다고 하겠지, 라운드힐이나 퀘이드는 놓친 그의 뭔가 이상한 낌새를 알아차렸을 가능성은 존재하지만. 여자들이 좀 더 관찰력이 뛰어나잖아."

지넷이 보기에는 미심쩍고 심지어 성차별적인 발언이었지만 지금은 그런 얘기를 할 때가 아니었다. 때문에 간밤에 나누었던 이야기로 화제를 돌렸다.

"테리는 여기 있었어. 그가 범인이야. 당신한테 필요한 건 그쪽의 법의학 증거를 입수하는 거야. DNA는 물 건너간 얘기겠지만 지문은 있지 않을까?"

"그와 퀘이드가 묵었던 방에 가루를 뿌려 볼 수는 있겠지만, 그들은 수요일 오전에 체크아웃했고 호텔 측에서 그 이후에 청소하고 다른 손님을 받았을 거야. 어쩌면 한 번 이상."

"그래도 아예 불가능한 얘기는 아니잖아? 양심적인 객실 청소부도 있지만 대부분 침대 정돈하고 커피 테이블에 남은 잔 자국이나 얼룩만 닦고 땡치는걸. 퀘이드 씨의 지문은 있지만 테리 메이틀랜드의 지문은 없으면 어쩔래?"

랠프는 어린이 형사처럼 열띤 그녀의 표정이 좋아서 거기에 찬물을 끼얹을 일이 없으면 좋겠다는 생각이 들었다.

"그걸로는 아무것도 입증하지 못할 거야. 하위 골드는 배심원단에게 지문이 없다는 이유로 누굴 기소할 수는 없다고 할 테고 그의 말이 맞거든."

지넷은 거기에 대해 곰곰이 생각했다.

"좋아. 그래도 그 방에 남은 지문을 채취해서 최대한 신원 파악을 해야 한다고 봐. 그럴 수 있어?"

"응. 그리고 좋은 생각이야." 적어도 만전을 기하는 또 하나의 방편이었다. "몇 호실이었는지 알아내고 투숙객이 있으면 셰러턴 호텔을 설득해서 옮기도록 할게. 이 사건이 언론에서 어떤 식으로 다루어지고 있는지를 생각하면 그쪽에서도 협조할 거야. 꼭대기에서 바닥까지, 이쪽 끝에서 저쪽 끝까지 전부 가루를 뿌려 볼게. 하지만 내가 정말로 원하는 건 그 학회가 열린 날짜의 보안 카메라 영상인데, 주 경찰청에서 이 사건을 주도하는 사블로 형사가 오늘 늦은 시각에나 복귀할 예정이라서 내가 직접 찾아가 보려고 해. 골드의 수사관보다 몇 시간 뒤처지겠지만 어쩔 수 없지."

지넷이 한 손을 그의 손 위에 얹었다.

"가끔 하던 걸 멈추고 오늘 하루를 감상하겠다고 약속해 줘, 여보. 내일이 되기 전까지 당신에게 주어진 날은 오늘 하루뿐이잖아."

랠프는 지넷을 향해 미소를 짓고 그녀의 손을 꼭 쥐었다가 놓았다.

"그가 피터슨을 납치할 때 쓰고 이 마을에 두고 간 차량들이 계속 생각나."

"이코노라인 밴하고 스바루 말이지."

"응. 스바루는 별로 신경 쓰이지 않아. 공영 주차장에서 훔친 거고 2012년인가부터 그 비슷한 절도 사건이 많았으니까. 원격 시동 장치가 차량 절도범한테는 최고의 친구야. 처리해야 할 일이나 저녁상에는 뭘 내놓을지 생각하면서 어딘가에 차를 세웠는데, 대롱대롱 매달려 있는 자동차 열쇠가 보이지 않는 셈이잖아. 리모컨 키는 두고 내리기 십상이지. 특히 이어폰을 끼고 있거나 전화로 수다를 떨고 있으면 열쇠가 차 안에 있다는 경고음이 잘 들리지 않고. 스바루의 주인 바버라 니어링은 컵 홀더에 리모컨 키를, 계기판에 주차권을 두고 8시에 출근했어. 5시에 퇴근하려고 보니 차가 없어졌고."

"주차 관리원은 어떤 사람이 그 차를 끌고 나갔는지 기억하지 못하고?"

"응, 그리고 그럴 만도 해. 5층으로 이루어진 대형 주차장이라 사람들이 끊임없이 들락날락하거든. 출구에 카메라가 있지만 48시간이 지나면 영상이 지워지고. 하지만 그 밴은……."

"그 밴은 왜?"

"뉴욕 주 스파이턴킬에서 파트타임으로 일하는 칼 젤리슨이라는 목수 겸 잡역부의 차거든. 스파이턴킬은 포킵시와 뉴팔츠 사이에 있는 조그만 마을이야. 젤리슨은 열쇠를 챙겼지만 뒤쪽 범퍼 아래 달린 조그만 상자에 예비 열쇠가 들어 있었어. 누군가가 그 상자를 발견하고는 밴을 훔쳐서 달아난 거야. 빌 새뮤얼스의 주장으로는 절도범이 그걸 뉴욕 주 중부에서 캡 시티나…… 더브로나…… 아니면 바로 여기 플린트 시티까지 몰고 와서…… 예비 열쇠를 구멍에 꽂은 채 세워 두었을 거라고 해. 테리가 그걸 보고 다시 훔쳐서 어딘가에 숨겨 두었을 거라고. 마을 밖의 헛간이나 창고에. 2008년에 모든 게 무너진 이후로 버려진 농가가 얼마나 많은지 알잖아. 그는 열쇠를 안에 둔 채 그 밴을 쇼티스 펍 뒤편에 버렸지. 누군가가 세 번째로 그 차를 훔쳐 주길 바란 건데, 터무니없는 희망사항은 아니었어."

"다만 훔쳐간 사람이 없었을 뿐. 그래서 당신이 밴을 압수하고 열쇠를 입수했지. 테리 메이틀랜드의 엄지손가락 지문이 남은 열쇠를."

랠프는 고개를 끄덕였다.

"사실 지문이 엄청나게 많아. 10년 된 밴이고 최소 5년 동안 세차를 하지 않았거든. 젤리슨, 그의 아들, 아내, 밑에서 일하는 직원 두 명의 지문은 배제했지. 고맙게도 뉴욕 주 경찰청이 목요일 오후에 그들의 지문을 보내 주었거든. 다른 주, 대부분의 주에서는 아직 감감무소식이야. 두말하면 잔소리지만 테리 메이틀랜드와 프랭크 피터슨의 지문도 입수했지. 피터슨의 경우에는 지문 네 개가 조수석 안쪽에 남아 있었어. 기름기가 많은 부분인데, 새로 찍은 동전처럼 선명했어. 아마 피기스 공원 주차장에서 테리가 조수석에서 끌어내리려고 했을 때 아이가 저항하면서 생긴 것 같아."

지넷은 움찔했다.

"밴에서 나온 다른 지문들은 신원 조회를 기다리는 중이야. 지난 화요일부터 수소문하고 있거든. 안타를 칠 수도 있고 못 칠 수도 있어. 그중에 스파이턴킬에서 1차적으로 차를 훔친 범인의 지문이 있을 거라고 보거든. 그 나머지는 젤리슨의 친구에서부터 절도범이 도중에 태운 히치하이커에 이르기까지 여러 사람의 지문일 수 있겠지. 하지만 아이의 지문을 제외했을 때 가장 최근에 남은 지문이 메이틀랜드의 것이야. 원래 절도범의 정체는 중요하지 않지만, 그가 밴을 어디에다 버렸는지는 알아내고 싶어." 랠프는 말을 잠깐 멈추었다가 덧붙였다. "앞뒤가 안 맞거든."

"지문을 지우지 않은 게?"

"그뿐만이 아니야. 애초에 밴과 스바루를 훔친 것부터 그래. 그렇게 동네방네 얼굴을 공개하고 다닐 거면 차를 훔쳐서 범행을 저지를 이유가 없잖아."

랠프의 얘기를 들으면 들을수록 지넷은 점점 더 경악했다. 아내가 된 도리로 얘기를 들으면서 생긴 의문을 제기할 수는 없었다. 그런 의혹이 있었으면서 도대체 왜 그런 식으로 행동했느냐고. 거기다 왜 그렇게 서둘렀느냐고. 물론 일이 지금처럼 골치 아파진 데에는 부추긴 지넷에게도 일말의 책임이 있을 수 있었지만, 그녀가 모든 정보를 알고서도 그랬던 게 아니지 않은가. *치졸한 변명이지만 이렇게밖에는 할 말이 없네.* 그녀는 생각하고…… 다시금 움찔했다.

지넷의 생각을 읽기라도 한 듯(거의 25년 동안 부부로 지냈으니 정말로 그럴 수 있을지 몰랐다.) 랠프가 말했다.

"뭘 사고 나서 후회하는 그런 심정은 아니야. 그렇게 생각하지는 말아 줘. 빌 새뮤얼스하고 둘이서 이미 얘기한 사안이야. 그 사람은 앞뒤가 맞을 필요가 없다고 해. 테리가 그런 식으로 범행을 저지른 이유는 제정신이 아니었기 때문이라고. 그러고 싶은 충동이 계속 커졌기 때문이라고. 내가 보기에는 그러고 싶은 욕구야, 법정에서 그런 식으로 표현할 일은 없겠지만. 이 비슷한 경우들이 있었거든. 빌은 이렇게 얘기해. '아, 맞아요, 그가 사전에 계획을 세우고 퍼즐 조각을 몇 개 맞춰 놓긴 했죠. 하지만 지난 화요일에 체인이 망가진 자전거를 밀면서 오는 프랭크 피터슨을 본 순간, 모든 계획은 안드로메다로 날아가 버렸어요. 뚜껑이 열리면서 지킬 박사가 하이드 씨로 돌변한 거죠.'"

"광기에 휩싸인 가학성애자." 지넷이 중얼거렸다. "테리 메이틀랜드. T코치."

"처음 들었을 때도 설득력 있는 논리였고 지금 들어도 설득력 있는 논리야."

랠프는 공격적이다 싶은 말투로 그렇게 얘기했다.

그럴지도 모르지. 지넷은 그렇게 대꾸할 수도 있었다. *하지만 그 다음은, 여보? 모두 끝나고 욕구를 충족한 다음은? 당신하고 빌은 그 부분에 대해서도 생각해 봤어? 어째서 테리가 계속 지문을 방치하고 여기저기 얼굴을 보이고 다녔는지?*

"밴 운전석 아래에 뭔가가 있었어."

"그래? 뭐가 있었는데?"

"종잇조각. 포장용 메뉴판에서 떨어져 나온 것 같아. 별거 아닐지 몰라도 살펴보고 싶어. 증거로 보관됐을 거야." 랠프는 남은 커피를 잔디 위로 버리고 일어섰다. "그보다 더 급한 게 지난 화요일과 수요일의 셰러턴 호텔 보안 카메라 영상을 확인하는 거지. 그리고 다른 선생님들과 저녁을 먹으러 갔다는 그 음식점의 영상도."

"테리의 얼굴이 또렷하게 찍힌 영상이 있으면 화면 캡처해서 나한테 보내 줘." 랠프가 눈썹을 추켜세우자 지넷은 설명했다. "나도 당신하고 똑같은 기간 동안 테리하고 알고 지낸 사이잖아. 캡 시티에 간 사람이 그가 아니라면 내가 알 수 있을 거야." 그녀는 미소를 지었다. "이러니저러니 해도 여자들이 남자들보다 관찰력이 뛰어나잖아. 당신도 얘기했다시피."

9

세라와 그레이스 메이틀랜드는 아침을 거의 먹지 않았지만, 마시는 그것보다 아이들 곁에 휴대전화와 태블릿PC가 없는 것에 더 신경이 쓰였다. 경찰에서 아이들의 전자기기는 압수하지 않았지만, 세라와 그레이스는 몇 번 흘끗 들여다보고는 그냥 방에 두었다. 뉴스나 SNS에 어떤 게 떴는지 몰라도 계속 들여다보고 싶지 않았기 때문이었다. 마시도 거실 창밖을 흘끗 내다보았을 때 뉴스 중계차 두 대와 플린트 시티 순찰차가 길가에 주차되어 있는 걸 보고 커튼을 닫았다. 오늘 하루가 얼마나 길게 느껴질까? 도대체 어떤 식으로 시간을 보내면 좋을까?

하위 골드가 거기에 대한 해답을 제시했다. 그는 8시 15분에 아주 명랑한 목소리로 전화를 했다.

"오늘 오후에 테리를 만나러 갈 거예요. 같이. 원래는 재소자가 24시간 전에 신청하고 사전 승인을 받아야 면회를 할 수 있지만 내가 손을 써 놓았어요. 다만 접촉 금지는 해결하지 못했네요. 그가 지금 보안 등급이 최고 수준이거든요. 그러니까 유리창을 사이에 두고 대화를 나누어야 한다는 말인데, 영화에서 묘사된 것처럼 그렇게 끔찍하지는 않아요. 두고 보면 알겠지만."

"알았어요." 그녀는 숨이 막혔다. "몇 시요?"

"1시 30분에 데리러 갈게요. 제일 번듯한 양복이랑 짙은 색 넥타이 챙겨 줘요. 기소인부절차 때 입게. 그리고 먹을거리도 가져갈 수 있어요. 견과류, 과일, 과자. 투명 봉지에 넣어요, 알겠죠?"

"알았어요. 아이들은요? 아이들도……."

"아뇨, 아이들은 데려가지 않아요. 구치소는 애들이 갈 데가 못 되니까. 기자들이 꼬치꼬치 따지고 들 경우에 대비해서 같이 있어 줄 만한 사람을 불러요. 그리고 아이들한테 전부 잘 해결될 거라고 얘기하고요."

그녀는 누구한테 부탁하면 좋을지 알 수 없었다. 간밤에 이어 제이미에게 또다시 부담을 지우고 싶지는 않았다. 집 앞을 순찰차로 지키는 경찰에게 얘기하면 기자들이 앞마당으로 들어오지 못하게 막아 주지 않을까? 그렇지 않을까?

"진짜 전부 잘 해결될까요? 진짜로요?"

"그럴 것 같아요. 알렉 펠리가 캡 시티에서 대박을 터뜨렸는데, 그 안에 든 선물이 전부 우리 거예요. 내가 링크 하나 보내 줄게요. 우리 귀염둥이들한테도 공유할지 말지는 당신이 결정할 문제지만, 나라면 공유하겠어요."

5분 뒤에 마시는 세라와 그레이스를 양쪽에 거느리고 소파에 앉았다. 그들은 세라의 태블릿PC를 들여다보았다. 테리의 컴퓨터나 노트북으로 보았더라면 더 좋았겠지만 경찰이 들고 가 버렸다. 알고 보니 태블릿PC로도 충분했다. 이내 세 사람 모두 웃으며 기쁨의 비명을 지르고 서로 하이파이브를 할 수 있었다.

이건 단순히 터널 끝에서 보이는 한 줄기 빛이 아니야. 마시는 생각했다. *완벽한 무지개야.*

10

턱-턱-턱.

처음에 멀 캐시디는 꿈속에서 들리는 소리인 줄 알았다. 새아버지가 그를 손볼 준비를 하는 악몽 속에서 들리는 소리인 줄 알았다. 그 대머리 새끼는 항상 식탁을 처음에는 손마디로, 그다음에는 주먹으로 때리며 주먹찜질에 앞서 사전 질문을 하는 습관이 있었다. *어디 갔었냐? 저녁시간에 항상 늦을 거면 그 시계는 뭐 하러 차고 다녀? 엄마는 왜 절대 돕지 않아? 빌어먹을 숙제도 하지 않을 거면*

그 책들은 뭐 하러 집에 들고 오냐? 어머니는 반박하려고 하면 무시당했다. 중재하려고 하면 옆으로 밀쳐졌다. 점점 더 세게 식탁을 때리던 주먹이 잠시 후에는 그를 치기 시작했다.

턱-턱-턱.

멀은 꿈에서 벗어나려고 눈을 떴고 순간 아이러니를 음미했다. 그를 괴롭히던 개자식과 2400킬로미터, 아무리 못 해도 그 정도 떨어져 있었건만…… 그래도 하룻밤 잠결만큼 가까웠다. 잠결이라고 해 봐야 숙면도 아니었다. 그는 집에서 도망친 이래 숙면을 취한 적이 거의 없었다.

턱-턱-턱.

경찰이 경찰봉을 때리는 소리였다. 끈기 있게. 이제는 봉을 쥐지 않은 쪽 손으로 크랭크를 돌리는 시늉을 냈다. 경찰봉을 돌렸다.

순간 멀은 거기가 어딘지 헷갈렸지만, 앞 유리창 너머로 거의 비다시피 한 기다란 주차장을 지나 맞은편에서 어른거리는 대형 할인점을 보았을 때 딱 하고 아귀가 맞아떨어졌다. 엘패소. 여기는 엘패소였다. 그가 타고 온 뷰익에는 기름이 거의 없었고, 그는 돈이 거의 없었다. 그래서 몇 시간 눈을 붙이려고 월마트 슈퍼센터 주차장에 차를 세웠다. 날이 밝으면 차후에 뭘 하면 좋을지 생각날 것이었다. 그런데 이제는 차후가 없을 것 같았다.

턱-턱-턱.

그는 창문을 내렸다.

"안녕하세요, 경관님. 제가 밤늦게까지 운전을 하다가 눈 좀 붙이려고 여기에 차를 댔어요. 여기서 잠깐 쉬었다 가도 되겠거니 해서요. 제가 착각한 거였다면 죄송합니다."

"그래, 사실 칭찬할 만한 자세지." 경찰이 이렇게 말하며 미소를 짓자 멀은 일말의 희망을 느꼈다. 다정한 미소였다. "그러는 사람들 많아. 다만 열네 살처럼 보이는 사람은 거의 없다는 게 문제일 뿐."

"저 열여덟 살이에요, 나이에 비해 체구가 작아서 그렇지."

하지만 그는 지난 몇 주 동안 쪽잠을 잔 것과 별개로 엄청난 피로감을 느꼈다.

"그래, 네가 열여덟 살이면 나는 톰 행크스다. 사람들이 착각하고 사인까지 요청하는. 면허증이랑 등록증 보자."

그는 죽어 가는 남자가 마지막으로 살짝 발을 씰룩이듯 다시 한 번 미약한 시도를 했다.

"외투에 넣어 놨는데 화장실에 간 새 누가 훔쳐갔어요. 맥도날드에서요."

"그래, 그래, 그랬구나. 어디서 왔니?"

"피닉스요."

멀은 자신 없는 목소리로 대답했다.

"그래, 그런데 이 예쁜이에 오클라호마 번호판이 달려 있는 이유는 뭐지?"

멀은 할 말을 잃고 침묵했다.

"차에서 내려라, 아가. 비바람을 맞으면서 똥을 싸는 누런 강아지 수준으로 위험해 보인다만 그래도 내가 볼 수 있는 곳에 손을 두기 바란다."

멀은 별다른 아쉬움 없이 차에서 내렸다. 훌륭한 여정이었다. 아니, 그 이상이었다. 생각해 보면 기적적인 여정이었다. 4월 말에 집을 떠난 이래 열 몇 번의 위기가 있었지만 지금까지 잘 피했다. 이제 이렇게 잡히고 말았지만 상관없었다. 그의 행선지가 어디가 될까? 아무 데나 될 수 있었다. 어디든 될 수 있었다. 아무튼 대머리 개새끼가 있는 곳은 아니었다.

"이름이 뭐냐?"

"멀 캐시디요. 멀린을 줄여서 멀이에요."

일찌감치 장을 보러 나선 사람들이 그들을 쳐다보다가 24시간 휘황찬란한 월마트로 발길을 재촉했다.

"그 마법사*하고 이름이 같단 말이지, 그래, 알았다. 신분증 있니, 멀?"

멀은 뒷주머니에서 사슴가죽 스티치가 나달나달해진 싸구려 지갑을 꺼냈다. 여덟 살 때 어머니에게 생일선물로 받은 지갑이었다. 그들 둘뿐이었고 세상이 어느 정도 이해가 되던 시절이었다. 지갑에는 5달러짜리 지폐 한 장과 1달러짜리 지폐 두 장이 들어 있었다. 멀은 어머니 사진을 몇 장 넣어 둔 칸에서 그의 사진을 넣어서 코팅한 신분증을 꺼냈다.

"포킵시 교회 청소년부." 경찰관은 곰곰이 생각했다. "뉴욕에서 왔다고?"

"네, 경관님."

말끝에 님이라는 단어를 붙이는 건 일찍부터 새아버지에게 맞아

* 켈트 신화에서 아서 왕을 보필하는 마법사로, 「마법사 멀린」이라는 영국 드라마도 있다.

가며 몸에 익힌 습관이었다.

“거기서 왔다고?”

“아뇨, 경관님. 그 근처요. 스파이턴킬이라는 조그만 마을인데요. ‘물을 뿜는 호수’라는 뜻의 이름이에요. 어머니한테 들은 바로는요.”

“그래, 그렇구나, 재밌네. 날마다 새로운 걸 배울 수 있다니까. 도망을 다닌 지 얼마나 됐니, 멀?”

“거의 세 달 정도 된 것 같아요.”

“운전은 누구한테 배웠고?”

“데이브 삼촌한테서요. 대부분 들판에서 배웠어요. 저 운전 잘해요. 수동이건 자동이건 상관없이요. 삼촌은 심장마비로 돌아가셨어요.”

경찰관이 곰곰이 생각하며 코팅된 신분증을 엄지손톱으로 때리자 *턱-턱-턱*이 아니라 *틱-틱-틱* 소리가 났다. 멀은 대체적으로 그가 마음에 들었다. 아직까지는 그랬다.

“운전 잘하는 거 맞네, 그래, 뉴욕에서 이 먼지 뒤집어쓴 쪼글쪼글한 똥구멍 같은 국경 마을까지 오다니. 지금까지 차를 몇 대나 훔쳤니, 멀?”

“세 대요. 아니, 네 대요. 이게 네 번째 차예요. 첫 번째 차만 밴이었어요. 한 동네 사는 아저씨 차였고요.”

“네 대라.” 경찰관은 앞에 서 있는 지저분한 아이를 뜯어보았다. “남쪽행 사파리 여행 자금은 무슨 수로 조달했니, 멀?”

“에?”

“끼니는 어떤 식으로 해결했어? 잠은 어디서 자고?”

"잠은 대개 차에서 잤어요. 그리고 돈을 훔쳤어요." 그는 고개를 떨어뜨렸다. "대부분 여자들 핸드백에서요. 눈치 채지 못하는 경우도 있었지만 눈치 채더라도…… 제가 달리기가 진짜 빠르거든요."

눈물이 고이기 시작했다. 멀은 이 경찰관이 '남쪽행 사파리 여행'이라고 표현한 기간 동안 대개 밤에 자주 울었지만 그때는 눈물을 흘려 봐야 아무런 위안이 되지 못했다. 이번에는 달랐다. 멀로서는 왜 그런지 이유를 알 수 없었고 상관도 없었다.

"석 달 동안 차 네 대라." 경찰관이 말하며 멀의 교회 청소년부 신분증을 계속 *틱-틱-틱* 쳤다. "너, 뭘 피해서 도망친 거니?"

"새아빠요. 저를 그 개새끼한테 돌려보내시면 기회가 생기자마자 다시 도망칠 거예요."

"그래, 그래, 어떻게 된 그림인지 알겠다. 그리고 실제로는 몇 살이니, 멀?"

"열두 살이에요. 하지만 다음 달이면 열세 살이 돼요."

"열두 살이라. 식겁해서 뒤로 꼴까닥 넘어가겠네. 따라와라, 멀. 너를 어떻게 하면 좋을지 생각해보자."

해리슨 로의 경찰서에서 사회복지과 직원이 출동하길 기다리는 동안, 경찰은 멀 캐시디의 사진을 찍고 이를 잡고 지문을 채취했다. 지문이 사방으로 전송됐다. 그냥 일반적인 절차였다.

11

랠프가 순찰차를 타고 캡 시티로 달려가기 전에 데브러 그랜트와 통화하려고 그보다 훨씬 작은 플린트 시티의 경찰서로 출근해 보니 빌 새뮤얼스가 기다리고 있었다. 그는 아파 보였다. 앨팰퍼를 닮은 삐친 머리조차 힘이 없었다.

"왜 그래요?" 랠프가 물었다. '또 뭐가 문제냐?'는 뜻이었다.

"알렉 펠리가 문자를 보냈어요. 링크와 함께."

그는 서류가방을 열고 아이패드(당연히 큼지막한 아이패드 프로였다.)를 꺼내 전원을 켰다. 화면을 두어 번 두드리더니 랠프에게 건넸다. 펠리가 보낸 문자는 다음과 같았다. T. 메이틀랜드를 끝까지 기소할 거예요? 이거부터 한번 보시죠. 그 아래에 링크가 달려 있었다. 랠프는 링크를 눌렀다.

채널81의 홈페이지가 떴다. **캡 시티 공영 채널!** 그 아래로 시의회 회의, 다리 운행 재개, 도서관 소개와 이용법 교육, 캡 시티 동물원의 새로운 식구라고 된 동영상이 줄줄이 이어졌다. 랠프는 묻는 눈빛으로 새뮤얼스를 쳐다봤다.

"스크롤 계속 내려 봐요."

스크롤을 계속 내려 보니 **3개주 영어 교사 대상 할런 코벤 강연**이라고 된 동영상이 있었다. 거기에 대고 야구공을 튀겨도 머리를 다칠 일 없겠다 싶을 정도로 열심히 헤어스프레이를 뿌리고 안경 낀 여자 위로 **재생** 아이콘이 포개어져 있었다. 그녀는 연단에 서 있었다. 그녀의 뒤로 셰러턴 호텔 로고가 보였다. 랠프는 동영상을 전체 화면으로 확대했다.

“여러분, 안녕하세요! 강연에 오신 것을 환영합니다! 저는 올해 3개주 영어교사회 회장을 맡은 조지핀 맥더못이에요. 이 자리에서 지성인들의 연례 학회에 참석하신 여러분들을 정식으로 환영할 수 있어서 정말 기쁩니다. 물론 어른용 음료가 몇 가지 있어서 그렇기도 하고요.” 이 말에 여기저기서 우물우물 예의상 웃음을 터뜨렸다. “올해는 참석률이 유난히 좋은데요, 저의 매력 덕분이라고 생각하고 싶지만…….” 다시금 여기저기서 예의상 웃음을 터뜨렸다. “……아마 그보다는 오늘의 놀라운 연사 덕분이겠죠…….”

“메이틀랜드 말이 적어도 하나는 맞았어요. 빌어먹을 인사말이 끝이 없어요. 그 작가가 쓴 책을 일일이 소개하더라고요. 9분 30초로 건너뛰어요. 그쯤에서 마무리를 지으니까.”

랠프는 동영상 맨 아래에 달린 막대를 따라 손가락을 움직였다. 이제는 어떤 장면이 그를 기다리는지 알 수 있었다. 보고 싶지 않았지만 그래도 보았다. 호기심을 거부할 수 없었다.

“신사숙녀 여러분, 오늘의 연사 할런 코벤 씨를 따뜻하게 맞이해 주시기 바랍니다!”

머리가 벗어진 남자가 옆쪽에서 성큼성큼 걸어오는데, 키가 어찌나 큰지 악수를 하려고 허리를 숙이자 맥더못이 어른 옷을 입은 어린애처럼 보일 정도였다. 채널81에서는 카메라 두 대를 배치할 만큼 이 행사에 관심을 보였다. 이제 화면이 기립 박수로 코벤을 맞이하는 청중석으로 바뀌었다. 앞쪽 테이블에 남자 셋과 여자 하나가 있었다. 랠프는 위장이 초고속 엘리베이터를 타고 내려가는 게 느껴졌다. 그는 영상을 손끝으로 건드려 일시 정지했다.

"망할. 그 사람이네요. 테리 메이틀랜드와 라운드힐, 퀘이드 그리고 그랜트."

"우리가 입수한 증거를 놓고 따져보면 어떻게 그럴 수 있는지 모르겠지만 분명 메이틀랜드를 엄청 닮긴 했어요."

"빌……." 랠프는 잠깐 아무 말도 할 수가 없었다. 그야말로 어안이 벙벙했다. "빌, 이 남자는 우리 아들을 가르친 코치예요. 그냥 메이틀랜드를 닮은 게 아니라 메이틀랜드예요."

"코벤은 약 40분 동안 강연을 해요. 카메라가 대개 연단에 선 그를 비추다가 가끔 그가 위트 있는 발언을 할 때…… 위트가 있는 사람이더라고요, 그건 인정해요. 아무튼 그때 폭소를 터뜨리거나 열심히 귀를 기울이고 있는 청중석을 잡거든요. 메이틀랜드가 그때마다 거의 나와요. 그게 메이틀랜드가 맞는다면 말이지만. 하지만 결정타는 56분 근처예요. 거기로 가 봐요."

랠프는 만일을 위해 54분으로 갔다. 그즈음에는 코벤이 청중들에게 질문을 받고 있었다.

"저는 작품에서 욕 자체를 위해 욕을 쓴 적은 한 번도 없습니다." 그는 이렇게 얘기하고 있었다. "하지만 어떤 상황에서는 완벽하게 타당하게 보일 때도 있죠. 망치로 자기 엄지손가락을 때린 남자가 '아, 어떡해.' 이러지는 않잖아요." 청중석에서 폭소가 들렸다. "질문을 한두 개 더 받을 수 있겠는데요. 선생님은 궁금한 게 없으신가요?"

화면이 코벤에서 다음번 질문자로 바뀌었다. 큼지막하게 클로즈업된 테리 메이틀랜드였다. 지넷이 얘기한 것처럼 대역이 있을지 모른다는 랠프의 마지막 희망이 수증기처럼 날아갔다.

"코벤 씨는 집필을 시작하려고 자리에 앉는 순간부터 범인이 누군지 아시나요, 아니면 가끔 작가님에게도 뜻밖의 결말일 때가 있나요?"

화면이 미소를 지으며 "아주 훌륭한 질문이네요."라고 하는 코벤으로 바뀌었다.

랠프는 그가 아주 훌륭한 답변을 하기 전에 테리가 일어나서 질문을 하는 장면으로 돌아갔다. 20초 동안 그 장면을 뚫어져라 쳐다보다가 아이패드를 지방검사에게 넘겼다.

"피유. 우리 사건이 이렇게 날아가 버리네요."

"아직 DNA 결과가 남아 있잖아요." 랠프가 말했다. 아니, 이렇게 얘기하는 그의 목소리가 귀에 들렸다. 자기 몸과 분리된 느낌이었다. 심판이 경기를 중단시키기 전에 권투 선수들이 느끼는 기분이 이렇지 않을까 싶었다. "그래도 데브러 그랜트하고 얘기해 봐야겠어요. 그런 다음 캡 시티로 가서 옛날식으로 수사를 할 생각이에요. 누구 말마따나 궁둥짝 붙이고 앉아 있지 말고 문을 두드리고 다니면서 말이죠.* 호텔과 그들이 저녁을 먹으러 갔다는 파이어피트 직원들과 얘기를 해 봐야겠어요." 그런 다음 지넷이 생각나자 이렇게 덧붙였다. "법의학 증거가 있을 가능성이 없는지도 살펴보고 싶고요."

"문제의 그날 이후로 거의 일주일이 지난 대도시의 호텔에서 그

---

* 마이클 코넬리가 쓴 탐정 소설 시리즈의 주인공 해리 보슈의 모토다.

게 얼마나 가능성이 없는 얘긴지 알죠?"

"알아요."

"그리고 그 음식점은 문을 안 열었을 수도 있고요."

새뮤얼스는 인도에서 덩치 큰 아이에게 눌리는 바람에 무릎을 긁힌 아이 같은 말투로 얘기했다. 랠프는 자신이 이 남자를 별로 좋아하지 않는다는 사실을 깨달았다. 그는 점점 더 비겁한 인간에 가까워졌다.

"호텔 근처라면 브런치 영업을 할 수도 있어요."

새뮤얼스는 정지 화면에 뜬 테리 메이틀랜드를 계속 응시하며 고개를 저었다.

"DNA가 일치한다 하더라도…… 그것도 의심스러워지기 시작했는데…… 당신도 이 일을 오래 해서 알겠지만 배심원단이 DNA와 지문을 근거로 유죄 판결을 내리는 경우는 거의 없잖아요. O.J. 심슨의 재판이 아주 훌륭한 사례죠."

"목격자들은……."

"골드가 반대신문에서 결딴을 낼 거예요. 스탠호프? 나이가 많고 반쯤 눈이 멀었죠. '3년 전에 면허증을 반납했다는 게 사실입니까, 스탠호프 부인?' 준 모리스? 길 건너편에서 피투성이 남자를 본 아이. 스카우크로프트는 술을 마셨고 그의 친구도 마찬가지였죠. 클로드 볼턴은 마약 밀매 전과가 있고. 기껏해야 윌로 레인워터인데, 내가 새로운 소식 하나 알려 줄까요? 이 주 사람들은 인디언을 별로 좋아하지 않아요. 별로 믿지도 않고요."

"하지만 발을 빼기에는 너무 깊숙이 들어왔잖아요."

"어쩌다 보니 그게 추잡한 진실이 됐네요."

그들은 잠깐 동안 아무 말 없이 앉아 있었다. 랠프의 방문이 열려 있었고, 남서부의 이 조그만 도시에서 일요일 아침에 대개 그렇듯 경찰서 본관은 거의 비다시피 했다. 랠프는 새뮤얼스에게 그들이 동영상의 충격으로 불편한 진실을 잠시 잊은 것 같다고 얘기할까 고민했다. 어린아이가 살해됐고 그들은 입수한 모든 증거가 지목한 사람을 범인으로 체포했다. 메이틀랜드가 그 시각에 110킬로미터 멀리 떨어진 곳에 있었던 걸로 보인다는 사실은 분명하게 짚고 넘어가야 하는 문제였다. 그러지 않는 한 그들에게 마음의 평화는 있을 수 없었다.

"생각 있으면 저랑 같이 캡 시티에 가시죠."

"못 가요. 전처와 아이들을 데리고 오코마 호수로 놀러가기로 했거든요. 전처가 소풍 준비를 했대요. 드디어 사이가 다시 좋아졌는데 망치고 싶지 않아요."

"그렇군요."

어차피 건성으로 건넨 말이었다. 랠프도 혼자 가고 싶었다. 너무나 간단한 것 같았다가 이제는 총체적 난국의 조짐을 보이는 이 사건을 정리해 보고 싶었다.

그는 자리에서 일어났다. 빌 새뮤얼스도 아이패드를 서류가방에 다시 넣고 그의 옆에서 일어섰다.

"이번 일로 직장에서 잘릴 수도 있겠다 싶어요, 랠프. 그리고 만약 메이틀랜드가 나가면 소송을 제기할 거예요. 당신도 알겠지만."

"소풍 잘 다녀와요. 샌드위치도 잘 챙겨먹고. 이 사건 아직 안 끝났어요."

새뮤얼스가 먼저 밖으로 나가는데, 어깨를 늘어뜨리고 서류가방으로 의기소침하게 무릎을 때리며 걷는 모습에 랠프는 화가 치밀었다.

"빌?"

새뮤얼스가 고개를 돌렸다.

"이 마을의 어린아이가 잔인하게 성폭행을 당했어요. 그 직전 또는 직후에 어쩌면 물어 뜯겨서 유명을 달리했고요. 나는 아직도 그 사실에 적응이 되지 않아요. 아이 부모님은 우리가 직장에서 잘리거나 말거나, 이 도시가 소송을 당하거나 말거나 어느 설치류의 궁둥이만큼이라도 신경 쓸 것 같아요?"

새뮤얼스는 아무 대꾸도 없이 텅 빈 집합실을 지나 이른 아침의 햇살이 비치는 곳으로 나갔다. 소풍을 떠나기에 환상적인 날씨였지만 랠프는 지방검사가 그 시간을 별로 재미있게 보내지 못할 듯한 예감을 느꼈다.

12

프레드와 올리는 토요일 밤이 일요일 새벽으로 바뀌기 직전에, 알린 피터슨을 실은 구급차보다 겨우 3분 늦게 머시 병원 응급실의 대기실에 도착했다. 그 시각에도 넓은 대기실이 타박상을 입은 환자와 피를 흘리는 환자, 취객과 투덜이, 우는 사람과 기침을 하는 사람들로 북적거렸다. 대부분의 응급실이 그렇듯 머시 병원 응급실도 토요일 밤에는 정신이 없었지만 일요일 오전 9시가 되자 사람이 거의 없다시피 했다. 한 남자는 임시변통한 붕대로 피가 나는 손을 누르고 있었다. 한 여자는 열이 나는 아이를 무릎에 앉히고, 둘이서 같이 한쪽 구석 높이 설치된 텔레비전에서 나오는 까불이 엘모를 보았다. 머리가 곱슬곱슬한 10대 여자아이는 고개를 뒤로 젖히고 눈을 감고 깍지 낀 손을 몸통에 얹고 앉아 있었다.

그리고 그들이 있었다. 피터슨 가족의 남은 이들. 프레드는 6시쯤에 눈을 감고 깜빡 졸았지만 올리는 그가 잠이 들면 어머니가 죽을 거라고 확신하며, 그녀가 사라진 엘리베이터만 뚫어져라 바라보며 계속 앉아 있었다. "너희가 나와 함께 한시 동안도 이렇게 깨어 있을 수 없더냐." 예수님은 베드로에게 이렇게 물었는데, 제대로 대답할 수 없는 아주 훌륭한 질문이었다.

9시 10분에 그 엘리베이터 문이 열리면서 그들이 도착한 직후에 잠깐 얘기를 나누었던 의사가 나왔다. 파란 수술복을 입은 그는 춤을 추는 빨간 하트로 꾸며져 땀으로 얼룩진 파란색 수술 모자도 쓰고 있었다. 아주 피곤해 보였고, 그들과 맞닥뜨리자 후퇴하고 싶은 사람처럼 한쪽으로 몸을 돌렸다. 올리는 그 무의식적인 움찔거림만 보아도 결과를 알 수 있었다. 슬픈 소식이 그들을 강타할 때 아버지는 그냥 잠을 자도록 내버려 두고 싶었지만 그러면 안 될 것이었다. 아버지로 말할 것 같으면 올리가 태어나기 전부터 그녀를 알았고 사랑하지 않았던가.

올리가 그의 어깨를 흔들자 프레드는 "허!"라고 외치며 일어나 앉았다.

"왜?"

그는 이내 모자를 벗어 땀으로 떡이 진 갈색 머리를 드러내는 의사를 보았다.

"유감스럽지만 피터슨 부인은 사망하셨습니다. 저희로서는 최선을 다했고 처음에는 성공할 수 있을 거라고 생각했지만 워낙 심하게 손상이 됐어요. 다시 한 번 유감스럽게 됐다는 말씀 전합니다."

프레드는 못 믿겠다는 듯이 잠깐 동안 의사를 빤히 쳐다보다 울음을 터뜨렸다. 곱슬머리 여자아이가 눈을 뜨고 그를 쳐다보았다. 열이 나는 아이는 몸을 움츠렸다.

유감스럽다. 올리는 생각했다. *그게 오늘의 단어야. 지난주까지만 해도 우리는 일가족이었는데, 이제는 아빠와 나밖에 남지 않았어. 유감스럽다는 단어가 딱 맞네. 바로 이거야, 다른 단어는 생각할 필요도 없이.*

프레드는 손으로 얼굴을 가리고 흐느꼈다. 올리는 그를 품에 꼭 끌어안았다.

13

마시는 딸들과 함께 깨작거리기만 하며 점심을 먹은 뒤에 안방으로 들어가 테리 쪽 옷장을 뒤졌다. 그는 그녀와 대등한 동반자 관계였지만 옷장에서 차지하는 면적은 4분의 1에 불과했다. 테리는 영어 선생님, 야구와 미식축구 코치, 기금이 필요한 상황에서는(항상 필요했다.) 모금 전문가, 남편 그리고 아버지였다. 그는 이 모든 걸 잘했지만 보수를 받는 건 선생님 노릇뿐이었기에 정장이 많지 않았다. 그의 눈동자 색을 강조하는 파란색 양복이 제일 나았지만 낡은 티가 났고, 남성복을 아는 사람이라면 그걸 브리오니 제품으로 착각할 일은 없었다. 멘스 웨어하우스에서 4년 전에 산 양복이었다. 그녀는 한숨을 쉬며 그 옷을 꺼내고 흰색 셔츠와 짙은 파란색 넥타이를 추가했다. 그걸 양복 가방에 넣었을 때 초인종이 울렸다.

마시가 방금 전에 챙긴 양복보다 훨씬 근사하게 차려입은 하위였다. 그는 아이들을 살짝 안아 주고 마시의 뺨에 입을 맞추었다.

"우리 아빠를 집으로 데리고 오실 거예요?" 그레이스가 물었다.

"오늘은 아니지만 조만간." 그는 양복 가방을 받아들며 말했다. "구두는요, 마시?"

"맙소사. 제가 이렇게 어설프다니까요."

까만색 구두가 그럭저럭 신을 만했지만 닦아야 했다. 하지만 지금은 그럴 시간이 없었다. 그녀는 구두를 가방에 넣고 거실로 돌아갔다.

"됐어요, 준비 완료예요."

"좋아요. 씩씩하게 걷고 코요테들한테는 신경 쓰지 마요. 얘들아, 엄마 오실 때까지 문 잠가 놓고 모르는 번호로 온 전화는 받지 마. 알겠지?"

"저희는 아무 문제 없을 거예요."

하지만 세라는 아무 문제 없어 보이지 않았다. 두 아이 모두 그랬다. 마시는 10대 초반의 여자아이들이 하룻밤 새 살이 빠질 수도 있는지 궁금해졌다. 그럴 수는 없지 않을까.

"갑시다."

하위는 기분이 좋아서 흥을 주체하지 못했다.

그들은 하위가 양복을, 마시가 구두를 들고 집을 나섰다. 기자들이 또다시 앞마당 바로 앞으로 달려왔다. *메이틀랜드 부인, 부군과 얘기해 보셨나요? 경찰에서는 뭐라고 하던가요? 골드 씨, 테리 메이틀랜드가 혐의에 대해 뭐라고 하던가요? 보석을 신청하실 생각인가요?*

"현 단계에서는 드릴 말씀이 없습니다."

하위는 무표정한 얼굴로 이렇게 말하고 눈부신 방송 조명 사이로(마시는 이렇게 화창한 7월에 불필요한 조치 아닌가 하고 생각했다.) 마시를 호위해 그의 에스컬레이드로 데려갔다. 진입로 끝에 다다랐을 때 하위는 창문을 내리고 밖으로 몸을 내밀어 근무 중인 두 경관 가운데 한 명에게 말을 걸었다.

"아이들이 집 안에 있어요. 아무도 아이들을 건드리지 못하게 책임져 주실 거죠?"

그들은 아무 대꾸도 없이 무표정 아니면 적대적인 표정으로 하위를 쳐다보기만 했다. 마시로서는 둘 중 어느 쪽인지 알 수 없었지만 아무래도 후자인 듯했다.

그 동영상을 보고 느낀 희열과 안도감(주여, 채널81을 축복하소서.)이 아직 남아 있었지만 그래도 방송국 중계차와 마이크를 흔드는 기자들이 집 앞을 지키고 있었다. 테리는 아직 갇혀 있었다. 하위의 표현에 따르면 '카운티'에 있다는데, 쓸쓸한 컨트리 노래에 나오는 끔찍한 가사 같았다. 낯선 사람들이 그들의 집을 뒤져 뭐든 마음대로 가져갔다. 하지만 경찰관들의 무표정과 무반응이 그중에서도 최악이라 방송국 조명과 기자들이 외치는 질문들보다 훨씬 더 심란했다. 기계가 그녀의 가족을 삼켰다. 하워는 아무 탈 없이 거기서 빠져나올 수 있을 거라고 했지만 아직은 그렇게 되지 않았다.

아직은.

14

졸린 눈을 한 여경이 마시의 몸을 잽싸게 수색하고, 플라스틱 바구니에 핸드백을 넣고 금속 탐지기를 지나가라고 했다. 그들의 운전면허증도 받아서 투명 비닐봉지에 넣고 수많은 다른 면허증들과 함께 게시판에 압정으로 꽂았다.

"양복하고 구두도 주세요, 부인."

마시는 양복과 구두를 건넸다.

"내일 아침에 그 양복을 입혀서 샤프해 보이게 하려고요."

하워가 이렇게 얘기하며 금속 탐지기를 통과하자 삑 소리가 났다.

"집사한테 얘기해 놓을게요." 탐지기 저편의 경관이 말했다. "이제 주머니에 남아 있는 거 다 꺼내고 다시 한 번 통과해 보세요."

원인은 열쇠고리였던 걸로 밝혀졌다. 하워는 열쇠고리를 여경에게 넘기고 금속 탐지기를 다시 한 번 지나갔다.

"내가 여길 최소 5000번은 왔는데 열쇠를 번번이 깜빡한단 말이죠." 그가 마시에게 말했다. "분명 무의식적인 뭔가가 있는 거예요."

그녀는 긴장된 표정으로 미소를 짓고 아무 대꾸도 하지 않았다. 목이 바짝 말라서 뭐라고 얘길 꺼내면 쉰 소리가 나올 듯했다.

다른 경관이 어느 문을 거쳐 또 다른 문 밖으로 그들을 안내했다. 아이들이 웃는 소리와 어른들이 웅성웅성 대화를 나누는 소리가 마시의 귀에 들렸다. 그들은 바닥에 갈색 공업용 카펫이 깔린 면회실을 지났다. 아이들이 놀고 있었다. 갈색 점프슈트를 입은 재소자들이 아내, 애인, 어머니와 대화를 나누고 있었다. 얼굴 한쪽에 자주색 점이 있고 다른 쪽에는 베인 상처가 아물어 가고 있는 거구의 남자는 어린 딸이 인형의 집 속 가구를 옮기는 걸 거들고 있었다.

이건 전부 꿈이야. 어마어마하게 선명한 꿈. 일어나 보면 테리가 옆에 누워 있을 테니까 그가 살인범으로 체포되는 악몽을 꾸었다고 얘기해야지. 둘이서 같이 웃어야지.

재소자 가운데 한 명이 대놓고 마시를 손가락질했다. 옆에 앉아 있던 여자가 눈을 동그랗게 뜨고 빤히 쳐다보다가 다른 여자에게 귓속말을 했다. 그들을 안내하던 경관은 면회실 저편의 문을 키 카드로 열지 못해 애를 먹는 눈치였는데, 마시는 그가 일부러 뜸을 들이는 게 아닌가 하는 인상을 떨쳐 버릴 수가 없었다. 철컹 하는 소리와 함께 잠금장치가 열리고 그가 앞장서서 문을 통과할 때까지 모두가 그들을 쳐다보는 듯했다. 심지어 아이들까지 그러는 듯했다.

문 너머에서는 부연 유리처럼 보이는 것으로 나뉜 조그만 방들이 복도를 따라 줄줄이 이어졌다. 그중 한 곳에 테리가 앉아 있었다. 갈색 점프슈트가 너무 커서 그 안에서 헤엄치는 것처럼 보이는 테리와 맞닥뜨리자 마시는 울음이 터졌다. 그녀는 부스로 다가가 칸막이 너머로 남편을 쳐다보았다. 이제 보니 유리가 아니라 두툼한 아크릴이었다. 그녀가 손가락을 펴서 한 손을 올리자 그도 거기에 손을 갖다 댔다. 거길 통해 대화를 나눌 수 있게, 구식 수화기처럼 조그만 구멍들이 동그라미 모양으로 뚫려 있었다.

"울지 마, 여보. 계속 그러면 나도 울 거야. 그리고 앉아."

그녀는 벤치에 앉았고 하워도 그녀의 옆에 바짝 붙어서 앉았다.

"애들은 어때?"

"잘 있어. 당신 걱정하는데, 오늘은 좀 덜해. 엄청 기쁜 소식이 있어. 공영 채널에서 코벤 씨 강연을 녹화한 거 알았어?"

테리는 잠깐 동안 그냥 입을 떡 벌리고만 있었다. 그러다 폭소를 터뜨렸다.

"그를 소개한 여자가 거기에 대해서 뭐라고 했던 것 같은데 사설이 하도 길어서 거의 귀를 닫고 있었어. 이런 젠장."

"맞아, 정말 젠장맞을 일이지." 하워가 미소를 지으며 말했다.

테리는 이마가 칸막이에 거의 닿을 때까지 몸을 숙였다. 두 눈을 강렬하게 반짝였다.

"마시…… 하워…… 질의응답 시간에 내가 코벤한테 질문을 했어. 거의 가능성이 없다는 건 나도 알지만 그래도 녹음이 됐을지 몰라. 녹음이 됐다면 음성 인식이나 뭐 그런 걸로 대조할 수 있을 거야!"

마시와 하워는 서로 쳐다보며 폭소를 터뜨렸다. 중경비 구역 면회실에서 흔히 들을 수 없는 소리라 짧은 복도 한쪽 끝을 지키던 교도관이 미간을 찌푸리며 고개를 들었다.

"왜? 내 말이 뭐가 웃겨?"

"테리, 당신이 질문하는 거 동영상으로 찍혔어. 알겠어? *당신이 동영상에 나왔다고.*"

테리는 그게 무슨 소린지 이해하지 못하는 듯한 눈치를 보였다. 그러다 주먹을 들어 자기 관자놀이 옆에 대고 흔들었다. 선수가 득점하거나 멋진 수비를 보여 주었을 때 그녀도 종종 보았던 승리의 제스처였다. 그녀는 생각하고 말고 할 겨를도 없이 손을 들어서 그를 따라했다.

"진짜야? 100퍼센트 확실해? 너무 좋아서 믿기지가 않아."

"진짜야." 하워가 씩 웃으며 말했다. "사실 코벤에서 웃거나 박수를 치는 청중들로 장면이 바뀔 때마다 대여섯 번 자네가 영상에 등장해. 자네가 질문한 건 케이크 위에 얹은 장식, 바나나스플릿 위에 얹은 휘핑크림이었다고 할까."

"그럼 이 사건은 종결되는 거죠? 내일 석방되나요?"

"너무 앞서나가지는 말자고." 하워의 함박웃음이 다소 음산한 미소로 희미해졌다. "내일은 그냥 기소인부절차일 뿐이고, 그들이 엄청난 자부심을 느끼는 법의학 증거가 산더미 같은데……."

"어떻게 그럴 수가 있어요?" 마시가 불쑥 물었다. "테리는 분명 거기 있었는데 어떻게 그럴 수가 있어요? 동영상이 증명하잖아요!"

하워는 그만하라는 뜻에서 한쪽 손을 들었다.

"분쟁에 대해서는 나중에 걱정하기로 해요. 다만 지금 이 자리에서 얘기할 수 있는 게 있다면 우리 쪽 증거가 그들 쪽 증거를 압도한다는 거예요. 쉽사리 압도한다는 거. 하지만 시동이 걸린 기계가 있단 말이죠."

"기계. 맞아요. 기계라면 우리도 알아요, 그렇지, 테리?"

그는 고개를 끄덕였다.

"카프카의 소설 속으로 들어간 기분이야. 아니면 『1984』. 내가 당신이랑 애들까지 끌고 들어갔어."

"아냐. 자네는 아니야, 저들이 끌고 들어갔지. 이 사태는 잘 해결이 될 겁니다, 여러분. 하위 아저씨가 약속해요. 하위 아저씨는 항상 약속을 잘 지키거든요. 테리, 자네는 내일 9시에 허턴 판사 앞에서 기소인부절차를 밟을 거야. 부인이 들고 와서 지금 재소자용 수납장에 걸려 있는 고급 양복을 근사하고 완벽하게 입고서 말이지. 나는 빌 새뮤얼스를 만나서 보석을 논의할 작정이야. 그가 미팅을 수락하면 오늘 저녁에, 아니면 내일 오전에. 그는 마뜩잖아 하면서 가택 연금을 주장할 테지만 우리는 보석을 얻어 내고 말 거야. 그때쯤이면 언론에서 채널81 동영상을 발견해 검사 측 주장의 문제점이 공론화될 테니까. 집을 담보로 보석금을 마련해야 하겠지만, 전자발찌를 끊고 도망칠 생각이 아닌 이상 걱정할 필요는 없어."

"아무 데도 가지 않을 거예요." 테리가 엄숙하게 말했다. 뺨이 발그스름했다. "남북 전쟁을 지휘한 그 장군이 뭐라고 했죠? '나는 여름이 다 가더라도 이 전선에서 끝까지 싸울 것이다.'"

"좋아요, 그럼 다음 전투는 뭐예요?" 마시가 물었다.

"대배심원단에게 기소장을 제출하는 건 좋지 못한 판단이라고 지방검사를 설득할 거예요. 내 주장이 먹힐 거예요. 그러면 자네는 자유의 몸이 될 수 있어."

하지만 그렇게 될까? 마시는 궁금해졌다. *우리가 그렇게 될까? 저들이 이이의 지문을 입수했다는데, 이이가 그 아이를 납치하고 피투성이로 피기스 공원에서 나오는 걸 본 목격자들이 있다는데? 진범이 잡히지 않는 한 우리가 자유의 몸이 될 수 있을까?*

"마시." 테리가 그녀를 보며 웃고 있었다. "조급해하지 마. 내가 애들한테 뭐라는지 당신도 알잖아. 한 베이스씩 차근차근."

"내가 물어보고 싶은 게 있는데." 하위가 말했다. "그냥 한번 찔러보는 차원에서."

"물어보세요."

"저들은 온갖 법의학 증거를 입수했다고 주장하고 있어. DNA 결과는 아직 나오지 않았지만……."

"일치한다고 나올 리 없어요. 그건 불가능해요."

"난 지문도 그럴 줄 알았거든."

"누가 덫을 놓은 거예요." 마시가 불쑥 내뱉었다. "피해망상증 환자처럼 들린다는 거 알지만……." 그녀는 어깨를 으쓱했다.

"하지만 왜요? 그게 관건입니다. 그렇게 엄청난 수고를 마다하지 않을 만한 사람 있어요?"

메이틀랜드 부부는 긁힌 자국으로 뒤덮인 아크릴 칸막이를 사이에 두고 곰곰이 생각해 보다가 고개를 저었다.

"나도 없어요. 현실은 로버트 러들럼*의 소설을 모방하는 경우가

---

* 스파이 스릴러물 제이슨 본 시리즈의 원작자.

거의 없거든. 그런데 저들은 서둘러 검거에 나설 만큼 막강한 증거를 손에 쥐고 있었단 말이죠, 지금은 분명 후회하고 있겠지만. 나는 뭐가 걱정인가 하면, 자네를 기계에서 끄집어낸다 하더라도 기계의 그림자는 남을지 모른다는 거야."

"나도 어젯밤 내내 그 생각을 했어요." 테리가 말했다.

"저는 지금도 하는 중이고요." 마시가 말했다.

하워는 손깍지를 끼고 몸을 앞으로 내밀었다.

"그들에게 대적할 만한 물리적 증거가 있으면 도움이 될 텐데. 채널81 동영상도 훌륭하고, 거기에 자네 동료들의 증언이 더해지면 그걸로 충분할지 모르지만 나는 욕심이 많거든. 그걸로는 성에 차지 않아."

"캡 시티에서 가장 손님이 많은 호텔에서 4일이 지난 뒤에 물리적 증거를 찾으려고요?" 마시는 자기가 빌 새뮤얼스가 방금 전에 했던 말을 똑같이 따라하고 있다는 사실을 알지 못한 채 이렇게 반문했다. "별로 가능성이 없는 얘기 같은데요."

테리는 눈썹을 한데 모으고 허공을 물끄러미 바라보았다.

"전혀 가능성이 없진 않아."

"테리?" 하워가 물었다. "무슨 근거로 그런 얘기를?"

테리는 미소를 지으며 그들을 돌아보았다.

"뭔가 있을지 몰라요. 그럴지도 몰라요."

15

파이어피트가 정말로 브런치 영업을 하고 있었기에 랠프는 거기부터 먼저 찾아갔다. 살인 사건이 벌어졌던 날 저녁에 있었던 직원들 중에서 두 명이 근무하고 있었다. 여자 사장과 이제 겨우 맥주를 사서 마실 수 있는 나이가 된 듯하고 머리를 짧게 깎은 웨이터였다. 사장은 전혀 도움이 되지 않았고("그날 저녁에 손님들이 떼로 몰려왔거든요, 형사님."), 웨이터는 여럿이 온 선생님들을 희미하게 기억했지만 랠프가 작년 플린트 시티 고등학교 졸업앨범에 실린 테리의 사진을 보여 주자 긴가민가했다. 맞는다고, 이렇게 생긴 남자를 본 기억이 나는 '것도' 같지만, 사진 속의 그 남자라고 장담할 수는 없다고 했다. 심지어 그 남자가 선생님들과 일행이었는지도 잘 모르겠다고 했다.

"뭐, 그냥 바 카운터로 핫윙 플래터를 갖다 준 거였을 수도 있어요."

그렇게 끝이 났다.

처음에는 셰러턴 호텔에서도 별로 운이 없었다. 메이틀랜드와 윌리엄 퀘이드가 화요일 밤에 644호실에 묵은 건 확인할 수 있었고, 호텔 매니저가 계산서를 보여 주었지만 퀘이드가 서명한 계산서였다. 그가 자기 마스터카드로 결제했다. 그뿐 아니라 매니저가 밝힌 바에 따르면 메이틀랜드와 퀘이드가 체크아웃한 이후로 644호실에는 매일 투숙객이 있었고 매일 아침마다 청소를 했다고 말했다.

"그리고 저희는 턴다운 서비스를 제공하거든요." 엎친 데 덮친 격으로 매니저는 이렇게 덧붙였다. "그러니까 거의 날마다 두 번씩 청소를 한다는 거죠."

그는 "네, 앤더슨 형사님, 얼마든지 보안 카메라 영상을 확인하셔도 됩니다."라고 했고, 랠프는 알렉 펠리가 이미 보고 갔다는 데 아무런 항의도 하지 않았다.(랠프는 캡 시티의 경찰관이 아니었기에 외교술을 발휘하는 것이 관건이었다.) 영상은 총천연색에 화질이 선명했다. 캡 시티 셰러턴 호텔에서는 케케묵은 조니스 고마트 카메라를 쓰지 않았다. 테리를 닮은 남자가 로비와 기념품 가게에서 보였고, 수요일 아침에 호텔 피트니스룸에서 짧게 운동을 하는 것과 호텔 연회실 앞에서 사인을 받으려고 줄을 선 것도 보였다. 로비와 기념품 가게는 불확실했지만, 운동기구를 쓰려고 호수를 밝히고 사인을 받으려고 줄을 서 있는 남자는 적어도 랠프가 생각하기에는 아들의 예전 코치인 게 분명했다. 데릭에게 번트를 가르쳐 별명을 헛스윙 칩에서 푸시 번트로 바꾼 남자였다.

캡 시티의 법의학적 증거가 빠진 조각이자 골든 티켓이라고 얘기하는 아내의 목소리가 랠프의 머릿속에서 들렸다. 그녀는 이렇게 얘기했다. *테리가 여기 있었다면*…… 그러니까 플린트 시티에서 살인을 저질렀다면……. *대역이 거기 갔었을 수밖에 없잖아. 그래야 말이 되니까.*

"전부 말이 안 돼."

그는 모니터를 쳐다보며 중얼거렸다. 테리 메이틀랜드처럼 보이는 남자가 학과장 라운드힐과 사인을 받으려고 줄을 서 있다가 뭔지 모를 일로 웃는 모습이 정지 화면으로 띄워져 있었다.

"네?" 그에게 영상을 보여 주던 호텔 경비가 물었다.

"아무것도 아니에요."

"다른 영상 보여 드릴까요?"

"아니에요. 고마워요."

헛수고였다. 채널81의 강연 동영상이 보안 카메라 영상을 무용지물로 만든 거나 다름없었다. 질의응답 시간의 테리였다. 아무도 거기에 의혹을 제기할 수 없었다.

하지만 랠프의 마음속 한구석에는 의구심이 남아 있었다. 카메라가 자기를 비출 거라는 사실을 아는 사람처럼 일어나 질문을 하는 테리의 모습이…… 너무 우라지게 완벽했다. 이 모든 게 계략일 수 있을까? 놀랍지만 본질적으로는 설명이 가능한 속임수일까? 어떻게 그럴 수 있는지 랠프로서는 알 수가 없었지만, 데이비드 카퍼필드가 중국의 만리장성을 무슨 수로 통과했는지 텔레비전으로 보았어도 알 수 없기는 마찬가지였다. 만약 그런 거라면 테리 메이틀랜드는 단순한 살인범이 아니라 공권력을 비웃는 살인범이었다.

"형사님, 참고 삼아 알려 드리는데요. 저희 상사 할리 브라이트가 메모를 남겼어요. 하워드 골드라는 변호사가 형사님이 방금 전에 보신 영상을 저장 요청했다고요."

"상관없어요. 알래스카의 휘슬딕에 사는 세라 페일린*한테 보내도 돼요. 나는 이제 집으로 돌아갈 작정이니까."

그렇다. 좋은 생각이었다. 집에 가서 지넷과 함께 뒷마당에 앉아 맥주 여섯 캔을 나눠 마시는 거다. 그가 네 캔, 그녀가 두 캔. 이 빌

---

* 알래스카의 전직 주지사. 2008년에 공화당의 부통령 후보로 대통령 선거에 출마했다.

어먹을 모순에 대해 생각하느라 미쳐 버리는 사태를 미연에 방지하는 거다.

경비가 보안실 입구까지 그를 배웅했다.

"뉴스에서는 형사님이 그 아이를 살해한 범인을 잡았다고 하던데요."

"뉴스에서는 별의별 소리를 다 하죠. 시간 내주셔서 감사합니다."

"경찰에 도움을 드릴 수 있다면야 언제든 환영이죠."

도움이 안 돼서 문제지. 랠프는 생각했다.

그는 로비 저편에서 회전문을 밀려고 손을 내밀었다가 어떤 생각이 퍼뜩 떠오르자 걸음을 멈추었다. 이왕 여기 온 김에 체크해야 할 곳이 한 군데 더 있었다. 테리에 따르면 코벤의 강연이 끝나자마자 데비 그랜트가 화장실에 가서 한참 동안 있었다고 했다. *나는 에버렛과 빌리와 함께 잡지 매점으로 가서 그 앞에서 기다렸어요. 데비가 거기로 합류했고요.*

알고 보니 잡지 매점이 일종의 보조 기념품 가게였다. 머리가 희끗희끗하고 과하게 화장을 한 여자가 매대를 지키며 싸구려 액세서리들의 위치를 바꾸고 있었다. 랠프는 그녀에게 신분증을 보여주고 지난 화요일 오후에도 여기에서 근무했느냐고 물었다.

"손님. 아프지 않은 이상 날마다 출근하죠. 책이나 잡지는 팔아도 별거 없지만 이 액세서리하고 기념품용 커피 잔은 팔면 커미션을 받거든요."

"이 남자 기억하세요? 지난 화요일에 영어 선생님들 여럿이랑 강연을 들으러 왔는데."

그는 테리의 사진을 보여 주었다.

"그럼요, 기억하죠. 플린트 카운티를 소개한 책에 대해서 물었어요. 그 책에 대해서 누가 물어본 게 얼마 만인지 기억도 안 나네. 내가 주문한 게 아니라 2010년에 여길 인수했을 때부터 있던 책이거든요. 치웠어야 맞는 거였지만 대신 뭘 갖다 놓겠어요? 눈높이보다 위에 있거나 아래에 있는 물건들은 그냥 붙박이라는 걸 이런 데를 운영하다 보면 금세 알게 되거든요. 그나마 아래에 있는 녀석들은 싸기나 하지. 맨 꼭대기 선반에 있는 녀석들은 사진도 많고 광택지를 쓴 비싼 책이에요."

"어떤 책을 말씀하시는 건지 궁금한데요……." 그는 여자의 이름표를 확인했다. "레벨 부인."

"저거요." 그녀는 손가락으로 가리켰다. "『사진으로 보는 플린트 카운티, 두리 카운티, 캐닝 타운십의 역사』. 제목 한번 거창하죠?"

그가 고개를 돌려보니 기념품용 컵과 접시 옆에 책꽂이가 두 개 있었다. 한 책꽂이에는 잡지들이 꽂혀 있었다. 다른 책꽂이에는 페이퍼백과 요즘 출간된 하드커버 소설들이 섞여서 꽂혀 있었다. 두 번째 책꽂이의 꼭대기 칸에 지넷이 '커피 테이블 책'이라고 부르는 큼지막한 책들이 대여섯 권 있었다. 누가 훑어보다가 책장에 손자국이 남거나 모서리가 나달나달해지지 않도록 비닐을 씌워 놓았다. 랠프는 그 앞으로 다가가 올려다보았다. 테리는 키가 그보다 족히 8센티미터는 컸으니 올려다보거나 까치발을 하고 책을 꺼낼 필요가 없었을 것이다.

그는 그녀가 얘기한 책을 향해 손을 내밀었다가 생각을 바꾸었다. 그는 레벨 부인을 돌아보았다.

"또 기억나는 게 뭐가 있나요?"

"뭐요, 그 남자에 대해서요? 별것 없어요. 강연이 끝났을 때 기념품 가게가 북적거렸던 건 기억이 나지만, 나는 손님이 별로 없었어요. 왜 그랬는지는 아시죠?"

랠프는 짜증을 내지 않으려고 애를 쓰며 고개를 저었다. 뭔가가 분명히 있었고, 바라건대 그는 그게 뭔지 알 것 같았다.

"차례가 뒤로 밀리면 싫으니까요. 그리고 기다리는 동안 읽을 코벤 씨의 신작을 다들 들고 있었거든요. 하지만 이 세 남자분은 여기로 왔고, 그중 한 명인 뚱뚱한 쪽은 리사 가드너의 신작 하드커버를 샀어요. 나머지 둘은 훑어보기만 했고요. 잠시 후에 어떤 여자분이 고개를 내밀고서는 자기 왔다고 하니까 다 같이 떠났어요. 사인을 받으러 갔겠죠."

"하지만 그중 한 명인 키가 큰 쪽은 플린트 카운티를 소개한 책에 관심을 보였단 말이죠?"

"네. 하지만 내가 보기에는 캐닝 타운십이라는 제목에 호기심이 생긴 것 같았어요. 자기 가족이 거기서 오래전부터 살았다고 하던가요?"

"모르겠는데요. 아는 바 없어요."

"분명 그랬을 거예요. 그는 책을 꺼냈지만 79달러 99센트라는 가격표를 보더니 다시 넣었어요."

쿵. 바로 이거였다.

"그 뒤로 저 책을 구경한 사람 있나요? 꺼내서 만진 사람 말입니다."

"저 책을요? 설마요."

랠프는 책꽂이 앞으로 다가가 까치발을 하고 비닐로 싸인 책을 꺼냈다. 손바닥으로 양옆을 붙들었다. 옛날의 운구 행렬을 촬영한 적갈색 사진이 표지였다. 하나같이 낡은 모자를 쓰고 권총집을 찬 카우보이 여섯 명이 나무 관을 먼지 자욱한 묘지로 옮기고 있었다. 목사(역시 권총집을 차고 있었다.)가 성서를 양손에 들고, 파 놓은 무덤 앞에서 그들을 기다리고 있었다.

레벨 부인의 표정이 상당히 환해졌다.

"그 책 사시게요?"

"네."

"그럼 주세요, 바코드 찍게."

"그건 안 되겠는데요."

그가 책을 들고 비닐 위로 바코드를 붙인 쪽을 내밀자 그녀가 기계를 대고 찍었다.

"세금 더하면 84달러 14센트지만 84달러에 드릴게요."

랠프는 책을 조심스럽게 세워 놓고 신용카드를 건넸다. 영수증을 가슴 주머니에 욱여넣고 다시 한 번 손바닥으로 책을 들어서 성배처럼 내밀었다.

"그가 이걸 만졌단 말이죠." 그는 그녀에게 다짐을 받기 위해서라기보다 어처구니없는 행운을 확인하기 위해 이렇게 말했다. "분명 제가 보여 준 사진 속의 남자가 이걸 만졌단 말이죠."

"꺼내서 표지 사진이 캐닝 타운십에서 찍은 거라고 했어요. 그러다 가격을 보고 다시 꽂았죠. 좀 전에 말씀드렸다시피. 그거 증거예요?"

"모르겠어요." 랠프는 표지를 장식한 그 옛날의 문상객들을 내려다보았다. "하지만 알게 될 겁니다."

16

프랭크 피터슨의 시신은 목요일 오후에 도넬리 브라더스 장례식장으로 인도됐다. 알린 피터슨이 이뿐 아니라 부고, 조화, 금요일 오전의 추도식, 장례식, 하관식, 토요일 저녁의 친구 및 가족 모임까지 모든 걸 준비했다. 그럴 수밖에 없었다. 프레드는 상황이 좋은 때라도 사교 모임에 소질이 없었다.

하지만 이번에는 내가 맡아야 해. 프레드는 올리와 함께 병원에서 집으로 향하며 속으로 중얼거렸다. *그럴 수밖에 없어, 대안이 없으니까. 도넬리 장례식장 직원이 도와주겠지. 전문가니까.* 하지만 연달아 벌어진 두 번째 장례식 비용을 무슨 수로 감당하면 좋을까. 보험으로 커버가 될까? 알 수 없었다. 그런 부분도 알린이 전부 알아서 했다. 그들 부부는 협정을 맺었다. 프레드는 돈을 벌었고 알린은 공과금을 처리했다. 그녀의 책상을 뒤져서 보험증서를 찾아야 할 것이었다. 그럴 생각만 해도 피곤해졌다.

거실에 앉았다. 올리가 텔레비전을 켰다. 축구 중계가 나왔다. 잠깐 동안 중계를 보았지만 둘 다 경기에 관심은 없었다. 그들은 미식축구 팬이었다. 잠시 후에 프레드가 일어나 터벅터벅 현관 앞으로 가서 알린의 오래된 빨간색 주소록을 들고 왔다. D항목으로 넘기자 아니나 다를까, 도넬리 브라더스가 있었지만, 평소에는 깔끔했던 그녀의 글씨체가 흔들렸다. 왜 아니겠는가. 프랭크가 죽기 전에는 장의업체 연락처를 적어 놓을 일이 없었다. 원래대로라면 피터슨 부부는 장례식 걱정을 하기까지 한참이 남았었다. 한참이.

프레드는 빨간 가죽이 빛바래고 긁힌 주소록을 쳐다보며, 예전에는 봉투를 보고 요즘 들어서는 인터넷을 보고 여기에 주소를 옮겨 적던 아내의 모습을 떠올렸다. 울음이 터졌다.

"못 해. 못 하겠어. 프랭키가 죽은 지 얼마나 됐다고."

텔레비전에서는 아나운서가 "골인!"이라고 외쳤고 빨간색 셔츠를 입은 선수들이 서로에게 달려들기 시작했다. 올리가 텔레비전을 끄고 손을 내밀었다.

"제가 할게요."

프레드는 충혈된 눈으로 눈물을 흘리며 아들을 쳐다보았다.

올리는 고개를 끄덕였다.

"괜찮아요, 아빠. 진심으로요. 제가 전부 알아서 할게요. 아빠는 올라가서 누우시지그래요?"

프레드는 열일곱 살짜리 아들에게 이런 짐을 지우다니 잘못된 선택일지 모른다는 걸 알았지만 그래도 그렇게 했다. 때가 되면 그에게 주어진 몫을 감당하겠지만 지금은 눈을 좀 붙여야 했다. 정말이지 너무 피곤했다.

17

알렉 펠리는 그 주 일요일 3시 30분까지 가족들에게 붙잡혀 있었다. 5시가 지난 다음에서야 캡 시티 셰러턴 호텔에 도착했지만 아직까지도 태양이 하늘 위에서 이글거리고 있었다. 그는 호텔 앞 회차 지점에 차를 세우고 발렛 주차 요원에게 슬그머니 10달러를 쥐여 주며 차를 가까운 데 세워 달라고 했다. 잡지 매점에서는 로렛 레벨이 또다시 액세서리를 정리하고 있었다. 알렉이 거기 들른 시간은 짧았다. 그는 다시 밖으로 나와서 그의 익스플로러에 기대고 하위 골드에게 전화를 걸었다.

"보안 카메라 영상과 텔레비전 동영상은 내가 선수 쳤는데, 책은 앤더슨한테 선수를 빼앗겼네. 거기다 책을 사 갔어. 그건 이미 끝난 일이라고 봐야겠는데."

"젠장. 그자가 그 책에 대해서 무슨 수로 알아냈지?"

"알고서 한 게 아니라고 봐. 행운과 구닥다리 수사 방식의 조합이지. 잡지 매점 주인 말로는 코벤의 강연이 있었던 날, 어떤 남자가 그걸 꺼냈다가 80달러에 육박하는 가격을 보고 다시 집어넣었다고 해. 그 남자가 메이틀랜드였다는 걸 모르는 눈치인 걸 보니 뉴스를 챙겨보지 않나 봐. 그 얘길 했더니 앤더슨이 책을 사 갔대. 손바닥으로 책의 양옆을 잡고 나갔다네."

"테리와 일치하는 지문이 없다고 문제 제기를 하려는 심사겠지. 그러니까 그 책을 만진 사람은 테리가 아니었다고. 소용없을 거야. 얼마나 많은 사람들이 그 책을 꺼내서 봤겠어."

"잡지 매점 주인은 절대 아니라고 할 거야. 달이 가고 해가 지는 동안 그냥 꽂혀 있기만 했었다고."

"상관없어."

하위는 걱정하지 않는 말투였고, 그래서 알렉이 마음껏 두 사람 몫의 걱정을 했다. 중요한 건 아니었지만 그래도 꺼림칙했다. 미술관에 걸린 그림처럼 근사하게 전개되어 가고 있던 사건에 조그맣게 구멍이 뚫린 셈이었다. 하지만 그도 스스로 상기하다시피 생길 수 있는 구멍이었고 하위가 쉽사리 무마할 것이었다. 배심원들은 없었던 것에 대해서는 별로 신경 쓰지 않았다.

"그냥 알고 계시라고요, 대장님. 제가 그런 거 챙기라고 돈 받고 일하는 거 아니겠습니까."

"좋아, 알고 있도록 할게. 내일 기소인부절차에 참석할 거지?"

"무슨 일이 있어도. 새뮤얼스한테 보석 얘기는 꺼내 봤나?"

"음. 얘기가 금세 끝났어. 온몸의 세포를 동원해서 막겠다더군. 그가 한 말을 고스란히 옮긴 거야."

"맙소사, 그 남자는 포기라는 단어를 모르나?"

"좋은 질문이야."

"그래도 보석 허가를 받을 수 있을까?"

"그럴 가능성이 커. 확실하지는 않지만 거의 그렇다고 봐."

"보석 허가를 받더라도 메이틀랜드한테 동네를 돌아다니지 말라고 해. 요즘은 방범용 무기를 가까이에 두고 지내는 사람들이 많고, 그는 이제 플린트 시티에서 가장 인기 없는 사람이니까."

"가택 연금 조치가 내려질 테고 경찰이 집을 감시할 거야." 하위는 한숨을 쉬었다. "그 책은 안타깝게 됐네."

알렉은 전화를 끊고 차에 올라탔다. 드라마 「왕좌의 게임」이 시작되기 전에 여유롭게 집에 들어가서 팝콘을 만들고 싶었다.

18

랠프 앤더슨과 주 경찰청의 유넬 사블로 형사는 그날 저녁, 그 도시 북쪽에 있는 빌 새뮤얼스의 집에서 플린트 카운티 지방검사를 만났다. 그곳은 초호화 맨션을 지향하지만 목적을 달성하지 못한 널찍한 저택들로 이루어진, 으리으리하달 수 있는 동네였다. 어스름이 서서히 어둠으로 녹아드는 가운데, 뒷마당에서는 새뮤얼스의 두 딸이 잡기 놀이를 하고 있었다. 새뮤얼스의 전처가 남아서 저녁을 차려 주었다. 새뮤얼스는 저녁을 먹는 내내 기분 좋은 얼굴로 전처의 손을 여러 번 토닥였고, 한 번은 손을 잠깐 동안 잡기까지 했는데 전처는 싫어하지 않는 눈치였다. *관계가 끝난 커플치고 상당히 알콩달콩하네.* 랠프는 생각했고, 그 둘을 감안하면 잘된 일이었다. 하지만 저녁식사가 끝나자 전처가 아이들의 소지품을 챙기기 시작했고, 랠프는 새뮤얼스 지방검사의 좋았던 기분도 금세 끝날 것 같은 예감을 느꼈다.

『사진으로 보는 플린트 카운티, 두리 카운티, 캐닝 타운십의 역사』가 커피 테이블 위에 놓여 있었다. 랠프가 부엌 서랍에서 투명 지퍼백을 꺼내 거기다 조심스럽게 넣어 왔다. 비닐 위로 지문 감식 가루를 뿌렸기 때문에 이제는 운구 행렬이 흐릿해 보였다. 앞표지의 책등 근처에서 도드라지게 보이는 지문이 한 개(엄지손가락 지문) 있었다. 새로 주조한 동전에 찍힌 날짜만큼 선명했다.

"뒤표지에는 좀 더 쓸 만한 게 네 개 있어요. 무거운 책을 집을 때 그러잖아요. 엄지손가락을 앞쪽에, 나머지 네 손가락은 무게를 지탱할 수 있도록 살짝 벌려서 뒤쪽에. 마음 같아서는 캡 시티에서 지문을 채취하고 싶었는데 비교할 테리의 지문이 있어야 말이죠. 그래서 지서에서 필요한 준비물을 챙겨다가 집에서 했죠."

새뮤얼스가 눈썹을 추켜세웠다.

"증거로 보관된 그의 지문 카드를 빼냈다고요?"

"아뇨, 복사를 했죠."

"너무 뜸들이지 마세요." 사블로가 말했다.

"안 그럴게요." 랠프가 말했다. "둘이 일치했어요. 이 책에 남은 지문은 테리 메이틀랜드의 것이에요."

새뮤얼스가 저녁을 먹는 내내 전처의 옆에서 지었던 햇살처럼 환한 표정이 사라졌다. 금방이라도 비가 죽죽 내릴 듯한 표정으로 바뀌었다.

"컴퓨터로 확인하지 않는 이상 확실하지 않잖아요."

"빌, 나는 그런 프로그램이 존재하기 전부터 이 일을 해 왔어요." *네가 고등학교 자습실에서 여학생들 치마 속을 훔쳐보려고 했던 시절부터 말이지.* "메이틀랜드의 지문 맞고 컴퓨터로 비교하면 맞는다고 할 거예요. 이걸 봐요."

랠프는 스포츠재킷 안주머니에서 카드를 한 묶음 꺼내 커피 테이블 위에 2열로 펼쳐 놓았다.

"이쪽은 간밤에 조서를 작성할 때 채취한 테리의 지문이에요. 그리고 이쪽은 책을 싼 비닐에서 채취한 테리의 지문이고요. 직접 확인하시죠."

새뮤얼스와 사블로는 허리를 숙이고 왼쪽 줄의 카드와 오른쪽 줄의 카드를 번갈아 쳐다보았다. 사블로가 먼저 뒤로 몸을 기댔다.

"맞네요."

"나는 컴퓨터로 비교하기 전까지는 포기하지 않겠어요."

새뮤얼스가 말했다. 턱을 내밀고서 한 얘기라 부자연스럽게 들렸다. 다른 때 같았으면 웃기게 들렸을 것이다.

랠프는 당장은 아무 대꾸도 하지 않았다. 그는 빌 새뮤얼스의 정체가 궁금해졌고, 그가 맨 처음에 이 남자를 두고 했던 (정말 강하게 반격을 당하면 잽싸게 내빼는 성격이 아닐까 하는) 판단이 틀렸길 바랐다.(원래 긍정적인 성격이었다.) 새뮤얼스의 아내는 그를 아직까지 어느 정도 쥐고 있었고, 그것만큼은 분명했다. 어린 딸들은 그를 어마어마하게 사랑했지만 그런 증거로 파악할 수 있는 건 어떤 사람의 일면에 불과했다. 집에서의 모습과 직장에서의 모습은 다를 수 있었다. 문제의 그 남자가 야심만만하고, 거대한 계획을 미연에 봉쇄당할 위기에 갑작스럽게 봉착했다면 특히 그럴 수 있었다. 이런 사실들이 랠프에게는 중요했다. 지든 이기든 그와 새뮤얼스는 이 사건으로 묶인 운명 공동체였기 때문에 상당히 중요했다.

"이건 불가능해요." 새뮤얼스가 삐친 머리를 누르려고 손을 들었지만 오늘은 삐친 머리가 없었다. 오늘 저녁에는 머리가 말을 잘 들었다. "그가 동시에 두 장소에 있을 수는 없는 거잖아요."

"그런데 그래 보인단 말이죠." 사블로가 말했다. "어제까지만 해도 캡 시티에는 법의학적 증거가 없었는데, 지금은 생겼으니."

새뮤얼스의 표정이 순간적으로 밝아졌다.

"그 전에 가서 만진 거 아닐까요? 알리바이를 준비하는 차원에서. 설정의 일환이었던 거죠."

프랭크 피터슨 살인 사건이 욕구를 참지 못한 남자의 충동적인 행동이라고 했던 기존의 주장을 잊어버린 모양이었다.

"그랬을 가능성도 있긴 하죠. 하지만 지문이 아주 많았는데, 이건 얼마 전에 찍힌 거예요. 융선의 세부적인 부분이 아주 선명하거든요. 몇 주나 몇 달 전에 찍힌 거면 그럴 수가 없죠."

사블로가 거의 들리지 않을 정도로 나지막이 말했다.

"12에서 히트를 외쳤는데 그림카드를 받은 셈이네요."

"뭐라고요?" 새뮤얼스가 홱 하니 고개를 돌렸다.

"블랙잭 얘깁니다." 랠프가 말했다. "찾아보지 않는 게 나을 뻔했다는 뜻이에요. 그냥 현상을 유지할걸 그랬다고."

그들은 이 말에 대해 곰곰이 생각해 보았다. 새뮤얼스가 말문을 열었을 때 그의 목소리는 명랑하다고 할 수 있게 들렸다. 그냥 가볍게 잡담을 나누는 사람 같았다.

"내가 제안을 하나 할게요. 그 비닐에 가루를 뿌렸는데 아무것도 안 나왔다고 하면 어때요? 아니면 제대로 식별할 수 없는 흐릿한 자국들뿐이었다고 하면?"

"그런들 상황이 더 좋아지지는 않겠죠." 사블로가 말했다. "하지만 더 나빠지지도 않을 테고요."

새뮤얼스는 고개를 끄덕였다.

"그랬다면, 그랬다고 치면 랠프는 그냥 상당히 비싼 책을 산 남자가 될 거예요. 그걸 버리지는 않고, 발상은 좋았지만 생각대로 잘되지 않은 작전을 기념하는 뜻에서 책꽂이에 꽂아 두겠죠. 물론 비닐은 벗겨서 던지고요."

사블로는 속마음을 표정으로 전혀 드러내지 않고 새뮤얼스에게서 랠프에게로 시선을 옮겼다.

"이 지문 카드들은요?" 랠프가 물었다. "이것들은 어쩌고요?"

"무슨 카드요? 나는 아무 카드도 보지 못했는데. 봤어요, 유넬?"

"봤는지 안 봤는지 모르겠는데요." 사블로가 말했다.

"지금 증거를 인멸하자고 제안하는 거예요." 랠프가 말했다.

"설마요. 그냥 그러면 어떻겠느냐고 제안하는 거지." 새뮤얼스는 있지도 않은 삐친 머리를 쓸어 넘기려고 다시금 손을 들었다. "하지만 생각해 볼 문제가 있어요, 랠프. 지서에 먼저 들렀다가 지문 비교는 집에서 했다고 했죠. 아내가 집에 있었나요?"

"지넷은 독서 모임에 가고 없었어요."

"흐음, 그런데 말이죠. 그 책은 정식 봉투가 아니라 지퍼백에 들어 있잖아요. 증거로 등록되지도 않았어요."

"아직은 그렇죠."

랠프는 대답했지만, 빌 새뮤얼스의 여러 측면이 아니라 그 자신의 여러 측면에 대해 고민을 하게 됐다.

"당신도 머릿속 한구석에서는 그런 생각을 하고 있지 않을까 싶어서 말을 꺼내 보는 거예요."

그랬던가? 그는 솔직히 대답할 수 없었다. 그리고 만약 그런 생각이 있었다면 왜 그랬을까? 이 사건이 그냥 산으로 간 정도가 아니라 엎어질 위기에 놓여서 그의 경력에 흉측한 오점을 남기게 됐기 때문일까?

"아뇨. 이건 증거로 등록될 테고 발견의 일부분이 될 거예요. 왜냐하면 아이가 죽었으니까요, 빌. 그 사실에 비하면 우리에게 벌어진 일은 새똥이에요."

"맞아요." 사블로가 말했다.

"당신이야 당연히 그렇겠죠." 새뮤얼스는 피곤한 목소리였다. "유넬 사블로 경위야 어느 쪽이 됐건 살아남을 테니까요."

"살아남는 얘기가 나왔으니 말인데요." 랠프가 말했다. "테리 메이틀랜드의 생존은요? 만약 우리가 엉뚱한 사람을 체포했다면요?"

"아니에요. 증거들이 아니라고 하잖아요."

회의는 그런 분위기로 끝났다. 랠프는 지서로 돌아갔다. 거기서 『사진으로 보는 플린트 카운티, 두리 카운티, 캐닝 타운십의 역사』를 등록하고 점점 더 축적되어 가는 파일에 저장했다. 그걸 처분할 수 있어서 기뻤다.

그의 개인 차량을 회수하려고 경찰서 건물을 돌아가는데 휴대전화가 울렸다. 화면에는 아내의 사진이 떴는데 전화를 받았을 때 랠프는 그녀의 목소리를 듣고 놀랐다.

"여보? 울었어?"

"데릭이 전화했어. 캠프에서."

랠프의 심장이 뛰는 속도가 한 박자 빨라졌다.

"별일 없는 거지?"

"별일 없어. 육체적으로는. 그런데 친구들이 이메일로 테리 소식을 알려서 속상해하고 있어. 착오인 게 분명하대, T코치는 절대 그런 짓을 할 사람이 아니라고."

"아. 그게 다야?"

그는 다른 손으로 열쇠를 찾으며 다시 걸음을 옮기기 시작했다.

"아니, 그게 다가 아니야." 그녀가 사납게 말했다. "지금 어디야?"

"지서. 집으로 가려던 참이야."

"구치소로 먼저 가 줄 수 있어? 가서 그 사람이랑 얘기할 수 있어?"

"테리랑? 그가 만나겠다고 하면 가능하긴 할 거야. 하지만 왜?"

"모든 증거는 잠깐 무시해. 양측 증거 모두. 그리고 내가 묻는 말에 진심으로 솔직하게 대답해 줘. 그래 줄 수 있어?"

"응……."

저 멀리에서 웅웅거리며 주간 고속도로를 달리는 세미트레일러 소리가 들렸다. 좀 더 가까이에서는, 그가 수십 년 동안 근무한 벽돌 건물을 따라 자라는 풀밭에서 귀뚜라미들이 우는 평화로운 여름의 소리가 들렸다. 그는 그녀가 뭘 물어보려는 건지 알았다.

"당신은 테리 메이틀랜드가 그 아이를 죽였다고 생각해?"

랠프는 윌로 레인워터의 택시를 타고 더브로까지 갔던 남자가 그녀의 이름을 알고 있었는데도 이름이 아니라 기사님이라고 불렀던 것을 생각했다. 테리 메이틀랜드는 평생을 플린트 시티에서 살았는데도, 흰색 밴을 쇼티스 펍 뒤편에 주차한 남자는 가장 가까운 응급 병원이 어디 있느냐고 물었던 것을 생각했다. 테리가 납치 시점과 살인 시점에 함께 있었다고 맹세하는 교사들을 생각했다. 그런 다음 테리가 할런 코벤의 강연에서 그냥 질문을 한 게 아니라 남들 눈에 잘 보이고 영상으로 기록될 수 있게 자리에서 일어나다니 얼마나 마침 알맞은지를 생각했다. 심지어 책에 남은 지문조차…… 얼마나 완벽했던가?

"랠프? 전화 끊은 거 아니지?"

"모르겠어. 내가 하위처럼 함께 아이들을 가르쳤다면 모를까…… 하지만 나는 테리가 데릭을 가르치는 걸 보기만 했잖아. 그러니까 당신의 질문에 진심으로 솔직하게 대답하자면 잘 모르겠어."

"그럼 가. 그 사람 눈을 똑바로 쳐다보면서 물어봐."

"새뮤얼스가 알면 나를 죽이려 들 텐데."

"나는 빌 새뮤얼스한테는 관심 없지만 우리 아들한테는 관심 많아. 그리고 당신도 그렇다는 걸 알고. 우리 아들을 위해서 그렇게 해 줘, 랠프. 데릭을 위해서."

19

알고 보니 알린 피터슨은 장례 보험을 들어 놓았고, 따라서 걱정할 필요가 없었다. 올리는 그녀의 조그만 책상 맨 아래 서랍을 열었을 때 **주택 담보 대출 계약서**(이제 대출금을 거의 갚았다고 되어 있었다.)와 **가전제품 보증서**라고 적힌 서류 파일 사이에서 관련 파일을 찾았다. 그가 장의업체에 전화하자 어떤 남자(도넬리 형제 중 한 명일 수도 있고 아닐 수도 있었다.)가 전문 장의업자답게 부드러운 목소리로 고맙다고 인사하고 "너희 어머니가 오셨다."고 했다. 우버 같은 걸 타고 제 발로 찾아가기라도 한 듯이. 전문 장의업자는 신문에 실을 부고 양식이 필요하냐고 물었다. 올리는 아니라고 했다. 그는 책상에 부고 양식 두 장을 꺼내 놓고 쳐다보고 있었다. 상심한 와중에도 용의주도했던 그의 어머니가 프랭크의 부고를 쓰다가 실수할 경우에 대비해 복사해 놓은 모양이었다. 따라서 이 부분에 대해서도 걱정할 필요가 없었다. 장의업자는 그가 내일 와서 장례와 매장 절차를 의논할 거냐고 물었다. 올리는 아마 아닐 거라고 대답했다. 그건 아버지가 해야 할 일이라는 생각이 들었다.

어머니의 장례식 비용 문제가 해결되자 올리는 그녀의 책상 위로 고개를 떨어뜨리고 잠깐 눈물을 흘렸다. 아버지가 깨지 않게 조용히 울었다. 눈물이 마르자 부고 양식에 기입을 하되 그의 악필을 감안해 모두 대문자로 적었다. 그 일이 끝나자 부엌으로 가서 그곳에 펼쳐진 난장판을 점검했다. 리놀륨 바닥에 떨어진 파스타, 시계 아래에 누워 있는 닭고기, 조리대에 놓여 있는 수많은 터퍼웨어 그릇과 랩을 씌워 놓은 음식. 온 가족이 거하게 식사를 하고 났을 때 어머니가 종종 했던 말이 생각났다. *돼지들이 휩쓸고 갔나 봐.* 그는 개수대 아래에서 쓰레기봉투를 꺼내 유난히 섬뜩해 보이는 닭고기부터 시작해 모두 버렸다. 그런 다음 바닥을 닦았다. 전부 멀끔하게(이것도 어머니가 자주 쓴 단어였다.) 치우고 났더니 배가 고팠다. 그러면 안 될 것 같았지만 그래도 실상이 그랬다. 그는 인간이 기본적으로 동물이라는 사실을 깨달았다. 어머니와 동생이 죽었어도 밥을 먹고 똥을 싸야 했다. 몸에서 그걸 요구했다. 냉장고를 열어 보니 꼭대기에서부터 밑바닥까지, 이쪽 옆에서 저쪽 옆까지 캐서롤과 터퍼웨어와 편육으로 가득했다. 그는 으깬 감자가 눈 내린 벌판처럼 위에 얹혀 있는 셰퍼드 파이*를 선택해 180도로 맞춘 오븐에 넣었다. 조리대에 기대고 서서 파이가 데워지길 기다리며 그의 머릿속으로 잠깐 들어간 손님 같은 기분을 달래는데 아버지가 들어왔다. 프레드는 머리가 엉망이었다. *삐죽삐죽 난리 났네.* 알린 피터슨이 보았더라면 그렇게 얘기했을 것이었다. 면도를 해야 했다. 눈은 퉁퉁 부었고 멍했다.

"네 엄마 약을 먹고 너무 오래 잤다."

"신경 쓰지 마세요, 아빠."

"부엌을 다 치웠네. 내가 도왔어야 하는 건데."

"괜찮아요."

"너희 엄마…… 장례식은……."

프레드는 어떤 식으로 말을 이으면 좋을지 모르는 눈치였고 올리는 그의 바지 지퍼가 열려 있는 걸 보았다. 이제 막 시작된 연민이 그를 가득 채웠다. 하지만 다시 울고 싶지는 않았다. 적어도 지금 당장은 눈물이 마른 것 같았다. 걱정할 필요 없는 게 한 가지 더 생겼다. 좋은 쪽으로 *생각해야지.* 올리는 생각했다.

"상황이 괜찮아요. 어머니가 장례 보험을 들어 놓으셨더라고요,

---

* 으깬 감자 안에 다진 고기를 넣어 만든 파이.

두 분 다요. 그리고 지금…… 거기 계세요. 거기요. 그러니까, 그 업체요."

그는 장례식장이라는 단어를 말하기가 두려웠다. 그러면 아버지의 울음이 터질지 몰랐다. 그러면 그의 울음이 다시금 터질지 몰랐다.

"아. 이런." 프레드는 의자에 앉아서 손바닥의 두툼한 부분으로 이마를 짚었다. "내가 처리했어야 하는데. 내 일이었는데. 내 책임이었는데. 그렇게 한참 동안 잘 생각은 없었는데."

"내일 가시면 돼요. 관 고르고 기타 등등 하러."

"어디로?"

"도넬리 브라더스요. 프랭크 때하고 같아요."

"너희 엄마가 죽다니." 프레드는 놀라워했다. "그걸 어떤 식으로 생각하면 좋을지 모르겠다."

"그러게요."

올리는 그렇게 대답했지만, 할 수 있는 게 그 생각뿐이었다. 어머니가 마지막까지 어떤 식으로 계속 미안해했는지에 대해. 전혀 그렇지가 않은데, 이 모든 게 그녀의 잘못이라도 되는 듯이 그랬던 것에 대해.

"장례식장 직원 말로는 아빠가 결정해야 할 부분들이 있대요. 하실 수 있겠어요?"

"그럼. 내일이 되면 괜찮아질 거다. 좋은 냄새가 나는구나."

"셰퍼드 파이예요."

"너희 엄마가 만든 거니 아니면 누가 들고 온 거니?"

"모르겠어요."

"뭐, 냄새가 좋네."

그들은 식탁에서 파이를 먹었다. 올리는 그릇을 개수대로 치웠다. 식기세척기가 꽉 찼기 때문이었다. 그들은 거실로 자리를 옮겼다. 이번에는 ESPN에서 필리스 대 메츠 야구 중계가 나왔다. 그들은 그들의 삶에 갑자기 등장한 구멍 속으로 떨어지지 않도록 나름의 방식으로 그 가장자리를 탐험하며 아무 말 없이 경기를 시청했다. 잠시 후에 올리는 뒷문으로 나가서 계단에 앉아 별들을 올려다보았다. 별들이 많았다. 유성과 인공위성과 비행기도 몇 대 보였다. 돌아가신 어머니는 이런 걸 두 번 다시 볼 수 없게 되었다는 것을 생각했다. 그래야 하다니 너무나 부조리한 일이었다. 다시 안으로 들어가 보니 야구 경기는 동점으로 9회에 접어들었고, 아버지는 의자에서 잠이 들었다. 올리는 그의 정수리에 입을 맞추었다. 프레드는 꿈쩍도 하지 않았다.

20

랠프는 구치소로 가는 길에 문자를 받았다. 주 경찰청 컴퓨터 과학수사반의 킨더먼이 보낸 문자였다. 랠프는 당장 차를 세우고 전화했다. 킨더먼은 첫 번째 신호에 전화를 받았다.

"당신들은 일요일 저녁에 쉬지도 않아요?"

"어쩌겠어요, 저희가 꼴통인걸요." 배경음으로 헤비메탈 밴드의 고함이 들렸다. "게다가 저는 기쁜 소식은 묵혀도 되지만 나쁜 소식은 당장 전해야 한다고 생각하거든요. 메이틀랜드의 하드 드라이브에 숨겨 놓은 파일이 없는지 아직 뒤지는 중이에요. 그런 부분에서 아주 영리한 아동 성폭행범들도 있지만, 메이틀랜드의 경우 표면상으로는 깨끗해요. 어린아이가 등장하는 포르노도 없고 그 어떤 포르노도 없어요. 컴퓨터에도 노트북에도 아이패드에도 휴대전화에도. 모범 시민 같아요."

"방문 기록은 어떤데요?"

"많은데 전부 예상할 수 있는 것들이에요. 아마존 같은 쇼핑 사이트,《허핑턴 포스트》같은 뉴스 블로그, 대여섯 군데 스포츠 사이트. 메이저 리그 순위를 계속 확인하고 탬퍼베이 레이스 팬인 모양이에요. 그것만 봐도 머리에 문제가 있다는 걸 알 수 있죠. 넷플릭스로「오자크」를 보고 아이튠스로「더 아메리칸스」를 봐요. 그건 저도 재미있게 보고 있어요."

"계속 뒤져 줘요."

"제가 월급 받고 하는 일이 그거인걸요."

랠프는 구치소 뒤편의 **공무 차량 전용** 칸에 차를 세우고 사물함에서 근무 중 카드를 꺼내 계기판에 얹었다. 이름표에 따르면 L. 킨이라는 교도관이 그를 기다리고 있다가 면회실로 안내했다.

"이건 이례적인데요, 형사님. 거의 10시가 다 됐어요."

"나도 몇 시인지 알고, 놀러 온 거 아니에요."

"지방검사님도 형사님이 여기 온 거 아시나요?"

"그건 킨 교도관님이 알 바 아니라고 봅니다만."

랠프는 테이블 한쪽에 앉아서 테리가 만나겠다고 할지 기다렸다. 테리의 컴퓨터에 포르노는 없었고 집 안에 숨겨 놓은 포르노도 없었다. 적어도 그들이 찾아본 바로는 그랬다. 하지만 킨더먼도 지적했다시피 소아성애자들은 영리할 수 있었다.

그런데 얼마나 영리했기에 자기 얼굴을 보이고 다녔을까? 지문도 남기고?

그는 새뮤얼스가 뭐라고 할지 알았다. 테리가 광기에 사로잡혔었다고 할 것이다. 전에는(아주 오래전처럼 느껴졌다.) 랠프도 그게 말이 된다고 생각했었다.

킨이 테리를 데리고 들어왔다. 그는 갈색 죄수복을 입고 싸구려 플라스틱 플립플롭을 신고 있었다. 두 손은 앞으로 수갑을 찼다.

"팔찌를 풀어 주시죠, 교도관님."

킨은 고개를 저었다.

"의례입니다."

"내가 책임을 질게요."

킨은 냉랭하게 미소를 지었다.

"아뇨, 형사님, 그건 아니죠. 여긴 내 집이고 이자가 테이블을 뛰어넘어 형사님의 목을 조르면 내 책임입니다. 하지만 고리에 묶지는 않을게요. 그러면 어떨까요?"

테리는 그 말에 '이제 내가 어떤 인간을 상대해야 하는지 알겠어?'라고 묻기라도 하는 듯이 미소를 지었다.

랠프는 한숨을 쉬었다.

"이제 나가셔도 됩니다, 킨 교도관님. 고마워요."

킨은 나갔지만 이중 거울 너머에서 지켜보고 있을 것이었다. 어쩌면 소리까지 들을지도 몰랐다. 새뮤얼스에게 보고가 될 터였다. 피할 방법이 없었다.

랠프는 테리를 쳐다보았다.

"거기 그렇게 서 있지 말고 와서 좀 앉아요."

테리는 의자에 앉아서 테이블 위에 손을 포개고 올려놓았다. 수갑에 연결된 쇠사슬이 덜거덕거렸다.

"하위 골드가 알았다면 나더러 당신을 만나도 좋다고 하지 않았을 거예요."

그는 그렇게 말하며 계속 미소를 지었다.

"새뮤얼스도 마찬가지예요. 그러니까 우리 서로 비긴 거예요."

"원하는 게 뭡니까?"

"정답이요. 당신이 무죄라면 당신을 봤다는 목격자가 대여섯 명이나 되는 이유가 뭘까요? 그 아이를 욕보이는 데 쓰인 나뭇가지와, 납치하는 데 쓰인 밴에서 당신 지문이 잔뜩 나온 이유는 뭘까요?"

테리는 고개를 저었다. 미소가 사라졌다.

"나도 영문을 전혀 모르겠어요. 내가 캡 시티에 있었다는 증거를 댈 수 있어서 하느님께, 그의 독생자에게, 모든 성인들에게 감사할 따름이에요. 증거를 대지 못했다면 어떻게 됐겠어요, 랠프? 우리 둘 다 답을 알 거라고 보는데. 나는 여름이 끝나기도 전에 매컬레스터의 사형수 동에 수감됐을 테고 앞으로 2년 뒤에 주사를 맞았겠죠. 그 시기가 앞당겨졌을 수도 있어요. 재판정은 저 꼭대기까지 우익들로 도배되어 있고, 당신 친구 새뮤얼스는 어린애가 만든 모래성을 불도저로 밀어 버리듯 내 항소를 뭉개 버렸을 테니까."

랠프의 입가에 맨 처음 떠오른 대사는 '그자는 내 친구가 아니에요.'였다. 하지만 그가 한 말은 달랐다.

"밴이 특히 흥미롭습니다. 뉴욕 번호판이 달린 거 말이에요."

"그 부분에서는 내가 별 도움이 못 되겠네요. 마지막으로 뉴욕을 간 게 신혼여행 때였고 16년 전의 일이니까요."

이번에는 랠프가 미소를 지을 차례였다.

"그건 몰랐지만 최근에 간 적 없다는 건 알아요. 지난 6개월 동안의 당신의 행적을 역추적했거든요. 4월에 오하이오 주에 간 것 말고는 없더군요."

"맞아요, 데이턴이었죠. 애들 봄방학 때. 아버지를 보고 싶었는데, 아이들도 따라가고 싶어 했어요. 마시도 그렇고."

"아버님이 데이턴에 사십니까?"

"그런 생활도 사는 거라고 표현할 수 있다면요. 긴 얘기고 이 사건하고는 아무 상관없어요. 불길한 흰색 밴은 물론이고 자가용차도 등장하지 않으니까. 사우스웨스트 항공기를 타고 갔거든요. 범인이 프랭크 피터슨을 납치했을 때 쓴 밴에서 내 지문이 얼마나 많이 검출됐든 상관없어요, 나는 훔친 적 없으니까. 심지어 그 밴을 본 적도 없어요. 내 말 안 믿겠지만 진짜예요."

"당신이 뉴욕에서 밴을 훔쳤을 거라고 생각하는 사람은 없어요. 빌 새뮤얼스는 그걸 훔친 사람이 열쇠를 꽂은 채로 이 근처에 버렸을 거라고 해요. 당신이 그걸 다시 훔쳐서 준비가 될 때까지 어딘가에 숨겨 놓았다고요……. 그러니까 그런 짓을 저지를 준비가 될 때까지."

"맨 얼굴로 돌아다니며 일을 저지른 사람치고 용의주도하네요."

"새뮤얼스는 배심원단에게 당신이 살인의 광기에 휩싸였다고 할 거예요. 그러면 그들은 그 말을 믿을 테고요."

"에버렛, 빌리, 데비의 증언을 들어도 그렇게 믿을까요? 하위가 코벤의 강연 동영상을 보여 준 다음에도?"

랠프는 그 부분에 대해 생각하고 싶지 않았다. 아직은 그랬다.

"프랭크 피터슨하고 아는 사이였습니까?"

그러자 테리는 짖듯이 폭소를 터뜨렸다.

"하위가 들었더라면 대답하지 말라고 했을 질문이네요."

"그러니까 대답하지 않겠다?"

"사실 대답할 생각이에요. 웨스트사이드에 사는 아이들 중에 내가 모르는 아이는 거의 없어요. 인사를 할 정도는 됐지만, 안다고 할 수 있을 만큼 알고 지내지는 않았어요, 무슨 뜻인지 알지 모르겠지만. 아직 초등학생이었고 운동을 하지 않았거든요. 하지만 그 빨간 머리는 모르고 지나칠 수 없었죠. 정지 신호 같아서. 그 애 형까지 둘 다. 올리는 리틀 리그에서 가르쳤지만 열세 살이 됐을 때 시티 리그로 옮기지 않더군요. 외야 수비가 나쁘지 않았고 타격도 웬만큼 했는데 흥미를 잃은 거죠. 그런 아이들이 있어요."

"그러니까 프랭크에게 눈독을 들이지 않았다?"

"맞아요, 랠프. 나는 어린애들에게 성적으로 관심이 없어요."

"그 아이가 자전거를 밀면서 제럴스 파인 마트 주차장을 가로지르는 걸 보았을 때 '옳지, 기회가 왔구나.' 했을 가능성이 없을까요?"

테리가 아무 말 없이 경멸이 담긴 눈빛으로 쳐다보자 랠프는 감당하기 버거웠다. 하지만 그는 시선을 떨어뜨리지 않았다. 잠시 후에 테리가 한숨을 쉬며 이중 거울 쪽을 향해 수갑 찬 손을 들고 외쳤다.

"얘기 끝났어요."

"아직 아닙니다. 물어보고 싶은 게 한 가지 더 있는데, 내 눈을 똑바로 쳐다보면서 대답해 줬으면 해요. 당신이 프랭크 피터슨을 죽였나요?"

테리의 시선에는 흔들림이 없었다.

"아니요."

킨 교도관이 테리를 데려갔다. 랠프는 그 자리에 가만히 앉아서, 킨이 돌아와 이 면회실과 자유로운 공간 사이를 막는 세 개의 잠긴 문 너머로 그를 다시 안내해 주길 기다렸다. 이제 랠프는 지넷이 물어봐 달라고 했던 질문의 답을 들었고, 테리가 시선을 똑바로 마주하며 한 대답은 아니요였다.

랠프는 그의 말을 믿고 싶었다.

그런데 믿을 수가 없었다.

7월 16일

기소인부절차

1

"안 돼요." 하위 골드가 말했다. "안 돼요, 안 돼요, 안 돼요."

"그를 보호하기 위한 조치입니다." 랠프가 말했다. "아시겠지만……."

"내가 알겠는 건 그 사진이 신문 1면에 실리겠다는 거예요. 내 의뢰인이 양복 위로 방탄조끼를 입고 지방 법원으로 걸어 들어가는 장면이 모든 채널의 톱뉴스를 장식하겠다는 거예요. 그러니까 이미 유죄 판결을 받은 듯이 보일 거라는 말이죠. 수갑만으로도 충분히 심각한데."

장난감들은 알록달록한 플라스틱 상자 속으로 깔끔하게 치우고 의자들은 뒤집어서 테이블 위에 올려놓은 구치소 면회실에 일곱 명의 남자가 있었다. 테리 메이틀랜드는 하위를 옆에 거느리고 서 있었다. 카운티 보안관 딕 둘린, 랠프 앤더슨, 지방검사보 버넌 길스트랩이 이들을 마주 보고 있었다. 새뮤얼스는 이미 법정에서 그들을 기다리고 있었다. 둘린 보안관은 방탄조끼를 내밀고만 있을 뿐 아무 말도 하지 않았다. 방탄조끼 위에는 비난조의 밝은 노란색으로 FCDC라고 적혀 있었다. 플린트 카운티 교정부(Flint County Department of Corrections)의 약자였다. 벨크로가 달린 끈 세 개(두 개는 양쪽 팔, 나머지 한 개는 허리를 동여매는 용도였다.)가 늘어뜨려져 있었다.

두 명의 교도관(간수라고 부르면 그들이 호칭을 바로잡을 것이다.)이 두툼한 팔로 팔짱을 끼고 로비로 나가는 문 옆에 서 있었다. 그중 한 명은 일회용 면도기로 면도를 했을 때 테리를 감시했다. 다른 한 명은 마시가 들고 온 양복과 셔츠 주머니는 물론, 파란색 넥타이 뒤편 솔기까지 꼼꼼하게 확인했다.

지방검사보 길스트랩이 테리를 쳐다보았다.

"우리 친구 생각은 어떤지 모르겠네? 저격당해도 괜찮은가? 나는 상관없는데. 어차피 사형을 당할 텐데, 주 정부에서 상고심을 진행하느라 부담해야 하는 비용도 절약이 될 테고."

"부적절한 발언은 삼가시죠." 하워가 말했다.

빌 새뮤얼스가 다음번 선거에서 패배하면 (두둑한 연금과 함께) 은퇴를 선택할 가능성이 농후한 고참자 길스트랩은 능글맞게 웃기만 했다.

"저기요, 미첼." 테리가 말했다. 면도하는 동안 외날 면도칼로 목을 긋지 않게 테리를 감시했던 간수는 눈썹을 추켜올리기만 할 뿐, 팔짱을 풀지는 않았다. "밖이 얼마나 더운가요?"

"내가 출근했을 때 29도였어요. 라디오에서 듣기로는 정오 무렵이면 38도 가까이 올라간다고 합니다."

"조끼 사양할게요." 테리가 보안관에게 말하고 미소를 짓자 아주 어려 보였다. "땀에 전 셔츠 차림으로 호턴 판사님 앞에 서고 싶지는 않거든요. 리틀 리그에서 그분의 손자를 가르쳤는데."

길스트랩은 이 말에 놀란 표정을 지으며 격자무늬 재킷 안주머니에서 수첩을 꺼내 뭐라고 끼적였다.

"갑시다." 하위가 테리의 팔을 잡았다.

랠프의 휴대전화가 울렸다. 그는 왼쪽 허리춤에서 전화기를 꺼내(오른쪽 허리춤에는 권총집을 찼다.) 화면을 확인했다.

"잠깐만요, 잠깐만요, 받아야 하는 전화예요."

"아, 왜 이래요. 지금 기소인부절차가 아니라 서커스 구경하러 가는 거예요?"

랠프는 하위의 말을 무시하고 과자와 탄산음료 자동판매기가 있는 면회실 저쪽으로 걸어갔다. 그는 **방문객 전용**이라고 적힌 팻말 아래에서 짧게 뭐라고 하고 상대방이 하는 얘기를 들었다. 잠시 후에 전화를 끊고 다른 사람들이 있는 곳으로 돌아왔다.

"됐어요. 갑시다."

미첼 교도관이 하위와 테리의 사이로 들어가 테리의 손목에 수갑을 채우고 물었다.

"너무 빡빡한가요?"

테리는 고개를 저었다.

"그럼 출발합시다."

하위가 양복 재킷을 벗어 수갑을 덮었다. 두 교도관이 테리를 면회실 밖으로 호송하는 동안 길스트랩이 고적대장처럼 으스대며 앞장섰다.

하위는 랠프와 보조를 맞춰서 나란히 걸으며 나지막이 말했다.

“지금 엄청 실수하는 거예요.” 랠프가 아무 대꾸도 하지 않자 다시 말했다. “그래요, 좋아요, 입 꾹 다물고 싶으면 마음대로 해요. 하지만 나중에 대배심 전에 한번 만나야 하지 않겠어요? 당신하고 나하고 새뮤얼스, 이렇게 셋이서. 원하면 펠리도 참석시키고. 이 사건의 진상이 오늘은 공개되지 않겠지만 언젠가는 공개될 테고, 그러면 단순히 이 주나 이 지역의 뉴스만 난리가 나는 게 아니에요. CNN, 폭스, MSNBC 그리고 인터넷 블로그. 다들 여기로 출동해서 황당한 사태를 감상할 거예요. O.J. 심슨과 영화 「엑소시스트」의 만남이 될 거라고요.”

그럴 것이다. 그리고 랠프는 그렇게 될 수 있도록 하위가 수단과 방법을 가리지 않을 듯한 예감을 느꼈다. 동시에 두 곳에 존재한 듯이 보이는 남자에게 초점을 맞추도록 기자들을 유도할 수 있다면, 성폭행과 살해를 당하고 어쩌면 몸의 일부분을 먹혔을 수도 있는 아이에게 초점을 맞출까 봐 전전긍긍할 필요가 없었다.

“당신이 무슨 생각을 하는지 알지만 나는 적이 아니에요, 랠프. 당신이 테리에게 유죄 판결을 내리는 데에만 혈안이 되어 있다면 얘기가 다르겠지만, 나는 그건 아니라고 보거든요. 새뮤얼스라면 모를까, 당신은 아니잖아요. 이게 어떻게 된 영문인지 알고 싶지 않아요?”

랠프는 아무 대꾸도 하지 않았다.

마시 메이틀랜드가 로비에서 기다리고 있었다. 막달의 임산부 벳시 리긴스와 주 경찰청 소속 유넬 사블로 사이에 껴서 아주 자그마해 보였다. 그녀가 남편을 보고 앞으로 다가가려고 하자 리긴스가 말리려고 했지만, 마시는 그녀를 쉽사리 떨쳐 냈다. 사블로는 꼼짝 않고 서서 지켜보기만 했다. 마시는 남편의 얼굴을 들여다보고 뺨에 입을 맞추었지만 이내 미첼 교도관이 그녀의 어깨를 잡고, 거부당한 방탄조끼를 어떻게 하면 좋을지 모르겠다는 듯이 계속 들고 있는 보안관 쪽으로 부드럽지만 단호하게 밀치며 말했다.

"비키세요, 메이틀랜드 부인. 이러시면 안 됩니다."

"사랑해, 테리." 교도관들이 그를 문 쪽으로 데리고 가는 동안 마시가 외쳤다. "애들도 사랑한다고 전해 달래."

"두 배로 이하동문이야. 애들한테 걱정할 필요 없다고 전해 줘."

이윽고 테리는 뜨거운 아침의 햇살과 일제사격과도 같은 수십 개의 질문이 동시에 쏟아지는 문 밖으로 나섰다. 아직 로비에 있는 랠프에게는 그 한데 뒤섞인 목소리들이 질문이라기보다는 욕설처럼 들렸다.

하위의 집요함만큼은 랠프도 인정하는 수밖에 없었다. 그는 아직도 포기하지 않았다.

"당신은 좋은 경찰이잖아요. 뇌물도 절대 받지 않고, 증거도 절대 묻지 않고, 항상 정도를 걷는."

어젯밤에 하마터면 묻을 뻔했지. 거의 그럴 뻔했지. 만약 그 자리에 사블로가 없었고 나하고 새뮤얼스뿐이었다면…….

하위는 거의 애원하는 표정을 짓고 있었다.

"당신은 이런 사건이 처음이잖아요. 우리 모두 그렇죠. 그리고 이제는 단순히 그 아이만의 문제가 아니에요. 죽은 아이 엄마를 생각하면."

그날 아침에 텔레비전을 켠 적 없었던 랠프는 걸음을 멈추고 하위를 빤히 쳐다보았다.

"뭐라고요?"

하위는 고개를 끄덕였다.

"어제요. 심장마비로. 그러니까 그녀가 두 번째 피해자인 셈이에요. 자, 진상을 알고 싶지 않아요? 이 사건을 제대로 해결하고 싶지 않아요?"

랠프는 더 이상 참을 수가 없었다.

"나는 진상을 알아요. 아니까 정보 하나를 공짜로 알려 줄게요, 하위. 방금 받은 전화, 플린트 시티 종합병원 병리학 및 혈청학과의 보건 박사님 전화였어요. 모든 DNA의 분석이 끝나지 않았고 앞으로 아무리 못 해도 이삼 주는 더 걸리겠지만, 아이의 다리 뒤편에서 재취한 정액 샘플의 분석이 끝났다고 했어요. 우리가 토요일 밤에 당신 의뢰인의 뺨 안쪽에서 채취한 샘플과 일치한다고. 당신 의뢰인이 프랭크 피터슨을 살해하고, 뒤치기를 하고, 살점을 뜯었어요. 그러고 났더니 너무 흥분이 돼서 시신 위에다 싸질렀고요."

그는 잠시 움직일 수도, 말을 할 수도 없게 된 하위 골드를 남겨두고 성큼성큼 빠르게 발걸음을 옮겼다. 그럴 수 있어서 다행이었던 것이, 가장 중요한 모순은 여전했다. DNA는 거짓말을 하지 않았다. 하지만 테리의 동료들 증언도 거짓말이 아니라고 랠프는 장담할 수 있었다. 그뿐 아니라 잡지 매점에서 입수한 책에 남은 지문과 채널81의 동영상도 있었다.

랠프 앤더슨은 두 마음을 가진 자였고, 앞이 이중으로 보이는 현상 때문에 미칠 것 같았다.

2

2015년까지는 플린트 카운티 법원 청사가 플린트 카운티 구치소 바로 옆에 있어서 편리했다. 기소인부절차를 밟으러 가는 수감자들은 소풍을 가는 덩치 큰 어린애들처럼(물론 소풍을 가는 애들은 수갑을 차는 경우가 거의 없지만) 고딕 양식으로 지어진 이쪽 벽돌 건물에서 저쪽 건물로 건너가면 그만이었다. 이제는 반쯤 지어진 시민회관이 옆집이었고, 수감자들은 신축 법원 청사지만 '닭장'이라고 불리는 9층짜리 유리상자로 여섯 블록을 이동해야 했다.

구치소 앞 길가에서는 경광등을 번쩍이는 경찰차 두 대와 짧은 파란색 버스, 반짝이는 하위의 까만색 SUV가 출발하려고 기다리고 있었다. 기사처럼 까만 양복을 입고 그보다 더 까만 선글라스를 끼고 맨 마지막 차 옆 인도에 서 있는 사람은 알렉 펠리였다. 맞은편 길거리에는 경찰 바리케이드 뒤편으로 기자, 카메라맨, 소규모의 구경꾼 무리가 서 있었다. 구경꾼들 몇 명은 팻말을 들고 있었다. 어느 팻말에는 **아동 살인범에게 사형을**이라고 적혀 있었다. 다른 팻말에는 **메이틀랜드, 너는 지옥의 불구덩이에 떨어질 것이다**라고 적혀 있었다. 마시는 계단 꼭대기에서 걸음을 멈추고 경악한 눈빛으로 이 팻말들을 빤히 쳐다보았다.

카운티 구치소 교도관들은 임무를 완수하고 계단 발치에서 멈추어 섰다. 엄밀히 따졌을 때 오늘 아침의 법적인 절차를 책임져야 하는 둘린 보안관과 길스트랩 지방검사보가 테리를 맨 앞 경찰차로 호송했다. 랠프와 유넬 사블로는 그 뒤편 경찰차로 향했다. 하위는 마시의 손을 잡고 그의 에스컬레이드로 데려갔다.

"고개 들지 마요. 사진기자들한테 정수리만 보이게."

"저 팻말들…… 하위, 저 팻말들……."

"신경 쓰지 말고 계속 걸어요."

더위 때문에 파란색 버스의 창문들이 열려 있었다. 대부분 주말 동안 싸움을 벌였다가 경범죄로 기소인부절차를 밟으러 가는 수감자들이 안에 타고 있다가 테리를 목격했다. 그들은 철망에 얼굴을 대고 야유를 보냈다.

"야, 이 호모 새끼야!"

"자지를 꺾어서 넣었냐?"

"너는 주사 감이다, 메이틀랜드!"

"그 아이 고추를 빤 다음 물어뜯었냐?"

알렉이 에스컬레이드를 돌아가서 조수석 문을 열려고 했지만, 하위는 고개를 저으며 그에게 뒤로 물러나라고 손짓하고 연석 쪽 뒷문을 가리켰다. 마시를 맞은편 길거리에 모인 사람들로부터 최대한 멀리 떨어뜨려 놓고 싶었던 것이다. 마시는 고개를 숙이고 머리카락으로 얼굴을 덮고 있었지만, 하위는 알렉이 열어서 잡고 있는 문 쪽으로 마시를 데려가는 동안 이 소란스러운 와중에도 그녀가 흐느끼는 소리를 들을 수 있었다.

"*메이틀랜드 부인!*" 목청 좋은 기자가 바리케이드 뒤에서 외쳤다. "*부군이 부인에게 범행 계획을 털어놓았나요? 부인은 부군을 말리려고 했나요?*"

"고개 들지 말고 대꾸도 하지 마요." 하위가 말했다. 귀담아 듣지 말라고도 할 수 있으면 얼마나 좋을까. "전부 잘 통제하고 있어요. 얼른 차에 타서 출발합시다."

알렉이 마시를 안에 태우며 하위의 귀에 대고 중얼거렸다.

"끝내주지? 이 도시의 경찰 절반이 휴가 중이고, 플린트 시티의 용감무쌍한 보안관은 엘크스회 바비큐 파티에서조차 군중 통제 하나 제대로 하지 못하는 인물이니 말이야."

"운전이나 해. 나는 마시와 함께 뒤에 탈 테니."

알렉이 운전석에 앉고 모든 문이 닫히자 모인 사람들과 버스에서 들리던 고함이 잦아들었다. 에스컬레이드 앞에서 출발한 경찰차와 파란색 버스가 장례 행렬처럼 느릿느릿 움직였다. 알렉도 그 행렬에 합류했다. 하위는 테리가 도착했을 때 닭장차 근처에 있겠다는 일념 아래 더위를 잊고 인도를 따라 질주하는 기자들을 보았다. 방송국 중계차들이 풀을 뜯는 마스토돈* 떼처럼 다닥다닥 붙어서 이미 그 앞에 진을 지고 있을 것이었다.

"사람들이 그이를 미워해요." 마시가 말했다. 그저 다크서클을

---

* 홍적세까지 존재했던 코끼리와 유사한 포유동물.

감추기 위해 얼마 하지도 않은 눈 화장이 흘러내려서 너구리 같은 분위기를 풍겼다. "그이는 이 마을을 위해서 좋은 일밖에 한 게 없는데 전부 그이를 미워해요."

"대배심에서 기소가 기각되면 바뀔 거예요." 하위가 말했다. "기소는 기각될 테고요. 나도 알고 새뮤얼스도 알아요."

"확실해요?"

"확실해요. 마시, 합당하게 의혹을 제기할 수 있는 부분을 하나만이라도 찾으려고 애를 써야 하는 사건도 있거든요. 그런데 이건 의혹투성이예요. 대배심에서 기소가 성립될 리 없어요."

"제 말은 그게 아니에요. 사람들 생각이 바뀌는 거 확실하냐고요."

"당연히 바뀌죠."

그 말에 얼굴을 찡그리는 알렉의 모습이 백미러에 비쳐 보였지만, 가끔은 거짓말이 필요한 때도 있었고 지금이 그런 때였다. 프랭크 피터슨의 진범이 발견되지 않는 한 플린트 시티 주민들은 테리 메이틀랜드가 사법 체제를 속이고 살인죄를 모면했다고 생각할 것이다. 그 연장선상에서 그를 대할 것이다. 하지만 지금 당장 하위가 할 수 있는 건 기소인부절차에 집중하는 것뿐이었다.

3

랠프는 예컨대 저녁 메뉴 결정하기, 지넷과 함께 장 보기, 캠프에 간 데릭과 저녁에 통화하기(아이의 향수병이 가라앉으면서 횟수가 점점 줄고 있었다.)와 같은 일상의 평범한 일거리를 처리할 때는 별문제 없었다. 하지만 지금처럼 테리에게 정신을 집중하면 그의 이성이 모든 게 전과 다름없다고 스스로 안심시키기라도 하려는 듯 일종의 과의식이 발휘되기 시작했다. 위는 위고 아래는 아래고, 에어컨을 너무 세게 튼 이 차를 타고 있는데 코밑으로 땀방울이 맺히는 이유는 단순히 더운 여름이라서 그런 거라고 말이다. 인생은 짧기에 모든 날을 즐겁게 보내야 한다는 건 그도 이해하는 바였지만, 그래도 너무 부담스럽긴 했다. 머릿속의 필터가 사라지면 그와 더불어 큰 그림도 사라졌다. 숲은 없고 나무만 남았다. 최악일 때는 나무도 없었다. 나무껍질만 남았다.

이 짧은 행렬이 플린트 카운티 법원 청사에 도착했을 때 랠프는 보안관 뒤에 바짝 붙어서 그의 순찰차 뒷범퍼에 꽂히는 태양의 열점을 눈에 담았다. 모두 네 군데였다. 카운티 구치소 앞에 있었던 기자들이 이미 도착해, 구치소 앞보다 규모가 두 배로 불어난 군중에 합류했다. 어깨를 서로 맞대고 계단 양옆의 잔디밭을 채웠다. 텔레비전 기자들의 폴로셔츠에 찍힌 다양한 방송국 로고와 겨드랑이에 동그랗게 번진 시커먼 땀자국이 그의 눈에 들어왔다. 캡 시티의 채널7 소속인 금발의 미녀 앵커는 헝클어진 머리와 땀이 흘러 골이 생긴 쇼걸처럼 두꺼운 메이크업을 하고 등장했다.

여기에도 바리케이드가 설치됐지만 밀물과 썰물처럼 서로 밀치는 사람들 때문에 몇 개가 이미 삐딱해졌다. 시 경찰과 보안관실에서 반씩 파견 나온 경찰 열두 명이 계단과 인도로 사람들의 접근을 막기 위해 최선을 다했다. 랠프가 보기에 열두 명으로는 턱도 없이 부족했지만 여름에는 항상 인력난이 벌어졌다.

기자들이 구경꾼들을 가차 없이 뒤로 밀치며 잔디밭 상석을 차지하기 위해 몸싸움을 벌였다. 채널7 소속의 금발 앵커는 이 일대에서 유명한 미소를 반짝이며 맨 앞에 자리를 잡으려고 하다가, 애쓴 보람도 없이 급조된 팻말에 맞았다. 조잡하게 그려진 주사기 아래에 **메이틀랜드는 약을 받아라**라고 적힌 팻말이었다. 그녀의 카메라맨이 팻말 든 남자를 뒤로 미는 과정에서 나이 지긋한 여자를 어깨로 밀쳐 넘어뜨렸다. 다른 여자가 그녀를 붙잡고 카메라맨의 옆머리를 핸드백으로 세게 때렸다. 랠프는 그 핸드백이 인조 악어가죽이고 빨간색이라는 사실을 눈에 담았다.(이제는 그러지 않을 도리가 없었다.)

"콘도르들이 무슨 수로 이렇게 순식간에 도착했을까요?" 사블로는 놀라워했다. "와, 누가 조명을 켜면 바퀴벌레보다 더 빠른 속도로 달리는 것 같아요."

랠프는 고개를 젓고, 점점 커지는 낭패감을 달래며 군중을 하나의 덩어리로 보려고 했지만 지금과 같은 과다 각성 상태에서는 불가능했다. 둘린 보안관이 차에서 내려(샘 브라운 허리띠 위로 갈색 제복 한쪽이 삐져나왔고 그 사이로 분홍색 군살이 고개를 내밀었다.) 테리가 내릴 수 있게 뒷문을 열자 누군가가 외치기 시작했다.

"주사, 주사!"

사람들이 미식축구 경기장의 관중처럼 따라서 연호했다.

"주사! 주사! 주사!"

테리는 깔끔하게 빗은 머리에서 삐져나온 몇 가닥을 왼쪽 눈썹 위로 늘어뜨린 채 그들을 쳐다보았다.(랠프는 그걸 한 가닥씩 셀 수도 있을 듯한 심정이었다.) 괴로워하며 당혹스러워하는 표정을 지었다. *아는 사람들이잖아.* 랠프는 생각했다. *학교에서 이들의 자식들을 가르쳤고, 밖에서는 운동을 가르쳤고, 시즌이 끝나면 이들을 집으로 초대해 바비큐 파티를 열었는데. 그들이 전부 죽으라고 응원하고 있어.*

바리케이드 하나가 길거리에 부딪쳐 가로대가 떨어졌다. 사람들이 인도로 쏟아졌다. 몇 명은 마이크와 수첩을 든 기자였고, 그 나머지는 당장이라도 테리 메이틀랜드를 가장 가까운 가로등 기둥에 목매달아 죽일 듯이 보이는 동네 주민들이었다. 군중 통제를 맡은 경관 두 명이 달려와 전혀 조심스럽지 않게 그들을 떠밀었다. 다른 경찰이 다른 바리케이드를 들고 와서 막자 이번에는 사람들이 다른 지점을 뚫고 나왔다. 랠프는 사진을 찍고 동영상을 촬영하는 20여 대의 휴대전화를 보았다.

"갑시다." 그는 사블로에게 말했다. "사람들이 계단을 막기 전에 그를 안으로 데려가야겠어요."

그들은 차에서 내려 얼른 법원 앞 계단으로 걸어갔고, 그러는 동안 사블로는 둘린과 길스트랩에게 앞으로 오라고 손짓했다. 이제 법원 청사 출입문 안쪽에 서서 할 말을 잃은 표정을 짓고 있는 빌 새뮤얼스가 랠프의 눈에 들어왔다. 왜 그런 표정을 짓고 있을까? 어떻게 새뮤얼스는 이런 사태를 예상하지 못했을까? 어떻게 둘린 보안관은 이런 사태를 예상하지 못했을까? 랠프 자신도 비난을 면할 수 없었다. 왜 그는 대부분의 법원 직원들이 이용하는 뒷문으로 테리를 데려가자고 주장하지 않았을까?

"여러분, 뒤로 물러나세요!" 랠프는 외쳤다. *"법적 절차입니다. 법적 절차를 이행할 수 있게 협조해 주시기 바랍니다!"*

길스트랩과 보안관이 각자 테리의 팔을 한쪽씩 잡고 그를 계단 쪽으로 호송하기 시작했다. 랠프는 길스트랩의 흉물스러운 격자무늬 재킷을 (다시 한 번) 눈에 담으며, 아내가 골라 준 옷인지 궁금해했다. 만약 그렇다면 그녀는 남편을 은근히 싫어하는 게 분명했다. 이제는 짧은 버스를 타고 온 수감자들(점점 심해지는 더위 속에 땀으로 샤워를 해 가며 스타 수감자의 기소인부절차가 끝날 때까지 거기서 기다려야 했다.)까지 청각적인 난전에 가세하여 몇몇은 주사, 자수를 연호하고 나머지는 개처럼 짖거나 코요테처럼 울부짖으며, 열린 창문을 덮은 철망을 주먹으로 눌렀다.

랠프는 에스컬레이드 쪽으로 몸을 돌리고, 테리가 안으로 사라지고 사람들이 진정할 때까지 하위와 알렉 펠리가 마시를 그 자리에 붙잡고 있어 주길 바라며 멈추라는 뜻에서 손바닥을 들어 보였다. 하지만 소용없었다. 연석 쪽 뒷문이 열렸고, 마시가 카운티 구치소 로비에서 벳시 리긴스를 쉽사리 피했듯 한쪽 어깨를 내려 자기를 잡으려는 하위 골드의 손을 피해 가며 차에서 내렸다. 그녀가 남편을 뒤쫓아 달려오자 낮은 구두와 면도를 하다가 한쪽 종아리에 난 상처가 랠프의 눈에 들어왔다. *손이 떨려서 그랬겠지.* 그는 생각했다. 마시가 테리의 이름을 부르자 카메라들이 그녀 쪽으로 방향을 돌렸다. 모두 다섯 대였고 렌즈가 반질반질한 눈동자 같았다. 누군가가 그녀를 향해 책을 던졌다. 랠프는 제목을 읽지 못했지만 그 초록색 표지를 알아봤다. 하퍼 리가 쓴『파수꾼』이었다. 아내가 독서 모임을 앞두고 읽은 책이었다. 책 표지가 벗겨져 한쪽 날개가 펄럭였다. 책이 마시의 어깨에 맞고 튕겨져 나왔다. 그녀는 알아차리지 못하는 눈치였다.

"마시!" 랠프는 그녀의 이름을 외치며 계단 옆에서 나섰다. "마시, 이쪽으로 와요!"

그녀는 좌우를 두리번거렸다. 그를 찾는 것일 수도 있고 아닐 수도 있었다. 꿈을 꾸는 사람 같았다. 테리가 걸음을 멈추고 아내의 이름이 들린 쪽으로 고개를 돌렸다. 둘린 보안관이 계속 계단 쪽으로 끌고 가려고 하자 그는 저항했다.

하위가 랠프보다 먼저 마시 옆에 도착했다. 그가 마시의 팔을 잡았을 때 정비공 작업복을 입은 건장한 남자가 바리케이드를 넘어 그녀에게 돌진했다.

"네가 남편 죄를 은폐했지, 이 나쁜 년아? 맞지?"

하위는 예순 살이었지만 여전히 몸이 좋았다. 그리고 소심하지 않았다. 랠프가 지켜보는 가운데 그가 무릎을 구부리고 어깨로 건장한 남자의 오른쪽 몸통을 쳐서 옆으로 밀쳤다.

"도와 드릴게요." 랠프가 말했다.

"마시는 내가 보호할 수 있어요." 하위의 얼굴이 점점 성기어져 가는 머리칼이 난 부분까지 벌게졌다. 그는 한 팔로 마시의 허리를 감쌌다. "당신 도움은 필요 없어요. 테리를 안으로 데려가기나 해요. 얼른! 맙소사, 무슨 생각으로 이런 거예요? 서커스도 아니고!"

랠프는 '이건 내가 아니라 보안관이 벌인 서커스예요.'라고 얘기하고 싶었지만 그가 일조한 부분도 있었다. 그리고 새뮤얼스는 또 어떤가? 그는 이런 사태를 예견하지 않았을까? 심지어 대대적으로 보도될 수 있도록 이런 사태가 벌어지길 바라지 않았을까?

랠프가 마침 시선을 돌렸을 때 카우보이 셔츠를 입은 남자가 군중 통제를 맡은 경찰관을 피해 인도를 질주하더니 테리의 얼굴에 침을 뱉었다. 그는 남자가 도망치기 전에 발을 걸어서 길거리에 대자로 넘어뜨렸다. 그는 남자의 청바지에 달린 태그를 읽었다. **리바이스 부츠컷**. 오른쪽 뒷주머니에 스콜* 캔 모양으로 동그랗게 빛바랜 자국이 남은 것이 보였다. 그는 군중 통제를 맡은 한 경찰관을 손가락으로 가리켰다.

"저 남자 수갑 채워서 순찰차에 태워."

"저희 차……차는 전부 뒤……뒤에 있는데요."

카운티 소속의 경찰관은 랠프의 아들보다 기껏해야 몇 살 많은 듯해 보였다.

"그럼 버스에 태우든지!"

"그럼 이 사람들을 맡을……."

랠프는 놀라운 광경을 구경하느라 그 뒷부분을 듣지 못했다. 둘린과 길스트랩이 구경꾼들을 쳐다보는 동안 테리가 카우보이 셔츠를 입은 남자를 부축해서 일으켜 세우고 있었던 것이다. 그가 카우보이 셔츠에게 건넨 말은 랠프의 귀가 온 우주에 맞추어져 있었음에도 듣지 못하고 놓쳤다. 카우보이 셔츠는 고개를 끄덕이고, 한쪽

* 씹는 담배 브랜드.

어깨를 웅크려 뺨에 긁힌 상처를 누르며 저쪽으로 걸음을 옮겼다. 나중에 랠프는 이 짧은 순간을 좀 더 큰 틀에서 회상하게 될 것이다. 잠이 오지 않는 긴 밤에 곰곰이 생각할 것이다. 침이 뺨을 타고 흐르는 가운데 수갑을 찬 손으로 남자를 부축한 테리. 우라질 성서에나 나올 법한 얘기 아닌가.

구경꾼들이 군중이 되었고, 이제 그 군중이 폭도와의 경계선상에서 아슬아슬하게 왔다 갔다 했다. 그중 일부는 경찰의 저지를 뚫고, 스무 단 정도 되는 법원 청사 정문 앞 화강암 계단까지 진출했다. 집행관 두 명(조금 뚱뚱한 남자와 비쩍 마른 여자)이 나와서 그들을 쫓아내려고 했다. 몇 명은 비켰지만 다른 사람들이 그 자리를 메웠다.

그런데 아뿔싸, 이제 길스트랩과 둘린이 옥신각신했다. 길스트랩은 테리를 다시 차로 데려가서 공권력이 회복될 때까지 기다리자고 했다. 둘린은 그를 당장 안으로 데려가자고 했고 랠프는 보안관의 판단이 옳다는 걸 알았다.

"가요." 그는 그들에게 말했다. "유넬하고 내가 여길 맡을게요."

"총들 꺼내요." 길스트랩이 숨을 헐떡였다. "그러면 저들이 비킬 거예요."

그건 둘린과 랠프도 알다시피 의례에 어긋날 뿐 아니라 미친 짓이었다. 보안관과 지방검사보가 다시 테리의 팔을 한쪽씩 잡고 앞으로 움직이기 시작했다. 적어도 계단 발치 주변의 인도에는 아무도 없었다. 시멘트에 박혀 반짝이는 운모 조각들이 랠프의 눈에 들어왔다. *안에 들어가면 이게 잔상으로 남겠군. 조그만 별자리처럼 내 눈앞에서 사라지지 않을 거야.*

신이 난 수감자들이 바깥의 군중들과 함께 주사, 주사를 연호하며 이쪽 끝에서 저쪽 끝으로 몸을 던지자 파란색 버스가 좌우로 흔들리기 시작했다. 아주 깨끗했던 누군가의 카마로 위로 두 젊은 남자가 올라가 한 명은 보닛에서, 다른 한 명은 지붕에서 춤을 추자 도난 경보가 울렸다. 랠프는 군중을 촬영하는 카메라를 보며, 이 장면이 6시 뉴스에 방송되면 그의 마을 주민들이 다른 마을 주민들에게 어떤 식으로 보일지 정확하게 간파했다. 그들은 하이에나였다. 하나같이 환하게 도드라져 보였고 하나같이 괴기했다. 그는 채널7의 금발 앵커가 주사기가 그려진 팻말에 맞아서 다시 무릎을 꿇으며 넘어졌다가, 다시 일어나 머리를 만지고 손끝에 묻은 핏자국을 본 순간 그 예쁜 얼굴을 일그러뜨리며 믿기지 않는다는 듯이 냉소를 짓는 것을 보았다. 손에 문신이 새겨져 있고, 머리에 노란색 반다나를 둘렀고, 여러 번의 수술로도 치료하지 못한 오래된 화상 흉터로 이목구비가 거의 덮인 남자를 보았다. *기름에 불이 붙은 거야. 술에 취해서 폭찹을 해 먹으려다 저렇게 됐을지 몰라.* 캡 시티 로데오라도 되는 듯이 카우보이모자를 흔드는 남자를 보았다. 하위가 마시를 데리고 거센 맞바람을 헤치는 사람처럼 둘이 같이 고개를 숙이고 계단 쪽으로 걸어가는 모습을 보았고, 그녀에게 손가락 욕을 하려고 몸을 앞으로 숙이는 여자를 보았다. 캔버스 천으로 만든 신문 가방을 어깨에 메고 이 더운 날씨에도 니트 비니를 푹 눌러쓴 남자를 보았다. 조금 뚱뚱한 법원 집행관이 뒤에서 떠밀려 심하게 구를 뻔했지만 어깨가 넓은 흑인 여자가 허리띠를 잡아 준 덕분에 위기를 모면하는 것을 보았다. 여자 친구를 목말 태운 10대 남자아이를 보았다. 여자아이는 한쪽 브래지어 끈을 팔꿈치까지 늘어뜨리고 주먹을 흔들며 웃고 있었다. 끈이 밝은 노란색이었다. 그는 프랭크 피터슨의 웃는 얼굴이 그려진 티셔츠를 입고 있는 언청이 남자아이를 보았다. **피해자를 기억하라.** 티셔츠에는 그렇게 적혀 있었다. 그는 흔들리는 팻말들을 보았다. 빨간 공단 같은 안감 사이로 하얀 이를 드러내며 고함을 지르는 입들을 보았다. 누군가가 자전거 경적을 누르는 소리를 들었다. *후가-후가-후가.* 그는 사람들을 저지하느라 두 팔을 벌리고 서 있는 사블로를 돌아보며 주 경찰청 형사의 표정을 읽었다. *완전 개판이로구먼.*

둘린과 길스트랩이 테리를 사이에 두고 마침내 계단 맨 아래 칸에 도착했다. 하위와 마시가 그들과 합류했다. 하위가 지방검사보에게 뭐라고 외치고 보안관에게 다시 뭐라고 외쳤다. 랠프는 군중들의 연호 때문에 무슨 말이었는지 듣지 못했지만, 그 말을 듣고 그들이 다시 움직였다. 마시가 남편을 향해 손을 내밀었다. 둘린이 그녀를 뒤로 밀었다. 이제 누군가가 "죽어라, 메이틀랜드, 죽어!"라고 외치기 시작하자 군중들이 따라서 외쳤고, 테리와 호위대는 가파른 계단을 오르기 시작했다.

랠프의 시선이 캔버스 천으로 만든 신문 가방을 멘 남자에게로 다시 향했다. 가방이 밖에서 비를 맞기라도 한 듯 옆면에 빨간색으로 적힌 **《플린트 시티 콜》을 구독하세요**가 희미해졌다. 기온이 벌써 30도에 육박하는 여름날 아침에 니트 비니를 쓴 남자. 가방 안으로 손을 넣는 남자. 랠프는 문득 프랭크 피터슨이 테리와 함께 흰색 밴에 타는 걸 보았다고 증언한 스탠호프 부인과 나누었던 대화가 생각났다. *프랭크 피터슨이 확실한가요?* 그가 물었다. *아, 그럼요.* 그녀는 말했다. *프랭크였어요. 피터슨 집안에는 아들이 둘인데, 둘 다 빨간 머리예요.* 비니 아래로 삐져나온 저건 빨간 머리 아닌가?

예전에 우리 집에 신문 배달을 했었죠. 스탠호프 부인은 그렇게 말했다.

비니를 쓴 남자의 손이 가방에서 나왔을 때 그 손에 쥐어진 건 신문이 아니었다.

랠프는 글록 권총을 꺼내며 숨을 있는 대로 들이마셨다.

"*총이다!* ***총이다!***"

올리 주변의 사람들이 비명을 지르며 황급히 흩어졌다. 테리의 한쪽 팔을 잡고 있던 길스트랩 지방검사보는 총신이 긴 구식 콜트를 보자마자 손을 놓고 두꺼비처럼 쭈그리고 앉아서 뒷걸음질을 쳤다. 보안관도 테리를 잡고 있던 손을 놓았지만 무기를 꺼내기 위해서였다. 하지만 안전 스트랩이 풀리지 않아서 총이 꺼내지지 않았다.

랠프는 시야가 가려졌다. 머리를 맞아서 아직까지 정신없는 채널7의 금발 앵커가 올리 피터슨의 거의 바로 앞에 서 있었다. 피가 그녀의 왼쪽 뺨을 타고 흘러내렸다.

"*앉아요, 아가씨, 앉아요!*"

사블로가 외쳤다. 그는 오른손으로 글록을 잡고 왼손으로 총신을 받친 자세로 한쪽 무릎을 꿇고 앉아 있었다.

테리가 아내의 팔뚝을 잡아(수갑에 달린 체인의 길이가 딱 그 정도 됐다.) 자신에게서 멀리 밀쳤을 때, 올리가 금발 앵커의 어깨 너머로 총을 발사했다. 앵커는 비명을 지르고, 먹먹해졌을 게 분명한 쪽 귀를 손으로 막았다. 총알이 테리의 옆머리를 긁고 지나가자 그의 머리카락이 위로 날렸고, 마시가 심혈을 기울여서 다린 양복 어깨 위로 피가 폭포수처럼 쏟아졌다.

"내 동생만으로도 부족해서 우리 어머니까지 죽였어!"

올리가 고함을 지르며 다시 총을 발사해 이번에는 길 건너편의 카마로를 맞혔다. 그 위에서 춤을 추던 젊은 남자들이 소리를 지르며 뛰어내렸다.

사블로가 계단 위로 달려 올라가 금발 앵커를 잡고 끌어내려서 그녀의 위로 올라타 외쳤다.

"*랠프, 랠프, 쏴요!*"

이제 랠프의 시야가 확보됐지만 그가 총을 발사한 순간, 도망치던 구경꾼이 그와 부딪혔다. 총알은 올리 대신 견착식 텔레비전 카메라를 맞혀 산산조각을 냈다. 카메라맨이 카메라를 떨어뜨리고 두 손으로 얼굴을 가리고서 비틀비틀 뒷걸음질 쳤다. 그의 손가락 사이로 피가 쏟아졌다.

"*개새끼!*" 올리가 외쳤다. "*살인범!*"

그가 세 번째로 총을 발사했다. 테리가 끙 하는 소리를 내며 인도로 한 걸음 물러났다. 심각하게 고민해 보아야 하는 사안이 떠오른 듯 수갑 찬 손을 뺨에 갖다 댔다. 마시가 허둥지둥 다가가 그의 허리를 팔로 감싸 안았다. 둘린은 끈에 걸린 자동 권총을 계속 잡아당겼다. 길스트랩은 흉물스러운 격자무늬 스포츠재킷 뒷자락을 펄럭이며 길거리를 내달렸다. 랠프는 조심스럽게 조준하고 다시 방아쇠를 당겼다. 이번에는 그에게로 와서 부딪히는 사람이 없었고, 아이의 이마가 망치로 얻어맞은 듯 안으로 꺼졌다. 9밀리미터짜리 총알이 뇌를 폭파하자 두 눈이 만화처럼 휘둥그레지며 불룩 튀어나왔다. 올리의 무릎이 꺾였다. 그가 신문 배달 가방 위로 쓰러지자 손가락에서 미끄러져 나온 리볼버가 덜거덕거리며 계단을 두세 단 굴러 내려가다가 멈추었다.

이제 저 계단을 올라갈 수 있겠네. 랠프는 사수 자세로 선 채 생각했다. *아무 문제 없이 깨끗하게 치워졌어.* 하지만 마시가 지르는 고함을 들어 보면(*"도와주세요! 오, 하느님, 우리 남편 좀 도와주세요!"*) 그 계단을 올라갈 필요가 없다는 걸 알 수 있었다. 오늘은 물론이고 어쩌면 영원히.

4

올리 피터슨이 날린 첫 번째 총알은 테리 메이틀랜드의 옆통수를 스치고 지나가서, 피가 나긴 해도 흉터와 이야깃거리를 함께 남기는 표면적인 부상에 그쳤다. 하지만 세 번째 총알은 가슴 왼쪽으로 양복 재킷을 뚫었고, 상처에서 피가 번지자 그 아래 셔츠가 자주색으로 물들었다.

방탄조끼를 입었다면 막아 줬을 텐데. 랠프는 생각했다.

테리는 인도에 쓰러졌다. 눈을 뜨고 있었다. 입술을 달싹였다. 하위가 그의 옆에 쭈그리고 앉으려고 했다. 랠프가 한쪽 팔을 세게 휘둘러 변호사를 밀쳤다. 하위는 뒤로 나동그라졌다. 마시는 남편을 붙잡고 횡설수설했다.

"그렇게 심하지 않아, 테리, 괜찮아, 정신 차리고 있어."

랠프는 손바닥의 두툼한 부분을 말랑말랑하고 탱탱한 마시의 가슴에 대고 그녀도 밀쳤다. 테리 메이틀랜드는 아직 의식이 있었지만 남은 시간이 별로 없었다.

그림자 하나가 랠프를 덮쳤다. 빌어먹을 텔레비전 방송국에서 나온 빌어먹을 카메라맨이었다. 유넬 사블로가 그의 허리를 잡고 돌렸다. 카메라맨의 발이 휘청거리다 서로 꼬였고 그는 망가지지 않게 카메라를 위로 든 채 넘어졌다.

"테리." 랠프의 이마에서 테리의 얼굴 위로 떨어진 땀방울이 머리의 상처에서 난 피와 섞이는 게 보였다. "테리, 당신 지금 죽게 생겼어요. 알겠어요? 그 애가 당신을 맞혔어요, 그것도 제대로. *당신 지금 죽게 생겼어요.*"

"*아니에요!*" 마시가 비명을 질렀다. "*아니야, 그럴 수 없어! 아이들한테는 아빠가 있어야 해요! 그럴 수는 없어요!*"

마시가 그에게 다가가려고 하자 이번에는 알렉 펠리가 창백하고 엄숙한 얼굴로 그녀를 붙잡았다. 하위는 무릎을 꿇고 일어나 앉았지만 다시는 끼어들려고 하지 않았다.

"어디를…… 맞혔죠?"

"가슴을 맞혔어요, 테리. 심장 아니면 그 바로 위요. 임종 진술을 해야 해요, 알았죠? 당신이 프랭크 피터슨을 죽였다고 얘기해야 해요. 양심의 가책을 덜 수 있는 마지막 기회예요."

테리가 미소를 짓자 가느다란 핏줄기가 양쪽 입가에서 흘러나왔다.

"하지만 나는 죽이지 않았어요." 그의 목소리는 나지막했고 속삭임에 가까웠지만 완벽하게 들렸다. "나는 죽이지 않았어요. 그러니까 말해 봐요, 랠프…… 당신은 무슨 수로 양심의 가책을 덜 거예요?"

테리는 눈을 감았다가 힘겹게 다시 떴다. 잠깐 그 눈에서 뭔가가 반짝였다. 그러다 사라졌다. 랠프는 테리의 입 앞으로 손가락을 갖다 댔다. 아무것도 느껴지지 않았다.

그는 마시 메이틀랜드를 돌아보았다. 머리가 1000킬로그램은 되는 느낌이었기에 힘이 들었다.

"유감스럽게 됐습니다. 부군이 사망하셨어요."

"방탄조끼를 입고 있었더라면……."

둘린 보안관이 침울하게 말하고는 고개를 저었다.

새롭게 탄생된 미망인은 믿기지 않는다는 눈빛으로 둘린을 쳐다보았지만, 그녀가 알렉 펠리의 왼손에 찢어진 블라우스 조각만 남겨 두고 달려든 상대는 랠프 앤더슨이었다.

"*당신 때문이야! 당신이 그이를 공개적으로 체포하지 않았다면 이 사람들이 여기 없었을 거 아냐! 당신이 그이를 쏴서 죽인 거나 다름없어!*"

랠프는 마시의 손가락이 그의 왼쪽 얼굴을 할퀴도록 내버려 두었다가 그녀의 손목을 잡았다. 그녀의 손에 그의 피를 묻히게 했다. 어쩌면 자업자득이었고…… 어쩌면 '어쩌면'이 아닐지 몰랐다.

"마시. 총을 쏜 사람은 프랭크 피터슨의 형이었고, 우리가 어디서 테리를 체포했건 그 애는 이 자리에 있었을 거예요."

알렉 펠리와 하위 골드가 남편의 시신을 밟지 않도록 조심해 가며 마시를 부축해서 일으켜 세웠다. 하위가 말했다.

"그게 맞는 말일지 모르지만, 앤더슨 형사님, 염병할 인간들이 테리의 주변에서 득시글거리지는 않았을 거 아닙니까. 그가 다친 엄지손가락처럼 도드라져 보였을 거 아니에요."

알렉은 냉랭하게 경멸하는 표정으로 랠프를 쳐다보기만 했다. 랠프는 유넬을 돌아보았지만 유넬은 시선을 피하고 허리를 숙여서 흐느끼는 채널7의 금발 앵커를 일으켜 세웠다.

"뭐, 최소한 임종 진술을 받았잖아요." 마시는 손바닥을 랠프 쪽으로 내밀었다. 남편의 피로 시뻘겠다. "안 그래요?"

랠프가 아무 대답도 하지 않자 마시는 고개를 돌렸다가 빌 새뮤얼스를 보았다. 그는 마침내 법원 청사에서 계단 꼭대기로 나와 집행관들 사이에 서 있었다.

"*그이는 죽이지 않았다고 했어!*" 마시는 그를 향해 악을 썼다. "*자기는 무죄라고 했어! 우리가 전부 들었어, 이 개자식아! 내 남편은 죽어 가면서* ***자기는 무죄라고 했다고!***"

새뮤얼스는 아무 대답도 하지 않고 몸을 돌려서 다시 안으로 들어갔다.

사이렌 소리. 카마로의 도난 경보 소리. 총성이 멎자 사람들이 다시 돌아와 왁자지껄하게 떠드는 소리. 시신을 보고 싶어 하는 사람들. 그걸 찍어서 페이스북에 올리고 싶어 하는 사람들. 기자단과 카메라 앞에서 수갑이 보이지 않도록 테리의 손을 덮었던 하위의 양복 재킷이 이제 먼지를 뒤집어쓰고 점점이 핏방울을 묻힌 채 길거리에 나뒹굴었다. 랠프가 그 재킷을 집어서 테리의 얼굴을 덮자 그의 아내가 소름 끼치는 상심의 울부짖음을 토했다. 랠프는 법원 청사 앞 계단으로 가서 주저앉고 무릎 사이로 고개를 떨어뜨렸다.

7월 18일 ~ 7월 20일

발자국과 캔털루프 멜론

1

랠프가 지넷에게 플린트 카운티의 지방검사를 둘러싼 가장 암울한 의혹(의분을 느낀 군중이 법원 청사 앞으로 모여 주길 바랐을지 모른다는 것)에 대해서 함구했기 때문에 그녀는 빌 새뮤얼스가 수요일 저녁에 집으로 찾아왔을 때 문을 열어 주었지만 그를 환대할 생각이 없음을 분명하게 밝혔다.

"그이는 뒷마당에 있어요." 지넷은 그렇게 말하고, 알렉스 트레벡*이 그날 저녁 「제퍼디」 출연자들의 역량을 시험 중인 거실로 되돌아갔다. "어디로 가면 되는지 아시죠?"

오늘 저녁에는 청바지와 회색 무지 티셔츠를 입고 운동화를 신은 새뮤얼스는 현관문 앞에 서서 잠깐 고민하다가 그녀를 따라갔

* 미국 퀴즈쇼 「제퍼디」의 진행자.

다. 텔레비전 앞에 안락의자가 두 개 놓여 있는데, 좀 더 크고 손때를 많이 탄 쪽이 비어 있었다. 그는 두 의자 사이 테이블에 놓인 리모컨을 집어서 소리를 죽였다. 지넷은 계속 텔레비전을 응시했다. 현재는 참가자들이 문학 작품 속의 악당들이라는 카테고리를 헤쳐 나가고 있었다. 화면에 뜬 설명은 '그녀는 앨리스의 목을 요구했습니다.'였다.

"저건 쉬운 문제네요. 붉은 여왕. 랠프는 어떻게 지내고 있어요, 지넷?"

"어떻게 지내고 있을 것 같아요?"

"일이 그렇게 된 건 안타깝게 생각해요."

"우리 아들이 아버지가 정직 처분을 받은 걸 알게 됐어요." 그녀는 계속 텔레비전에 시선을 고정한 채 말했다. "인터넷에 떠서. 그 아이는 당연히 아주 속상해하고 있지만 좋아하던 코치가 법원 청사 앞에서 총에 맞아 죽은 것도 속상해해요. 집에 오고 싶다길래 생각이 바뀔 수도 있으니까 며칠 기다려 보자고 했어요. 사실은 아버지가 아직 아이를 볼 마음의 준비가 되지 않았는데, 솔직하게 얘기하고 싶지 않았거든요."

"그는 정직 처분을 받은 게 아니에요. 휴직한 거지. 유급 휴직. 총기 사건이 벌어지면 의무적으로 취하는 조치예요."

"그건 검사님 생각이고요." 이제 화면에 뜬 설명은 '이 간호사는 비열했습니다.'였다. "그이 말로는 최대 6개월까지 쉴 수 있을지 모른다고 하더군요, 의무적으로 실시하는 정신 감정을 받겠다고 하면."

"받지 않겠다고 할 이유가 없잖아요?"

"일을 그만둘 생각이거든요."

새뮤얼스는 정수리로 손을 가져가지만 오늘 저녁에는 삐친 머리가, 적어도 아직까지는 말을 잘 듣고 있었기에 다시 손을 내렸다.

"그렇다면 우리 둘이 같이 사업을 시작해도 되겠네요. 이 마을에는 괜찮은 세차장이 필요한데."

그제야 지넷이 새뮤얼스를 쳐다보았다.

"지금 무슨 소리하시는 거예요?"

"다음 선거에 출마하지 않기로 결심했거든요."

지넷은 새뮤얼스를 보며 가늘고 날카롭게 웃었다. 친어머니가 들었어도 딸이 내는 소리인 줄 몰랐을 것이다.

"먼저 선수를 치시겠다? 유권자들 손에 잘리기 전에?"

"그렇게 생각하셔도 상관없고요."

"그렇게 생각할게요. 뒷문으로 나가 보세요, 조만간 사임할 검사님. 가서 마음대로 동업을 제안해 보세요. 뭐가 날아오면 피할 준비하시고요."

2

랠프는 맥주를 손에 들고 스티로폼 보랭박스를 옆에 두고 접이식 의자에 앉아 있었다. 방충망 달린 부엌문이 쾅 하고 닫히는 소리가 나자 흘끗 고개를 돌렸다가 새뮤얼스를 보고는 뒷마당 울타리 너머의 팽나무 쪽으로 다시 시선을 돌렸다.

“저기 동고비가 있네요.” 랠프가 손으로 가리키며 말했다. “본 지 500만 년은 된 것 같은데.”

다른 의자가 없었기에 새뮤얼스는 기다란 피크닉 테이블의 벤치에 앉았다. 예전에도 좀 더 훈훈한 분위기 속에 몇 번 여기로 나와서 앉은 적이 있었다. 그는 나무를 바라보았다.

“안 보이는데요.”

“저기 가잖아요.” 조그만 새가 날아오르자 랠프가 말했다.

“참새 아니에요?”

“안과 검진 좀 받아 보세요.”

랠프는 보랭박스에서 샤이너 맥주를 꺼내 새뮤얼스에게 건넸다.

“지넷이 그러는데 은퇴할까 생각 중이라면서요.”

랠프는 어깨를 으쓱했다.

“정신 감정 때문에 걱정이 돼서 그런 거라면 아주 높은 점수로 통과할 거예요. 해야 하는 일을 했을 뿐이니까.”

“그것 때문이 아니에요. 심지어 카메라맨 때문도 아니고. 그 사람 알죠? 내가 맨 처음 발사한 총알이 그 사람 카메라에 꽂혀서 카메라가 산산조각 났잖아요. 그중 한 조각이 그의 눈에 들어갔고.”

새뮤얼스는 아는 얘기였지만 잠자코 맥주만 마셨다. 샤이너를 싫어하지만 그래도 참고 마셨다.

“아마 실명할 거예요. 오클라호마시티의 딘 맥기 연구소 소속 의사들이 살리려고 하고 있지만 맞아요, 아마 실명할 거예요. 눈을 한쪽밖에 못 쓰는 카메라맨이 계속 일을 할 수 있을까요? 아마도일까요, 어쩌면일까요 아니면 설마일까요?”

“랠프, 당신이 방아쇠를 당기려는 순간 누가 와서 부딪혔잖아요. 그리고 그가 얼굴 바로 앞에 카메라를 들고 있지 않았다면 지금쯤 죽은 목숨이었을 거예요. 그건 긍정적인 측면이라고요.”

“맞아요. 그리고 긍정적인 측면들은 엿이나 먹으라 그래요. 그 사람 아내한테 사과 전화를 했어요. 이러더군요. ‘플린트 시티 경찰을 상대로 1000만 달러짜리 소송을 제기할 거고, 거기서 승소하면 당신을 상대로 소송을 제기할 거예요.’ 그러고는 끊어 버렸어요.”

“절대 승소하지 못해요. 피터슨은 총을 들고 있었고 당신은 임무 수행 중이었는걸요.”

“그 카메라맨도 임무 수행 중이었죠.”

“그거랑 이거는 다르죠. 그는 선택의 여지가 있었잖아요.”

“아니요, 빌.” 랠프가 의자에 앉은 채로 몸을 홱 돌렸다. “그에게 있었던 건 해야 할 일이었죠. 그리고 아까 그건 동고비였어요, 젠장.”

“랠프, 이번에는 내 말 들어요. 메이틀랜드는 프랭크 피터슨을 죽였어요. 그 아이의 형이 메이틀랜드를 죽였고요. 대부분의 사람들은 그걸 변방의 정의 구현이라고 생각하는데, 왜 아니겠어요? 이 주가 얼마 전까지만 해도 변방이었잖아요.”

“테리는 자기가 죽이지 않았다고 했어요. 임종 진술에서.”

새뮤얼스는 벤치에서 일어나 왔다 갔다 걷기 시작했다.

“아내가 바로 옆에 무릎 꿇고 앉아서 목 놓아 우는데 그럼 달리 뭐라고 하겠어요? ‘아, 맞아요, 내가 그 아이를 뒤치기 하고 물어뜯고, 순서가 바뀌었을 수도 있지만 아무튼 그런 다음 그 아이 위로 쌌어요.’ 이러겠어요?”

"테리의 마지막 증언을 뒷받침하는 증거가 한두 개가 아니었잖아요."

새뮤얼스가 랠프에게로 성큼성큼 다시 걸어가 선 채로 그를 내려다보았다.

"정액 샘플에서 빌어먹을 그의 DNA가 검출됐고 모든 걸 압도하는 게 DNA예요. 테리가 그 아이를 죽였어요. 무슨 수로 나머지를 조작했는지 모르겠지만 그가 범인이에요."

"지금 나를 설득하러 온 거예요 아니면 당신 자신을 설득하러 온 거예요?"

"설득은 필요 없어요. 흰색 이코노라인 밴을 애초에 훔친 범인이 누군지 밝혀졌다고 알려 주러 왔을 뿐."

"이 시점에서 그게 뭐가 중요한가요?"

랠프는 그렇게 반문했지만, 새뮤얼스는 그의 눈이 마침내 호기심으로 반짝이는 걸 포착했다.

"덕분에 이 지저분한 사건에 서광이 비치느냐면 그건 아니에요. 하지만 엄청 흥미진진해요. 들을 거예요, 말 거예요?"

"들어 보죠, 뭐."

"열두 살짜리 남자아이가 훔쳤어요."

"열두 살? 지금 장난해요?"

"아뇨. 게다가 몇 달 동안 길 위에서 지냈대요. 엘패소까지 가서 훔친 뷰익을 월마트 주차장에 세워 놓고 그 안에서 자다가 경찰한테 잡혔어요. 전부 네 대를 훔쳤는데, 그 밴이 첫 번째였어요. 그걸 몰고 오하이오 주까지 가서 거기다 버리고 다른 차로 갈아탔어요.

우리가 짐작했던 대로 열쇠를 그냥 꽂아 놓고서."

새뮤얼스는 조금 으스대며 이 말을 했고 랠프는 그에게 그럴 권리가 있을지 모른다는 생각을 했다. 그들이 세운 가설 중 하나라도 맞아떨어졌으니 기분이 좋았다.

"하지만 그게 어쩌다 여기까지 굴러왔는지는 여전히 모르잖아요, 아닌가요?"

랠프가 물었다. 하지만 뭔가 마음에 걸리는 부분이 있었다. 그런 사소한 부분이 있었다.

"맞아요. 불분명했던 부분이 밝혀진 것에 불과하죠. 나는 당신이 알고 싶어 할 거라고 생각했어요."

"이제 알게 됐네요."

새뮤얼스는 맥주를 한 모금 마시고 피크닉 테이블 위에 캔을 내려놓았다.

"나는 재선에 출마하지 않아요."

"출마하지 않는다고요?"

"네. 그 재수 없는 게으름뱅이 리치먼드한테 넘길 거예요. 그가 담당 사건의 80퍼센트를 기소 거부하면 사람들이 어떤 반응을 보일지 어디 두고 보겠어요. 당신 부인에게 얘기했는데 열화와 같이 응원하지는 않더군요."

"내가 아내한테 이게 전부 당신 잘못이라고 얘기한 줄 안다면 착각이에요. 나는 당신을 한 번도 원망한 적 없어요. 뭐 하러 그러겠어요? 그 빌어먹을 경기장에서 체포하자고 한 사람이 나였다고, 금요일에 똥파리 같은 내부 심사위원들을 만난 자리에서도 분명히 밝힐 거예요."

"나도 알아요."

"하지만 예전에도 얘기했다시피 당신이 날 말리지는 않았잖아요."

"우리 둘 다 그가 범인이라고 믿었잖아요. 나는 그가 임종 진술을 했건 하지 않았건 지금도 범인이라고 믿어요. 알리바이를 체크하지 않았던 이유는 이 우라질 마을에서 모르는 사람이 없으니 만에 하나라도 소문을 들으면……."

"그리고 알리바이를 체크할 필요성도 없다고 생각했죠. 나 원 참, 어쩌면 그렇게 엄청난 착각을……."

"알았어요, 그래요, 무슨 말을 하고 싶은지 알겠다고요, 염병. 그뿐 아니라 우리는 그가 특히 어린 남자아이들에게 극도로 위험한 존재라고 생각했는데 지난 일요일 저녁에 그런 아이들에게 둘러싸인 상황이었잖아요."

"법원으로 출두했을 때 뒤편으로 데려갔었어야 하는데. 내가 그러자고 고집을 부렸어야 하는데."

새뮤얼스가 고개를 하도 세차게 젓는 바람에 삐친 머리의 고삐가 풀려서 자기를 좀 봐 달라며 벌떡 일어섰다.

"자책하지 마요. 구치소에서 법원으로 이송하는 건 보안관의 소관이잖아요. 시의 소관이 아니라."

"내가 그러자고 했으면 둘린이 들었을 거예요." 랠프는 빈 캔을 보랭박스로 떨어뜨리고 새뮤얼스를 똑바로 쳐다보았다. "당신이 그러자고 했어도 들었을 테고요. 당신도 알 거라고 봅니다만."

"이미 지나간 일이에요. 물 건너간 얘기라고요. 또 어떤 표현이 있는지 모르겠지만 아무튼. 끝났어요. 이 사건은 엄밀히 따지면 미제로 남겠지만……."

"정식 용어는 OBI죠, 해결되지 않았지만 수사도 이루어지지 않는다(open but inactive)는 뜻에서. 마시 메이틀랜드가 업무 태만으로 남편이 죽었다며 경찰서를 상대로 민사 소송을 걸더라도 그 상태로 남을 거예요. 그리고 그녀는 그 소송에서 승소할 테고요."

"소송을 걸겠대요?"

"모르겠어요. 아직 용기가 없어서 연락을 하지 못했어요. 하위한테 물어보면 그녀의 생각을 알 수 있겠죠."

"하위하고 얘기해 봐야겠네. 거친 바다에 기름을 뿌리는 심정으로."

"오늘 저녁에는 명언의 샘물이시네요, 검사님."

새뮤얼스는 맥주를 집었다가 얼굴을 살짝 찡그리며 다시 내려놓았다. 지넷 앤더슨이 부엌 창가에서 그들을 내다보고 있었다. 알 수 없는 표정으로 그 자리에 가만히 서 있었다.

"우리 어머니는 예전에 《페이트*Fate*》를 정기 구독하셨어요."

"나도 운명을 믿어요." 랠프는 우울한 목소리로 말했다. "하지만 테리가 그렇게 되고 나니까 잘 모르겠어요. 피터슨 집안의 첫째가 느닷없이 등장했잖아요. 정말 느닷없이."

새뮤얼스는 살짝 미소를 지었다.

"운명 예정설이 아니라 유령, 크롭서클*, UFO, 기타 등등의 이야기로 가득했던 다이제스트 크기의 조그만 잡지를 말한 거예요. 어

* 곡물 밭에 나타나는 원인 불명의 원형 무늬. 외계인이 만든 거라고 주장하는 사람들이 있다.

렸을 때 어머니가 거기 실린 이야기를 몇 개 읽어 주시곤 했거든요. 그중에서 내가 유난히 넋을 놓고 들은 얘기가 있었어요. 제목은 '모래 위의 발자국'. 모하비 사막으로 신혼여행을 떠난 신혼부부 얘기였어요. 그러니까 캠핑을 간 거죠. 하룻밤은 미루나무 숲에 조그만 텐트를 치고 잠을 잤는데 신부가 다음 날 아침에 일어나 보니 신랑이 없는 거예요. 숲을 빠져나와서 사막이 시작되는 곳에 나가 보니 그의 발자국이 있었어요. 신부는 신랑의 이름을 불렀지만 대답이 없었죠."

랠프가 공포영화 사운드를 냈다. *우우우우-우우우우.*

"신부는 발자국을 따라 첫 번째 모래 언덕을, 그런 다음 두 번째 모래 언덕을 넘었어요. 발자국은 갈수록 점점 더 생생해졌어요. 신부는 발자국을 따라 세 번째 모래 언덕을 넘었고……."

"그런 다음 네 번째, 다섯 번째 언덕을 넘었죠!" 랠프가 경외감이 담긴 목소리로 외쳤다. "*그리고 지금까지 계속 걷고 있어요!* 빌, 재미있는 캠프파이어 이야기를 중간에 자르기 싫지만 이제 파이 한 조각 먹고 샤워하고 자야겠어요."

"아니에요, 들어 봐요. 신부는 세 번째 모래 언덕까지밖에 못 갔어요. 신랑의 발자국이 내리막길 중간까지 이어지다가 끊겼거든요. 온 사방에 모래만 보일 뿐, 뚝 끊겨 버렸어요. 신부는 신랑을 두 번 다시 만나지 못했대요."

"그 얘기를 믿어요?"

"아뇨. 분명 헛소리죠. 하지만 중요한 건 믿느냐 안 믿느냐가 아니에요. 여기에 숨겨진 비유지." 새뮤얼스는 삐친 머리를 달래서 눕히려고 했다. 삐친 머리는 거부했다. "우리는 테리의 발자국을 따라갔죠, 그게 우리의 일이니까. 임무라고 해도 좋아요, 그 단어가 더 마음에 들면. 아무튼 월요일 아침에 딱 끊길 때까지 그 발자국을 따라갔어요. 거기에 미스터리가 있을까요? 있어요. 앞으로 영영 해답을 찾을 길 없는 질문이 남을까요? 새롭고 놀라운 정보가 우리 무릎 위로 뚝 떨어지지 않는 이상 그럴 거예요. 가끔 그런 사태가 벌어질 때가 있어요. 사람들이 지미 호파*의 행방을 계속 궁금해하는 이유도 그 때문이에요. 메리 셀레스트 호** 선원들이 어떻게 됐는지 계속 알아내려고 하는 이유도 그 때문이고요. 오스왈드가 JFK를 암살했을 때 단독 범행이었는지를 두고 옥신각신하는 이유도요. 가끔은 이렇게 발자국이 그냥 끊길 때도 있고 그러면 우리는 그런 채로 살아야 해요."

"한 가지 큰 차이점이 있다면, 좀 전의 그 발자국 이야기에 등장하는 신부는 신랑이 어딘가에 살아 있을지 모른다고 믿을 수 있다는 거겠죠. 젊은 신부가 아니라 나이 많은 할머니가 될 때까지 계속 그렇게 믿을 수 있다는 거. 하지만 마시는 남편의 발자국을 따라가 보니 남편이 죽은 채로 인도에 쓰러져 있었어요. 오늘 자 신문에 실린 부고에 따르면 내일 땅에 묻는다고 하더군요. 마시와 딸들뿐이겠죠. 콘도르 같은 기자들 쉰 명이 울타리 밖에서 고래고래 질문을 던지며 사진을 찍을 뿐."

---

* 미국의 노동운동가. 1975년에 실종됐다.

** 1872년에 뉴욕을 출항하고 한 달 뒤에 사람이 아무도 없는 상태로 표류하다 발견된 유령 선박.

새뮤얼스는 한숨을 쉬었다.

"됐어요. 갈게요. 아이 얘기는 전했고, 다른 얘기는 듣고 싶지 않은 눈치인 게 분명하니. 그나저나 그 애 이름은 멀린 캐시디예요."

"아니, 가지 마요. 잠깐 그대로 앉아 있어요. 이야기를 하나 들었으니 나도 하나 할게요. 하지만 심령 잡지에 실린 건 아니에요. 개인적인 경험담이에요. 전부 사실인."

새뮤얼스는 다시 벤치에 앉았다.

"내가 어렸을 때. 열 살인가 열한 살, 그러니까 프랭크 피터슨 정도의 나이였을 때 우리 어머니는 캔털루프 멜론이 나오는 계절이면 장터에서 사 오시곤 했어요. 내가 그 당시에 그 멜론이라면 사족을 못 썼거든요. 달콤하고 진한 그 맛에 수박은 명함도 못 내밀죠. 그래서 어느 날 어머니가 망에 넣은 멜론을 세 개인가 네 개 사 오셨길래 한 조각 먹어도 되느냐고 물었어요. '그럼.' 어머니가 말했어요. '씨 긁어서 개수대에 버리는 것만 잊지 마.' 어머니는 그 얘길 할 필요도 없었어요. 그때쯤에는 내가 이미 멜론을 가르고 난 다음이었거든요. 지금까지 이해 안 되는 부분 없죠?"

"넵. 그러다 손을 벤 거죠, 그죠?"

"아뇨, 하지만 어머니는 그런 줄 알았어요. 왜냐하면 내가 옆집에서도 들릴 만큼 꽥 하고 비명을 질렀거든요. 어머니가 달려오셨고, 나는 반으로 쪼개진 채 조리대에 놓여 있는 멜론을 가리켰어요. 구더기와 파리가 안에서 우글거렸거든요. 그 벌레들이 서로 타고 넘으며 꿈틀대고 있었어요. 어머니가 살충제를 들고 와서 조리대에 놓인 멜론 위로 뿌리셨어요. 그럼 다음 행주로 싸서 뒷마당에 있는 음식물 쓰레기통에 버리셨죠. 그날 이후로 나는 썰려 있는 캔털루프 멜론을 먹기는커녕 쳐다보지도 못해요. 그게 나에게는 비유하자면 테리 메이틀랜드예요, 빌. 멜론은 겉보기에 멀쩡했어요. 물컹하지도 않았고. 껍데기도 흠집 하나 없었어요. 벌레들이 안으로 들어갈 방법이 없었는데 들어간 거예요."

"염병할 멜론. 염병할 비유. 집에 갈래요. 사직하기 전에 고민 좀 해 봐요, 알았죠? 당신 부인 말로는 내가 유권자들 손에 잘리기 전에 발을 빼려는 거라고 하고 어쩌면 그 말이 맞을지 모르지만, 당신은 유권자들을 신경 쓸 필요가 없잖아요. 이 도시의 내무부를 자처하는 퇴직 경찰 세 명과, 자기 병원은 고사 직전이라 지방 정부의 예산에 빌붙으려는 정신과 의사만 상대하면 되지. 그리고 한 가지 더. 당신이 사직하면 우리가 일을 망친 거 아니냐는 세간의 의혹에 더욱 힘이 실릴 거예요."

랠프는 그를 빤히 쳐다보다가 폭소를 터뜨렸다. 배 속 저 깊은 곳에서 요란하게 터져 나온 너털웃음이었다.

"망친 거 맞잖아요! 몰랐어요, 빌? 우리가 망쳤어요. 아주 제대로. 겉보기에 괜찮아 보이는 캔털루프 멜론을 샀는데 온 마을 사람들 앞에서 갈라 보니 안에서 구더기들이 득시글거렸죠. 안으로 들어갈 방법이 없었는데 들어가 있었어요."

새뮤얼스는 터벅터벅 부엌문을 향해 걸음을 옮겼다. 그가 방충망이 달린 문을 열고 몸을 홱 돌리자 삐친 머리가 앞뒤로 경쾌하게 흔들거렸다. 그는 팽나무를 가리켰다.

"아까 그건 참새였어요, 망할!"

3

자정 직전에(그 무렵 피터슨 집안의 마지막 생존자는 위키피디아를 참고해 교수형 올가미 만드는 법을 배우고 있었다.) 마시 메이틀랜드는 큰딸의 방에서 들리는 비명을 듣고 잠에서 깼다. 처음에는 그레이스만이었는데(엄마들은 안다.), 잠시 후에 세라까지 합류해 끔찍한 2부 화음을 연출했다. 딸들이 마시와 테리의 방에서 처음으로 독립한 날이었지만 그 둘은 같이 잤다. 마시가 보기에는 앞으로 당분간 계속 그럴 듯했다. 그건 괜찮았다.

하지만 비명 소리는 괜찮지 않았다.

마시는 세라의 방으로 달려간 기억도 나지 않았다. 침대에서 뛰쳐나간 기억은 나지만 그 다음은 열린 세라의 방문 안쪽에 서서, 창문 너머로 쏟아져 들어오는 7월의 보름달 빛을 맞으며 침대에 똑바로 앉아 서로 부둥켜안고 있는 딸들을 쳐다보던 기억뿐이었다.

"뭐야?"

마시는 물으며 침입자를 찾느라 두리번거렸다. 처음에는 그 남자가(남자일 수밖에 없었다.) 한쪽 구석에 웅크리고 있는 줄 알았는데, 알고 보니 벗어 놓은 점퍼와 티셔츠와 운동화였다.

"얘 때문이에요!" 세라가 외쳤다. "그레이스요! 어떤 남자가 있다잖아요! 엄마, 무서워서 죽는 줄 알았어요!"

마시는 침대에 걸터앉아 세라의 품에 안겨 있던 작은 딸을 그녀의 품에 안았다. 그런 채로 계속 좌우를 두리번거렸다. 벽장 안에 있을까? 주름문이 닫혀 있는 걸 보면 가능성이 있었다. 그녀가 오는 소리를 듣고 그 안으로 들어갔을 수 있었다. 아니면 침대 밑에 숨었나? 어린 시절의 공포가 파도처럼 밀려오는 가운데, 손 하나가 그녀의 발목을 움켜쥐는 순간을 기다렸다. 다른 손에는 칼이 쥐어져 있을 것이었다.

"그레이스? 그레이시? 누굴 봤는데? 그 남자가 어디 있었어?"

그레이스는 흐느끼느라 아무 대답도 하지 못하고 창문 쪽을 손으로 가리켰다.

마시는 당장이라도 꺾일 듯이 후들거리는 무릎을 달래며 창가로 다가갔다. 경찰들이 이 집을 계속 주시하고 있을까? 하워 말로는 그들이 당분간 규칙적으로 순찰을 돌겠지만 24시간 지키지는 않을 거라고 했고 게다가 세라의 방은, 그 집의 모든 방은 창문이 뒷마당 아니면 그들과 건더슨 가족의 집 사이에 난 옆 마당을 향해 나 있었다. 그런데 건더슨 가족이 휴가를 가서 그 집이 비어 있었다.

창문은 잠겨 있었다. 풀잎 하나하나가 달빛을 받고 그림자를 드리우는 듯해 보이긴 했지만 마당에는 아무도 없었다.

그녀는 다시 침대로 돌아가서 앉고, 땀에 젖어 뒤엉킨 그레이스의 머리칼을 쓰다듬었다.

"세라? 너도 뭐 본 거 있니?"

"음……." 세라는 생각에 잠겼다. 아이는 자기 어깨에 기대고 우는 그레이스를 계속 끌어안고 있었다. "아뇨. 언뜻 뭐가 보인 줄 알았는데 얘가 '남자야, 남자야.' 하면서 비명을 질러서였어요. 아무도 없었어요." 그러고는 그레이스에게 말했다. "저 밖에 아무도 없었어, 그레이스. 진짜야."

"나쁜 꿈을 꿨나 보다, 우리 딸."

앞으로 나쁜 꿈을 수도 없이 꾸겠지. 마시는 그런 생각이 들었다.

"분명히 있었어요." 그레이스가 속삭였다.

"그럼 둥둥 떠다니는 남자였나 보다." 방금까지 잠을 자다가 무서워서 깬 아이치고 세라는 상당히 논리적이었다. "이 방은 2층이잖아."

"상관없어. 내가 분명히 봤단 말이야. 머리는 짧고 까만색이었고 위로 솟았어. 얼굴은 점토처럼 울퉁불퉁했고. 눈 대신 빨대를 달고 있었어."

"악몽이야." 세라가 결론을 내리듯 사무적으로 말했다.

"너희 둘 다 일어나." 마시는 애써 딸의 사무적인 말투를 흉내 냈다. "아침까지 엄마랑 같이 자자."

두 아이는 순순히 따라나섰고, 5분 뒤에 그녀는 양쪽에 아이를 한 명씩 눕히고 자리를 잡았다. 그레이스는 다시 잠이 들었다.

"엄마?" 세라가 속삭였다.

"응?"

"아빠 장례식 무서워요."

"엄마도 그래."

"가고 싶지 않아요. 그레이스도 그렇다고 하고요."

"우리 셋 다 마찬가지야, 아가. 그래도 우리는 갈 거야. 용감하게. 아빠가 그러길 바랄 테니까."

"아빠가 너무 보고 싶어서 다른 생각은 아무것도 할 수가 없어요."

마시는 가만히 펄떡거리는 세라의 관자놀이에 입을 맞추었다.

"이제 그만 자, 우리 딸."

세라도 마침내 잠이 들었다. 마시는 두 딸 사이에 누워서 천장을 올려다보며, 현실로 착각할 만큼 생생한 꿈속에서 창문을 바라본 그레이스를 생각했다.

눈 대신 빨대를 달고 있었어.

4

지넷 앤더슨은 오전 3시 직후(그 무렵 프레드 피터슨은 왼손에 휴대용 발판을 들고 오른쪽 어깨에는 밧줄을 걸치고 거실에서 뒷마당으로 터벅터벅 발걸음을 옮기고 있었다.)에 요의를 느끼고 잠에서 깼다. 침대 저편에 아무도 없었다. 그녀가 볼일을 보고 1층으로 내려가 보니 랠프가 그의 아빠 곰 안락의자에 앉아서 꺼진 텔레비전 화면을 물끄러미 쳐다보고 있었다. 아내의 눈으로 관찰해 보니 프랭크 피터슨의 시신이 발견된 이래 살이 빠졌다.

지넷은 남편의 어깨에 조심스럽게 손을 얹었다.

그는 돌아보지 않았다.

"빌 새뮤얼스가 한 말 중에 신경이 쓰이는 게 있어서."

"무슨 말?"

"그게 문제야, 모르겠다는 게. 어떤 단어가 생각이 날 듯 말 듯할 때처럼."

"밴을 훔친 아이하고 연관 있는 거야?"

랠프는 둘이 침대에 누워서 불을 끄기 전에 새뮤얼스와 어떤 대화를 나누었는지 그녀에게 얘기해 주었다. 중요한 사안이라서 그랬다기보다 열두 살짜리가 차를 훔쳐 타 가며 뉴욕 중부에서 엘패소까지 여행했다는 사실이 놀라웠기 때문이었다. 잡지 《페이트》식으로 놀라운 일은 아니었지만 그래도 상당히 황당했다. *새아버지가 정말 싫었나 보네.* 지넷은 이렇게 얘기하고 불을 껐다.

"그 아이하고 연관 있는 거 맞아." 이제 랠프가 말했다. "그 밴에 종잇조각이 있었거든. 뭔지 체크해 보려고 했는데 정신없다 보니 깜빡했어. 당신한테 이 얘기는 한 적 없는 것 같은데."

지넷은 웃으며 파자마 아래에 숨겨진 몸집처럼 봄보다 부피가 적어진 듯이 느껴지는 그의 머리칼을 헝클어뜨렸다.

"사실 했어. 종잇조각. 포장용 메뉴판에서 떨어져 나온 것 같다고."

"증거로 보관됐을 거야."

"그 얘기도 했어."

"내일 지서에 가서 들여다볼까 봐. 그러면 빌한테 들은 무슨 말이 문제인지 알 수 있을지 몰라."

"좋은 생각이네. 이제 곱씹는 것 말고 다른 일을 할 때도 됐어. 있잖아, 나, 포의 그 작품 다시 읽었거든. 주인공이 학창시절에 자기가 그 반의 짱이었다고 하잖아. 그런데 같은 이름을 쓰는 아이가 등장하지."

랠프는 그녀의 손을 잡고 멍하니 입을 맞추었다.

"거기까지는 충분히 설득력 있어. 윌리엄 윌슨이 조 스미스만큼 흔한 이름은 아닐지 몰라도 즈비그뉴 브레진스키는 아니니까."

"맞아. 하지만 주인공은 생일도 서로 같다는 사실을 발견하고 그 둘은 비슷한 옷을 입고 다니지. 가장 섬뜩한 건 뭔가 하면 둘이 서로 닮았다는 거야. 그래서 사람들이 헷갈린다는 거. 어디서 들어 본 얘기 같지 않아?"

"응."

"아무튼 1번 윌리엄 윌슨은 나중에도 계속 2번 윌리엄 윌슨과 마주치는데, 마주칠 때마다 항상 1번 입장에서 안 좋게 끝이 나. 그는 결국 범죄자의 길로 접어들어서 2번을 원망하고. 내 얘기 잘 듣고 있어?"

"새벽 3시 15분인 것치고는 제법 잘 듣고 있다고 생각해."

"아무튼 막판에 1번 윌리엄 윌슨이 2번 윌리엄 윌슨을 칼로 찌르는데, 겨울을 보니까 자기를 찌른 거야."

"애초부터 2번 윌리엄 윌슨은 없었으니까 그랬겠지?"

"하지만 있었어. 2번을 본 사람이 한두 명이 아니었어. 하지만 결국 1번 윌리엄 윌슨은 환각에 시달리다가 자살을 하지. 대역의 존재를 견딜 수 없어서 그랬던 거 아닐까?"

코웃음 칠 거라고 내다보았던 그녀의 예상과 달리 그는 고개를 끄덕였다.

"그래, 말이 되네. 사실 심리학적인 관점에서 아주 훌륭해. 가뜩이나…… 언제지? 19세기 중반인가?"

"응, 그 무렵이야. 대학교에서 미국 고딕 소설이라는 수업을 들었는데, 거기서 그 작품을 비롯해 포의 단편을 많이 읽었어. 교수님이 그랬지. 사람들은 포를 초자연적인 현상을 다룬 환상 소설 작가로 오해하는데, 사실은 이상 심리를 다룬 사실적인 소설을 썼다고."

"하지만 지문과 DNA가 등장하기 전이잖아." 랠프는 웃으며 말했다. "자러 들어가자. 이제는 잘 수 있을 것 같아."

하지만 지넷이 그를 붙잡았다.

"여보, 내가 뭐 하나만 물어보고 싶은데. 시간도 늦었고 우리 둘뿐이고 하니까. 당신이 내 말을 듣고 웃더라도 들을 사람이 없겠지만 웃지는 말아 줘. 그러면 내가 슬퍼질 테니까."

"웃지 않을게."

"웃을지 몰라."

"안 그럴게."

"당신은 발자국이 중간에서 끊긴 빌리의 얘기하고 무슨 수로 캔털루프 멜론 안에 들어갔는지 모를 당신의 구더기 얘기를 나한테 들려주었지만 둘 다 비유법을 썼잖아. 우리 대학교 때 교수님 설명에 따르면 포의 단편이 비유법으로 분열된 자아를 얘기하듯이 말이야. 하지만 비유를 벗겨 내면 뭐가 남겠어?"

"글쎄."

"설명할 수 없는 현상이 남지. 그러니까 내가 묻고 싶은 건 단순해. '두 명의 테리'라는 수수께끼의 유일한 해답이 초자연적인 현상이라면?"

랠프는 웃지 않았다. 웃고 싶은 충동이 느껴지지 않았다. 그러기에는 너무 늦은 시각이었다. 또는 너무 이른 시각이었다.

"나는 초자연적인 현상을 믿지 않아. 유령도 천사도 예수 그리스도가 신이라는 것도. 물론 교회에 가기는 하지만 가끔 내면의 소리를 들을 수 있는 평화로운 곳이라 그런 거야. 게다가 가야 하는 곳이기도 하고. 당신도 그래서 교회에 가는 건 줄 알았는데. 아니면 데릭 때문이든지."

"나는 신의 존재를 믿고 싶어. 인간이 그냥 사라진다고 믿고 싶지는 않거든. 물론 그래야 등식이 성립하긴 하지. 어둠에서 왔으니 어둠으로 돌아가야 논리적으로 맞긴 해. 하지만 나는 별을 믿고 우주가 무한하다고 믿어. 그곳에 거대한 무언가가 있다고. 이곳에는 모래 한 줌마다 더 많은 우주가 있다고 믿어. 무한은 양방통행 길이니까. 내 머릿속에는 내가 자각하는 생각 뒤로 수십 개의 다른 생각들이 줄지어 있다고 믿어. 내 의식과 무의식을 믿어, 그게 뭔지는 모르겠지만. 그리고 셜록 홈즈의 입을 빌어서 이렇게 얘기했던 아서 코난 도일을 믿어. '불가능한 것들을 모두 제거했을 때 남은 것은 아무리 개연성이 낮더라도 그것이 진실일 수밖에 없다.'"

"그 사람, 요정이 있다고 믿지 않았어?"

그녀는 한숨을 쉬었다.

"2층에 가서 한 판 하자. 그러면 우리 둘 다 잠을 잘 수 있을지 몰라."

랠프는 순순히 응했지만, 사랑을 나누는 동안에도(모든 생각이 삭제되는 절정의 순간은 예외였지만) 코난 도일의 명언을 계속 곱씹었다. 기발했다. 논리적이었다. 하지만 그걸 '자연적인 걸 모두 제거했을 때 남은 건 초자연적인 것일 수밖에 없다.'로 바꿀 수 있을까? 아니었다. 그는 형사뿐 아니라 한 인간의 입장에서도 자연계 법칙에 위배되는 설명은 믿을 수 없었다. 만화책에 등장하는 유령이 아니라 현실 속 인물이 프랭크 피터슨을 살해했다. 그렇다면 아무리 개연성이 낮다 한들 남은 게 뭘까? 딱 하나였다. 지금은 고인이 된 테리 메이틀랜드가 프랭크 피터슨의 살인범이었다는 것.

5

그 수요일 밤에는 7월의 달이 거대한 열대 과일처럼 터질 듯한 주황색이었다. 프레드 피터슨이 그의 집 뒷마당에서, 일요일 오후에 미식축구 경기를 볼 때마다 발을 얹었던 발판을 딛고 선 목요일 새벽에는 높다란 하늘을 가르는 서늘한 은색 동전으로 쪼그라들었다.

그는 목에 올가미를 두르고, 위키피디아의 해당 항목에서 명시한 대로(그림 설명까지 완벽하게 갖추어져 있었다.) 매듭을 턱 모서리에 닿을 때까지 조였다. 다른 쪽 끝은 랠프 앤더슨의 집 울타리 너머에 있는 나무와 수종이 같은 팽나무 가지에 묶었다. 하지만 이 나무는 미국 폭격기가 히로시마에 폭탄을 투하하던 시절(수증기로 변해 사라지지 않을 만한 거리에서 그걸 목격한 일본인들에게는 분명 초자연적인 사건이었다.)에 싹을 틔운 나무라 플린트 시티 식물군의 노년층을 대표한다고 볼 수 있었다.

발판이 아래에서 불안하게 흔들렸다. 그는 귀뚜라미 소리를 들었고 땀으로 젖은 뺨에 와 닿는 밤바람을 느꼈다. 더운 하루를 보낸 뒤 기약 없는 내일을 앞두고 맞는 바람이 시원하고 기분 좋게 느껴졌다. 그가 플린트 시티에 사는 피터슨 집안의 맥을 끊고 등식을 완성하기로 결심한 데에는 프랭크, 알린 그리고 올리가 아직은 그리 멀리 가지 않았길 바라는 마음이 있었기 때문이었다. 아직은 그들을 따라잡을 수 있을지 몰랐다. 하지만 그보다 더 큰 이유가 있다면, 내일 아침에 열리는 합동 장례식에 참석할 자신이 없기 때문이었다. 도넬리 브라더스라는 똑같은 장례식장에서 내일 오후에 그들의 죽음에 원인을 제공한 남자의 장례가 치러질 예정이었다. 생각만으로도 감당할 수 없는 일이었다.

그는 마지막으로 주위를 둘러보며 진심으로 이걸 실행에 옮기고 싶은지 자문했다. 정답은 '그렇다'였기에 그는 발판을 차서 멀리 보내며, 머릿속 깊은 곳에서 목이 뚝 하고 부러지는 소리가 들리고 빛의 터널이 눈앞에 등장하길 기대했다. 그 터널의 끝에 그의 가족이 서서, 죄 없는 아이가 성폭행도 살해도 당하지 않는 곳에서 더 나은 제2의 인생을 살자며 그에게 손짓하고 있을 것이었다.

뚝 하는 소리는 들리지 않았다. 위키피디아에서 몸무게가 93킬로그램 나가는 남자의 목을 부러뜨리려면 어떤 식으로 뛰어내려야 하는지 설명해 놓은 부분을 못 보고 지나쳤거나 무시한 거였다. 그는 죽는 게 아니라 목이 졸리기 시작했다. 기도가 막히면서 눈이 불룩 튀어나오자 좀 전까지 꾸벅꾸벅 졸고 있었던 생존 본능이 요란하게 경보를 울리고 눈부시게 보안등을 번쩍이며 되살아났다. 단 3초 만에 몸이 뇌를 무시했고, 죽고 싶은 바람이 살고 싶은 짐승 같은 의지로 돌변했다.

프레드는 두 손을 올려서 더듬더듬 밧줄을 찾았다. 밧줄을 잡고 있는 힘껏 당겼다. 밧줄이 느슨해지면서 숨을 한 번 쉴 수 있었다.

올가미가 여전히 단단하게 조여져 있었고 매듭이 부어오른 분비선처럼 옆 목을 눌렀다. 그는 한 손으로 버티며 밧줄을 매단 나뭇가지를 더듬더듬 찾았다. 손끝이 가지 아랫부분을 쓸고 지나가자 껍질 부스러기가 머리 위로 몇 개 떨어졌지만 그게 다였다.

그는 몸 상태가 좋지 못한 중년 남자였다. 사랑해 마지않는 댈러스 카우보이 미식축구 경기 중간에 맥주를 한 캔 더 꺼내러 냉장고에 다녀오는 게 운동의 거의 전부였고, 고등학교 때도 체육시간에 턱걸이 다섯 개가 최선이었다. 그는 밧줄을 잡은 한쪽 손이 미끄러지는 게 느껴지자 양손으로 잡고 고리가 느슨해진 틈을 타서 다시 숨을 반절 마셨지만, 그 이상 몸을 끌어올리지는 못했다. 잔디밭 20센티미터 위에서 두 발이 앞뒤로 대롱거렸다. 한쪽, 또 한쪽 슬리퍼가 차례대로 벗겨졌다. 도와 달라고 고함을 지르려고 해도 나오는 건 쌕쌕거리는 쇳소리뿐이었고…… 이 시각에 깨어서 그의 구조 요청을 들을 사람이 누가 있을까 싶었다. 바로 옆집에 사는 나이 많은 참견대장 깁슨 부인? 그녀는 묵주를 손에 쥐고 브릭스턴 신부 꿈을 꾸며 쌔근쌔근 자고 있을 것이었다.

손이 미끄러졌다. 나뭇가지가 삐걱거렸다. 그의 숨이 멎었다. 그는 머릿속에 갇힌 피가 펄떡거리며 뇌를 터뜨릴 준비를 하는 것을 느낄 수 있었다. 귀에 거슬리는 거친 소리가 들리자 그는 생각했다. *이런 식으로 죽을 작정은 아니었는데.*

그는 호수에 빠진 사람이 수면을 향해 손을 내밀듯 밧줄을 향해 두 팔을 허우적거렸다. 큼지막한 까만색 포자들이 눈앞에 등장했다. 포자가 터지면서 화려한 까만색 독버섯으로 바뀌었다. 하지만 그는 독버섯들로 눈앞이 뒤덮이기 전에 달빛을 받으며 테라스에서 있는 남자를 보았다. 두 번 다시 스테이크를 구울 일 없는 바비큐 그릴 위에 욕심쟁이처럼 한 손을 얹고 있었다. 아니면 남자가 아닐 수도 있었다. 앞을 보지 못하는 조각가가 주먹으로 쳐서 만든 작품처럼 이목구비가 엉성했다. 그리고 눈 대신 빨대를 달고 있었다.

6

어쩌다 보니 알린 피터슨이 심장마비를 일으키기 전에 머리 위로 뒤집어쓴 라자냐를 만든 당사자인 준 깁슨은 깨어 있었다. 브릭스턴 신부 생각을 하고 있지도 않았다. 몹시 고통스러워하고 있었다. 마지막으로 좌골신경통을 앓은 지 3년이 지났고 이제 영영 나았나 보다고 맹랑한 꿈을 꾸던 찰나였건만, 이 고약한 불청객이 또다시 들이닥쳐 똬리를 틀었다. 장례를 치르고 바로 옆 피터슨네 집에서 열린 다과회에 참석하고 왔을 때 왼쪽 다리 뒤편이 뻣뻣해지며 신호를 보내자 그녀는 증상을 알았기에 마뜩잖아 하는 리치랜드 선생에게 애원해 처방전을 받았다. 약은 아주 조금밖에 도움이 되지 않았다. 통증이 뒷목에서부터 그녀의 왼쪽을 타고 내려가 발목에 다다르면 가시가 달린 족쇄로 꽉 물었다. 좌골신경통의 가장 잔인한 측면이 있다면 적어도 그녀의 경우, 누워 있으면 통증이 완화되는 게 아니라 더 심해진다는 것이었다. 때문에 가운에 잠옷 차림으로 여기 이 거실에 앉아서 텔레비전에 나오는 섹시한 복근 광고를 보았다가 아들에게 어머니의 날에 선물 받은 아이폰으로 솔리테르 카드 게임을 하고 있었다.

그녀는 허리가 안 좋았고 눈이 침침했지만 인포머셜 광고 소리를 죽여 놓았고 청력에 아무 문제가 없었다. 때문에 옆집에서 난 총소리를 분명히 듣고 몸의 왼쪽을 이 끝에서 저 끝까지 관통하는 통증을 미처 생각도 못 한 채 벌떡 일어났다.

맙소사, 프레드 피터슨이 자살하려고 총을 쐈나 봐.

그녀는 지팡이를 거머쥐고 노파처럼 그 위로 허리를 숙인 채 뒷문으로 절뚝절뚝 걸어갔다. 현관으로 나가 보니 자기 집 잔디밭에 쭈그리고 쓰러진 피터슨이 무정한 은색 달빛에 비쳐 보였다. 총이 아니었다. 그의 목에 올가미가 걸려 있었고 부러진 나뭇가지에 묶인 밧줄이 뱀처럼 구불구불 짤막하게 이어졌다.

깁슨 부인은 지팡이를 팽개치고(지팡이를 짚어 봐야 속도만 느려질 뿐이었다.) 뒷문 계단을 게걸음으로 내려가 옆집 뒷마당으로 27미터를 휘청거리며 달려갔다. 좌골신경이 노발대발하는 바람에 통증이 앙상한 엉덩이에서부터 왼쪽 발볼까지를 갈기갈기 찢어 놓는데도 그런 줄 몰랐다.

그녀는 피터슨 씨 옆에 무릎을 꿇고 앉아서 자줏빛으로 부풀어 오른 얼굴과 튀어나온 혓바닥과 두툼한 목살 속으로 반쯤 묻힌 밧줄을 들여다보았다. 밧줄 밑으로 손가락을 넣어 있는 힘껏 당기자 통증이 또다시 폭발했다. 이번의 통증은 그녀도 느꼈다. 고음으로 길게 포효하듯 비명을 질렀다. 길 건너편에서 불들이 켜졌지만 깁슨 부인은 보지 못했다. 하느님과 예수님과 성모마리아와 온갖 성인들이 보우하사 마침내 밧줄이 느슨해졌다. 그녀는 피터슨 씨가 숨을 헐떡이길 기다렸다.

하지만 그는 숨을 헐떡이지 않았다.

깁슨 부인의 첫 번째 직업은 플린트 시티 퍼스트 내셔널 은행의 창구 직원이었다. 예순둘이라는 법으로 정해진 나이에 거기서 퇴직한 이후에는 가정 요양 보호사 자격증 수업을 받고 일흔네 살까지 퇴직연금에 그 월급을 보탰다. 그때 받은 수업 내용 중에 심폐소생술이 있었다. 그녀는 이제 피터슨 씨의 상당히 우람한 체구 옆에 무릎을 꿇고 앉아서 그의 머리를 뒤로 젖히고 코를 손으로 세게 잡은 다음 입을 벌리고 자기 입을 갖다 댔다.

깁슨 부인이 열 번째로 인공호흡을 하고 확실하게 현기증을 느꼈을 때, 길 건너편에 사는 재거 씨가 건너와 그녀의 앙상한 어깨를 톡톡 두드렸다.

"그 사람 죽었어요?"

"내가 포기하지 않는 한 아니에요." 깁슨 부인은 말했다. 실내복 주머니를 움켜쥐자 직사각형의 휴대전화가 느껴졌다. 그녀는 전화기를 꺼내 무턱대고 뒤로 던졌다. "911에 연락해요. 그리고 내가 기절하면 당신이 이어서 해야 해요."

하지만 깁슨 부인은 기절하지 않았다. 그녀가 열다섯 번째 인공호흡을 이제 막 준비할 때 프레드 피터슨이 침을 흘리며 혼자서 크게 한 번 숨을 쉬었다. 잠시 후에 또 한 번 쉬었다. 깁슨 부인은 기다렸다가 그가 눈을 뜨자 한쪽 눈꺼풀을 뒤집었다. 흰색이 아니라 터진 혈관 때문에 벌게진 공막 말고는 아무것도 보이지 않았다.

프레드 피터슨은 세 번째로 숨을 쉬었다가 다시 그쳤다. 깁슨 부인은 그녀의 능력이 허락하는 한도 안에서 최대한 열심히 심폐소생술을 했다. 도움이 될지 알 수 없었지만 해가 되지는 않을 듯했다. 허리와 다리의 통증이 누그러진 게 느껴졌다. 좌골신경통이 충격으로 사라질 수도 있을까? 그럴 리 없었다. 어처구니없는 발상이었다. 아드레날린 때문이었고 아드레날린이 소진되면 전보다 더 엄청난 통증이 느껴질 것이었다.

이른 새벽의 어둠을 뚫고 사이렌 소리가 점점 다가왔다.

깁슨 부인은 눈앞이 흐릿해지며 졸도할 것 같을 때마다 쉬어 가며 다시 프레드 피터슨의 목구멍 속으로 억지로 숨을 불어넣었다.(2004년에 남편이 죽은 이래, 남자와 이렇게 밀접하게 접촉한 적은 처음이었다.) 재거 씨는 자기가 하겠다고 나서지 않았고 그녀도 그에게 맡기지 않았다. 구급차가 도착할 때까지 그녀와 피터슨 사이의 사투였다.

그녀가 잠깐 멈추면 피터슨 씨가 침을 흘려 가며 크게 숨을 쉴 때도 있었다. 그러지 않을 때도 있었다. 그녀는 피터슨 씨가 목을 매달아 죽으려고 했던 삐죽삐죽한 나뭇가지를 가로질러 점멸하며 양쪽 집 사이의 마당 위로 휙휙 지나가는 빨간색 구급차 불빛을 거의 알아차리지 못했다. 응급구조사 한 명이 일으켜 세우자 그녀는 거의 아무런 통증 없이 일어날 수 있었다. 놀라웠다. 금세 끝날 기적일지 몰라도 그녀는 감사하게 받아들이기로 했다.

"이제 저희가 인계받겠습니다." 응급구조사가 말했다. "정말 잘해 주셨네요."

"진짜예요." 재거 씨가 말했다. "당신이 그를 살렸어요, 준! 이 가였은 인간의 목숨을 구했어요!"

깁슨 부인은 턱에 묻은 뜨끈한(그녀와 피터슨의 것이 섞인) 침을 닦으며 말했다.

"어쩌면 맞는 말일지 몰라요. 그리고 어쩌면 구하지 않는 편이 나았을 수도 있고요."

7

목요일 오전 8시에 랠프는 뒷마당에서 잔디를 깎고 있었다. 하루 종일 할 일이 없었으니 시간을 때울 만한 게 잔디 깎기밖에 없었지만…… 머리는 자기 혼자 다람쥐 쳇바퀴를 계속 돌리고 있었다. 훼손된 프랭크 피터슨의 시신, 목격자들, 녹화 영상, DNA 결과, 법원 앞에 모인 사람들. 대개 이런 식이었다. 왠지 모르겠지만 계속 붙박이는 이미지는 흘러내린 브래지어 끈이었다. 남자친구의 목마를 탄 여자아이가 주먹을 흔들 때마다 위아래로 대롱거렸던 밝은 노란색 리본.

휴대전화에서 울리는 덜거덕거리는 실로폰 소리를 하마터면 듣지 못할 뻔했다. 그는 잔디 깎는 기계를 끄고, 운동화를 신고 맨 발목에 잔디를 뒤집어쓴 채 그 자리에 서서 전화를 받았다.

"앤더슨입니다."

"반장님, 트로이 래미지예요."

테리를 체포한 두 경관 가운데 한 명이었다. 그게 오래전 일처럼 느껴졌다. 사람들 표현을 빌자면 다른 생에 있었던 일 같았다.

"어쩐 일이야, 트로이?"

"벳시 리긴스하고 병원에 왔어요."

랠프는 미소를 지었다. 요즘 들어 거의 지은 적이 없는 표정이라 어색하게 느껴졌다.

"진통이 시작된 모양이로군."

"아뇨, 아직 아니에요. 반장님은 휴직 중이고 잭 호스킨스는 오코마 호수에서 아직도 고기를 잡는 중이라 서장님이 벳시더러 다녀오라고 했어요. 저를 동행 삼아서요."

"무슨 일인데?"

"몇 시간 전에 응급구조사들이 프레드 피터슨을 싣고 왔어요. 뒷마당에서 목매달아 죽으려고 했는데 밧줄을 묶은 나뭇가지가 부러졌대요. 옆집에 사는 깁슨 부인이 인공호흡으로 살렸어요. 부인이 그의 상태를 확인하러 왔고 서장님은 부인에게 진술서를 받으려고 하는데, 물론 그게 원칙이겠지만 제가 보기에는 끝난 일이에요. 이 딱한 남자가 자살을 선택할 만한 이유가 얼마나 많았는지 모르는 사람이 어디 있겠어요."

"상태는 어때?"

"의사들 말로는 뇌 기능이 거의 마비됐대요. 의식을 회복할 가능성이 1퍼센트래요. 벳시가 반장님한테 알리는 게 좋겠다고 해서요."

랠프는 순간 아침에 먹을 시리얼이 올라올 것 같다는 생각이 들자 잔디 깎는 기계 위로 뿜지 않게 고개를 오른쪽으로 돌렸다.

"반장님? 듣고 계세요?"

랠프는 시큼한 우유 덩어리와 라이스 첵스 시리얼을 다시 삼켰다.

"듣고 있어. 벳시는 어디 있나?"

"깁슨 부인과 함께 피터슨의 병실에요. 집중치료실은 휴대전화 사용 금지 구역이라 리긴스 형사가 반장님한테 연락하라고 저를 내보냈어요. 병원 측에서는 방을 따로 내주겠다고 했지만 깁슨 부인이 피터슨과 함께 리긴스 형사의 질문에 대답하고 싶다고 해서요. 피터슨이 자기 말을 들을 수 있다고 생각하는 모양이에요. 인상 좋은 할머니인데 걸음걸이를 보니 허리 때문에 죽도록 고생하는 눈치예요. 그런데 왜 여기까지 찾아왔을까요? 이게 무슨 드라마 「굿 닥터」도 아니고 기적 같은 치유도 없을 텐데 말이죠."

랠프는 이유를 짐작할 수 있었다. 이 깁슨 부인은 알린 피터슨과 레시피를 주고받고, 올리와 프랭크가 자라는 과정을 지켜보았을 것이다. 어쩌다 한 번 폭설이 내렸을 때 프레드 피터슨이 그녀의 집 앞 진입로에 쌓인 눈을 치워 주었을 수도 있었다. 그녀는 슬픔과 관심을 담아서, 어쩌면 피터슨을 그냥 보내지 않고 기계들이 숨을 대신 쉬어 주는 병실에 무기한 머무는 형벌을 내렸다는 데 죄책감을 느끼며 찾아갔을 것이다.

끔찍했던 지난 여드레가 파도처럼 랠프를 덮쳤다. 범인은 아이를 데려가는 데 만족하지 않고 피터슨 집안의 온 가족을 데려갔다. 이른바 싹쓸이였다.

'범인'이 아니지, 익명을 쓸 필요 없잖아. 테리. 범인은 테리였어. 레이더망에 다른 후보는 없어.

"반장님께 알려 드려야 할 것 같아서요." 래미지가 했던 말을 반복했다. "그리고 긍정적으로 생각하자고요. 어쩌면 여기 와 있는 동안 벳시의 진통이 시작될 수도 있잖아요. 그럼 벳시의 남편이 수고를 덜 수 있어요."

"벳시한테 집에 가라고 해."

"알겠습니다. 그리고…… 반장님? 법원에서 일이 그렇게 된 건 유감이에요. 개떡 같은 쇼가 되어버린 거 말이에요."

"그 말 한마디면 간단하게 요약이 되는군. 전화해 줘서 고마워."

랠프는 다시 잔디 깎기에 돌입해 낡고 요란한 론보이 뒤에서 천천히 걸었고(홈디포에 가서 새 걸 장만해야 했다. 시간도 펑펑 남는 마당에 더 이상 미룰 핑곗거리도 없었다.), 마지막 구간을 거의 끝내 가고 있었을 때 그의 휴대전화가 또다시 실로폰 부기우기를 연주했다. 그는 벳시이겠거니 생각했다. 하지만 플린트 시티 종합병원에서 걸려 온 전화이긴 해도 그녀는 아니었다.

"DNA 결과가 아직도 다 나오지 않았어요." 에드워드 보건 박사가 말했다. "하지만 아이를 계간하는 데 썼던 나뭇가지에서 검출한 DNA 결과는 나왔어요. 혈흔, 범인의 손에서 떨어져 나온 피부 조각…… 그러니까 나뭇가지를 잡고 아이의……."

"압니다. 뜸들이지 말고 말씀해 주세요."

"뜸들이고 말고 할 것도 없어요, 형사님. 나뭇가지에서 검출한 DNA는 메이틀랜드의 뺨 안쪽에서 채취한 DNA와 일치해요."

"알겠습니다, 보건 박사님, 감사합니다. 겔러 서장님과 주 경찰청의 사블로 경위님한테도 그렇게 전해 주세요. 저는 지금 휴직 중이라 아마 여름 내내 자리를 비울 거예요."

"어이가 없네요."

"규정이에요. 잭 호스킨스는 휴가 중이고 벳시 리긴스는 당장이라도 첫 아이를 낳게 생겨서 서장님이 유넬의 파트너로 누굴 선임할지 모르겠지만 찾아낼 거예요. 그리고 생각해 보면 메이틀랜드가 죽었으니 수사할 것도 없어요. 그냥 빈 칸만 채우면 되죠."

"빈 칸들이 중요해요. 메이틀랜드의 아내가 민사소송을 제기할지 모르니까요. 변호사가 이 DNA 결과를 접하면 그녀를 설득할 수 있겠죠. 민사소송이라니 내 관점에서는 언어도단이지만. 남편이 그 아이를 그보다 더 잔인할 수 없는 방식으로 살해했는데 남편의 그런…… 그런 성향에 대해서 몰랐다면…… 관심이 없었던 거예요. 가학성애자는 항상 전조를 보이거든요. 항상. 형사님은 휴직 조치가 아니라 훈장을 받았어야 하는데."

"그렇게 말씀해 주셔서 감사합니다."

"내 생각을 얘기하는 거예요. 검사 결과를 기다리는 샘플들이 아직 있어요. 많이. 그 결과도 입수되는 대로 알려 드릴까요?"

"네."

겔러 서장이 호스킨스를 일찍 복귀시킬 수도 있었지만, 그는 정신이 멀쩡할 때도 공간 낭비였고 요즘은 정신이 멀쩡할 때도 거의 없었다.

랠프는 통화를 마치고 잔디를 마저 깎았다. 그런 다음 론보이를 끌고 가서 차고에 넣었다. 기계 케이스를 닦으며, 사람을 죽여서 와인 저장실에 묻고 벽돌로 막은 범인이 등장하는 포의 소설을 읽어볼까 고민했다. 그 작품을 읽지는 않았지만 영화로 보았다.

제발 이러지 마, 몬트레소르! 생매장당하는 남자가 비명을 지르자 매장하던 남자가 맞장구쳤다. *그래, 제발 그러지 마.*

이번 사건의 경우에는 생매장당하는 사람이 테리 메이틀랜드였다. 벽돌이 DNA였고 그는 이미 죽었다는 점만 다를 뿐이었다. 상반되는 증거가 있었고 그래서 심란했지만 플린트 시티에서 채취된 DNA는 있는 반면 캡 시티에서 채취된 DNA는 없었다. 물론 잡지 매점에서 파는 책에 찍힌 지문이 있기는 했지만 지문은 심을 수 있었다. 탐정 드라마에 나오는 것처럼 쉬운 일은 아니었지만 그래도 얼마든지 가능했다.

증인들은 어쩌고, 랠프? 그와 오래전부터 알고 지냈던 세 선생님들 말이야.

그들은 신경 쓰지 마. DNA만 생각해. 확실한 증거잖아. 가장 확실한 증거.

영화에서 몬트레소르는 모르고 피해자와 함께 묻은 검은 고양이 때문에 범행이 들통 났다. 고양이 울음소리가 손님들을 와인 저장실로 불렀다. 랠프가 생각하기에는 그 고양이도 또 다른 비유였다. 범인의 양심의 목소리. 하지만 가끔 시가는 그냥 담배고 고양이는 그냥 고양이일 때도 있었다. 죽음을 앞둔 순간 테리의 눈빛이나 임종 진술을 계속 떠올릴 이유가 없었다. 새뮤얼스도 얘기했다시피 그가 눈을 감았을 때 아내가 옆에 무릎을 꿇고 앉아서 그의 손을 잡고 있지 않았던가.

랠프는 작업대에 앉았다. 별로 넓지도 않은 뒷마당 잔디를 깎았을 뿐인데, 그것치고 너무 피곤했다. 총격 직전 마지막 몇 분 동안의 장면들이 그의 머릿속에서 떠날 줄 몰랐다. 자동차 도난 경보. 머리에서 피가 나는 걸 보고(살짝 찢어진 것에 불과했겠지만 시청률에는 일조했다.) 썩소를 지었던 금발의 앵커. 양손에 문신을 새긴 화상 입은 남자. 언청이 소년. 햇빛이 비추자 인도에 박힌 채 복잡한 별자리처럼 반짝였던 운모 조각들. 위아래로 들썩이던 여자아이의 노란색 브래지어 끈. 그 장면이 가장 선명했다. 그게 그를 어딘가로 인도하려는 것처럼 느껴졌지만, 가끔 브래지어 끈은 그냥 브래지어 끈일 때도 있었다.

"그리고 동시에 두 군데에 있을 수는 없는 남자." 그는 중얼거렸다.

"랠프? 혼잣말 하고 있는 거야?"

그는 움찔하며 고개를 들었다. 지넷이 문 앞에 서 있었다.

"혼잣말이겠지. 달리 아무도 없으니까."

"내가 있잖아. 괜찮아?"

"아니."

랠프는 그렇게 말하고 지넷에게 프레드 피터슨의 소식을 전했다. 그녀는 티가 날 정도로 휘청했다.

"맙소사. 그럼 그 가족은 끝장이네. 그 사람이 회복되지 않는 이상."

"회복되더라도 끝장났다고 봐야겠지." 랠프는 작업대에서 일어났다. "이따 지서에 가서 종잇조각을 살펴봐야겠어. 메뉴건 뭐건 간에."

"먼저 샤워부터 해. 기름이랑 풀 냄새 나."

그는 미소를 짓고 그녀를 향해 경례했다.

"네, 대장님."

그녀는 까치발을 하고 그의 뺨에 입을 맞추었다.

"랠프? 당신은 극복할 거야. 그럴 거야. 내 말 믿어."

8

랠프는 휴직을 한 적이 없었기에 거기에 대해서 모르는 부분이 너무 많았다. 그중 하나가 경찰서에 가도 되는지 여부였다. 그는 그 사실을 감안해 늦은 오후가 될 때까지 기다렸다. 경찰서의 리듬이 그 무렵에 가장 느려지기 때문이었다. 본관에 들어가 보니 아직 사복을 입고 시 의회에서 계속 교체해 주겠다고 말만 하는 구닥다리 PC 앞에서 보고서를 작성하는 스테퍼니 굴드와 신고 접수 데스크에 앉아서 《피플》을 읽고 있는 샌디 맥길뿐이었다. 서장실에도 사람이 없었다.

"어, 반장님." 스테퍼니가 고개를 들고서 말했다. "어쩐 일이세요? 유급 휴가 중이시라고 들었는데."

"심심해서."

"제가 해결해 드릴 수 있는데."

그녀는 말하며 컴퓨터 옆에 쌓인 서류 더미를 토닥였다.

"그건 다음번에."

"일이 그렇게 된 거 안타깝게 생각해요. 저희 모두요."

"고마워."

그는 신고 접수 데스크로 가서 샌디에게 증거 보관실 열쇠를 달라고 했다. 그녀는 잡지에서 거의 고개를 돌리지도 않은 채 주저 없이 열쇠를 건넸다. 증거 보관실 출입문 옆에는 클립보드와 볼펜이 고리에 매달려 있었다. 랠프는 그냥 건너뛸까 고민하다가 이름과 날짜와 '15:30'이라고 시간을 적었다. 사실상 선택의 여지가 없었던 것이 굴드와 맥길, 두 사람 모두 그가 찾아왔다는 사실과 찾아온 이유를 알았다. 뭘 보려고 왔느냐고 누가 물으면 그는 솔직하게 대답할 것이었다. 그는 정직을 당한 게 아니라 휴직 상태였다.

크기가 벽장과 다를 게 없는 그 방은 후덥지근했다. 머리 위에서 형광등이 깜빡거렸다. 골동품 PC들과 마찬가지로 바꿔야 했다. 플린트 시티는 연방정부의 보조 아래 경찰서에 필요한 무기를 넘치도록 철저하게 챙겼다. 그러니 기반 시설이야 금이 가기 시작한들 대수일까.

랠프가 맨 처음 입사했을 때 프랭크 피터슨 살인사건이 벌어졌다면 메이틀랜드 관련 증거가 네 상자 내지 여섯 상자씩 됐겠지만, 컴퓨터 시대가 압축에는 효과 만점이라 이제는 겨우 두 상자에 불과했고 그에 더해 밴 뒷자리에 있던 공구함뿐이었다. 공구함에는 스패너, 망치, 드라이버와 같은 일반적인 공구들이 들어 있었다. 공구나 공구함에는 테리의 지문이 없었다. 랠프가 해석하기로는 도난 시점에 공구함이 밴에 실려 있었고, 밴을 훔친 이후에 안에 뭐가 들어 있는지 테리가 들여다보지 않았다는 뜻이었다.

한 증거 상자에는 메이틀랜드 집이라고 적혀 있었다. 두 번째 상자에는 밴/스바루라고 적혀 있었다. 랠프가 보려는 건 이 상자였다. 그는 테이프를 갈랐다. 테리도 죽은 마당에 그러면 안 될 이유가 없었다.

랠프는 잠깐 뒤적인 끝에 그가 기억하는 종잇조각이 담긴 증거용 비닐봉투를 찾았다. 파란색이었고 직사각형에 가까웠다. 꼭대기에 까만색 볼드체로 **토미와 텁**(Tommy and Tup)이라고 적혀 있었다. **텁** 다음은 없었다. 위쪽 모서리에 김이 모락모락 나는 파이가 조그맣게 그려져 있었다. 랠프는 그 파이를 구체적으로 기억하지는 못했지만, 포장용 메뉴판에서 떨어져 나온 거라고 생각했던 이유가 그 때문이었다. 오늘 새벽에 둘이 대화를 나눴을 때 지넷이 뭐라고 했더라? *내가 자각하는 생각 뒤로 수십 개의 다른 생각들이 줄지어 있다고 믿어.* 그게 사실이라면 랠프는 그 노란색 브래지어 끈 뒤에 숨어 있는 생각이 뭔지 알아내는 데 상당한 금액의 돈을 지불할 용의가 있었다. 그 뒤에 뭔가가 있다고 장담할 수 있기 때문이었다.

또 하나 장담할 수 있는 게 있다면, 이 종잇조각이 밴의 밑바닥에 떨어져 있게 된 경로였다. 누군가가 밴이 주차되어 있던 일대의 모든 차량 앞 유리창에 메뉴판을 꽂아 놓은 것이었다. 뉴욕에서 그 차를 훔친 아이가 됐건, 아이가 버린 뒤에 다시 훔친 사람이 됐건, 운전자가 와이퍼를 들지 않고 그냥 뜯어 내는 바람에 삼각형의 모서리가 남았다. 운전자는 몰랐다가 출발한 다음에 알아차렸을 것이다. 그는 손을 내밀고 종잇조각을 잡아당겨 바람에 날리는 대신 바닥에 버렸다. 도둑질이라면 모를까, 쓰레기를 함부로 버릴 성격은 아니었기 때문에. 아니면 바로 뒤에서 경찰차가 따라와서 아무리 사소한 거라도 시선을 끌 만한 짓을 저지르고 싶지 않았기 때문에. 아니면 창밖으로 버리려고 했지만 제멋대로 부는 바람에 날려 다시 안으로 들어왔을 수도 있었다. 랠프는 담배 불똥 때문에 벌어진 교통사고를 여러 차례 수사한 적이 있었는데, 그중 한 번은 상당히 끔찍했었다.

랠프는 뒷주머니에서 수첩을 꺼내(휴직 상태이건 뭐건 간에 수첩을 들고 다니는 건 제2의 천성이었다.) 빈 페이지에 **토미와 텁**이라고 적었다. **밴/스바루** 상자를 원래 있었던 선반에 다시 넣고 증거 보관실을 나서(퇴실 시간을 잊지 않고 기록했다.) 문을 다시 잠갔다. 샌디에게 열쇠를 다시 돌려주며 수첩을 펼쳐 보였다. 샌디는 제니퍼 애니스턴의 근황 기사를 읽다 말고 흘끗 수첩을 쳐다보았다.

"이게 뭔지 알겠나?"

"아뇨."

그녀는 다시 잡지 쪽으로 고개를 돌렸다. 랠프는 아직까지 출력된 자료를 데이터베이스에 입력하며 번번이 엉뚱한 자판을 두드릴 때마다 나지막이 욕을 하고 있는 굴드 경관 쪽으로 갔다. 그녀는 그의 수첩을 흘끗 쳐다보았다.

"텁(tup)은 옛날 영국에서 떡친다는 뜻의 속어로 쓰였던 걸로 알아요. '어젯밤에 여자친구랑 떡을 쳤지.' 이런 식으로요. 다른 뜻은 모르겠는데. 중요한 사안인가요?"

"모르겠어. 아닐 수도 있고."

"구글에서 검색해 보세요."

랠프는 구닥다리 컴퓨터가 부팅이 되길 기다리는 동안 그와 혼인관계에 있는 데이터베이스에 접속해 보기로 했다. 신호가 한 번 떨어지자마자 전화를 받은 지넷은 랠프의 질문을 듣더니 곧바로 대답했다.

"토미와 터펜스(Tommy and Tuppence)일 수도 있겠다. 애거서 크리스티가 에르퀼 푸아로나 미스 마플 말고 다른 작품에서 선보인 탐정 커플이야. 만약 그거라면 영국 출신 커플이 운영하는 영국 음식 전문점일 수 있겠네. 예를 들면 버블 앤드 스퀴크* 같은 걸 파는."

"버블 앤드 뭐?"

"신경 쓰지 마."

"어쩌면 아무것도 아닐지 몰라."

그는 했던 말을 반복했다. 하지만 중요한 것일 수도 있었다. 어느 쪽이 됐건 추적해서 확인해 보아야 했다. 셜록 홈즈에게는 미안한 얘기지만 개똥을 추적하는 것이 탐정 업무의 거의 전부라고 보면 맞았다.

"하지만 나는 궁금해. 집에 오거든 얘기해 줘. 아, 그리고 우리 오렌지 주스 다 마셨어."

"가는 길에 제럴스에 들를게." 그는 말하고 전화를 끊었다.

그는 구글에 토미와 터펜스를 입력하고 음식점이라고 덧붙였다. 경찰서의 컴퓨터는 오래됐지만 와이파이는 새로 깔았고 빨랐다. 몇 초 만에 그가 찾던 정보가 떴다. 오하이오 주 데이턴의 노스우즈 블러바드에 '토미와 터펜스 펍 그리고 카페'가 있었다.

데이턴이라. 뭔가 있었는데. 이 안타까운 사건 중간에 한번 언급된 적 있지 않았던가? 언제였더라? 그는 의자에 기대고 앉아서 눈

* Bubble and squeak, 고기와 양배추를 살짝 볶은 영국 전통 요리. 조리 과정에서 거품이 일고 끼익 소리가 나는 데서 이름이 유래했다고 한다.

을 감았다. 그 노란색 브래지어 끈과의 연결 고리는 좀처럼 떠오르지 않았지만 이번 건은 생각이 났다. 테리 메이틀랜드와 마지막으로 대화다운 대화를 나누었을 때 언급된 도시였다. 밴 이야기가 나왔을 때 테리는 신혼여행 이후로 뉴욕에 간 적이 없다고 했다. 최근에 여행한 곳이 오하이오뿐이었다고 했다. 사실상 데이턴이었다.

애들 봄방학 때. 아버지를 보고 싶었거든요. 그리고 랠프가 아버님이 거기 사느냐고 묻자 테리는 이렇게 대답했다. *그런 생활도 사는 거라고 표현할 수 있다면요.*

랠프는 사블로에게 전화했다.

"여보세요, 유넬. 나예요."

"아, 랠프, 은퇴해 보니까 어때요?"

"좋아요. 우리 집 마당을 보여줘야 하는 건데. 그 한심한 기자의 매력적인 육체를 잘 보호했다고 표창장을 받게 됐다면서요?"

"그렇다네요. 멕시코에서 온 이 가난한 농부의 아들이 아직까지는 운이 좋아요."

"아버님이 애머릴로에서 가장 큰 자동차 영업소를 한다고 그러지 않았어요?"

"그렇게 얘기했을 수도 있어요. 하지만 진실과 전설 중에서 하나를 골라야 한다면 전설을 게재하라고 하잖아요.「리버티 밸런스를 쏜 사나이」에서 감독 존 포드가 남긴 명언이에요. 어쩐 일로 전화했어요?"

"새뮤얼스한테 맨 처음에 밴을 훔친 아이 얘기 들었어요?"

"네. 엄청나던데. 아이 이름이 멀린인 거 알아요? 텍사스 남부까지 오다니 얘가 마법사 맞나 봐요."

"혹시 엘패소에 연락책 있어요? 거기서 도주가 끝났다는데, 새뮤얼스한테 들은 바로는 오하이오 주에서 밴을 버렸다고 하거든요. 혹시 데이턴의 노스우즈 블러바드에 있는 '토미와 터펜스'라는 술집 겸 카페 근처에 버렸는지 궁금해서요."

"아마 알아볼 수 있을 거예요."

"새뮤얼스한테 듣자하니 마법사 멀린이 한참 동안 길거리 생활을 했다고 하던데. 밴을 버린 시점이 언제였는지도 알아봐 줄 수 있겠어요? 혹시 4월이었는지."

"그것도 알아볼게요. 그런데 왜요?"

"테리 메이틀랜드가 4월에 데이턴에 갔거든요. 아버지를 만나러."

"정말요?" 유넬은 이제 완전히 관심이 동한 말투였다. "혼자?"

"가족들하고요." 랠프는 시인했다. "그리고 갈 때, 올 때 모두 비행기를 탔어요."

"그럼 말짱 꽝이잖아요."

"그럴지도요. 하지만 내 의식의 표면을 계속 간질이고 있단 말이죠."

"왜 그런지 나중에 설명해 주셔야 해요, 형사님. 왜냐하면 저는 그냥 멕시코에서 온 가난한 농부의 아들이거든요."

랠프는 한숨을 쉬었다.

"한번 알아볼게요."

"고마워요, 유넬."

막 전화를 끊었을 때 겔러 서장이 운동용 가방을 들고 방금 전에 씻은 얼굴로 들어왔다. 랠프가 손을 흔들자 그는 우거지상으로 응대했다.

"자네, 여기 있으면 안 되잖나."

아, 이로써 그 궁금증은 해결이 됐다.

"집에 가. 가서 잔디를 깎든지 해."

"잔디는 이미 깎았어요." 랠프는 자리에서 일어나며 말했다. "지하실 청소가 그 다음 차례죠."

"그래, 그걸 시작하는 게 좋겠네." 겔러는 자기 방 앞에서 걸음을 멈추었다. "그리고 랠프…… 나는 이 모든 사태를 안타깝게 생각하네. 진심으로."

다들 계속 그 소리네. 랠프는 그렇게 생각하며 오후의 열기 속으로 나섰다.

9

유넬이 그날 저녁 9시 15분에 지넷이 샤워하는 동안 전화했다. 랠프는 전부 받아 적었다. 많지는 않았지만 흥미를 느끼기에 충분했다. 그는 한 시간 뒤에 잠자리에 누워 테리가 법원 청사 계단 발치에서 총에 맞은 이래 처음으로 잠다운 잠을 잤다. 그는 10대 여자아이가 남자친구의 어깨에 앉아서 하늘을 향해 주먹을 내지르는 꿈을 꾸고 금요일 4시에 눈을 떴다. 침대에서 아직 깼다기보다 잠든 것에 가까운 상태로 벌떡 일어나 겁에 질린 아내가 옆에서 그의 어깨를 붙잡을 때까지 부지불식간에 고함을 질렀다.

"뭐야? 랠프, 뭐야?"

"끈이 아니야! 끈 색깔이지!"

"그게 무슨 소리야?" 그녀는 그를 흔들었다. "꿈 꿨어, 여보? 나쁜 꿈 꿨어?"

내 머릿속에는 내가 자각하는 생각 뒤로 수십 개의 다른 생각들이 줄지어 있다고 믿어. 그녀는 그렇게 얘기했었다. 그리고 그게 여느 꿈처럼 벌써부터 소멸되어 가는 이번 꿈의 내용이었다. 그 생각들 중 하나였다.

"알아냈는데. 꿈속에서는 알아냈는데."

"뭘 말이야, 여보? 테리에 대해서?"

"그 여자아이에 대해서. 그 아이의 브래지어 끈이 밝은 노란색이었거든. 그런데 다른 뭔가가 또 있었어. 꿈속에서는 그게 뭔지 알았는데 지금은……." 그는 침대 밖으로 발을 내리고, 잠옷으로 입은 헐렁한 사각팬티 아래로 드러난 무릎을 두 손으로 움켜쥐었다. "사라져 버렸어."

"다시 생각날 거야. 누워. 당신 때문에 내가 얼마나 무서웠는지 알아?"

"미안."

랠프는 다시 누웠다.

"다시 잘 수 있겠어?"

"모르겠어."

"사블로 경위가 전화해서 뭐래?"

"내가 얘기 안 했나?"

얘기하지 않았다는 걸 알면서 하는 말이었다.

"응. 그리고 나는 캐묻고 싶지 않았어. 당신이 곰곰이 생각하는 표정을 짓고 있어서."

"아침에 얘기해 줄게."

"당신 때문에 잠이 확 깼으니까 지금 얘기하는 편이 낫겠는데."

"별것 없어. 유넬이 그 아이를 체포한 경관을 통해서 아이의 행방을 추적했거든. 그 경관이 아이가 마음에 들어서 관심을 가지고 계속 소재를 파악하고 있대. 우리의 캐시디 씨는 일단은 거기 엘패소에서 위탁 가정 생활을 하고 있어. 차량 절도 건으로 소년법원에서 열리는 심리에 참석해야 하지만 어디서 심리가 열릴지 아직 아무도 몰라. 뉴욕의 더치스 카운티일 가능성이 가장 높지만 그쪽에서는 아이를 체포할 생각이 별로 없고, 아이는 거기로 돌아갈 생각이 별로 없어. 그래서 현재 법적으로 어중간한 상태인데, 유넬이 말하길 아이는 거기에 딱히 불만이 없대. 아이 말로는 아버지가 엄청 자주 손찌검을 했다고 해. 엄마는 모르는 체했고. 상당히 전형적인 학대의 악순환이지."

"딱해라, 그러니 도망칠 만도 했네. 그 애는 앞으로 어떻게 돼?"

"아, 결국에는 돌려보내질 거야. 정의의 바퀴가 느리기는 해도 아주 제대로 돌아가거든. 집행유예를 받거나 위탁 가정에서 형기를 채울 수 있는 방법을 마련할 거야. 그의 고향 경찰서에 집안의 상황이 통보되겠지만 결국에는 모든 게 원점으로 돌아갈 거야. 아이를 때리는 인간들은 가끔 일시 정지 버튼을 누를지 몰라도 멈춤 버튼을 누르는 경우는 거의 없거든."

그는 뒤통수 밑으로 손을 넣고 이전까지 폭력의 징후를 보인 적이 없었던, 심판을 들이받은 적조차 없었던 테리를 생각했다.

"아이는 데이턴에 갔었어. 그리고 그 무렵 밴에 대해서 불안해지기 시작했고. 공짜였고, 직원이 없었고, 몇 블록 멀리에서 맥도날드 간판이 보였기 때문에 공영 주차장에 차를 댔지. 토미와 터펜스 카페를 지난 기억은 없지만, 등에 토미 어쩌고라고 적힌 티셔츠를 입은 젊은 남자를 본 기억은 난대. 파란색 종이 묶음을 들고 길가에 주차된 차량의 앞 유리창 와이퍼 밑에 꽂고 있었다고. 그 남자가 멀린한테 2달러를 줄 테니까 주차장에 있는 차량의 와이퍼 밑에 메뉴를 꽂아 주지 않겠느냐고 물었어. 아이는 됐다고 하고 점심을 먹으러 맥도날드로 갔어. 다 먹고 나와 보니 전단지 남자는 보이지 않았고 주차장에 세워진 모든 자동차와 트럭마다 메뉴가 꽂혀 있었지. 이유는 알 길이 없지만 아이는 겁이 많아서 그걸 안 좋은 징조로 해석했어. 차를 바꿀 때가 됐다는 결론을 내렸지."

"겁이 많지 않았다면 훨씬 일찌감치 잡혔을 수도 있는데."

"맞아. 아무튼 아이는 주차장을 돌아다니면서 문이 잠기지 않은 차가 있는지 살폈어. 아이가 유넬한테 얘기한 바에 따르면 그런 차가 너무 많아서 놀랐다고 했다더군."

"당신이라면 놀라지 않았을 텐데."

랠프는 미소를 지었다.

"사람들이 워낙 조심성이 없으니까. 다섯 번째인가 여섯 번째 차가 문을 잠그지 않았고 선바이저 뒤에 스페어 열쇠가 끼워져 있었어. 아이의 입장에서는 완벽한 조건이었지. 평범한 까만색 도요타였거든, 날마다 도로에서 수천 대씩 볼 수 있는. 하지만 우리의 주인공 멀린은 그걸 타고 출발하기 전에 밴 열쇠를 구멍에 꽂아 놓았어. 누가 훔쳐가길 바랐기 때문이라는데, 아이가 한 말을 그대로 인용할게. '그러면 짭새의 추적을 따돌릴 수 있을지 모르니까요.' 누가 들으면 깜빡이를 꼬박꼬박 켜고 다닌 가출 소년이 아니라 6개주에 수배령이 내린 살인범인 줄 알겠어."

"애가 그런 말을 했다고?" 그녀는 재미있어했다.

"그렇다니까. 그나저나 뭘 가지러 밴에 다시 다녀와야 했대. 실제보다 키가 커 보이게 하느라 찌그러진 종이상자를 몇 개 깔고 앉았거든."

"이 아이 어쩐지 마음에 든다. 데릭 같으면 그런 생각은 절대 못 했을 텐데."

우리가 지금까지 그럴 만한 이유를 제공한 적이 없었지. 랠프는 생각했다.

"아이가 밴의 앞 유리창에 메뉴판을 그냥 꽂아 두었는지 기억해?"

"유넬이 물어보았더니 당연히 그냥 뒀다고, 뭐 하러 치웠겠느냐고 했대."

"그렇다면 그걸 뜯은 사람이, 그 쪼가리를 차 안에 둔 사람이 데이턴의 주차장에서 그 차를 훔친 범인이겠네."

"거의 그렇다고 봐야겠지. 이제 내가 곰곰이 생각하는 표정을 짓게 된 이유를 설명할게. 아이 말로는 그때가 4월이었던 것 같대. 날짜 파악이 그렇게 중요한 일은 아니었을 테니 가감해서 듣긴 해야겠지만 아이가 유넬한테 말하기로는 봄이었다고, 나뭇잎이 많이 돌았지만 아직 본격적으로 덥지는 않았다고 했대. 그러니까 아이의 기억이 맞았을 수도 있어. 그리고 4월이면 테리가 아버지를 만나러 데이턴에 갔던 때란 말이지."

"하지만 그는 가족과 함께 갔고 비행기로 왕복했잖아."

"나도 알아. 우연의 일치라고 할 수도 있고. 그런데 그 밴이 여기이 플린트 시티로 흘러들어 왔고, 하나의 포드 이코노라인 밴을 둘러싸고 우연의 일치가 두 개 겹친 거라고 믿기는 힘들단 말이지. 유넬은 테리에게 공범이 있었을지 모른다는 의견을 제시했어."

"그와 똑같이 생긴 공범?" 지넷은 한쪽 눈썹을 추켜세웠다. "아마도 이름이 윌리엄 윌슨일 쌍둥이?"

"나도 알아, 말도 안 되는 발상이라는 거. 하지만 얼마나 희한한지 당신도 알겠지? 테리가 데이턴에 있었을 때 밴도 데이턴에 있었고. 테리가 플린트 시티의 집으로 돌아오니까 밴도 플린트 시티에 등장하고. 그런 걸 지칭하는 단어가 있는데, 뭔지 기억이 나질 않네."

"아마도 당신이 찾는 단어는 '합일점'일 거야."

"마시하고 얘기를 나눠 보고 싶어. 온 가족이 어떤 식으로 데이턴에 다녀왔는지 물어보고 싶어. 기억나는 대로 전부 얘기해 달라고. 하지만 나하고 말을 섞고 싶지 않아 하겠지. 내 쪽에서 그녀에게 강요할 방법도 전혀 없고."

"노력은 해 볼 거야?"

"아, 물론이지. 노력은 해 볼 거야."

"이제 잘 수 있겠어?"

"아마도. 사랑해."

"나도 사랑해."

그가 막 잠이 들려던 찰나, 그녀가 충격 요법 차원에서 그의 귀에 대고 단호하고 냉혹하달 수 있는 말투로 물었다.

"브래지어 끈이 아니면 뭐였어?"

순간 랠프의 눈앞에 '안 돼'라는 단어가 선명하게 보였다. 하지만 글씨가 노란색이 아니라 푸르스름한 초록색이었다. 뭔가가 있었다. 하지만 그가 잡으려고 하자 사라져 버렸다.

"안 돼."

"아직은 그렇지." 지넷이 대답했다. "하지만 당신은 뭔지 알아낼 거야. 나는 당신을 알아."

그들은 잠이 들었다. 랠프가 눈을 떠 보니 8시였고 온갖 새들이 지저귀고 있었다.

10

그 금요일 오전 10시에 세라와 그레이스는 「힘든 하루를 보낸 밤 *A Hard Day's Night*」 앨범에 다다랐고, 마시는 정말이지 미쳐 버릴지 모르겠다는 생각이 들었다.

아이들이 테리의 차고 작업실에서 그의 전축(이베이에서 거의 거저 산 거나 다름없다고 마시를 안심시킨 물건이었다.)과 심혈을 기울여 수집한 비틀스 앨범을 발견한 게 화근이었다. 그 전축과 앨범들을 그레이스의 방으로 들고 와서 「비틀스를 소개합니다!*Meet the Beatles!*」 앨범부터 틀기 시작했다.

“전부 들어 볼 거예요.” 세라가 어머니에게 말했다. “아빠를 추억하는 뜻에서. 엄마만 괜찮다면요.”

마시는 좋다고 했다. 아이들의 창백하고 엄숙한 얼굴과 충혈된 눈을 보고 달리 어떤 대답을 할 수 있었을까. 다만 그 노래들이 그녀를 얼마나 힘들게 할지 몰랐다는 게 문제였다. 아이들도 당연히 그 노래들을 전부 알았다. 테리가 차고에 있을 때면 항상 전축 바늘이 돌아갔고 미국을 습격한 여러 영국 그룹의 노래가 작업실을 채웠다. 그는 조금 늦게 태어나는 바람에 그들의 노래를 직접 듣지 못했지만 그래도 사랑해 마지않았다. 서처스, 좀비스, 데이브 클락 파이브, 킹크스, T. 렉스 그리고 당연히 비틀스. 대개 그들의 곡이었다.

아이들도 아버지를 따라서 이들 그룹과 이들의 노래를 좋아했지만, 그들은 전혀 모르는 감정의 영역이 있었다. 아이들은 테리 아버지의 차 뒷자리에서 테리의 입술이 그녀의 목을 더듬고, 손은 그녀의 스웨터 안으로 들어가 있었을 때 「너의 이름을 부를게*I Call Your Name*」를 들은 적이 없었다. 또 지금 2층에서 흘러 내려오는 「사랑을 살 순 없어*Can't Buy Me Love*」만 해도 처음으로 함께 살게 된 아파트에서 손을 잡고, 떨이로 20달러에 산 닳아 빠진 「힘든 하루를 보낸 밤」 공연 비디오테이프를 통해 미친 듯이 날뛰는 그 네 명의 멤버를 흑백화면으로 본 것이었지만 그런 경험이 아이들에겐 없었다. 마시는 그때 옆에 앉아 있는 남자와 결혼하리라는 걸 알았다. 그는 아직 몰랐을 테지만. 두 사람이 그 오래된 테이프를 봤을 때 존 레넌은 이미 죽었던가? 그녀의 남편처럼 길에서 총에 맞고 죽었던가?

알 수 없었고 기억도 나지 않았다. 마시가 아는 것이라고는 그녀와 세라와 그레이스가 품위를 손상하는 일 없이 장례식을 무사히 치렀다는 사실뿐이었다. 장례식을 치르고 한도 끝도 없는 싱글맘(아아, 이 얼마나 끔찍한 단어인가.)의 인생이 그녀를 기다리는 가운데 발랄한 음악이 울려 퍼지자 슬퍼서 미쳐 버릴 것만 같았다. 화음을 넣어서 부르는 보컬 파트와 조지 해리슨의 기발한 리프가 모조리 새로운 상처였다. 그녀는 아이스커피를 앞에 두고 식탁에 앉아 있다가 두 번 일어났다. 계단 발치까지 가서 '그만! 이제 그만 꺼 줘!'라고 외치려고 두 번 숨을 들이마셨다. 그리고 두 번 부엌으로 다시 돌아왔다. 아이들도 상실의 아픔을 달래는 중이었다.

이번에 일어났을 때 그녀는 조리 기구를 보관하는 서랍 앞으로 가서 끝까지 열었다. 아무것도 없을 줄 알았는데 윈스턴 담배가 한 갑 있었다. 세 대가 남아 있었다. 아니, 맨 뒤에 숨어 있는 것까지 네 대였다. 그녀는 작은딸의 다섯 번째 생일에 케이크 반죽을 섞다 기침 발작을 일으킨 뒤로 담배를 끊겠다고 그 자리에서 맹세했다. 그럼에도 이 마지막 남은 암의 사병들을 버리지 않았고, 앞을 내다볼 줄 아는 그녀의 비밀스러운 마음속 한구석은 언젠가 다시 필요해지는 날이 오리라는 사실을 아는 듯이 서랍 뒤편에 던져 놓았다.

5년 묵은 거잖아. 죽도록 퀴퀴할 거야. 기침하다가 기절할지 몰라.

좋다. 그럴 수 있다면 더 좋았다.

그녀는 한 대를 꺼냈다. 벌써부터 침이 고였다. *담배는 절대 끊는 게 아니야, 잠깐 쉬는 거지.* 그녀는 계단 앞으로 가서 고개를 모로 꼬았다. 「그리고 나는 그녀를 사랑해*And I Love Her*」가 끝나고 「이유를 말해 줘*Tell Me Why*」(만고불변의 질문이랄까.)가 시작됐다. 그레이스의 침대에 앉아서 아무 말도 하지 않고 듣고만 있는 아이들의 모습이 그려졌다. 손을 잡고 있을지도 몰랐다. 그렇게 아빠의 성체를 모시고 있을지도 몰랐다. 캡 시티의 턴 백 더 핸즈 오브 타임 레코드점에서 산 것도 있고 인터넷에서 산 것도 있는 아빠의 앨범들. 한때 딸들을 안았던 손으로 잡았던 그 앨범들.

그녀는 거실을 가로질러 정말 추운 겨울 저녁에만 켜는 조그맣고 배가 불룩한 난로 앞으로 다가갔고, 그 옆 선반에 있는 다이아몬드 성냥갑을 향해 멍하니 손을 내밀었다. 멍하니 내민 이유는 선반에 아직은 차마 볼 수 없는 사진들이 줄줄이 놓여 있기 때문이었다. 한 달이 지나면 볼 수 있을까. 1년이 지나면 볼 수 있을까. 얼마가 지나면 이 가장 쓰라린 상심의 첫 단계가 지나갈까? 인터넷으로 검색하면 상당히 정확한 답을 알 수 있겠지만 찾아보기가 두려웠다.

그나마 장례식이 끝난 뒤에 기자들이 새로 터진 정치 스캔들을 취재하느라 캡 시티로 달려갔기 때문에 뒤 현관으로 갈 필요가 없었다. 뒤 현관에서 피우면 창밖을 내다본 아이들에게 나쁜 습관을 다시 시작한 걸 들킬 위험이 있었다. 차고에서 피우면 LP판을 새로 챙기러 온 아이들이 냄새를 맡을 수 있었다.

그녀는 앞문을 열었다가 노크를 하려고 주먹을 든 랠프 앤더슨과 맞닥뜨렸다.

11

그를 쳐다보는 그녀의 경악한 눈빛(그가 무슨 괴물 아니면 드라마에 나오는 좀비라도 되는 듯한 눈빛이었다.)이 랠프에게는 가슴을 강타한 주먹과도 같았다. 그는 산발한 그녀의 머리와 가운(너무 큰 걸 보면 테리의 가운일 수 있었다.) 옷깃에 묻은 뭔지 모를 얼룩과 손가락 사이에 끼워진 살짝 구부러진 담배를 볼 겨를이 있었다. 그리고 또 다른 것도 있었다. 항상 변함없던 미모가 벌써부터 시들어 가고 있었다. 그도 직접 확인하지 않았다면 있을 수 없는 일이라고 생각했겠지만 사실이었다.

"마시……."

"아뇨. 여긴 당신이 있을 곳이 아니에요. 나가 주세요."

그녀는 배를 한 대 얻어맞기라도 한 듯 숨을 헐떡이며 나지막이 속삭였다.

"할 얘기가 있어서 왔어요. 제발 내 말 좀 들어 봐요."

"당신이 내 남편을 죽였죠. 그것 말고 할 얘기가 뭐가 있나요?"

그녀는 문을 닫으려고 했다. 랠프가 손으로 문을 잡았다.

"내가 테리를 죽이지는 않았지만 맞아요, 일조하기는 했죠. 원하면 공범이라고 불러도 좋아요. 그런 식으로 체포하지 말았어야 하는데. 여러 가지 측면에서 잘못된 판단이었어요. 내 나름대로 이유가 있었지만 훌륭한 이유는 아니었고요. 나는……."

"문에서 손 떼요. 안 그러면 경찰을 부를 거예요."

"마시……."

"*그런 식으로 부르지 마요.* 그런 짓을 저질러 놓고 나를 그렇게 부를 권리가 있다고 생각해요? 내가 지금 목이 찢어져라 소리를 지르지 않는 이유는 딱 하나, 애들이 2층에서 죽은 아버지의 음반을 듣고 있기 때문이에요."

"제발." 그는 '이러지 마요.'라고 하려다가 그 정도로는 부족하다는 결론을 내렸다. "이렇게 빌게요. 제발 얘기 좀 해요."

그녀는 담배를 들고, 섬뜩하고 무미건조한 웃음을 터뜨렸다.

"빈대들이 떠나서 집 앞에서 담배를 피울 수 있겠다 했더니 빈대 중에서도 으뜸인 왕 빈대가 찾아왔네. 내 남편을 죽게 만든 빈대 씨, 마지막으로 경고할게요. *우리 집…… 문에서…… 그 염병할 손 떼요!*"

"테리가 죽이지 않았다면요?"

그녀의 눈이 휘둥그레졌고 문을 잡고 있던 손이 잠깐 동안이나마 느슨해졌다.

"아니라면……? 맙소사, 그이가 자기는 죽이지 않았다고 얘기했잖아요! 거기 쓰러져서 죽어 가면서 그랬잖아요! 또 뭘 원해요, 대천사 가브리엘이 인편으로 전보라도 보내야 해요?"

"그가 죽이지 않았다면 범인이 여전히 활개를 치고 다닌다는 얘기예요. 그리고 그 범인에게 당신뿐 아니라 피터슨 가족을 파괴한 책임이 있어요."

그녀는 잠깐 곰곰이 따져보다가 말했다.

"올리버 피터슨이 죽은 이유는 당신이랑 그 새뮤얼스라는 개자식이 서커스를 벌였기 때문이에요. 그리고 당신이 그 애를 죽이지 않았나요, 앤더슨 형사님? 머리를 쏴서. 당신이 같은 편을 죽였어요. 그것도 어린애를."

그녀는 그의 면전에 대고 문을 쾅 닫았다. 랠프는 노크를 하려고 손을 다시 들었다가 생각을 바꾸고 몸을 돌렸다.

12

마시는 몸을 부들부들 떨며 문 안쪽에 서 있었다. 무릎이 후들거리는 게 느껴졌고 부츠나 진흙이 묻은 신발을 벗을 때 앉는 문 옆 벤치까지 간신히 걸어갈 수 있었다. 2층에서는 암살당한 비틀스 멤버가 집에 가면 하고 싶은 일들을 노래하고 있었다. 마시는 어쩌다 그게 거기 있는지 모르겠다는 표정으로 손가락 사이에 끼워진 담배를 쳐다보다가 두 동강 내고, 입고 있던 가운(진짜 테리의 가운이었다.) 주머니에 넣었다. *적어도 저 사람 덕분에 쓰레기에 다시 손을 대는 사태는 막았네. 고맙다고 편지라도 써야 할까 봐.*

그녀의 가족에게 쇠지렛대를 휘둘러 모든 걸 박살내 놓고 뻔뻔하게 집으로 찾아오다니. 저 잔인한 철면피 수준의 뻔뻔함이라니. 하지만…….

그가 죽이지 않았다면 범인이 여전히 활개를 치고 다닌다는 얘기예요.

인터넷에 접속해 상심의 첫 단계가 언제 끝나는지 찾아볼 기운조차 없는 그녀가 무슨 수로 그 사실에 대처할 수 있을까? 그리고 그녀가 무슨 조치를 취해야 하는 이유도 없었다. 어떻게 그게 그녀의 책임일 수 있겠는가. 경찰은 엉뚱한 사람을 잡아 놓고 테리의 알리바이가 바위처럼 단단한데도 고집을 꺾지 않았다. 배짱이 있다면 제대로 된 범인을 잡아 보라지. 그녀는 제정신으로 오늘 하루를 버티고, 상상이 잘 되지 않는 미래에 대해 고민해야 했다. 주민 절반이 그녀의 남편을 암살한 범인이 하느님의 일을 대신했다고 믿는 이곳에서 계속 살아야 할까? 엉뚱한 운동화를 신기만 해도 놀림과 따돌림을 당할 수 있는, 중학교와 고등학교라는 사람 잡는 집단으로 두 딸을 내보내야 할까?

앤더슨을 내쫓은 건 잘한 일이었어. 그 인간을 이 집에 들일 수는 없어. 그래, 그 인간 말투가 진솔하게 느껴지긴 했지만, 적어도 내가 생각하기에는 그랬지만, 그런 짓을 저지른 인간을 어떻게 이 집에 들일 수 있겠어?

그가 죽이지 않았다면 범인이……

"입 다물어." 그녀는 자기 자신에게 속삭였다. "입 다물어. 제발 입 다물어."

……여전히 활개를 치고 다닌다는 얘기예요.

그리고 그 범인이 똑같은 짓을 저지른다면?

13

플린트 시티의 상류층은 대부분 하워드 골드가 부잣집 아니면 적어도 유복한 집안에서 태어났다고 생각했다. 그는 닥치는 대로 연명하며 지낸 어린 시절을 전혀 부끄럽게 여기지 않았지만 나서서 사람들의 착각을 바로잡지는 않았다. 어쩌다 보니 그의 아버지는 에어스트림 트레일러하우스에 아내와 두 아들, 하워드와 에드워드를 태우고 남서부 전역을 누비고 다닌 떠돌이 농부였고, 어떨 때는 카우보이였고, 또 가끔은 로데오 선수였다. 하워드는 자기 힘으로 대학을 졸업하고 동생 에디도 대학 공부를 할 수 있도록 도왔다. 은퇴한 부모님을 챙기고도(앤드루 골드는 모아 놓은 돈이 땡전 한 푼 없었다.) 남은 돈이 많았다.

그는 로터리와 롤링 힐스 컨트리클럽 회원이었다. 플린트 시티에 두 군데 있는 최고급 음식점에서 주요 고객들에게 저녁을 샀고, 에스텔 바거 공원의 여러 경기장을 비롯해 10여 개의 다양한 자선사업을 후원했다. 좋은 와인을 최고급으로 주문할 수 있었고, 가장 거물급 고객들에게 크리스마스 때마다 정성 들여 마련한 해리 앤드 데이비드의 프리미엄 푸드 선물상자를 보낼 수 있었다. 그럼에도 금요일 정오를 가리키는 지금 이때처럼 혼자 사무실에 있을 때는 라디오로 클린트 블랙의 노래를 듣고, 학교를 다니지 않을 때는 어머니의 옆에서 공부를 하며 오클라호마 주에서 네바다 주로 왔다 갔다 돌아다니던 시절처럼 먹는 걸 좋아했다. 쓸개가 결국에는 혼자서 먹는 기름진 음식에 제동을 걸겠지만, 주님의 축복을 받은 유전자 덕분에 60대 초반이 되도록 아무 군소리조차 듣지 못했다. 전화벨이 울렸을 때 그는 마요네즈를 듬뿍 바른 달걀프라이 샌드위치와, 평소 좋아하는 방식대로 시커멓고 바삭하게 튀겨서 케첩을 덕지덕지 묻힌 프렌치프라이를 먹고 있었다. 책상 모서리에서는 꼭대기에 얹은 아이스크림이 녹아 가는 사과 파이 한 조각이 대기 중이었다.

"하워드 골드입니다."

"저 마시예요, 하위. 랠프 앤더슨이 오늘 아침에 여기 왔었어요."

하위는 미간을 찌푸렸다.

"그 집에 찾아갔었다고요? 그럴 일이 없는데. 지금 휴직 중이거든요. 복직할 생각이 있다 하더라도 당분간 현장에서 뛰지 못할 거예요. 내가 겔러 서장한테 연락해서 귀띔할까요?"

"아뇨. 제가 면전에 대고 문을 닫았어요."

"잘했어요!"

"그런데 찜찜해요. 그 사람이 한 얘기가 머릿속에서 떠날 줄 몰라요. 하워드, 솔직하게 얘기해 줘요. 테리가 그 아이를 죽였다고 생각해요?"

"맙소사, 아뇨. 얘기했잖아요. 그랬다는 증거가 있다는 거야 우리 둘 다 알지만 반증도 많아요. 테리는 석방됐을 거예요. 아니, 반증을 신경 쓸 필요도 없이 테리는 그런 식으로 연극을 할 수 있는 성격이 아니었어요. 게다가 임종 진술도 있고요."

"사람들은 제 앞에서 시인하기 싫어서 그랬다고 할 거예요. 이미 그렇게들 얘기하고 있고요."

글쎄요. 당신이 옆에 있는 걸 테리가 과연 알았을까 싶은데.

"나는 테리가 진실을 얘기했다고 생각해요."

"저도 그렇게 생각하는데, 만약 그렇다면 범인이 아직 잡히지 않았다는 뜻이잖아요. 아이를 한 명 죽였으니 조만간 또 한 명을 죽이러 나설 거예요."

"앤더슨이 그런 생각을 심어 준 거로군요." 하위는 남은 샌드위치를 치웠다. 식욕이 사라졌다. "놀랍지는 않아요, 죄책감 자극하기는 경찰의 케케묵은 수법이니까. 하지만 당신을 상대로 그런 수법을 쓰다니 벌을 좀 받아야겠는데요. 최소한 심한 질책은 각오해야겠어요. 남편을 묻은 지 얼마 되지도 않은 사람한테, 망할."

"하지만 그 말이 맞잖아요."

그럴지도 모르지. 하지만 그렇다면 궁금해지는데. 왜 그가 당신한테 그 얘기를 꺼냈는지가.

"그리고 또 한 가지가 있어요. 진범이 잡히지 않으면 저랑 애들은 이곳을 떠야 해요. 저 혼자라면 주변의 수군거림과 입방아를 감당할 수 있을지 모르지만 애들한테까지 그걸 요구하는 건 못 할 짓이잖아요. 갈 만한 데가 미시간에 사는 동생네뿐인데, 그건 데브라하고 샘한테 못 할 짓이에요. 아이가 둘인 데다 집이 작거든요. 그러니까 새롭게 다시 시작해야 한다는 얘기인데, 너무 피곤해서 엄두가 나지 않아요. 저는…… 하위, 저는 산산조각 난 기분이에요."

"이해해요. 내가 어떻게 해 주면 좋겠어요?"

"앤더슨한테 연락해 줘요. 오늘 저녁에 이 집에서 만날 테니까 궁금한 게 있으면 물어보라고. 하지만 당신도 같이 있어 줬으면 좋겠어요. 그리고 당신이 도움을 받는 그 수사관도. 만약 그 분이 시간이 되고 생각이 있다면 말이에요. 그래 줄 수 있어요?"

"당연하죠, 당신이 원하는 대로 할게요. 그리고 알렉도 올 거예요. 하지만…… 경고하는 건 아니지만 방심하지 말았으면 좋겠어요. 랠프는 분명 일이 그렇게 된 데 마음이 무척 안 좋았을 테고 사과를 했겠지만…….”

“그 사람은 간절히 빈다고 했어요.”

놀라운 일이었지만 그답지 않은 행동은 아니었다.

“랠프가 나쁜 사람은 아니에요. 착한 사람인데 끔찍한 실수를 저지른 거지. 하지만 마시, 그는 테리가 피터슨의 아들을 죽였다는 걸 입증하는 데 여전히 지대한 관심이 있을 거예요. 그러면 직장으로 복귀할 수 있으니까. 어느 쪽으로든 명확하게 입증이 되지 않아도 마찬가지고요. 하지만 진범이 등장하는 순간, 랠프는 플린트 시티 경찰관으로서 끝났다고 보면 돼요. 캡 시티에서 절반으로 깎인 월급을 받으며 경비로 일해야 할 거예요. 해결해야 할지 모르는 소송은 별개의 문제고.”

“저도 알아요. 하지만…….”

“내 말 아직 안 끝났어요. 랠프가 물어보려는 건 테리에 관한 질문일 수밖에 없어요. 단순히 암중모색하는 수준일 수도 있지만, 다른 방식으로 테리를 살인과 엮을 수 있는 꼬투리를 잡았다고 생각하는 것일 수도 있고. 그런데도 내가 면담을 주선했으면 좋겠어요?”

잠깐 정적이 흐른 뒤에 마시가 말했다.

“제이미 매팅리는 바넘 코트에서 저하고 제일 친하게 지낸 친구였어요. 테리가 야구장에서 체포됐을 때 아이들을 자기 집으로 데려가 주었고요. 그런데 이제는 제가 전화해도 받지 않고 페이스북에서 친구를 끊었어요. 제일 친하게 지냈던 친구가 공식적으로 절교를 선언했다고요."

"돌아올 거예요."

"진범이 잡히면 그렇겠죠. 손이 발이 되도록 싹싹 빌겠죠. 남편의 압력에 굴복했을 거예요. 그랬을 거예요, 분명히. 전 제이미를 용서할 수도 있고 용서하지 않을 수도 있어요. 하지만 상황이 호전된 다음에나 내릴 수 있는 결정이에요. 상황이 호전될지 안 될지도 모르겠지만. 그러니까 제 말은, 면담을 주선해 달라는 거예요. 옆에서 저를 보호해 주면 되잖아요. 펠리 씨랑 같이. 앤더슨이 배짱 좋게 우리 집 현관문에 얼굴을 들이민 이유를 알고 싶어요."

14

그날 오후 4시에 낡은 닷지 픽업트럭이 뒤로 길게 먼지를 일으키며, 플린트 시티에서 남쪽으로 25킬로미터 멀리 있는 시골길을 덜컹덜컹 달렸다. 내버려져서 날개가 부러진 바람개비와, 창문에 구멍이 뚫렸고 아무도 살지 않는 랜치하우스와, 이 일대에서는 '카우보이 묘지'라고 불리는 오래전부터 방치된 공동묘지와, 옆면에 희미해져 가는 글씨로 **트럼프가 미국을 다시 위대한 나라로 이끕니다—트럼프**라고 적힌 바위를 지났다. 트럭 화물칸에서 아연으로 된 우유통들이 굴러다니며 옆면에 부딪혔다. 운전석에는 두기 엘프먼이라는 열일곱 살짜리 소년이 앉아 있었다. 그는 운전하며 계속 휴대전화를 체크했다. 79번 고속도로에 다다랐을 때 안테나가 두 칸 뜨자 그 정도면 충분하지 않을까 싶었다. 그는 교차로에 트럭을 세우고 내려서 뒤를 돌아보았다. 아무것도 없었다. 당연히 아무것도 없을 수밖에 없었다. 그럼에도 그는 안도의 한숨을 내쉬었다. 그는 아버지에게 전화했다. 클라크 엘프먼은 두 번째 신호에 전화를 받았다.

"헛간에서 우유통 들고 나왔니?"

"네. 스물네 개 들고 나왔어요. 하지만 씻어야겠어요. 쉰 우유 냄새가 남아 있어요."

"마구(馬具)는 어찌 됐어?"

"전부 없어졌어요, 아빠."

"흠, 이번 주 최고의 희소식이라고 볼 수는 없겠다만 예상했던 바니까. 무슨 일로 전화한 거냐, 아들? 그리고 지금 어디야? 꼭 달의 저편에 있는 것처럼 들리는데."

"79번 고속도로요. 근데요, 아빠, 누가 거기서 살고 있더라고요."

"뭐라고? 떠돌이나 히피들 말이야?"

"그건 아니에요. 맥주 캔이나 포장지나 술병 같은 쓰레기도 없고 누가 똥을 눈 흔적도 없어요. 가장 가까운 덤불까지 400미터를 걸어간 게 아닌 이상. 모닥불을 피웠던 흔적도 없고요."

"하늘에 감사할 일이네. 요즘 좀 건조했니. 뭘 발견했길래? 훔쳐 갈 만한 것도 없고 오래된 건물들 자체가 다 쓰러져 가는 상태라 아무 쓸모도 없을 텐데."

두기는 계속 뒤를 흘끗거렸다. 도로에 아무도 없는 것 같았지만 먼지가 얼른 가라앉았으면 좋겠다는 생각이 들었다.

"새것 같아 보이는 청바지랑 새것같이 보이는 자키 속옷, 바닥에 젤이 든 비싼 운동화, 이것도 새것 같아 보였어요. 그런데 전부 얼룩이 묻었고, 그것들이 놓여 있던 건초에도 얼룩이 남아 있었어요."

"핏자국?"

"아뇨, 피는 아니에요. 뭔지 몰라도 그 때문에 건초가 시커메졌어요."

"기름? 엔진 오일? 뭐 그런 거?"

"아뇨, 그것 자체가 까만색이 아니라 그게 묻은 건초가 까매졌어요. 뭔지는 모르겠고요."

하지만 그는 청바지와 속옷에 묻은 뻣뻣한 얼룩이 뭐 같아 보이는지는 알았다. 그는 열네 살 때부터 하루에 세 번, 어떨 때는 네 번씩 수음을 해서 헌 수건에 대고 싼 다음 부모님이 안 계실 때 뒷마당 수돗가로 들고 가서 빨았다. 하지만 가끔 깜빡하면 수건의 그 부분이 상당히 딱딱해졌다.

그런데 그 얼룩이 많이, 정말이지 많이 있었고 세상에 어느 누가 완전 새것 같은 아디파워스 운동화에다 국물을 싸 놓을까? 월마트에서 사도 최소 140달러짜리인데 말이다. 다른 때 같았으면 슬쩍할까 고민했을 수도 있지만, 그런 게 묻은 데다 그가 알아차린 또 다른 사실이 있었기 때문에 싫었다.

"뭐, 그럼 그냥 내버려 두고 집에 와라. 우유통은 챙겼잖아."

"아니에요, 아빠. 경찰에 신고해야 해요. 청바지에 허리띠가 끼워져 있었는데, 버클이 반짝이는 은색 말 머리 모양이었어요."

"그게 뭐가 중요한지 모르겠다만 너한테는 중요한 모양이네?"

"뉴스에서 테리 메이틀랜드가 더브로 기차역에서 목격됐을 때 그런 버클이 달린 허리띠를 차고 있었다고 했어요. 그 아이를 죽인 다음에 목격됐을 때 말이에요."

"그래?"

"네, 아빠."

"이런 젠장. 내가 다시 전화할 때까지 그 교차로에서 기다려라. 하지만 경찰이 출동하겠다고 할 것 같은데. 나도 가마."

"비들스 가게에 있겠다고 전해 주세요."

"비들스면…… 두기, 플린트 쪽으로 8킬로미터 더 가야 나오는 곳이잖아!"

"알아요. 하지만 여기 있기 싫어요."

이제 먼지가 가라앉아서 보이는 게 아무것도 없었지만 두기는 여전히 께름칙했다. 아버지와 통화를 시작한 이후로 이 간선도로를 지나가는 차가 한 대도 없었는데, 사람들이 있는 곳으로 자리를 옮기고 싶었다.

"왜 그래, 아들?"

"헛간에서 우유통은 이미 챙겼고, 아빠가 거기 있을지 모른다고 한 마구를 찾다가 옷을 발견했을 때부터 기분이 이상했어요. 누가 저를 지켜보고 있는 듯한 느낌이 들었어요."

"그냥 으스스해진 거겠지. 그 아이를 죽인 남자는 저세상 사람이 됐잖아."

"알아요. 그래도 경찰한테 비들스에서 기다리겠다고 얘기해 주세요. 헛간으로 안내는 하겠지만 여기 혼자 있기 싫어요."

그는 아버지가 왈가왈부하기 전에 전화를 끊었다.

15

그날 저녁 8시에 메이틀랜드의 집에서 마시를 만나기로 약속이 잡혔다. 하위 골드는 전화로 승인이 떨어졌다고 알리면서 알렉 펠리도 그 자리에 참석할 거라고 했다. 랠프는 만약 유넬 사블로도 시간이 된다고 하면 데리고 가도 되느냐고 물었다.

"절대 안 돼요." 하위는 대답했다. "사블로 경위나 다른 사람을 데려오면, 사랑스러운 마나님일지라도 그길로 쫑나는 줄 알아요."

랠프는 알았다고 했다. 달리 도리가 없었다. 그는 지하실에서 주로 상자들을 이쪽에서 저쪽으로 옮겼다가 다시 제자리로 되돌려 놓으며 잠깐 시간을 때웠다. 그런 다음 깨작거리며 저녁을 먹었다. 아직 두 시간이 남았을 때 그는 식탁에서 일어섰다.

"병원에 가서 프레드 피터슨을 면회할게."

"왜?"

"그냥 그래야 할 것 같아서."

"원하면 같이 가 줄게."

랠프는 고개를 저었다.

"거기서 곧장 바넘 코트로 갈 거야."

"너무 무리하는 거 아니야? 우리 할머니가 보셨다면 그러다 꽁무니 닳겠다고 했겠다."

"난 괜찮아."

그녀는 누굴 바보로 아느냐는 뜻이 담긴 미소를 짓고 일어나더니 까치발을 하고 그에게 입을 맞추었다.

"전화해. 무슨 일이 생기든 전화해."

그는 미소를 지었다.

"싫어. 와서 직접 얘기해 줄게."

16

랠프는 병원 로비로 들어가던 길에, 자리를 비우고 있었던 그의 경찰서 소속 형사를 맞닥뜨렸다. 잭 호스킨스는 체구가 왜소하고 새치가 무성하며 눈 밑이 처진 딸기코였다. 여전히 낚시용 복장(카키색 셔츠와 카키색 바지, 양쪽 모두 주머니가 즐비했다.)을 입고 있었지만 허리띠에 배지를 달았다.

"여긴 어쩐 일이에요, 잭? 휴가 중인 줄 알았는데."

"3일 일찍 소환됐어. 돌아온 지 한 시간도 안 돼. 그물, 고무장화, 낚싯대, 낚시 도구 상자가 아직 트럭에 실려 있어. 서장님이 상근하는 형사가 최소 한 명은 있었으면 좋겠다고 해서. 벳시 리긴스는 아이를 낳느라 여기 5층에 입원해 있잖아. 오늘 오후 늦게 진통이 시작됐대. 남편하고 얘기해 봤는데, 아직 한참 남았다고 하더군. 잘 알지도 못하면서. 그리고 자네는……." 그는 극적인 효과를 위해 잠깐 멈추었다. "난처하기가 이를 데 없는 상황이고."

잭 호스킨스는 흡족한 표정을 감추려는 시도조차 하지 않았다. 1년 전에 잭이 연봉 인상 자격을 갖추었을 때 랠프와 벳시 리긴스에게 의례적인 평가서를 작성하라는 요청이 전달됐다. 형사들 중에서

서열이 맨 꼴찌였던 벳시는 적당한 말만 골라서 썼다. 랠프는 빈칸에 단 두 마디를 적어서 겔러 서장에게 제출했다. *의견 없음.* 이로 인해 호스킨스가 연봉 인상 심사에서 탈락한 것은 아니었지만 그것도 의견은 의견이었다. 호스킨스는 평가서를 볼 수 없었고 아마 보지 못했을 테지만, 랠프가 뭐라고 적었는지는 당연히 그의 귀에 들어갔다.

"프레드 피터슨 살펴봤어요?"

"응." 잭은 아랫입술을 내밀고, 이마를 덮고 있던 몇 가닥 안 되는 머리칼을 불어서 날렸다. "방에 모니터가 많은데, 그래프 선들이 전부 바닥에 깔려 있더군. 아무래도 의식을 회복하지 못할 것 같아."

"뭐, 아무튼 복귀를 환영합니다."

"개소리 집어치우세요. 아직 3일이 남았고 농어들은 헤엄쳐 다니는데, 나는 생선 내장 냄새가 코를 찌르는 셔츠도 갈아입지 못하게 생겼어. 서장님이랑 둘린 보안관, 두 사람 모두한테 연락을 받았거든. 캐닝 타운십이라는 그 하등 쓸모없는 먼지 구덩이로 출발해야 해. 사블로라는 자네 친구가 이미 가 있는 걸로 아는데. 아마 10시나 11시는 되어야 집에 들어갈 수 있을 거야."

랠프는 '내 탓하지 마세요.'라고 말할 수도 있었지만 시간만 축내는 이 쓸모없는 인간이 달리 누굴 원망하겠는가. 지난 11월에 임신한 벳시를 원망할까?

"캐닝에는 무슨 일로요?"

"청바지, 속옷, 운동화. 어떤 애가 아버지 심부름으로 우유통을 찾아다니다 무슨 창고인가 헛간에서 발견했대. 말 머리 버클이 달린 허리띠도. 물론 이동식 과학수사연구소가 이미 출동했고 나는 황소 젖꼭지 정도로 소용이 있겠지만 서장님이……."

"버클에 지문이 있을 거예요." 랠프가 말허리를 잘랐다. "밴이나 스바루, 아니면 양쪽 모두의 타이어 자국이 있을 수도 있고."

"포클레인 앞에서 삽질하는구먼. 나는 자네가 제복을 입고 다니던 시절부터 형사 배지를 차고 다녔던 사람이야."

랠프의 귀에는 그 안에 숨은 뜻이 들렸다. *그리고 자네가 사우스게이트의 쇼핑몰 경비로 일할 때도 나는 그 배지를 달고 있을 거야.*

잭은 떠났다. 랠프는 그가 사라져 줘서 고마웠다. 자신은 출동하지 못한 게 아쉬울 따름이었다. 이 시점에서 등장한 새로운 증거는 귀할 수 있었다. 그나마 일말의 위안이 있다면 사블로가 이미 가 있다니 과학수사반을 지휘할 수 있겠다는 것이었다. 그들은 잭이 등장해 사고를 치기 전에(랠프가 지금까지 목격한 것만 최소 두 번이었다.) 대부분의 작업을 마칠 것이다.

먼저 산부인과 대기실로 올라갔지만 아무도 없는 걸 보니 겁먹은 초보 빌리 리긴스가 예상했던 것보다 분만이 빨리 진행되고 있는 모양이었다. 랠프는 간호사 한 명을 붙잡고 벳시에게 안부 전해달라고 부탁했다.

"기회가 되면 전할게요." 간호사가 말했다. "하지만 지금은 환자분이 바빠서요. 꼬맹이 신사분이 얼른 나오지 못해 안달이거든요."

랠프는 성폭행을 당했고 유혈이 낭자했던 프랭크 피터슨의 시신을 잠깐 떠올리며 이런 생각을 했다. *그 꼬맹이 신사분이 이 세상이 어떤 곳인지 안다면 나오지 않으려고 기를 쓸 텐데.*

그는 엘리베이터를 타고 집중치료실로 두 개 층을 내려갔다. 피터슨 집안의 남은 한 사람은 304호실에 있었다. 목에 두툼하게 붕대를 감고 경추보호대를 두르고 있었다. 인공호흡기가 안에 달린 아코디언 모양의 장치를 위아래로 펄럭이며 바람 소리를 냈다. 침대를 에워싼 모니터 화면으로 보이는 그래프들이 잭 호스킨스가 얘기했던 것처럼 바닥을 치고 있었다. 꽃은 없었지만(집중치료실에는 반입이 안 될 것 같았다.) 포일 풍선 한 쌍이 침대 발치에 묶여 천장 근처에 둥둥 떠 있었다. 명랑한 격려 문구가 적혀 있었지만 랠프는 들여다보고 싶지 않았다. 그는 프레드를 대신해 숨을 쉬고 있는 기계의 바람 소리에 귀를 기울였다. 나지막이 연결된 선들을 보며 '아무래도 의식을 회복하지 못할 것 같아.'라고 잭이 했던 말을 떠올렸다.

침대 옆에 앉는데, 요즘은 환경연구라고 불리는 과목이 당시에는 그냥 지구과학이라고 불렸던 고등학교 시절의 기억이 하나 생각났다. 그들은 오염에 대해 배우고 있었다. 그리어 선생님이 폴랜드 스프링 생수 한 병을 잔에 따랐다. 한 아이(깜찍한 짧은 치마를 입고 다니던 미스티 트렌턴)를 교실 앞으로 불러서 물을 한 모금 마셔 보라고 했다. 그녀는 물을 마셨다. 그러자 그리어 선생님은 점안기를 꺼내 카터스 잉크병에 담갔다. 잉크 한 방울을 잔에 떨어뜨렸다. 아이들이 넋을 잃고 지켜보는 가운데 잉크 한 방울이 남색의 촉수를 길게 늘어뜨리며 바닥으로 가라앉았다. 그리어 선생님이 잔을 가볍게 좌우로 흔들자 물이 금세 옅은 파란색으로 물들었다. *이제 이걸 마셔 보겠니?* 그리어 선생님이 미스티에게 물었다. 미스티가 하도 격렬하게 고개를 젓는 바람에 한쪽 머리핀이 떨어지자 랠프를 비롯해 모두가 웃음을 터뜨렸다. 그는 지금은 웃고 있지 않았다.

2주 전까지만 해도 피터슨 가족은 완벽하게 아무 문제 없었다. 그런데 오염된 잉크 한 방울이 떨어졌다. 프랭크 피터슨의 자전거 체인이 그 잉크였다고, 그게 망가지지 않았다면 그는 아무 탈 없이 집으로 돌아갈 수 있었을 거라고 할 수도 있겠지만, 테리 메이틀랜드가 식료품점 주차장에서 기다리고 있지 않았더라도 그는 자전거를 끌고서 아무 탈 없이 집으로 돌아갈 수 있었다. 자전거 체인이 아니라 테리가 잉크 방울이었다. 피터슨 가족 전체를 맨 처음 오염시키고 파괴한 사람이 테리였다. 테리 아니면 테리의 얼굴을 한 다른 누구였다.

비유를 벗겨 내면 뭐가 남겠어? 지넷은 그렇게 물었다. *설명할 수 없는 현상이 남지. 초자연적인 현상이.*

하지만 그건 불가능해. 초자연적인 현상은 책이나 영화라면 모를까, 현실 세계에서는 존재하지 않아.

그렇다, 잭 호스킨스 같은 무능한 술꾼의 월급이 인상되는 현실 세계에서는 존재하지 않았다. 랠프가 거의 50년 동안 경험한 모든 일들이 그럴 수 없다고 했다. 그런 현상의 존재 가능성을 부인했다. 하지만 여기 이렇게 앉아서 프레드드를(아니면 그의 잔재를) 쳐다보고 있노라니, 아이의 죽음이 한두 명이 아니라 가족 전체를 낚아채 간 과정에서 사악한 기운이 느껴진다고 인정하는 수밖에 없었다. 그 여파가 피터슨 가족에서 그치지도 않았다. 누구도 의심할 수 없다시피 마시와 딸들도 평생 상처를 안고 살아갈 테고, 어쩌면 영구 장애를 겪을 수도 있었다.

랠프는 극악무도한 사건이 벌어질 때마다 그 비슷한 부수적 피해가 발생했다고 자신을 설득할 수 있었다. 그도 누누이 목격하지 않았던가. 맞다. 그랬다. 그럼에도 이번 사건은 왠지 모르게 너무나 사적이게 느껴졌다. 이들을 겨냥한 공격이었던 것처럼 느껴졌다. 그리고 랠프는 어떤가? 그도 부수적인 피해자였다. 그리고 지넷은 어떤가? 심지어 데릭마저 캠프에서 집으로 돌아오면 예컨대 아버지의 직업처럼 당연하게 여겼던 수많은 것들이 위험해진 현실과 맞닥뜨려야 했다.

호흡기가 쌕쌕거렸다. 프레드 피터슨의 가슴이 올라갔다가 내려왔다. 그는 가끔 낄낄거리는 소리와 섬뜩하게 닮은 굵은 소리를 냈다. 혼수상태에 빠져야 이해할 수 있는 우주적 농담이라도 들은 걸까.

랠프는 더 이상 견딜 수가 없었다. 그는 병실을 나섰고 엘리베이터에 다다랐을 무렵에는 거의 달리고 있었다.

17

일단 밖으로 나오자 그늘의 벤치에 앉아 지서에 전화를 걸었다. 샌디 맥길이 전화를 받았고 랠프가 캐닝 타운십에서 무슨 소식 들은 거 있느냐고 묻자 정적이 흘렀다. 마침내 말문을 열었을 때 그녀는 당황한 목소리였다.

"그 부분에 대해서 반장님하고 얘기하면 안 돼요. 겔러 서장님이 특별 지시를 내렸어요. 죄송해요."

"괜찮아." 랠프는 벤치에서 일어서며 말했다. 그의 그림자가 목을 매단 사람처럼 길게 늘어졌고, 두말하면 잔소리지만 다시금 프레드 피터슨이 생각났다. "명령은 명령이니까."

"이해해 주셔서 감사합니다. 잭 호스킨스 형사님이 복귀해서 거기로 출동했어요."

"별말씀을."

그는 전화를 끊고 단기 주차장을 향해 걸음을 옮기며 상관없다고 속으로 중얼거렸다. 유넬이 수사 상황을 계속 알려 줄 것이었다.

아마도.

그는 차문을 열고 올라타 에어컨을 틀었다. 7시 15분이었다. 집으로 가기에는 너무 늦었고 메이틀랜드의 집으로 가기에는 너무 일렀다. 자기만의 생각에 몰두한 10대처럼 길거리를 배회하는 수밖에 없었다. 그러면서 생각하는 수밖에 없었다. 테리가 윌로 레인워터를 '기사님'이라고 불렀던 것에 대해. 평생 동안 플린트 시티에서 살았음에도 가장 가까운 응급 병원이 어디 있느냐고 물었던 것에 대해. 공교롭게도 빌리 퀘이드와 한 방을 썼던 것에 대해. 그보다 더 공교롭게도 자리에서 일어나 코벤 씨에게 질문을 했던 것에 대해. 잔 속으로 떨어져 물을 옅은 파란색으로 물들인 잉크 한 방울과 뚝 끊긴 발자국, 겉보기에는 멀쩡했던 캔털루프 멜론 안에서 꿈틀거렸던 구더기들에 대해. 어떤 사람이 초자연적인 현상일 가능성에 대해 고민하기 시작하면 더는 자신의 정신 상태를 완벽하게 믿을 수 없는 것에 대해, 자신의 정신 상태를 의식하는 건 좋은 현상이 아닐지 모르는 것에 대해. 그건 심장박동을 의식하는 것과 같았다. 그 지경에 이르면 이미 문제가 생긴 것일 수 있었다.

그는 라디오를 켜고 시끄러운 음악을 찾았다. 마침내 애니멀스가 "붐 붐"을 우렁차게 외치는 채널을 발견했다. 그는 바넘 코트에 있는 메이틀랜드의 집으로 출발할 시간이 되길 기다리며 길거리를 배회했다. 마침내 때가 되었다.

18

노크를 하자 알렉 펠리가 문을 열어 주었고 거실을 지나 부엌으로 그를 안내했다. 2층에서 다시 애니멀스의 노래가 들렸다. 이번에는 그 밴드의 최고 히트작이었다. *가엾은 남자들이 거기서 숱하게 인생을 망치고 있지.* 에릭 버든이 울부짖었다. *아, 나도 그중 한 명이라는 걸 알아.**

합일점. 그는 생각했다. 지넷이 알려 준 단어였다.

마시와 하워 골드가 식탁에 앉아 있었다. 커피를 마시던 중이었다. 알렉이 앉았던 자리에도 잔이 있었지만 랠프에게는 아무도 커피를 마시겠느냐고 묻지 않았다. *내가 적진에 발을 들인 셈이니까.* 그는 그렇게 생각하고 자리에 앉았다.

"만나 주셔서 감사합니다."

---

* 애니멀스의 「해 뜨는 집*The House of the Rising Sun*」의 가사. 에릭 버든은 이 밴드의 리더이자 보컬이다.

마시는 아무 대꾸도 하지 않고 떨리는 손으로 잔을 들기만 했다.

"내 의뢰인으로서는 고통스러운 순간이에요. 그러니까 짧게 끝냅시다. 마시에게 하고 싶은 얘기가 있다고 하셨다는데……."

"해야 하는 얘기가 있다고 했어요." 마시가 하위의 말허리를 잘랐다. "대화를 나누어야 한다고."

"그렇군요. 마시에게 해야 하는 얘기가 뭡니까, 앤더슨 형사님? 사과라면 얼마든지 해도 좋지만 우리가 법적인 조치를 포기할 생각은 없음을 이해해 주시기 바랍니다."

일이 그렇게 됐음에도 랠프는 아직 사과할 생각이 없었다. 이 세 사람은 프랭크 피터슨의 엉덩이에 꽂힌 피 묻은 나뭇가지를 본 적 없었지만 그는 보았다.

"새로운 정보가 입수됐어요. 중요한 건 아닐지 몰라도 시사하는 바가 있어요, 뭘 시사하는 건지는 정확히 모르겠지만. 내 아내는 그걸 '합일점'이라고 표현하더군요."

"좀 더 구체적으로 얘기해 주시겠습니까?" 하위가 물었다.

"알고 보니 피터슨의 아들을 납치하는 데 쓰인 밴을 원래 훔친 범인이 프랭크 피터슨보다 기껏해야 몇 살 많은 소년이었어요. 이름은 멀린 캐시디고요. 폭력을 휘두르는 새아버지한테서 도망친 길이었죠. 뉴욕을 출발해 결국에는 텍사스 남부에서 체포가 됐는데, 그렇게 이동하는 와중에 차를 여러 대 훔쳤어요. 그 밴은 4월에 오하이오 주 데이턴에서 버렸고요. 마시, 아니 메이틀랜드 부인, 부인의 가족이 4월에 데이턴에 갔었죠."

마시는 커피를 한 모금 더 마시려고 잔을 입으로 가져가다가 쿵

하고 내려놓았다.

"아뇨. 그걸 테리한테 뒤집어씌우지는 못해요. 우리는 비행기로 왕복했고, 테리가 아버지를 만나러 갔을 때 말고는 내내 같이 있었어요. 더 이상 할 얘기 없으니까 이제 나가 주세요."

"진정해요. 우리는 테리가 요주의 인물이 된 직후부터 그게 가족 여행이었고 비행기로 다녀왔다는 걸 알았어요. 다만…… 너무 이상하지 않아요? 그 밴이 부인의 가족이 있는 곳에 있었고 나중에 여기 등장했다는 게. 테리는 그걸 훔치기는커녕 본 적도 없다고 했거든요. 나도 그 말을 믿고 싶어요. 그 망할 게 그의 지문으로 뒤덮여 있었지만 그래도 그 말을 믿고 싶어요. 그리고 거의 믿을 수 있고요."

"그럴 리가요." 하위가 말했다. "우리를 속이려 들지 마요."

"테리가 캡 시티에 있었다는 물리적인 증거를 입수했다고 하면 나를 믿고 좀 더 신뢰할 수 있겠어요? 호텔 잡지 매점에서 파는 책에 테리의 지문이 묻어 있었다고 하면? 피터슨의 아들이 납치되었을 때와 거의 비슷한 시점에 그가 거기에 지문을 묻히는 걸 봤다는 사람이 있다고 하면?"

"지금 장난해요?"

알렉 펠리가 물었다. 그는 거의 충격을 받은 목소리였다.

"아뇨."

사건 자체가 테리와 더불어 사실상 폐기된 거나 다름없어도 랠프가 마시와 그녀의 변호사에게 『사진으로 보는 플린트 카운티, 두리 카운티, 캐닝 타운십의 역사』 얘기를 했다는 걸 알면 빌 새뮤얼스가 노발대발하겠지만, 그래도 그는 이 자리에서 해답을 찾기로 결심한 참이었다.

알렉이 휘파람을 불었다.

"맙소사."

"그러니까 테리가 거기 갔었다는 걸 아는군요!" 마시가 외쳤다. 두 뺨이 붉은 반점들로 이글거렸다. "알 수밖에 없겠죠!"

하지만 랠프는 그 부분에 대해 왈가왈부하고 싶지 않았다. 이미 너무 많은 시간을 허비했다.

"마지막으로 대화를 나눴을 때 테리는 데이턴에 갔었다는 얘기를 했어요. 아버지를 만나고 싶었다고 했는데, 만나고 싶었다고 하면서 얼굴을 좀 이상하게 찡그렸고요. 아버지가 거기 사시냐고 물었더니 '그런 생활도 사는 거라고 표현할 수 있다면요.'라고 하더군요. 왜 그랬던 겁니까?"

"왜 그랬던 거냐면 피터 메이틀랜드가 후기 알츠하이머 환자이기 때문이에요. 그래서 하이스먼 기억 병동에 있어요. 킨드러드 종합병원 부설이죠."

"그렇군요. 테리로서는 만나러 가기가 힘들었겠어요."

"아주 힘들었죠."

마시는 맞장구쳤다. 그녀는 이제 좀 풀어지기 시작했다. 랠프는 자신의 솜씨가 여전하다는 데 희열을 느꼈지만 용의자와 취조실에 있는 것과는 달랐다. 그녀가 숨겨진 지뢰를 밟은 낌새가 느껴지면 당장 얘기를 중단시키려고 하위와 알렉 펠리가 만반의 태세를 갖추고 있었다.

"하지만 아버님이 더 이상 테리를 알아보지 못하기 때문만은 아니었어요. 그 둘은 한참 전부터 관계다운 관계를 맺은 적이 없거든요."

"왜요?"

"그게 사건과 무슨 관계가 있습니까, 형사님?" 하워가 물었다.

"잘 모릅니다. 관계가 없을 수도 있죠. 하지만 법정에 출두한 것도 아니고 한데 부인의 대답을 들어 보면 안 될까요, 변호사님?"

하워는 마시를 쳐다보며 어깨를 으쓱했다. *알아서 해요.*

"테리는 피터와 멜린다 메이틀랜드의 외동아들이었어요. 형사님도 알다시피 그이는 여기 플린트 시티에서 어린 시절을 보냈고, 오하이오 주립 대학교에 다닌 4년을 제외하면 평생 여기서 살았죠."

"두 분이 거기서 만났나요?"

"맞아요. 아무튼 아버님은 이 일대에서 생산되는 원유량이 아직 상당했던 시절에 치어리 정유회사에서 근무했어요. 그러다 비서와 눈이 맞아서 어머님과 이혼했죠. 서로 원한이 쌓였고 테리는 어머니 편을 들었어요. 테리는…… 어렸을 때부터 의리에 목숨 거는 성격이었거든요. 테리가 보기에 아버님은 사기꾼이었어요, 물론 맞는 말이기는 했지만. 아버님이 해명을 하면 할수록 상황은 나빠지기만 했어요. 간단히 요약하자면 아버님은 돌로레스란 비서와 결혼하고 나서 본사로 전근을 요청했죠."

"본사가 데이턴에 있었나요?"

"맞아요. 아버님은 공동 양육권을 신청하지 않았어요. 테리의 선택을 존중한 거죠. 하지만 어머님이 가끔 가서 만나라고 테리의 등을 떠밀었어요. 아들은 아버지를 알아야 한다면서. 테리는 만나러 다녀오곤 했지만 오로지 어머님의 뜻을 받들기 위해서였어요. 자기 아버지를 비열하게 도망친 인간으로 간주하는 시각에는 변함이 없었죠."

하위가 말했다.

"내가 아는 테리라면 그럴 만해요."

"어머님은 2006년에 세상을 떠났어요. 심장마비로. 아버님의 두 번째 아내는 2년 뒤에 폐암으로 세상을 떠났고요. 테리는 어머니를 기리는 뜻에서 1년에 한두 번씩 계속 데이턴을 찾았고 아버지와 상당히 깍듯한 관계를 유지했어요. 아마 같은 이유에서 그랬을 거예요. 내가 기억하기로는 2011년부터 아버님은 깜빡깜빡하기 시작했어요. 침대 아래가 아니라 샤워 부스에 신발을 넣고 자동차 열쇠를 냉장고에 넣고 그런 식으로. 살아 있는 가까운 피붙이라고는 테리밖에 없기 때문에, 테리밖에 없었기 때문에 그이가 하이스먼 기억 병동에 입원시켰죠. 그게 2014년의 일이었어요."

"그런 데는 비쌀 텐데." 알렉이 말했다. "비용을 누가 부담하고 있나요?"

"보험으로요. 아버님이 보험을 아주 잘 들어 놨거든요. 돌로레스가 고집했어요. 아버님이 평생 골초였기 때문에 돌아가시면 자기가 떼돈을 물려받으려고 그랬나 봐요. 하지만 그녀가 먼저 갔죠. 아마 원인은 간접 흡연이었을 거예요."

"피터 메이틀랜드가 죽은 것처럼 얘기하시네요." 랠프가 말했다. "그런가요?"

"아뇨, 아직 살아 계세요." 마시는 그렇게 말하고는 의도적으로 남편이 한 말을 따라했다. "그런 생활도 사는 거라고 표현할 수 있다면요. 심지어 담배도 끊었어요. 하이스먼 기억 병동에서는 금연이거든요."

"마지막으로 데이턴에 갔을 때 얼마나 있었나요?"

"5일 있었어요. 테리는 거기 있는 동안 세 번 아버님을 만나러 갔고요."

"부인과 따님들은 한 번도 따라가지 않았나요?"

"네. 테리가 원하지 않았고 저도 마찬가지였어요. 아버님이 세라와 그레이스에게 할아버지 노릇을 할 수 있는 것도 아니었고, 그레이스는 상황을 이해하지 못했을 거예요."

"테리가 부친을 만나러 간 동안 부인은 뭘 하셨나요?"

마시는 미소를 지었다.

"누가 들으면 테리가 자기 아버지하고 엄청나게 많은 시간을 보낸 줄 알겠어요. 그이가 만나러 간 시간은 짧았어요. 기껏해야 한 시간 아니면 두 시간. 대개는 우리 넷이 같이 있었어요. 테리가 하이스먼 병동에 가면 우리는 호텔에서 시간을 때웠어요. 아이들은 실내 수영장에서 수영을 했고요. 하루는 우리 셋이 미술관에 갔고, 또 어느 날 오후에는 내가 디즈니 마티네 공연에 애들을 데려갔어요. 호텔 근처에 복합영화관이 있었거든요. 다른 영화도 두 편인가 세 편 더 봤지만 그때는 온 가족이 다 같이 갔어요. 공군 박물관도 넷이서 갔고 분쇼프트라는 과학 박물관도 그랬고요. 애들이 엄청 좋아했어요. 평범한 가족 여행이었어요, 앤더슨 형사님. 테리만 아들로서의 의무를 다하느라 몇 시간씩 자리를 비웠을 뿐이죠."

밴을 훔치느라 그랬을 수도 있고. 랠프는 생각했다.

가능한 얘기였다. 멀린 캐시디와 메이틀랜드 가족이 같은 시기에 데이턴에 있었을 수도 있었다. 하지만 설득력이 없었고, 그랬다 한들 테리가 무슨 수로 그 밴을 플린트 시티까지 몰고 왔느냐의 문제가 남았다. 굳이 번거롭게 그럴 이유도 없었다. 플린트 시티의 도심에도 훔칠 수 있는 차량이 많았다. 바바라 니어링의 스바루가 좋은 예였다.

"외식도 몇 번 했겠죠?"

그 질문에 하위가 몸을 앞으로 내밀었지만 당장은 아무 말도 하지 않았다.

"세라하고 그레이스가 워낙 좋아해서 룸서비스를 많이 이용했지만 그럼요, 외식도 했죠. 호텔 식당에서 먹는 것도 외식으로 간주된다면요."

"'토미와 터펜스'라는 데서 식사하신 적 있습니까?"

"아뇨. 그런 식당에 간 적 있다면 기억했을 텐데. 한 번은 아이홉에서 저녁을 먹었고, 아마 두 번은 크래커 배럴에서 먹었을 거예요. 왜요?"

"별다른 이유는 없습니다."

하위가 랠프를 보며 누굴 바보로 아느냐는 뜻의 미소를 지었지만 그래도 다시 의자에 기대고 앉았다. 알렉은 팔짱을 끼고 계속 무표정한 얼굴로 앉아 있었다.

"이제 됐나요?" 마시가 물었다. "이런 질문 지긋지긋해서요. 형사님도 지긋지긋하고요."

"데이턴에 있는 동안 뭔가 특이한 일이 벌어진 적 없나요? 아무거라도요. 따님이 잠깐 길을 잃었든지, 테리가 예전 친구를 만났다고 했든지, 부인이 예전 친구를 만났든지 아니면 무슨 소포가……."

"비행접시요?" 하위가 물었다. "트렌치코트를 입고 암호를 들고 온 사나이는 어때요? 아니면 주차장에서 로켓 무용단*이 춤을 추었다든지."

"도움이 되질 않는데요, 변호사님. 믿거나 말거나 나는 지금 문제를 해결하려고 여기 온 거예요."

"아무것도 없었어요." 마시는 일어나서 커피 잔을 모으기 시작했다. "테리는 아버지를 만났고, 우리는 근사한 휴가를 보냈고, 비행기를 타고 집으로 돌아왔어요. 토미 어쩌고에는 가지 않았고 밴도 훔치지 않았어요. 이제 그만……."

"아빠가 다쳤잖아요."

그들은 일제히 문 쪽으로 고개를 돌렸다. 세라 메이틀랜드가 창백하고 파리한 얼굴로 거기에 서 있었다. 청바지와 텍사스 레인저스 티셔츠를 입고 있는 모습이 너무 야위어 보였다.

"세라, 여긴 뭐 하러 내려왔어?" 마시는 잔들을 조리대에 놓고 딸에게 다가갔다. "얘기 다 끝날 때까지 동생이랑 2층에 있으라고 했잖아."

"그레이스는 벌써 잠들었어요. 어젯밤에 눈 대신 빨대가 달린 남

---

* 뉴욕 라디오시티 뮤직홀의 전속 무용단.

자가 나오는 그 바보 같은 악몽을 몇 번 더 꾸는 바람에 잠을 설쳤거든요. 오늘 밤에는 그 꿈을 꾸지 않았으면 좋겠는데. 깨거든 베나드릴 한 입 먹이세요."

"깨지 않고 푹 잘 거야. 이제 올라가."

하지만 세라는 꼼짝하지 않았다. 어머니처럼 혐오와 불신이 담긴 눈빛이 아니라 호기심을 가지고 집중하는 눈빛으로 그를 쳐다보는 바람에 랠프는 불편해졌다. 그도 아이의 눈을 똑바로 쳐다보았지만 그러기가 쉽지 않았다.

"엄마가 그러는데 아저씨 때문에 우리 아빠가 돌아가셨다면서요. 진짜예요?"

"아니." 그 뒤로 드디어 사과가 이어졌는데, 놀랍게도 전혀 어렵지가 않았다. "하지만 나도 일조했고 거기에 대해서 정말 미안하게 생각한다. 내가 평생 짊어지고 가야 할 실수를 저질렀어."

"잘됐네요. 어쩌면 당연한 일일지 몰라요." 그러고는 이번에는 어머니에게 말했다. "이제 2층으로 올라갈게요. 하지만 그레이스가 한밤중에 비명을 지르기 시작하면 걔 방에 가서 잘게요."

"세라야, 가기 전에 아버지의 상처에 대해서 얘기해 줄 수 있을까?" 랠프가 물었다.

"아빠가 할아버지를 만나러 갔을 때 생긴 일이에요. 다치자마자 간호사가 베타딘 같은 걸 바르고 밴드를 붙여 줬어요. 별문제 없었어요. 아빠도 아프지 않다고 했고요."

"올라가렴." 마시가 말했다.

"알았어요." 그들은 아이가 맨발로 터벅터벅 계단을 향해 걸어가는 걸 지켜보았다. 계단에 다다르자 세라는 고개를 돌렸다. "그 토미와 터펜스 식당은 우리 호텔 바로 맞은편에 있었어요. 렌터카 타고 미술관 가면서 간판을 봤어요."

19

"다친 것에 대해서 얘기해 보세요." 랠프가 말했다.

마시는 두 손을 허리춤에 얹었다.

"왜요? 대단한 일인 것처럼 크게 부풀리려고요? 왜냐하면 대단한 일이 아니었거든요."

"단서가 그것밖에 없으니까 묻는 거예요." 알렉이 말했다. "하지만 나도 궁금하긴 하네요."

"너무 피곤하면……." 하위가 말문을 열었다.

"아니에요, 괜찮아요. 대단한 건 아니었고 그냥 긁힌 거였어요. 그이가 두 번째로 아버지를 만나러 간 날이었나?" 그녀는 미간을 찌푸리며 고개를 숙였다. "아니다, 마지막날이었네요. 다음 날 오전에 우리가 집으로 돌아왔으니까. 테리가 아버지의 병실을 나서다가 어떤 잡역부하고 부딪혔어요. 그이 말로는 둘 다 딴 데를 보다가 그랬대요. 그냥 부딪히고 서로 사과하면 될 일이었는데, 청소부가 바로 전에 바닥을 닦는 바람에 아직 물기가 남아 있었거든요. 잡역부가 미끄러지면서 테리의 팔을 잡았지만 그래도 넘어지고 말았어요. 테리가 그를 일으켜 세우고 괜찮으냐고 물으니 남자는 괜찮다고 했어요. 테리는 복도를 중간쯤 갔을 때 손목에서 피가 난다는 걸 알아차렸어요. 잡역부가 넘어지지 않으려고 테리를 붙잡았을 때 손톱에 긁혔나 봐요. 아까 세라가 얘기했던 것처럼 간호사가 소독하고 밴드를 붙여 줬어요. 그게 다예요. 이로써 사건이 해결됐나요?"

"아뇨."

하지만 노란색 브래지어 끈과는 달랐다. 이번에는 어떤 연관성(지넷의 표현을 빌자면 합일점)이 있는지 파악할 수 있을 듯하지만 유넬 사블로의 도움이 필요할 것이었다. 랠프는 자리에서 일어섰다.

"시간 내줘서 고마웠어요, 마시."

그녀는 차가운 미소를 지었다.

"메이틀랜드 부인이라고 해야죠."

"알았어요. 그리고 하워드, 중간에서 다리 놓아 줘서 고마웠어요."

그는 변호사에게 손을 내밀었다. 잠깐 동안 그 손은 허공에 그대로 머물렀지만 결국에는 하위가 악수에 응했다.

"내가 배웅할게요." 알렉이 말했다.

"혼자서 길을 찾아갈 수 있을 것 같은데요."

"당연히 그렇겠지만 마중하러 나갔던 내가 배웅하면 대칭이 딱 맞잖아요."

그들은 거실을 가로질러서 짧은 복도를 지났다. 알렉이 문을 열었다. 랠프는 밖으로 나섰다가 알렉이 따라 나오는 걸 보고 놀랐다.

"다친 상처가 뭐 어쨌다는 겁니까?"

랠프는 그를 쳐다보았다.

"뭐가요?"

"알면서 왜 시치미 떼요. 표정이 달라졌는데."

"위산이 살짝 과다 분비돼서 그랬어요. 원래 잘 그러는데 오늘이 자리가 힘들었거든요. 그 아이가 나를 쳐다보던 눈빛만큼 힘들지는 않았지만. 미끄럼틀 위의 벌레로 전락한 기분이었어요."

알렉이 뒤에서 문을 닫았다. 랠프가 계단 두 개 아래에 있었지만 키가 있기 때문에 두 남자의 시선이 거의 평행으로 만났다.

"할 얘기가 있어요."

"하세요."

랠프는 마음의 준비를 했다.

"그런 식으로 체포한 건 엿 같았어요. 그것도 아주 심하게. 당신도 지금쯤은 알 테지만."

"오늘 밤에 훈계는 이 정도면 충분하다고 보는데요."

랠프는 몸을 돌리려고 했다.

"내 얘기 아직 안 끝났어요."

몸을 다시 돌린 랠프는 고개를 숙이고 발을 살짝 벌렸다. 전사의 자세였다.

"나는 애가 없어요. 마리가 낳질 못했어요. 하지만 당신 아들 나이의 아들이 있고 그 아이에게 중요한 인물이, 그 아이가 우러러보던 인물이 변태 살인마였다는 확실한 증거가 있으면 당신처럼, 아니 그보다 더 심하게 했을 거예요. 그러니까 당신이 왜 이성을 잃었는지 이해한다는 얘기예요."

"그렇군요. 그런들 사태가 개선되지는 않겠지만 고마워요."

"만약 뭣 때문에 다친 상처에 대해 물었는지 얘기하고 싶은 마음이 생기거든 연락 줘요. 어쩌면 우리는 모두 한 편일지 몰라요."

"갈게요, 알렉."

"잘 가요, 형사님. 운전 조심해요."

20

그가 지넷에게 어떤 식으로 면담이 끝났는지 설명하고 있었을 때 전화벨이 울렸다. 유넬이었다.

"내일 얘기 좀 할 수 있을까요, 랠프? 아이가 그 헛간에서 찾은, 메이틀랜드가 기차역에서 입고 있었던 옷이 좀 이상해요. 사실 이상한 게 한두 가지가 아니에요."

"지금 얘기해요."

"아뇨. 지금은 퇴근하는 길이라서요. 피곤해요. 그리고 생각도 좀 해 봐야겠고."

"알았어요, 그럼 내일. 어디서 만날래요?"

"조용하고 사람들 없는 곳에서 보죠. 당신을 만나는 걸 들키면 안 되거든요. 당신은 휴직 중이고 나는 사건에서 손을 뗀 상태라. 사실 사건이 종료되기도 했죠. 메이틀랜드가 죽었으니."

"그 옷은 어떻게 처리하기로 했어요?"

"캡 시티에서 법의학 검사를 받기로 했어요. 그런 다음 플린트 카운티 보안관실로 넘기기로."

"지금 장난해요? 메이틀랜드의 다른 증거들과 같이 보관해야죠.

게다가 딕 둘린은 설명서가 없으면 자기 코도 못 푸는 인간인데."

"그게 맞는 말일지 몰라도 캐닝 타운십이 시(市)가 아니고 카운티라 보안관의 관할이에요. 겔러 서장이 형사를 한 명 파견했다는데 그냥 예의상 보낸 거예요."

"호스킨스요."

"맞아요, 이름이 그거였어요. 아직 오지는 않았는데, 그가 도착할 때쯤이면 모두 퇴근하고 없을 거예요. 오다가 길을 잃었나."

그보다는 중간에 다른 데로 새서 몇 잔 걸치고 있을 가능성이 더 크지. 랠프는 생각했다.

"그 옷들은 결국 보안관실 증거 상자로 옮겨져서 22세기가 시작되도록 거기 보관될 거예요. 아무도 관심을 보이지 않을 테고요. 메이틀랜드가 범인이고 메이틀랜드는 죽었으니 이제 잊어버리자고, 이런 분위기로."

"나는 아직 그럴 생각이 없어요." 그렇게 말한 랠프는 소파에 앉아 있던 지넷이 주먹을 쥐고 양쪽 엄지손가락을 추켜올리자 미소를 지었다. "경위님은 그럴 생각이에요?"

"그럴 생각이면 이렇게 전화를 했겠어요? 내일 어디서 만날까요?"

"더브로 기차역 근처에 조그만 커피숍이 있어요. '오말리스 아이리시 스푼'이라는 덴데 찾아올 수 있겠어요?"

"당연하죠."

"10시?"

"좋아요. 할 일이 생기면 전화해서 약속 변경할게요."

"목격자 진술은 전부 받았죠?"

"노트북에 있어요."

"그거 들고 와요. 내 소지품은 전부 지서에 있는데, 출근을 하면 안 된다고 하네요. 할 얘기가 많아요."

"나도 마찬가지예요. 아직 결론이 내려지지 않았지만, 랠프, 우리가 발견하는 사실들이 과연 마음에 들까 싶어요. 이거 정말 깊은 숲 같네요."

사실. 랠프는 전화를 끊으며 생각했다. *이건 캔털루프 멜론이야. 그리고 이 우라질 멜론은 구더기들로 가득하지.*

21

잭 호스킨스는 엘프먼의 동네로 가는 길에 젠틀맨 플리즈에 들러 보드카 토닉을 주문했다. 휴가 도중에 불려 나왔으니 그래도 되지 않을까 싶었다. 첫 잔은 벌컥벌컥 비웠고 다시 한 잔을 주문해 이번에는 홀짝홀짝 마셨다. 무대를 누비는 스트리퍼 두 명이 아직 옷을 전부 입고 있었지만(젠틀맨에서는 이게 브래지어와 팬티를 입고 있었다는 뜻이다.) 서로 나른하게 애무하는 걸 보고 잭은 살짝 발기했다.

그가 계산하려고 지갑을 꺼내자 바텐더가 손사래를 쳤다.

"서비스입니다."

"고맙네."

잭은 팁을 바 카운터에 놓고 조금 괜찮아진 기분을 느끼며 밖으로 나섰다. 출발하며 사물함에서 박하사탕을 꺼내 두 개를 한꺼번에 씹어 먹었다. 사람들은 보드카를 마시면 냄새가 안 난다고 하지만 헛소리였다.

시골길은 노란색 경찰 테이프로 막혀 있었다. 시가 아니라 카운티 경찰이었다. 호스킨스는 차에서 내려 테이프가 묶인 말뚝을 뽑고 차로 지나간 다음 말뚝을 다시 꽂았다. *졸라 열 받네.* 그는 생각했고, 헛간 하나와 창고 세 개로 이루어진 다 쓰러져 가는 건물에 다다랐을 때 아무도 없는 걸 발견하고는 더욱 열 받았다. 그는 이 좌절감을 공유하기 위해 지서로 연락하려고 했다. 샌디 맥길이라는 내숭떠는 쌍년이라도 상관없었다. 하지만 들리는 거라고는 지직거리는 전파 방해음뿐이었다. 이 뭣 같은 남부에서 휴대전화가 터질 리 없었다.

그는 길쭉한 손전등을 들고 차에서 내렸다. 주된 목적은 다리를 풀기 위해서였다. 여기서 할 일은 없었다. 바보들이나 하는 헛걸음이었고 그가 바로 그 바보였다. 거센 바람이 불고 있었다. 산불이 시작되면 찰떡궁합을 자랑할 뜨거운 입김이었다. 오래된 펌프 주변으로 미루나무가 옹기종기 모여 있었다. 이파리들이 바스락거리며 춤을 추었고, 그림자들이 달빛을 받고 땅바닥 위를 질주했다.

옷들이 발견된 헛간 입구에도 노란색 테이프가 둘러져 있었다. 밀봉돼서 지금쯤 캡 시티로 옮겨지고 있겠지만 메이틀랜드가 아이를 죽인 뒤 어느 시점에 여기 왔었다니 생각만으로도 섬뜩했다.

어떻게 보면 내가 그의 행적을 되짚고 있는 거야. 그가 피 묻은 옷을 갈아입은 나루터를 지나서 젠틀맨 플리즈로 갔잖아. 그 스트립

바에서 더브로로 갔다가 다시 뱅 돌아서…… 여기로 온 게 분명해.

열려 있는 헛간 문이 떡 벌린 입 같았다. 호스킨스는 어딘지 모를 이런 오지에서 혼자 그쪽으로 접근하고 싶은 생각은 없었다. 메이틀랜드는 죽었고 유령 같은 건 없었지만 그래도 그 근처에는 얼씬하고 싶지 않았다. 때문에 한 발짝씩 천천히 억지로 움직여 전등으로 안을 비추었다.

누군가가 헛간 저쪽 끝에 서 있었다.

잭은 나지막이 비명을 지르며 허리에 찬 무기를 향해 손을 뻗었지만 아무것도 없었다. 글록은 그가 트럭에 넣고 다니는 가드올 금고 안에 들어 있었다. 그는 손전등을 떨어뜨렸다. 허리를 숙여서 전등을 줍자 술기운이 확 올라오는데, 취기가 도는 수준이라기보다 머리가 핑 돌고 몸이 휘청거리는 정도였다.

그는 전등으로 다시 헛간을 비추고 웃음을 터뜨렸다. 사람이 아니라 거의 두 동강 난 멍에였다.

이제 그만 가야겠다. 젠틀맨에 들러서 한 잔 더 하고 집에 가서 곧장 침…….

뒤에 누군가가 있었다. 이번에는 착각이 아니었다. 길고 홀쭉한 그림자가 보였다. 그리고 저건…… 숨소리인가?

눈 *깜빡할 새 저자가 나를 덮칠 거야. 얼른 땅바닥으로 엎드려서 몸을 굴려야 해.*

그런데 그럴 수가 없었다. 온몸이 얼어붙었다. 왜 현장에 아무도 없다는 걸 알았을 때 차를 돌리지 않았을까? 왜 총을 금고에서 꺼내지 않았을까? 애초에 왜 트럭에서 내렸을까? 잭은 캐닝 타운십의 흙길 끝에서 자신이 죽게 생겼다는 사실을 문득 깨달았다.

바로 그때 무언가가 그를 건드렸다. 뜨끈뜨끈한 물주머니처럼 뜨거운 손이 잭의 뒷덜미를 어루만졌다. 그는 비명을 지르려고 했지만 지르지 못했다. 가슴이 금고 안에 든 글록처럼 잠겨 버렸다. 이제 손이 하나 더 합쳐져 그의 목을 조르기 시작할 것이었다.

그런데 손이 물러났다. 하지만 손가락은 아니었다. 손끝만 살짝 앞뒤로 움직이며 그의 살갗을 스치고 지나가 뜨끈한 흔적을 남겼다.

잭은 꼼짝하지 못한 채 얼마나 오랫동안 그 자리에 서 있었는지 알 수 없었다. 20초였을 수도 있었다. 2분이었을 수도 있었다. 바람이 불어와 그의 머리칼을 헝클어뜨리고 그 손가락처럼 목을 어루만졌다. 미루나무 그림자들이 달아나는 물고기처럼 흙과 잡초 위를 떼 지어 지나갔다. 그 사람, 혹은 그것은 길고 홀쭉한 그림자를 드리우며 잭의 뒤에 서 있었다. 거기서 그를 쓰다듬고 어루만졌다.

잠시 후에 손끝과 그림자가 한꺼번에 사라졌다.

잭은 홱 하니 몸을 돌렸고, 바람에 날린 재킷 자락이 뒤에서 펄럭이는 소리를 내자 이번에는 길고 우렁차게 비명을 질렀다. 그는 빤히 쳐다보았지만……

아무것도 없었다.

버려진 건물 몇 채와 4000제곱미터쯤 되는 흙바닥뿐이었다.

그 자리에는 아무도 없었다. 아까부터 그랬다. 헛간도 마찬가지였다. 부러진 멍에뿐이었다. 땀으로 젖은 그의 뒷덜미를 쓰다듬은 손가락은 없었다. 바람이었다. 그는 어깨 너머를 한 번, 두 번, 세 번 흘끗거리며 성큼성큼 트럭으로 돌아갔다. 안으로 올라탔고, 바람에 실린 그림자가 백미러 위로 지나가자 움찔하며 시동을 걸었다. 시속 80킬로미터의 속력으로 시골길을 질주해 오래된 묘지와 버려진 랜치하우스를 지나서, 이번에는 노란색 테이프 앞에서 멈추지 않고 그대로 뚫고 통과했다. 타이어에서 끼이익 하는 소리를 내 가며 79번 고속도로로 진입해 플린트 시티로 향했다. 시 경계선을 지났을 무렵에는 버려진 헛간에서 아무 일도 없었다고 그 자신을 설득할 수 있었다. 뒷덜미가 욱신거리는 것도 별일 아니었다.

전혀 별일 아니었다.

7월 21일 ~ 7월 22일

노랑

1

토요일 오전 10시의 오말리스 아이리시 스푼은 손님이 없는 거나 다름없었다. 두 영감님이 체스판을 사이에 두고 커피 잔과 함께 앞쪽에 앉아 있었다. 딱 한 명뿐인 웨이트리스는 인포머셜이 방영 중인 카운터 위편의 조그만 텔레비전을 뚫어져라 들여다보고 있었다. 현재 판매 중인 제품은 골프 클럽인 듯했다.

유넬 사블로는 빛바랜 청바지와 근사한 근육(랠프는 2007년 이후로 근사한 근육을 장착한 적이 없었다.)이 드러나 보일 정도로 타이트한 티셔츠를 입고 뒤편 테이블에 앉아 있었다. 그도 텔레비전을 쳐다보고 있다가 랠프를 보고 손짓했다.

그가 자리에 앉자 유넬이 말했다.

"웨이트리스가 저 골프 클럽에 왜 저렇게 관심을 보이지는 모르겠어요."

"여자들은 골프를 치지 않는다 이거예요? 요즘이 어떤 세상인데 그런 성차별적인 발언을."

"여자들도 골프 친다는 거야 알죠. 하지만 저 클럽은 의미 없거든요. 저걸로 쳤는데 14번 홀에서 짧으면 홀컵에다 오줌을 싸도 좋대요. 심지어 오줌 쌀 때 가릴 수 있게 조그만 앞치마까지 같이 주겠대요. 여자들한테는 그런 광고가 안 먹히잖아요."

웨이트리스가 주문을 받으러 왔다. 랠프는 웃음이 터지지 않게 웨이트리스가 아니라 메뉴판을 보며 스크램블드에그와 호밀 토스트를 주문했다. 오늘 아침에 터지려는 웃음보를 참아야 할 줄은 몰랐는데, 그래도 피식 웃음이 났다. 앞치마를 상상하느라 그랬다.

웨이트리스는 독심술의 대가일 필요가 없었다.

"맞아요, 우스운 구석이 있긴 하죠. 전립선이 자몽만 한 골프광 남편이랑 사는데, 생일에 뭘 선물하면 좋을지 모르겠는 여자라면 모를까."

랠프와 유넬의 시선이 만났고 이로써 빵 터졌다. 그들이 배를 잡고 껄껄대며 웃자 체스를 두던 영감님들이 못마땅해하는 표정으로 돌아보았다.

"뭐 주문하실 거예요?" 웨이트리스가 유넬에게 물었다. "아니면 그냥 커피만 마시면서 컴포트 나인 아이언 보고 웃을 거예요?"

유넬은 우에보스 란체로스*를 주문했다. 웨이트리스가 가자 그가 말했다.

---

* 프라이하거나 삶은 계란을 토르티야에 얹고 토마토소스를 넣어서 먹는 멕시코 요리.

“희한한 일들이 많은 참 희한한 세상이에요. 그렇지 않아요?”

“우리가 이 자리에서 만난 이유를 생각하면 그렇다고 할밖에요. 캐닝 타운십에서는 뭐가 그렇게 희한했어요?”

“한두 개가 아니에요.”

유넬은 잭 호스킨스가 (경멸하는 뜻에서) ‘남자용 핸드백’이라고 부르는 가죽 숄더백을 들고 왔다. 거기서 이리저리 실려 다니느라 케이스가 너덜너덜해진 아이패드미니를 꺼냈다. 랠프도 느꼈다시피 요즘 들어 이런 장치를 들고 다니는 경찰들이 점점 많아졌다. 2020년, 아무리 늦어도 2025년이면 전통적으로 쓰이던 경찰용 수첩을 완전히 대체할 수 있었다. 세상이 변해 가고 있었다. 따라서 움직이든지 뒤처지든지, 둘 중 하나였다. 그는 대체로 컴포트 나인 아이언보다는 그런 장치를 생일선물로 더 선호하는 편이었다.

유넬이 버튼을 두어 개 두드려 메모를 띄웠다.

“더글러스 엘프먼이라는 아이가 어제 오후 늦게 버려진 옷가지를 발견했어요. 뉴스에서 들은 말 머리 벨트 버클을 알아보고 연락하자 아빠가 당장 주 경찰청에 신고했죠. 저는 5시 45분쯤에 경찰차를 타고 현장에 도착했어요. 바지는 아무 데서나 볼 수 있는 청바지였는데 버클은 한눈에 알아보겠더라고요. 직접 확인해 보세요.”

그가 화면을 다시 두드리자 버클을 클로즈업한 사진이 화면 가득 떴다. 랠프가 보기에도 테리가 더브로 보겔 교통회관의 보안 카메라에 찍혔을 때 차고 있던 그 벨트 버클이었다.

랠프는 유넬에게 하는 말인 동시에 혼잣말처럼 중얼거렸다.

“좋아, 체인에 연결 고리가 하나 더 생겼네. 밴을 쇼티스 펍 뒤편에 세우고. 스바루로 갈아타서 그 차는 아이언 브리지 근처에 버리고, 새 옷으로 갈아입은 다음…….”

“501 청바지, 자키 속옷, 하얀 운동용 양말 그리고 상당히 비싼 운동화로요. 거기에 근사한 버클이 달린 허리띠.”

“흐음. 핏자국 없는 깨끗한 옷으로 갈아입은 다음 젠틀맨 플리즈에서 택시를 타고 더브로로 갔죠. 그런데 역까지 가서 기차는 타지 않았어요. 왜 그랬을까요?”

“추적에 혼선을 일으키려고 처음부터 그냥 되돌아올 작정이었을 수 있어요. 아니면…… 황당한 생각이 떠올랐는데. 들어 보실래요?”

“좋죠.”

“메이틀랜드는 도망칠 작정이었어요. 그 댈러스-포트워스행 열차를 타고 계속 갈 생각이었어요. 멕시코로 아니면 캘리포니아로. 사람들이 자기 얼굴을 봤다는 걸 아는데 피터슨이라는 아이를 죽인 다음 플린트 시티에 남을 이유가 없잖아요. 다만…….”

“다만 뭐요?”

“다만 그 결정적인 경기를 앞두고 차마 떠날 수가 없었어요. 아이들에게 또 한 번의 승리를 선물하고 싶었거든요. 결승전에 진출할 수 있게.”

“진짜 황당한 생각이네.”

“애초에 그 아이를 죽인 것보다 더요?”

유넬이 정곡을 찔렀지만 음식이 나온 덕분에 랠프는 대답을 모면할 수 있었다. 웨이트리스가 가자마자 랠프가 물었다.

“버클에 지문이 있었어요?”

유넬은 미니를 두드려 말 머리 버클을 클로즈업으로 촬영한 다른 사진을 보여 주었다. 하얀 지문 감식 가루로 덮여서 반짝이던 은색 버클이 흐릿해졌다. 예전에 춤을 배울 때 썼던 스텝 그림처럼 겹쳐진 지문이 보였다.

"과학수사반 컴퓨터에 메이틀랜드의 지문이 저장돼 있어요. 프로그램을 돌리니까 당장 일치한다는 결과가 나왔고요. 그런데 맨 첫 번째로 이상한 부분이 이거예요, 랠프. 버클에 찍힌 지문의 선과 소용돌이무늬가 희미하고 군데군데 끊겼거든요. 그래도 법정에 증거로 제출할 수 있을 정도는 되지만 그걸 감식한 수사관이 수천 번의 경험이 있는 수사관인데, 그 사람이 말하길 노인의 지문 같다는 거예요. 여든 살이나 심지어 아흔 살은 된 노인. 내가 얼른 나가고 싶어서 옷을 후닥닥 갈아입으면 그럴 수도 있느냐고 물었거든요. 그 전문가가 그럴 수도 있다고 대답하긴 했지만 수긍하지는 않는 눈치였어요."

"흠." 랠프는 말하고 스크램블드에그를 공략했다. 두 가지 용도로 쓰이는 골프 클럽을 보고 갑작스럽게 터진 폭소처럼 입맛이 돌아온 것도 반가운 뜻밖의 변화였다. "이상하긴 하지만 부수적인 부분이잖아요."

그는 과연 언제까지 이 사건에서 계속 등장하는 이례적인 사실들을 부수적인 부분으로 간주할 수 있을까?

"다른 지문도 있어요. FBI 전국 데이터베이스로 전송할 수 없을 만큼 뭉개지긴 했지만 수사관이 밴에 찍힌 주인 없는 지문과 버클에 찍힌 이 다른 지문을 비교했거든요⋯⋯ 한번 보세요."

유넬은 아이패드를 랠프에게 넘겼다. 두 그룹의 지문이 있는데, 한쪽에는 신원 불명 밴, 다른 쪽에는 신원 불명 벨트라고 되어 있었다. 둘이 서로 비슷했지만 딱 거기까지였다. 하위 골드처럼 불도그 같은 변호사를 상대로 법정에서 증거로 제시할 수 있을 정도는 아니었다. 하지만 여기는 법정이 아니었고, 랠프가 보기에는 동일인이 남긴 지문이었다. 그래야 간밤에 마시 메이틀랜드에게 들은 정보하고도 맞아떨어졌다. 절대 완벽하게 일치하지는 않았지만 상사나…… 선거에 혈안이 된 지방검사에게 일일이 업무 지시를 받을 필요가 없는 휴직 중인 형사가 보기에는 흡사했다.

유넬이 우에보스 란체로스를 먹는 동안 랠프는 마시와 만난 얘기를 하되 하나만 나중을 위해 남겨두었다.

"중요한 건 밴이에요." 그는 말문을 맺었다. "과학수사반에서 그걸 원래 훔친 아이의 지문을 몇 개 찾을 수 있을지 모르겠지만……."

"이미 찾았어요. 엘패소 경찰로부터 멀린 캐시디의 지문을 입수했어요. 컴퓨터 대조 결과 밴에 찍힌 주인 없는 지문 몇 개와 일치하는 걸로 밝혀졌고요. 캐시디가 쓸 만한 게 있나 싶어 열어 보았는지 대부분 공구상자에 남아 있었어요. 또렷해요, 이거하고는 다르게."

그는 밴과 허리띠 버클이라고 된 신원 불명의 흐릿한 지문을 다시 화면에 띄웠다.

랠프는 접시를 옆으로 치우고 몸을 앞으로 기울였다.

"얼마나 딱 들어맞는지 알겠죠? 우리도 알다시피 데이턴에서 밴을 훔친 사람은 테리가 아니에요. 그 가족은 비행기를 타고 다녀왔으니까. 하지만 밴에 남은 흐릿한 지문과 허리띠의 지문이 실제로 동일하다면……."

"결국 그에게 공범이 있었다고 생각하시는군요. 밴을 데이턴에서 플린트 시티로 옮긴 사람이."

"그럴 수밖에 없잖아요. 달리 설명할 방법이 없으니."

"얼굴은 똑같이 생겼고요?"

"다시 원점이네." 랠프는 말하고 한숨을 쉬었다.

"그리고 허리띠에 그의 지문도 있고 신원 불명의 지문도 있었어요." 유넬은 말을 이었다. "그러니까 메이틀랜드와 대역이 같은 허리띠를, 어쩌면 아예 옷 전체를 같이 입었다는 얘기예요. 뭐, 사이즈가 같지 않겠어요? 태어나자마자 헤어진 쌍둥이 형제니까. 문제가 있다면 기록상 테리 메이틀랜드는 외아들이었다는 거지만."

"또 알아낸 거 뭐 없어요? 아무거라도."

"있어요. 정말 희한한 개떡이 등장했어요." 그는 의자를 옮겨서 랠프와 나란히 앉았다. 이제는 매직으로 1이라고 쓴 투명한 증거봉투 옆에 지저분하게 뭉뚱그려져 있는 청바지, 양말, 속옷, 운동화를 클로즈업해서 찍은 사진이 아이패드에 띄워져 있었다. "얼룩 보이죠?"

"보여요. 정체가 뭐예요?"

"모르겠어요. 과학수사관도 모르겠다지만 그중 한 명이 정액 같아 보인다고 했고 나도 그렇지 않나 생각해요. 사진상으로는 잘 보이지 않지만……."

"*정액?* 지금 장난해요?"

웨이트리스가 다시 왔다. 랠프는 아이패드 화면을 뒤집었다.

"커피 리필해 드릴까요?"

둘 다 리필을 받았다. 그녀가 떠나자 랠프는 다시 옷을 찍은 사진 쪽으로 시선을 돌려서 손가락을 벌려 이미지를 확대했다.

"유넬, 청바지 사타구니 부분과 양쪽 다리, 바짓단에 묻어 있는 네……."

"그리고 속옷과 양말에도요. 운동화는 말할 것도 없고요. 안팎으로 묻어서 도자기에 바른 유약처럼 제대로 굳었어요. 뭔지 모르겠지만 9번 아이언의 움푹 들어간 곳을 채우고도 남을 정도예요."

랠프는 웃지 않았다.

"정액일 리 없어요. 심지어 포르노 배우 존 홈즈의 전성기 시절이라 해도……."

"나도 알아요. 그리고 정액은 이러지 않죠."

유넬이 화면을 넘겼다. 다음은 헛간 바닥을 넓게 찍은 사진이었다. 이번에는 2라고 적힌 증거 색인표가 얼기설기 쌓인 건초 더미 옆에 놓여 있었다. 적어도 랠프가 보기에는 건초였다. 사진의 왼편 저쪽 끝에 3번 색인표가 가만히 무너져 가는 건초 위에 놓여 있었다. 오래전부터 그 자리에 있었던 것처럼 보이는데, 대부분 까만색이었다. 찐득찐득한 부식성 물질이 거길 타고 바닥으로 흐르기라도 한 듯 건초 옆면도 까만색이었다.

"같은 얼룩이에요? 확실해요?"

"90퍼센트 정도요. 그리고 고미다락에도 또 있어요. 이게 정액이라면 기네스북에 등재될 만한 야간 분출이에요."

"그럴 리 없어요." 랠프는 나지막이 중얼거렸다. "다른 걸 거예요. 다른 건 몰라도 정액이 묻었다고 건초가 까매지지는 않잖아요. 말이 안 돼요."

"내가 보기에도 그렇지만, 나야 뭐, 가난한 멕시코 농부의 아들이니까요."

"과학수사반에서 분석하겠죠."

유넬은 고개를 끄덕였다.

"지금 하고 있어요."

"결과 나오면 알려 줘요."

"그럴게요. 어떤 뜻에서 시간이 지날수록 점점 희한해진다고 했는지 알겠죠?"

"지넷은 설명할 수 없는 현상이라고 했어요." 랠프는 헛기침을 했다. "사실 초자연적이라는 단어를 썼죠."

"제 아내 가브리엘라도 똑같은 말을 했는데. 여자들의 습성일까요? 아니면 멕시코 출신의 습성이든지."

랠프는 눈썹을 추켜세웠다.

"*시, 세뇨르.*(네, 선생님.)" 유넬은 웃음을 터뜨렸다. "제 아내가 어머니가 일찍 돌아가시는 바람에 *아부엘라*(할머니) 밑에서 컸거든요. 그분이 아내의 머릿속에 온갖 전설을 심어 놨어요. 이번 사건에 대해 얘기했더니 아내가 멕시코 귀신에 얽힌 얘기를 들려주더라고요. 일설에 따르면 결핵으로 죽어 가던 환자였는데 사막에 사는 현자, 그러니까 *에르미타뇨*(은둔자)가 어린아이의 피를 마시고 아이들의 기름을 가슴과 둔부에 바르면 낫는다고 했대요. 그래서 귀신은

들은 대로 했고 영생을 얻었대요. 못된 아이들만 잡아간답니다. 들고 다니는 커다랗고 까만 자루에 넣어서. 아내가 그러는데 어렸을 때, 일곱 살쯤 됐을 때 성홍열에 걸린 남동생을 치료하러 집을 찾아온 의사를 보고 자기가 발작처럼 비명을 지른 적이 있대요."

"의사가 까만 가방을 들고 왔군요."

유넬이 고개를 끄덕였다.

"이 귀신 이름이 뭐였더라? 생각이 날 듯 말 듯 나질 않네요. 이럴 때 괴롭지 않아요?"

"그러니까 이번 사건이 그거라고 생각해요? 귀신의 소행?"

"아뇨. 내가 가난한 멕시코 농부의 아들일 수도 있고 애머릴로 자동차 영업 사원의 아들일 수도 있지만 *아톤타도*(바보)는 아니에요. 반장님이나 저와 다를 바 없는 인간이 프랭크 피터슨을 죽였고 그 인간은 테리 메이틀랜드였을 가능성이 커요. 어떻게 된 영문인지 파악하면 모든 퍼즐 조각이 맞아떨어질 테고, 나도 다시 밤새 단잠을 잘 수 있을 텐데. 이 사건 때문에 아주 그냥 골머리가 아프거든요." 유넬은 손목시계를 확인했다. "이제 그만 가야겠어요. 아내를 캡 시티에서 열리는 공예품 박람회에 태워다 주기로 했거든요. 더 궁금한 거 있으세요? 적어도 하나는 있어야 하는데. 희한한 일이 한 가지 더 반장님의 목전에 있거든요."

"헛간에 바퀴 자국은 있었어요?"

"제가 그걸 염두에 두고 한 얘기는 아니었지만 있었어요. 하지만 쓸모는 없었어요. 자국도 보이고 기름도 살짝 떨어져 있었지만 대조할 수 있을 만큼 선명한 스키드 마크는 없었거든요. 내가 보기에는 메이틀랜드가 아이를 납치할 때 이용한 밴 자국이 아닌가 싶어요. 스바루보다 간격이 넓었거든요."

"오케이. 그 마법의 장치에 목격자 증언 전부 저장돼 있죠? 가기 전에 내가 클로드 볼턴한테 받은 진술서를 좀 볼 수 있을까요? 젠틀맨 플리즈의 경비 말이에요. 그 친구가 경비라는 단어에 문제를 제기했던 걸로 기억하지만."

유넬은 파일 하나를 불러왔다가 고개를 젓고 다른 파일을 불러서 아이패드를 랠프에게 건넸다.

"스크롤 내려서 보세요."

랠프는 스크롤을 내려 찾던 부분을 화면 한가운데로 띄웠다.

"여기 있네. 볼턴이 이랬거든요. '또 하나 기억나는 게 있는데, 별건 아니지만 그 사람이 정말 그 아이를 죽인 범인이라면 좀 섬뜩해요.' 볼턴은 그 남자 때문에 다쳤다고 했어요. 내가 무슨 뜻이냐고 물었더니 자기 친구 조카들을 잘 가르쳐 줘서 고맙다며 메이틀랜드에게 악수를 청했대요. 그때 메이틀랜드의 새끼손톱에 손등을 긁혀서 살짝 까졌답니다. 볼턴 말로는 자기 약쟁이 시절이 생각난다고, 데블스 디시플스에 가면 코카인을 뜨는 데 쓰려고 새끼손톱을 길게 기르는 남자들이 있었다는 거예요. 패션 선언이었는지 몰라도."

"그게 중요한 문제인 이유는요?"

유넬은 살짝 호들갑스럽게 손목시계를 다시 한 번 확인했다.

"어쩌면 중요한 문제가 아닐 수도 있어요. 어쩌면……."

하지만 그는 다시 부수적인 부분이라고 하지는 않을 작정이었다.

그 단어를 쓸 때마다 점점 마음에 들지 않았다.

"어쩌면 별일 아니겠지만 아내가 '합일점'이라고 하는 현상이거든요. 테리도 데이턴의 치매 병동에 아버지를 만나러 갔을 때 그 비슷한 상처가 생겼어요."

랠프는 잡역부가 미끄러져서 테리를 잡는 바람에 그 와중에 상처가 생겼다고 간단하게 설명했다.

유넬은 곰곰이 생각하다가 어깨를 으쓱했다.

"순전히 우연의 일치인 것 같은데요. 이제 정말 가야겠어요, 가브리엘라의 분노를 유발하고 싶지 않으면. 그런데 반장님이 그냥 지나친 부분이 있어요, 타이어 자국 말고요. 심지어 반장님의 친구 볼턴도 그걸 언급했는데. 스크롤을 올려 보면 찾을 수 있을 거예요."

하지만 랠프는 그럴 필요가 없었다. 그의 목전에 있었다.

"바지, 속옷, 양말 그리고 운동화…… 하지만 셔츠는 없다."

"맞아요. 그가 좋아하는 셔츠였거나, 헛간을 나서기 전에 갈아입을 셔츠가 없었던 거죠."

2

랠프는 플린트 시티까지 절반쯤 갔을 때 브래지어 끈에 대해 신경이 쓰였던 이유를 드디어 깨달았다.

그는 부지가 8000제곱미터인 바이런스 주류 할인 판매점에 차를 세우고 단축 다이얼을 눌렀다. 유넬의 음성사서함으로 넘어갔다. 랠프는 메시지를 남기지 않고 전화를 끊었다. 유넬은 이미 초과 근무를 했다. 주말을 즐길 자격이 있었다. 그리고 이제 잠깐 생각해 보니 이 합일점은 아내 말고는 어느 누구하고도 공유하고 싶지 않았다.

테리가 총격을 당하기 직전에, 과다각성 상태였을 때 그가 본 노란색이 브래지어 끈 말고 또 있었다. 섬뜩한 큰 그림을 구성하는 뭔가가 노란색이었는데, 몇 초 뒤에 올리 피터슨이 신문 가방에서 구식 리볼버를 꺼내는 바람에 거기에 덮여 그의 머릿속에서 브래지어 끈으로 대체돼 버렸다. 그러니 기억이 나지 않을 만도 했다.

얼굴에 끔찍한 화상을 입었고 두 손에 문신을 새긴 남자가 남은 흉터를 가리려는 의도였는지 머리에 노란색 반다나를 하고 있었다. 하지만 그게 반다나였을까? 다른 것일 수도 있었을까? 예를 들면 사라진 셔츠? 테리가 기차역에서 입고 있었던 것?

기억이 나려고 하고 있어. 랠프는 생각했고 어쩌면 진짜일지 몰랐지만…… 그의 무의식(생각 뒤의 생각들)은 처음부터 계속 소리를 지르고 있었다.

그는 눈을 감고 테리의 생애 마지막 몇 초 동안 펼쳐진 광경을 고스란히 소환해 보았다. 자기 손에 묻은 피를 보고 썩소를 날리던 금발의 앵커. 주사기 아래에 **메이틀랜드는 약을 받아라**라고 적힌 팻말. 입술이 기형이었던 남자아이. 마시에게 손가락 욕을 날리려고 몸을 기울이던 여자. 그리고 조물주가 거대한 지우개로 이목구비를 지우고 화염으로 손보다 훨씬 끔찍한 문신을 새기는 바람에, 얼굴에 덩어리와 벌겋게 벗겨진 피부, 코 대신 구멍만 남은 화상 환자.

그리고 이렇듯 그 순간을 되새김질해 보니 남자가 머리에 쓰고 있던 것은 반다나가 아니라, 장식처럼 어깨까지 늘어뜨린 그보다 큰 무언가였다.

그렇다, 그게 셔츠였을 수도 있지만…… 그렇다 하더라도 그 셔츠였을까? 보안 카메라 영상에서 테리가 입고 있었던? 그걸 알아볼 방법이 있을까?

알아볼 방법이 있을 것 같았지만 그러자면 그보다 훨씬 컴퓨터에 대해 잘 아는 지넷에게 도움을 요청해야 했다. 뿐만 아니라 이제는 하워드 골드와 알렉 펠리를 적으로 간주하지 말아야 할 수도 있었다. *어쩌면 우리는 모두 한 편일지 몰라요.* 간밤에 메이틀랜드의 집 앞에서 펠리는 이렇게 말했고 그게 맞는 말일 수 있었다. 어쩌면.

랠프는 기어를 옮기고 집으로 출발했다. 가는 내내 제한속도를 지키지 않았다.

3

랠프와 지넷은 그녀의 노트북을 앞에 두고 식탁에 앉았다. 캡 시티에는 각자의 네트워크를 갖춘 주요 방송사가 네 군데 있었고, 여기에 지역 뉴스와 의회 회의와 다양한 지역 행사(예를 들면 테리가 깜짝 스타로 부상한 할런 코벤 강연)를 보도하는 공영 창구 역할을 하는 채널81이 추가됐다. 테리의 기소인부절차가 있었던 날 다섯 방송사가 모두 출동해 충격 장면을 촬영했고 군중을 어느 정도 영상에 담았다. 두말하면 잔소리지만 총성이 들리자 모든 카메라가 얼굴 옆면으로 피를 흘리며 아내를 사선 밖으로 밀치고 잠시 후에 결정타를 맞고 쓰러지는 테리를 촬영했다. CBS 영상은 테리가 쓰러지기 전에 먹통이 되었는데, 랠프의 총알이 날아가 렌즈를 박살내고 카메라맨의 한쪽 눈을 실명시켰기 때문이었다.

모든 영상을 두 번씩 보았을 때 지넷이 입술을 꾹 다물고 그를 돌아보았다. 그녀는 아무 말도 하지 않았다. 말을 할 필요가 없었다.

"채널81 영상 다시 한 번 돌려 봐. 총격이 시작되니까 카메라가 이리저리 흔들렸지만 그래도 그 전까지 촬영한 군중 샷이 제일 괜찮았어."

"랠프." 그녀가 그의 팔을 만졌다. "괜찮겠……."

"괜찮아, 괜찮아." 하지만 거짓말이었다. 세상이 점점 기울어 조만간 낭떠러지로 떨어질 것 같은 느낌이었다. "다시 한 번 돌려줘. 그리고 소리는 죽이고. 기자의 중계 방송 때문에 정신이 사납네."

그녀는 그가 부탁한 대로 했고 같이 영상을 보았다. 흔들리는 팻말. 물 밖으로 나온 물고기처럼 입을 뻐끔거리며 소리 없이 외치는 사람들. 중간에 카메라가 빠르게 상하, 좌우로 이동했다. 어떤 남자가 테리의 얼굴에 침을 뱉는 광경은 건너뛰고 랠프가 발을 걸어 문제의 남자를 넘어뜨리는 광경만 찍혀서, 언뜻 보면 그가 아무 이유 없이 남자를 공격한 듯했다. 테리가 침을 뱉은 남자를 부축해 일으켰고(랠프는 '우라질 성서에나 나올 법한 얘기.'라고 생각했던 기억이 났다.) 카메라는 다시 군중 쪽으로 이동했다. 한 명은 퉁퉁하고 또 한 명은 비쩍 마른 집행관 두 명이 계단으로 접근하려는 사람들을 막으려고 애를 썼다. 채널7의 금발 앵커가 믿기지 않는다는 표정으로 피 묻은 손가락을 쳐다보며 일어섰다. 신문 가방을 든 올리 피터슨이 니트 비니 아래로 빨간 머리 몇 가닥을 보이며 등장했지만, 그가 이 쇼의 스타로 등극하려면 아직 몇 초가 남았다. 언청이 남자아이가 보였고, 채널81의 카메라맨은 잠깐 멈춰서 아이가 입은 티셔츠에 그려진 프랭크 피터슨의 얼굴을 충분히 비췄다가 좀 더 이동해서…….

"멈춰." 그가 말했다. "정지, 여기서 정지."

지넷이 화면을 정지시켰고 그들은 영상을 들여다보았다. 카메라맨이 모든 걸 조금씩 담겠다는 일념으로 바쁘게 움직이느라 살짝 흐릿했다.

랠프는 화면을 손끝으로 두드렸다.

"카우보이모자를 흔드는 이 남자 보여?"

"응."

"화상 입은 남자가 이 남자 바로 옆에 서 있었어."

"그렇구나."

지넷은 묘하게 불안한 목소리로 그렇게 대답했다. 랠프가 한 번도 들어 본 적 없는 목소리였다.

"진짜야. 똑똑히 봤어. LSD나 메스칼린이나 뭐 그런 약을 한 것처럼 모든 게 눈에 들어왔다고. 다른 영상들도 다시 한 번 돌려 봐. 이게 군중을 가장 잘 잡긴 했지만 폭스 제휴사도 괜찮았고……."

"아냐." 그녀는 전원을 끄고 노트북을 닫았다. "당신이 봤다는 남자는 어떤 영상에도 없어, 랠프. 당신도 나만큼 잘 알잖아."

"내가 제정신이 아니라고 생각해? 그래? 내가…… 그 뭐냐……."

"신경쇠약증?" 그녀는 다시 그의 팔에 손을 얹었고 이번에는 살짝 잡았다. "당연히 그건 아니지. 당신이 봤다면 본 거야. 그 남자가 셔츠를 햇볕 차단용 스카프나 두건이나 뭐 그런 것처럼 머리에 썼다면 아마 그랬을 테고. 당신이 힘든 시기를 보내고 있지만, 어쩌면 평생을 통틀어 가장 힘든 시기일지 모르지만, 나는 당신의 관찰력을 믿어. 다만…… 당신도 지금쯤은 느꼈을 거라고 보는데……."

그녀는 말끝을 흐렸다. 그는 기다렸다. 이윽고 그녀가 작정하고 얘길 꺼냈다.

"이 사건은 아주 이상한 구석이 있고, 당신이 파고들면 들수록 점점 이상해지고 있어. 그래서 겁이 나. 유넬이 했다는 얘기도 겁이 나. 기본적으로 뱀파이어 스토리잖아, 아니야? 고등학생 때 『드라큘라』를 읽었는데 뱀파이어는 거울에 비치지 않는다고 했던 기억이 나. 거울에 비치지 않는 존재라면 뉴스 화면에도 보이지 않을 거야."

"말도 안 돼. 세상에 유령이나 마녀나 뱀파……."

지넷이 손바닥으로 식탁을 치자 권총 발사음이 나는 바람에 그는 펄쩍 뛰었다. 그녀의 두 눈이 분노로 이글거렸다.

"정신 차려, 랠프! 정신 차리고 사태를 제대로 파악해! *테리 메이틀랜드가 동시에 두 공간에 등장했어!* 그걸 설명한 방법을 찾지 않고 그냥 그런가 보다 하고 넘기면……."

"그냥 그런가 보다 하고 넘기려는 게 아니야, 여보. 그러면 내가 평생 믿어 왔던 모든 게 무너지는걸. 그런 걸 그냥 받아들이려고 했다가는 정말 미쳐 버릴 거야."

"말도 안 되는 소리. 당신이 그 정도로 나약한 사람은 아니야. 하지만 그 점에 대해 생각해 보라는 뜻에서 한 얘기가 아니야. 테리는 죽었어. 이제 그만 접어도 돼."

"그랬는데 프랭크 피터슨을 죽인 범인이 테리가 아니었다면? 그러면 마시는 어떻게 되겠어? 딸들은 어떻게 되겠어?"

지넷은 일어나 개수대 위편의 창문 앞으로 다가가 뒷마당을 내다보았다. 주먹을 쥐고 있었다.

"데릭이 다시 연락했어. 아무리 생각해도 집에 오고 싶대."

"그래서 뭐라고 했어?"

"다음 달 중순에 캠프가 끝날 때까지 견디라고 했어. 나도 걔가 집에 왔으면 좋겠지만 어르고 달랬어. 왜 그랬는지 알아?" 그녀는 고개를 돌렸다. "당신이 이 사건을 파헤치고 다니는 동안에는 데릭이 이 근처에 없었으면 좋겠으니까. 오늘 밤에 해가 지면 내가 무서워질 테니까. 정말로 초자연적인 존재면 어떻게 해, 랠프? 그게 당신이 뒤를 밟고 있다는 걸 알아차리면?"

랠프는 아내를 품에 안았다. 그녀가 떨고 있다는 걸 느낄 수 있었다. 그는 생각했다. *어느 정도는 진짜라고 믿는 거야.*

"유넬이 그런 얘기를 하긴 했지만 범인은 평범한 인간이라고 생각해. 나도 마찬가지고."

그녀는 그의 가슴에 얼굴을 묻은 채로 말했다.

"그럼 얼굴에 화상을 입은 남자가 아무 영상에도 없는 이유가 뭐야?"

"그러게."

"나도 마시가 걱정돼, 당연하지." 그녀는 고개를 들었다. 울고 있었다. “그리고 그 집 딸들도 걱정이 되고. 그 점에서는 테리도 마찬가지고…… 피터슨 가족도 마찬가지지만…… 당신이랑 데릭이 더 걱정돼. 나한테는 두 사람밖에 없잖아. 이제 그만 접고 지나가면 안 돼? 다시 복직하고 정신과 의사 만나고 다음 장으로 넘어가면 안 돼?”

“그러게.”

말은 그렇게 했지만 사실 그는 알았다. 이렇게 이상한 반응을 보이는 지넷에게 얘기할 수 없을 따름이었다. 그는 다음 장으로 그냥 넘어갈 수 없었다.

아직은 그랬다.

4

그날 저녁에 그는 뒷마당의 피크닉 테이블에 앉아서 티파릴로 시가를 피우며 하늘을 올려다보았다. 별은 보이지 않았지만 구름으로 가려진 달의 움직임이 느껴졌다. 진실이 종종 그렇지 않을까 하는 생각이 들었다. 구름으로 덮인 게슴츠레한 빛의 동그라미. 그 빛이 구름을 뚫고 나올 때도 있었고, 구름이 짙어지면 완전히 사라질 때도 있었다.

한 가지 사실만큼은 분명했다. 밤이 지면 유넬 사블로의 이야기에 등장하는 비쩍 마른 결핵 환자가 더 그럴듯하게 느껴졌다. 믿기는 건 아니었다. 랠프는 산타클로스를 믿지 않듯 그런 존재를 믿지 않았지만 어떤 인물인지 상상이 되기는 했다. 미국의 사춘기 소녀들에게 공포, 그 자체인 슬렌더맨*과 비슷하되 좀 더 음울했다. 키가 크고 까만 양복을 입고 엄숙한 분위기를 풍기며 얼굴은 가로등처럼 생겼고 무릎을 접은 어린애를 담을 수 있을 만큼 큼지막한 자루를 들고 다닐 것이었다. 유넬에 따르면 멕시코의 귀신은 아이들의 피를 마시고 아이들의 기름을 몸에 바르며 생명을 연장했다는데…… 피터슨의 아들에게 벌어진 일이 100퍼센트 똑같지는 않아도 그 비슷했다. 범인이 메이틀랜드일지 뭉개진 지문을 남긴 신원 미상의 인물일지 모르겠지만, 자기 스스로 흡혈귀이거나 다른 초자연적인 존재라고 생각했던 걸까? 제프리 다머**도 수많은 노숙자를 살해하며 좀비를 만든다고 생각하지 않았던가.

그렇다 한들 화상을 입은 남자가 뉴스 영상에 보이지 않는 이유를 설명할 수는 없잖아.

지넷이 그를 불렀다.

"들어와, 랠프. 비가 올 것 같아. 그 냄새 나는 걸 꼭 피워야겠거든 부엌에서 피워."

그 때문에 안으로 들어오라는 게 아니잖아. 유넬이 얘기한 그 망태 인간이 마당 불빛이 비치지 않는 곳에 숨어 있을지 모른다는 생각이 자꾸 드는 걸 어쩔 수 없기 때문이지.

어이없는 발상이었지만 그도 불안해하는 그녀를 이해했다. 그도 불안한 마음이 있었다. 지넷이 뭐라고 했던가. *당신이 파고들면 들*

---

* 미국 도시전설에 등장하는 괴생명체로 2009년 인터넷 괴담에서 유래했다.

** 미국의 연쇄 살인범. 1978년부터 1991년까지 17명을 살해하고 그 후에 시간, 사체 절단하고 그 인육을 먹기도 했다.

수록 점점 이상해지고 있어.

랠프는 안으로 들어가 개수대 수도에 대고 티파릴로 시가를 끄고 충전기에 꽂아 둔 휴대전화를 집었다. 하위가 전화를 받자 랠프는 말했다.

"내일 펠리 씨랑 같이 우리 집으로 올 수 있어요? 할 얘기가 많은데 믿기지 않는 얘기들도 있어요. 같이 점심 먹읍시다. 루디스에서 샌드위치 살게요."

하위는 당장 좋다고 했다. 랠프가 전화를 끊고 보니 지넷이 팔짱을 끼고 문 앞에 서서 그를 쳐다보고 있었다.

"접지 못하겠어?"

"응, 여보. 못 그러겠어. 미안."

그녀는 한숨을 쉬었다.

"조심할 거지?"

"엄청 조심조심 발을 디딜게."

"그러는 게 좋을 거야. 안 그러면 내가 조심이고 나발이고 없이 밟아 버릴 테니까. 그리고 루디스에 가서 샌드위치 사 먹을 필요 없어. 내가 만들어 줄게."

5

일요일에는 비가 왔기에 다 같이 앤더슨의 집에서 잘 쓰이지 않는 식당의 식탁에 모여 앉았다. 참석자는 랠프, 지넷, 하위 그리고 알렉이었다. 유넬 사블로는 캡 시티의 집에서 하위 골드의 노트북에 띄운 스카이프를 통해 합류했다.

랠프가 먼저 그들 모두 알고 있는 사실을 정리한 다음 유넬이 하위와 알렉에게 엘프먼의 헛간에서 어떤 게 발견됐는지 밝혔다. 그의 얘기가 끝나자 하위가 말했다.

"뭐 하나 말이 되는 게 없네요. 아니, 이보다 더 말이 안 될 수가 없을 정도예요."

"이 남자가 버려진 헛간의 고미다락에서 잤다는 건가요?" 알렉이 유넬에게 물었다. "거기 숨어 있었다? 그렇게 생각하는 거예요?"

"일단은 그렇게 추정하고 있어요." 유넬이 말했다.

"그렇다면 테리였을 리 없어요." 하위가 말했다. "테리는 토요일에 하루 종일 여기 있었거든요. 그날 오전에는 아이들을 데리고 시민회관 수영장에 갔고, 오후에는 에스텔 바거 공원에서 구장을 정리했어요. 그게 홈팀 코치의 임무라. 양쪽 모두 목격자가 수없이 많았고요."

"그리고 토요일부터 일요일까지는." 알렉이 끼어들었다. "카운티 구치소에 갇혀 있었죠. 랠프, 당신도 알다시피."

"테리가 어딜 가든 거의 항상 온갖 부류의 목격자들이 있었죠." 랠프도 동의했다. "그게 계속 가장 근본적인 문제였는데, 지금 당장은 잠깐 잊어 버립시다. 두 분에게 보여 드리고 싶은 게 하나 있는데, 유넬은 이미 봤어요. 오늘 아침에 영상을 확인했어요. 하지만 영상을 확인하기 전에 내가 그에게 던진 질문을 이제 두 분에게도 할게요. 혹시 법원 앞에서 얼굴이 심하게 일그러진 남자를 본 기억이 있나요? 머리에 뭘 쓰고 있었는데, 그게 뭐였는지는 얘기하지 않을게요. 혹시 보셨나요?"

하위는 보지 못했다고 했다. 의뢰인과 의뢰인의 아내에게 모든 신경이 쏠려 있었다고 했다. 하지만 알렉 펠리는 다르게 대답했다.

"네, 봤어요. 불에 덴 것처럼 보이던데. 그리고 머리에 쓰고 있었던 건……."

그는 말을 멈추고 눈을 휘둥그레 떴다.

"뭐였는데요?" 유넬이 캡 시티의 자기 집 거실에서 말했다. "얘기해 보세요. 얘기하고 나면 속이 시원해질 거예요."

알렉은 머리가 아픈 사람처럼 관자놀이를 문질렀다.

"그 당시에는 반다나 아니면 스카프인 줄 알았거든요. 머리칼까지 불에 탔는데 흉터 때문에 다시 자라지 않아서 타지 않게 그걸로 민머리를 덮었나 했죠. 그런데 셔츠였을 수도 있겠어요. 헛간에 없었던 거. 그거라고 생각하는 거 아니에요? 기차역에서 찍힌 보안 카메라 영상 안에서 테리가 입고 있었던 거."

"딩동댕." 유넬이 말했다.

하위는 랠프를 보며 미간을 찌푸렸다.

"계속 테리를 범인으로 몰고 가려는 거예요?"

지넷이 처음으로 말문을 열었다.

"진실을 밝히려는 거예요…… 그게 과연 좋은 생각인지 모르겠지만요."

"이걸 봐요, 알렉. 그리고 화상 입은 남자가 보이면 가리켜 줘요."

랠프는 채널81과 폭스의 영상을 차례대로 보여 주었고, 알렉이 요청하자(이제는 코끝이 거의 화면에 닿을 만큼 지넷의 노트북 위로 허리를 숙이고 있었다.) 채널81 영상을 다시 한 번 보여 주었다. 마침내 그가 뒤로 물러나 앉았다.

"안 보이네요. 그럴 수가 없는데."

그러자 유넬이 말했다.

"카우보이모자를 흔들던 남자 옆에 서 있었는데, 맞죠?"

"그랬던 것 같아요." 알렉이 말했다. "그의 옆에서 팻말에 머리를 맞은 금발 기자 위로 우뚝 서 있었는데. 기자랑 팻말을 흔드는 사람은 보이는데…… 그 남자는 보이지 않아요. 어떻게 그럴 수가 있죠?"

아무도 대답을 하지 않았다.

하위가 말했다.

"잠깐 지문 건으로 돌아가 봅시다. 밴에 찍힌 지문이 몇 세트예요, 유넬?"

"과학수사반원 말로는 여섯 세트요."

하위는 앓는 소리를 냈다.

"걱정 마세요. 최소 네 세트는 털었으니까. 원래 주인인 뉴욕의 농부, 가끔 밴을 몰았던 농부의 큰아들, 맨 처음 훔친 아이 그리고 테리 메이틀랜드. 이로써 농부의 친구나 안에서 놀던 다른 자식들 것일 수 있겠는데, 누구의 것인지 밝혀지지 않은 선명한 지문 한 세트하고, 뭉개진 한 세트만 남았죠."

"그 뭉개진 한 세트가 벨트 버클에도 남은 지문이죠?"

"아마도요. 하지만 확실하지는 않아요. 선과 소용돌이무늬가 조금 보이긴 하지만 법정에 증거로 제출할 수 있을 만한 수준은 아니거든요."

"흐음, 알겠어요. 그럼 세 분에게 물을게요. 얼굴은 물론이고 손에까지 그 정도로 심하게 화상을 입은 사람이 그런 지문을 남길 수 있을까요? 인식할 수 없을 만큼 뭉개진 지문을?"

"네."

유넬과 알렉이 동시에 대답했다. 두 사람의 목소리가 겹쳐진 이유는 딱 하나, 노트북의 전송 랙 때문이었다.

"문제는 뭔가 하면." 랠프가 말했다. "법원 앞에 서 있던 화상 입은 남자 손에 문신이 새겨져 있었다는 거예요. 화상으로 지문이 없어졌다면 문신도 없어지지 않았겠어요?"

하위는 고개를 저었다.

"그렇지는 않아요. 내 몸에 불이 붙었다면 손으로 끄려고 할지 모르지만 손등을 쓰지는 않잖아요." 그는 시범 삼아 상당히 널찍한 자기 가슴을 손으로 때리기 시작했다. "이렇게 손바닥으로 치지."

잠깐 정적이 흘렀다. 잠시 후에 알렉 펠리가 들릴락 말락 하게 말했다.

"화상 입은 남자는 분명 그 자리에 있었어요. 성서를 쌓아 놓고 거기에 대고 맹세할 수도 있어요."

이어서 랠프가 말했다.

"주 경찰청 과학수사반에서 그 헛간의 건초를 시커메지게 만든 물질의 정체를 밝혀내겠지만 그동안 우리가 할 수 있는 일이 없을까요? 여러분의 의견을 듣고 싶은데요."

"데이턴으로 역추적하는 거요." 알렉이 말했다. "메이틀랜드가 거기 있었고 밴도 거기 있었잖아요. 거기서 일부나마 해답을 찾을 수 있을지 몰라요. 지금 하는 일이 너무 많아서 내가 직접 날아갈 수는 없지만 괜찮은 사람을 알아요. 연락해서 시간 되는지 알아볼게요."

그날 회의는 거기에서 끝났다.

6

열 살인 그레이스 메이틀랜드는 아버지가 살해당한 이후로 잠을 설쳤고, 그나마 잠이 들더라도 악몽에 시달렸다. 그 주 일요일 오후가 되자 피로가 가벼운 장막처럼 그녀를 덮쳤다. 엄마와 언니가 부엌에서 케이크를 만드는 동안 그레이스는 2층으로 올라가 침대에 누웠다. 비가 왔지만 그래도 날이 어두컴컴하지는 않아서 좋았다. 이제는 어둠이 무서웠다. 1층에서 엄마와 언니가 얘기하는 소리가 들렸다. 그것도 좋았다. 그레이스는 눈을 감았고 눈을 다시 떴을 때는 일이 초밖에 안 된 느낌이었지만, 이제는 비가 거세게 퍼부었고 하늘이 잿빛으로 바뀐 걸 보면 몇 시간은 지난 모양이었다. 방 안이 어둑어둑했다.

어떤 남자가 침대에 앉아서 그녀를 쳐다보고 있었다. 청바지에 초록색 티셔츠를 입고 있었다. 손에 새겨진 문신이 양쪽 팔을 타고 이어졌다. 뱀도 있고 십자가, 칼, 해골도 있었다. 이제 얼굴은 솜씨 없는 아이가 점토로 빚은 것처럼 생기지 않았지만 그래도 알아볼 수 있었다. 언니의 방 창문 밖에서 본 남자였다. 적어도 이제는 눈 대신 빨대를 달고 있지 않았다. 아빠의 눈을 하고 있었다. 그 눈은 어디에서든 알아볼 수 있었다. 그레이스는 현실인지 꿈인지 헷갈렸다. 꿈이라면 악몽보다는 괜찮은 꿈이었다. 아주 조금은.

"아빠?"

"그래."

남자가 입은 초록색 티셔츠가 아빠가 입었던 골든 드래건스 경기용 셔츠로 바뀌자 아이는 꿈이라는 걸 알아차렸다. 경기용 셔츠는 헐렁한 흰색 작업복 비슷한 것으로 바뀌었다가 다시 초록색 티셔츠로 바뀌었다.

"사랑한다, 그레이시."

"그건 아빠 말투가 아닌데. 아빠인 척하는 거죠?"

남자가 허리를 숙였다. 그레이스는 아빠의 눈을 쳐다보며 뒤로 몸을 움츠렸다. 사랑한다고 했던 목소리보다는 나았지만 그래도 아빠가 아니었다.

"가 줬으면 좋겠어요."

"그렇겠지. 지옥으로 떨어진 사람들은 얼음물을 마시고 싶어 하듯이. 슬프니, 그레이스? 아빠 보고 싶니?"

"*네!*" 그레이스는 울음을 터뜨렸다. "가 줬으면 좋겠어요! 진짜 아빠 눈이 아니야, 아빠인 척하는 거잖아!"

"나한테서 동정을 바라지는 마. 슬프다니 다행이네. 앞으로 한참 동안 슬퍼하면서 울었으면 좋겠다. 갓난애처럼 응애-응애-*응애* 울어."

"제발 가요!"

"우리 아기, 우유 줄까? 우리 아기, 기저귀에 쉬 싸서 축축하니? 우리 아기, 응애-응애-응애 우니?"

"*그만해요!*"

남자는 뒤로 물러나 앉았다.

"내 부탁 하나만 들어주면 갈게. 내 부탁 들어줄래, 그레이스?"

"뭔데요?"

그가 뭔지 얘기했을 때 세라가 그녀를 흔들어 깨우며 내려와서 케이크 먹으라고 한 걸 보면 꿈이었고 악몽이었으니 아무것도 할 필요가 없었지만 그가 시킨 대로 하면 다시는 그런 꿈을 꾸지 않을지도 몰랐다.

그레이스는 입맛이 하나도 없었지만 케이크를 좀 먹었고, 엄마와 언니가 소파에서 한심한 영화를 보기 시작하자 로맨스 영화는 싫다고, 2층에서 앵그리 버드를 하겠다고 말했다. 하지만 그 게임을 하지는 않았다. 부모님 방으로 들어가(이제는 그냥 엄마 방이었으니 너무 슬픈 일이었다.) 화장대에 있던 엄마의 휴대전화를 집었다. 주소록에 경찰관 연락처는 없었지만 골드 씨 연락처는 있었다. 그레이스는 떨리지 않게 두 손으로 전화기를 쥐고 그에게 전화를 걸었다. 받아 주길 기도했고 그녀의 기도는 이루어졌다.

"마시? 무슨 일이에요?"

"아뇨, 저 그레이스예요. 제가 엄마 전화 쓰고 있어요."

"그래, 안녕, 그레이스. 목소리 들으니까 좋구나. 어쩐 일로 전화했니?"

"그 형사님한테 전화할 방법이 없어서요. 우리 아빠를 잡아간 사람 말이에요."

"무슨 일로……."

"그분한테 전할 메시지가 있어요. 어떤 남자가 전해 달랬어요. 그냥 꿈이라는 거 알지만, 그래도요. 제가 아저씨한테 말씀드릴 테니까 그분한테 전해 주세요."

"무슨 남자 말이냐, 그레이스? 누가 전해 달라고 했다는 거야?"

"맨 처음 그 남자를 봤을 때는 눈 대신 빨대를 달고 있었어요. 앤더슨 형사님한테 메시지를 전하면 다시는 찾아오지 않겠다고 했어요. 아빠의 눈을 하고 있는 척 저를 속이려고 했지만 아니었어요. 이제는 얼굴이 전보다 괜찮아졌지만 그래도 무서워요. 그냥 꿈속이라도 그 남자를 다시 안 봤으면 좋겠으니까 아저씨가 앤더슨 형사님한테 얘기 전해 주실래요?"

이제는 엄마가 문 앞에서 말없이 지켜보고 있었고, 그레이스는 난처해질 수 있겠다는 생각이 들었지만 그래도 상관없었다.

"뭐라고 전해 주면 될까, 그레이스?"

"그만하라고요. 나쁜 일을 당하고 싶지 않으면 그만하라고요."

7

그레이스와 세라는 거실 소파에 앉았다. 마시가 그 사이로 들어가 양쪽 팔로 두 딸을 한 명씩 감싸 안았다. 하위 골드는 세상이 뒤집히기 전까지 테리의 자리였던 안락의자에 앉았다. 오토만 의자가 한 세트였다. 랠프 앤더슨이 소파 앞으로 오토만 의자를 끌고 가서 앉았는데, 다리가 워낙 길다 보니 무릎이 거의 얼굴 양옆에 닿았다. 그래서 우스워 보이지 않을까 싶었는데, 그 덕분에 그레이스 메이틀랜드의 불안을 조금 덜 수 있다면 다행이었다.

"정말 무서운 꿈이었겠다, 그레이스. 꿈이었던 건 확실하니?"

"당연하죠." 마시의 얼굴은 긴장한 표정이었고 창백했다. "이 집에 다른 사람은 없었어요. 우리 모르게 2층으로 올라갈 방법도 없었고요."

"적어도 소리는 들렸을 거예요." 세라가 끼어들었지만 소심한 말투였다. 겁에 질린 말투였다. "계단이 워낙 심하게 삐걱거리거든요."

"형사님이 여기 있는 이유는 딱 하나, 우리 딸을 안심시키기 위해서잖아요. 그렇게 해 주시면 안 될까요?"

랠프가 말했다.

"그게 뭐였든 간에 지금은 여기 아무도 없는 거 알지, 그레이스?"

"네." 그레이스는 자신하는 목소리였다. "갔어요. 아저씨한테 메시지 전하면 가겠다고 했어요. 이제는 꿈속이든 아니든 다시 찾아오지 않을 거예요."

세라는 요란하게 한숨을 쉬었다.

"이 얼마나 다행입니까."

"쉿. 조용히 하자, 우리 딸."

랠프는 수첩을 꺼냈다.

"어떻게 생겼는지 들어 보자. 꿈속에 나온 이 남자 말이야. 아저씨가 형사인데 꿈이었다고 자신 있게 말할 수 있거든."

마시 메이틀랜드는 그를 좋아하지 않았고 앞으로도 절대 좋아할 일이 없었지만, 이번만큼은 눈으로 감사의 뜻을 전했다.

"괜찮아졌어요. 전보다 괜찮아졌어요. 이제는 점토로 만든 얼굴 같지 않았어요."

"전에는 그렇게 생겼거든요." 세라가 랠프에게 말했다. "얘 말에 따르면요."

"세라, 골드 씨랑 같이 부엌에 가서 다들 케이크 한 조각씩 먹을 수 있게 들고 올래?"

세라는 랠프를 쳐다보았다.

"저분 것도요? 우리 이제 저분 좋아하기로 하는 거예요?"

"다 같이 먹을 수 있게 들고 와." 마시는 깔끔하게 답을 피했다. "그런 걸 접대라고 하는 거야. 얼른 가."

세라가 소파에서 일어나 하위에게 다가갔다.

"이렇게 쫓겨나네요."

"그런 걸 자업자득이라고 하지." 하위가 말했다. "구중(九重)에서 만나자꾸나."

"어디서 만나자고요?"

"아무것도 아니야."

그들은 함께 부엌으로 갔다.

"짧게 끝내 주세요." 마시가 랠프에게 말했다. "하위가 중요한 사안이라고 했기 때문에 형사님을 오라고 한 거예요. 그러니까…… 그 사건과 연관이 있을지 모른다고 해서요."

랠프는 그레이스한테서 시선을 떼지 않은 채 고개만 끄덕였다.

"이 남자가 맨 처음 등장했을 때는 얼굴이 점토로 빚은 것 같았단 말이지……."

"그리고 눈 대신 빨대를 꽂았고요. 빨대가 만화에서 보는 것처럼 삐죽 튀어나왔고 까만 눈동자가 있어야 하는 자리에 구멍이 있었어요."

"흐음." 랠프는 수첩에 '눈 대신 빨대?'라고 적었다. "이 남자 얼굴이 점토로 빚은 것 같았다면 화상 때문에 그렇게 된 것일 수도 있을까?"

아이는 생각해 보았다.

"아뇨. 그렇다기보다 아직 덜 만들어진 것 같았어요. 그러니까…… 그게……."

"미완성이었다?" 마시가 물었다.

그레이스는 고개를 끄덕이며 엄지손가락을 입에 넣었다. 랠프는 생각했다. *상처 입은 얼굴을 하고 손가락을 빠는 열 살짜리라니…… 내 탓이야.* 사실이었고, 그가 아무리 확고해 보이는 증거를 바탕으로 그런 조치를 취했다고 하더라도 변명의 여지가 없었다.

"오늘은 어떻게 생겼는데, 그레이스? 네 꿈속에 찾아온 그 남자 말이야."

"짧은 까만색 머리가 고슴도치처럼 삐죽 솟았고 입가에 수염이 좀 있었어요. 우리 아빠를 닮은 눈을 하고 있었지만 아빠 눈은 아니었고요. 손이랑 팔이 문신으로 뒤덮였어요. 뱀 문신도 있었어요. 처음에는 초록색이었던 셔츠가 금색 용이 그려진 우리 아빠의 야구

복으로 바뀌었다가 흰색으로 바뀌었어요. 거슨 부인이 우리 엄마 머리를 할 때 입는 그런 셔츠로요."

랠프가 흘끗 쳐다보자 마시가 말했다.

"헐렁한 작업복을 애기하는 것 같아요."

"맞아요. 그거요. 그랬다가 다시 초록색으로 바뀌는 걸 보고 꿈이라는 걸 알았어요. 그런데……." 그레이스의 입술이 떨리더니 고인 눈물이 상기된 뺨을 타고 쏟아져 내렸다. "그런데 못된 말을 했어요. 내가 슬퍼해서 기쁘다고 하면서 나더러 '아기'라고 했어요."

아이는 어머니의 가슴에 얼굴을 묻고 흐느껴 울었다. 마시는 딸의 정수리 너머로 랠프를 바라보았다. 이번만큼은 그에게 화가 나서가 아니라 딸을 생각하면 겁이 나기 때문이었다. *단순한 꿈이 아니라는 걸 아는 거야.* 랠프는 생각했다. *나한테 이 꿈이 시사하는 바가 있다는 걸 간파한 거지.*

아이의 울음이 잦아들자 랠프가 말했다.

"잘했다, 그레이스. 꿈 얘기 해 줘서 고마워. 이제 다 끝났다, 그치?"

"네." 울어서 쉰 목소리로 아이가 말했다. "갔어요. 그 사람이 하라는 대로 했더니 갔어요."

"여기서 케이크 먹자." 마시가 말했다. "가서 언니랑 같이 접시 들고 와."

그레이스는 달려갔다. 단둘이 남자, 마시가 말했다.

"둘 다 그것 때문에 힘들어했어요. 특히 그레이스가 심했고요. 저는 이게 전부라고 얘기하고 싶지만, 하워는 그렇게 생각하지 않고 형사님도 마찬가지죠. 그렇죠?"

"메이틀랜드 부인…… 마시…… 어떤 식으로 생각하면 좋을지 나도 잘 모르겠어요. 그레이스의 방은 체크해 봤나요?"

"당연하죠. 하위한테 전화한 이유를 듣자마자 체크했어요."

"누가 들어왔던 흔적이 없던가요?"

"네. 창문은 닫혀 있었고 방충망도 제자리에 있었고 세라가 계단을 두고 한 얘기가 진짜예요. 오래된 집이라 계단을 밟을 때마다 삐걱거리거든요."

"침대는요? 그레이스 말로는 남자가 거기 앉아 있었다는데."

마시는 신경질적으로 웃음을 터뜨렸다.

"글쎄요, 그날 이후로 그렇게 심하게 뒤척이는데……." 그녀는 손으로 얼굴을 가렸다. "정말이지 너무 끔찍하네요."

그는 위로할 생각으로 자리에서 일어나 소파 쪽으로 다가갔지만 그녀는 긴장하며 고개를 돌렸다.

"옆에 앉지 마세요. 제 몸에 손을 대지도 말고요. 이번만 특별히 오시라고 한 거예요. 우리 작은딸이 오늘 밤에 집이 떠나가라 비명을 지르지 않고 단잠을 잘 수 있게."

하위와 메이틀랜드의 두 딸이 돌아와 준 덕분에 랠프는 아무 대꾸 없이 그 순간을 모면할 수 있었다. 그레이스는 양손에 하나씩 조심스럽게 접시를 들고 있었다. 마시는 아무도 보지 못할 만큼 잽싸게 눈물을 훔치고 하위와 딸들을 보며 환하게 웃었다.

"이야, 케이크다!" 그녀가 외쳤다.

랠프는 접시를 받아들고 고맙다고 인사했다. 개판으로 변해 버린 이 사건의 모든 정보를 지넷에게 알려 주었지만 이 아이의 꿈만큼은 애기하지 않을 작정이었다. 이것만큼은 그랬다.

8

알렉 펠리는 휴대전화에 그의 번호를 저장한 줄 알고 있었는데, 전화를 걸어 보니 없는 번호라고 했다. 그는 예전에 쓰던 까만 주소록을 꺼내(한때는 어디든 그를 따라다니던 충직한 친구였지만 컴퓨터의 시대와 더불어 책상 서랍으로, 그것도 저 아래 서랍으로 좌천됐다.) 다른 번호로 전화를 걸었다.

"파인더스 키퍼스입니다."

수화기 저편에서 이런 목소리가 들렸다. 알렉은 자동응답기인 줄 알고(일요일 저녁이었음을 감안했을 때 일리가 있는 추정이었다.) 영업 시간과 다양한 내선번호 소개에 이어 삐 소리 이후에 메시지를 남겨 달라는 멘트가 나오길 기다렸다. 그 대신 그 목소리는 약간 짜증이 섞인 투로 이렇게 물었다.

"여보세요? 말씀하세요."

알렉은 누군지는 모르겠지만 아는 목소리라는 걸 알아차렸다. 그 목소리의 주인과 마지막으로 대화한 게 언제였던가. 2년 전? 3년 전?

"전화 끊습……."

"아뇨. 끊지 마세요. 내 이름은 알렉 펠리라고 하는데, 빌 호지스하고 통화하고 싶어서 전화했어요. 몇 년 전에, 주 경찰청에서 퇴직

한 직후에 같이 사건을 해결한 적이 있어요. 텍사스 석유 재벌의 비행기를 훔친 올리버 매든이라는 상습범이 있었는데, 그 재벌이 누구였냐 하면……."

"드와이트 크램. 기억해요. 그리고 펠리 씨도 기억해요, 만난 적은 없지만. 유감스럽지만 크램 씨는 얼른 돈을 주지 않았어요. 청구서를 아무리 못 해도 여섯 번은 보내고 법적인 조치를 취하겠다고 협박까지 했지 뭐예요. 펠리 씨는 좀 괜찮으셨나 모르겠네요."

"애를 좀 먹었죠." 알렉은 그때 기억을 떠올리며 미소를 지었다. "맨 처음 받은 수표가 부도 처리됐거든요. 그래도 두 번째 수표는 별문제 없었어요. 홀리죠? 성은 기억이 나지 않지만 빌이 당신을 극구 칭찬했었어요."

"홀리 기브니예요."

"다시 목소리 들으니까 반갑네요, 기브니 씨. 빌한테 먼저 전화했는데, 번호를 바꿨나 봐요."

정적이 흘렀다.

"기브니 씨? 내 말 들려요?"

"네. 잘 들려요. 빌은 2년 전에 죽었어요."

"이런, 맙소사. 정말 유감이에요. 심장 문제였나요?"

주로 전화와 이메일로 업무를 처리한지라 알렉이 호지스를 직접 만난 적은 딱 한 번뿐이었지만 그는 덩치가 큰 편에 속했다.

"암이었어요. 췌장암. 이제 제가 피터 헌틀리와 함께 여길 운영하고 있어요. 예전에 피터가 빌의 파트너로 일을 했었거든요."

"아, 다행이네요."

"아뇨. 다행 아니에요. 사업은 상당히 잘되고 있지만 빌이 건강하게 살아 돌아올 수 있다면 당장 때려치울 거예요. 암은 아주 개떡 같거든요."

알렉은 하마터면 다시 한 번 조의를 전하고 전화를 끊을 뻔했다. 나중에 그는 그랬더라면 얼마나 많은 게 달라졌을지 생각하게 될 것이었다. 하지만 그는 드와이트 크램의 킹 에어를 회수하던 와중에 빌이 이 여자를 두고 뭐라고 했었는지 기억이 났다. *특이하고 조금 강박증이 있고 신체 접촉을 좋아하지 않지만 빈틈이 없어요. 형사를 했더라면 엄청 잘했을 거예요.*

"빌한테 조사를 부탁하고 싶은 게 있었거든요. 하지만 당신이 대신 맡으면 어떨까요? 그 친구가 당신의 능력을 워낙 높게 평가했었는데."

"말씀은 감사하지만, 펠리 씨, 제가 과연 적임자일지 모르겠어요. 파인더스 키퍼스에서 주로 하는 일은 보석금을 내고 도망친 범죄자를 추적하고 실종된 사람을 찾는 거거든요." 그녀는 잠깐 말을 멈추었다가 다시 이었다. "그리고 거리상의 문제도 있어요. 지금 전화를 주신 곳이 북동부라면 모를까."

"그건 아니지만 현장이 오하이오 주인데 내가 직접 갈 수가 없어서요. 옆에서 챙겨야 하는 일들이 여기 있다 보니. 그쪽에서 데이턴까지는 거리가 얼마나 되나요?"

"잠시만요." 그녀는 그렇게 얘기해 놓고 거의 곧바로 답했다. "맵퀘스트에 따르면 373킬로미터요. 아주 훌륭한 프로그램이에요. 조사를 맡기려는 게 어떤 일인가요, 펠리 씨? 대답을 듣기 전에 미리 말씀드리는데, 폭력이 연루될 가능성이 있는 사건이라면 사양할게요. 저는 폭력을 혐오하거든요."

"폭력은 없어요. 아이가 살해됐으니 폭력이 발생하기는 했지만 여기서 있었던 일이고, 체포됐던 용의자가 죽었어요. 문제는 그 사람이 범인인지 여부인데, 그걸 알아내려면 그가 4월에 가족들과 함께 데이턴으로 여행을 다녀왔을 때의 행적을 역추적해야 해서요."

"그렇군요. 조사에 따르는 비용은 누가 부담하죠? 펠리 씨가 부담하나요?"

"아뇨. 하워드 골드라는 변호사가요."

"펠리 씨의 경험에 따르면 골드 변호사가 드와이트 크램보다 결제가 더 빠른가요?"

알렉은 그 질문을 듣고 씩 웃었다.

"그럼요."

그리고 착수금은 하위가 지불하겠지만, 홀리 기브니가 이 일을 맡는다고 가정했을 때 파인더스 키퍼스의 수임료는 결국 마시 메이틀랜드가 부담할 테고, 그녀는 그 비용을 감당할 수 있을 터였다. 보험회사에서는 살인 용의자에게 보험금을 지불하고 싶지 않겠지만 테리가 유죄 판결을 받은 적이 없으니 도리가 없을 것이었다. 뿐만 아니라 하위가 마시를 대신해 플린트 시티를 상대로 위법 사망 손해배상 청구 소송을 제기할 예정이기도 했다. 그가 알렉에게 전한 바에 따르면 시에서 일곱 자리 숫자의 배상금을 각오해야 될 거라고 했다. 통장 잔고가 두둑해진들 남편을 살릴 수는 없겠지만 그걸로 수사 비용을 부담하고, 그게 최선이라는 결정이 내려지면 집을 옮기고, 때가 되면 두 아이를 대학에 보낼 수 있을 것이다. 알렉은 돈이 슬픔을 치유해 줄 수는 없지만 비교적 안락하게 상심을 달래는 수단은 될 수 있다는 생각을 했다.

"어떤 사건인지 설명해 주시면 제가 맡을 수 있겠는지 말씀드릴게요, 펠리 씨."

"설명하려면 시간이 좀 걸릴 텐데. 뭐하면 내일 근무시간에 내가 다시 전화할게요."

"지금도 괜찮아요. 보고 있던 영화 끄고 올 테니까 잠깐만요."

"내가 즐거운 저녁 시간을 방해하고 있네요."

"아니에요. 「영광의 길」은 아무리 못해도 열두 번은 봤을 거예요. 큐브릭 감독의 걸작이죠. 제 생각에는 「샤이닝」이나 「베리 린든」보다 나아요. 하지만 훨씬 젊었을 때 만든 작품이니까요. 젊은 예술가들은 모험을 감행하는 성향이 높은 것 같아요."

"내가 영화를 그렇게 좋아하지는 않아서요."

그렇게 대꾸한 알렉은 호지스가 했던 말을 떠올렸다. 특이하고 조금 강박증이 있다고 하지 않았던가.

"세상을 환하게 밝히는 존재들이죠. 잠깐만요……." 뒤에서 희미하게 들리던 영화 음악이 끊겼다. 잠시 후에 그녀가 다시 전화를 받았다. "데이턴에서 뭘 하면 되는지 알려 주세요, 펠리 씨."

"아주 길다기보다 희한한 얘기예요. 이상해요. 미리 경고할게요."

그녀는 조심스러운 평소 말투보다 훨씬 풍성한 소리를 내며 웃음을 터뜨렸다. 그래서 좀 전보다 젊게 느껴졌다.

"이상한 얘기라면 전에도 접해 봤어요. 빌이랑 같이 일하던 시절에…… 아니에요. 그런데 통화가 길어질 거면 홀리라고 불러도 좋아요. 손을 쓸 수 있게 스피커 모드로 바꿀게요. 잠깐만요…… 됐다, 이제 얘기해 보세요."

알렉은 얘기를 시작했다. 뒤편으로 영화음악 대신 그녀가 받아 적느라 타닥-타닥-타닥 키보드를 두드리는 소리가 꾸준히 이어졌다. 그는 통화를 마치기 전부터 그냥 끊지 않길 잘했다는 생각이 들었다. 그녀는 훌륭하고 예리한 질문을 했다. 이 사건의 특이한 면모에 전혀 당황하지 않는 눈치였다. 빌 호지스가 죽었다니 우라지게 안타까운 노릇이었지만 완벽한 후임을 찾은 듯했다.

마침내 얘기가 끝났을 때 그가 물었다.

"관심 있어요?"

"네. 펠리 씨……."

"알렉이라 불러요. 당신이 홀리면 나는 알렉이죠."

"알았어요, 알렉. 파인더스 키퍼스에서 이 사건을 맡을게요. 앞으로 전화, 이메일 또는 페이스타임을 통해 정기적으로 보고할게요. 제가 보기에는 페이스타임이 스카이프보다 훨씬 낫거든요. 정보를 모두 입수하면 완벽하게 정리한 보고서를 전송하고요."

"고마워요. 그렇게 해 주면……."

"네. 이제 계좌번호 알려 드릴 테니까 좀 전에 상의한 착수금을 입금해 주세요."

〈2권에서 계속〉

옮긴이 | 이은선

연세대학교에서 중어중문학을, 국제학대학원에서 동아시아학을 전공했다. 편집자, 저작권 담당자를 거쳐 전문 번역가로 활동 중이다. 옮긴 책으로는 스티븐 킹의 『11/22/63』, 『닥터 슬립』, 『리바이벌』, 빌 호지스 3부작 (『미스터 메르세데스』, 『파인더스 키퍼스』, 『엔드 오브 왓치』), 『악몽을 파는 가게』, 『자정 4분 뒤』, 『악몽과 몽상』을 비롯하여 『실크하우스의 비밀』, 『모리어티의 죽음』, 『맥파이 살인 사건』, 『아킬레우스의 노래』, 『그레이스』, 『도둑 신부』, 『할머니가 미안하다고 전해달랬어요』, 『베어타운』, 『초크맨』, 『애니가 돌아왔다』 등이 있다.

아웃사이더 1

1판 1쇄 펴냄 2019년 7월 19일
1판 3쇄 펴냄 2021년 5월 19일

지은이 | 스티븐 킹
옮긴이 | 이은선
발행인 | 박근섭
편집인 | 김준혁
책임편집 | 장은진
펴낸곳 | 황금가지

출판등록 | 2009. 10. 8 (제2009-000273호)
주소 | 06027 서울 강남구 도산대로 1길 62 강남출판문화센터 5층
전화 | **영업부** 515-2000 **편집부** 3446-8774 **팩시밀리** 515-2007
홈페이지 | www.goldenbough.co.kr

도서 파본 등의 이유로 반송이 필요할 경우에는 구매처에서 교환하시고
출판사 교환이 필요할 경우에는 아래 주소로 반송 사유를 적어 도서와 함께 보내주세요.
06027 서울 강남구 도산대로 1길 62 강남출판문화센터 6층 민음인 마케팅부

ISBN 979-11-5888-550-2 04840(1권)
ISBN 979-11-5888-552-6 04840(set)

㈜민음인은 민음사 출판 그룹의 자회사입니다.
황금가지는 ㈜민음인의 픽션 전문 출간 브랜드입니다.

THE OUTSIDER

아웃사이더 2

THE OUTSIDER

by Stephen King

Korean translation edition is published by arrangement with

Stephen King c/o The Lotts Agency, Ltd. through Danny Hong Agency.

THE OUTSIDER

아웃사이더 2

스티븐 킹 장편소설 | 이은선 옮김

황금가지

STEPHEN KING

목차

7월 22일 ~ 7월 24일

홀리

1

그녀는 사무실 전화기(피트가 아무리 놀려도 항상 집으로 들고 왔다.)를 집 전화기 옆 스탠드에 내려놓고, 한 30초 정도 컴퓨터 앞에 가만히 앉아 있었다. 그런 다음 핏비트 버튼을 눌러 맥박을 체크했다. 75회, 평소보다 8에서 10회 더 빨랐다. 그럴 만도 했다. 이제는 고인이 된 (흉악범) 브래디 하츠필드를 처치한 이래, 펠리에게 전해들은 메이틀랜드 사건처럼 그녀를 흥분시키고 호기심을 자극한 사건은 없었다.

사실 그건 아니었다. 그녀는 빌이 죽은 이래 뭐에든 제대로 흥분한 적이 없었다. 피트 헌틀리도 나쁘지 않았지만, 정적으로 휩싸인 이 근사한 아파트로 돌아오면 인정할 수 있다시피 조금 황소 같은 스타일이었다. 자취를 감춘 채무자, 보석금을 내고 도망친 범죄자, 도난당한 차량, 잃어버린 반려동물, 양육비를 주지 않는 아빠들을 찾는 데 만족했다. 그리고 홀리는 알렉 펠리에게 오로지 진실만을 밝혔지만(그녀는 실제로 폭력을 혐오했다. 영화가 아닌 이상 폭력을 접하면 배가 아팠다.) 하츠필드를 추적하는 동안 그 어떤 걸로도 느낀 적 없었던 생동감을 느꼈다. 자기가 좋아하던 작가를 살해한 모리스 벨러미라는 미친 문학 애호가의 경우에도 마찬가지였다.

데이턴에서 브래디 하츠필드나 모리스 벨러미가 그녀를 기다릴 리는 없으니 다행이었다. 피트는 미네소타로 휴가를 갔고, 젊은 친구 제롬은 가족과 함께 아일랜드로 휴가를 떠났다.

"그대를 대신해서 내가 블라니 스톤*에 입을 맞추고 오겠소."

제롬은 공항에서 「에이머스와 앤디」의 억양만큼이나 형편없는 아일랜드 사투리를 써 가며 그렇게 얘기했다. 그는 지금도 가끔 그녀를 약 올리고 싶으면 「에이머스와 앤디」** 억양을 썼다.

"아서라. 거기 얼마나 세균이 많을지 생각해 봐. 으웩."

알렉 펠리는 희한한 사건이라 내가 망설일지 모른다고 생각했지. 그녀는 생각하며 살짝 미소를 지었다. *내가 "그럴 리 없잖아요. 사람이 어떻게 동시에 두 공간에 등장하고, 파일로 저장된 뉴스 영상에서 사라져요? 장난 아니면 거짓말이겠죠."라고 할 줄 알았겠지. 나도 밝힐 생각은 없지만, 알렉 펠리가 모르는 게 있다면, 사람이 동시에 두 공간에 등장할 수 있다는 거야. 브래디 하츠필드가 그랬고, 그러다 죽었을 때는 다른 사람의 몸속으로 들어갔잖아.*

---

* 아일랜드의 블라니 성 안에 있는 돌로, 입을 맞추면 달변 능력이 생긴다고 한다.

** Amos'n Andy, 흑인들이 진행했던 1950년대 미국의 코미디 연속극이다.

"뭐든 가능해." 홀리는 아무도 없는 거실에 대고 말했다. "뭐든. 이 세상은 희한한 일들로 가득하거든."

그녀는 파이어폭스를 띄우고 토미와 터펜스 펍의 주소를 검색했다. 거기서 가장 가까운 숙소가 노스우즈 블러바드에 있는 페어뷰 호텔이었다. 메이틀랜드 가족도 이 호텔에 묵었을까? 알렉 펠리에게 이메일로 물어보겠지만 큰딸이 한 얘기를 고려하면 그랬을 가능성이 컸다. 트리바고에서 검색해 보니 1박에 92달러면 그럭저럭 쓸 만한 방을 예약할 수 있었다. 그녀는 조그만 스위트룸으로 업그레이드할까 고민했다가 금세 마음을 접었다. 그러면 경비가 추가될 테고, 그건 부당한 업무 관행이자 파멸에 이르는 지름길이었다.

페어뷰 호텔에 연락해(합당한 지출이니 사무실 전화를 썼다.) 내일부터 3박을 예약하고, 컴퓨터에 깔린 매스 크런처를 열었다. 홀리가 생각하기에 일상의 고민을 해결하는 데 이보다 더 좋은 프로그램이 없었다. 호텔 체크인 시각은 3시였고 그녀의 프리우스가 고속도로에서 가장 효율적인 연비로 달릴 수 있는 속력은 시속 101킬로미터였다. 중간에 한 번 멈춰서 기름을 넣고 도로변 음식점에서 수준 이하일 게 뻔한 점심을 먹을 테고…… 도로 공사 때문에 속도를 늦출 수밖에 없을 테니 여기에 45분을 더하면…….

"10시에 출발해야겠다. 아니, 혹시 모르니까 9시 50분이 낫겠네."

그리고 더욱 만전을 기하는 차원에서, 필요한 경우에 대비해 웨이즈 앱에서 우회로를 숙지했다.

그녀는 (아침에 할 필요가 없도록) 샤워를 하고 잠옷으로 갈아입고 나서 이를 닦고 치실을 한 후(최근의 연구 결과에 따르면 치실을 써도 충치

예방에는 도움이 안 된다지만 그건 홀리의 일상 규칙이었고, 그녀는 죽을 때까지 계속 치실을 쓸 용의가 있었다.) 헤어클립을 꺼내 일렬로 늘어놓은 다음 맨발로 터벅터벅 손님방으로 들어갔다.

그곳은 영화 도서관이었다. 선반마다 홀리가 집에서 최신 프로그램으로 구운 DVD가 일렬로 꽂혀 있었다. 더러 알록달록한 케이스에 보관된 DVD가 수천 개였지만(현재 4375개였다.), 알파벳 순서로 정리되어 있어서 원하는 작품을 쉽게 찾을 수 있었다. 그녀는 그 DVD를 꺼내 내일 아침에 짐을 쌀 때 볼 수 있도록 침실 스탠드 위에 올려놓았다.

그것까지 챙긴 다음 무릎을 꿇고 앉아서 눈을 감고 손깍지를 꼈다. 아침, 저녁으로 기도를 하는 건 정신 분석가의 제안이었다. 홀리가 신을 믿지 않는다고 반항하자, 분석가는 그녀의 걱정과 계획을 가상의 신적인 존재에게 말로 표현하면 종교가 없더라도 도움이 될 거라고 했다. 해 보니 그 말이 맞는 듯했다.

"다시 홀리 기브니고, 저는 최선을 다하려고 계속 노력하는 중이에요. 만약 제 기도를 듣고 계시다면 고기를 잡으러 간 피트를 축복해 주세요. 수영도 할 줄 모르면서 배를 타고 나가는 건 바보나 저지르는 짓이니까요. 아일랜드에 간 로빈슨 가족도 축복해 주시고, 제롬이 정말로 블라니 스톤에 입을 맞추려고 하고 있다면 생각을 바꾸도록 설득해 주세요. 스톤필드 선생님이 저더러 너무 말랐다고 해서 부스트를 마시며 살을 찌우려고 하고 있어요. 맛은 없지만 라벨에 따르면 캔 하나가 240칼로리래요. 항우울제를 먹고 있고 담배를 끊었어요. 내일은 데이턴에 가요. 모든 교통 법규를 지키며 안전하게 차를 몰고 갈 수 있게, 입수한 정보를 가지고 최상의 결과를 만들 수 있게 도와주세요. 입수한 정보들이 흥미진진해요." 그녀는 잠깐 고민했다. "여전히 빌이 보고 싶어요. 오늘 밤 기도는 여기까지 할게요."

그녀는 침대에 누웠고 5분 뒤에 잠이 들었다.

2

홀리가 페어뷰 호텔에 도착한 시각은 오후 3시 17분이었다. 최적의 결과는 아니었지만 그만하면 괜찮았다. 3시 12분에 도착할 수도 있었는데, 고속도로에서 빠져나온 뒤로 신호등마다 걸리는 바람에 그렇게 됐다. 객실은 좋았다. 샤워부스 문에 수건이 살짝 삐딱하게 걸려 있긴 했지만, 볼일을 보고 손과 얼굴을 씻으며 제대로 바로잡았다. 텔레비전에 DVD 플레이어가 연결되어 있지 않았지만, 1박에 92달러짜리 객실이었으니 기대하지는 않았다. 들고 온 영화를 보고 싶으면 노트북으로 충분했다. 저예산으로 어쩌면 길어야 열흘 만에 촬영한 거라 고해상과 돌비 사운드가 필요 없는 작품이었다.

토미와 터펜스 펍은 호텔에서 거리가 한 블록도 되지 않았다. 호텔의 차양에서 나서자마자 간판이 보였다. 걸어가서 창문에 걸린 메뉴를 살폈다. 왼쪽 위편 구석에 김이 모락모락 나는 파이가 그려져 있었다. 그 아래에 스테이크 앤드 키드니 파이를 잘하는 집이라고 적혀 있었다.

다시 한 블록 걸어가자 4분의 3정도 찬 주차장이 나왔다. 전면에 **시립 주차장** 팻말이 걸려 있었다. **최대 6시간 주차 가능**이었다. 홀리는 안으로 들어가 앞 유리창에 딱지가 꽂혀 있거나 교통순경이 타이어에 분필로 표시한 차가 있는지 살폈다. 그런 차가 없는 걸 보면 여섯 시간 규정을 단속하는 사람이 없다는 뜻이었다. 철저한 자율 시행 제도였다. 뉴욕 같았으면 어림도 없었겠지만 오하이오에서는 가능할지 몰랐다. 단속반이 없으니 멀린 캐시디가 여기에 밴을 버린 뒤로 얼마나 오랫동안 방치돼 있었을지 알 길이 없었지만, 문이 잠기지 않았고 열쇠가 유혹하듯 대롱대롱 매달려 있었으니 아마 오래 걸리지 않았을 것이다.

그녀는 다시 펍으로 돌아가, 지난봄에 이 근처에 머물렀던 남자가 연루된 사건을 수사하는 중이라고 직원에게 자기소개를 했다. 알고 보니 그녀는 공동 사장이었고, 저녁 피크타임까지 한 시간 정도 남았기에 기꺼이 대화에 응할 용의가 있었다. 홀리는 이 일대에 메뉴 전단을 돌린 게 언제였는지 기억하느냐고 물었다.

"그 남자가 무슨 짓을 저질렀는데요?"

사장이 물었다. 그녀의 이름은 터펜스가 아니라 메리였고, 뉴캐슬이 아니라 뉴저지 억양을 썼다.

"그건 밝힐 수 없어요. 법적으로 얽힌 문제라서요. 이해하시죠?"

"기억해요. 기억 못 하면 말도 안 되죠."

"어째서요?"

"2년 전에 처음 문을 열었을 때는 여기 상호가 '프레도스 플레이스(Fredo's Place)'였어요. 「대부」에 나오는 그 인물 말이에요."

"네. 사실 프레도는 특히 「대부2」에서 동생 마이클이 그에게 입을 맞추며 '형이 그랬다는 거 알아. 실망이야.'라고 말하는 장면으로 가장 유명하긴 하지만요."

"그건 모르겠지만 데이턴에 이탈리아 음식점이 200개쯤 되다 보니 우리가 고사당할 위기였다는 건 알아요. 그래서 영국 음식을 시도해 보기로 했어요. 생선튀김과 감자튀김, 소시지와 으깬 감자, 베이크드 빈을 얹은 토스트, 이런 걸 대단한 요리라고 할 수는 없지만요. 아무튼 애거서 크리스티의 작품에서 차용해 상호를 '토미와 터펜스'로 바꿨어요. 그 시점에서는 밑져야 본전이었거든요. 그런데 놀랍게도 효과가 있더라고요. 충격적이었어요, 좋은 쪽으로. 점심시간에는 만석이고 저녁시간에도 거의 그래요." 메리가 앞으로 몸을 기울이자 홀리는 그녀의 입에서 나는 진 냄새를 또렷하고 선명하게 맡을 수 있었다. "비밀 하나 알려 줄까요?"

"저 비밀 좋아해요." 홀리는 솔직하게 말했다.

"스테이크 앤드 키드니 파이는 퍼래머스의 어느 회사에서 만드는 냉동 제품이에요. 그걸 그냥 오븐에 데워서 내요. 그런데 그거 알아요? 《데이턴 데일리 뉴스》의 음식점 평론가가 그걸 그렇게 좋아한답니다. 우리 가게에 별 다섯 개를 줬어요! 진짜예요!" 메리는 몸을 좀 더 숙이고 나지막이 속삭였다. "누구한테라도 폭로하면 내가 당신을 죽여야 해요."

홀리는 엄지손가락으로 얇은 입술에 지퍼를 채우고 보이지 않는 열쇠를 돌렸다. 빌 호지스가 숱하게 반복한 동작이었다.

"그러니까 이름과 메뉴를 바꾸고 새로 오픈했을 때…… 아니면 그 직전에……."

"내 남편 조니는 일주일 전에 이 일대에 전단지를 돌리자고 했지만 내가 그러면 소용없다고, 사람들이 잊어버릴 거라고 해서 그 전날 돌렸어요. 아르바이트생을 동원해 이 주변의 아홉 개 블록에 뿌릴 수 있을 만큼 넉넉히 메뉴를 출력했어요."

"조금 더 가면 나오는 주차장에까지 말이죠."

"맞아요. 중요한 문제인가요?"

"그게 언제였는지 달력을 확인해 주실 수 있을까요?"

"그럴 필요 없어요. 내 기억 속에 새겨져 있거든요." 그녀는 이마를 톡톡 두드렸다. "4월 19일이에요. 목요일. 우리가 금요일에 오픈을, 아니, 재오픈을 했거든요."

홀리는 메리의 문법을 바로잡아 주고 싶은 걸 참으며 고맙다고 인사하고 몸을 돌렸다.

"그 남자가 무슨 짓을 저질렀는지 진짜 얘기 안 해 줄 거예요?"

"죄송해요. 하지만 그랬다가는 일자리에서 잘려요."

"뭐, 그럼 여기 있는 동안 저녁 먹으러 와요."

"그럴게요."

홀리는 그렇게 말했지만 그럴 일은 없었다. 또 어떤 메뉴가 패러머스에서 냉동 상태로 실려 오는지 아무도 모를 일이었다.

3

다음으로 해야 할 일은 하이스먼 기억 병동으로 찾아가, 컨디션이 괜찮다면(요즘도 컨디션이 괜찮은 날이 있을지 모르겠지만) 테리 메이틀랜드의 아버지를 면회하는 것이었다. 설령 그가 구름 속을 헤매더라도 병원 직원들과 얘기를 나눌 수 있을지 몰랐다. 그때까지 제법 훌륭한 호텔 객실에 있을 수 있었다. 그녀는 노트북을 켜고 알렉 펠리에게 기브니 보고서#1이라는 제목의 이메일을 보냈다.

> '토미와 터펜스'의 메뉴가 일대 아홉 개 블록에 배포된 날짜는 4월 19일, 목요일. 공동 사장 메리 홀리스터를 면담한 결과, 정확한 날짜라고 확신함. 따라서 그날 멀린 캐시디가 인근 주차장에 밴을 버렸다고 할 수 있음. 메이틀랜드 가족은 4월 21일 토요일 정오 무렵 데이턴에 도착. 그때쯤 밴은 이미 사라졌을 게 거의 분명하다고 봄. 내일 경찰서에 확인해 또 하나의 가능성을 차단한 뒤 하인스먼 기억 병동을 방문할 예정. 궁금한 점이 있으면 이메일이나 휴대전화로 연락 바람.
>
> 홀리 기브니
>
> 파인더스 키퍼스

홀리는 이 문제를 처리하고 호텔 식당으로 내려가 간단한 식사를 주문했다.(말도 안 되게 비싼 룸서비스는 단 한 번도 고려한 적이 없었다.) 객실에서 볼 수 있는 영화 목록에 보지 않은 멜 깁슨의 작품이 있기에 주문했다. 여기에 쓰인 9달러 99센트는 지출결의서를 작성할 때 뺄 것이다. 영화는 그냥 그랬지만 깁슨은 주어진 한계 안에서 최선을 다했다. 영화 일지에 제목과 상영 시간을 기록하고(지금까지 쓴 영화 일지가 20권이 넘었다.) 별점은 세 개를 주었다. 이 문제를 처리하고 객실의 잠금장치 두 개를 모두 제대로 잠갔는지 확인한 다음 기도를 하고(늘 그렇듯 빌이 보고 싶다는 말로 마무리를 맺었다.) 자리에 누웠다. 꿈도 꾸지 않고 여덟 시간을 잤다. 적어도 기억나는 꿈은 없었다.

4

홀리는 다음 날 아침에 커피를 마시고 속보로 5킬로미터를 걷고 근처 카페에서 아침을 먹은 다음 뜨거운 물로 샤워를 하고 데이턴 경찰서에 전화해 교통과로 연결을 부탁했다. 신선하리만치 짧은 기다림 이후에 린던 경관이 전화를 받아서 "어떻게 도와 드릴까요?" 하고 물었다. 홀리로서는 반가운 일이었다. 깍듯한 경찰관을 만나면 기분 좋게 하루를 시작할 수 있었다.

그녀는 신원을 밝히고 4월에 노스우즈 블러바드의 공영 주차장에 방치됐던 흰색 이코노라인 밴에 관심이 있다며 데이턴 경찰서에서 무료 주차장을 주기적으로 체크하느냐고 물었다.

"물론이죠." 린던 경관이 말했다. "하지만 여섯 시간 단속을 하지는 않습니다. 주차 단속반이 아니라 경찰이니까요."

"이해해요. 그래도 유기 가능성이 있는 차량은 주시해야 하지 않을까요?"

그러자 린던이 웃었다.

"그 회사에서 할부금 연체 차량과 도난 차량 회수를 많이 하시는 모양이네요."

"보석금을 내고 도망친 범죄자들과 더불어 저희 회사의 밥줄이에요."

"그럼 어떤 식인지 아실 텐데요. 저희는 시내와 공항 장기 주차장에 방치된 고급 차량에 중점적으로 관심을 기울이죠. 디날리, 에스컬레이드, 재규어, BMW, 이런 종류요. 말씀하신 그 밴에는 뉴욕 번호판이 달려 있었다고요?"

"맞아요."

"웬일인가 싶긴 하지만 뉴욕 사람들도 데이턴에 올 때가 있으니 첫날에는 그런 밴이 보이더라도 별로 주목을 받지 않겠지만 둘째 날에도 거기 있다? 가능성이 크죠."

그렇더라도 메이틀랜드 가족이 도착하기 꼬박 하루 전의 얘기였다.

"고맙습니다, 경관님."

"원하시면 견인 차량 보관소에 조회해 드릴 수 있어요."

"그럴 필요는 없을 것 같아요. 그 밴이 다음에 등장한 곳이 여기서 남쪽으로 1600킬로미터 떨어진 도시였거든요."

"뭣 때문에 그 차에 관심을 보이시는지 물어봐도 될까요?"

"그럼요." 홀리는 말했다. 상대는 경찰이었다. "어린아이를 유괴하고 살해하는 데 쓰였기 때문이에요."

5

이제 홀리는 테리 메이틀랜드가 아내와 두 딸과 함께 4월 21일에 데이턴에 도착하기 전에 밴이 사라졌다고 99퍼센트 확신한 상태에서 프리우스를 몰고 하이스먼 기억 병동으로 향했다. 아무리 못해도 1만 6000제곱미터는 됨직한 잘 관리된 부지 한가운데 자리 잡은 길고 야트막한 사암 건물이었다. 거길 소유하고 운영하며 상당한 이윤을 챙기고 있을 킨드러드 병원과 작은 숲으로 분리가 됐다. 분명 저렴해 보이지 않는 시설이었다. *피터 메이틀랜드가 비상금이 많았든지 보험을 잘 들어 두었든지 아니면 둘 다였겠군.* 홀리는 흡족스러워하며 생각했다. 아침 이른 시각이라 방문객용 주차장에 빈자리가 많았지만 홀리는 저쪽 끝자리를 선택했다. 핏비트 설정 목표가 하루에 1만 2000보라 티끌 모아 태산이었다.

그녀는 잠깐 걸음을 멈추고, 세 명의 입소자를 산책시키는 세 명의 잡역부를 구경하다가(입소자 한 명은 여기가 어딘지 아는 것도 같은 눈치였다.) 안으로 들어갔다. 로비는 천장이 높고 쾌적했지만 그 아래로 바닥 왁스와 가구 광택제 냄새가 풍겼고, 건물 안 깊숙한 곳에서 흘러나오는 희미한 지린내를 감지할 수 있었다. 그리고 다른 냄새, 그보다 묵직한 냄새도 느껴졌다. 잃어버린 희망의 냄새라고 하면 한심하고 멜로드라마 같겠지만 홀리가 느끼기에는 그랬다. *어쩌면 내가 어렸을 때 도넛이 아니라 구멍을 쳐다보며 보낸 시간이 너무 많아서 그럴 수도 있어.*

메인 데스크에 '모든 방문객은 수속을 밟아 주시기 바랍니다.'라고 적힌 푯말이 놓여 있었다. 데스크 뒤편을 지키는 여자(그 위에 놓인 조그만 명패에 따르면 켈리 부인이었다.)가 환영의 미소를 지어 보였다.

"안녕하세요. 어떻게 오셨나요?"

지금까지는 모든 게 평범하고 특별할 게 없었다. 그런데 홀리가 피터 메이틀랜드를 만나고 싶다고 한 순간, 상황이 정상 궤도에서 일탈하기 시작했다. 켈리 부인이 지은 미소가 입가에는 남았지만 눈빛에서는 사라졌다.

"가족이신가요?"

"아뇨. 가족의 친구예요."

거짓말은 아니라고, 홀리는 속으로 중얼거렸다. 그녀는 작고한 남편의 누명을 벗기기 위해 메이틀랜드 부인의 변호사에게 고용됐고 변호사는 메이틀랜드 부인에게 고용됐으니, 그것도 일종의 친구 사이라고 볼 수 있지 않을까?

"그럼 안 되겠는데요." 이제는 남은 미소가 순전히 형식적이었다. "가족이 아니라면 나가 주셨으면 합니다. 어차피 메이틀랜드 씨는 손님을 알아보지도 못할 거예요. 올여름에 상태가 악화됐거든요."

"올여름에요, 아니면 테리가 봄에 그분을 만나러 온 이후에요?"

이제는 미소가 완전히 사라졌다.

"기자세요? 기자라면 법적으로 고지의 의무가 있고 구내에서 당장 나가 달라고 요청할 거예요. 거부하면 경비를 불러서 밖으로 안내할 테고요. 저희는 손님 같은 부류를 워낙 많이 겪었거든요."

흥미로웠다. 그녀가 수사하는 사건과 연관이 없을 수도 있지만 연관이 있을 수도 있었다. 여자는 홀리가 피터 메이틀랜드의 이름을 언급하자 진상으로 돌변했다.

"기자 아니에요."

"그 말 믿을게요. 하지만 친척이 아니라고 하셨으니 그래도 나가 주셨으면 합니다."

"알았어요." 홀리는 한두 걸음 내디뎠다가 다시 몸을 돌렸다. "만약 메이틀랜드 씨의 아드님인 테리가 전화해서 제 신원을 보증한다면요? 그러면 도움이 될까요?"

"아마도요." 켈리 부인이 마지못한 듯 말했다. "그래도 손님의 동료가 메이틀랜드 씨인 척하는 건 아닌지 확인하는 차원에서 몇 가지 질문에 대답을 해 주셔야 할 거예요. 기브니 씨 입장에서는 약간 피해망상 환자처럼 느껴질지 몰라도 여기서 벌어지는 사건이 워낙 많거든요. 그리고 저는 제가 맡은 책임을 허투루 간주하지 않고요."

"이해해요."

"이해하실 수도 있고 이해하지 못하실 수도 있겠지만, 피터하고 만나 봐야 아무 소용 없을 거예요. 경찰도 그랬어요. 그분은 알츠하이머 말기거든요. 아드님한테 물어보면 알려 줄 거예요."

아드님은 저한테 아무 얘기도 할 수 없답니다, 켈리 부인. 일주일 전에 죽었거든요. 하지만 부인은 그런 줄 모르죠?

"경찰에서 피터 메이틀랜드와 마지막으로 대화를 시도한 게 언제였는데요? 가족의 친구로서 묻는 거예요."

켈리 부인은 잠깐 고민하다가 대답했다.

"손님 못 믿겠어요. 대답하지 않을게요."

빌이라면 지금쯤 훈훈하고 허물없는 사이로 발전했을 테고 이메일 주소를 교환하며 켈리 부인에게 페이스북으로 연락하겠다는 약속을 받아 냈을지 모르지만, 홀리는 추론 능력은 뛰어날지 몰라도 정신 분석가가 '사람을 대하는 기술'이라고 지칭하는 분야에서는 계속 노력하는 중이었다. 그녀는 풀이 죽기는 했지만 단념하지는 않았다.

일이 점점 재미있어지고 있었다.

6

그 맑고 화창한 화요일 오전 11시에 홀리는 앤드루 딘 공원의 그늘진 벤치에 앉아, 근처 스타벅스에서 산 라테를 홀짝이며 켈리 부인과 나눈 기묘한 대화에 대해 생각했다.

그 여자는 테리가 죽었다는 걸 몰랐고 어쩌면 하이스먼의 직원들 모두 그럴 수 있었는데, 별로 놀라운 일은 아니었다. 프랭크 피터슨과 테리 메이틀랜드 살인 사건은 여기서 천 몇 킬로미터 멀리 떨어진 조그만 도시에서 벌어졌다. 그게 지난 일주일 동안 전국적인 뉴스로 다루어졌다 한들, ISIL* 동조자가 테네시 주 쇼핑몰에서 총격으로 여덟 명의 사상자를 낸 사건과 토네이도가 인디애나 주의 조그만 마을을 초토화시킨 뉴스에 가려서 《허핑턴 포스트》 저

* 2014년부터 2017년까지 이라크 북부와 시리아 동부를 점령했던 수니파 이슬람 원리주의 무장단체.

밑바닥에 잠깐 등장했다가 사라졌을 것이다. 그리고 마시 메이틀랜드가 시아버지에게 연락해 슬픈 소식을 전할 리도 없었다. 그의 상태를 감안하면 그럴 이유가 없었다.

기자세요? 켈리 부인은 그렇게 물었다. *저희는 손님 같은 부류를 워낙 많이 겪었거든요.*

좋다, 기자들은 물론이고 경찰까지 찾아와 켈리 부인이 하이스먼 기억 병동의 제1선을 책임지는 사람으로서 그들을 상대한 모양이었다. 하지만 그들이 테리 메이틀랜드에 대해 물었다면 그녀는 그가 죽었다는 사실을 알았을 것이다. 그렇다면 뭣 때문에 난리법석이 벌어졌던 걸까?

홀리는 커피를 내려놓고 숄더백에서 아이패드를 꺼내 전원을 켜고 안테나가 다섯 칸 뜨는지 확인했다. 덕분에 스타벅스로 다시 찾아가는 수고를 덜 수 있었다. 소정의 금액을 내고(지출결의서에 정당하게 기입했다.) 지역 일간지 자료 보관실에 접속해 멀린 캐시디가 밴을 버린 4월 19일을 검색하기 시작했다. 누군가가 밴을 다시 훔쳐 간 날일 가능성도 농후했다. 지역 뉴스를 꼼꼼히 훑었지만 기억 병동과 관련 있는 기사는 없었다. 이후 5일 동안도 마찬가지였고 다른 뉴스들만 많았다. 교통사고, 주택 강도 두 건, 나이트클럽 화재, 주유소 폭발, 학교 직원이 연루된 횡령 스캔들, 인근 트로트우드에서 실종된 두 자매(백인) 수색 작전, 비무장 10대(흑인)에게 총격을 가한 죄로 기소된 경찰관, 나치의 상징으로 도배가 된 유대교 예배당.

그리고 4월 25일자 1면 헤드라인에 트로트우드에서 실종된 두 소녀, 앰버 하워드와 졸린 하워드가 집 근처 계곡에서 훼손된 시신으로 발견됐다는 뉴스가 대문짝만 하게 실렸다. 익명의 경찰 관계자는 "두 아이가 믿기지 않을 만큼 잔인한 범행의 대상이 되었다."고 했다. 그리고 두 아이 모두 성폭행을 당했다.

테리 메이틀랜드는 4월 25일에 데이턴에 있었다. 물론 가족들과 함께 있었지만…….

테리 메이틀랜드가 마지막으로 아버지를 만나러 간 4월 26일에는 새로운 소식이 없었고, 메이틀랜드 가족이 플린트 시티의 집으로 돌아간 27일에도 마찬가지였다. 그러다 토요일인 28일에 경찰이 '유력한 용의자'를 신문 중이라고 발표했다. 그로부터 이틀 뒤에 유력한 용의자가 체포됐다. 그의 이름은 히스 홈즈였다. 서른네 살이었고 하이스먼 기억 병동에서 잡역부로 근무하는 데이턴 주민이었다.

홀리는 라테를 집어서 절반을 벌컥벌컥 마시고 휘둥그레 뜬 눈으로 그늘이 진 공원의 깊숙한 곳을 응시했다. 핏비트를 체크했다. 맥박이 분당 110회로 질주하는데, 단순히 카페인 때문만은 아니었다.

그녀는 다시 《데일리 뉴스》 자료 보관실로 돌아가 5월에서 6월까지 사건의 추이를 파악했다. 테리 메이틀랜드와 다르게 히스 홈즈는 기소인부절차 때 목숨을 부지했지만, 테리와 아주 비슷하게 (지넷 앤더슨이라면 합일점이라고 표현했을 것이다) 앰버 하워드와 졸린 하워드 살인 사건의 재판정에 서지 않았다. 6월 7일에 몽고메리 카운티 구치소에서 스스로 목숨을 끊었다.

핏비트를 다시 체크해 보니 이제는 맥박이 120까지 뛰었다. 그래도 그녀는 남은 라테를 단숨에 들이켰다. 박진감 있게 사는 거다.

빌, 당신이랑 같이 이 사건을 수사하면 좋겠어요. 그러고 싶은 마음이 정말이지 굴뚝같아요. 그리고 제롬도. 우리 셋이 고삐를 틀어쥐고 이 망아지 위에 올라타 달리기를 멈추게 할 수 있을 텐데.

하지만 빌은 죽었고, 제롬은 아일랜드에 있었고, 그녀는 이 수수께끼의 해결을 향해 한 발짝도 다가가지 못할 것이다. 혼자서는 그랬다. 하지만 그렇다고 데이턴에서 볼일이 다 끝난 건 아니었다. 그건 아니었다.

그녀는 호텔로 돌아가 룸서비스로 샌드위치를 주문하고(비용은 될 대로 되라지.) 노트북을 열었다. 알렉 펠리와 통화한 이후부터 작성 중인 메모에 새롭게 알게 된 사실을 추가했다. 화면을 멍하니 쳐다보며 스크롤을 올렸다 내렸다 하는데, 어머니가 입버릇처럼 했던 말이 문득 떠올랐다. *메이시스가 짐벌스한테 얘기할 리 있겠니?** 데이턴 경찰은 프랭크 피터슨 살인 사건에 대해서 몰랐고, 플린트 시티 경찰은 하워드 자매 살인 사건에 대해서 몰랐다. 무슨 수로 알 수 있었겠는가? 두 사건은 몇 개월의 간격을 두고 서로 다른 지역에서 벌어졌다. 테리 메이틀랜드가 양쪽 도시에 있었다는 것과, 그와 하이스먼 기억 병동의 관계를 아무도 몰랐다. 모든 사건에는 그걸 관통하는 정보의 고속도로가 있는데, 이 고속도로는 최소 두 군데에서 끊겼다.

"하지만 나는 알아. 적어도 일부분은. 알아. 다만……."

---

* 메이시스와 짐벌스는 뉴욕에서 서로 경쟁 관계였던 대형 백화점이다.

문을 두드리는 소리에 그녀는 펄쩍 뛰었다. 룸서비스 웨이터를 안으로 들여 영수증에 서명하고 10퍼센트의 팁을 추가한 다음(서비스 이용료가 최종 금액에 포함되지 않았는지 먼저 확인했다.) 얼른 내보냈다. 그러고는 무슨 맛인지도 모르겠는 BLT 샌드위치를 우적우적 씹으며 방 안을 왔다 갔다 걸었다.

알 수 있었는데 모르고 지나간 게 있었다. 그게 뭘까? 그녀가 맞추려고 하는 퍼즐에 빠진 조각들이 있다는 사실 때문에 신경이 쓰이는 수준을 넘어 괴로울 지경이었다. 알렉 펠리가 일부러 뭘 감추었다는 얘기가 아니라 대수롭지 않은 걸로 간주한 정보, 그것도 중요한 정보가 있을지 몰랐다.

메이틀랜드 부인에게 물어볼 수도 있겠지만 그녀가 눈물을 흘리며 슬퍼하면 달랠 방법이 없었다. 홀리는 그런 걸 해 본 적이 없었다. 얼마 전에 제롬 로빈슨의 여동생이 힘든 시기를 견딜 수 있도록 도운 적이 있긴 하지만 원래는 그런 데 젬병이었다. 게다가 그 딱한 여자는 상심으로 이성이 흐려져 그림을 완성하는 데 필요한 사소하지만 중요한 사실들을 도외시할 수 있었다. 직소 퍼즐의 경우에도 서너 조각이 바닥으로 떨어지면 그걸 찾아야 전체적인 그림을 완성할 수 있는데, 그런 역할을 하는 사실들을 도외시할 수 없었다.

중요한 부분은 물론이고 사소한 부분들까지 모든 사항을 가장 잘 아는 사람은, 대부분의 목격자를 면담하고 메이틀랜드를 체포했던 형사일 가능성이 컸다. 홀리는 빌 호지스와 일을 한 뒤로 형사들을 신뢰하게 됐다. 그들 모두가 훌륭한 건 아니었다. 빌이 은퇴한 뒤에 피트 헌틀리의 파트너가 된 이사벨 제인스는 존경할 만한 구석이 없었고, 이 랠프 앤더슨이라는 형사도 메이틀랜드를 공개적으로 체포하는 끔찍한 실수를 저질렀다. 하지만 끔찍한 선택을 했다고 끔찍한 형사가 되는 건 아니었고, 펠리의 설명에 따르면 결정적인 정상 참작 사유가 있었다. 테리 메이틀랜드는 앤더슨의 아들과 가까운 사이였다. 앤더슨의 목격자 신문은 빈틈없어 보였다. 그가 빠진 조각을 쥐고 있을 가능성이 가장 컸다.

생각해 보아야 할 대목이었다. 그에 대해 생각하는 동안 하이스먼 기억 병동을 다시 찾아가야 했다.

7

그녀는 2시 30분에 도착했고, 이번에는 **직원용 주차장**과 **구급차 외 주차 금지**라고 되어 있는 건물 왼편으로 돌아갔다. 저쪽 끝을 선택해 건물을 지켜볼 수 있도록 차를 뒤로 댔다. 2시 45분이 되자 3시부터 11시까지 근무하는 직원들이 출근하기 시작했다. 3시 무렵이 되자 데이타임 근무 직원(대부분 잡역부였고 간호사 몇 명, 의사인가 싶은 양복쟁이 두 명이었다.)들이 퇴근하기 시작했다. 양복쟁이 한 명은 캐딜락을, 다른 한 명은 포르셰를 몰고 떠났다. 과연 의사가 맞았다. 그녀는 다른 직원들을 유심히 검토한 끝에 표적을 정했다. 춤추는 곰 인형으로 뒤덮인 길고 헐렁한 블라우스를 입은 중년의 간호사였다. 그녀의 차는 옆면에 녹이 슬었고 금이 간 미등은 테이프로 붙였고 범퍼에는 빛바래 가는 **힐러리를 지지합니다** 스티커를 붙인 고

물 흔다 시빅이었다. 게다가 차에 오르기 전에 담배에 불을 붙였다. 오래된 차에 비싼 담배. 금상첨화였다.

홀리는 그녀를 따라 주차장을 빠져나갔다. 서쪽으로 5킬로미터를 달리자 풍경이 도시에서 쾌적한 근교로, 그다음에는 별로 쾌적하지 않은 근교로 바뀌었다. 여기서 그 여자는 성냥갑 같은 주택의 진입로로 방향을 틀었다. 똑같이 생긴 집들이 다닥다닥 붙어 있었고, 거의 모든 집마다 얼마 안 되는 앞마당에 싸구려 플라스틱 장난감들이 나뒹굴었다. 홀리는 길가에 주차하고, 힘과 인내와 용기를 달라고 잠깐 기도를 한 다음 차에서 내렸다.

"여사님? 간호사님? 저기요."

여자가 고개를 돌렸다. 쭈글쭈글한 얼굴과 골초답게 벌써부터 희끗희끗한 머리 때문에 나이를 짐작하기가 쉽지 않았다. 마흔다섯 아니면 쉰 살쯤 됐을까. 결혼반지는 없었다.

"저 부르셨어요?"

"네, 도움을 좀 받고 싶어서요. 사례는 할게요. 히스 홈즈와, 그와 피터 메이틀랜드의 관계에 대해 알려 주시면 100달러를 현금으로 드릴게요."

"요양원에서부터 나를 쫓아온 거예요?"

"네, 맞아요."

여자는 눈썹을 찡그렸다.

"기자예요? 켈리 부인이 기자가 찾아왔더라며 누구든 말을 섞으면 자르겠다고 그랬거든요."

"그분이 저를 얘기하는 건 맞지만 기자가 아니라 수사관이에요.

그리고 켈리 부인은 당신이 나랑 얘기했다는 걸 알 일이 없어요."

"신분증 좀 보여 줘요."

홀리는 면허증과 파인더스 키퍼스 명함을 건넸다. 여자는 그 둘을 유심히 살피고 돌려줬다.

"난 캔디 윌슨이에요."

"만나서 반갑습니다."

"흐음, 그러게요. 하지만 내 일자리를 걸고 만나는 건데 200달러는 받아야겠는데요?" 윌슨은 말을 멈추었다가 덧붙였다. "거기에 50달러 더."

"좋아요."

200달러나 150달러로 깎을 수도 있었겠지만 홀리는 홍정(그녀의 어머니는 그걸 밀당이라고 했다.)에 약했다. 게다가 이 여자는 그 돈이 필요해 보였다.

"들어와요. 이 동네 사람들은 호기심이 하늘을 찌르거든요."

8

그 집에서는 담배 냄새가 지독하게 풍겼다. 홀리는 오랜만에 처음으로 담배를 간절하게 피우고 싶어졌다. 윌슨은 자동차 미등처럼 테이프로 붙인 안락의자에 털썩 주저앉았다. 그 옆에는 할아버지가 (폐기종으로) 돌아가신 이래 홀리가 본 적 없는 스탠딩 재떨이가 있었다. 윌슨이 나일론 바지에서 담배를 꺼내 라이터로 불을 붙였다. 홀리에게 권하지는 않았다. 요즘 담뱃값을 생각하면 이해가 되는 처사였고 홀리로서는 다행스러웠다. 그녀가 권했다면 한 대 집었을 수도 있었다.

"돈부터 주시죠." 캔디 윌슨이 말했다.

홀리는 기억 병동을 다시 찾아가는 길에 잊지 않고 현금 인출기에 들렀기에 핸드백에서 지갑을 꺼내 액수만큼 셌다. 윌슨은 돈을 다시 세고 담배와 함께 주머니에 넣었다.

"아무한테도 얘기하지 않겠다는 약속 지켜 줘요, 홀리. 남편 새끼가 떠나면서 통장을 탈탈 털어 가는 바람에 이 돈이 필요하게 됐지만, 켈리 부인은 장난이 아니거든요. 그 「왕좌의 게임」에 나오는 용이랑 비슷하다고 보면 돼요."

홀리는 다시 한 번 엄지손톱으로 입에 지퍼를 채우고 보이지 않는 열쇠를 돌렸다. 캔디 윌슨은 미소를 지으며 긴장을 푸는 기미를 보였다. 작고 어두컴컴하며 벼룩시장에서 장만한 가구들이 놓인 거실을 두리번거렸다.

"여기 참 우라지게 허름하죠? 원래는 서쪽의 괜찮은 집에서 살았어요. 대저택은 아니었지만 이런 거지소굴보다는 훨씬 나은 곳에서. 남편 새끼가 나 모르게 그걸 팔고 토꼈어요. 보지 않으려는 사람보다 더 눈이 먼 사람은 없다고 그러잖아요. 애라도 있었으면 아빠를 증오하게 만드는 식으로 복수라도 했을 텐데 아쉬울 지경이에요."

빌이라면 뭐라고 대꾸하면 좋을지 알았겠지만 홀리는 몰랐기에 수첩을 꺼내서 당면한 문제로 돌입했다.

"히스 홈즈는 하이스먼에서 잡역부로 일했죠."

"맞아요. 우리끼리는 '훈남 히스'라고 불렀어요. 농담이기도 했고 아니기도 했죠. 크리스 파인이나 톰 히들스턴은 아니지만 보고 있기 힘든 얼굴도 아니었거든요. 그리고 착하기도 했고요. 모두 그렇게 생각했어요. 사람 속은 아무도 알 수 없다는 증거죠. 내 남편 새끼를 봐도 알 수 있지만 적어도 그 인간은 여자애들을 성폭행하고 시신을 훼손하지는 않았어요. 신문에 실린 애들 사진 봤어요?"

홀리는 고개를 끄덕였다. 똑같이 깜찍한 미소를 짓고 있는 금발의 귀염둥이였다. 열두 살과 열 살로, 테리 메이틀랜드의 딸들과 동갑이었다. 이것도 일종의 연결 고리처럼 느껴졌다. 아닐 수도 있었지만 두 사건이 사실은 하나라는 속삭임이 홀리의 머릿속에서 점점 크게 들리기 시작했다. 알맞은 정보만 몇 개 더 추가되면 고함으로 발전할 것이었다.

"누가 그런 짓을 하겠어요?" 윌슨은 물었지만 형식적인 질문이었다. "괴물이죠."

"히스 홈즈와 함께 일한 지는 얼마나 되셨어요, 윌슨 부인?"

"그냥 캔디라고 불러요. 다음 달 공과금을 내주는 사람들한테는 이름으로 부르게 하니까. 그와 7년을 같이 근무했지만 그런 사람인 줄 전혀 몰랐어요."

"신문에 따르면 아이들이 살해됐을 때 홈즈는 휴가 중이었다고 하던데요."

"맞아요, 여기서 북쪽으로 50킬로미터쯤 가면 나오는 리지스로 갔어요. 경찰한테 계속 거기 있었다고 했대요."

월슨은 눈을 부라렸다.

"신문에 따르면 전과가 있었다고도 했어요."

"음, 맞아요. 하지만 심각한 건 아니었어요. 열일곱 살 때 훔친 차를 몰고 난폭 운전을 했대요." 월슨은 담배를 보며 미간을 찌푸렸다. "사실 신문에 보도되면 안 되는 거였죠, 미성년 범죄라 기록이 봉인됐을 테니까. 그렇지 않았다면 아무리 군 출신인 데다 월터 리드 육군 병원에서 5년 동안 근무한 경력이 있었더라도 하이스먼 병동에 취직할 수 없었을 거예요. 아마도요."

"그를 아주 잘 아는 분처럼 말씀하시네요."

"변호하려는 건 아니에요, 오해 마요. 물론 술을 몇 번 같이 마신 적은 있지만 데이트나 뭐 그런 건 아니었어요. 가끔 퇴근 후에 몇 명이 샘록이란 가게에 가고 그랬거든요. 돈이 있어서 내 차례가 되면 술을 한 잔씩 살 수 있었던 시절에요. 그런 시절은 이제 끝났지만. 아무튼 우리는 자칭 깜빡깜빡 5인방이었는데, 어디에서 따온 별명이었는가 하면……."

"알 것 같아요."

"왜 아니겠어요. 우리는 알츠하이머를 둘러싼 우스갯소리를 전부 알았어요. 대부분 저질스러운 내용이었고, 우리 입소자들은 대개 상당히 착했지만 우리는 그들을…… 뭐랄까……."

"아무것도 모르는 무지렁이 취급했어요?"

"맞아요, 바로 그거예요. 맥주 한잔할래요, 홀리?"

"좋아요. 고마워요."

홀리는 맥주를 마시고 싶은 생각이 별로 없었고 항우울제를 먹고 있을 때 추천할 만한 행동이 아니기도 했지만 대화를 매끄럽게 이어 나가고 싶었다.

윌슨이 버드 라이트 두 개를 들고 왔다. 그녀는 담배만 권하지 않는 게 아니라 잔도 주지 않았다.

"네, 나는 그 난폭 운전에 대해 알고 있었어요." 윌슨이 테이프로 붙인 안락의자에 다시 앉으며 말했다. 의자가 지친 듯 *푸우* 하는 소리를 냈다. "다들 알고 있었어요. 몇 잔 걸치면 사람들이 어떤 식으로 수다스러워지는지 알잖아요. 하지만 그가 4월에 저지른 그 짓하고는 차원이 달랐죠. 나는 지금도 믿기지가 않아요. 작년 크리스마스 파티 때는 겨우살이 아래에서 그에게 입을 맞추었는데."

그녀는 몸서리를 치거나, 아니면 치는 척했다.

"그러니까 홈즈는 4월 23일이 있던 주에 휴가 중이었고……."

"날짜는 정확히 몰라요. 봄이었다는 것만 알지, 알레르기 때문에." 윌슨이 그렇게 말하며 새 담배에 불을 붙였다. "리지스에 갈 거라고, 엄마하고 같이 1년 전에 돌아가신 아빠를 위해 예배를 드릴 거라고 했어요. 그의 말로는 '추모 예배'라고요. 실제로 갔을지 모르지만 돌아와서 트로트우드에 사는 이 아이들을 죽였단 말이죠. 의심의 여지가 없어요. 그를 봤다는 사람들이 있고, 그가 주유소에서 기름을 넣는 광경이 보안 카메라에 찍혔거든요."

"어떤 차에 기름을 넣었는데요? 밴이었나요?"

유도신문이었고 빌이 옆에 있었다면 못마땅하게 여겼겠지만 어쩔 도리가 없었다.

"모르겠어요. 신문에서 뭐라고 했는지도 잘 모르겠고. 아마 그의 트럭이었을 거예요. 근사하게 꾸민 타호가 있었거든요. 주문 제작한 타이어를 달고, 여기저기 크롬으로 도배하고. 캠핑용 지붕을 씌우고. 아이들을 거기에 태웠을지 몰라요. 약을 먹이고 기다렸겠죠…… 학대할 수 있을 때까지."

"으웩."

어쩔 도리가 없었다.

캔디 윌슨은 고개를 끄덕였다.

"맞아요. 상상하기 싫지만 자꾸 상상이 되는 그런 일이죠. 적어도 내 경우에는 그래요. 경찰 측에서 그의 DNA도 확보했어요. 신문에 기사가 실렸으니 당신도 알고 있겠지만."

"맞아요."

"그런데 내가 그 주에 그를 봤어요, 하루 출근을 했거든요. '여기서 벗어나질 못하겠어요?' 그렇게 물었더니 아무 말 없이 섬뜩한 미소만 짓고서 계속 B동 쪽으로 걸어가더라고요. 그런 식으로 웃는 건 그때까지 본 적이 없었어요, 한 번도. 그의 손톱에 아이들의 피가 그때까지 묻어 있었을 거예요. 어쩌면 거시기와 불알에도. 젠장, 생각만 해도 오싹하네."

홀리도 오싹했지만 아무 말 없이 맥주만 한 모금 마시고 그게 무슨 요일이었느냐고 물었다.

"얼른 생각이 나지 않지만 그 아이들이 실종된 다음이었어요. 아, 맞다. 정확한 날짜를 알려 드릴 수 있겠어요, 그날 퇴근하고 미용실에 예약을 했거든요. 염색하려고. 보면 알겠지만 그 뒤로 미용실에 간 적이 없거든요. 잠시만요."

윌슨은 거실 한쪽 구석에 있는 조그만 책상에서 수첩을 들고 와 페이지를 넘겼다.

"여기 있다, 데비스 헤어포트. 4월 26일이네요."

홀리는 받아 적고 느낌표를 덧붙였다. 테리가 마지막으로 아버지를 만나러 온 날이었다. 그와 그의 가족은 다음 날 집으로 돌아갔다.

"피터 메이틀랜드는 홈즈 씨를 알았나요?"

윌슨은 웃음을 터뜨렸다.

"피터 메이틀랜드는 어느 누구도 알지 못해요. 작년에는 정신이 맑은 날이 좀 있었고 올해 초만 해도 혼자 구내식당에 가서 초콜릿을 달라고 할 정도로 기억이 남아 있었어요. 대부분 정말 좋아했던 걸 가장 마지막까지 기억하거든요. 하지만 이제는 가만히 앉아서 멍하니 앞을 쳐다보기만 해요. 나는 그 지경이 되면 약을 한 움큼 먹고 죽어 버리겠어요, 그게 어떤 약인지 기억할 수 있을 만큼 뇌세포가 남아 있을 때. 하지만 히스가 메이틀랜드를 알았느냐고 하면 대답은 '그렇다'예요. 담당이 바뀌는 잡역부도 있지만 히스는 B동의 홀수 호실을 전담하다시피 했거든요. 그가 말하길 입소자들이 대부분 뇌가 맛이 갔더라도 어느 한구석에서는 자길 안다고 했어요. 그리고 메이틀랜드는 B-5호실 입소자고요."

"당신과 만날 날에 그가 메이틀랜드의 방에 갔을까요?"

"분명 갔어요. 내가 신문에 실리지 않은 정보를 하나 아는데, 만약 히스의 재판이 열렸다면 엄청난 역할을 했을 거예요."

"뭔데요, 캔디? 뭔데요, 네?"

"그가 살인을 저지른 이후에 기억 병동에 왔다는 걸 알았을 때 경찰에서 B동을 샅샅이 수색했거든요. 히스가 거기서 나오는 걸 캠 멜린스키가 목격했다고 해서 특히 메이틀랜드의 병실을 중점적으로요. 캠 멜린스키는 청소부예요. 그가 복도 바닥을 닦고 있었을 때 히스가 미끄러져서 엉덩방아를 찧었기 때문에 히스를 못 볼 수가 없었죠."

"확실해요, 캔디?"

"그럼요. 그리고 이게 대박이에요. 간호사 중에 페니 프러드홈이라고 나랑 제일 친한 친구가 있는데, 한 경찰이 B-5호실을 수색한 뒤에 전화로 하는 얘기를 들었대요. 그 병실에서 머리카락을 발견했는데, 금발이었다고. 그게 뭐겠어요?"

"DNA 검사로 하워드 자매의 머리카락인지 알아봤겠죠?"

"물론이죠. 「CSI」잖아요."

"그 결과는 공개되지 않았고요. 그렇죠?"

"맞아요. 하지만 경찰들이 홈즈 부인의 집 지하실에서 뭘 발견했는지 알죠?"

홀리는 고개를 끄덕였다. 그 부분은 언론에 공개가 되었는데, 그걸 읽은 아이들 부모의 가슴에는 대못이 박혔을 것이다. 누군가가 흘린 얘기를 신문사에서 기사화했다. 아마 텔레비전에도 나왔을 것이다.

"섹스 킬러들은 전리품을 챙기는 경우가 많아요." 캔디가 권위자처럼 말했다. "「과학수사파일」이랑 「데이트라인」에서 봤어요. 이 정신병자들에게서 흔히 볼 수 있는 행동이죠."

"하지만 히스 홈즈는 정신병자처럼 보인 적이 없잖아요."

"그런 인간들은 자기 정체를 숨기니까요."

캔디 윌슨은 으스스한 목소리로 말했다.

"하지만 이 사건에서는 그가 뭘 숨기려고 노력한 적이 별로 없지 않나요? 얼굴을 보이고 다니고 심지어 그 보안 카메라에까지 찍히고 말이죠."

"그래서 뭐요? 돌아 버렸잖아요. 돌아 버린 인간이 뭔들 안중에 있었겠어요."

앤더슨 형사와 플린트 카운티 지방검사도 테리 메이틀랜드를 두고 똑같은 얘길 했겠지. 오랫동안 덜미를 잡히지 않은 연쇄 살인범(캔디의 표현을 빌자면 '섹스 킬러')들도 많은데. 테드 번디도 있고, 존 웨인 게이시도 있고.

홀리는 일어났다.

"시간 내주셔서 정말 감사해요."

"내가 당신이랑 만났다는 사실을 켈리 부인이 모르게 하는 걸로 보답하세요."

"그럴게요."

밖으로 나서는 홀리를 향해 캔디가 물었다.

"그의 어머니 소식은 알죠? 히스가 감옥에서 자살한 다음 어떻게 됐는지."

홀리는 열쇠를 손에 든 채 걸음을 멈추었다.

"아뇨."

"한 달 뒤였어요. 당신이 그때까지 조사하지는 않았을 것 같아서요. 목매달아 죽었어요. 아들처럼. 어머니는 감옥이 아니라 지하실에서 그랬지만."

"맙소사! 유서 남겼대요?"

"그건 모르겠어요. 하지만 지하실에서 경찰들이 피 묻은 속옷을 발견했어요. 위니, 티거, 루가 그려진 팬티를. 외아들이 그런 짓을 저질렀다는데 어느 누가 유서를 남길 필요 있겠어요?"

9

홀리는 이제 뭘 어쩌면 좋을지 알 수 없을 때마다 거의 항상 인터내셔널 하우스 오브 팬케이크나 데니스를 찾았다. 두 가게 모두 하루 종일 조식을 제공하기 때문에 와인 리스트나 강압적인 웨이터들에게 신경 쓸 필요 없이 천천히 간단한 음식을 먹을 수 있었다. 그녀의 호텔 근처에 인터내셔널 하우스 오브 팬케이크가 있었다.

한쪽 구석의 2인용 테이블에 자리를 잡고 앉아서 팬케이크(스몰로), 싱글 스크램블드에그, 해시브라운(여기 해시브라운은 언제 먹어도 맛있었다.)을 주문했다. 음식이 나오길 기다리는 동안 노트북을 켜고 랠프 앤더슨의 연락처를 검색했다. 찾지 못했지만 뜻밖은 아니었다. 경찰들은 대개 연락처를 등록하지 않았다. 하지만 빌에게 온갖 노하우를 전수받았으니 찾을 수 있을 테고, 그녀는 그와 통화하고 싶었다. 서로 상대방에게 없는 퍼즐 조각을 가지고 있을 게 분명하기 때문이었다.

"그가 메이시스고 내가 짐벌스인 셈이지." 그녀는 중얼거렸다.

"네, 손님?" 그녀의 저녁을 들고 온 웨이트리스가 물었다.

"배고파 죽겠다고요."

"그러신가 봐요. 이렇게 많이 주문하신 걸 보니." 웨이트리스는 접시를 내려놓았다. "그래도 이런 말씀드려도 될지 모르겠지만 좀 드셔야겠어요. 너무 마르셨네요."

"예전에 걸핏하면 그렇게 얘기한 친구가 있었는데."

홀리는 그 말을 하고 났더니 갑자기 울고 싶어졌다. *친구가 있었는데*. 그 부분 때문이었다. 시간이 지났고 시간이 지나면 모든 상처가 아물지 몰라도, 맙소사, 아무는 속도가 너무 더딘 상처도 있었다. 그리고 있다와 있었다는 얼마나 큰 차이인가.

그녀는 팬케이크 시럽을 듬뿍 뿌려서 천천히 먹었다. 진짜배기 메이플 시럽은 아니었지만 그래도 맛있었고, 자리에 앉아서 느긋하게 식사를 할 수 있어서 좋았다.

식사를 마쳤을 때 그녀는 어쩔 수 없는 결론에 도달했다. 펠리를 건너뛰고 앤더슨 형사에게 연락했다가는 사건을 추적하고 싶을 때 (빌이 쓰던 표현이었다.) 잘릴 수 있었다. 그보다 더 중요하게는 비도덕적인 처사였다.

웨이트리스가 다시 와서 커피를 더 마시겠느냐고 묻자 홀리는 좋다고 했다. 스타벅스에는 무료 리필 서비스가 없었다. 그리고 여기 커피가 고급은 아닐지 몰라도 충분히 맛있었다. 시럽처럼. *그리고 나처럼*. 심리 치료사가 말하길 이런 식의 자기 확증의 순간이 아주 중요하다고 했다. *내가 셜록 홈즈는 아닐지 몰라도, 토미와 터펜스 콤비도 아닐지 몰라도, 이 정도면 충분히 훌륭하고 뭘 어쩌면 되*

는지는 내가 잘 알아. 펠리 씨가 딴죽을 걸지 모르고 나는 싸우는 걸 싫어하지만, 어쩔 수 없는 상황이라면 맞받아칠 거야. 내 안의 빌 호지스를 발휘할 거야.

홀리는 그렇게 마음을 다잡으며 전화를 걸었다. 펠리가 전화를 받자 그녀는 말했다.

"테리 메이틀랜드는 피터슨이라는 아이를 죽이지 않았어요."

"뭐라고요? 내가 지금 제대로 들은 거……."

"네. 제가 여기 데이턴에서 아주 흥미로운 사실을 알아냈거든요, 펠리 씨. 하지만 보고서를 작성하기 전에 앤더슨 형사님과 통화를 해야겠는데요. 이의 있으신가요?"

펠리는 그녀의 불길한 예상과 달리 딴죽을 걸지 않았다.

"하위 골드하고 얘기해 봐야 하고, 또 그가 마시한테 허락을 받아야 해요. 하지만 두 사람 다 괜찮다고 할 거예요."

홀리는 긴장을 풀고 커피를 한 모금 마셨다.

"다행이네요. 두 분과 최대한 빨리 얘기 마치고 그분 연락처를 알려 주세요. 오늘 중으로 통화하고 싶어요."

"하지만 왜요? 뭘 발견했는데요?"

"제가 뭐 하나 물어볼게요. 테리 메이틀랜드가 마지막으로 아버지를 보러 간 날, 하이스먼 기억 병동에서 아무 일도 없었나요?"

"예를 들면 어떤 거요?"

홀리가 이번에는 유도신문을 하지 않았다.

"뭐든요. 펠리 씨가 모를 수도 있지만 알 수도 있겠다 싶어서요. 예를 들면 메이틀랜드가 호텔로 돌아가서 부인한테 한 얘기가 있다든지. 없을까요?"

"없어요……. 메이틀랜드가 나오는 길에 잡역부랑 부딪친 거 말고는. 바닥이 젖어서 잡역부가 넘어졌다는데 어쩌다 생긴 일이었어요. 둘 다 다치거나 그러지는 않았고요."

홀리는 손마디가 삐걱거릴 정도로 세게 전화기를 움켜쥐었다.

"전에는 그런 얘기 없었잖아요."

"중요한 사안이라고 생각하지 않았거든요."

"그래서 앤더슨 형사님이랑 통화를 해야겠다는 거예요. 없어진 조각들이 있어서. 방금 전에 펠리 씨가 조각을 하나 줬어요. 그 형사님이 좀 더 가지고 있을지 몰라요. 그리고 제가 찾지 못하는 걸 그분은 찾을 수 있을지 모르고요."

"메이틀랜드가 나오는 길에 누구랑 부딪친 게 이 사건이랑 연관이 있다는 말이에요? 어떤 식으로요?"

"먼저 앤더슨 형사님이랑 통화하게 해 주세요. *제발요.*"

한참 정적이 이어진 끝에 펠리가 말했다.

"하는 데까지 해 볼게요."

홀리가 주머니에 전화기를 넣자 웨이트리스가 계산서를 들고 왔다.

"심각한 통화하시는 것 같길래요."

홀리는 그녀를 향해 미소를 지었다.

"세심한 서비스 고마워요."

웨이트리스가 계산서를 두고 떠났다. 18달러 20센트였다. 홀리는 접시 밑에 팁으로 5달러를 두었다. 권장 금액보다 훨씬 많은 액수였지만 그녀는 흥분한 상태였다.

10

객실에 이제 막 도착했을 때 휴대전화 벨이 울렸다. 화면에는 **발신자 표시 제한**이라고 떴다.

"여보세요? 홀리 기브니입니다, 누구신가요?"

"랠프 앤더슨입니다. 알렉 펠리한테 기브니 씨의 전화번호를 받았고 거기서 뭘 하는지도 확인했어요. 내가 첫 번째로 묻고 싶은 건 뭘 알고서 그러고 있느냐는 거예요."

"네."

홀리는 걱정이 많았고 그 오랜 세월 동안 심리 치료를 받았음에도 여전히 의구심이 하늘을 찔렀지만 이것만큼은 분명했다.

"흠, 흠, 글쎄요, 알 수도 있고 모를 수도 있겠죠. 나야 판단할 방법이 없지 않겠어요?"

"그렇죠." 홀리는 맞장구쳤다. "현재로서는요."

"알렉한테 들었어요, 테리 메이틀랜드가 프랭크 피터슨을 죽이지 않았다고 했다고. 아주 확신하는 것 같다고 하던데요. 당신은 데이턴에 있고 피터슨 살인 사건은 여기 이 플린트 시티에서 벌어졌는데, 어떻게 그렇게 단언할 수 있는지 궁금합니다만."

"왜냐하면 메이틀랜드가 왔을 때 여기에서 그 비슷한 사건이 벌어졌거든요. 남자아이가 아니라 여자아이 둘이 살해됐어요. 기본 수법은 같아요. 성폭행과 시신 훼손. 경찰에 체포된 남자는 어머니와 함께 50킬로미터 멀리 있는 도시에 있었다고 했고 어머니도 그 주장을 뒷받침했지만, 아이들이 납치된 트로트우드라는 근교에서 그를 본 사람들이 있어요. 보안 카메라에도 찍혔고요. 어디서 많이 들어 본 얘기 같지 않아요?"

"어디서 많이 들어 본 얘기지만 놀랍지는 않네요. 살인범들은 체포되면 대부분 알리바이를 제시하거든요. 당신 회사가 주로 무슨 일을 하는지 알렉한테 들었어요. 기브니 씨는 보석금을 내고 도망친 사람들을 잡는 일을 해서 잘 모를지 모르겠지만, 텔레비전을 보면 알 텐데요."

"이 남자는 하이스먼 기억 병동의 잡역부였고, 휴가 중이었는데도 불구하고 메이틀랜드 씨가 아버지를 만나러 간 주에 최소 한 번 이상 그 병동을 찾았어요. 메이틀랜드 씨가 마지막으로 간 날, 그러니까 4월 26일에는 이 두 살인 용의자가 사실상 서로 부딪쳤어요. 문자 그대로요."

"설마, 농담이죠?" 앤더슨은 고함을 지르다시피 했다.

"아뇨. 파인더스 키퍼스의 예전 파트너 같았으면 '노뺑 시추에이션'이라고 했을 거예요. 귀가 쫑긋하시죠?"

"잡역부가 넘어지면서 메이틀랜드한테 상처를 입혔는데, 펠리한테 들었어요? 손을 뻗어서 그를 잡으려다 팔을 긁었다고?"

홀리는 아무 대꾸도 하지 않았다. 조그만 여행가방에 챙긴 영화를 생각했다. 그녀는 걸핏하면 자축하는 성격이라기보다 그 반대였지만, 이제 보니 천부적인 직관을 발휘한 것처럼 느껴졌다. 메이틀랜드 사건에 평범하지 않은 구석이 있다는 사실을 한 번이라도 의심한 적이 있었는가 하면 아니었다. 소름 끼치는 브래디 윌슨 하츠필드와의 조우 덕분이었다. 그런 일을 겪다 보면 시야가 상당히 넓어진다.

"상처는 그거 하나뿐만이 아니었는데." 랠프는 혼잣말처럼 중얼거렸다. "하나 더 있었어요. 하지만 여기서 생긴 거예요. 프랭크 피터슨이 살해된 이후에."

없어진 조각이 다시 하나 등장했다.

"뭔데요, 형사님? 뭔데요, 뭔데요, 뭔데요?"

"이건…… 전화로 할 얘기가 아니에요. 여기로 와 줄 수 있겠습니까? 만나서 얘기해야겠는데. 당신이랑 나, 알렉 펠리, 하위 골드, 그리고 나와 같이 이 사건을 수사하고 있었던 주 경찰청 형사. 그리고 어쩌면 마시도요."

"좋은 생각인 것 같지만 저한테 일을 의뢰한 펠리 씨하고 상의해 보아야 해요."

"펠리 말고 하위 골드하고 얘기해요. 내가 연락처 줄게요."

"예의상……."

"알렉한테 일을 맡긴 사람이 하위니까 의례는 신경 쓸 필요 없어요."

홀리는 곰곰이 생각해 보았다.

"혹시 데이턴 경찰서하고 몽고메리 카운티 지방검사한테 연락하실 수 있나요? 저는 하워드 자매 살인 사건과 히스 홈즈, 그 잡역부의 이름인데, 그 사람에 대해서 궁금한 게 있어도 전부 알아낼 수 없지만 형사님은 가능할 것 같아서요."

"그 남자가 아직 재판을 받지 않았나요? 그렇다면 정보를 많이 주지는 않을……."

"죽었어요." 홀리는 말을 멈추었다가 다시 이었다. "테리 메이틀랜드처럼."

"맙소사." 랠프가 중얼거렸다. "얼마나 더 섬뜩해지려고 이럴까요?"

"아직 멀었어요."

이것 역시 단언할 수 있는 부분이었다.

"아직 멀었다." 랠프는 홀리가 한 말을 따라했다. "캔털루프 멜론 속의 구더기네요."

"네?"

"아무것도 아니에요. 골드 씨한테 연락해요, 알았죠?"

"그래도 펠리 씨한테 먼저 연락하는 게 낫다고 봐요. 만일의 경우에 대비해서."

"그럼 그렇게 해요. 그리고 기브니 씨는…… 뭘 잘 알고서 일을 하는 분 같군요."

그 말에 그녀는 웃음이 나왔다.

11

펠리에게서 승인이 떨어지자 홀리는 불안을 달래느라 호텔의 싸구려 카펫 위를 왔다 갔다 걷고 핏비트를 강박적으로 눌러 맥박을 확인해 가며 당장 하워 골드에게 연락했다. 골드는 그렇다고, 그녀가 온다는 데 찬성한다고, 아니라고, 일반석을 탈 필요는 없다고 했다.

"비즈니스로 예약해요. 편하게 다리 뻗을 수 있게."

"알았어요." 홀리는 아찔했다. "그럴게요."

"정말로 테리가 피터슨을 죽이지 않았다고 믿는단 말이죠?"

"히스 홈즈가 두 아이를 죽이지 않았다고 생각하는 것만큼 믿어요. 다른 자의 소행이에요. '이방인(outsider)'이요."

7월 25일

그의 방문

1

플린트 시티 경찰서 소속 잭 호스킨스 형사는 수요일인 그날 새벽 2시에 눈을 떴을 때 삼중고에 시달렸다. 숙취와 일광화상에 시달렸고 똥이 마려웠다. *로스 트레스 몰리노스에서 밥을 먹은 대가야.* 그는 생각했지만…… 거기서 밥을 먹은 게 맞나? 돼지고기와 매콤한 치즈를 넣은 엔칠라다를 먹은 게 분명한데, 장담할 수 없었다. 하시엔다였을 수도 있었다. 어제 저녁의 기억이 흐릿했다.

보드카를 줄여야 해. 휴가도 끝났는데.

그렇다, 그것도 일찍 끝났다. 그 개떡 같은 분과에 근무 가능한 형사가 한 명뿐이라. 가끔 사는 게 지랄 맞을 때가 있다. 심지어 가끔이 아니라 종종 그럴 때도 있다.

그는 침대에서 일어났고, 발이 바닥에 닿는 순간 머릿속이 쿵 하고 한 번 울리자 얼굴을 찡그리며 일광화상을 입은 뒷덜미를 문질렸다. 반바지를 벗고 침대 옆 탁자에 둔 신문을 집고 볼일을 해결하러 터벅터벅 화장실로 향했다. 변기에 자리를 잡고 멕시코 음식을 먹으면 항상 약 여섯 시간 뒤에 찾아오는 반액체성 배설물이 쏟아지길 기다리며(왜 번번이 같은 실수를 반복할까?) 《플린티 시티 콜》을 펼쳐 들고 부스럭부스럭 만화 코너로 넘겼다. 지방 일간지에서 볼거리라고는 그것뿐이었다.

잭이 실눈을 뜨고 「겟 퍼지」의 말풍선 속에 깨알같이 적힌 대사를 읽고 있었을 때 샤워 커튼이 부스럭거리는 소리가 들렸다. 고개를 들어 보니 데이지 무늬 뒤로 그림자가 보였다. 심장이 목젖을 때리며 벌렁거렸다. 누군가가 욕조에 서 있었다. 약에 취해서 화장실 창문을 넘어왔다가 불이 켜지는 걸 보고 유일한 공간으로 피신한 절도범은 아니었다. 절대 아니었다. 캐닝 타운십의 그 빌어먹을 헛간에서 그의 뒤에 서 있던 그자였다. 그렇다는 걸 그의 이름만큼이나 분명하게 알 수 있었다. 그 만남(그것도 만남이라고 할 수 있을지 모르겠지만)은 그의 기억 속에서 지워지길 거부했고 그는 이자의…… 귀환을 예상하고 있었던 듯한 심정이었다.

헛소리라는 걸 알면서 그래. 헛간에서 어떤 남자가 보인 줄 알았지만 불을 비춰 보니까 그냥 동강 난 농기구였잖아. 지금도 욕조에 남자가 서 있는 게 아니라 머리인 줄 알았던 건 샤워기 헤드고, 팔인 줄 알았던 건 벽 손잡이에 걸어 놓은 길쭉한 샤워 타월이겠지. 부스럭거리는 소리는 바람 소리였거나 네가 잘못 들었거나 둘 중 하나고.

그는 눈을 감았다가 다시 떠 한심한 꽃무늬 비닐 샤워 커튼을 응시했다. 헤어진 마누라나 좋아했음직한 커튼이었다. 이제 잠에서 완전히 깨고 보니 현실 감각이 다시금 돌아왔다. 그냥 샤워기 헤드였고, 그냥 벽 손잡이에 걸어 놓은 샤워 타월이었다. 그는 바보였다. 숙취에 시달리는 바보였으니 그중에서도 최악이었다. 그는…….

샤워 커튼이 다시 부스럭거렸다. 그게 부스럭거린 이유는 그가 샤워 타월이라고 믿고 싶었던 게 어둑어둑한 손가락으로 자라나 비닐을 건드렸기 때문이었다. 샤워기 헤드가 고개를 돌리고 반투명한 커튼 사이로 그를 쳐다보는 듯했다. 힘이 빠진 호스킨스의 손에서 빠져나온 신문이 털썩 하는 소리와 함께 타일 바닥으로 떨어졌다. 머리가 지끈거리고 또 지끈거렸다. 뒷덜미가 화끈거리고 또 화끈거렸다. 창자에서 힘이 풀렸고, 문득 가장 최근에 먹은 음식인 게 분명하다는 확신이 드는 것의 냄새로 조그만 화장실이 가득 찼다. 그 손이 커튼 가장자리를 향해 움직였다. 1초, 아무리 길어도 2초 뒤면 커튼이 젖히고 그는 가장 무서운 악몽조차 달콤한 백일몽처럼 느껴질 만큼 끔찍한 무언가를 맞닥뜨리게 될 것이었다.

"안 돼." 그는 속삭였다. "안 돼." 일어나려고 했지만 다리가 버텨주지 못하는 바람에 넓디넓은 엉덩이로 다시 주저앉았다. "제발, 안 돼. 그러지 마."

커튼 가장자리를 따라 손이 움직였지만 그걸 젖히지는 않고 손가락으로 쥐고만 있었다. 손가락 위에 한 단어가 문신으로 새겨져 있었다. **안 돼**(CANT).

"잭."

그는 대답할 수가 없었다. 남은 똥을 변기 안으로 풍덩풍덩 떨구어 가며 알몸으로 앉아 있는 지금, 그의 심장은 폭주 기관차와 같았다. 조만간 심장이 몸을 뚫고 타일 바닥으로 떨어져 발목과 《플린트 시티 콜》 만화 코너 위로 핏방울을 튀겨 가며 마지막으로 팔딱이는 게 그가 지상에서 볼 수 있는 마지막 광경일 듯했다.

"그거 일광화상 아니다, 잭."

그는 기절하고 싶었다. 변기 밖으로 그냥 쓰러지고 싶었다. 그러다 타일 바닥에 부딪쳐 뇌진탕을 일으킨다 한들, 심지어 두개골에 금이 간다 한들 그게 대수일까. 적어도 여기에서는 벗어날 수 있지 않은가. 하지만 의식이 고집스럽게 제자리를 지켰다. 욕조 안의 그림자도 제자리를 지켰다. 커튼을 잡은 손가락도 제자리를 지켰다. **안 돼.** 희미해져 가는 파란 글씨.

"뒷덜미를 만져 봐, 잭. 내가 이 커튼을 젖히고 내 모습을 너한테 보이기 전에 얼른."

호스킨스는 한 손을 들어 뒷덜미에 대고 눌렀다. 몸에서 당장 반응이 왔다. 번쩍하는 엄청난 고통이 위로는 관자놀이, 아래로는 어깨까지 그를 관통했다. 손을 쳐다보니 피가 묻어 있었다.

"너는 암에 걸렸다." 커튼 뒤의 그자가 말했다. "네 임파선, 목, 부비강. 눈도 마찬가지야, 잭. 암세포가 네 눈을 갉아먹고 있어. 조만간 조그만 회색 덩어리처럼 생긴 악성 종양세포가 눈앞에서 헤엄칠 거야. 네가 언제 암에 걸렸는지 알아?"

당연히 알았다. 이것이 캐닝 타운십에서 그를 건드렸을 때였다. 그를 어루만졌을 때였다.

"내가 선물한 거지만 거두어 갈 수 있어. 내가 거두어 가길 바라나?"

"네." 잭은 속삭였다. 울음을 터뜨렸다. "거두어 가세요. 제발 거두어 가세요."

"그럼 내가 시키는 대로 할 테냐?"

"네."

"망설임 없이?"

"네!"

"너를 믿겠다. 너를 믿으면 안 되는 이유를 제공하지는 않겠지?"

"그럼요! *그럼요!*"

"좋아. 이제 닦아라. 냄새난다."

안 돼라고 적힌 손은 뒤로 물러났지만 그 형체는 샤워 커튼 뒤에서 여전히 그를 응시하고 있었다. 인간이 아니었다. 이 세상에 존재했던 가장 끔찍한 인간보다 훨씬 끔찍한 무언가였다. 호스킨스는 화장지를 향해 손을 뻗었고, 그와 동시에 몸이 옆으로 기울며 세상이 희미해지는 동시에 작아지는 걸 느꼈다. 그는 쓰러졌지만 아무 고통이 없었다. 바닥에 부딪치기도 전에 의식을 잃었다.

2

지넷 앤더슨은 그날 새벽 4시에 늘 그렇듯 요의를 느끼고 눈을 떴다. 평소에는 안방 화장실에 갔지만 테리 메이틀랜드가 총을 맞은 이래 잠을 설치던 랠프가 오늘따라 유난히 뒤척였다. 그녀는 침대에서 일어나 데릭의 방문 앞을 지나면 나오는 복도 저쪽 끝의 화장실로 갔다. 볼일을 보고 물을 내릴까 하다가 그 소리에 그가 깰 수도 있겠다고 결론을 내렸다. 아침까지 두어도 될 것이었다.

두 시간만 더요, 주님. 그녀는 화장실을 나서며 생각했다. *두 시간만 더 푹 자면 바랄 게…….*

복도 중간에서 걸음을 멈추었다. 방에서 나왔을 때 1층이 어두컴컴하지 않았나? 비몽사몽이긴 했지만 불이 켜져 있었다면 몰랐을 리 없었다.

장담할 수 있어?

100퍼센트 장담할 수는 없었지만 지금은 분명 1층에 불이 켜져 있었다. 하얗고. 희미했다. 레인지 후드 조명이었다.

지넷은 계단 쪽으로 다가가 꼭대기에 서서 미간을 찡그리고 그 불빛을 바라보며 골똘히 생각했다. 잠자리에 들기 전에 도난 경보기를 작동시켰던가? 그랬다. 취침 전 도난 경보기 작동은 이 집의 원칙이었다. 그녀가 설정한 걸 랠프가 다시 한 번 확인한 뒤에 2층으로 올라왔다. 전부터 둘 중 한 명이 경보를 설정했지만, 다시 한 번 확인하는 일은 랠프가 잠을 설치는 것과 더불어 테리 메이틀랜드가 죽은 이후에서야 시작된 습관이었다.

그녀는 랠프를 깨울까 고민하다가 그러지 않기로 했다. 그는 수면 부족이었다. 벽장 꼭대기 선반의 상자에 있는 랠프의 권총을 꺼낼까도 싶었지만 벽장문을 여는 소리가 나면 깨어날 게 분명했다. 게다가 그 정도면 피해망상 아닌가? 화장실에 갈 때 불이 켜져 있었는데 그녀가 알아차리지 못했을 것이다. 아니면 고장 나서 불이 저절로 켜졌을 것이다. 그녀는 살금살금 계단을 내려갔다. 삐걱거리는 소리가 나지 않게 무의식적으로 세 번째 단에서는 왼쪽으로 움직이고 아홉 번째 단에서는 오른쪽으로 움직였다.

부엌 문 앞으로 다가가 고개를 빼고 안을 들여다보았다. 바보가 된 기분이 드는 동시에 또 전혀 아니었다. 한숨을 쉬자 앞머리가 날렸다. 부엌에 아무도 없었다. 그녀는 레인지 등을 끄려고 부엌을 가로지르다 말고 걸음을 멈추었다. 원래 식탁에 의자가 네 개라야 했다. 가족용 세 개와 손님용이라고 불리는 한 개. 그런데 이제 보니 세 개뿐이었다.

"움직이지 마." 누군가가 말했다. "움직이면 내 손에 죽는다. 소리 질러도 마찬가지고."

그녀는 걸음을 멈추었다. 심장이 쿵쾅거리고 뒷덜미 털이 곤두섰다. 내려오기 전에 볼일을 해결하지 않았다면 오줌이 다리를 타고 흘러내려 바닥에 고였을 것이다. 그 남자, 즉 침입자는 거실에서 손님용 의자에 앉아 있었는데, 입구에서 어느 정도 떨어져 있기 때문에 무릎 아래 말고는 보이지 않았다. 빛바랜 청바지를 입고 맨발에 모카신을 신고 있었다. 건선인지, 발목이 벌겋게 얼룩덜룩했다. 상체는 희미한 실루엣에 불과했다. 알 수 있는 거라고는 어깨가 넓고 살짝 구부정하다는 사실뿐이었다. 피곤해서 구부정한 게 아니라 근육이 너무 많아서 제대로 펼 수 없는 듯이 그랬다. 지금 같은 순간에 그런 게 눈에 들어오다니 희한했다. 공포로 선별력이 마비되는 바람에 모든 정보가 편견 없이 쏟아져 들어왔다. 이자가 프랭크 피터슨을 살해한 범인이었다. 짐승처럼 아이를 물어뜯고 나뭇가지로 욕보인 범인이었다. 그런 남자가 집에 들어왔는데, 그녀는 젖꼭지가 전조등처럼 도드라져 보일 게 분명한 짧은 잠옷 바람으로 이렇게 서 있었다.

"내 말 잘 들어. 듣고 있나?"

"네."

지넷은 그렇게 속삭였지만 몸이 흔들리기 시작했다. 남자가 하는 말을 듣지도 못하고 기절하는 게 아닌지 겁이 났다. 그런 사태가 발생한다면 그의 손에 죽을 것이다. 그 이후에 그는 떠날 수도 있지만 2층으로 올라가 랠프를 죽일 수도 있었다. 랠프는 정신을 차리고 무슨 일인지 파악하지도 못한 채 당할 것이다.

그러면 데릭은 캠프에서 집으로 돌아왔을 때 고아가 되어 있겠지.

안 돼. 안 돼. *안 돼.*

"워……원하는 게 뭐예요?"

"남편한테 여기 플린트 시티에서는 끝났다고 말해. 멈추어야 한다고. 멈추면 모든 게 정상으로 돌아갈 거라고. 멈추지 않으면 내가 그를 죽일 거라고. 그들 모두를 죽일 거라고."

남자의 손이 거실을 덮은 어둠에서 벗어나 한 줄짜리 형광등이 비추는 희미한 불빛 안으로 이동했다. 큼지막했다. 그가 그 손으로 주먹을 쥐었다.

"내 손가락 위에 뭐라고 적혀 있지? 읽어 봐."

그녀는 희미해진 파란색 글씨를 쳐다보았다. 뭐라고 말을 하고 싶었지만 할 수가 없었다. 혀가 입천장에 들러붙은 살점이나 다를 바 없었다.

그가 몸을 앞으로 숙였다. 넓고 반듯한 이마 아래로 눈이 보였다.

까만 머리는 위로 솟을 만큼 짧았다. 까만 눈은 그녀가 아니라 그녀의 안을 들여다보며 생각과 감정을 훑었다.

"**해야 해**(MUST)라고 적혀 있잖아. 보이지, 응?"

"보-보-보……."

"그리고 네가 해야 하는 게 뭔가 하면, 남편한테 그만하라고 얘기하는 거야." 빨간 입술이 까만 염소수염 안에서 움직였다. "그나 다른 사람이 나를 찾으려고 하면 내가 죽여서 내장을 콘도르 밥으로 사막에 던져 버릴 거라고 얘기하는 거야. 알겠어?"

네. 그녀는 그렇게 대답하려고 했지만 혀가 움직일 줄 몰랐다. 무릎이 꺾여서 충격을 막으려고 팔을 내밀었지만, 바닥에 부딪히기 전에 사방이 암흑으로 덮였기에 어떻게 되었는지 알 수 없었다.

3

잭이 7시에 눈을 떠 보니 화창한 여름 햇살이 창문을 뚫고 침대를 비추고 있었다. 창밖에서 새들이 지저귀는 소리가 들렸다. 그는 벌떡 일어나 좌우를 미친 듯이 두리번거렸다. 간밤에 마신 보드카 때문에 지끈거리는 머리는 거의 안중에도 없었다.

잽싸게 침대에서 빠져나와 침대 옆 테이블 서랍을 열고 방범용으로 넣어 둔 38구경 패스파인더를 꺼냈다. 오른쪽 뺨 옆으로 총을 들어 천장을 겨누고, 무릎을 높이 들어 가며 방을 가로질렀다. 사각팬티를 발로 차서 옆으로 치웠고, 열린 문 앞에 다다르자 벽을 등지고 그 옆에서 걸음을 멈추었다. 희미하지만 익숙한 냄새가 흘러나왔다. 어제 저녁에 엔칠라다 모험을 벌인 후폭풍이었다. 그 흔적을 버리느라 일어났었다. 적어도 거기까지는 꿈이 아니었다.

“그 안에 누구 있나? 있으면 대답해라. 안 그러면 이 총으로 쏘겠다.”

아무 소리도 들리지 않았다. 잭은 심호흡을 하고 허리를 숙인 채 문틀 너머로 뱅그르르 몸을 돌려 38구경으로 좌우를 겨누었다. 뚜껑은 열려 있고 변좌는 내려진 변기가 보였다. 만화 코너가 펼쳐진 채 바닥에 놓인 신문도 보였다. 꽃무늬 반투명 커튼이 쳐진 욕조도 보였다. 그 뒤로 뭔가가 보였지만 샤워기 헤드와 손잡이와 샤워 타월이었다.

확실해?

그는 겁이 나기 전에 한 발짝 앞으로 내디뎠다가 매트를 밟고 미끄러지자, 엉덩방아를 찧지 않게 커튼을 붙잡았다. 커튼이 고리에서 떨어져 얼굴을 덮었다. 그는 비명을 지르며 커튼을 와락 치우고 38구경으로 욕조를 겨누었다. 아무도 없었다. 귀신은 없었다. 그는 욕조 바닥을 자세히 들여다보았다. 열심히 청소를 하는 편이 아니라, 누가 거기 서 있었다면 발자국이 남았을 것이다. 하지만 말라붙은 비누와 샴푸 거품에 아무 흔적도 없었다. 전부 꿈이었다. 유난히 생생한 악몽이었다.

그래도 화장실 창문과 외부로 연결되는 세 군데 문을 모두 체크했다. 전부 단단히 잠겨 있었다.

좋다. 그렇다면 이제 긴장을 풀어도 되겠다. 거의. 다시 한 번 화장실로 가서 이번에는 수건 넣는 수납장을 확인하고(아무것도 없었다.) 넌더리를 내며 떨어진 샤워 커튼을 발끝으로 밀었다. 그 쓰레기를 바꿀 때도 됐다. 오늘 홈디포에 들러야겠다.

그는 멍하니 뒷덜미를 긁으려고 했다가 손끝이 닿자마자 아파서 비명을 질렀다. 세면대 앞으로 가서 고개를 돌렸지만 어깨 너머로 뒤통수를 보려고 하는 건 전혀 소용없는 짓이었다. 세면대 아래 맨 위 서랍을 열어 보니 면도용품, 빗, 헝클어진 에이스 붕대, 전 세계를 통틀어 가장 오래된 질염 치료제가 있었다. 그것 역시 그레타의 시대가 남긴 유물이었다. 바보 같은 샤워 커튼처럼.

맨 아래 서랍에 찾던 게 있었다. 손잡이가 부러진 거울이었다. 거울 표면의 먼지를 닦고 엉덩이가 세면대에 닿을 때까지 뒤로 물러나 거울을 들었다. 뒷덜미가 시뻘겠고 조그만 진주알만 한 수포가 생겼다. 선크림으로 떡칠을 했고 다른 데는 화상을 입은 곳이 없는데 어떻게 그럴 수 있을까?

그거 일광화상 아니다, 잭.

호스키스는 나지막이 낑낑대는 소리를 냈다. 오늘 새벽에 욕조에는 분명 아무도 없었고 손가락에 **안 돼**라는 문신을 새긴 섬뜩한 별종은 분명 없었지만 한 가지 사실만큼은 분명했다. 피부암은 그의 집안 유전이었다. 어머니와 삼촌 하나가 그걸로 죽었다. *빨간 머리하고 한 세트야.* 아버지는 운전할 때 햇빛이 닿는 쪽 팔에서 쥐젖을, 종아리에서 전암성 사마귀를, 뒷덜미에서 기저 세포암을 제거한 뒤에 말했다.

잭은 짐 삼촌의 뺨에 큼지막하게 났던 시커먼 사마귀를 기억했다. 어머니의 흉골에 박혀 왼쪽 팔을 잠식했던 종기를 기억했다. 피부가 몸에서 가장 큰 기관인데, 그게 잘못되면 예후가 별로 좋지 않았다.

내가 거두어 가길 바라나? 커튼 뒤의 남자는 물었다.

"그건 꿈이었어. 캐닝에서 식겁하고 저녁에 지저분한 멕시코 음식을 잔뜩 먹는 바람에 악몽을 꾼 거야. 그거야, 이상 끝."

그래도 겨드랑이와 턱의 각이 진 부분과 콧구멍 안에 혹이 생겼는지 만져 보게 되는 건 어쩔 수 없었다. 아무것도 없었다. 뒷덜미만 조금 심하게 탔을 뿐이다. 다만 다른 데는 탄 곳이 없었다. 거기만 채찍에 맞은 듯 욱신거렸다. 피가 나지는 않았다는 건 새벽녘의 만남이 악몽에 불과했다는 증거였지만, 벌써 수포가 생겼다. 병원에 가 봐야겠지만…… 저절로 낫는지 며칠 두고 본 다음의 얘기였다.

내가 시키는 대로 할 테냐? 망설임 없이?

누구라도 그러겠지. 잭은 거울 속에 비친 뒷덜미를 바라보며 생각했다. 밖에서부터 산 채로 잡아먹히느냐 마느냐의 기로에 놓인다면 누구라도 그럴 것이었다.

4

지넷은 잠에서 깨어나 침실 천장을 올려다보았다. 처음에는 입에서 왜 공포의 쇠맛이 느껴지는지, 왜 막으려는 듯 손바닥을 벌리고 만세를 부르고 있는지 알 수가 없었다. 그러다 비어 있는 침대 옆자리를 보고 랠프가 샤워하는 소리를 들으며 생각했다. *꿈이었어. 더 이상 생생할 수 없긴 했지만 악몽이었어, 그뿐이야.*

하지만 믿을 수가 없었기에 일말의 안도감도 느껴지지 않았다. 아주 끔찍한 악몽이라도 깨어나면 희미해지기 마련인데 이 꿈은 그렇지가 않았다. 1층에서 불빛을 본 순간부터 거실 입구 너머에 손님용 의자를 놓고 앉아 있었던 남자에 이르기까지 모든 게 기억이 났다. 어두침침한 불빛 속으로 손이 들어와 손마디 사이에 새겨진 희미해진 문신이 보이도록 주먹을 쥐던 것도 기억이 났다. **해야 해.**

네가 해야 하는 게 뭔가 하면, 남편한테 그만하라고 얘기하는 거야.

그녀는 이불을 젖히고 밖으로 나갔지만 달리지는 않았다. 부엌에 들어가 보니 레인지 등은 켜져 있고 그들이 대부분의 끼니를 해결하는 식탁의 예의 그 자리에 의자 네 개가 놓여 있었다. 그걸 보면 기분이 달라졌어야 하는 거였다.

그런데 아니었다.

5

랠프가 한 손으로는 셔츠를 청바지 안에 집어넣고 다른 손으로는 운동화를 들고 1층으로 내려가 보니 아내가 식탁 앞에 앉아 있었다. 그녀 앞에 모닝커피도 주스도 시리얼도 없었다. 그는 어디 아프냐고 물었다.

"아니. 어젯밤에 어떤 남자가 여기 왔었어."

그는 셔츠 한쪽은 단정하게 넣고 다른 쪽은 허리띠 위로 늘어뜨린 채 그 자리에서 멈추었다. 운동화를 떨어뜨렸다.

"*뭐라고?*"

"어떤 남자가 왔었다고. 프랭크 피터슨을 죽인 범인이."

그는 화들짝 놀라서 좌우를 두리번거렸다.

"언제? 지금 무슨 소리하는 거야?"

"어젯밤에. 지금은 갔지만 당신한테 메시지를 남겼어. 앉아 봐, 랠프."

랠프가 자리에 앉자 지넷은 무슨 일이 있었는지 얘기했다. 그는 그녀의 눈을 쳐다보며 아무 말도 하지 않고 들었다. 얘기가 끝나자 자리에서 일어나 뒷문 옆에 달린 도난 경보기를 체크했다.

"켜져 있어, 지니. 그리고 문도 잠겼고. 적어도 뒷문은."

"나도 알아. 그리고 문도 다 잠겨 있어. 내가 체크했어. 창문도 그렇고."

"그럼 무슨 수로……."

"모르겠어. 하지만 여기 있었어."

"바로 저기 앉아 있었단 말이지."

그는 거실 입구를 가리켰다.

"응. 불빛하고 너무 가까이 있기 싫은 것처럼."

"그리고 덩치가 컸다고?"

"응. 앉아 있어서 키는 잘 모르겠는데 당신만큼은 아닐지 몰라도 어깨가 넓었고 근육질이었어. 매일 세 시간씩 헬스클럽에서 운동하는 남자처럼. 아니면 교도소 마당에서 바벨을 드는 죄수처럼."

랠프는 자리에서 일어나 부엌의 나무 바닥과 거실 카펫이 만나는 곳에 무릎을 꿇고 앉았다. 지넷은 남편이 뭘 찾는지 알았고 찾을 수 없으리라는 것도 알았다. 그녀도 똑같은 걸 체크했지만 그럼에도 생각이 달라지지 않았다. 정신병자가 아닌 이상, 현실이 아무리 정상의 범주를 훌쩍 벗어난다 하더라도 꿈과 현실의 차이를 모를 수가 없었다. 예전에는 그녀가 의구심을 품었을지 몰라도(그녀도 알다시피 랠프는 의구심을 품고 있었다.) 이제는 아니었다. 이제는 그렇게 어리석지 않았다.

그는 일어났다.

"저거 새 카펫이잖아, 여보. 그자가 저기에 아주 잠깐이라도 앉아 있었다면 카펫에 의자 자국이 남았을 거야. 그런데 없잖아."

그녀는 고개를 끄덕였다.

"나도 알아. 하지만 그 남자는 저기 있었어."

"지금 무슨 소리 하는 거야? 그자가 유령이라는 거야?"

"정체가 뭔지 몰라도 그 남자가 한 얘기가 맞는다는 건 알아. 당신, 멈춰야 해. 그러지 않으면 나쁜 일이 벌어질 거야." 그녀는 랠프에게 다가가 고개를 들고 그의 얼굴을 똑바로 쳐다보았다. "끔찍한 일이 벌어질 거야."

랠프는 그녀의 손을 잡았다.

"그동안 힘들었지, 지니. 나뿐 아니라 당신한테도……."

그녀는 손을 뺐다.

"가지 마, 랠프. 가지 마. 그 남자가 여기 왔었다니까."

"백번 양보해서 왔었다고 치자. 하지만 나는 전에도 협박당한 적 있잖아. 밥값 하는 형사라면 누구든 협박당한 전적이 있어."

"당신 혼자 협박을 당하는 게 아니잖아!" 그녀는 고함을 지르지 않으려 애를 쓰고 있었다. 마치 여자 주인공이 제이슨이나 프레디나 마이클 마이어스가 다시 찾아올 거라고 아무리 얘기해도 아무도 믿지 않는, 말도 안 되는 공포 영화 속에 갇힌 느낌이었다. "그 남자가 우리 집에 왔었다니까!"

그는 다시 한 번 반복할까 고민했다. 잠긴 문, 잠긴 창문, 울리지 않은 도난 경보. 오늘 아침에 그녀의 침대에서 아무 일 없이 일어나지 않았느냐고 짚고 넘어갈까 고민했다. 하지만 그녀의 얼굴을 보면 그 어떤 것도 소용없겠다는 걸 알 수 있었다. 아내가 지금 같은 상태일 때 옥신각신하는 건 제일 하기 싫은 일이었다.

"화상 흉터가 있었어, 지니? 내가 법원 앞에서 본 남자처럼?"

그녀는 고개를 저었다.

"확실해? 그 남자가 어두운 데 앉아 있었다며."

"중간에 몸을 앞으로 기울였을 때 살짝 봤어. 그걸로 충분해." 그녀는 몸서리를 쳤다. "널찍한 이마가 눈 위로 완만하게 경사를 이루고 있었어. 눈 색깔은 짙었는데, 검은색이었는지 갈색이었는지 짙은 파란색이었는지 잘 모르겠고. 머리는 짧고 뻣뻣하게 곤두섰어. 흰머리도 있었지만 대부분 검은색이었어. 염소수염을 길렀어. 입술은 아주 빨갰고."

설명을 들었을 때 머릿속에서 종이 울렸지만 랠프는 감을 믿지 않았다. 그녀의 격렬한 반응에서 기인한 오판이었다. 그도 그녀의 말을 믿고 싶은 마음이 굴뚝같았다. 실질적인 증거가 하나만이라도 있었던들…….

"잠깐만, 그 발! 맨발에 모카신을 신고 있었는데 발목이 온통 울긋불긋하더라고. 건선인 줄 알았는데 화상이었을 수도 있겠어."

랠프는 커피메이커 전원을 켰다.

"뭐라고 하면 좋을지 모르겠네, 지니. 당신은 멀쩡히 침대에서 눈을 떴고 누가 들어왔던 흔적도 전혀 없으니……."

"예전에 당신이 캔털루프 멜론을 갈랐더니 구더기들이 우글거렸다며. 그런 일도 벌어진다는 건 알잖아. 그런데 이건 왜 못 믿어?"

"믿는다고 하더라도 수사를 중단할 수는 없어. 모르겠어?"

"내가 아는 건, 우리 집 거실에 앉아 있었던 남자가 한 말 중에 하나는 맞는다는 거야. *이제는 끝났다는 거.* 프랭크 피터슨은 죽었어. 테리도 죽었고. 당신은 복직할 테고 그러면 우리는…… 우리는……."

그녀는 말끝을 흐렸다. 랠프의 표정을 보고 부질없는 짓이라는 걸 알아차렸기 때문이었다. 못 믿는 표정이 아니었다. 그가 그냥 넘길 수 있다고 생각한다는 데 실망한 표정이었다. 테리 메이틀랜드를 에스텔 바거 구장에서 체포한 것이 첫 번째 도미노였고, 거기에서부터 폭력과 비극의 연쇄 반응이 벌어졌다. 그리고 이제 그들 부부는 있지도 않은 남자를 놓고 옥신각신하고 있었다. 모두 자신의 불찰이라고, 랠프는 그렇게 생각하고 있었다.

"그만두지 않을 생각이면, 총을 다시 들고 다녀. 나는 당신이 3년 전에 준 그 조그만 22구경을 들고 다닐 거야. 그때는 진짜 한심한 선물이라고 생각했는데 당신 판단이 옳았던 것 같아. 아니, 선견지명이 있었던 것 같아."

"지니……."

"달걀 먹을래?"

"응, 좋아."

배가 고프지는 않았지만 오늘 아침에 해 줄 수 있는 게 그녀가 만든 음식을 먹어 주는 것밖에 없었기 때문에 그렇게 하기로 했다.

그녀는 냉장고에서 달걀을 꺼냈고 고개를 돌리지 않은 채로 말했다.

"야간에 경찰에 보호 요청을 했으면 좋겠어. 해가 떨어지고 동이 틀 때까지 계속 지킬 필요는 없지만 주기적으로 순찰을 돌아 주었으면 하는데. 당신이 그렇게 손써 줄 수 있어?"

귀신을 상대로 경찰에 보호 요청을 해 봐야 별 소용 없을 텐데. 그는 생각했지만…… 그 생각을 입 밖으로 표현하기에는 그녀와 함께 산 세월이 워낙 길었다.

"할 수 있을 거야."

"하위 골드하고 다른 사람들한테도 얘기해야 해. 정신 나간 소리처럼 들리겠지만."

"여보……."

하지만 그녀가 이겼다.

"그 남자는 당신이랑 나머지 모두라고 했어. 당신들 내장을 콘도르 밥으로 사막에 던져 버릴 거라고 했어."

랠프는 하늘을 날아가는 콘도르가 가끔 보이기는 해도(특히 쓰레기 수거하는 날), 플린트 시티 주변에 사막이랄 건 없지 않으냐고 짚고 넘어갈까 고민했다. 그것 하나만 보더라도 꿈인 게 분명하다고 말이다. 하지만 그는 이번에도 잠자코 있었다. 긴장이 점점 해소되려는 찰나에 다시 들쑤실 필요는 없었다.

"알았어." 그는 이 약속을 지킬 생각이었다. 그들은 아는 걸 모두 테이블 위로 꺼내야 했다. 정신 나가 보이는 것까지 모조리. "하위 골드의 사무실에서 회의가 있는 거 알지? 테리가 데이턴에서 보낸 일정을 조사하느라 알렉 펠리가 고용한 여자까지 참석하는."

"테리가 범인이 아니라고 딱 잘라서 얘기했다는 여자 말이지?"

이번에 랠프가 생각만 하고 입 밖으로 꺼내지 않은 말은 다음과 같았다.(오랜 부부간에는 하지 않은 말들이 산처럼 쌓이는 듯했다.) *유리 겔러도 집중하면 숟가락을 구부릴 수 있다고 딱 잘라서 얘기했지.*

"응. 그 여자가 오기로 했어. 헛소리만 늘어놓을 수도 있지만, 훈장을 받은 전직 경찰이랑 일을 같이 했다고 하고 수사 방식이 괜찮은 것 같았거든. 그러니까 데이턴에서 진짜 뭔가를 발견했을 수도 있어. 얼마나 자신만만했는지 몰라."

지넷은 달걀을 깨기 시작했다.

"당신은 내가 1층으로 내려왔을 때 도난 경보기는 연결이 끊겼고 뒷문이 활짝 열려 있고 타일 바닥에 그 남자의 발자국이 남아 있었다고 하더라도 포기하지 않을 거지? 그래도 포기하지 않을 거지?"

"응."

그녀는 가감 없는 진실을 알 자격이 있었다.

지넷이 무기처럼 주걱을 높이 들고 그에게로 몸을 돌렸다.

"당신 좀 바보 같다고 얘기해도 돼?"

"무슨 말이든 마음대로 해도 좋지만 두 가지를 명심해야 해. 테리가 범인이든 아니든 암살을 당하는 데 내가 일조했다는 거."

"당신은……."

"쉿." 그는 그녀를 손가락으로 가리키며 말했다. "내가 얘기하고 있잖아. 그리고 당신은 이해해야 하고."

그녀는 입을 다물었다.

"그리고 테리가 만약 범인이 아니라면 아동 살해범이 제멋대로 돌아다니고 있다는 뜻이 돼."

"나도 그건 알지만 당신이 당신 능력으로는 이해할 수 있는 한도를 넘어선 문제의 뚜껑을 열려고 하는 것일 수도 있어. 내 능력을 넘어선 문제이기도 하고."

"초자연적인 현상? 그 얘기 하려는 거야? 왜냐하면 나는 그걸 못 믿겠거든. 앞으로도 절대 못 믿을 거야."

"당신 맘대로 생각해." 그녀는 다시 레인지 쪽으로 몸을 돌렸다. "하지만 그 남자는 분명히 여기 왔었어. 나는 그의 얼굴을 봤고 손가락에 새겨진 단어도 봤어. **해야 해.** 그는…… 섬뜩했어. 생각나는 단어가 그거 하나뿐이야. 당신이 나를 못 믿겠다니 울고 싶지만, 아니면 달걀이 든 이 프라이팬을 당신 머리 위로 내동댕이치고 싶지만…… 글쎄."

랠프는 다가가 그녀의 손목을 감쌌다.

"당신은 그걸 믿는다는 걸 믿어. 거기까지는 사실이야. 그리고 약속할게. 오늘 저녁 회의 시간에 아무 소득이 없으면 그만 포기하자는 발상을 좀 더 긍정적으로 고민해 보겠다고. 한계가 있다는 걸 나도 아니까. 그러면 되겠어?"

"지금 당장은 그 정도로 만족해야겠지. 나도 당신이 야구장에서 실수했다는 거 알아. 그걸 만회하려고 노력하는 중이라는 것도 알고. 하지만 계속 밀어붙이는 게 더 큰 실수라면 어쩔래?"

"피기스 공원에서 당한 애가 데릭이었다면?" 그는 맞받아쳤다. "그래도 그냥 잊어버리라고 할 거야?"

지넷은 그 말에 발끈했고 비열한 공격이라고 생각했지만 할 말이 없었다. 그 아이가 데릭이었다면 랠프가 범인을, 아니면 그것을 지구 끝까지 추적해 주길 바랐을 것이다. 그리고 그녀가 그의 바로 옆을 지켰을 것이다.

"알았어. 당신이 이겼어. 하지만 하나 더, 그리고 이건 협상이 불가능한 항목이야."

"뭔데?"

"오늘 저녁 회의에 나도 참석하겠다는 거. 그리고 경찰 업무니 어쩌니 하면서 헛소리 늘어놓을 생각하지 마, 그게 아니라는 거 우리 둘 다 아니까. 이제 달걀 먹어."

6

지넷은 랠프에게 사야 하는 물건의 목록을 쥐여 주고 크로거 마트로 보냈다. 인간이건 유령이건 유난히 생생한 꿈속의 등장인물이건, 간밤에 누가 그 집에 침입했건 간에 앤더슨 부부는 먹고살아야 했다. 슈퍼마켓까지 반쯤 갔을 때 랠프의 머릿속에서 퍼즐이 완성됐다. 드라마틱한 순간이라고 할 수도 없는 것이, 가장 중요한 사실들이 처음부터 말 그대로 그의 면전에, 경찰서 취조실에 있었다. 그가 프랭크 피터슨의 진범을 목격자로 소환해 신문하고, 협조해 줘서 고맙다고 인사하고, 그냥 풀어 줬을 수도 있을까? 테리를 범인으로 지목한 수많은 증거를 감안하면 불가능한 일이었지만…….

그는 차를 세우고 유넬 사블로에게 전화했다.

"오늘 저녁에 참석할 테니까 걱정 마요." 유넬이 말했다. "이 대참사의 오하이오 버전을 놓칠 수 없죠. 그리고 히스 홈즈 조사에도 이미 착수했어요. 아직은 별게 없지만 다 같이 만날 때쯤이면 입수한 자료가 상당할 거예요."

"잘됐네요. 하지만 그것 때문에 전화한 게 아니에요. 클로드 볼턴의 전과 기록 조회해 줄 수 있어요? 젠틀맨 플리즈의 경비예요. 찾아보면 불시 단속 때 판매 목적의 약물 불법 소지로 한두 번 체포됐다가 감형된 걸로 나올 거예요."

"보안 요원이라고 불러 달라고 한 사람 말이죠?"

"맞아요. 그 녀석이 클로드예요."

"그자가 왜요?"

"뭐 나오면 오늘 저녁에 얘기할게요. 지금 당장 얘기할 수 있는 건 홈즈에서 메이틀랜드를 거쳐 볼턴으로 연결되는 일련의 사건이 있는 것 같다는 정도예요. 내 짐작이 틀렸을 수도 있지만 맞으리라고 봐요."

"궁금해 죽겠잖아요, 랠프. 얘기해 줘요!"

"아직은 안 돼요. 장담할 수 있을 때까지는. 그리고 필요한 게 또 하나 있어요. 볼턴은 걸어다니는 문신 광고판이나 다름없는데, 손가락에도 분명 문신을 새겼거든요. 내가 그 부분에도 신경 썼어야 하는데, 특히 상대가 전과가 있는 녀석이면 신문할 때 어떤 식이 되는지 알잖아요."

"얼굴을 계속 쳐다보게 되죠."

"맞아요. 항상 얼굴을 쳐다보게 되죠. 볼턴 같은 녀석이 거짓말을 하기 시작하면 차라리 **나 지금 뻥이에요**라고 적힌 피켓을 들고 있는 편이 나으니까요."

"볼턴이 전화를 쓰러 들어온 메이틀랜드를 봤다고 한 게 거짓말이었다고 생각해요? 택시기사가 그 친구 증언을 뒷받침한 거나 다름없는데."

"당시에는 그렇게 생각하지 않았지만 지금은 아는 게 좀 더 많아졌거든요. 녀석의 손가락에 무슨 문신이 새겨져 있는지 알아봐 줘요. 가능할지 모르겠지만."

"어떤 문신이 있을 거라고 생각하는데요?"

"공개하고 싶지 않지만 내 짐작이 맞는다면 녀석의 전과 기록에 있을 거예요. 그리고 또 하나. 사진 찍어서 나한테 이메일로 보내 줄 수 있어요?"

"여부가 있겠습니까. 몇 분만 기다려요."

"고마워요, 유넬."

"볼턴 씨하고 접촉할 생각이에요?"

"아직은 아니에요. 내가 녀석한테 관심이 있다는 걸 들키고 싶지 않거든요."

"오늘 저녁에 진짜로 전부 설명할 거죠?"

"아는 데까지는요."

"그러면 도움이 될까요?"

"솔직한 대답을 원해요? 나도 잘 모르겠어요. 그 헛간에서 발견된 옷이랑 건초에 묻은 게 뭔지 분석 결과 나왔어요?"

"아직 안 나왔어요. 볼턴에 대해서 찾아볼게요."

"고마워요."

"지금은 뭐할 거예요?"

"장 보러 가는 길이에요."

"쿠폰 잘 챙겨요."

랠프는 고무줄로 묶어서 조수석에 놓은 쿠폰 묶음을 보며 미소를 지었다.

"우리 집사람이 깜빡하게 내버려 두겠어요?"

7

그는 봉지 세 개에 담긴 식료품을 들고 크로거 마트를 나서 봉지를 트렁크에 넣고 휴대전화를 확인했다. 유넬 사블로에게서 메시지가 두 개 와 있었다. 사진이 첨부된 메시지를 먼저 열었다. 범인

식별용 사진 속의 클로드 볼턴은 랠프가 메이틀랜드를 체포하기에 앞서 신문했던 그 남자보다 훨씬 어려 보였다. 뿐만 아니라 약에 취해서 정신이 없었다. 눈빛은 전쟁의 트라우마를 겪은 병사처럼 멍했고, 뺨에는 긁힌 자국이 있었고, 달걀인지 토사물인지 모를 게 턱에 묻어 있었다. 랠프는 볼턴이 요즘 약물중독자 치유 모임에 참석하고 오륙 년 동안 깨끗하게 지내 왔다고 했던 걸 기억했다. 사실일 수도 있고 아닐 수도 있었다.

유넬이 두 번째 이메일에 첨부한 파일은 체포 기록이었다. 대부분 경범죄로 체포된 전적이 아주 많았고 외관상의 특징도 한두 개가 아니었다. 등과 갈비뼈 왼쪽 아래와 오른쪽 관자놀이에 흉터가 있었고 문신이 스물 몇 개였다. 독수리, 끝에 피가 묻은 칼, 인어, 눈구멍에 양초가 꽂힌 해골, 기타 등등은 랠프의 안중에 없었다. 그의 관심사는 손가락에 적힌 단어였다. 오른손에는 **안 돼**, 왼손에는 **해야 해**였다.

법원 앞에 서 있었던 화상 환자도 손가락에 문신이 있었지만 **안 돼**와 **해야 해**였을까? 랠프는 눈을 감고 열심히 기억을 되짚었지만 아무것도 떠오르지 않았다. 복역한 전과범들 사이에서 손가락 문신은 드물지 않다는 걸 그도 경험상 알고 있었다. 영화에서 보았을 것이다. **사랑**과 **증오**가 가장 흔했다. **선**과 **악**도 마찬가지였다. 잭 호스킨스가 쥐새끼처럼 생긴 도둑놈이 손가락에 **벌려줘**하고 **빨아줘**라고 새겼더라며 여자친구를 사귀는 데 도움이 되지는 않을 것 같다고 했던 적도 있었다.

랠프가 분명하게 기억하는 게 있다면, 화상 환자의 팔에는 문신이 전혀 없었다는 것이었다. 클로드 볼턴의 팔에는 문신이 많았고, 그 환자의 얼굴을 삼킨 화마에 문신이 지워졌을 수도 있었다. 하지만…….

"하지만 법원 앞에 있었던 그 남자가 볼턴이었을 리는 없어." 랠프는 눈을 뜨고 슈퍼마켓을 드나드는 사람들을 쳐다보며 말했다. "그건 불가능해. 볼턴은 화상을 입지 않았으니까."

얼마나 더 섬뜩해지려고 이럴까요? 그는 간밤에 기브니라는 여자와 통화를 했을 때 물었다. *아직 멀었어요.* 그녀는 그렇게 대답했다. 이 얼마나 정확한 진단이었던가.

8

랠프와 지넷은 식료품을 함께 정리했다. 정리가 끝나자 그는 지넷에게 휴대전화로 보여 줄 게 있다고 말했다.

"뭔데?"

"아무 소리 말고 봐 봐. 그리고 사진 속 인물이 지금은 훨씬 더 나이를 먹었다는 걸 감안하길 바라."

그는 전화기를 건넸다. 지넷은 범인 식별용 사진을 10초 동안 쳐다보다가 돌려주었다. 얼굴에 핏기가 하나도 없었다.

"그 남자야. 지금은 머리가 더 짧고 어설픈 콧수염 대신 염소수염을 제대로 길렀지만 간밤에 우리 집에 쳐들어온 그 남자야. 멈추지 않으면 당신을 죽이겠다고 했던. 이 사람 이름이 뭐야?"

"클로드 볼턴."

"체포할 거야?"

"아직은 아니야. 체포하고 싶어도 아마 못 할 거야, 내가 휴직 상태고 그렇다 보니."

"그럼 어쩔 건데?"

"지금? 소재를 파악해야지."

처음에는 유넬에게 다시 전화할까 생각했지만 유넬은 지금 데이턴의 살인범 홈즈를 뒷조사하는 중이었다. 2안으로 생각했다가 얼른 폐기한 카드는 잭 호스킨스였다. 그는 알코올중독자에 촉새였다. 하지만 3안이 있었다.

병원으로 전화해 보니 벳시 리긴스가 복덩이와 함께 퇴원했다기에 집으로 연락했다. 아이는 건강하냐고 묻고(이후에 모유 수유에서부터 비싼 기저귀 값에 이르기까지 온갖 것들을 주제로 10분 동안 폭풍 설명을 들었다.) 공권력을 동원해 한두 군데 전화를 걸어 줄 수 있겠느냐고 물었다. 원하는 게 뭔지 밝혔다.

"메이틀랜드랑 연관 있는 거예요?"

"벳시, 내 현재 상황을 보면 그건 묻지도 말고 공개하지도 않는 게 상책인데."

"그렇다면 선배가 난처해질 수 있잖아요. 선배를 도와줬다고 제가 난처해질 수도 있고요."

"서장님 때문에 그러는 거면, 내 쪽에서 서장님한테 얘기할 일은 없어."

한참 동안 정적이 흘렀다. 그는 기다렸다. 마침내 그녀가 말했다.

"저는 메이틀랜드 부인을 생각하면 마음이 안 좋아요. 정말 안 좋아요. 보고 있으면 자살 폭탄 테러 이후에 머리에 피를 묻히고 무슨 일인지 영문도 모르는 채 걸어 다니는 생존자들이 생각나요. 뉴스에도 나오는 사람들 말이에요. 이 일이 부인한테도 도움이 될까요?"

"그럴 수 있어. 더 자세하게 밝히지는 못하겠지만."

"도울 방법이 있는지 알아볼게요. 존 젤먼이 완전 개차반은 아니고, 시 경계선에 있는 스트립 바의 영업을 계속하려면 해마다 허가증을 갱신해야 하니까요. 그걸 따져보면 그 친구가 협조적으로 나올 수도 있어요. 삼진 당하면 연락할게요. 제 생각대로 일이 풀리면 그 친구가 전화할 거고요."

"고마워, 벳시."

"이건 우리 둘만 아는 얘기예요, 선배. 출산 휴가 끝났을 때 제 자리가 남아 있길 바라니까요. 알아들었죠?"

"똑똑히 알아들었어."

9

젠틀맨 플리즈의 사장 존 젤먼이 15분 뒤에 랠프에게 전화했다. 짜증이 났다기보다 궁금해하는 말투였고 기꺼이 협조할 뜻이 있었다. 그는 그 가엾은 아이가 끌려가서 살해됐을 때 클로드 볼턴이 확실히 클럽에 있었다고 했다.

"그렇게 확신하시는 이유가 뭔가요, 젤먼 씨? 그의 출근 시간은 오후 4시였던 걸로 아는데요."

"맞아요, 하지만 그날은 일찍 출근했어요. 2시쯤에. 휴가를 내서 스트리퍼 한 명이랑 대도시에 가고 싶어 했거든요. 그 스트리퍼한테 개인적인 문제가 있다고요." 젤먼은 코웃음을 쳤다. "개인적인 문제가 있는 사람은 자기면서. 아랫도리 문제 말이에요."

"칼라 젭슨이라는 아가씨요?" 랠프는 아이패드에 띄운 볼턴의 진술서를 스크롤하며 물었다. "픽시 드림보트라고도 불리는?"

"맞아요." 젤먼은 말하고 웃음을 터뜨렸다. "가슴이 납작한 게 장땡이라면 이 업계에서 장수할 텐데. 그런데 그런 걸 좋아하는 남자들도 있단 말이죠, 이유는 나도 모르겠지만. 클로드하고 서로 눈이 맞았지만 오래가지는 못할 거예요. 남편이 아마도 부도 수표 때문에 매컬레스터에서 복역 중인데 크리스마스면 출소하거든요. 내가 클로드한테도 얘기했지만 사람들이 뭐라는지 아시잖아요. 거시기는 넣을 수만 있으면 장땡이다."

"그날 그 친구가 일찍 출근한 게 분명하단 말씀이죠. 7월 10일."

"맞아요. 휴가가, 그것도 유급 휴가가 2주도 안 남았는데 캡 시티에 이틀 동안 다녀오겠다니 월급에서 제하려고 적어 놨거든요."

"황당하네요. 그래서 자르려고 하셨나요?"

"아뇨. 적어도 솔직하게 얘기했잖아요. 그리고 클로드는 괜찮은 직원 축에 들거든요. 그런 직원이 암탉 이빨보다 더 보기 힘든데 말이죠. 보안 요원들은 대부분 겉보기에는 우락부락하지만 무대 바로 앞에서 싸움이 벌어져도 샌님처럼 손 하나 까딱하려 들지 않거나 손님이 조금만 건방진 소리를 해도 헐크로 둔갑하거든요. 클로드는 어쩔 수 없을 때는 어느 누구보다 솜씨 좋게 손님을 내쫓을 수 있지만 그런 경우가 별로 없어요. 손님들을 진정시키는 재주가 있거든요. 노하우가 있어요. 참석하는 그 모임 덕분인가 봐요."

"약물중독자 치유 모임 말이죠. 그 친구한테 들었어요."

"네, 전혀 거리낌 없이 그 얘길 해요. 사실 자랑스러워하는데, 그럴 만도 하다고 봐요. 그 원숭이 같은 중독이란 놈이 등에 올라타면 떼어 내기가 쉽지 않은데. 워낙 끈질기거든요. 발톱도 길고."

"깨끗하게 지냈다 이거죠?"

"그렇지 않았다면 내가 눈치 챘을 거예요. 내가 약쟁이들은 딱 보면 알거든요, 앤더슨 형사님. 믿으셔도 돼요. 젠틀맨 플리즈는 깨끗한 업소예요."

랠프는 믿기지 않았지만 왈가왈부하지 않기로 했다.

"실수한 적도 없고요?"

젤먼이 웃음을 터뜨렸다.

"다들 처음에는 실수를 하죠. 하지만 내 밑에서 일한 다음부터는 그런 적 없어요. 그 녀석은 술도 안 마셔요. 예전에 왜 안 마시느냐고 물어본 적이 있거든요, 약물이 문제였지 않으냐고. 그랬더니 그 둘이 같은 거라고 하더라고요. 도수가 거의 없는 오둘스 맥주라도 마셨다가는 코카인이나 그보다 더 센 걸 찾게 될 거라고." 젤먼은 말을 멈추었다가 다시 이었다. "약을 했을 때는 진상이었을지 몰라도 지금은 아니에요. 마가리타를 마시면서 아래를 민 여자들을 구경하는 업계에서는 희귀종이죠."

"그렇군요. 볼턴이 지금은 휴가 중인가요?"

"네. 일요일부터 열흘 동안요."

"이른바 스테이케이션*일까요?"

"여기 이 플린트 시티에 있느냐고요? 아뇨. 텍사스 주의 오스틴 근처에 있어요. 거기 출신이거든요. 잠시만요, 전화드리기 전에 그 친구 서류를 꺼내 놨는데." 종이를 부스럭거리는 소리에 이어 젤먼이 다시 전화를 받았다. "메리스빌이네요. 그 친구 설명을 들어 보면 그냥 조그만 마을인 것 같던데. 2주마다 월급의 일부를 거기로 송금하기 때문에 내가 주소를 받아 놨어요. 어머니한테 입금이 돼요. 어머니가 나이가 많고 몸이 약하시대요. 폐기종도 있고. 클로드가 요양원으로 모시겠다며 내려갔는데 별로 기대는 하지 않는다고 하더라고요. 어머니가 황소고집이라며. 여기서 버는 돈으로 그 비용을 어떻게 감당하려는 건지도 모르겠어요. 노인 부양 문제에서 클로드 같은 모범 시민은 정부의 지원을 받아야 하는 거 아닙니까? 그런데 지원은요, 개뿔."

도널드 트럼프를 찍었음직한 사람이 그런 소릴 하다니.

"음, 감사합니다, 젤먼 씨."

"그 친구를 찾으시는 이유를 물어봐도 될까요?"

"추가적으로 묻고 싶은 게 두어 개 있어서요. 중요한 건 아니고."

"이른바 만전을 기하기 위해서요?"

"그렇죠. 주소 가지고 계신가요?"

---

* staycation, 먼 곳으로 떠나지 않고 집이나 집 근처에서 휴가를 즐기는 일.

"그럼요, 송금해야 하니까요. 연필 있으세요?"

그에게 있는 건 믿음직한 아이패드였기에 퀵노트 앱을 켰다.

"말씀하세요."

"텍사스 주 메리스빌 루럴 스타 루트2 397번지."

"어머니 성함은요?"

젤먼은 유쾌하게 웃음을 터뜨렸다.

"러비요. 훌륭하지 않습니까? 러비 앤 볼턴."

랠프는 고맙다고 인사하고 전화를 끊었다.

"뭐래?" 지넷이 물었다.

"잠깐 기다려. 내가 지금 곰곰이 생각하는 표정을 짓고 있잖아."

"아, 그러네. 생각하는 동안 아이스티 마실래?"

그녀는 웃고 있었다. 그 미소가 보기 좋았다. 올바른 방향으로 한 발짝 내디딘 느낌이었다.

"좋지."

다시 아이패드로 시선을 돌려서 확인해 보니(이 망할 게 없던 시절에는 어떻게 지냈을까 싶었다.) 메리스빌은 오스틴에서 서쪽으로 약 110킬로미터였다. 지도상의 한 점에 불과했고 유명한 곳이라고는 메리스빌 홀이라고 불리는 딱 한 군데뿐이었다.

랠프는 아이스티를 마시며 다음 행보를 고민하다 텍사스 고속도로 순찰대의 호러스 키니에게 연락했다. 키니는 이제 경감이라 대개 책상을 지켰지만, 주 경찰관으로 텍사스 북부와 서부를 1년에 15만 킬로미터씩 누비던 시절에 랠프와 함께 몇 번 공조 수사를 벌인 적이 있었다.

"호러스." 인사가 끝났을 때 랠프가 말했다. "부탁 하나 할 게 있는데."

"큰 거야, 작은 거야?"

"중간. 그리고 세심한 접근이 조금 필요해."

키니는 웃음을 터뜨렸다.

"이 친구야, 세심한 접근은 뉴욕이나 코네티컷에서 찾아야지. 여긴 텍사스라고. 어떤 게 필요한데?"

랠프는 필요한 것을 말했다. 키니는 적임자를 아는데, 마침 가까이에 있다고 했다.

10

그날 오후 3시쯤에 플린트 시티 경찰서의 배차 담당 샌디 맥길이 고개를 들어 보니 잭 호스킨스가 그녀를 등지고 책상 앞에 서 있었다.

"잭 형사님? 뭐 필요한 거 있어요?"

"내 뒷덜미가 어떻게 됐는지 보고 얘기해 줘."

그녀는 어리둥절했지만 냉큼 자리에서 일어나 들여다보았다.

"불빛 쪽으로 조금만 고개를 돌려 보세요." 그는 그쪽으로 고개를 돌렸다. "윽, 심하게 탔는데요? 약국에서 알로에 베라 크림을 사다가 바르셔야겠어요."

"그러면 가라앉을까?"

"시간이 지나야 해결될 문제지만 따끔거리는 건 좀 괜찮아질 거예요."

"하지만 단순한 일광화상이란 말이지?"

그녀는 얼굴을 찡그렸다.

"네. 하지만 군데군데 수포가 생겼을 만큼 심해요. 낚시하러 나가면서 선크림도 안 바르셨어요? 피부암 걸리고 싶으세요?"

그녀가 큰 소리로 외치는 그 단어를 듣기만 해도 뒷덜미가 더 뜨거워지는 느낌이었다.

"깜빡했나 봐."

"팔은 어때요?"

"별로 심하지 않아."

사실 팔은 전혀 타지 않았다. 뒷덜미만 그랬다. 방치된 헛간에서 누군가가 건드린 곳만. 손끝으로 어루만진 곳만.

"고마워, 샌디."

"금발이랑 빨간 머리가 제일 심하게 반응한다잖아요. 계속 그러면 병원에 가 보세요."

잭은 꿈속에 등장한 남자를 떠올리며 아무 대꾸 없이 자리를 옮겼다. 샤워 커튼 뒤에 숨어 있었던 남자.

내가 선물한 거지만 거두어 갈 수 있어. 내가 거두어 가길 바라나?

그는 생각했다. *놔두면 없어지겠지, 일광화상이 원래 그렇잖아.*

그럴 수도 있지만 아닐 수도 있었고, 사실 통증이 더 심해졌다. 건드릴 수가 없을 정도였고 어머니의 살을 갉아먹었던 종기들이 계속 생각났다. 처음에 암은 기어가는 속도로 진행되었지만 일단

대세를 장악한 뒤에는 전속력으로 질주했다. 막판에는 암세포가 어머니의 목과 성대를 잠식해 비명을 으르렁거림으로 바꾸어 놓았지만, 그래도 열한 살의 잭 호스킨스는 닫힌 병실 문 너머에서 어머니가 아버지에게 하는 얘기를 들을 수 있었다. 고통을 끝내 달라는 하소연을 들을 수 있었다. *집에서 기르는 개였어도 해 주지 않았겠어?* 어머니는 꺽꺽거렸다. *그런데 나는 왜 안 된다는 거야?*

"그냥 일광화상이야." 그는 차의 시동을 걸며 말했다. "그뿐이야. 빌어먹을 일광화상이라고."

술이 필요했다.

11

그날 오후 5시에 루럴 스타 루트2를 달리던 텍사스 고속도로 순찰차가 397번지의 진입로로 방향을 틀었다. 러비 볼턴은 담배를 손에 들고, 고무 바퀴가 달린 캐리어에 얹은 산소통을 흔들의자 옆에 두고 현관에 앉아 있었다.

"클로드!" 그녀가 쉰 목소리로 외쳤다. "손님 왔다! 주 순찰대야! 와서 무슨 일인지 알아봐!"

클로드는 조그맣고 앞뒤로 길쭉한 집의 잡초로 뒤덮인 뒷마당에서 걷은 빨래를 깔끔하게 접어 버드나무 광주리에 넣고 있었다. 세탁기는 아무 문제 없었지만 그가 내려오기 직전에 건조기가 갑자기 맛이 갔고, 엄마는 요즘 너무 숨이 차서 빨래를 널지 못했다. 그는 건조기를 사 놓고 떠날 작정이었지만 계속 미루고 있었다. 그런데 이제 텍사스 고속도로 순찰대의 등장이라니. 엄마의 착각은 아닐 것이었다. 말썽을 일으킨 곳이 한두 군데가 아니었지만 눈은 멀쩡했다.

집 앞으로 돌아서 가 보니, 키 큰 순경이 흰색과 검은색으로 된 SUV에서 내리고 있었다. 운전석 쪽 옆문에 그려진 금색 텍사스 로고를 본 순간, 클로드의 뱃속이 조여졌다. 몇 년 동안 체포될 만한 짓을 저지른 적이 없었지만 조건반사였다. 클로드는 주머니에 손을 넣어서 6년째를 상징하는 약물중독자 치유 모임 메달을 움켜쥐었다. 스트레스를 느낄 때 자신도 모르게 종종 하는 행동이었다.

주 경찰관이 선글라스를 가슴 주머니에 넣자 클로드의 엄마가 흔들의자에서 일어나려고 했다.

"아니에요, 어머님. 그냥 앉아 계세요. 저 따위가 왔다고 일어나실 필요 없어요."

그녀는 허스키하게 킬킬거리며 다시 앉았다.

"물건이시구만. 이름이 어떻게 되시나, 경관님?"

"사이프입니다, 어머님. 오언 사이프 순경입니다. 만나 뵈어서 반갑습니다."

그는 노부인의 퉁퉁 부은 관절을 조심해 가며 담배를 들지 않은 쪽 손을 잡았다.

"이하동문이에요, 경관님. 이쪽은 내 아들 클로드. 이 어미를 도우러 플린트 시티에서 왔어요."

사이프가 클로드 쪽으로 고개를 돌리자 그는 메달을 놓고 손을 내밀었다.

"만나서 반갑습니다, 볼턴 씨." 그는 클로드의 손을 잡고 빤히 들여다보았다. "이제 보니 손가락에 문신을 새기셨네요."

"무슨 뜻인지 파악하려면 두 개를 한꺼번에 봐야 해요. 감옥에서 제가 직접 새긴 거예요. 저를 만나러 오신 길이라면 이미 알고 계실지 모르겠지만."

"**안 돼**하고 **해야 해**네요." 사이프 경관은 그의 말을 못 들은 척했다. "손가락에 새긴 문신은 전에도 본 적 있지만 이런 문구는 처음이에요."

"숨겨진 사연이 있어요. 그리고 기회가 될 때마다 그걸 전파하려고 하고요. 그런 식으로 보상을 하는 거죠. 요즘은 깨끗하게 지내지만 힘든 싸움이었거든요. 감옥에 갇혔을 때 알코올중독자 치유 모임과 약물중독자 치유 모임을 숱하게 참석했어요. 처음에는 단순히 크리스피크림 도넛을 먹으러 갔는데, 나중에는 사람들이 하는 얘기가 가슴에 남더라고요. 제가 터득한 바에 따르면, 모든 중독자들은 두 가지 사실을 알고 있어요. 그걸 하면 안 된다는 것과 해야만 한다는 걸. 그게 머릿속에 박힌 매듭이에요. 그 매듭은 자를 수도 없고 풀 수도 없기 때문에 그걸 뛰어넘는 법을 터득해야 해요. 뛰어넘을 수는 있지만 기본 전제를 기억해야 하죠. 해야만 하지만 하면 안 된다는 걸."

"흠. 일종의 우화네요?"

"요즘은 얘가 술도 안 마시고 약도 안 해요." 러비가 흔들의자에서 말했다. "심지어 이것도 안 해요." 그녀는 담배꽁초를 땅바닥에 버리며 말했다. "착한 아이예요."

"아드님이 못된 짓을 저질렀다고 생각하는 사람이 있어서 찾아온 게 아닙니다." 사이프가 부드러운 목소리로 얘기하자 클로드는 긴장을 풀었다. 살짝. 주 순찰대가 갑자기 찾아왔는데 긴장을 너무 풀면 안 될 일이었다. "플린트 시티에서 연락이 왔어요. 수사를 종료하려는 게 아닌가 싶은데, 테리 메이틀랜드라는 남자와 관련해서 선생님에게 확인을 받아야 할 게 있다더라고요."

사이프는 휴대전화를 꺼내 만지작거리더니 클로드에게 사진을 보여 주었다.

"선생님이 목격한 날 밤에 메이틀랜드라는 친구가 이 벨트 버클을 하고 있었나요? 무슨 소리냐고 묻지는 마세요, 나도 모르니까. 그냥 선생님을 찾아가서 물어봐 달라기에 온 거예요."

사이프가 여길 찾아온 이유는 그게 아니었지만, 랠프가 호러스 키니 경감을 거쳐 사이프에게 전한 메시지는 전혀 의심을 살 일이 없도록 우호적인 분위기를 유지하라는 거였다.

클로드는 전화기를 열심히 들여다보고는 돌려주었다.

"조금 된 일이라 확실하지는 않지만 그런 것 같아요."

"아, 감사합니다. 두 분 다 감사합니다."

사이프는 휴대전화를 주머니에 넣고 몸을 돌렸다.

"그걸로 끝이에요? 그거 하나 물어보려고 여기까지 찾아온 거예요?"

"요약하자면요. 정말로 궁금해하는 분이 있나 봐요. 시간 내주셔서 감사합니다. 답변은 제가 오스틴으로 돌아가는 길에 전달할게요."

“먼 길 가셔야겠구먼.” 러비가 말했다. “들어가서 달달한 차 한잔 해요. 인스턴트지만 맛이 괜찮아요.”

“들어가서 앉을 수는 없겠어요, 어두워지기 전에 집에 들어가고 싶어서요. 하지만 괜찮으시다면 여기서 맛을 좀 보겠습니다.”

“괜찮고말고요. 클로드, 이분께 차 한잔 갖다 드려라.”

“작은 잔으로 주세요.” 사이프는 말하며 엄지손가락과 집게손가락 사이를 살짝 벌렸다. “두 모금이면 돼요.”

클로드는 안으로 들어갔다. 사이프는 현관 옆면에 어깨를 기대고, 사람 좋게 생긴 얼굴에 자글자글하게 주름이 잡힌 러비 볼턴을 쳐다보았다.

“아드님이 어머니를 살뜰하게 챙기네요?”

“재가 없으면 나는 막막했을 거유.” 러비는 딱 잘라 말했다. “2주마다 월급을 조금씩 떼어서 보내고 여건이 허락할 때마다 내려와요. 나를 오스틴에 있는 요양원에 넣고 싶어 하는데, 저 녀석이 비용을 부담할 수 있으면 몰라도 지금은 안 되거든. 저런 아들이 없어요, 사이프 경관님. 어렸을 때는 말썽을 그렇게 부리더니 나이 들면서 정신을 차렸어요.”

“그렇다고 들었습니다. 아드님이 여기서 조금만 가면 나오는 빅7에 어머님을 모시고 가던가요? 거기 조식이 끝내주는데.”

“나는 길거리 식당을 못 믿어요.” 그녀는 홈드레스 주머니에서 담배를 꺼내 틀니 사이에 끼우며 말했다. “1974년에 애빌린의 어느 식당에 갔다가 식중독에 걸려서 죽을 뻔했거든. 여기 와 있는 동안에는 우리 아들이 요리 담당이라오. 일류 요리사는 못 되지만 솜씨가 괜찮아요. 프라이팬 다룰 줄을 알아. 베이컨을 태우지는 않거든."

그녀가 담배에 불을 붙이며 윙크를 하자 사이프는 미소를 지었다. 두 사람이 같이 골로 가는 일이 없게 산소통이 제대로 잠겨 있기만을 바랐다.

"오늘 아침도 아드님이 차렸겠네요."

"그럼요. 커피, 건포도 토스트, 내가 좋아하는 식으로 버터를 듬뿍 넣은 스크램블드에그."

"아침에 일찍 일어나는 편이세요, 어머님? 왜냐하면 산소통이랑……."

"우리 둘 다 그래요. 해가 뜨면 곧바로 일어나요."

클로드가 아이스티 세 잔을 쟁반에 들고 왔다. 두 개는 큰 잔, 한 개는 작은 잔이었다. 오언 사이프는 두 모금 만에 잔을 비우고 입맛을 다시고는 이제 그만 가야겠다고 했다. 볼턴 모자는 떠나는 그의 뒷모습을 바라보았다. 러비는 흔들의자에 앉아서, 클로드는 계단에 앉아서 미간을 찌푸리고, 흙먼지를 일으키며 큰길로 접어드는 경찰차를 쳐다보았다.

"죄를 짓지 않으면 경찰들이 얼마나 친절하게 대하는지 알겠지?"

"그러게요."

"무슨 벨트 버클에 대해서 묻겠다고 여기까지 찾아오다니. 맙소사!"

"그것 때문에 온 거 아니에요, 엄마."

"그래? 그럼 뭔데?"

"모르겠지만 아무튼 그것 때문에 온 건 아니에요."

클로드는 계단 위에 잔을 내려놓고 자기 손가락을 쳐다보았다. **안 돼**와 **해야 해**를, 그가 마침내 뛰어넘은 매듭을 쳐다보았다.

"빨래 마저 걷는 게 좋겠어요. 그런 다음 호르헤네 집에 가서 내일 도울 일이 있나 물어볼게요. 지붕을 씌운다고 하거든요."

"우리 아들 착하기도 하지."

그는 어머니의 눈에 고인 눈물을 보고 가슴이 뭉클해졌다.

"와서 엄마 한 번 끌어안아 주겠니?"

"네, 엄마."

클로드는 대답하고 나서 그렇게 했다.

12

랠프와 지넷 앤더슨이 하위 골드의 사무실에서 열리는 회의에 참석하려고 준비를 하고 있었을 때 랠프의 휴대전화 벨이 울렸다. 호러스 키니였다. 랠프가 통화하는 동안 지넷은 귀걸이를 끼고 구두를 신었다.

"고마워, 호러스. 내가 이번에 신세를 졌네."

랠프는 전화를 끊었다.

지넷이 기대하는 눈빛으로 그를 쳐다보고 있었다.

"뭐래?"

"텍사스 고속순찰대 소속 경관을 메리스빌에 있는 볼턴네 집으로 보냈대. 그럴듯한 핑계를 댔지만 진짜 목적은……."

"진짜 목적이 뭐였는지는 나도 알아."

"음. 볼턴 부인에 따르면 클로드가 오늘 아침 6시에 아침을 차려 줬다는군. 당신이 4시에 1층에서 볼턴을 보았다면……."

"오줌이 마려워서 일어났을 때 시계를 봤거든. 4시 6분이었어."

"맵퀘스트에 따르면 플린트 시티에서 메리스빌까지는 490킬로미터야. 여기 있다가 거기로 가서 6시에 아침을 차릴 도리가 없어."

"어머니가 거짓말을 했을 수도 있잖아."

그녀는 자신 없는 말투로 그렇게 얘기했다.

"호러스가 보낸 사이프 경관 말로는 레이더에 감지되지 않았대. 거짓말이었다면 알아차렸을 거라며."

"그럼 또다시 테리 사태네. 한 사람이 동시에 두 공간에 등장한 거야. 왜냐하면 그 남자는 여기 왔었거든, 랠프. *진짜야.*"

그가 뭐라고 대답하기 전에 초인종이 울렸다. 랠프는 스포츠재킷을 걸쳐 허리춤에 찬 글록을 덮고 1층으로 내려갔다. 지방검사 빌 새뮤얼스가 현관문 앞에 서 있었다. 청바지에 파란색 민무늬 티셔츠를 입어서 묘하게 낯설어 보였다.

"하워드한테 전화 받았어요. 오늘 저녁에 자기 사무실에서 회의가 열리는데 오겠느냐고. '메이틀랜드를 주제로 비공식적인 모임이 있다.'고 표현하더군요. 같이 갈까 하는데요, 그래도 된다면."

"괜찮을 거예요. 하지만 빌, 또 누구한테 얘기했어요? 겔러 서장? 둘린 보안관?"

"아무한테도 얘기 안 했어요. 내가 천재는 아닐지언정 바보 나무에 머리를 부딪히지도 않았다고요."

지넷이 핸드백을 체크하며 랠프가 있는 문 앞으로 나왔다.

"안녕하세요, 검사님. 오실 줄 몰랐어요."

새뮤얼스의 미소는 삭막했다.

"솔직히 저도 놀랐어요. 이 사건은 자꾸만 고개를 드는 좀비 같네요."

"아이들 엄마는 이 사건에 대해서 어떻게 생각해요?" 랠프는 물었고 지넷이 그를 보며 얼굴을 찡그리자 다시 덧붙였다. "내가 선을 넘었으면 얘기해 주세요."

"아, 둘이서 같이 얘기했어요. 사실 그건 정확한 표현이 아니지만. 얘기한 사람은 애들 엄마였고 나는 듣기만 했거든요. 애들 엄마는 내가 메이틀랜드 암살에 일조했다고 생각하는데, 100퍼센트 착각이라고 볼 수는 없죠." 새뮤얼스는 애써 미소를 지으려고 했지만 실패했다. "하지만 우리가 무슨 수로 알 수 있었겠어요, 랠프? 얘기해 봐요. 성공이 확실한 작전이었잖아요. 돌이켜 보면…… 우리가 어떻게 했는지 전부 아는 지금…… 그때로 돌아가면 다른 길을 선택했을 거라고, 솔직히 그렇게 얘기할 수 있어요?"

"있어요. 그를 온 동네 사람들 앞에서 체포하지도 않았을 테고 뒷문으로 법원에 출두시켰을 거예요. 자, 갑시다. 이러다 늦겠어요."

7월 25일

메이시스가
김벌스에게 얘기하다

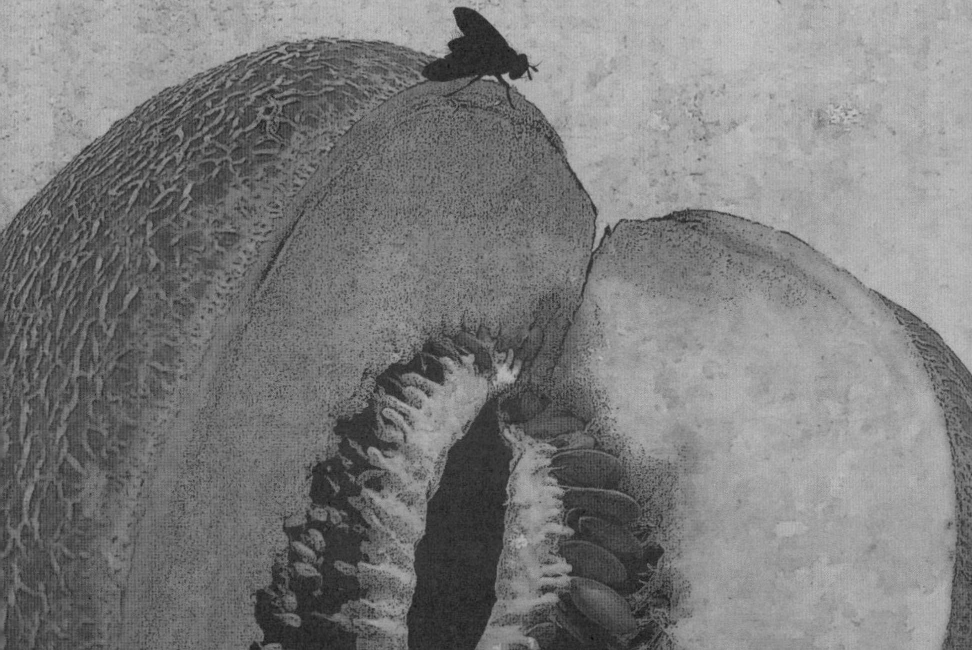

1

홀리는 10시 15분에 출발하는 델타 항공편을 선택했더라면 비즈니스석을 타고 12시 30분에 캡 시티에 도착할 수 있었겠지만 그러지 않았다. 오하이오에서 좀 더 있다가 가고 싶었기 때문에 불안한 7월의 대기 속에서 사정없이 흔들리지 않을까 싶은 경비행기 두 번 갈아타기라는 고생길을 자처했다. 좁았고 아주 쾌적하지는 않았지만 견딜 만했다. 그보다 견딜 수 없었던 건 그녀의 계획이 완벽하게 맞아떨어지더라도 오후 6시는 되어야 플린트 시티에 도착할 수 있다는 사실이었다. 골드 변호사의 사무실에서 7시에 만나기로 되어 있었는데, 홀리가 그 무엇보다 싫어하는 게 있다면 약속에 늦는 것이었다. 늦으면 첫 단추를 제대로 꿸 수 없었다.

그녀는 몇 개 안 되는 소지품을 챙겨서 체크아웃하고, 50킬로미터 거리의 리지스까지 차를 몰고 갔다. 먼저 히스 홈즈가 휴가 동안 어머니와 함께 있었다고 한 집부터 들렀다. 문이 잠기고 창문마다 널빤지가 덧대어진 이유는 기물 훼손범들의 사격 연습장으로 쓰였기 때문일 것이다. 잔디가 심하게 웃자란 앞마당에는 **매물: 퍼스트 내셔널 은행 데이턴 지점으로 연락 바람**이라고 적힌 팻말이 있었다.

홀리는 동네 아이들 사이에서 금세 유령이 출몰한다는 소문이 날 게 뻔한(이미 났을지도 모를 일이었다.) 그 집을 바라보며 비극의 본질에 대해 묵상했다. 홍역, 볼거리, 풍진처럼 비극에도 전염성이 있었다. 그 병들과 다른 점이 있다면 백신이 없다는 것이었다. 플린트 시티에서는 프랭크 피터슨의 죽음이 그의 가족을 전염시키고 온 마을로 번졌다. 오래전부터 알고 지낸 사람들의 숫자가 적은 이 근교에서도 그랬을지 의문스러웠지만 홈즈 가족은 완전히 사라졌다. 남은 건 이 빈집뿐이었다.

그녀는 **매물** 팻말을 전경으로 창문마다 널빤지가 덧대어진 집을 사진으로 찍을까 고민하다가(슬픔과 상실의 사진이 될 터였다.) 그러지 않기로 했다. 앞으로 만나게 될 사람들 중에 이해하고, 이런 감정을 느낄 사람도 있을지 모르지만 대다수는 그렇지 않을 것이었다. 그들에게 이건 사진에 불과할 것이었다.

홈즈의 집에서 마을 외곽에 있는 피스풀 레스트 공동묘지로 향했다. 알고 보니 온 가족이 여기서 다시 만났다. 아버지, 어머니, 외아들. 꽃은 없었고 히스 홈즈의 안식처를 표시한 묘비가 쓰러뜨려져 있었다. 테리 메이틀랜드의 묘비도 비슷한 운명일지 모른다는 생각이 들었다. 슬픔은 전염성이 강했다. 분노도 마찬가지였다. 그의 묘비는 이름과 날짜만 적혀 있었고, 던진 달걀의 흔적일지 모를 거품이 묻어 있었고, 조그마했다. 홀리는 조금 끙끙대며 묘비를 일으켜 세웠다. 그 상태를 유지할 거라는 환상은 없었지만 인간으로 태어난 이상, 할 도리는 해야 하는 법이었다.

"아무도 죽이지 않았잖아요. 그렇죠, 홈즈 씨? 때와 장소를 잘못 만났을 뿐."

근처 무덤 위에 꽃다발이 놓여 있기에 몇 송이를 빌려 히스의 무덤 위에 뿌렸다. 꺾은 꽃이라니 한심한 추모의 방식이었지만(죽은 꽃이지 않은가.) 아무것도 없는 것보다는 나았다.

"하지만 그 안에 갇혀 버렸죠. 여기 사람들은 아무도 진실을 믿으려고 하지 않을 거예요. 오늘 저녁에 내가 만나는 사람들도 믿지 않을 것 같아요."

그래도 설득하려고 노력은 해 볼 것이었다. 묘비를 바로 세우는 게 됐건, 아무거나 믿지 않는 이성적인 사고방식을 최고의 장점으로 여기는 21세기의 인간들에게 세상에 괴물이 있다고 설득하는 게 됐건, 인간으로 태어난 이상 할 도리는 해야 하는 법이었다.

주위를 둘러보니 바로 옆 야트막한 언덕(오하이오 주의 이 일대는 언덕들이 모두 야트막했다.)에 지하 납골당이 있었다. 그녀는 다가가 상인방의 화강암에 새겨진 명칭을 물끄러미 쳐다보다가(마침 알맞게 묘소라고 새겨져 있었다.) 돌계단 세 개를 내려갔다. 안을 슬쩍 들여다보니 앉아서 여기에 안치된 왕년의 묘소를 묵상할 수 있는 석조 벤치가 여러 개 있었다. 그 이방인은 추잡한 범행을 저지르고 여기에 숨었을까? 그랬을 것 같지는 않았다. 아무라도, 심지어 히스 홈즈의 묘비를 쓰러뜨린 기물 훼손범이라도 근처를 서성이다 안을 들여다볼 수 있었다. 뿐만 아니라 오후 한두 시간 동안 햇빛이 묵상의 공간을 비추면 일시적이나마 따뜻해질 터였다. 그녀의 짐작이 맞는다면 이방인은 어둠을 더 좋아할 것이다. 항상은 아니지만 어떤 시기에는. 어떤 결정적인 시기에는. 아직 조사가 완료되지는 않았지만 그것만큼은 장담할 수 있었다. 그리고 또 한 가지. 이방인의 과업이 살인일지는 몰라도 그것이 일용하는 양식은 슬픔이었다. 슬픔과 분노였다.

그것이 이 납골당에서 휴식을 취하지는 않았겠지만, 어쩌면 메이비스 홈즈 모자가 죽기 전에 이 공동묘지에는 왔었을 것이다. 홀리는 그것이 남긴 냄새를 맡을 수 있을 것만 같았다.(상상에 불과할지 모른다는 것도 알았지만.) 브래디 하츠필드도 그렇게 비정상적인 악취를 풍겼다. 빌은 알았다. 심지어 반긴장증 환자인 척 연기한 하츠필드를 간병한 간호사들도 알았다.

홀리는 골반에 핸드백을 부딪혀 가며 묘지 입구의 조그만 주차장으로 천천히 걸음을 옮겼다. 작렬하는 한여름의 열기 속에 그녀의 프리우스가 홀로 세워져 있었다. 그 차를 그대로 지나쳐 느릿느릿 주변을 구석구석 360도 둘러보았다. 농경지와 가까웠지만 이곳은 추하고 황량한 중간지대였다. (리지스에 상공회의소가 있다 한들) 상공회의소 홍보 책자에 이 지역의 사진은 실릴 일이 없었다. 흥미로운 매력 포인트가 없었다. 시선을 사로잡을 만한 게 없었다. 오히려 '저리 가, 여긴 아무것도 없어, 안녕, 다시 오지 마.'라고 얘기하는 듯 땅 자체에서 거부감이 느껴졌다. 공동묘지가 있긴 했지만 겨울이 되면 피스풀 레스트를 찾는 사람은 거의 없을 테고, 망자에게 예의를 갖추기 위해 찾아온 몇 안 되는 방문객도 북풍에 얼어붙을 것이었다.

저 북쪽으로 기찻길이 보였지만 레일에는 녹이 슬었고 침목 사이로 잡초가 자랐다. 오랫동안 방치된 기차역은 홈즈의 집처럼 창문마다 널빤지가 덧대어져 있었다. 그 너머의 지선에는 덩굴에 바퀴가 파묻힌 유개화차 두 대가 외로이 서 있었다. 베트남 전쟁 시대부터 거기 있었던 듯한 분위기를 풍겼다. 방치된 기차역 근처에는 한참 동안 쓰지 않은 차고와 폐기된 정비실이지 않을까 싶은 건물이 있었다. 그 너머에는 무너진 공장이 해바라기와 덤불에 허리까지 파묻혀 있었다. 아주, 아주 오래전에는 빨간색이었을 바스러진 분홍색 벽돌 위에 나치 상징이 스프레이 페인트로 그려져 있었다. 그녀를 도시로 데려다 줄 고속도로 한쪽 옆에는 낙태는 숨 쉬는 심장을 멈추게 하는 짓! **생명을 선택하라!**라고 적힌 광고판이 기우뚱하게 서 있었다. 그 반대편에는 지붕에 **스 ㅣ드 자동 세차장**이란 간판이 걸린 길고 야트막한 건물이 있었다. 텅 빈 주차장에 그녀가 오늘 이미 본 적 있는 또 다른 팻말이 있었다. **매물: 퍼스트 내셔널 은행 데이턴 지점으로 연락 바람.**

네가 여기 왔을 거라고 봐. 지하 납골당은 아니고 그 근처에. 알맞은 바람이 불면 눈물의 냄새를 맡을 수 있었던 곳에. 사람들이 아니면 아이들이 히스 홈즈의 묘비를 쓰러뜨린 다음 아마도 오줌을 싸며 흘린 웃음소리를 들을 수 있었던 곳에.

홀리는 더운 날씨에도 불구하고 한기를 느꼈다. 시간이 좀 더 있었더라면 텅 빈 이 공간을 좀 더 조사할 수 있었을지도 모른다. 위험할 일은 없었다. 이방인은 오래전에 오하이오를 떴다. 플린트 시티에서도 떴을 가능성이 컸다.

사진을 네 장 찍었다. 기차역, 유개화차, 공장 그리고 방치된 세차장. 사진을 살펴보며 이거면 됐다고 결론을 내렸다. 그래야만 했다. 늦지 않게 타야 하는 비행기가 있었다.

맞아, 그리고 설득해야 하는 사람들도 있고.

과연 가능한 얘기일까. 그녀는 지금 이 순간, 너무나 보잘것없고 외로운 인간으로 전락한 기분이 들었다. 폭소와 조롱의 현장이 쉽사리 그려졌다. 자연스럽게 떠올랐다. 하지만 그녀는 노력할 작정이었다. 그래야만 했다. 물론 살해된 아이들을 위해서였지만 테리 메이틀랜드와 히스 홈즈를 위해서이기도 했다. 인간으로 태어난 이상 할 도리는 해야 하는 법이었다.

들러야 하는 곳이 한 군데 더 있었다. 다행히 가는 길이었다.

2

트로트우드 커뮤니티 공원 벤치에 앉아 있던 노인은 '그 가엾은 아이들'의 시신이 발견된 장소가 어디인지 흔쾌하게 알려 주었다. 멀지 않다고, 근처에 가면 알 수 있을 거라고 했다.

과연 그랬다.

홀리는 주차하고 차에서 내려 조문객들(조문객으로 가장한 구경꾼들)이 성소로 바꾸려고 시도했던 골짜기를 바라보았다. 반짝이는 카드에는 슬픔과 천국이라는 단어가 지배적으로 적혀 있었다. 풍선은 바람이 빠진 것도 있었지만, 앰버 하워드와 졸린 하워드가 여기서 발견된 지 3개월이 지난 지금까지 탱탱한 새것도 있었다. 성모마리아 상에는 어떤 장난꾸러기가 수염을 그려 놓았다. 곰인형을 보고 홀리는 몸서리를 쳤다. 포동포동한 갈색 몸통이 곰팡이로 뒤덮여 있었다.

그녀는 아이패드를 들어서 사진을 찍었다.

공동묘지에서 풍겼던(또는 풍기는 듯했던) 그 냄새는 나지 않았지만, 앰버와 졸린의 시신이 발견된 이후에 이방인이 여기 찾아와, 순례자들이 이 임시 성소에서 토한 상심을 잘 숙성시킨 고급 부르고뉴 와인처럼 시음했을 것이다. 그리고 하워드 자매에게 그런 짓을 저지르고 비명을 듣는 기분이 어땠을지 상상하러 온 사람들의(많지는 않지만 그런 사람들이 몇 명이나마 반드시 있었다.) 흥분까지.

맞아, 너는 왔었지만 시간의 간격을 두었어. 프랭크 피터슨의 형이 테리 메이틀랜드를 쏜 날하고는 다르게 불필요한 이목이 집중되지 않을 때까지 기다렸지.

"그날은 참을 수가 없었지?" 홀리는 중얼거렸다. "굶어 죽어 가던 와중에 상다리가 부러지게 차려진 추수감사절 저녁상을 마주한 심정이었을 테니까."

미니밴이 홀리의 프리우스 앞에 주차했다. 범퍼 이쪽에는 엄마의 택시라고 적힌 스티커가 붙어 있었다. 저쪽에는 나는 수정 헌법 제2조*를 믿고 **투표를 한다**라고 적힌 스티커가 붙어 있었다. 옷차림이 번듯하고 통통하며 예쁘장하게 생긴 30대 여자가 내렸다. 꽃다

발을 들고 있었다. 그녀는 무릎을 꿇고 이쪽에는 어린 소녀들이라고, 저쪽에는 예수님과 함께라고 적힌 나무 십자가 옆에 꽃다발을 놓았다. 그런 다음 일어섰다.

"너무 슬픈 일이죠?" 여자가 홀리에게 말했다.

"네."

"나는 크리스천이지만 범인이 죽어서 기뻐요. *기뻐요.* 그리고 지옥으로 떨어져서 기뻐요. 내가 너무 끔찍한 소리를 하나요?"

"그 사람은 지옥에 있지 않아요."

여자는 뺨이라도 얻어맞은 듯이 움찔했다.

"지옥을 몰고 오지."

홀리는 데이턴 공항으로 차를 몰았다. 조금 늦었지만 과속하고 싶은 욕구를 참았다. 법이 정해진 데에는 이유가 있었다.

3

(빌은 깡통 항공사라고 불렀던) 통근용 비행기에는 여러 가지 장점이 있었다. 일단 마지막 도착지가 플린트 카운티의 카이오와 공항이었기 때문에 캡 시티에서부터 110킬로미터 거리를 운전할 필요가 없다는 것이었다. 그뿐 아니라 메뚜기처럼 이동하는 동안 자료 조사를 계속할 수 있었다. 잠깐 비행기를 갈아타려고 대기하는 동안

* 무기 휴대의 권리를 규정한 조항이다.

공항 와이파이로 자료를 최대한 많이, 최대한 빠르게 다운받았다. 그런 다음 비행하는 동안 바쁘게 스크롤을 내리며 고도로 집중하느라, 두 번째로 탄 좌석 30개짜리 터보프롭 항공기가 에어 포켓을 만나 엘리베이터처럼 급강하하자 여기저기서 놀라서 꺅 하고 비명을 질렀는데도 거의 듣지 못했다.

그녀는 겨우 5분 늦게 목적지에 도착했고, 폭풍 질주로 허츠 렌터카에 1등으로 도착해 마지막 전력 달리기 구간에서 그녀에게 패배한, 시간에 쫓기는 영업 사원처럼 생긴 사람에게 눈총을 샀다. 시내로 가는 동안 워낙 아슬아슬한 걸 보고 과속이라는 유혹에 넘어가고 말았다. 하지만 넘겨 봐야 겨우 8킬로미터였다.

4

"왔네. 분명 저 여자일 거야."

하위 골드와 알렉 펠리는 하위의 사무실이 있는 건물 앞에 서 있었다. 하위가 회색 정장에 흰색 블라우스를 입고 큼지막한 토트백으로 엉덩이를 때려 가며 빠르게 걸어오는 날씬한 여자를 가리키면서 한 말이었다. 머리는 조그만 얼굴 위로 바짝 깎았고 희끗희끗해져 가는 앞머리는 눈썹 바로 위에서 멈추었다. 입술에 지워진 립스틱 자국이 있었지만 그것 말고는 화장을 하지 않았다. 해가 저물고 있었지만 남은 열기로 아직 후덥지근했기 때문에 땀 한 줄기가 그녀의 뺨을 타고 흘러내렸다.

"기브니 씨?" 하위가 앞으로 나서며 물었다.

"네." 그녀는 숨을 헐떡였다. "제가 늦었나요?"

"사실 2분 일찍 왔어요." 알렉이 말했다. "가방 들어 드릴까요? 무거워 보이는데."

"괜찮아요."

홀리는 체격이 다부지고 머리가 벗어져 가는 변호사와 그녀에게 일을 맡긴 수사관을 번갈아 쳐다보았다. 자기 보스보다 키가 아무리 못해도 15센티미터 큰 펠리는 희끗희끗한 머리를 뒤로 빗어 넘겼고, 오늘 저녁에는 황갈색 바지에 위 단추를 푼 흰색 셔츠를 입었다.

"다른 분들은 오셨어요?"

"대부분요." 알렉이 말했다. "앤더슨 형사가…… 아, 호랑이도 제 말하면 온다더니."

홀리가 고개를 돌려보니 세 명이 걸어오고 있었다. 한 명은 젊은 시절의 미모를 중년까지 상당히 잘 유지한 여자였지만, 다크서클이 파운데이션과 파우더로도 조금밖에 가려지지 않은 걸 보면 요즘 잠을 설친 모양이었다. 그녀 왼편에는 비쩍 말랐고 불안해 보이며, 융통성이라고는 없이 머리를 딱 붙였지만 뒤통수의 몇 가닥이 삐친 남자가 있었다. 그리고 오른편에는…….

앤더슨 형사는 키가 크고 어깨가 구부정하며, 좀 더 열심히 운동을 하고 먹는 걸 조절하지 않으면 배가 나오려는 조짐을 보이고 있었다. 고개를 살짝 앞으로 내밀고 새파란 눈으로 그녀를 머리끝에서 발끝까지, 이 끝에서 저 끝까지 훑었다. 빌이 아니었다. 당연히 아니었다. 빌은 2년 전에 죽었고 절대 살아 돌아올 수 없었다. 그리고 이 남자는 빌이 홀리를 처음 만났을 때에 비해 훨씬 젊었다. 똑같은 건 열띤 호기심이 어린 표정뿐이었다. 그가 손을 잡고 있는 걸 보면 여자는 앤더슨 부인인 모양이었다. 같이 오다니 흥미로운 대목이었다.

한 사람씩 돌아가며 자기소개를 했다. 머리가 삐친 호리호리한 남자는 알고 보니 플린트 카운티의 지방검사 윌리엄("그냥 빌이라고 불러 주세요.") 새뮤얼스였다.

"더운 데 있지 말고 위로 올라갑시다." 하위가 말했다.

앤더슨 부인인 지넷이 비행기 여행 괜찮았느냐고 묻자 홀리는 적절하게 대답했다. 그런 다음 하위에게 사무실에 시청각 장치가 갖추어져 있느냐고 물었다. 하위는 갖추어져 있다고, 보여 줄 자료가 있으면 얼마든지 써도 된다고 했다. 엘리베이터에서 내렸을 때 홀리는 화장실이 어디냐고 물었다.

"잠깐 다녀올게요. 공항에서 곧장 오는 길이라서요."

"그러세요. 복도 끝에서 왼쪽으로 가시면 돼요. 문이 열려 있을 거예요."

홀리는 앤더슨 부인이 같이 가 주겠다고 하면 어쩌나 싶었지만 괜한 걱정이었다. 다행이었다. 홀리는 볼일도 보아야 했지만(그녀의 어머니는 "뒷간에 간다"고 했다.), 철저하게 혼자서 처리해야 하는 그보다 더 중요한 일이 있었다.

화장실 안으로 들어가 치마를 올리고 핸드백을 실용적인 로퍼 사이에 둔 채 눈을 감았다. 타일이 깔린 이런 공간은 천연 앰프와 같다는 사실을 염두에 두고 잠자코 기도를 드렸다.

저 다시 홀리 기브니인데요, 좀 도와주세요. 제가 잘 모르는 사람을 한 번에 한 명씩 대하는 것도 어려워한다는 걸 하느님도 아실 텐데, 오늘 저녁에는 여섯 명을 상대해야 해요. 메이틀랜드 씨의 미망인까지 온다면 일곱 명이고요. 겁이 나지는 않지만 아무렇지 않다고 하면 거짓말일 거예요. 빌은 이런 걸 잘했겠지만 저는 그 사람이 아니잖아요. 그 사람처럼 잘할 수 있게 도와주세요. 그들이 못 미더워할 수밖에 없다는 걸 이해하고 담대하게 행동할 수 있게 도와주세요.

마지막 문구는 입 밖으로 얘기하되 나지막이 속삭였다.

"하느님, 제발 망치지 않게 도와주세요." 그러고는 잠깐 멈추었다가 다시 덧붙였다. "담배는 피우지 않겠어요."

5

회의는 하워드 골드의 회의실에서 열렸다. 드라마 「굿 와이프」에 나오는 회의실보다는 작지만(홀리는 「굿 와이프」 일곱 시즌을 모두 시청하고 이제 속편으로 넘어갔다.) 아주 훌륭했다. 감각 있는 그림, 반질반질한 마호가니 테이블, 가죽 의자. 메이틀랜드 부인도 와서 골드의 오른편에 앉았다. 그는 테이블 상석을 차지하고 앉으며 애들은 누구한테 맡겼느냐고 물었다.

마시는 힘없이 미소를 지었다.

"루키시하고 찬드라 파텔이 나서서 맡아 주겠다고 했어요. 그 부부네 아들이 테리의 야구부원이었거든요. 사실 베이버가 3루에 있었을 때…….” 그녀는 앤더슨 형사를 쳐다보았다. “당신 부하들이 그이를 체포해 갔죠. 베이버는 상심해서 어쩔 줄 몰라 했어요. 무슨 일인지 이해를 하지 못했고요.”

앤더슨은 팔짱을 끼고 아무 말도 하지 않았다. 아내가 그의 어깨에 손을 얹고 그에게만 들리게 뭐라고 중얼거렸다. 앤더슨은 고개를 끄덕였다.

“이제 회의를 시작하겠습니다.” 골드가 말했다. “저는 안건이 없지만 우리 손님께서는 얘기를 시작하고 싶으실지 모르겠네요. 이쪽은 홀리 기브니, 알렉이 두 사건이 서로 연관이 있다는 판단 아래 데이턴 쪽의 사건 조사를 의뢰한 사설탐정입니다. 사실 우리가 모인 이유 중에 그 둘이 서로 연관성이 있는지 결정하기 위한 것도 있죠, 가능할지는 모르겠습니다만.”

“저는 사실탐정 아니에요.” 홀리가 이의를 제기했다. “사설탐정 면허증이 있는 쪽은 제 파트너 피터 헌틀리예요. 저희 회사에서 주로 하는 일은 할부금 연체 차량 회수, 행방불명이 된 채무자 수색이에요. 가끔 경찰한테 잔소리를 듣지 않겠다 싶은 범죄 수사를 맡을 때도 있어요. 지금까지 잃어버린 반려동물을 찾을 때 행운이 따라주었고요.”

어찌나 궁색하게 들리는지 그녀는 얼굴이 화끈거리는 게 느껴졌다.

“기브니 씨, 너무 겸손하신 거 아닌가요?” 알렉이 말했다. “모리스 벨러미라는 위험한 도주범을 수색하는 데 가담하셨던 걸로 아는데요."

"그건 제 파트너가 맡은 사건이었어요. 첫 번째 파트너요. 빌 호지스. 이후에 세상을 떠났어요, 펠리 씨…… 알렉, 아시다시피."

"네. 안타깝게 생각합니다."

앤더슨 형사가 주 경찰청의 유넬 사블로라고 소개한 라틴계 남자가 헛기침을 했다.

"저는 기브니 씨와 호지스 씨가 차량을 이용한 다중 살인과 불발로 끝난 테러 행위에도 관여하셨던 걸로 아는데요. 하츠필드라는 젊은 남자가 범인이었던. 그자가 대규모 공연장에서 폭탄을 터뜨리지 못하도록 개인적으로 저지했던 분이 기브니 씨 아니었나요? 수천 명의 청소년이 목숨을 잃을 수도 있었는데 말이죠."

테이블 여기저기서 웅성거림이 일었다. 홀리는 얼굴이 더 화끈거리는 게 느껴졌다. 그녀는 실패했다고, 브래디의 살인 계획을 잠깐 유보시킨 것에 불과했다고, 그가 다시 돌아와서 몇 명을 더 죽인 다음에서야 완전히 막을 수 있었다고 얘기하고 싶었지만 지금은 그럴 때도, 그럴 자리도 아니었다.

사블로 경위의 얘기는 아직 끝나지 않았다.

"그 일로 표창장을 받지 않으셨나요?"

"저희 셋이 표창장을 받긴 했지만 황금 열쇠하고 10년 동안 쓸 수 있는 버스표가 전부였어요." 홀리는 모인 사람들을 둘러보며 자신이 아직도 열여섯 살짜리 소녀처럼 얼굴을 붉히고 있다는 데 괴로워했다. "아주 오래전 얘기고요. 이번 사건의 경우에는 보고를 맨 마지막으로 미룰게요. 제가 내린 결론도요."

"영국의 고전적인 응접실 탐정 소설의 결말처럼 말이죠." 골드가 웃으며 말했다. "우리가 조잘조잘 아는 걸 모두 얘기하고 나면, 기브니 씨가 자리에서 일어나 범인과 범행 수법을 깜짝 공개하는 건가요?"

"부디 그랬으면 좋겠네요." 빌 새뮤얼스가 말했다. "피터슨 사건을 생각만 해도 저는 골머리가 아프거든요."

"퍼즐 조각이 거의 다 모이기는 했다고 생각해요. 하지만 지금 이 순간에도 전부 테이블 위에 꺼내져 있지는 않아요. 다른 분들은 분명 바보 같다고 생각하겠지만, 제 머릿속에 계속 떠오르는 속담이 하나 있어요. 메이시스가 짐벌스한테 얘기할 리 있겠느냐는 거요. 하지만 이제 메이시스와 짐벌스가 양쪽 모두 이 자리에 참석했으니……."

"삭스, 노드스트롬스, 니들리스 마크업까지 다 있죠." 하위가 거들었다가 홀리의 표정을 보고는 다시 말했다. "놀리는 거 아니에요, 기브니 씨. 나도 같은 생각이에요. 전부 꺼냅시다. 누구부터 얘기할까요?"

"유넬부터요." 앤더슨이 말했다. "나는 휴직 중이니까요."

유넬이 테이블 위에 서류가방을 올려놓고 노트북을 꺼냈다.

"골드 씨, 프로젝션 쓰는 법 좀 알려 주실래요?"

하위가 알려 주자 홀리는 자기 차례가 왔을 때 쓸 수 있게 유심히 지켜보았다. 코드를 알맞게 연결하고 하위가 조도를 조금 낮추었다.

"좋습니다. 먼저 기브니 씨에게 사과부터 드리죠. 기브니 씨도 데이턴에서 똑같은 정보를 입수했는데, 제가 선수 치고 나선 게 될 수도 있으니까요."

"전혀 상관없어요."

"저는 데이턴 경찰서의 빌 다윈 경감, 트로트우드 경찰서의 조지 하이스미스 경사와 통화를 했어요. 여기서도 비슷한 사건이 있었다고, 어쩌면 그쪽과 우리 쪽의 사건 현장 인근에서 발견된 도난 차량으로 연결돼 있을지 모른다고 했더니 그쪽에서 흔쾌히 협조했고, 텔레커뮤니케이션이라는 놀라운 기술 덕분에 이 자리에서 자료를 보여 드릴 수 있게 되었습니다. 이 기기가 제대로 작동이 된다면 말이죠."

유넬의 바탕화면이 떴다. 그가 홈즈라고 된 파일을 클릭했다. 주황색 컨트리 구치소 점프슈트를 입은 남자의 사진이 맨 처음 떴다. 적갈색 머리를 짧게 쳤고 까칠하게 자란 수염이 양쪽 뺨을 덮었다. 살짝 실눈을 뜨고 있어서 음험해 보였지만 갑작스럽게 달라진 자신의 삶에 단순히 놀란 것일 수도 있었다. 홀리는 4월 30일 자《데이턴 데일리 뉴스》1면에 실린 그의 범인 식별용 사진을 본 적 있었다.

"이자가 히스 제임스 홈즈입니다. 34세. 앰버 하워드와 졸린 하워드를 살해한 혐의로 체포됐죠. 범행 현장을 촬영한 사진을 입수했지만 보여 드리지는 않을게요. 밤에 잠을 못 주무실 테니까요. 제가 본 시신 훼손 중에서 최악이었어요."

지켜보는 일곱 명 사이로 정적이 흘렀다. 지넷은 남편의 팔을 붙잡고 있었다. 마시는 한 손으로 입을 가리고 최면에 걸린 듯 홈즈의 사진을 쳐다보고 있었다.

"훔친 차를 몰고 난폭 운전을 하다가 미성년 경범죄로 체포된 적이 한 번 있었고 과속 딱지를 두어 번 끊은 적이 있을 뿐 홈즈의 전과는 아주 깨끗합니다. 처음에는 킨드러드 병원에서, 그다음에는 하인스먼 기억 병동에서 1년에 두 차례씩 받은 근무 평가도 우수하고요. 동료들과 환자들도 그를 칭찬했어요. '항상 친절하다', '진심으로 보살핀다', '기대 이상으로 노력한다', 이런 표현을 써 가면서."

"테리도 그런 얘기를 들었는데." 마시가 중얼거렸다.

"아무 의미 없어요." 새뮤얼스가 딴죽을 걸었다. "테드 번디도 그런 소리를 들었는걸요."

유넬은 하던 얘기를 계속했다.

"홈즈는 동료들에게 일주일의 휴가 기간 동안 데이턴과 트로트우드에서 북쪽으로 50킬로미터 가면 나오는 리지스라는 조그만 마을에서 어머니와 함께 보낼 거라고 했답니다. 그 휴가 중간에 우편물을 배달하던 집배원이 하워드 자매의 시신을 발견했고요. 하워드의 집에서 1.5킬로미터쯤 가면 나오는 골짜기에 까마귀들이 잔뜩 모여 있길래 무슨 일인가 하고 지나가다 말고 멈추었답니다. 어떤 광경을 발견했는지를 생각하면 분명 그랬던 걸 후회했을 거예요."

그가 클릭하자 히스 홈즈의 실눈과 까칠한 수염이 금발 여자아이 두 명으로 바뀌었다. 축제 아니면 놀이공원에서 찍은 사진이었다. 뒤로 디스코 스핀이 보였다. 앰버와 졸린은 무슨 상이라도 되는 듯 솜사탕을 들고 웃고 있었다.

"피해자에게 책임을 전가하려는 건 아니지만 하워드 자매는 이른바 문제아였다고 합니다. 어머니는 알코올중독자에 아버지는 부재했고, 시끄러운 동네에 사는 저소득 가정이었죠. 학교에서는 위험한 환경에 있는 학생으로 분류됐고 종종 수업을 빼먹었어요. 4월 23일 월요일 오전 10시쯤에도 그랬듯이. 그때 앰버네 반은 자유 시간이었고 졸린은 선생님한테 화장실에 다녀오겠다고 했다니 사전에 계획을 짰던 모양이에요."

"앨커트래즈 감옥 탈출*이로군요." 빌 새뮤얼스가 말했다.

아무도 웃지 않았다.

유넬이 하던 얘기를 계속했다.

"두 아이는 정오 직전에 학교에서 다섯 블록 거리에 있는 주류 및 식료품 가게에서 목격되었습니다. 이게 그 가게의 보안 카메라에 찍힌 두 아이의 정지 화면이에요."

흑백의 이미지가 또렷하고 선명했다. 홀리는 흘러간 누아르 영화의 한 장면 같다는 생각을 했다. 그녀는 모래색 머리를 한 두 아이를 물끄러미 바라보았다. 한 명은 탄산음료 두 개를, 또 한 명은 초코바 두 개를 들고 있었다. 청바지와 티셔츠 차림이었다. 둘 다 마뜩잖아하는 표정을 짓고 있었다. 초코바를 들고 있는 아이는 입을 떡 벌리고 미간을 찌푸린 채 손가락질을 했다.

"점원이 아이들이 학교를 땡땡이친 걸 알고 물건을 팔지 않겠다고 한 거예요."

"그러게요." 하워가 말했다. "언니가 점원한테 따지는 소리가 들리는 듯하네요."

* 1962년, 캘리포니아 주 앨커트래즈 섬에 있는 감옥에서 죄수 세 명이 사라지는 사건이 벌어졌는데, 이들의 탈출 과정이나 이후 행적은 지금까지 수수께끼로 남아 있다.

"네. 하지만 재미있는 건 그 부분이 아닙니다. 사진의 오른쪽 상부 모서리를 보세요. 인도에서 누가 유리창 안을 들여다보고 있죠. 제가 조금 확대해서 보여 드릴게요."

마시가 들릴락 말락 하게 무슨 말인가를 중얼거렸다. 맙소사일 수도 있었다.

"그 사람이죠?" 새뮤얼스가 말했다. "홈즈. 아이들을 보고 있네요."

유넬은 고개를 끄덕였다.

"앰버와 졸린을 마지막으로 봤다고 한 사람이 저 점원이었어요. 하지만 이후로 두 아이는 최소 한 번 이상 다른 카메라에 찍혔어요."

그가 클릭하자 회의실 전면의 스크린에 또 다른 보안 카메라에 찍힌 사진이 떴다. 이 카메라의 렌즈는 주유소를 향했다. 한쪽 구석에 찍힌 타임 코드는 4월 23일 12:19PM이었다. 홀리는 간호사가 제보한 사진이 이건가 보다고 생각했다. 캔디 윌슨은 홈즈의 트럭, 그러니까 '근사하게 꾸민' 세비 타호가 찍혔을 거라고 했는데 아니었다. 사진 안에서 히스 홈즈는 옆면에 **데이턴 조경 및 수영장**이라고 적힌 소형 밴 쪽으로 걸어가고 있었다. 기름 값을 계산했는지, 양손에 탄산음료를 하나씩 들고 차로 돌아가는 길이었다. 그 탄산음료를 받으려고 운전사 쪽 차창 너머로 몸을 내민 아이는 둘 중에 언니인 앰버였다.

"저 트럭이 도난당한 게 언제인가요?" 랠프가 물었다.

"4월 14일이었어요."

"준비가 끝날 때까지 어디 숨겨 놓은 거예요. 그러니까 계획범죄였다는 뜻이죠."

"네, 그렇겠네요."

"그런데 이 아이들이 그냥…… 그 차에 탔다고요?"

지넷의 물음에 유넬은 어깨를 으쓱했다.

"이번에도 피해자에게 책임을 전가하려는 건 아닙니다. 잘못 판단했다고 이 나이 또래의 어린아이를 어떻게 나무랄 수 있겠습니까. 그렇지만 이 사진을 보면 아이들이 적어도 처음에는 자발적으로 따라나선 것 같아요. 하워드 부인이 하이스미스 경사에게 말하길, 큰아이는 가고 싶은 데가 있으면 '트럭 뒤에 몰래 올라탔다.'고 합니다. 위험하다고 누누이 얘기해도 소용이 없었다고요."

홀리가 보기에 두 사진이 들려주는 이야기는 간단했다. 이방인은 두 아이가 주류 및 식료품 가게에서 거부당한 걸 보고, 자기를 따라오면 기름을 넣으면서 탄산음료와 초코바를 사 주겠다고 했다. 그런 다음 집이나 어디든 가고 싶은 데로 데려다 주겠다고 했다. 학교를 땡땡이친 아이들을 돕고 싶은 마음씨 착한 아저씨일 뿐이었다. 그도 그랬던 시절이 있으니까.

"그 이후에 홈즈가 다시 목격된 시각은 저녁 6시가 조금 지났을 때입니다." 유넬은 하던 얘기를 계속했다. "데이턴 외곽의 와플 하우스에서요. 얼굴과 손과 셔츠에 피가 묻어 있었죠. 그는 웨이트리스와 즉석요리 담당에게 코피가 났다고 하고 화장실에 가서 씻었어요. 그러고는 나와서 포장을 주문했죠. 그가 매장에서 나갔을 때 웨이트리스와 요리사는 셔츠 뒷면과 바지 엉덩이 부분에도 군데군데 피가 튄 걸 보았어요. 대부분의 사람들이 코가 앞쪽에 달려 있다는 걸 감안하면 그의 이야기는 조금 앞뒤가 맞지 않았죠. 웨이트리스가 차 번호를 적고 경찰에 연락했어요. 두 사람 모두 나중에 여섯 장의 사진에서 홈즈를 지목했고요. 그 적갈색 머리는 착각하기가 쉽지 않았으니까요."

"와플 하우스에 갔을 때도 소형 밴을 몰고 있었대요?"

랠프가 물었다.

"네. 아이들의 시신이 발견되고 얼마 되지 않았을 때 리지스 공영 주차장에 버려진 채 발견됐어요. 뒷자리가 피투성이였고 온 사방에 그와 아이들의 지문이 묻어 있었죠. 피가 묻은 지문도 있었고요. 이것 역시 프랭크 피터슨 살인 사건과 상당히 유사한 대목이에요. 사실상 현저하게 유사한 대목이죠."

"리지스에 있는 그의 집과 이 소형 밴이 발견된 지점은 거리가 얼마나 돼요?" 홀리가 물었다.

"800미터가 채 안 돼요. 차를 버리고 집까지 걸어가서 피 묻은 옷을 갈아입고 엄마에게 맛있는 저녁을 차려 주었다는 게 경찰 측의 추측이에요. 경찰서에서는 거의 곧바로 지문을 채취했지만, 형식적인 절차를 건너뛰고 지문의 주인을 파악하기까지 이삼일이 걸렸죠."

"홈즈가 난폭 운전을 하다 잡혔을 때 법적으로는 아직 미성년자였으니까요." 랠프가 말했다.

"맞아요. 4월 26일에 홈즈는 하이스먼 기억 병동에 갔어요. 관리 책임자 준 켈리 부인이 휴가 중인데 어쩐 일이냐고 물었더니 그가 사물함에서 꺼내 갈 게 있다고, 온 김에 환자를 두어 명 들여다볼까 한다고 대답했답니다. 이걸 듣고 그녀는 좀 이상하게 생각했던 게,

간호사들은 사물함이 있지만 잡역부들은 휴게실에 플라스틱 박스를 두고 쓰거든요. 그리고 잡역부들은 처음부터 모든 고객을 입소자로 지칭하라는 교육을 받는데, 홈즈는 그들을 대개 친구라고 불렀고요. 다정하게 말이죠. 아무튼 홈즈가 그날 들여다본 친구는 테리 메이틀랜드의 아버지였고, 경찰은 그의 화장실에서 금색 머리카락을 발견했어요. 감식 결과 졸린 하워드의 머리카락으로 밝혀졌고요."

"참으로 간편하기도 하지." 랠프가 말했다. "함정일지 모른다고 한 사람은 없었나요?"

"증거가 계속 쌓이다 보니 경찰은 그냥 홈즈가 생각이 없었든지 체포되길 원했나 보다고 짐작했어요. 소형 밴, 지문, 보안 카메라 영상…… 지하실에서 발견된 아이들 속옷…… 그리고 화룡점정이었던 DNA 결과. 구류 중에 뺨 안쪽에서 채취한 DNA가 범인이 현장에 남긴 정액과 일치했거든요."

"맙소사." 빌 새뮤얼스가 말했다. "정말이지 판박이네요."

"한 가지 큰 차이점이 있죠. 히스 홈즈는 마침 하워드 자매가 납치돼서 살해당한 시점에 진행된 강연에서 카메라에 찍히는 행운을 누리지 못했거든요. 그의 어머니가 아들은 휴가 내내 리지스에 있었다고, 하이스먼은 물론이고 트로트우드에도 간 적 없다고 맹세했어요. '거길 뭐 하러 가겠어요? 형편없는 인간들이 사는 형편없는 마을인데.' 이러면서요."

"그 증언은 배심원단에게 씨알도 먹히지 않았을 거예요." 새뮤얼스가 말했다. "아니, 엄마가 아니면 세상에 누가 거짓말을 해 주겠어요?"

"휴가 기간 동안 다른 동네 주민들도 홈즈를 목격했죠." 유넬은 얘기를 계속했다. "그가 어머니 집에서 잔디를 깎고, 하수구를 고치고, 현관에 페인트를 칠하고, 앞집에 사는 아주머니가 꽃씨를 심는 걸 도왔거든요. 하워드 자매가 납치된 날에. 그리고 근사하게 꾸민 그의 트럭을 몰고 다니면서 볼일을 보면 눈에 띌 수밖에 없었고요."

그러자 하위가 물었다.

"앞집에 사는 아주머니가 두 아이가 살해되던 시점에 그가 자기 집에 있었다고 했을까요?"

"오전 10시쯤이었다고 했어요. 비슷하기는 했지만 정확한 알리바이가 될 수는 없었죠. 리지스에서 트로트우드까지는 플린트 시티에서 캡 시티까지보다 훨씬 가깝거든요. 경찰에서는 그가 페튜니아인지 뭔지 꽃씨를 심으려는 앞집 아주머니를 도와주고, 공영 주차장으로 타호를 몰고 가서 소형 밴으로 갈아타고 사냥에 나섰다고 보았어요."

"테리가 홈즈 씨보다 운이 좋았네요." 마시가 처음으로 랠프와 빌 새뮤얼스를 차례대로 쳐다보며 말했다. 랠프는 그녀와 눈을 맞추었다. 새뮤얼스는 맞출 수가 없었든지 맞출 생각이 없었든지 둘 중 하나였다. "충분히 좋지 않았을 뿐."

"한 가지가 더 있는데요. 기브니 씨의 표현에 따르자면 또 한 조각의 퍼즐이겠습니다만, 랠프가 메이틀랜드 사건을 양쪽 각도에서 요약한 다음에 공개하도록 하겠습니다."

랠프는 법정에서 증언이라도 하듯 간단한 문장으로 간결하게 요약했다. 클로드 볼턴에게 들은 얘기(테리가 악수를 하면서 손톱으로 그에게 상처를 냈다는 얘기)를 잊지 않고 언급했다. 캐닝 타운십에서 바지, 속옷, 양말, 운동화는 발견이 됐지만 셔츠는 없었다는 얘기를 한 다음 법원 앞 계단에서 본 남자에게로 화제를 돌렸다. 테리가 더브로 기차역에서 입었던 셔츠로 흉터가 있는 민머리를 덮었다고 확신할 수는 없지만 그랬을 수도 있다고 본다고 말했다.

"법원을 촬영한 텔레비전 영상이 있을 텐데요. 그거 확인해 보셨어요?"

홀리의 말에 랠프와 사블로 경위는 서로 흘끗 쳐다보았다.

"했어요." 랠프가 말했다. "하지만 그 남자는 없었어요. 어떤 영상에도."

여기저기서 웅성거렸고 지넷이 랠프의 팔을 다시 잡았다. 이번에는 으스러지라 붙잡았다. 랠프는 걱정 말라는 듯이 그녀의 손을 토닥였지만 시선은 데이턴에서 여기로 날아온 여자를 향해 있었다. 홀리는 어리둥절한 표정이 아니었다. 만족스러워하는 표정이었다.

6

"하워드 자매 납치범은 소형 밴을 썼어요." 유넬이 말했다. "그리고 용도가 끝나자 쉽게 눈에 띄는 곳에 버렸고요. 프랭크 피터슨 살인범도 아이를 납치하는 데 쓴 밴을 똑같이 처리했죠. 쇼티스 펍 뒤편에 세우고 두 명의 목격자들에게 말을 걸면서 사실상 이목을 집중시켰어요. 홈즈가 와플 하우스에서 요리사와 웨이트리스에게 말을 걸었던 것처럼. 오하이오 경찰은 소형 밴에서 범인과 희생자, 양쪽 모두의 지문을 숱하게 찾았어요. 우리도 밴에서 지문을 숱하게 찾았죠. 하지만 채취된 지문 중에 신원이 밝혀지지 않은 게 적어도 한 세트가 있었죠. 적어도 오늘까지는요."

랠프는 집중한 표정을 지으며 몸을 앞으로 숙였다.

"제가 뭐 하나를 보여 드릴게요." 유넬이 노트북을 만지작거렸다. 두 개의 지문이 화면에 떴다. "뉴욕 북부에서 밴을 훔친 아이의 지문이에요. 하나는 밴에서, 다른 하나는 엘패소에서 체포됐을 때 채취한 겁니다. 이제 이걸 보세요."

그가 노트북을 좀 더 만지작거리자 두 지문이 완벽하게 합쳐졌다.

"이로써 멀린 캐시디는 처리가 됐죠. 이제 프랭크 피터슨. 하나는 출처가 신체검사, 다른 하나는 밴입니다."

이번에도 두 개를 서로 겹치자 완벽하게 일치했다.

"다음은 메이틀랜드. 하나는 밴에서 채취한 겁니다. 사족을 달자면 수많은 지문 중에 하나였죠. 또 다른 하나는 플린트 시티 경찰서에서 채취한 거예요."

그가 두 개를 겹치자 이번에도 완벽하게 일치했다. 마시는 한숨 쉬는 소리를 냈다.

"자, 이제 흠칫 놀랄 준비를 하세요. 왼쪽은 밴에서 채취한 신원 불명의 지문이고 오른쪽은 오하이오 주 몽고메리 카운티 구치소의 입소 카드에 찍힌 히스 홈즈의 지문입니다."

그가 두 개를 겹쳤다. 이번에는 완벽하게 일치하지는 않았지만 그래도 아주 비슷했다. 홀리가 보기에 그 정도면 일치하는 지문으로 배심원단이 받아들이기에 충분했다. 일단 그녀는 그렇게 받아들였다.

"사소하게 몇 군데 다른 부분이 있긴 하죠. 시간이 경과돼서 밴에 남은 홈즈의 지문이 살짝 훼손됐기 때문에 그렇습니다. 하지만 제가 보기에는 일치한다고 볼 수 있는 포인트가 충분합니다. 히스 홈즈가 언젠가 그 밴에 탔던 거죠. 이건 새로운 정보입니다."

회의실 안에 정적이 흘렀다.

유넬이 지문을 두 개 더 띄웠다. 왼쪽은 선명하고 또렷했다. 홀리는 이미 본 지문이라는 걸 알아차렸다. 랠프도 마찬가지였다.

"테리의 지문이잖아요. 밴에서 채취한."

"맞아요. 그리고 오른쪽은 헛간에서 발견된 버클에 남은 지문이에요."

소용돌이무늬가 같았지만 이상하게 군데군데 희미했다. 유넬이 서로 합치자 밴에 남은 지문이 버클에 남은 지문의 빈자리를 채웠다.

"누가 봐도 동일인의 지문이죠. 테리 메이틀랜드의 지문 말입니다. 다만 버클에 남은 지문은 훨씬 나이가 많은 사람이 남긴 것처럼 보인다는 게 문제일 뿐."

"어떻게 그럴 수가 있죠?" 지넷이 물었다.

"말이 안 돼요." 새뮤얼스가 말했다. "내가 입소 카드에 찍힌 메이틀랜드의 지문을 봤는데…… 그가 그 버클을 마지막으로 건드리고 며칠 뒤에 찍은 거요. 확실하고 선명했어요. 선이며 소용돌이무늬가 온전했단 말입니다."

"그 버클에도 신원 불명의 지문이 있었습니다. 이거예요."

이건 배심원단이 받아들일 수 없는 증거였다. 선과 소용돌이무늬가 몇 개 있긴 하지만 희미해서 거의 보이지 않다시피 했다. 지문의 거의 대부분이 흐릿한 얼룩에 불과했다.

"워낙 상태가 엉망이라 장담할 수는 없지만 메이틀랜드 씨 지문으로 보이지는 않고, 홈즈는 그 버클이 기차역 카메라 영상에 처음으로 등장하기 훨씬 전에 세상을 떠났으니 그의 지문일 수도 없습니다. 하지만…… 히스 홈즈는 피터슨을 납치하는 데 쓰인 그 밴에 탄 적이 있었단 말이죠. 언제, 어쩌다, 왜 그랬는지는 전혀 모르겠지만 벨트 버클에 희미한 지문을 남긴 자가 누구인지 밝히는 사람에게 1000달러를, 거기 남겨진 메이틀랜드의 지문이 그렇게 늙어 보이는 이유를 밝히는 사람에게 500달러의 상금을 지불할 용의가 있습니다."

유넬은 노트북 플러그를 뽑고 자리에 앉았다.

"테이블 위로 꺼내진 퍼즐 조각들이 많네요." 하위가 말했다. "하지만 그걸로 과연 그림을 완성할 수 있을까 싶은데요. 다른 얘기 하실 분 계십니까?"

랠프가 아내를 돌아보았다.

"얘기해. 누가 우리 집을 찾아온 꿈을 꾸었는지."

"꿈 아니야. 꿈은 희미해지잖아. 현실은 그렇지가 않고."

지넷은 처음에는 천천히 운을 뗐지만 점점 속도를 높여 가며, 1층에 불이 켜져 있어서 내려가 보니 거실 입구 너머에 부엌 식탁 의자를 가져다 놓고 어떤 남자가 앉아 있더라고 얘기를 했다. 그가 전한 경고로 마무리를 짓되 그의 손가락에 희미해져 가는 파란색 잉크로 새겨진 문신을 강조했다. ***그만해야 한다****고 얘기해.*

"나는 기절했어요. 평생 기절이라고는 해 본 적이 없는데."

"아내가 눈을 떴을 때는 침대 위였어요. 누가 침입한 흔적은 없었고요. 도난 경보도 켜져 있었고."

"꿈을 꾸셨네요." 새뮤얼스가 딱 잘라서 말했다.

지넷은 머리칼이 날릴 정도로 세게 고개를 저었다.

"그 남자는 진짜 있었어요."

"무슨 일인가가 벌어졌어요." 랠프가 말했다. "그것만큼은 분명해요. 얼굴에 화상을 입은 남자는 손가락에 문신이 있었는데……."

"뉴스 영상에 찍히지 않은 남자 말이죠." 하위가 말했다.

"어떻게 들릴지 나도 알아요. 정신병자의 헛소리 같겠죠. 하지만 이 사건 관계자 중에 손가락에 문신을 새긴 또 다른 사람이 있었고 나는 그게 누구였는지 기억해 냈어요. 유넬을 통해 입수한 사진을 지넷에게 보여 줬더니 맞는다고 했고요. 지넷이 꿈속 아니면 우리 집에서 본 남자는 클로드 볼턴이에요, 젠틀맨 플리즈의 경비. 메이틀랜드와 악수를 하다가 상처가 난 사람 말이에요."

"테리가 잡역부하고 부딪쳤을 때 상처가 났듯이 말이죠." 마시가 말했다. "그 잡역부가 히스 홈즈였죠, 그렇죠?"

"물론이죠." 홀리가 멍하니 말했다. 그녀는 벽에 걸린 그림 가운데 하나를 쳐다보고 있었다. "그가 아니면 누구겠어요?"

알렉 펠리가 입을 열었다.

"두 분, 볼턴의 소재를 파악하셨나요?"

"내가 했어요." 랠프는 대답하고 나서 설명을 시작했다. "여기서 650킬로미터 멀리 있는 텍사스 서부의 메리스빌이라는 곳에 있고, 어딘가에 전용기를 숨겨 놓았다면 모를까, 지넷이 보았다는 시각에는 우리 집에 있을 수가 없었어요."

"그의 엄마가 거짓말을 했다면 얘기가 달라지죠." 새뮤얼스가 말했다. "좀 전에도 얘기가 나왔다시피 아들이 의심을 받으면 어머니들이 종종 그러잖아요."

"지넷도 그렇게 생각했지만, 이 경우에는 그럴 가능성이 낮아요. 경찰이 다른 핑계를 대고 찾아갔는데 둘 다 편안하고 거리낌 없었다고 해요. 전혀 진땀을 흘리지 않았고요."

새뮤얼스는 팔짱을 꼈다.

"나는 못 믿겠어요."

"마시?" 하워드가 말했다. "이제 당신이 퍼즐을 추가해야 할 차례인 것 같은데요."

"저는…… 저는 싫어요. 형사님한테 맡겨 주세요. 그레이스가 이 분한테 얘기했잖아요."

하위가 그녀의 손을 잡았다.

"테리를 위해서예요."

마시는 한숨을 쉬었다.

"알았어요. 그레이스도 어떤 남자를 봤대요. 두 번. 두 번째에는 집 안에서 봤어요. 저는 아빠가 죽은 것 때문에 심란해서 그 애가 무서운 꿈을 꾸는 줄 알았어요……. 어느 아이든 그럴 테니까……." 그녀는 말을 멈추고 아랫입술을 깨물었다.

"용기를 내주세요." 홀리가 말했다. "아주 중요한 문제예요, 메이틀랜드 부인."

"네." 랠프도 맞장구쳤다. "맞습니다."

"나는 꿈이라고 확신했어요! 장담했어요!"

"아이가 어떻게 생긴 남자인지 설명했나요?" 지넷이 물었다.

"어느 정도는요. 맨 처음은 일주일쯤 전이었어요. 그레이스가 세라하고 같이 세라의 방에서 자고 있었을 때 창밖으로 보이더래요. 얼굴은 점토로 빚은 것 같았고 눈 대신 빨대가 달려 있었다고 했어요. 누구든 그 얘기를 들으면 그냥 무서운 꿈을 꾸었나 보다고 생각하지 않겠어요?"

아무도 대꾸하지 않았다.

"두 번째는 일요일이었어요. 낮잠을 자고 일어나 보니 남자가 자기 침대에 앉아 있더래요. 이제는 빨대가 아니라 아빠의 눈을 하고 있었는데, 그래도 무서웠대요. 팔에 문신이 있었어요. 손에도."

그러자 랠프가 보충 설명을 했다.

"아이 말로는 얼굴도 이제는 점토로 만든 것 같지 않았다고 했어요. 짧은 까만색 머리에 뭐를 발라서 위로 삐쭉 솟았고 입 주변에 수염을 살짝 길렀고."

"염소수염이었어요." 지넷은 속이 불편해 보였다. "같은 남자예요. 첫 번째는 꿈을 꾼 걸지 몰라도 두 번째는…… 볼턴이에요. 분명해요."

마시는 머리가 아픈 사람처럼 손바닥을 관자놀이에 대고 눌렀다.

"그렇게 들릴 수 있다는 걸 알지만 그래도 꿈일 수밖에 없어요. 자기한테 얘기하는 동안 셔츠 색깔이 바뀌었다는데, 꿈에서나 그러잖아요. 앤더슨 형사님, 나머지는 형사님께서 얘기하시겠어요?"

그는 고개를 저었다.

"잘하고 계십니다."

마시는 눈을 훔쳤다.

"아이 말로는 남자가 자길 놀렸대요. 아기라고 했고, 아이가 울음을 터뜨리니까 슬퍼해서 기분이 좋다고 했고요. 그러고 나서 앤더슨 형사님한테 메시지를 전하라고 했어요. 멈추지 않으면 나쁜 일이 벌어질 거라고요."

"그레이스에 따르면 남자가 맨 처음 등장했을 때는 미완성인 것 같았다고 합니다. 만들어지다 만 것 같았다고. 두 번째로 등장했을 때는 인상착의가 클로드 볼턴 같기는 해요. 다만 볼턴이 텍사스에 있다는 게 문제일 뿐. 어떻게들 생각하세요?"

"볼턴이 거기 있다면 여기 있었을 리 없잖아요." 빌 새뮤얼스가 짜증이 치민 목소리로 말했다. "그것만큼은 분명하잖아요."

"테리 메이틀랜드 때도 분명해 보였잖습니까. 그리고 이제 알고 보니 히스 홈즈도 그렇고요." 하위는 홀리에게로 관심을 돌렸다. "오늘 저녁 이 자리에 미스 마플은 없지만 우리에게는 미스 기브니가 있죠. 저희를 위해 이 퍼즐을 맞춰 주시겠습니까?"

홀리는 그의 말을 듣지 못한 눈치였다. 계속 벽에 걸린 그림만 쳐다보고 있었다.

"눈 대신 빨대가 달렸다. 응. 그렇지. 빨대……."

그녀는 말끝을 흐렸다.

"기브니 씨?" 하위가 말했다. "저희한테 하실 말씀이 있으신가요, 아닌가요?"

어딘지 모를 곳으로 떠났던 홀리가 돌아왔다.

"네. 이게 어떻게 된 일인지 설명할 수 있어요. 여러분께서 열린 마음으로 들어 주시기만 하면요. 제가 들고 온 영화의 일부분을 보여 드리면 더 금세 끝낼 수 있을 것 같은데요. DVD를 가방에 들고 왔어요."

그녀는 힘을 달라고(그리고 그들이 못미더워하거나 노발대발하면 빌 호지스를 소환할 수 있게 해 달라고) 다시 한 번 짤막하게 기도를 드리고 자리에서 일어나 유넬이 그의 노트북을 두었던 테이블 끝 쪽에 그녀의 노트북을 얹었다. 그런 다음 DVD 외장 드라이브를 꺼내 연결했다.

7

잭 호스킨스는 피부암이 가족력이라고 강조하며 일광화상을 핑계로 병가를 신청할까 고민했다가 안 좋은 생각이라는 결론을 내렸다. 사실상 끔찍한 생각이었다. 겔러 서장은 자기 방에서 나가라고 할 게 분명했고 소문이 돌면(로드니 겔러는 입이 무거운 타입이 아니었다.) 호스킨스 형사는 그 부서에서 웃음거리로 전락할 것이었다. 만에 하나 서장이 허락한들 병원에 가라고 할 텐데, 잭은 아직 그럴 마음의 준비가 되지 않았다.

하지만 그는 3일 일찍 소환됐고, 그의 휴가 일정이 5월부터 근무 당번 알림판에 적혀 있었던 걸 감안하면 부당한 처사였다. 때문에 이 3일을 랠프 앤더슨 같으면 스테이케이션이라고 표현할 방식으로 보낼 권리가 (완벽하게) 있다는 판단 아래 술집을 전전하며 수요일 오후를 보냈다. 세 번째 술집부터 캐닝 타운십에서 겪은 섬뜩한 에피소드를 거의 잊을 수 있었고, 네 번째 술집부터는 일광화상과 밤에 일광화상을 입었다는 희한한 사실에 대해 더 이상 걱정하지 않았다.

다섯 번째로 들어간 곳이 쇼티스 펍이었다. 거기서 바텐더(아주 예쁘장한 아가씨였고 이름은 까먹었지만 딱 붙는 랭글러 청바지로 감싼 그 길고 매혹적인 각선미는 잊지 않았다.)에게 뒷덜미를 보여 줄 테니 뭐가 보이는지 얘기해 달라고 했다. 그녀는 알았다고 했다.

"햇볕에 너무 탔네요."

"그냥 그뿐이지?"

"네, 그냥 햇볕에 너무 탔어요." 그런 다음 잠깐 멈추었다가 다시 덧붙였다. "그런데 아주 심해요. 조그맣게 물집이 몇 군데 잡혔어요. 뭘 좀 바르셔야……."

"알로에 말이지? 들었어."

그는 보드카 토닉을 다섯 잔 마신 다음(여섯 잔이었을 수도 있었다.) 똑바로 앉아서 정면을 주시하고 제한속도를 정확히 지켜 가며 집으로 차를 몰았다. 검문을 당하면 좋지 않았다. 이 주의 법적 허용치는 0.08퍼센트였다.

그는 홀리 기브니가 하워드 골드의 회의실에서 프레젠테이션을 시작한 바로 그 시각에 집에 도착했다. 팬티만 빼고 옷을 모두 벗고, 잊지 않고 문을 모두 잠근 다음 꽉 찼다고 아우성치는 방광을 비우러 화장실에 갔다. 그 문제를 해결한 뒤에 손거울로 다시 한 번 뒷덜미를 체크했다. 지금쯤이면 화상이 괜찮아져서 껍질이 벗겨지기 시작했을지 몰랐다. 하지만 아니었다. 화상이 검게 변했다. 뒷덜미에 열십자 모양으로 깊은 균열이 생겼다. 그중 두 군데에서 진주 같은 고름이 줄줄 흘러나왔다. 그는 앓는 소리를 내며 눈을 감았다가 다시 뜨고 안도의 한숨을 내쉬었다. 피부는 검게 변하지 않았다. 균열도 생기지 않았다. 고름도 나지 않았다. 하지만 시뻘겠고 몇 군데 물집이 잡혔다. 건드렸을 때 예전만큼 아프지는 않았지만 러시아산 마취제를 잔뜩 마셨으니 그럴 수밖에 없었다.

이제는 술을 이렇게 잔뜩 마시지 말아야 하는데. 있지도 않은 헛것을 본다는 게 아주 분명한 신호야. 심지어 경고라고 할 수 있지.

알로에 베라가 없었기에 아르니카 젤을 덕지덕지 발랐다. 따끔거렸지만 통증이 이내 가라앉았다.(또는 무지근하게 욱신거리는 수준으로 잦아들었다.) 좋은 징조 아닐까? 젤이 묻지 않게 손 닦는 수건으로 베개를 덮고 누워서 불을 껐다. 하지만 어둠은 좋지 않았다. 어둠 속에서는 통증이 더 심하게 느껴지는 듯했고 방 안에 뭔가가 있는 듯한 상상을 하기가 너무 쉬웠다. 그 방치된 헛간에서 그의 뒤에 서 있었던 그 뭔가가 말이다.

거기 뭐가 있었다고 느낀 건 착각이었어. 피부가 시커메진 것처럼 보인 게 착각이었듯이. 그리고 균열도. 고름도.

모두 맞는 말이었지만 머리맡의 스탠드를 켰을 때 마음이 좀 더 편해진 것도 사실이었다. 그는 하룻밤 푹 자고 일어나면 모든 게 괜찮아질 거라는 생각을 끝으로 잠이 들었다.

8

"조도를 좀 더 낮출까요?" 하워가 물었다.

"아뇨. 이건 용도가 오락이 아니라 정보고, 87분밖에 안 되는 짧은 영화지만 전부 볼 필요도 없어요. 아니, 거의 볼 필요가 없어요." 두려워했던 것이 무색하게 별로 긴장이 되지 않았다. 아직까지는 그랬다. "하지만 보여 드리기 전에 한 가지 분명하게 짚고 넘어가야 할 게 있어요. 진실을 인정할 마음의 준비가 되지 않았을 뿐, 여러분 모두 지금쯤은 아실 거라고 생각하는데요."

그들은 말없이 그녀를 쳐다보았다. 그 눈들. 모든 수업 시간에 맨 뒷자리를 고집했고, 한 번도 손을 들어 본 적이 없었고, 체육 시간이 있는 날이면 교복 아래에 체육복을 입고 등교할 정도로 소심했던 홀리 기브니가 이러고 있다니 믿기지가 않았다. 심지어 20대까지 어머니에게 말대꾸할 엄두조차 내지 못했던 그녀가 아니던가. 두 번이나 정신이상을 일으켰던 그녀가 아니던가.

하지만 그건 다 빌을 만나기 전의 얘기잖아. 그는 나를 믿었고

나는 그의 믿음에 보답했어. 이제는 이 사람들의 믿음에 보답할 차례야.

"테리 메이틀랜드는 프랭크 피터슨을 죽이지 않았고, 히스 홈즈는 하워드 자매를 죽이지 않았어요. 이 두 살인 사건은 이방인의 소행이에요. 범인은 현대 과학기술, 현대 과학수사 기법을 악용하지만 진짜 무기는 진실을 믿지 않으려는 우리의 태도예요. 우리는 사실을 뒤쫓아가도록 훈련을 받았기 때문에 여러 가지 사실이 상호 충돌할 때 가끔 그자의 냄새를 맡아도 그 냄새를 따라가길 거부하죠. 그자는 그걸 알아요. 그걸 이용하고요."

"기브니 씨." 지넷 앤더슨이 말했다. "지금 초자연적인 존재가 범인이라고 말씀하시는 건가요? 뱀파이어 비슷한 존재가?"

홀리는 입술을 씹으며 고민에 잠겼다. 이윽고 그녀가 말했다.

"그 질문에는 대답하지 않을게요. 아직은요. 먼저 제가 들고 온 영화부터 보세요. 영어로 더빙된 멕시코 영화고 우리나라에서는 50년 전에 자동차 극장에서 동시 상영됐어요. 영어 제목은 「멕시코의 여자 레슬러 괴물을 만나다*Mexican Wrestling Women Meet the Monster*」지만 스페인어 제목은……."

"나 원 참." 랠프가 말했다. "이거 너무 어처구니없는 거 아닌가요?"

"가만히 있어." 지넷이 말했다. 언성을 높이지 않았지만 화가 난 목소리라는 걸 알 수 있었다. "그냥 두고 봐."

"하지만……."

"당신은 어젯밤에 그 자리에 없었잖아. 나는 있었어. *그러니까 그냥 두고 보라고.*"

랠프는 좀 전에 새뮤얼스가 그랬듯이 팔짱을 꼈다. 홀리도 너무나 잘 아는 자세였다. 피하려는 자세였다. 그리고 듣지 않겠다는 뜻이 담긴 자세였다. 그녀는 하던 얘기를 계속했다.

"멕시코 제목은「로지타 루차도라 에 아미가스 코노센 엘 쿠코 *Rosita Luchadora e Amigas Conocen El Cuco*」예요. 스페인어로 그게 무슨 뜻인가 하면……."

"맞아요!" 유넬이 고함을 지르는 바람에 다들 펄쩍 뛰었다. "토요일에 그 식당에서 같이 아침을 먹었을 때 내가 생각이 나지 않는다고 했던 영화 제목이 그거였어요! 내가 한 얘기 기억나요, 랠프? 우리 집사람이 *페케냐*(꼬맹이) 시절에 *아부엘라*(할머니)한테 들었다고 한 얘기 말이에요."

"그걸 어떻게 잊어버리겠어요? 까만 자루를 들고 다니며 어린애를 잡아서 그 기름을 문대고……."

랠프는 말을 하다 말고 자기도 모르게 프랭크 피터슨와 하워드 자매를 떠올렸다.

"잡아다가 뭘 하는데요?" 마시 메이틀랜드가 물었다.

"아이들의 피를 마시고 기름을 자기 몸에 문대요." 유넬이 말했다. "그러면 계속 젊음을 유지할 수 있다고 해서. *엘 쿠코*(괴물)."

"맞아요." 홀리가 말했다. "스페인에서는 *엘 옴브레 콘 사코*라고 해요. 자루를 들고 다니는 남자. 포르투갈에서는 펌프킨헤드고요. 미국 어린이들이 핼러윈 때 호박에 구멍을 내는 건 엘 쿠코의 닮은 꼴을 만드는 거예요. 수백 년 전에 이베리아 반도에서 어린이들이 그랬듯이."

"엘 쿠코가 등장하는 자장가도 있었어요. *아부엘라*가 가끔 밤에 불렀는데. *두에르메테, 니뇨, 두에르메테, 야*…… 거기까지밖에 생각이 안 나네요."

"자거라, 아가, 자거라." 홀리가 말했다. "엘 쿠코가 널 잡아먹으려고 천장에서 기다린다."

"그 자장가 괜찮네요." 알렉이 말했다. "아이들이 단꿈을 꿀 수 있겠어요."

"맙소사." 마시가 속삭였다. "그 비슷한 게 우리 집에 찾아왔다고 생각하세요? 찾아와서 우리 딸아이 침대에 앉아 있었다고?"

"그렇기도 하고 아니기도 해요. 영화를 틀게요. 맨 처음 10분 정도면 충분할 거예요."

9

잭은 양옆에 아무것도 없고 머리 위로 파란 하늘만 1000킬로미터 동안 이어지는 인적 없는 2차로 고속도로를 달리는 꿈을 꾸었다. 대형 트럭을 운전하고 있었는데, 기름 냄새가 나는 걸 보면 유조차일 수 있었다. 그의 옆에는 까만 머리를 짧게 깎고 염소수염을 기른 남자가 앉아 있었다. 양쪽 팔이 문신으로 뒤덮였다. 잭은 젠틀맨 플리즈를 수시로 드나들며(공무 집행을 위해 찾은 적은 거의 없지만), 전과가 있지만 손을 씻은 뒤로 착하게 지내는 클로드 볼턴과 유쾌한 대화를 자주 나누었기에 그가 누군지 알았다. 하지만 이 꿈속에 등장하는 클로드는 천하에 몹쓸 악당이었다. 샤워 커튼을 젖히고 손가락에 새겨진 **안 돼**라는 문구를 보여 준 자가 이 클로드였다.

트럭이 **메리스빌, 인구 1280명**이라고 적힌 표지판을 지났다.

"그 암은 진행이 빠르지." 클로드가 말했다. 샤워 커튼 뒤에서 들린 그 목소리가 맞았다. "네 손을 봐, 잭."

잭은 시선을 떨어뜨렸다. 운전대를 잡은 손이 시커멓게 변해 있었다. 그가 지켜보는 가운데 손이 떨어졌다. 유조차가 고속도로에서 벗어나 기우뚱 넘어가기 시작했다. 그는 트럭이 폭발하려 한다는 걸 알았기에 그러기 전에 꿈에서 빠져나와 숨을 헐떡이며 천장을 올려다보았다.

"맙소사." 그는 속삭이며 손이 제대로 붙어 있는지 확인했다. 제대로 붙어 있었고 시계도 마찬가지였다. 잠든 지 한 시간도 되지 않았다. "하느님 맙소……."

누군가가 그의 왼쪽에서 움직였다. 순간, 예쁘장하고 다리가 길었던 바텐더를 집으로 데리고 왔나 생각했지만 아니었다. 그는 혼자 있었다. 그렇게 괜찮은 아가씨가 그와 엮일 일은 없었다. 그녀가 보기에 그는 점점 미쳐 가는 뚱뚱한 40대 술꾼에 불과할 테고…….

그는 주위를 두리번거렸다. 한 침대에 누워 있는 여자는 그의 어머니였다. 몇 가닥 안 남은 머리칼에서 대롱거리는 얼룩무늬 핀을 보면 그렇다는 걸 알 수 있었다. 어머니가 장례식 때 그 핀을 하고 있었다. 장의사가 화장한 얼굴은 밀랍 인형 같았지만 대체로 나쁘지 않았다. 지금은 썩은 살점이 뼈에서 떨어져 나와 남은 얼굴이 거의 없었다. 고름으로 흠뻑 젖어서 잠옷이 몸에 들러붙었다. 썩어 가는 고기 냄새가 코를 찔렀다. 그는 비명을 지르려고 했지만 지를 수가 없었다.

"이 암이 너를 기다리고 있어, 잭." 어머니가 말했다. 입술이 없어졌기 때문에 이가 달가닥거리며 부딪치는 게 눈에 보였다. "너를 갉아먹고 있어. 그가 지금은 거두어 갈 수 있지만 시간이 조금만 더 지나면 그도 안 될 거야. 그가 원하는 대로 할래?"

"네." 호스킨스는 속삭였다. "네, 뭐든지요."

"그럼 잘 들어라."

잭 호스킨스는 잘 들었다.

10

홀리가 튼 영화의 도입부에는 FBI의 경고 문구가 없었고 그걸 보고 랠프는 놀라워하지 않았다. 애초부터 쓰레기였던 그런 구시대 유물을 두고 누가 굳이 저작권을 운운하겠는가? 음악은 떨리는 바이올린과 유쾌하게 삐걱거리는 *노르테뇨*(북부식) 아코디언 리프의 감상적인 조합이었다. 오래전에 고인이 된 영사기사들이 마구잡이로 수없이 상영하기라도 한 듯 화면이 지직거렸다.

내가 지금 이 자리에 이렇게 앉아 있다니 믿기지가 않네. 랠프는 생각했다. *정신병동에나 어울릴 법한 광경인데.*

그럼에도 아내와 마시 메이틀랜드는 기말고사를 준비하는 학생처럼 집중했고, 다른 사람들은 그 정도로 몰두하지는 않았어도 열심히 들여다보았다. 유넬 사블로는 입가에 희미한 미소를 머금었다. 황당해하는 미소가 아니라 과거를 언뜻 들여다본 자의 미소였다. 어린 시절에 들은 전설의 부활이었다.

업소라고는 술집 아니면 사창굴밖에 없어 보이는 밤거리와 함께 영화가 시작됐다. 카메라가 가슴이 깊게 파인 원피스를 입고, 네 살쯤 되어 보이는 딸의 손을 잡고 걸어가는 어떤 미녀의 뒤를 쫓았다. 이 밤에 잠자리에 들었어야 하는 아이를 데리고 이런 우범지대를 지나가는 이유는 후반부에 설명이 될지 몰라도 랠프와 다른 사람들이 시청한 부분에서는 아니었다.

취객이 비틀비틀 여자에게로 다가갔고, 그의 입술은 다르게 움직였지만 더빙한 성우는 멕시코 억양으로 "어이, 아가씨, 나랑 데이트할래?"라고 물어 스피디 곤잘레스*처럼 들렸다. 그녀는 무시하고 계속 발걸음을 옮겼다. 잠시 후, 두 가로등 사이의 어둑어둑한 골목길에서 드라큘라 영화에서 튀쳐나온 듯 길고 까만 망토를 걸친 남자가 휙 등장했다. 한 손에 까만 자루를 들고 있었다. 남자가 다른 손으로 아이를 낚아챘다. 엄마가 비명을 지르며 쫓아가 다음 번 가로등 아래에서 자루를 붙잡았다. 그가 빙그르르 몸을 돌리자 가로등 불빛이 마침 알맞게 이마에 흉터가 있는 중년 남자의 얼굴을 비췄다.

망토맨이 가짜로 붙인 송곳니를 드러내며 으르렁거렸다. 여자는 손을 들고 뒷걸음질을 치는데, 겁에 질린 아이 엄마라기보다 「카르

* 루니 툰 시리즈에 등장하는 생쥐 캐릭터.

멘」의 아리아 한 곡을 우렁차게 불러 젖히려는 오페라 가수 같았다. 납치범은 아이를 망토로 덮고 달아나려 하지만, 어느 술집에서 등장한 남자가 또다시 스피디 곤잘레스 같은 흉측한 억양으로 그를 불러 세웠다.

"에스피노자 교수님, 어디 가시우? 내가 술 한잔 사리다아!"

장면이 바뀌면 아이 엄마가 시체 안치소로 불려 가고(부연 유리문에 EL DEPOSITO DE CADAVERES라고 적혀 있다.) 시트가 젖혀진 순간 훼손된 아이의 시신을 보고 예측 가능한 선에서 연극 투로 비명을 질렀다. 이후에 흉터가 있는 남자가 체포되는데, 알고 보니 인근 대학교의 명망 있는 교수였다.

이후로 영화 특유의 짧은 재판이 이어졌다. 아이 엄마가 증언을 했다. 그에게 술을 사겠다고 했던 사람을 비롯해 스피디 곤잘레스 억양을 쓰는 두어 명의 다른 남자들도 증언을 했다. 배심원단이 판결을 고민하기 위해 일렬로 퇴정했다. 이 빤한 전개 과정에 초현실적인 분위기를 가미한 부분이 있다면 근사한 가면까지 갖춘 슈퍼히어로 복장을 입고 뒷줄에 앉아 있는 다섯 명의 여자였다. 판사를 비롯해 법정의 어느 누구도 그들에게서 위화감을 느끼지 않는 눈치였다.

배심원단이 다시 입정했다. 에스피노자 교수는 1급 살인으로 유죄 선고를 받았다. 그는 죄인 같은 표정으로 고개를 떨어뜨렸다. 가면을 쓴 여자 하나가 펄떡 일어나서 외쳤다.

"이건 오심이에요! 에스피노자 교수님은 아이를 해칠 분이 아니에요!"

"하지만 내가 봤다고요!" 아이 엄마가 외쳤다. "이번에는 당신이 틀렸어요, 로지타!"

슈퍼히어로 옷을 입고 가면을 쓴 여자들은 근사한 부츠를 뽐내며 법정을 박차고 나갔고, 카메라가 크로스페이드 기법으로 교수형 올가미를 비추었다. 그러다가 뒤로 물러나 구경꾼들로 둘러싸인 교수대를 비추었다. 에스피노자 교수가 계단을 끌려 올라갔다. 밧줄이 목에 둘러지는 동안 그의 시선이 모자가 달린 수도승의 옷을 입고 구경꾼들 뒤편에 서 있는 한 남자에게로 향했다. 샌들을 신은 남자의 발 사이에 검은 자루가 놓여 있었다.

한심하고 조잡한 영화였지만 그래도 랠프는 팔을 타고 소름이 돋는 걸 느낄 수 있었고, 지넷이 손을 뻗자 그의 손으로 그 손을 덮었다. 그다음으로 어떤 장면이 나올지 정확히 알 수 있었다. 수도승이 모자를 벗자 마침 알맞은 이마의 흉터까지 모두 똑같은 에스피노자 교수의 얼굴이 드러났다. 그는 우스꽝스러운 플라스틱 송곳니를 드러내며 씩 웃었고…… 까만 자루를 가리키며…… 폭소를 터뜨렸다.

"*저기 있어요!*" 진짜 교수가 교수대에서 외쳤다. "*범인이 저기 있어요, 저기!*"

구경꾼들은 고개를 돌리지만 까만 자루를 든 사나이는 사라지고 보이지 않았다. 에스피노자에게도 까만 자루가 주어졌다. 두건이 그의 머리 위로 씌워졌다. 그 아래에서 그가 외쳤다.

"괴물, 괴물, 괴……."

발판이 열리고 그는 아래로 추락했다.

그다음으로 가면을 쓴 여자 슈퍼히어로들이 지붕을 누비며 가짜 수도승을 추격하는 장면이 이어졌고, 여기서 홀리는 멈춤 버튼을 누른 뒤 말했다.

"저는 25년 전에 더빙이 아니라 자막본으로 봤어요. 교수가 막판에 외친 건 '엘 쿠코, 엘 쿠코.'였죠."

"그게 아니면 뭐겠어요." 유넬이 중얼거렸다. "맙소사, 어렸을 때 이후로 *루차도라*(레슬러) 영화 처음 보네요. 열댓 편 있을 텐데." 그는 꿈에서 깨어난 듯 다른 사람들을 돌아보았다. "*라스 루차도라스*, '여자 레슬러들'이라는 뜻이에요. 이 영화의 주인공 로지타가 유명했죠. 가면 벗은 모습을 봐야 해요. *아이 카람바*.(세상에.)"

그는 뜨거운 걸 건드린 사람처럼 고개를 저었다.

"열댓 편이 아니라 아무리 못해도 50편은 됐어요." 홀리가 조용히 말했다. "멕시코인이라면 누구나 *라스 루차도라스*를 사랑했죠. 요즘 슈퍼히어로 영화하고 비슷했어요. 물론 훨씬 적은 예산으로 제작됐지만."

홀리는 이 환상적인 영화사(적어도 그녀의 입장에서는 그랬다.)를 주제로 강연을 늘어놓고 싶었지만, 앤더슨 형사가 맛이 고약한 뭔가를 한입 크게 베어 먹은 듯한 표정을 짓고 있는 지금은 그럴 때가 아니었다. 그녀도 루차도라스 영화를 좋아한다고 고백할 일도 없을 것이었다. 매주 토요일 밤에 「설록 극장」을 방영한 클리블랜드 지역 방송사에서 웃자고 내보낸 작품이었다. 술에 취한 대학생들은 그걸 틀고 한심한 더빙과 가짜 티가 너무 나는 의상을 보며 으웩거렸겠지만, 겁에 질려서 불행한 날들을 보내던 홀리 같은 여자 고등학생이 보기에는 우스꽝스러운 구석이 전혀 없었다. 카를로타, 마리아 그리고 로지타는 강인하고 용감했고, 항상 가난하고 짓밟힌 사람들을 도왔다. 그중에서도 가장 유명했던 로지타 무뇨스는 자랑스럽게 자신을 *촐리타**라고 지칭했는데, 불행한 날들을 보내던 여자 고등학생이 느끼던 자신의 정체가 그거였다. 혼혈. 별종.

"여자 레슬러가 등장하는 멕시코 영화들은 대부분 오래전부터 전해 내려온 전설을 각색하거든요. 이 작품도 마찬가지예요. 우리가 아는 이 살인 사건에 대한 정보와 얼마나 딱 들어맞는지 느끼셨나요?"

"완벽하게 맞아떨어지네요." 빌 새뮤얼스가 말했다. "그건 인정할게요. 딱 하나 문제가 있다면 이게 다 헛소리라는 거죠. 정신 나간 소리라는 거. 진심으로 엘 쿠코를 믿는다면 기브니 씨야말로 나사가 풀린 사람입니다."

사라진 발자국을 운운할 때는 언제고. 랠프도 엘 쿠코를 믿지 않았지만, 그들이 어떤 반응을 보일지 뻔히 알면서 영화를 보여 주다니 용기가 대단하다는 생각이 들었다. 이제 파인더스 키퍼스의 기브니 씨가 어떤 반응을 보일지 궁금해졌다.

"엘 쿠코는 아이들의 피와 기름을 먹고 살죠. 하지만 이 세상에서는, 우리의 현실 세상에서는 그뿐 아니라 새뮤얼스 씨처럼 생각하는 사람들이 그에게 일용할 양식을 제공하고 있어요. 여러분 모두 새뮤얼스 씨와 같은 생각을 하고 있을 거라고 봅니다만. 하나 더

---

* 유럽인과 남미 원주민의 혼혈을 말한다.

보여 드릴게요. 약속해요, 아주 짧은 거예요."

홀리가 DVD의 파일 목록에서 마지막에서 두 번째인 9장으로 건너뛰었다. 한 루차도라(카를로타)가 방치된 창고에서 두건을 쓴 수도승을 코너로 몰고 있었다. 그는 마침 알맞게 등장한 사다리를 타고 도망치려고 했다. 카를로타가 펄럭이는 법복의 뒷덜미를 잡고 그를 자기 어깨 너머로 내동댕이쳤다. 그는 허공에서 몸을 돌려 등으로 착지했다. 두건이 벗겨지면서 얼굴이 아니라 덩어리진 반죽에 불과한 얼굴이 드러났다. 눈이 있어야 할 곳에서 시뻘겋게 이글거리는 갈퀴가 튀어나오자 카를로타는 비명을 질렀다. 거기에서 상대방을 격퇴하는 신비로운 능력이 발휘되는지, 카를로타가 비틀거리며 벽을 등지고 방패처럼 한 손을 들어 루차도라 가면을 막았다.

"멈춰 줘요. 제발."

마시의 말에 홀리가 노트북을 쿡 찔렀다. 영상이 사라졌지만 랠프의 눈에는 잔상이 남았다. 요즘 복합상영관에서 상영되는 작품들의 CG에 비하면 특수 효과가 원시적인 수준이었지만, 그래도 자기 방에 누가 들어왔었다는 어떤 아이의 얘기를 들은 사람에게는 그 정도면 충분했다.

"따님이 저걸 봤을까요, 메이틀랜드 부인? 정확히 저건 아니겠지만 제 말은……."

"네. 맞아요. 눈 대신 빨대가 달렸다고. 애가 그랬거든요. 눈 대신 빨대가 달렸다고."

11

랠프는 자리에서 일어났다. 그의 목소리는 차분하고 침착했다.

"외람된 말씀이지만, 기브니 씨의 과거…… 업적……을 감안하면 외람된 말씀이라는 표현을 써야 맞겠습니다만, 아이들의 피를 먹고 사는 엘 쿠코라는 초자연적인 괴물은 없어요. 이 사건…… 서로 연관성이 있다면 두 사건이라고 해야 맞을 텐데, 그럴 가능성이 점점 더 높아 보이네요. 아무튼 아주 기괴한 측면이 있다는 건 제가 이 자리에서 맨 처음으로 인정하는 바이지만, 기브니 씨는 지금 우리를 엉뚱한 방향으로 인도하고 있어요."

"얘기 마저 들어 봐. 마음을 완전히 닫아 버리지 말고 얘기 마저 들어 보라고."

아내가 이제 단순히 화가 난 수준을 넘어 분노하기 직전이라는 걸 알 수 있었다. 랠프는 이유를 알았고 심지어 공감할 수 있었다. 기브니의 황당한 엘 쿠코 이야기를 진지하게 받아들이지 않는다는 건, 그녀가 오늘 새벽에 집 부엌에서 맞닥뜨린 광경을 믿지 않는 것과 같다고 생각하기 때문이었다. 그는 지넷을 믿고 싶었다. 단순히 그녀를 사랑하고 존중해서라기보다 그녀가 묘사한 인상착의가 클로드 볼턴과 딱 맞아떨어졌는데 이유를 설명할 길이 없기 때문이었다. 그래도 그는 모인 사람들에게, 특히 지넷에게 얘기할 수밖에 없었다. 그의 온 생의 기반을 이루는 사실이 그거였다. 캔털루프 멜론 안에서 우글거린 구더기는 자연적 요인에 의해 생긴 거였다. 어떤 요인인지 모른다고 해서 그 사실이 달라지거나 무색해지는 건 아니었다.

“괴물이나 초자연적인 존재를 믿어 버리면 뭐든 다른 걸 믿을 도리가 없지 않겠어?”

랠프는 자리에 앉아서 지넷의 손을 잡으려고 했다. 그녀는 손을 멀찌감치 치워 버렸다.

“어떤 기분이실지 이해해요. 알아요, 진심으로. 하지만 저는 과거에 목격한 것이 있기 때문에 이걸 믿을 수 있게 됐어요, 앤더슨 형사님. 아, 그 영화는 아니고 그 영화 뒤에 숨어 있는 전설도 아니에요. 하지만 모든 전설에는 일말의 진실이 있죠. 지금 당장은 이쯤에서 그냥 넘어갈게요. 제가 데이턴을 떠나기 전에 작성한 타임테이블을 보여 드리고 싶은데, 그래도 될까요? 금방이면 돼요.”

“하세요.”

하워드는 생각에 잠긴 목소리였다.

홀리가 파일을 열어서 스크린에 띄웠다. 그녀의 글씨는 작지만 또박또박했다. 랠프는 그녀가 작성한 타임테이블을 보며 어느 법정에서든 검열을 통과했겠다는 생각을 했다. 그것만큼은 인정하는 수밖에 없었다.

“4월 19일 목요일. 멀린 캐시디가 데이턴 주차장에 밴을 버림. 같은 날 도난당하지 않았을까 싶어요. 절도범은 엘 쿠코가 아니라 이방인이라고 지칭할게요. 그래야 앤더슨 형사님이 더 편하게 받아들일 수 있을 테니까요.”

랠프는 아무 말도 하지 않았다. 이번에는 그가 손을 잡자 지넷은 빼지 않았지만 손깍지를 끼지는 않았다.

"그걸 어디다 숨겼을까요?" 알렉이 물었다. "짐작 가는 데 있어요?"

"그 부분은 나중에 짚고 넘어갈게요. 지금은 데이턴의 타임테이블을에 집중하고요."

알렉은 계속하라는 뜻에서 한 손을 들어 보였다.

"4월 21일 토요일. 메이틀랜드 가족이 비행기를 타고 데이턴으로 날아와 호텔에 체크인함. 히스 홈즈, 즉 진짜 히스 홈즈는 리지스의 어머니의 집에 있음. 4월 23일 월요일. 앰버 하워드와 졸린 하워드가 살해됨. 이방인이 아이들의 살을 먹고 피를 마심." 그녀는 랠프를 쳐다보았다. "아니, 그것까지는 몰라요. 확실하지 않거든요. 하지만 뉴스 기사의 행간을 분석해 보니 시신의 일부가 없어졌고 시신이 거의 하얀색이었을 정도로 피를 너무 많이 흘렸다고 했어요. 피터슨이라는 아이의 경우에도 그랬나요?"

거기에는 빌 새뮤얼스가 대답했다.

"메이틀랜드 사건은 종료됐고 비공식적으로 논의하는 자리인 만큼 그랬다고 답변을 해도 문제가 없을 거라고 봅니다. 프랭크 피터슨의 목, 오른쪽 어깨, 오른쪽 엉덩이 그리고 왼쪽 허벅지에서 살점이 뜯겨 나갔어요."

마시가 목이 졸리는 듯한 소리를 냈다. 지넷이 다가가려고 하자 마시는 손사래를 쳤다.

"괜찮아요. 그냥…… 아뇨, 괜찮지는 않지만 토악질을 하거나 기절하거나 그러지는 않을 거예요."

랠프는 흙빛이 된 그녀의 얼굴을 보며 과연 그럴까 의심스러워했다.

"이방인은 아이들을 납치하는 데 동원했던 소형 밴을 홈즈의 집 근처에 버렸어요." 홀리는 말을 잠깐 멈추고 미소를 지었다. "금세 발견돼서 그가 선택한 희생양에게 불리한 증거로 채택될 수 있게 말이에요. 그리고 홈즈의 집 지하실에 아이들의 속옷을 갖다 놓는 데…… 또 하나의 묘수였죠.

4월 25일 수요일. 하워드 자매의 시신이 데이턴과 리지스 사이의 트로트우드에서 발견됨.

4월 26일 목요일. 히스 홈즈가 리지스에서 어머니의 집안일을 돕고 볼일을 처리하는 동안 이방인은 하이스먼 기억 병동을 찾아감. 메이틀랜드 씨를 겨냥하고 갔을까요, 아니면 아무라도 상관없었을까요? 잘은 모르겠지만 테리 메이틀랜드를 염두에 두었을 거라고 생각해요. 왜냐하면 그는 메이틀랜드 가족이 멀리 떨어진 다른 주에서 온다는 걸 알았거든요. 정상인이건 비정상인이건 초자연적인 존재이건, 이 이방인은 어떤 점에서는 수많은 연쇄살인범과 비슷해요. 이동을 즐긴다는 점에서. 메이틀랜드 부인, 히스 홈즈가 남편분이 아버지를 만나러 온다는 걸 알았을 가능성이 있을까요?"

"아마 알았을 거예요. 하이스먼 병동은 다른 주에서 친척이 방문하면 사전에 알려 달라고 하거든요. 머리를 자르거나 파마를 하는 식으로 특별히 공을 들이고, 가능한 경우 외출을 주선하려고요. 테리의 아버지는 해당 사항이 없었죠. 그러기에는 정신적인 문제가 너무 심각했으니까요." 마시는 홀리에게 시선을 고정한 채 몸을 앞으로 숙였다. "하지만 이방인이 생김새는 홈즈를 빼다 박았을지 몰라도, 홈즈가 아니었다면 무슨 수로 그걸 알았을까요?"

"아, 그거야 기본 전제를 받아들이면 쉽게 설명이 되죠." 랠프가 말했다. "그자가 홈즈를 이른바 복제했다면 홈즈의 모든 기억에도 접근할 수 있을 테니까요. 내 짐작이 맞나요, 기브니 씨? 얘기가 그런 식으로 흘러가나요?"

"어느 정도까지는 그렇다고 볼 수 있는데 그 문제를 너무 파고들지는 않을게요. 다들 피곤하실 테고 메이틀랜드 부인은 아이들이 기다리는 집으로 얼른 가고 싶을 테니까요."

기절하기 전에 말이지. 랠프는 생각했다.

홀리는 얘기를 계속했다.

"이방인은 하이스먼 기억 병동에서 알아보는 사람들이 있을 거라는 걸 알았어요. 그걸 노렸죠. 그리고 진짜 홈즈 씨에게 죄를 뒤집어씌울 수 있게 증거를 좀 더 흘리는 것도 잊지 않았어요. 살해당한 아이의 머리카락을. 하지만 그가 4월 26일에 거길 찾은 가장 중요한 목적은 테리 메이틀랜드의 몸에서 피를 내기 위해서였죠. 나중에 클로드 볼턴 씨의 몸에서 피를 냈던 것처럼 말이에요. 계속 같은 패턴이에요. 먼저 살인을 저질러요. 그러고 나서 다음번 희생양을 골라요. 그러니까 다음번에 변신할 인물 말이죠. 그런 다음 몸을 숨겨요. 진짜로 일종의 겨울잠을 자요. 곰처럼 가끔 돌아다닐지 몰라도 미리 정해 놓은 소굴에서 어느 정도 쉬는 거죠, 껍데기를 바꾸는 동안."

"전설에서는 변신하려면 몇 년이 걸린다던데요." 유넬이 말했다. "몇 세대가 걸릴 수도 있다고 하고요. 하지만 그건 전설이니까요. 기브니 씨는 그 정도로 오래 걸리지는 않는다고 생각하는 거죠?"

"몇 주, 길어 봐야 몇 달이라고 봐요. 테리 메이틀랜드에서 클로드 볼턴으로 바뀌는 동안에는 얼굴이 점토로 빚은 것처럼 보였을 수도 있어요." 그녀는 고개를 돌려서 랠프를 똑바로 쳐다보았다. 쉽지 않은 일이었지만 그래야 하는 때도 있었다. "아니면 심하게 화상을 입은 것처럼 보였을 수도 있고요."

"못 믿겠어요. 아니, 못 믿겠는 정도가 아니에요."

"그럼 그 화상 입은 남자가 아무 영상에도 찍히지 않은 이유가 뭔데?"

지넷의 물음에 랠프는 한숨을 쉬었다.

"그야 나도 모르지."

"대부분의 전설에는 일말의 진실이 있지만 전설 자체가 진실은 아니에요, 무슨 뜻인지 아실지 모르겠지만. 전해 내려오는 이야기에서 엘 쿠코는 흡혈귀처럼 인간의 피와 살을 먹고 살지만 제가 보기에 이자는 불쾌한 감정에서도 양분을 섭취하는 것 같아요. 말하자면 영적인 피인 셈이죠." 홀리는 마시 쪽으로 고개를 돌렸다. "그 자가 부인의 따님에게 그 아이가 불행하고 슬퍼해서 좋다고 했죠. 진짜로 그랬다고 봐요. 그 아이의 슬픔을 먹고 있었다고 봐요."

"그리고 내 슬픔도요. 세라의 슬픔도."

하위가 입을 열었다.

"그 말이 맞다는 건 아니지만, 그건 절대 아니지만, 피터슨 가족의 경우에는 시나리오에 딱 들어맞지 않나요? 아버지만 빼고 전멸했는데, 그 아버지마저 식물인간이 됐으니 말이죠. 불행을 먹고 사는 존재라면, 죄를 먹는 자*가 아니라 슬픔을 먹는 자라면, 피터슨 가족을 사랑했을 거예요."

"법원 앞에서 벌어진 개판 쇼는 어떻고요?" 유넬이 끼어들었다. "부정적인 감정을 먹는 괴물이 진짜 있다면 그게 추수감사절 만찬이었을 거예요."

"여러분, 생각이라는 걸 하고 얘기들을 하는 겁니까? 네?"

"눈 떠요." 유넬이 매몰차게 쏘아붙이자 랠프는 뺨이라도 한 대 얻어맞은 듯이 눈이 깜빡였다. "이게 얼마나 황당한 얘긴지 나도 알아요, 우리 모두 알아요. 그러니까 정신병원에서 혼자 제정신인 사람처럼 계속 강조할 필요 없어요. 하지만 이 사건에는 우리의 경험을 훌쩍 뛰어넘는 뭔가가 있어요. 법원 앞에 있었던 남자, 어느 뉴스 영상에도 찍히지 않은 남자는 일부분에 불과해요."

랠프는 얼굴이 점점 뜨거워지는 게 느껴졌지만 잠자코 질책을 들었다.

"사사건건 딴죽 걸지 마요, *에세*(친구). 당신이 퍼즐을 좋아하지 않는다는 걸 알고, 나도 좋아하지 않지만, 적어도 조각들이 서로 맞아떨어진다는 건 인정하자고요. 여기에는 연결 고리가 있어요. 히스 홈즈에서 테리 메이틀랜드를 거쳐 클로드 볼턴으로 연결되는 고리가."

"클로드 볼턴이 어디 있는지 알잖아요." 알렉이 말했다. "텍사스에 가서 그를 신문하는 게 논리적으로 알맞은 수순이라고 보는데요."

---

* 죄인이 천국에 갈 수 있도록 그의 죄를 대신 먹어 주는 의식을 치르는 사람.

"도대체 왜요?" 지넷이 물었다. "내가 오늘 새벽에 그 사람처럼 생긴 사람을 여기서 봤다고요!"

"그건 논의의 여지가 있는 문제예요." 홀리가 말했다. "하지만 그 전에 메이틀랜드 부인에게 묻고 싶은 게 하나 있어요. 남편분을 어디에 묻으셨나요?"

마시는 놀란 표정을 지었다.

"어디라니……. 당연히 여기 묻었죠. 이 마을. 메모리얼 파크 공동묘지에. 우리는…… 당연히…… 계획이나 뭐 그런 걸 세운 적이 없었어요. 당연하잖아요. 테리는 11월은 되어야 마흔 살이 될 거였고…… 우리는 앞으로 살날이 많다고…… 많은 날을 누릴 자격이 있다고 생각했어요. 잘 살고 있는 사람이라면 누구든 그렇겠지만……."

지넷이 핸드백에서 손수건을 꺼내 건네자 마시는 무아지경에 빠진 사람처럼 느릿느릿 눈을 훔쳤다.

"어떻게 해야 할지를 모르겠고…… 그냥…… 멍했어요…… 그이가 죽었다는 사실을 받아들이느라. 장의사 도넬리 씨가 메모리얼 파크 묘지를 추천한 이유는 힐뷰에 자리가 거의 없고…… 우리 집에서 마을 반대편인 데다 게다가……."

그만하라고 해요. 랠프는 하워에게 얘기하고 싶었다. *듣기 괴롭고 무의미하니까. 그가 어디에 묻혔는지가 뭐가 중요해요, 마시와 딸들이 아닌 이상.*

하지만 그는 이번에도 잠자코 듣기만 했다. 마시 메이틀랜드는 그런 뜻에서 한 얘기가 아닐지 몰라도 이것 역시 어떻게 보면 질책이기 때문이었다. 그는 결국에는 끝날 거라고, 그러면 그 염병할 테리 메이틀랜드 이후의 삶을 자유롭게 모색할 수 있을 거라고 속으로 중얼거렸다. 그 이후의 삶이 있을 거라고 믿어야 했다.

"다른 데가 있다는 건 알았어요." 마시는 말을 이었다. "당연히 알았죠. 하지만 도넬리 씨한테 얘기할 생각은 하지 않았어요. 테리가 한 번 데려간 적이 있었지만 마을에서 너무 멀고…… 그리고 너무 외롭고……."

"그 다른 데가 어디인데요?" 홀리가 물었다.

랠프의 머릿속에 사진 하나가 불쑥 떠올랐다. 나무 관을 메고 가는 카우보이 여섯 명의 사진이었다. 그는 또 다른 합일점의 도래를 직감했다.

"캐닝 타운십에 있는 옛날 공동묘지요. 테리가 한 번 데려간 적이 있었는데, 한참 동안 누가 묻히기는커녕 찾아온 사람도 없었던 것 같았어요. 꽃다발도 없고 추모 깃발도 없고. 그냥 바스러져 가는 묘비들뿐이었어요. 거의 대부분 이름도 지워진 묘비요."

깜짝 놀란 랠프가 유넬을 흘끗 쳐다보자 유넬은 살짝 고개를 끄덕였다.

"그래서 잡지 매점에서 본 그 책에 관심을 보였던 거로군요." 빌 새뮤얼스가 나지막이 중얼거렸다. "『사진으로 보는 플린트 카운티, 두리 카운티, 캐닝 타운십의 역사』."

마시는 지넷의 손수건으로 계속 눈을 훔쳤다.

"당연히 그런 책에 관심을 보일 수밖에 없었을 거예요. 메이틀랜드 집안은 1889년 랜드 러시* 이후로 줄곧 이 일대에서 살았거든요. 테리의 고조부가 캐닝에 정착했죠. 어쩌면 그보다 한 세대 전일 수도 있어요. 정확하게는 모르겠네요."

"플린트 시티가 아니라요?" 알렉이 물었다.

"그 당시에는 플린트 시티가 없었어요. 아무도 모르는 플린트라는 조그만 마을이었죠. 20세기 초에 오클라호마가 주로 승격되기 전까지는 캐닝이 이 일대에서 제일 큰 도시였어요. 캐닝은 가장 넓은 땅을 소유한 지주의 성(姓)이었고요. 땅의 면적으로 따졌을 때 메이틀랜드는 두 번째 아니면 세 번째였어요. 캐닝은 중요한 도시였지만 1920년대와 1930년대에 엄청난 모래 폭풍이 불어와서 비옥한 표토층이 거의 없어져 버렸어요. 요즘은 찾는 사람이 거의 없는 가게 하나하고 교회밖에 없어요."

"그리고 공동묘지도요." 알렉이 말했다. "그 도시가 말라 버리기 전까지 시신을 묻었던 곳. 테리의 조상들도 대거 거기 묻혔겠죠."

마시는 힘없이 미소를 지었다.

"그 공동묘지는…… 끔찍했어요. 아무도 관심을 두지 않는 폐가처럼."

"이 이방인이 변형 과정에서 테리의 생각과 기억을 흡수했다면 그 묘지에 대해서도 알았을 거예요."

그렇게 말한 유넬은 벽에 걸린 그림 하나를 쳐다보고 있었지만, 랠프는 그가 무슨 생각을 하는지 알 것 같았다. 그도 같은 생각을 하고 있었다. 헛간. 버려진 옷가지.

---

* 미국 정부에서 아메리카 원주민의 땅을 선착순으로 배분한 사건.

"인터넷으로 검색해 보면 엘 쿠코 얘기가 수십 가지 나오는데, 전설에 따르면 이들은 죽음의 공간을 좋아한다고 해요. 거기서 가장 편안함을 느낀다고요."

"슬픔을 먹는 존재가 있다면." 지넷은 생각에 잠긴 목소리로 중얼거렸다. "공동묘지는 근사한 식당이겠어요, 안 그래요?"

랠프는 아내를 데리고 온 걸 후회했다. 그녀가 없었다면 그는 10분 전에 이미 자리를 박차고 나갔을 것이다. 그렇다, 옷들이 발견된 헛간은 그 먼지를 뒤집어쓴 공동묘지 근처였다. 건초를 시커멓게 만든 그 끈끈이의 정체는 오리무중이었고 어쩌면 이방인이 있을지도 몰랐다. 지금 현재로서는 이 가설을 기꺼이 받아들일 수 있었다. 이 가설로 설명이 되는 부분들이 많았다. 멕시코 전설을 의식적으로 재현하는 이방인이 있다고 하면 설명이 되는 부분들이 더 많아지겠지만…… 법원 앞에서 사라진 남자나 테리 메이틀랜드가 어떻게 동시에 두 공간에 존재할 수 있었는지는 설명하지 못했다. 그는 계속 여기에 부딪혔다. 마치 목에 걸린 돌멩이 같았다.

"제가 다른 묘지에서 찍은 사진을 몇 장 보여 드릴게요. 이 사진을 통해 좀 더 일반적인 수사의 물꼬를 틀 수 있을지 몰라요. 앤더슨 형사님이나 사블로 경위님이 오하이오 주 몽고메리 카운티의 경찰과 통화할 의사가 있으시다면 말이죠."

그러자 유넬이 말했다.

"지금으로서는 이 사건을 해결할 수만 있다면 교황과의 통화도 마다하지 않겠어요."

홀리는 사진을 한 장씩 스크린에 띄웠다. 기차역, 옆면에 스프레이 페인트로 나치 상징이 그려진 공장, 방치된 세차장.

"리지스의 피스풀 레스트 공동묘지 주차장에서 찍은 사진이에요. 히스 홈즈가 부모님과 함께 묻힌 곳이죠."

그녀는 사진들을 다시 한 바퀴 돌렸다. 기차역, 공장, 세차장.

"저는 이방인이 데이턴의 주차장에서 훔친 밴을 이 중 한곳으로 몰고 왔다고 생각해요. 몽고메리 카운티 경찰을 설득해서 수색해 보면 흔적이 아직 남아 있을지 몰라요. 경찰에서 그의 흔적을 찾을 수 있을지도 몰라요. 저기 아니면 여기에서요."

그녀가 이번에는 대피선에 외롭게 방치된 유개화차 사진을 띄웠다.

"여기에 밴을 숨기지는 못했겠지만, 그자가 이 안에서 지냈을 수는 있어요. 묘지하고 더 가깝기도 하고요."

마침내 랠프가 붙잡을 수 있는 게 등장했다. 현실적인 뭔가가 등장했다.

"은신처. 흔적이 남아 있을 수 있어요. 3개월이 지났더라도."

"타이어 자국." 유넬이 말했다. "버려진 옷가지가 좀 더 있을지 모르고요."

"아니면 다른 것도 있을지 모르죠. 체크해 주시겠어요? 혈청 산성 인산효소 검사에 필요한 준비를 갖추라고 하고요."

정액 얼룩. 랠프는 그렇게 생각하고 헛간의 끈끈이를 떠올렸다. 유넬이 뭐라고 했던가. 이게 정액이라면 기네스북에 등재될 만한 야간 분출이라고?

유넬이 감탄하는 말투로 얘기했다.

"뭘 제대로 아시네요."

홀리는 얼굴을 붉히며 시선을 떨어뜨렸다.

"빌 호지스가 실력이 아주 좋았거든요. 그 사람한테서 많이 배웠어요."

"원하면 내가 몽고메리 카운티 지방검사한테 연락할 수 있습니다." 새뮤얼스가 말했다. "리지스라고 했던가요? 그 마을을 관할하는 경찰서와 주 경찰청이 공조 수사를 하도록. 엘프먼이라는 아이가 캐닝 타운십의 그 헛간에서 발견한 걸 감안했을 때 좀 더 조사해 볼 만한 일이에요."

"네?" 홀리가 당장 얼굴을 빛내며 말했다. "지문이 묻은 벨트 버클 말고 또 뭐가 있었는데요?"

"옷 무더기요. 바지, 사각 팬티, 운동화. 거기와 건초에 끈적끈적한 뭔가가 묻어 있었어요. 그것 때문에 건조가 시커메졌고요." 새뮤얼스는 말을 멈추었다가 다시 이었다. "하지만 셔츠는 없었어요. 셔츠는 사라졌어요."

유넬이 말했다.

"우리가 법원 앞에서 화상 입은 남자를 봤을 때 그가 머리에 두건처럼 두르고 있었던 게 셔츠였을 수 있어요."

"이 헛간에서 묘지까지는 거리가 얼마나 되나요?"

"800미터가 안 돼요. 옷에 묻은 건 정액처럼 보였고요. 기브니 씨가 생각하는 게 그거죠? 그래서 오하이오 경찰이 혈청 산성 인산효소 검사를 하길 바랐던 거죠?"

"정액일 리 없어요. 너무 많았잖아요."

유넬은 랠프의 말을 무시했다. 홀린 사람처럼 홀리만 바라보았다.

“헛간에 있던 게 변신의 잔재라고 생각해요? 샘플을 채취했지만 아직 검사 결과는 나오지 않았어요.”

“저도 잘 모르겠어요. 엘 쿠코에 대해 조사한 거라고 해 봐야 여기까지 비행기를 타고 오면서 읽은 전설 몇 개가 전부인데, 그것도 믿을 만하지는 못하잖아요. 과학수사라는 게 존재하기 한참 전에 한 세대에서 다음 세대로 구전된 이야기니까요. 저는 그냥 오하이오 경찰에서 제가 촬영한 곳들을 체크해야 한다고 말씀드리는 거예요. 아무것도 없을 수 있지만…… 뭔가가 있을 거예요. 뭔가가 있었으면 해요. 앤더슨 형사님의 표현을 빌자면 흔적이.”

“이걸로 얘기 끝인가요?” 하위가 물었다.

“네, 아마도요.”

홀리가 자리에 앉았다. 랠프는 그녀가 피곤해 보인다는 생각을 했다. 왜 아니겠는가. 그녀는 지난 며칠 동안 바쁜 날들을 보냈다. 게다가 제정신이 아닌 상태로 지내면 진이 빠질 수밖에 없었다.

하위가 말했다.

“여러분, 이제 우리가 어떻게 하면 좋을까요? 아무 의견이라도 환영합니다.”

“그야 빤하지 않을까요.” 랠프가 말했다. “내 아내와 그레이스 메이틀랜드의 증언을 고려하면 그 이방인은 여기 이 플린트 시티에 있을지 모르지만, 아무라도 텍사스에 가서 클로드 볼턴을 만나 아는 게 있는지 물어봐야겠죠. 뭐든 아는 게 있는지. 적임자로 나를 추천합니다.”

이어서 알렉이 말했다.

"저도 같이 가고 싶은데요."

"나도 동참하고 싶습니다만." 하위가 말했다. "사블로 경위님?"

"저도 그러고 싶지만 재판 중인 사건이 두 건 있어서요. 제가 증언을 하지 않으면 아주 못된 악당 두 명이 무죄로 풀려날 수 있어요. 캡 시티의 지방검사보에게 연락해 재판을 연기할 수 있는지 물어보겠지만 아마 안 될 겁니다. 제가 변신하는 멕시코 괴물을 추적하는 중이라고 얘기할 수 있는 것도 아니고요."

하위는 미소를 지었다.

"그렇겠죠. 기브니 씨는 어떠신가요? 남쪽 여행을 같이 가시겠어요? 물론 보수는 계속 지급됩니다."

"네, 갈게요. 볼턴 씨가 중요한 정보를 알고 있을 수도 있으니까요. 우리가 알맞은 질문을 해야 알아낼 수 있겠지만요."

"검사님은요? 이 사건을 끝까지 파헤쳐 보겠어요?"

하위의 물음에 새뮤얼스는 희미하게 미소를 지으며 고개를 젓고 자리에서 일어났다.

"지금까지 들은 얘기가 황당하게 흥미진진하긴 했지만 내 입장에서는 종료된 사건이에요. 오하이오 경찰에 전화는 몇 통 하겠지만 내가 참여하는 부분은 그걸로 끝입니다. 메이틀랜드 부인, 부군의 일은 안타깝게 생각합니다."

"당연히 그러셔야죠."

새뮤얼스는 마시의 말에 움찔했지만 하던 얘기를 계속했다.

"기브니 씨, 얘기 재미있게 잘 들었어요. 수사를 열심히 성실하게 하셨네요. 비꼬는 게 아니라 공상치고는 놀라우리만치 설득력 있다고 생각합니다만, 저는 이제 집에 가서 냉장고에 넣어 둔 맥주 하나 꺼내 들고 오늘 들은 모든 얘기를 기억에서 지울 겁니다."

그들은 서류가방을 챙겨 들고, 삐친 머리를 훈계하는 손가락처럼 까딱이며 문 밖으로 나서는 새뮤얼스의 뒷모습을 지켜보았다.

그가 떠나자 하워는 자기가 여행 준비를 맡겠다고 했다.

"제가 가끔 애용하는 킹 에어를 빌릴게요. 가장 가까운 착륙장은 조종사들이 알겠죠. 차도 내가 알아서 할게요. 우리 넷뿐이면 세단이나 소형 SUV로 되겠죠."

"제 자리도 하나 남겨 놓으세요." 유넬이 말했다. "혹시라도 빠져나올 수 있는 경우에 대비해서."

"그럼 좋죠."

"오늘 저녁에 볼턴 씨한테 연락해서 우리가 찾아갈 거라고 미리 얘기할 사람이 필요한데요."

알렉 펠리가 말하자 유넬이 손을 들었다.

"그건 제가 할 수 있습니다."

"불법 행위를 캐러 가는 게 아니라고 단단히 이르세요. 그가 어딘가로 튀는 거야말로 가장 피해야 할 사태니까요."

"통화가 끝나면 나한테 연락해 줘요." 랠프가 유넬에게 말했다. "늦어도 상관없어요. 그가 어떤 반응을 보였는지 알고 싶으니까."

"저도요." 지넷이 말했다.

"그리고 다른 얘기도 하셔야 해요." 홀리가 말했다. "조심하라고요. 제 짐작이 맞는다면 그가 다음 차례니까요."

12

랠프와 다른 사람들이 하위 골드의 사무실 건물에서 나섰을 무렵에는 완벽하게 어둠이 깔렸다. 하위는 여행 준비를 하느라 아직 위에 남았고 알렉이 그의 곁을 지켰다. 랠프는 아무도 없는 자리에서 그 둘이 어떤 대화를 나눌지 궁금해졌다.

“기브니 씨, 어디에서 묵으세요?” 지넷이 물었다.

“플린트 럭셔리 모텔에서요. 방을 잡아 놨어요.”

“어머, 안 돼요. 거기서 럭셔리한 건 간판뿐이에요. 거지 소굴이나 다름없어요.”

홀리는 당황스러워했다.

“음, 그럼 홀리데이 인이나…….”

“우리 집으로 가시죠.”

랠프는 점수를 딸 수 있길 바라며 지넷보다 먼저 선수를 쳤다. 이렇게 점수를 따 놓으면 나중에 쓸 일이 있을 것이었다.

홀리는 망설였다. 남의 집은 불편했다. 심지어 분기마다 한 번씩 의무적으로 찾아가는 고향집마저도 불편했다. 이 모르는 사람들의 집에 가면 벽과 바닥에서 나는 낯선 소음을 들으며, 앤더슨 부부가 두런두런 대화를 나누는 소리가 들리면 자기 얘기를 하는 건지 궁금해하며(그럴 가능성이 거의 100퍼센트였다.) 밤늦도록 잠을 이루지 못하고 아침 일찍 일어날 것이었다. 한밤중에 뒷간에 가려고 깰 때도 그들이 그 소리를 듣지 못하길 바라야 할 터였다. 그녀는 숙면이 필요했다. 회의 자체만으로도 스트레스가 상당했는데, 앤더슨 형사가 못 미더워하며 계속 반발하니 이해는 됐지만 진이 빠졌다.

그럼에도 불구하고. 빌 호지스라면 이렇게 얘기했을 것이다. 그럼에도 불구하고.

앤더슨의 불신이 '그럼에도 불구하고'였다. 그것이 그들의 초대를 받아들여야 하는 이유였고, 그래서 그녀는 받아들였다.

"감사합니다, 이렇게 친절을 베풀어 주시다니. 그런데 그 전에 제가 처리해야 할 일이 있어서요. 오래 걸리지는 않을 거예요. 주소 알려 주시면 제가 아이패드로 검색해서 찾아갈게요."

"내가 도울 수 있는 일인가요? 그렇다면 기꺼이……."

"아니에요. 진짜예요. 저 혼자로 충분해요." 그녀는 유넬과 악수했다. "같이 갈 수 있으면 좋겠네요, 사블로 경위님. 분명 그러고 싶으실 텐데."

유넬은 미소를 지었다.

"맞아요, 진짜예요. 하지만 어느 시에서도 얘기하다시피 지켜야 할 약속이 있어서요.*"

마시 메이틀랜드는 망연자실한 표정으로 핸드백을 끌어안고 혼자 서 있었다. 지넷이 주저없이 그녀에게로 다가갔다. 랠프는 마시가 처음에는 기겁하듯 뒤로 물러났다가 몸을 맡기는 광경을 유심히 지켜보았다. 잠시 후에는 그녀가 지넷 앤더슨의 어깨에 고개를 얹고 마주 끌어안기까지 했다. 지친 아이 같아 보였다. 포옹을 풀었을 때 두 사람 모두 울고 있었다.

---

* 로버트 프로스트의 「눈 내리는 저녁 숲가에 멈추어 서서」를 말한다.

"부군의 일은 정말 안타까워요." 지넷이 말했다.

"고맙습니다."

"제가 부인이나 아이들을 위해 할 수 있는 일이 있다면 뭐든……."

"부인은 없지만 저분은 있어요." 마시는 랠프에게로 시선을 돌렸다. 아직까지 눈물이 고여 있었지만 냉랭했다. 따지는 눈빛이었다. "그 이방인을 잡아 주세요. 못 믿겠다고 그냥 방치하지 마시고요. 그래 주실 수 있나요?"

"글쎄요. 하지만 최선을 다하겠습니다."

마시는 더 이상 아무 말도 하지 않고, 팔을 내민 유넬 사블로를 따라 그녀의 차를 세워 놓은 곳으로 갔다.

13

잭은 거기서 반 블록을 가면 나오는 한참 동안 방치된 울워스 건물 앞에 트럭을 세워 놓고 앉아서 휴대용 병에 담아 온 술을 홀짝이며 인도에 서 있는 사람들을 관찰했다. 누군지 파악이 안 되는 사람은 딱 한 명, 출장 나온 직장 여성이 입음직한 정장을 입고 있는 호리호리한 여자뿐이었다. 머리는 짧았고 희끗희끗한 앞머리는 직접 자르기라도 한 듯 조금 삐죽빼죽했다. 어깨에 짊어진 가방은 단파 라디오도 넣을 수 있을 만큼 큼지막했다. 이 여자는 타코나 먹는 주 경찰청의 사블로가 종자(從者)라도 되는 것처럼 메이틀랜드 부인을 모시고 가는 광경을 지켜보았다. 그러고는 공항에서 빌린 것일 수밖에 없는, 아무 특징 없는 자기 차로 걸어갔다. 호스킨스는 그녀의 뒤를 밟을까 잠깐 고민했다가 그냥 앤더슨 부부를 고수하기로 했다. 그를 여기로 부른 사람이 랠프였고 구관이 명관이라는 말도 있지 않던가.

게다가 앤더슨 쪽이 감시하는 재미가 있었다. 호스킨스는 그에게 호감을 느낀 적이 없었고, 2년 전에 평가서에 건방지게 단 두 단어를 적은 이후부터는(자기 똥은 냄새가 나지 않는다는 듯 의견 없음이라고 적었다.) 그를 혐오했다. 앤더슨이 메이틀랜드를 체포했다가 좆됐다는 얘기를 듣고 흐뭇했는데, 저 잘난 맛에 사는 밥맛이 가만히 내버려 두어야 좋을 일에, 이를테면 종료된 사건에 참견하는 게 놀랍지는 않았다.

잭은 뒷덜미를 건드렸다가 움찔하고 트럭 시동을 걸었다. 앤더슨 부부가 들어가는 걸 보고 그도 집으로 돌아갈 수 있겠지만 길거리에 차를 세워 놓고 그들의 집을 계속 감시할 수도 있었다. 무슨 일이 벌어지는지. 게토레이 통이 있으니 거기다 볼일을 해결하면 됐고, 뜨끈하게 계속 욱신거리는 뒷덜미가 허락한다면 잠깐 눈을 붙일 수도 있었다. 이 트럭에서 잠을 자는 게 처음도 아니었다. 아내가 집을 나간 뒤로 몇 번 그런 적이 있었다.

앞으로 어떻게 될지 모르겠지만 잭은 기본 임무에 분명하게 집중했다. 참견을 차단해야 했다. 뭐에 참견하는 걸 차단해야 하는 건지는 알 수 없었다. 다만 피터슨이라는 아이와 연관이 있었다. 그리고 캐닝 타운십의 그 헛간하고도. 지금으로서는 그 정도만으로도 충분했고, 일광화상이나 피부암의 가능성은 둘째치고 그는 시간이 지날수록 점점 호기심을 느꼈다.

다음 단계로 넘어갈 때가 되면 그자가 알려 줄 터였다.

14

홀리는 내비게이션 앱 덕분에 플린트 시티 월마트를 금세, 쉽게 찾을 수 있었다. 그녀는 월마트를 사랑했다. 그 규모와 익명성이 좋았다. 다른 가게와 달리 여기에서는 손님들이 다른 손님을 쳐다보지 않았다. 다들 자기만의 캡슐 안에서 옷이나 비디오 게임이나 대용량 화장지를 구입하는 듯한 분위기를 풍겼다. 심지어 셀프 계산대를 선택하면 캐셔와 말을 섞을 필요도 없었다. 홀리는 항상 셀프 계산대를 선택했다. 뭘 사야 하는지 정확히 알았기에 쇼핑이 금세 끝났다. 그녀는 먼저 사무용품을 찍고 남성복을 거쳐 자동차용품으로 건너갔다. 바구니를 셀프 계산대로 들고 갔고 영수증은 지갑에 챙겼다. 나중에 정산할 업무용 경비였다. 이걸 나중에 정산하려면 목숨을 부지하는 게 관건이었다. 어떤 면에서는 빌을 닮았고 또 어떤 면에서는 전혀 다른 랠프 앤더슨이 의구심을 극복해야 목숨을 부지할 가능성이 높아질 듯한 예감이 들었다.(*그 유명한 홀리의 직감이로구만.* 이렇게 얘기하는 빌 호지스의 목소리가 들리는 듯했다.)

차로 돌아가 앤더슨의 집으로 향했다. 하지만 주차장을 나서기에 앞서 간단하게 기도를 했다. 그들 모두를 위해.

15

지넷과 함께 부엌으로 막 들어섰을 때 랠프의 휴대전화가 울렸다. 유넬이었다. 그는 젠틀맨 플리즈의 사장 존 젤먼을 통해 러비 볼턴의 연락처를 입수했고 아무 문제 없이 클로드와 통화했다고 말했다.

"뭐라고 얘기했어요?" 랠프는 물었다.

"우리가 하위의 사무실에서 정한 거의 그대로 얘기했어요. 테리 메이틀랜드의 유죄 여부가 의심스러워서 만나고 싶다고. 볼턴이 무슨 잘못을 저지른 건 아니라고, 철저하게 민간인 신분으로 찾아가는 거라고 강조했어요. 당신도 오느냐고 묻길래 그렇다고 했어요. 그래도 괜찮죠? 그 친구는 괜찮아 하는 눈치던데."

"괜찮아요." 지넷은 곧장 2층으로 올라갔고 그와 같이 쓰는 컴퓨터의 전원이 켜지는 소리가 들렸다. "그게 다예요?"

"메이틀랜드가 누명을 쓴 거라면 볼턴도 그럴 위험성이 있다고 얘기했어요. 전과가 있어서 더욱 그렇다고."

"그랬더니 어떤 식으로 반응하던가요?"

"무난했어요. 방어적인 태도를 보이거나 그러지 않고요. 그런데 재밌는 얘기를 했어요. 피터슨이라는 아이가 살해된 날 밤에 자기가 클럽에서 마주친 사람이 테리 메이틀랜드가 맞느냐고 묻더라고요."

"그래요? 왜요?"

"메이틀랜드가 자기를 처음 보는 듯이 대했고, 야구단 잘돼 가고 있느냐고 물었더니 두루뭉술하게 넘어가더래요. 그 팀이 준결승전에 진출했는데 별 얘기 없이. 그리고 메이틀랜드가 번쩍번쩍한 운동화를 신고 있더래요. '애들이 폼 잡으려고 돈을 모아서 사는 그런 운동화 말이에요.' 볼턴에 따르면 메이틀랜드가 그런 운동화를 신은 걸 본 적이 없대요."

"헛간에서 발견된 운동화 말이죠."

"맞는지 알 방법이 없지만 그럴 거라고 봐요."

2층에서 끙끙거리고 삐걱거리며 오래된 휴렛패커드 프린터가 깨어나는 소리가 들리자 그는 지넷의 의도가 궁금해졌다.

"기브니라는 여자가 요양원의 메이틀랜드 아버지 병실에서 머리카락이 발견됐다고 했던 거 기억하죠? 살해당한 아이의 머리카락이었다고."

"그럼요."

"메이틀랜드의 신용카드 사용 내역을 조회하면 그 운동화를 산 내역이 있을 거라는 데 얼마 걸래요? 그리고 전표에 메이틀랜드의 서명과 똑같은 서명이 되어 있을 거라는 데."

"이 가상의 이방인에게 그럴 만한 능력이 있을지 몰라도 테리의 신용카드를 슬쩍했을 때의 얘기죠."

"그럴 필요도 없었을 거예요. 메이틀랜드 부부는 거의 한평생을 플린트 시티에서 살았잖아요. 외상 거래를 할 수 있었던 가게가 시내에만 대여섯 군데는 될걸요? 이자는 스포츠용품 코너에 들어가서 그 번쩍번쩍한 운동화를 고르고 서명만 하면 됐을 거예요. 누가 의심하겠어요? 이 마을에서 그를 모르는 사람이 없는데. 그 자매의 머리카락이나 속옷과 마찬가지예요. 이자는 그들의 얼굴을 본뜨고 함정을 파는 데 만족하지 않아요. 그들의 목에 두를 올가미까지 직접 만들죠. 슬픔을 먹고 사니까. *슬픔을 먹고 사니까!*"

랠프는 한 손으로 눈을 덮고 네 손가락으로는 한쪽 관자놀이를, 엄지손가락으로는 다른 쪽 관자놀이를 눌렀다.

"랠프? 듣고 있어요?"

"네. 하지만 유넬…… 나는 그런 논리적인 비약을 아직 받아들이지 못하겠어요."

"이해해요. 나도 100퍼센트 동조하지는 않아요. 하지만 가능성은 염두에 두고 있어야 해요."

하지만 가능한 일이 아니잖아. 불가능한 일이지.

그는 볼턴에게 조심하라고 얘기했느냐고 물었다.

유넬이 웃음을 터뜨렸다.

"네. 그러더니 웃더라고요. 집에 소총 두 대와 권총 한 대, 이렇게 총이 세 대 있고 어머니가 폐기종이 생겼어도 자기보다 명사수라면서요. 아, 나도 같이 내려가고 싶은데."

"어떻게 해 봐요."

"그럴게요."

그가 전화를 끊었을 때 지넷이 얇은 종이 뭉치를 들고 내려왔다.

"홀리 기브니에 대해서 조사를 좀 해 봤어. 말투가 나긋나긋하고 패션 감각이라고는 없는 여자치고 전적이 화려한데?"

랠프가 출력된 자료를 받아들었을 때 전조등이 집 앞 진입로 위로 쏟아졌다. 지넷이 자료를 다시 낚아채는 바람에 맨 첫 장의 신문

헤드라인을 파악하는 데 그쳤다. **퇴직 경찰과 두 시민이 밍고 대강당 콘서트에서 수천 명의 인명 피해를 막다.** 홀리 기브니가 그 두 명 중에 한 명이었던 모양이다.

"가서 짐 나르는 거 도와줘." 지넷이 말했다. "이건 침대에서 읽어도 되니까."

16

홀리의 짐은 노트북을 넣은 숄더백과 비행기의 머리 위 짐칸에 들어갈 만큼 작은 여행가방과 월마트 비닐봉지가 전부였다. 그녀는 랠프에게 여행가방은 맡겼지만 숄더백과 월마트에서 산 뭔지 모를 물건은 자기가 들겠다고 했다.

"재워 주시겠다니 정말 감사해요." 그녀는 지넷에게 말했다.

"우리가 영광이죠. 홀리라고 불러도 될까요?"

"그럼요. 그래 주시면 좋겠어요."

"손님방은 2층 복도 끝에 있어요. 새 시트 깔아 놨고 화장실도 따로 있어요. 한밤중에 화장실에 갈 때 내 재봉틀에 발이 걸려서 넘어지지만 않으면 돼요."

이 말에 홀리는 누가 봐도 안도하는 표정을 지으며 미소를 지었다.

"노력해 볼게요."

"코코아 마실래요? 내가 한 잔 만들어 줄게요. 아니면 그보다 센 거 마실래요?"

"그냥 누울게요. 예의 없게 들릴지 모르겠지만 오늘 하루가 너무 길었어요."

"왜 아니겠어요. 내가 방으로 안내할게요."

하지만 홀리는 잠깐 머뭇거리며 입구를 지나 앤더슨 부부의 거실을 쳐다보았다.

"1층으로 내려왔을 때 침입자가 저기 앉아 있었던 건가요?"

"맞아요. 이 식탁 의자에요." 지넷은 손가락으로 가리키고 나서 팔짱을 끼고 팔꿈치를 손으로 감쌌다. "처음에는 무릎 아래만 보였어요. 그다음에는 손가락에 새긴 문신이 보였고요. **해야 해**. 그런 다음 그가 몸을 앞으로 숙이자 얼굴이 보였고요."

"볼턴의 얼굴이 말이죠."

"네."

홀리가 곰곰이 생각하다가 환하게 미소를 짓자 랠프와 아내는 깜짝 놀랐다. 미소 덕분에 몇 살은 더 어려 보였다.

"이제 괜찮으시면 저는 꿈나라로 떠날게요."

지넷이 조잘거리며 그녀를 2층으로 안내했다. *나는 절대 불가능한 방식으로 긴장을 풀어 주는 거지.* 랠프는 생각했다. *저것도 재능이야. 아주 특이한 이 여자한테도 효과가 있겠지.*

홀리는 특이할지 몰라도 이상하게 호감형이었다. 테리 메이틀랜드와 히스 홈즈를 두고 어처구니없는 주장을 하는데도 그랬다.

어처구니없는 주장이라지만 정황에 딱 맞아떨어지잖아.

하지만 그건 불가능한 얘기였다.

장갑처럼 딱 맞아떨어지잖아.

"그래도 불가능한 얘기야."

2층에서 두 여자가 웃음을 터뜨렸다. 그 소리를 듣고 랠프는 미소를 지었다. 그는 침실로 향해 가는 지넷의 발소리가 들릴 때까지 그 자리에 있다가 2층으로 올라갔다. 복도 끝 손님방은 문이 굳게 닫혀 있었다. 지넷이 후닥닥 조사한 결과물인 종이 더미가 그의 베개 위에 놓여 있었다. 그는 옷을 갈아입고 누워서 파인더스 키퍼스라는 채무자 수색 회사의 공동 사장인 홀리 기브니의 정보를 읽기 시작했다.

17

밖에서는 조금 떨어진 곳에서 잭이 정장을 입은 여자가 앤더슨의 집 앞 진입로로 들어서는 것을 지켜보고 있었다. 앤더슨이 나와서 짐을 들어 주었다. 그녀는 짐이 많지 않았다. 그중 하나가 월마트 비닐봉지인 걸 보면 거기 갔었던 모양이다. 잠옷과 칫솔을 사러 갔을지 모른다. 외모로 보건대 잠옷은 한심할 테고, 칫솔은 잇몸에서 피가 날 정도로 뻣뻣할 것이다.

휴대용 병에 담아 온 술을 한 모금 마시고 뚜껑을 닫으며 이제 그만 집으로 갈까 생각하던 찰나(착한 어린이는 모두 잠자리에 들 시각이었다.), 잭은 트럭에 동행이 있음을 알아차렸다. 누군가가 조수석에 앉아 있었다. 방금 그의 시야 안으로 휙 등장했다. 당연히 그건 불가능한 일이었지만 애초에 그자가 그 자리에 앉아 있었을 리는 없지 않은가. 아닌가?

호스킨스는 계속 앞을 바라보았다. 비교적 잠잠했던 뒷덜미의 화상이 다시 몹시 아프게 욱신거리기 시작했다.

둥둥 떠 있는 손이 그의 곁눈으로 들어왔다. 그 손을 관통해 뒤편의 시트가 보였다. 손가락에 희미해져 가는 파란 잉크로 **해야 해**라고 적혀 있었다. 호스킨스는 눈을 감고 손님이 그를 건드리지 않길 기도했다.

"드라이브를 좀 해야겠다. 너희 어머니처럼 죽기 싫으면 출발해. 너희 어머니가 어떤 식으로 비명을 질렀는지 기억하지?"

그렇다, 잭은 기억했다. 더 이상 비명을 지를 수 없을 때까지 질렀다.

"더 이상 비명을 지를 수 없을 때까지 질렀지."

승객의 손이 허벅지를 아주 살짝 건드리는 바람에, 잭은 그쪽 피부도 뒷덜미처럼 화끈거리기 시작할 것임을 알았다. 바지를 입고 있어도 전혀 보호가 되지 않을 것이다. 독이 바지를 뚫고 스며들 것이다.

"그럼, 너는 기억하지. 어떻게 잊을 수가 있겠어?"

"어디로 갈까요?"

승객이 행선지를 밝혔고 잠시 후에 그 끔찍한 손길이 사라졌다. 잭은 눈을 뜨고 사방을 두리번거렸다. 조수석에 아무도 없었다. 앤더슨의 집에 불이 꺼졌다. 손목시계를 확인해 보니 10시 45분이었다. 그가 깜빡 잠이 들었다. 그냥 꿈을 꿨나 보다고 믿을 수도 있었다. 아주 끔찍한 악몽을 꿨나 보다고. 하지만 한 가지 문제가 있었다.

그는 트럭 시동을 걸고 기어를 넣었다. 마을에서 벗어나 17번 도로에 있는 하이 주유소에서 기름을 넣을 것이다. 거기서 밤에 근무하는 코다라는 이름의 친구가 항상 알약을 넉넉히 가지고 있었다. 그걸 북쪽으로 시카고 아니면 남쪽으로 텍사스까지 급히 가야 하는 트럭 운전수들에게 팔았다. 플린트 시티 경찰인 잭 호스킨스에게는 돈을 받지 않을 것이다.

트럭 계기판이 먼지투성이였다. 첫 번째 신호등에서 멈췄을 때 그는 오른쪽으로 몸을 숙여 손님의 손가락이 거기에 적어 놓은 단어를 깨끗하게 지웠다.

해야 해.

7월 26일

우주에는 끝이 없어요

1

랠프는 얕은 잠을 잤고 그마저도 악몽 때문에 자꾸 깼다. 어느 악몽에서는 그가 죽어 가는 테리 메이틀랜드를 안고 있는데, 테리가 이렇게 얘기했다. “당신이 내 아이들을 훔쳐 갔어.”

랠프는 4시 30분에 눈을 떴고 더 자기는 글렀다는 걸 알았다. 지금까지 전혀 알지 못했던 존재의 차원에 진입한 듯한 기분이 느껴지자 오밤중에는 누구나 그럴 거라고 속으로 중얼거렸다. 그렇게 자신을 다독이며 화장실에 가서 이를 닦았다.

지넷은 늘 그렇듯 위로 솜털 같은 머리칼이 삐져나온 혹처럼 보이도록 이불을 뒤집어쓴 채로 자고 있었다. 그 머리칼이 이제는 그와 마찬가지로 희끗희끗했다. 흰머리가 많지는 않았지만 점점 많아질 것이었다. 그래도 괜찮았다. 시간의 흐름은 수수께끼였지만 정상적인 수수께끼였다.

에어컨 바람 때문에 지넷이 출력해 놓은 종이 몇 장이 바닥 위로 떨어졌다. 그는 그걸 주워서 다시 침대 옆 테이블에 올려놓은 뒤 청바지를 집어서 하루 더 입기로 하고(가뜩이나 먼지 날리는 텍사스 남부로 가는 마당이니) 그걸 들고 창가로 다가갔다. 희끄무레한 아침 첫 햇살이 슬금슬금 다가오고 있었다. 여기도 더운 날이 되겠지만 그들이 가려는 곳은 더 더울 것이다.

랠프는 일주일쯤 전에 빌 새뮤얼스가 찾아왔을 때 자기가 앉았던 정원용 의자에, 청바지를 입고 앉아 있는 홀리 기브니를 보고도 왜인지는 모르겠지만 놀라지 않았다. 그날 저녁에 빌은 사라진 발자국 얘기를 했고, 랠프는 구더기가 생긴 캔털루프 멜론 얘기로 맞받아쳤다.

그는 청바지와 오클라호마 선더 티셔츠를 입고 지넷을 다시 한 번 확인한 다음 침실용 슬리퍼로 신는 낡아서 떨어진 모카신을 왼쪽 두 손가락으로 들고 방에서 빠져나왔다.

2

랠프는 5분 뒤에 뒷문을 나섰다. 그의 소리가 들리자 홀리는 고개를 돌렸다. 조그만 얼굴로 조심스럽게 경계하는 표정을 짓고 있었지만 적대적이지는 않았다.(그가 바라기로는 그랬다.) 그러다 낡은 코카콜라 쟁반에 담긴 머그잔을 보더니 그 환한 미소를 지었다.

"혹시 그게 제가 바라는 걸까요?"

"커피를 바랐다면 맞아요. 나는 그냥 마시지만 당신은 어떨지 몰라서 이것저것 들고 왔어요. 아내는 우유랑 설탕을 넣어서 마셔요. 그래야 나처럼 달달해진다고."

랠프는 미소를 지었다.

"블랙 좋아요. 정말 감사합니다."

그는 쟁반을 피크닉 테이블에 내려놓았다. 홀리는 그의 맞은편에 앉아서 머그잔 하나를 들고 한 모금 마셨다.

"와, 좋네요. 맛있고 진하고. 아침에는 진한 블랙커피만 한 게 없죠. 제가 생각하기에는 그래요."

"일어난 지 얼마나 됐어요?"

"제가 원래 잠이 없어요." 그녀는 질문을 깔끔하게 피했다. "여기 참 쾌적하네요. 공기가 아주 상쾌해요."

"서풍이 불면 그다지 상쾌하지 않아요. 그러면 캡 시티의 정유소 냄새가 나거든요. 머리 아파요."

랠프는 말을 멈추고 홀리를 쳐다보았다. 홀리는 얼굴을 가리려는 듯 머그잔을 들고 고개를 돌렸다. 랠프는 간밤에 그녀가 악수를 할 때마다 어떤 식으로 마음을 다잡는 듯한 표정을 지었는지 다시금 떠올렸다. 이 여자에게는 일상적인 수많은 몸짓과 상호작용이 상당히 힘들게 느껴지는 모양이었다. 그럼에도 놀라운 능력을 보여 주었다.

"어젯밤에 당신 기사를 읽었어요. 알렉 펠리 말이 맞더군요. 이력이 상당하던데요."

홀리는 아무 대꾸도 하지 않았다.

"하츠필드라는 남자가 폭탄으로 아이들을 죽이지 못하게 막았을 뿐 아니라 파트너 호지스 씨와 함께……."

"호지스 형사였어요." 그녀는 바로잡았다. "퇴직 형사요."

랠프는 고개를 끄덕였다.

"그랬을 뿐 아니라 호지스 형사와 함께 모리스 벨러미라는 정신병자에게 납치된 여자아이를 구출했더군요. 구출 도중에 벨러미는 살해됐고요. 그리고 맛이 가서 아내를 죽인 의사와의 총격전에도 가담했고, 작년에는 희귀종 반려견을 훔쳐 주인에게 몸값을 요구하고 몸값을 주지 않으면 팔아넘긴 일당을 잡았죠. 잃어버린 반려동물을 찾는 일도 한다고 했던 게 농담이 아니었어요."

그녀는 목 아래 부분에서 이마까지 다시 벌게졌다. 이런 식으로 과거의 행적을 나열하는 데 불편해하는 수준을 넘어 괴로워하는 기색이 역력했다.

"대부분 빌 호지스가 한 일이에요."

"개도둑 사건은 아니잖아요. 그는 그보다 1년 전에 세상을 떠났던데요."

"맞아요. 하지만 그때는 피트 헌틀리가 있었어요. 전직 형사 헌틀리가요." 그녀는 그를 똑바로 쳐다보았다. 애써 똑바로 쳐다보았다. 눈이 또렷하고 파랬다. "피트도 실력이 좋아요. 그가 없었다면 회사를 유지하지 못했을 거예요. 하지만 빌이 더 나았어요. 지금의 나는 빌이 만든 거예요. 모든 게 그의 덕분이에요. 내가 살아 있는 것도. 빌이 지금 여기 있었으면 좋겠어요."

"나 대신에 말인가요?"

훌리는 대답하지 않았다. 두말하면 잔소리지만 그게 대답이었다.

"그 사람이라면 변신하는 이 엘 쿠코란 존재를 믿었을까요?"

"그럼요." 주저없는 말투였다. "왜냐하면 그 사람과…… 저와…… 같이 활동했던 우리 친구 제롬 로빈슨은…… 형사님은 경험해 본 적 없는 일을 접한 적이 있거든요. 앞으로 며칠이 어떤 식으로 흘러가느냐에 따라 형사님도 이제 경험하게 될지 몰라요. 어쩌면 오늘 해가 지기 전에 그럴지도 모르고요."

"나도 같이 있어도 돼요?"

자기 커피를 들고 나온 지넷이었다.

랠프는 앉으라고 손짓했다.

"우리 때문에 깨셨다면 죄송해요. 저를 재워 주는 친절을 베푸셨는데."

"랠프가 깨웠어요, 코끼리처럼 살금살금 나가더라고요. 다시 잠을 잘 수도 있었는데 커피 냄새가 나지 뭐예요. 그 유혹을 견딜 수가 있어야 말이죠. 어머, 당신 우유랑 크림 들고 나왔네?"

"의사가 그런 거 아니었어요."

랠프는 눈썹을 추켜세웠다.

"네?"

"그 의사 이름은 배비노였어요. 맛이 가긴 했지만 외부 요인으로 인해 그렇게 된 거였고, 부인을 죽이지 않았어요. 브래디 하츠필드가 죽였죠."

"아내가 인터넷에서 검색한 기사에 따르면 하츠필드는 당신과 호지스가 배비노를 찾아내기 전에 병원에서 죽었다고 하던데요."

"기사에서 뭐라는지 알지만 틀렸어요. 실제 스토리를 들려 드릴까요? 입에 담고 싶지 않고 심지어 기억하고 싶지도 않지만 들려 드려야 할지 모르겠어요. 왜냐하면 우리가 위험 속으로 뛰어들 텐데 추격하는 상대가 인간이라고 생각하면, 배배 꼬인 변태 살인마일지 몰라도 그래도 인간이라고 생각하면, 더 위험해지거든요."

"위험한 곳은 여기예요." 지넷이 항변했다. "그 이방인, 클로드 볼턴을 닮은 그 사람…… 내가 그를 본 곳이 여기였어요. 어젯밤에 회의 때 얘기했잖아요!"

홀리는 고개를 끄덕였다.

"이방인이 여기 왔었고 제가 그걸 증명할 수 있을지도 모르지만, 그자가 완전히 여기 있었던 건 아닐 거예요. 그리고 지금 여기 있지도 않고요. 그자는 거기, 텍사스에 있어요. 볼턴이 거기 있고 이방인은 그 옆에 붙어 있을 테니까요. 볼턴의 가까이에 있어야 할 거예요. 왜냐하면……." 그녀는 말을 멈추고 입술을 씹었다. "이방인은 지쳐 가고 있는 것 같아요. 추격당하는 데 익숙하지가 않아서요. 정체를 들키는 데 익숙하지가 않아서."

"무슨 말씀인지 모르겠어요." 지넷이 말했다.

"제가 브래디 하츠필드 얘기 들려 드릴까요? 그러면 도움이 될지도 몰라요." 그녀는 랠프를 쳐다보며 다시 한 번 애써 시선을 맞추었다. "그 얘기를 들어도 설득이 되지는 않을지 모르지만, 제가 믿을 수 있는 이유를 이해하실 수는 있을 거예요."

"들어 봅시다." 랠프가 말했다.

홀리는 얘기를 시작했다. 얘기가 끝났을 무렵에는 동쪽에서 시뻘건 태양이 떠오르고 있었다.

3

"와우."

랠프가 말했다. 생각나는 단어가 그뿐이었다.

"이게 실화예요?" 지넷이 물었다. "브래디 하츠필드가…… 뭐라고요? 의사의 머릿속으로 들어갔다고요?"

"네. 배비노가 그에게 투여한 시험용 약물 때문이겠지만 그게 전부는 아니었다고 봐요. 하츠필드 안에 이미 뭔가가 있었는데 저한테 머리를 맞으면서 그게 발현됐을 거예요. 저는 그렇게 생각해요." 홀리는 랠프를 돌아보았다. "하지만 형사님은 그렇게 생각하지 않으시죠? 전화로 제롬을 연결할 수도 있고 그 아이도 똑같이 얘기하겠지만…… 형사님은 그 아이도 믿지 않으시겠죠."

"뭘 믿어야 할지 잘 모르겠어요. 비디오 게임에 숨겨진 메시지를 통해 자살 열풍이 일었다니…… 신문에도 보도가 됐나요?"

"신문, 텔레비전, 인터넷. 전부요."

홀리는 말을 멈추고 자기 손을 내려다보았다. 손톱에 매니큐어는 바르지 않았지만 상당히 깔끔했다. 이제는 담배를 피우지 않듯 손톱도 물어뜯지 않았다. 그 습관을 끊었다. 그녀는 가끔 정신적인 안정(정신적인 건강까지는 못 되더라도)을 향한 순례가 나쁜 습관을 의식처럼 버리는 과정이었다는 생각이 들었다. 나쁜 습관을 버리기가 쉽지 않았다. 그들은 친구나 다름없었다.

그녀는 이제 두 사람이 아니라 먼 곳을 바라보며 말했다.

"빌은 배비노와 하츠필드 사건이 벌어진 그 시점에 췌장암 진단을 받았어요. 이후에 잠깐 입원했다가 퇴원했어요. 그즈음에는 어떤 결말이 기다리고 있는지 우리 모두 알았고…… 그 역시 절대 내색은 하지 않아도 알고 있었지만 끝까지 그 빌어먹을 암세포와 싸웠어요. 저는 거의 매일 저녁에 찾아갔거든요. 뭐라도 챙겨 먹고 있는지 살피는 한편으로 그냥 옆에 앉아 있으려고요. 같이 있어 주려고요. 하지만 또 한편으로는…… 음……."

"그 사람으로 당신을 채우고 싶었어요?" 지넷이 물었다. "곁에 있는 동안에?"

홀리는 다시 나이를 어려 보이게 하는 그 환한 미소를 지었다.

"네, 맞아요. 바로 그거예요. 어느 날 밤에, 그가 다시 입원하기 직전에 그 동네에서 전기가 나간 적이 있었어요. 나무가 전선 위로 쓰러졌나 그래서요. 빌의 집에 가 보니 현관 앞 계단에 앉아서 별을 올려다보고 있더라고요. '가로등이 켜져 있을 때는 이런 별을 볼 수가 없지.' 그가 말했어요. '저걸 봐요, 얼마나 많은지 그리고 얼마나 환한지!'

그날 밤에는 은하수가 전부 보이는 듯했어요. 우리는 잠깐, 아마 한 5분쯤 됐을 텐데, 아무 말도 하지 않고 앉아서 그냥 바라보기만 했어요. 잠시 후에 그가 얘기했죠. '과학자들이 우주에 끝이 없다고 믿기 시작했대요. 지난주에 《뉴욕 타임스》에서 읽었어요. 수많은 별들을 바라보면서 그 너머에 그보다 더 많은 별들이 있다는 생각을 하면 쉽게 믿을 수가 있죠.' 빌의 병세가 심각해진 이후로는 브래디 하츠필드나 그가 배비노에게 한 짓에 대해 별로 얘기한 적이 없었지만 저는 그때 그가 그 얘기를 한 거라고 생각해요."

"하늘과 땅 사이엔 우리의 철학으론 상상도 못할 일들이 수없이 많다.*" 지넷이 말했다.

홀리는 미소를 지었다.

"셰익스피어가 그걸 가장 멋지게 표현한 것 같아요. 사실 셰익스피어는 거의 모든 걸 가장 멋지게 표현했죠."

"어쩌면 하츠필드와 배비노 얘기를 한 게 아닐 수도 있어요." 랠프가 말했다. "자신의…… 상황을 이해하려고 노력하는 중이었을지도 모르죠."

"당연하죠. 그것과 세상의 모든 수수께끼를요. 우리도……."

홀리의 휴대전화가 짹짹거렸다. 그녀는 뒷주머니에서 전화기를 꺼내 문자를 확인했다.

"알렉 펠리가 문자를 보냈어요. 골드 씨가 빌린 비행기가 9시 30분에 출발한대요. 같이 가겠다는 생각에 변함이 없으신가요, 앤더슨 형사님?"

"그럼요. 그리고 이게 어떤 사건인지 모르겠지만 아무튼 함께하게 된 마당에 그냥 랠프라고 불러요." 그는 두 모금 만에 커피를 다 마시고 자리에서 일어났다. "내가 가 있는 동안 경관 두 명한테 집을 잘 봐 달라고 부탁할게. 그래도 괜찮겠지?"

---

* 셰익스피어의 『햄릿』에 나오는 대사다.

지넷은 눈썹을 호들갑스럽게 깜빡였다.

"잘생긴 경관으로 부탁해."

"트로이 래미지하고 톰 예이츠한테 얘기해 볼게. 둘 다 영화배우처럼 생기지는 않았지만 야구장에서 테리 메이틀랜드를 체포한 친구들이거든. 그 둘한테 사소한 역할이나마 맡겨야 맞는 게 아닌가 싶어서."

"저도 체크해야 할 게 있는데 날이 완전히 밝기 전에 지금 하는 게 좋겠어요. 안으로 들어갈까요?"

4

홀리가 부탁한 대로 랠프가 부엌 블라인드를 내리고 지넷이 거실 커튼을 쳤다. 홀리는 어제 월마트 사무용품 코너에서 산 매직과 스카치테이프를 들고 식탁에 앉았다. 테이프를 짧게 두 개 끊어서 아이폰의 내장 플래시 위에 붙였다. 이걸 파란색으로 칠했다. 테이프를 다시 한 개 끊어서 파란색 위에 덮고 이번에는 자주색으로 칠했다.

그런 다음 일어나 거실 입구와 가장 가까이 있는 의자를 가리켰다.

"그 남자가 저기 앉아 있었다고 하셨죠?"

"맞아요."

홀리는 플래시를 터뜨려 의자를 두 번 찍고 거실 입구로 자리를 옮겨서 다시 손으로 가리켰다.

"그리고 그 남자가 여기 앉아 있었다고 했고요."

"맞아요. 바로 거기 앉아 있었어요. 하지만 아침에 보니까 카펫에 아무 자국도 남아 있지 않았어요. 랠프가 확인했거든요."

홀리는 한쪽 무릎을 꿇고 앉아서 카펫을 네 번 찍은 다음 일어섰다.

"됐어요. 이거면 충분할 거예요."

"랠프? 저분이 뭐 하는 건지 알아?"

"휴대전화를 자외선 카메라처럼 쓰려는 거야." *아내 말을 믿었다면 내가 직접 저렇게 조사할 수도 있었는데. 적어도 5년 전부터 알고 있었던 수법이잖아.* "흔적을 찾는 거죠? 헛간에 남아 있었던 것과 같은 잔재를."

"네. 하지만 남아 있다 한들 그 헛간처럼 많지는 않을 거예요. 그랬다면 육안으로 보였을 테니까요. 인터넷에서도 '체크메이트'라고 하는 이런 장치를 팔지만 이걸로도 될 거예요. 빌한테 배웠어요. 뭐가 있는지 이제 확인해 봐요. 있을지 모르겠지만."

그들이 그녀의 양옆을 한쪽씩 차지했고 이번만큼은 홀리도 좁혀진 육체적인 거리를 의식하지 않았다. 고도로 집중하며 잔뜩 기대에 부풀었기 때문이었다. *홀리식 희망을 품고 있다고 할까.* 그녀는 속으로 중얼거렸다.

흔적이 있었다. 침입자가 앉아 있었다고 한 의자에 누르스름한 얼룩이 한 군데 희미하게 남았고, 입구 근처 카펫에도 페인트가 몇 방울 떨어진 것처럼 몇 군데 남아 있었다.

"이런 망할." 랠프는 중얼거렸다.

"이걸 보세요." 홀리는 손가락을 벌려 카펫에 묻은 얼룩을 확대했다. "직각인 거 보이죠? 의자 다리 자국이에요."

그녀는 의자로 돌아가 이번에는 바닥 쪽을 플래시 사진으로 찍었다. 그들은 다시 한 번 아이폰을 사이에 두고 옹기종기 모였다. 홀리가 다시 손가락을 벌리자 의자 다리 하나가 튀어나왔다.

"이걸 타고 흘러내린 거예요. 이제 블라인드 올리고 커튼 열어도 돼요."

다시 부엌 가득 아침 햇살이 비쳤다. 랠프는 홀리에게 전화기를 받아서 사진을 한 장씩 넘기고 다시 거꾸로 넘겼다. 불신의 벽이 무너지기 시작하는 걸 느낄 수 있었는데, 결국에는 조그만 아이폰 화면에 뜬 사진 몇 장으로 그렇게 된 거였다.

"이게 그러니까 무슨 뜻이에요?" 지넷이 물었다. "실질적인 관점에서 말이에요. 그자가 여기 있었다는 거예요, 없었다는 거예요?"

"말씀드렸다시피 충분한 시간을 두고 조사를 한 게 아니라 자신 있게 단정할 수는 없어요. 하지만 짐작이나마 얘기하자면…… 양쪽 모두라고 하겠어요."

지넷은 머릿속을 정리하려는 사람처럼 고개를 저었다.

"무슨 말인지 모르겠네."

랠프는 잠긴 문과 울리지 않은 도난 경보기를 생각하고 있었다.

"그러니까 이 남자가……."

맨 처음 생각난 단어는 유령이었지만 그건 딱 들어맞는 표현이 아니었다.

"저는 아무 말도 하지 않겠어요."

홀리의 말에 랠프는 이렇게 생각했다. *그렇겠지. 내 입으로 얘기해 주길 바랄 테니.*

"투영(投影)이에요? 아니면 우리 아들이 하는 비디오 게임에 나오는 아바타 같은 거예요?"

"흥미로운 의견이네요."

홀리가 두 눈을 반짝이고 있었다. 랠프는 어쩌면 그녀가 미소를 참고 있을지도 모른다는 생각이 들었다.(그와 더불어 짜증이 났다.)

"흔적은 있었지만 카펫에 의자 자국은 남지 않았죠." 지넷이 말했다. "그러니까 그자가 여길 직접 찾아왔더라도…… 가벼웠던 거예요. 어쩌면 깃털 베개 정도로. 그리고 이거…… 이런 식의 투영을 하느라…… 지쳐 가고 있다는 거죠?"

"논리적으로 따졌을 때 그렇다고 봐야 하지 않을까요? 적어도 제가 생각하기에는 그래요. 한 가지 분명한 사실이 있다면 부인이 어제 새벽에 1층으로 내려왔을 때 뭔가가 있었다는 거예요. 그것만큼은 동의하시죠, 앤더슨 형사님?"

"네. 그리고 나를 랠프라고 부르지 않으면 홀리, 당신을 체포하겠어요."

"내가 무슨 수로 다시 2층으로 올라갔을까요? 설마…… 기절한 나를 그자가 안고 올라간 건 아니겠죠?"

"그건 아닐 거예요."

그러자 랠프가 말했다.

"짐작에 불과하지만…… 일종의…… 최면 암시 수법을 동원하지 않았을까요?"

"저도 잘 모르겠어요. 우리가 끝까지 알 수 없는 게 한두 가지가 아니겠죠. 저 얼른 샤워 좀 하고 싶은데 그래도 될까요?"

"그럼요. 나는 스크램블드에그 좀 만들게요." 그러고는 홀리가 막 걸음을 옮기기 시작했을 때 지넷이 중얼거렸다. "맙소사."

홀리는 고개를 돌렸다.

"레인지 등. 그게 켜져 있었어요. 위에 달린 등인데. 버튼이 있거든요." 지넷은 사진을 들여다보았을 때는 흥분한 표정이었다. 하지만 지금은 겁에 질린 표정이었다. "불을 켜려면 그걸 눌러야 해요. 그러니까 그자가 그걸 누를 수 있을 만큼은 됐다는 뜻이잖아요."

홀리는 아무 대꾸도 하지 않았다. 랠프도 마찬가지였다.

5

아침식사가 끝나자 홀리는 짐을 챙기겠다며 손님방으로 들어갔다. 랠프가 보기에는 아내와 단둘이서 작별 인사를 나눌 수 있게 자리를 비켜 준 게 아닐까 싶었다. 이 홀리 기브니라는 여자가 특이하기는 했지만 바보는 아니었다.

"래미지하고 예이츠가 단단히 망을 볼 거야." 그는 지넷에게 말했다. "둘 다 휴가를 냈어."

"당신을 위해서 그런 배려를 했단 말이야?"

"테리를 위해서이기도 할 거야. 일이 그렇게 된 데 나 못지않게 안타까워하고 있거든."

"총 챙겼어?"

"지금은 가방에 넣었어. 비행기에서 내리면 허리에 찰 거야. 그리고 알렉도 총 들고 올 테고. 당신도 금고에서 총 꺼내 놔. 옆에 두고 있어."

"당신 진심으로 그렇게 생각하는……."

"어떤 식으로 생각하면 좋을지 모르겠어. 그 점에서는 홀리의 말에 동의해. 그냥 옆에 두고 있어. 집배원 쏘지는 말고."

"저기, 나도 따라가는 게 좋지 않을까?"

"그건 별로 좋은 생각이 못 되는 것 같은데."

오늘만큼은 그녀와 함께 있고 싶지 않았는데, 이유를 밝혀서 더 큰 걱정을 안길 필요는 없었다. 그들에게는 지금 야구를 하거나 건초 더미로 만든 과녁에 대고 화살을 쏘거나 구슬 허리띠를 만들고 있을 아들이 있었다. 프랭크 피터슨에 비해 나이가 한참 많지도 않은 데릭이. 대부분의 아이들이 그렇듯 부모는 평생 죽지 않는 줄 아는 데릭이.

"당신 말이 맞을 수도 있겠다. 데릭이 연락할 경우에 대비해서 누구 한 명은 집을 지키고 있어야 하잖아, 안 그래?"

그는 고개를 끄덕이고 그녀에게 입을 맞추었다.

"내 말이 그 말이야."

"조심해."

그녀는 눈을 동그랗게 뜨고 그를 올려다보았고, 그녀가 그렇게 사랑과 희망과 걱정이 담긴 눈빛으로 그를 올려다보았을 때의 기억이 불현듯 그의 머릿속에 꽂혔다. 친구들과 친척들 앞에 서서 혼인 서약을 하던 결혼식장에서의 기억이었다.

"알았어. 늘 조심하잖아."

랠프가 걸음을 옮기려고 하자 지넷이 붙잡았다. 그의 팔뚝을 세게 잡았다.

"그래. 하지만 이번은 지금까지 수사한 사건하고 다르잖아. 그렇다는 걸 이제는 우리 둘 다 알잖아. 그자를 잡을 수 있으면 잡아. 못 잡겠으면…… 당신 능력으로는 감당이 안 되는 사태와 맞닥뜨리면…… 후퇴해. 후퇴해서 내가 기다리는 집으로 와, 알았지?"

"알았어."

"알았다고 하지 말고 그러겠다고 대답해."

"그럴게."

혼인 서약을 했던 날이 또다시 떠올랐다.

"진심이길 바라." 지넷은 예전처럼 사랑과 걱정이 가득한 눈빛으로 그를 꿰뚫어 보았다. '당신과 운명을 함께하기로 결심한 걸 후회하게 만들지 말아 달라.'고 얘기하는 눈빛이었다. "당신한테 할 얘기가 있는데, 중요한 거야. 듣고 있어?"

"응."

"랠프, 당신은 좋은 사람이야. 엄청난 실수를 저지른 좋은 사람이야. 그런 사람이 당신이 처음도 아니고 마지막도 아닐 거야. 당신은 그걸 감수하면서 살아야 하고 내가 도와줄게. 실수를 만회할 수 있으면 만회해. 하지만 그걸 더 엉망진창으로 만들지는 마. *부탁할게.*"

홀리가 들으라는 듯이 다소 요란하게 2층에서 내려왔다. 랠프는 그 자리에 잠깐 가만히 서서 동그랗게 뜬 아내의 눈을 내려다보았다. 십수 년 전의 그때 못지않게 여전히 예뻤다. 그는 입을 맞추고 뒤로 물러났다. 그녀는 그의 손을 세게 한 번 잡고는 놓아주었다.

6

랠프와 홀리는 랠프의 차를 타고 공항으로 갔다. 홀리는 숄더백을 무릎에 올려놓고 등을 꼿꼿하게 펴고 무릎을 단정하게 모으고 앉았다.

"부인에게 총이 있나요?"

"있어요. 그리고 우리 지서 사격 연습장에서 훈련도 받았어요. 여기에서는 아내와 딸들에게 그걸 허용하거든요. 당신은요, 홀리?"

"당연히 없죠. 비행기를 타고 왔는데 그건 빌릴 수 있는 게 아니잖아요."

"뭔가 구할 수 있을 거예요. 우리 행선지가 뉴욕이 아니라 텍사스니까요."

그녀는 고개를 저었다.

"빌이 살아 있었을 때 이후로 총을 쏜 적 없어요. 둘이서 마지막으로 같이 해결한 사건 이후로요. 그때도 표적을 제대로 맞히지 못했어요."

랠프는 공항과 캡 시티로 향하는 고속도로를 가득 메운 차량 행렬에 합류할 때까지 아무 말도 하지 않았다. 그 위험한 곡예가 끝나자 그가 말했다.

"혓간에서 채취한 샘플은 지금 주 경찰청 과학수사반에 있어요. 거기 갖추어진 으리으리한 장비로 돌리면 어떤 결과가 나올 것 같아요? 짐작 가는 바 있어요?"

"의자와 카펫에 남은 걸 근거로 판단하자면 대부분 수분일 테지만 pH 수치가 높을 거예요. 요도구선, 그러니까 그걸 발견한 해부학자 윌리엄 쿠퍼의 이름을 따서 쿠퍼선이라고 불리는 곳에서 생산되는 점액질의 액체가……."

"그러니까 정액일 거라고 생각한단 말이죠."

"그보다는 쿠퍼액에 가까울 거라고 봐요."

그녀의 뺨이 다시금 살짝 빨개졌다.

"뭘 제대로 아는군요."

"빌이 죽은 뒤에 법의병리학 수업을 들었거든요. 사실 여러 개를요. 수업을 들으면…… 시간이 잘 갔어요."

"프랭크 피터슨의 허벅지 뒤에도 정액이 묻었어요. 양이 제법 많기는 했지만 비정상적인 수준은 아니었어요. DNA 검사 결과 테리 메이틀랜드의 것으로 밝혀졌고요."

"혓간에 남은 흔적과 형사님의 집에 남은 흔적은 정액이 아니고, 아무리 비슷할지 몰라도 쿠퍼액도 아니에요. 캐닝 타운십에서 채취한 샘플을 검사하면 알 수 없는 성분들이 검출될 테고 그럼 과학수사반에서는 오염됐나 보다고 일축할 거예요. 그 샘플을 법정에 제출할 필요가 없어서 다행이라고 생각하면서. 전혀 생소한 물질을 검출했다는 생각은 하지 않겠죠. 그자가 변신할 때 흘리는, 또는 버리는 물질이거든요. 피터슨이라는 아이한테서 검출된 정액은…… 이방인은 하워드 자매를 죽였을 때도 정액을 남겼을 거예요. 아이들의 옷이나 몸 위에. 그건 메이틀랜드 씨의 화장실에서 발견된 머리카락이나 수많은 지문과 마찬가지로 일종의 명함에 불과해요."

"목격자들도 빼먹으면 안 되죠."

"맞아요." 그녀는 동의했다. "이자는 목격자를 좋아해요. 남의 얼굴을 달고 다닐 수 있으니 그럴 수밖에요."

랠프는 하워드 골드가 애용하는 전세기 회사로 표지판을 따라갔다.

"그러니까 이게 사실은 성범죄가 아니었다고 생각해요? 그렇게 보이도록 설정했을 뿐이다?"

"그렇게 단정 짓지는 않겠지만……." 그녀는 그를 돌아보았다. "정액이 남자아이의 다리 뒤쪽에 묻어 있기는 했지만…… 그러니까…… 안에는 없었죠?"

"네. 아이는 나뭇가지로 찔려서 성폭행을 당했어요."

"으으윽." 홀리는 얼굴을 찡그렸다. "아마 하워드 자매를 부검해도 체내에서는 정액이 검출되지 않을 거예요. 이자의 살인에는 성적인 요소가 있을지 몰라도 실질적인 성교는 불가능할지 몰라요."

"평범한 연쇄살인범들도 그런 경우가 많아요."

그는 그렇게 말해 놓고 웃음을 터뜨렸지만(점보 콩알만큼이나 자기 모순적인 표현이었다.) 취소하지는 않았다. 그게 아니면 인간 연쇄살인범 말고는 대안이 생각나지 않았다.

"그자가 슬픔을 먹는다면 죽어 가는 동안 희생자들이 느끼는 고통도 먹을 수밖에 없겠죠." 이제는 그녀의 뺨에서 홍조가 사라지고 얼굴이 창백했다. "고급 음식이나 오래된 스카치위스키처럼 맛이 아주 풍성할 거예요. 그리고 맞아요, 그걸 맛보면 성적으로 흥분이 됐을 수도 있었겠죠. 이런 부분들에 대해 생각하기 싫지만 적을 파악해야 우리는…… 저기서 좌회전해야 해요, 앤더슨 형사님."

그녀가 손가락으로 가리켰다.

"랠프."

"네. 좌회전해요, 랠프. 저 길로 가야 리걸 에어가 나와요."

7

하위와 알렉은 벌써 도착했고 하위는 미소를 짓고 있었다.

"이륙이 조금 늦춰졌어요. 사블로가 오는 중이에요."

"무슨 수로 일정을 조정했대요?" 랠프가 물었다.

"사블로가 조정한 거 아니에요. 내가 했지. 뭐, 절반은요. 마르티네스 판사가 천공성 궤양으로 입원한 건 하느님의 업적이에요. 아니면 핫소스를 너무 많이 먹어서 그런 걸 수도 있지만. 나도 텍사스 피트 팬이지만 그 친구가 그 소스를 뿌려 먹는 걸 보면 오싹하더라고요. 사블로 경위가 증언하기로 한 다른 사건의 경우에는 지방검사보가 나한테 진 빚이 있거든요."

"어떤 빚이냐고 물어도 됩니까?"

"아뇨."

하위는 이제 어금니가 보일 정도로 활짝 웃었다.

시간이 뜨자 그들 네 사람은 조그만 대기실에 앉아서(출발 로비라고 부를 수 있을 만큼 으리으리하지 않았다.) 이착륙하는 비행기들을 구경했다. 하위가 말했다.

"어젯밤에 집에 가서 인터넷으로 도플갱어 자료를 검색해서 읽어 봤어요. 이 이방인이 도플갱어잖아요, 그렇죠?"

홀리는 어깨를 으쓱했다.

"그게 그나마 가장 근접한 단어겠죠."

"가장 유명한 허구 속 인물은 에드거 앨런 포의 작품 주인공이었어요. 「윌리엄 윌슨」이라는 작품인데요."

"지넷이 그 작품을 알더라고요." 랠프가 말했다. "둘이 같이 얘기한 적 있어요."

"하지만 실생활에도 많대요. 수백 명은 되는 것 같아요. 루시타니아 호의 승객을 비롯해서. 1등 선실에 레이철 위더스라는 승객이 있었는데, 머리칼이 희끗희끗한 부분까지 똑 닮은 다른 승객을 본 사람이 여럿이었답니다. 누구 말로는 대역이 3등 선실 승객이었대요. 또 누구 말로는 승무원이었고요. 위더스와 연인은 그녀를 찾아 나섰고 독일 U보트가 쏜 어뢰가 루시타니아 호의 우현을 맞히기 불과 몇 초 전에 봤다고 해요. 위더스는 죽었지만 연인은 살았어요. 그 연인은 그녀의 도플갱어를 '비운의 전조'라고 불렀어요. 프랑스 작가 기 드 모파상은 어느 날 파리의 길거리를 걸어가다가 자신의 도플갱어를 만났답니다. 키, 머리칼, 눈, 콧수염, 억양이 똑같은 사람을."

"뭐, 프랑스 사람이잖아요." 알렉이 어깨를 으쓱하며 말했다. "뭘 기대하겠어요? 모파상은 그 남자에게 와인을 한잔 사 줬을 거예요."

"가장 유명한 사건은 1845년에 라트비아의 여학교에서 벌어졌어요. 선생님이 칠판에 글을 쓰고 있었을 때 똑같이 생긴 대역이 교실로 들어와 선생님 옆에 서서 그녀의 모든 행동을 따라했대요, 분필만 없었을 뿐. 그런 다음 나갔대요. 열아홉 명의 학생들이 그걸 봤답니다. 놀랍지 않은가요?"

아무도 대꾸를 하지 않았다. 랠프는 구더기가 생긴 캔털루프 멜론과 사라진 발자국과 홀리의 죽은 친구가 했다는 말을 생각하고 있었다. *우주에는 끝이 없어요*. 어떤 사람들은 이 말을 들으면 희망적이고 심지어 아름답다고 생각할 것이었다. 직장 생활을 하는 내내 오로지 사실만을 쫓아다녔던 랠프로서는 섬뜩했다.

"뭐, 내가 보기에는 놀라운데 말이죠."

하위가 살짝 샐쭉한 투로 말했다.

알렉이 말했다.

"궁금한 게 있어요, 홀리. 이 남자가 아마도 일종의 신비로운 수혈을 통해 희생양의 얼굴로 변신할 때 그의 생각과 기억까지 흡수할 수 있다면 왜 가장 가까운 응급 병원이 어디 있는지 몰랐을까요? 그리고 택시 운전자 윌로 레인워터도 그래요. 메이틀랜드는 YMCA 어린이 농구 프로그램을 통해 그녀와 아는 사이였는데, 더브로 역까지 택시를 타고 간 남자는 그녀를 한 번도 만난 적 없는 듯이 대했단 말이죠. 그녀를 윌로나 레인워터라고 부르지 않고 기사님이라고 했어요."

"저도 몰라요." 홀리가 다소 짜증난 투로 말했다. "제가 아는 건 오면서 대충 조사한 것밖에 없어요. 비행기를 타고 오는 동안 읽은 거요. 그걸로 추측 말고는 할 수 있는 게 없는데, 이제는 그것도 지긋지긋하네요."

"어쩌면 속독하고 비슷할지도요. 속독하는 사람들은 앉은 자리에서 긴 책을 완독할 수 있다는 데 엄청 자부심을 느끼지만 대개는 전반적인 줄거리만 파악하고 그만이잖아요. 세세한 부분에 대해서 물으면 대부분 아무 대답도 못 해요." 랠프는 말을 잠깐 멈추었다가 다시 이었다. "우리 집사람 얘기로는 그래요. 독서 모임을 하는데 자기 속독 능력을 조금 과시하는 사람이 있어서 돌아 버리려고 하거든요."

그들은 지상 근무자가 킹 에어에 기름을 넣고 두 조종사가 비행 전 점검을 하는 모습을 지켜보았다. 홀리는 아이패드를 꺼내 뭔가를 읽기 시작했다.(랠프가 보니 읽는 속도가 상당히 빠른 것 같았다.) 9시 45분이 되었을 때 스바루 포레스터가 손바닥만 한 리걸 주차장으로 들어섰고, 유넬 사블로가 휴대전화로 통화를 하며 얼룩무늬 배낭을 어깨에 둘러메고 차에서 내렸다. 그는 통화를 마치고 대기실로 들어섰다.

"*아미고스! 코모 에스탄!*(친구들! 안녕하십니까!)"

"좋아요." 랠프가 대답하며 자리에서 일어섰다. "이제 출발해 볼까요?"

"좀 전에 통화한 상대가 클로드 볼턴이었어요. 플레인스빌 공항으로 오겠대요. 그가 머무는 메리스빌에서 약 100킬로미터 거리예요."

알렉이 눈썹을 추켜세웠다.

"왜 그러겠대요?"

"불안하다고요. 누가 집을 감시하고 있는 느낌이 들어서 간밤에 잠을 잘 못 자고 대여섯 번을 깼대요. 교도소에서 무슨 일이 벌어질 거라는 건 모두 아는데 어떤 일이 될지는 아무도 모르고 그저 나쁜 일이라는 것만 알 수 있었던 시절이 생각나더래요. 그의 어머니도 불길한 예감을 느끼기 시작했고요. 나더러 무슨 일이냐고 묻길래 거기서 만나서 설명하겠다고 했어요."

랠프가 홀리를 돌아보았다.

"이 이방인이라는 자가 실제로 있다면, 그가 볼턴 근처로 접근했을 때 볼턴이 그의 존재를 느낄 수 있을까요?"

그녀는 추측을 강요하지 말라며 다시 짜증을 내는 대신, 부드럽지만 단호한 말투로 대답했다.

"분명히요."

7월 26일

비엔베니도스 아 테하스*

* Bienvenidos a Tejas, 스페인어로 '텍사스에 오신 것을 환영한다.'는 뜻이다.

1

잭 호스킨스는 7월 26일 새벽 2시쯤에 텍사스로 진입해 동쪽으로 그날의 첫 햇살이 고개를 내밀 무렵 인디언 모텔이라는 싸구려 숙소에 체크인했다. 유일하게 한도를 초과하지 않은 마스터카드로 졸린 눈을 한 직원에게 일주일치 요금을 결제하고, 쓰러져 가는 이 건물의 맨 끝 방을 달라고 했다.

방에서는 술과 찌든 담배 냄새가 났다. 이불은 너덜너덜했고, 바닥이 흰 침대 위의 베갯잇은 그간의 세월과 땀에 절어 누렜다. 그는 딱 하나밖에 없는 의자에 앉아서 휴대전화에 남겨진 문자와 음성 메시지를 심드렁하게 후딱 확인했다.(음성 메시지는 용량이 초과되는 바람에 새벽 4시를 마지막으로 끊겼다.) 전부 지서에서, 대개 겔러 서장이 직접 보낸 거였다. 웨스트사이드에서 이중 살인 사건이 벌어졌다고 했다. 랄프 앤더슨과 벳시 리긴스가 휴직 중이라 근무 가능한 형사가 그뿐인데 어디 있느냐고, 현장에 당장 출동해야 한다고, 어쩌고저쩌고 했다.

그는 침대에 누웠다. 처음에는 반듯하게 누웠지만 일광화상을 입은 부분이 너무 아팠다. 옆으로 돌아눕자 그의 상당한 무게에 눌린 스프링이 악을 쓰며 투덜거렸다. *암세포가 기승을 부리면 살이 빠지겠지. 막판에 엄마는 거죽에 둘러싸인 해골이었잖아. 비명을 지르는 해골.*

"그럴 일은 없어." 그는 빈방에 대고 중얼거렸다. "잠이나 좀 자야겠다. 이 문제는 해결될 거야."

네 시간이면 충분할 것이었다. 운이 좋으면 다섯 시간 동안 잘 수도 있었다. 하지만 그의 머리가 잠잠해질 줄을 몰랐다. 미친 듯이 공회전하는 엔진 같았다. 짐작했던 대로 하이 주유소에서 약을 파는 쥐새끼 같은 코드가 흰색 알약을 가지고 있었고, 본인 주장에 따르면 불순물이 거의 없다는 코카인도 넉넉히 보유하고 있었다. 침대입네 하는 이 쓰레기(이불 아래로 들어가지도 않았다. 시트 위로 뭐가 기어 다닐지 모를 일이었다.)에 누워 보니 그의 주장이 맞는 것 같았다. 자정 이후에, 앞으로 영원히 달려야 하는 듯이 느껴졌을 때 몇 번 짧게 흡입했을 뿐인데도 두 번 다시 잠이 올 것 같지 않았다. 아니, 지붕을 잇고 8킬로미터를 달릴 수 있을 것 같았다. 그럼에도 결국 선잠이 든 그는 어머니가 등장하는 꿈에 시달렸다.

눈을 떠 보니 정오가 지났고 에어컨 비슷한 게 있는데도 불구하고 방 안이 찌는 듯이 더웠다. 그는 화장실에 가서 볼일을 보고 욱신거리는 뒷덜미를 들여다보려고 했다. 하지만 볼 수가 없었고 어쩌면 차라리 잘된 일일지 몰랐다. 다시 방으로 돌아가 침대에 앉아서 신발을 신으려고 했지만 한 짝밖에 보이지 않았다. 더듬더듬 나머지 한 짝을 찾는데, 신발이 그의 손 쪽으로 다가왔다.

"잭."

그는 그 자리에서 얼어붙었다. 두 팔이 소름으로 뒤덮였고 뒷덜미의 짧은 털이 곤두섰다. 플린트 시티에서 샤워 커튼 뒤에 있었던 남자가, 어렸을 때 무시무시하게 느껴졌던 괴물처럼 이제 침대 밑에 있었다.

"내 말 잘 들어라, 잭. 앞으로 뭘 어째야 하는지 알려 줄 테니까."

그 목소리가 내리는 지시가 끊겼을 때 잭은 뒷덜미의 통증(생각해 보면 우스운 게, 예전에 아내를 이렇게 불렀었다.)이 사라졌다는 걸 깨달았다. 뭐…… 거의 그렇다고 볼 수 있었다. 그리고 앞으로 해야 하는 일은 과감하긴 해도 간단했다. 그는 덜미를 잡힐 일이 없을 테니 상관없었고 앤더슨의 숨통을 끊는 건 희열, 그 자체였다. 누가 뭐래도 앤더슨은 참견 대마왕이었다. 이건 의견 없음 선생이 자초한 일이었다. 다른 사람들은 안됐지만 잭의 책임은 아니었다. 여기까지 끌고 온 장본인이 앤더슨이었다.

"뭐 어쩌겠어, 팔자려니 해야지." 잭은 중얼거렸다.

신발을 신은 다음 무릎을 꿇고 엎드려 침대 아래를 들여다보았다. 먼지 구덩이였고 그중 일부가 건드려진 것 같았지만 그게 전부였다. 다행이었다. 안심이었다. 그를 찾아온 손님이 거기 있었다는 건 의심의 여지가 없었고, 그의 손 쪽으로 신발을 민 손가락에 새겨진 문신도 의심의 여지가 없었다. **안 돼.**

일광화상으로 인한 통증이 나지막한 웅얼거림 수준으로 잦아들고 머릿속이 비교적 맑아지자 뭔가 먹을 수 있을 것 같았다. 스테이크와 달걀이 어떨까. 앞으로 할 일이 있었으니 에너지를 보충해야 했다. 코카인과 각성제만으로 살 수는 없는 법이었다. 아무것도 먹지 않으면 작열하는 태양 아래에서 쓰러져 익을 수도 있었다.

아니나 다를까, 밖으로 나선 순간 태양이 그의 얼굴을 강타하자 목덜미가 경고하듯 욱신거렸다. 그는 선크림이 다 떨어졌고 알로에 크림을 깜빡했다는 걸 깨닫고 경악했다. 모텔 옆 카페의 계산대에 티셔츠, 야구모자, 컨트리CD, 캄보디아에서 만든 나바호족 기념품과 함께 진열돼 있을지도 몰랐다. 여기서 그런 쓰레기와 더불어 일부 생필품을 팔 수밖에 없는 것이, 가장 가까운 마을이…….

그는 카페 문 쪽으로 손을 가져가다 딱 멈추고 먼지를 뒤집어쓴 쇼윈도 너머를 빤히 쳐다보았다. 그들이 저 안에 있었다. 앤더슨과 유쾌한 왕재수 친구들, 거기에 희끗희끗한 앞머리를 일자로 자른 빼빼 마른 여자까지 있었다. 휠체어를 탄 할망구와 까만 머리를 짧게 치고 염소수염을 기른 근육질의 남자도 있었다. 할망구가 무슨 이유에서인지 깔깔대고 웃다가 기침을 하기 시작했다. 저단 기어를 넣은 빌어먹을 굴착기 같은 기침 소리가 여기 바깥까지 들렸다. 염소수염을 기른 남자가 그녀의 등을 몇 대 세게 쳤고, 그들은 일제히 웃음을 터뜨렸다.

내가 너희들을 처리하고 나면 이렇게 웃었던 걸 후회하게 될 거다. 잭은 그렇게 생각했지만 사실은 그들이 웃고 있어서 다행이었다. 덕분에 그를 발견하지 못했다.

그는 이게 무슨 상황인지 파악하려고 애를 쓰며 몸을 돌렸다. 그들이 희희낙락거리는 건 상관할 바 아니었지만 염소수염이 휠체어 할망구의 등을 두드렸을 때 손가락에 새긴 지문이 보였다. 유리창이 부옜고 파란 잉크가 희미해졌지만 그래도 뭐라고 새겨졌는지 알 수 있었다. **안 돼.** 그의 침대 아래에 있었던 남자가 무슨 수로 그렇게 금세 식당으로 이동할 수 있었는지 모르겠지만, 잭 호스킨스는 열심히 고민할 생각이 없었다. 그에게는 할 일이 있었고 그것으로 충분했다. 피부 안에서 점점 자라나는 암세포를 없애는 건 그 일의 절반에 불과했다. 랠프 앤더슨을 제거하는 것이 나머지 절반이었고 그건 즐거운 과정이 될 것이었다.

기다려라, 의견 없음 선생.

2

플레인빌 비행장은 맥없는 소도시 외곽의 관목지대에 자리 잡고 있었다. 활주로는 하나였고 랠프가 보기에는 섬뜩하리만치 짧았다. 바퀴가 땅에 닫자마자 풀 브레이크가 가동돼 어디 매여 있지 않던 물건들이 날아갔다. 비행기는 타르로 덮인 좁은 길의 끝에 그려진 노란색 선 위에서, 잡초와 고인 물과 샤이너 맥주 캔들로 가득한 도랑과의 거리가 9미터도 안 되는 곳에서 멈추어 섰다.

"딱히 어딘지 모를 곳에 오신 걸 환영합니다."

킹 에어가 돌풍이 불면 금방이라도 날아가게 생긴 조립식 터미널 건물을 향해 느릿느릿 이동하는 동안 알렉이 말했다. 길바닥 먼지를 뒤집어 쓴 닷지 밴이 그들을 기다리고 있었다. 랠프는 장애인용 발판을 보기 전부터 휠체어를 실을 수 있는 컴패니언 모델이라는 걸 알아차렸다. 키가 큰 근육질의 클로드 볼턴이 빛바랜 청바지와 파란색 워크 셔츠, 낡은 카우보이 부츠, 텍사스 레인저스라고 적힌 야구모자 차림으로 그 옆에 서 있었다.

랠프가 맨 먼저 비행기에서 내려 악수를 청했다. 클로드는 잠깐 머뭇거리다가 그의 손을 잡았다. 랠프는 그의 손가락에 새겨진, 희미해진 글씨를 쳐다보지 않을 도리가 없었다. **안 돼.**

"협조해 줘서 고맙네. 자발적으로 나서 준 걸 고맙게 생각해."

랠프는 다른 사람들을 소개했다.

홀리가 맨 마지막으로 악수하고 물었다.

"손가락에 새긴 그 문신…… 술을 두고 하는 얘긴가요?"

맞아. 랠프는 생각했다. *그게 내가 깜빡하고 상자에서 꺼내지 않은 퍼즐 조각이지.*

"네, 맞아요." 볼턴은 마르고 닳은 교훈을 가르치는 사람 같은 말투로 얘기했다. "여기 알코올중독자 치유 모임에서는 이걸 가리켜 '세기의 역설'이라고 해요. 저도 맨 처음에 직접 들었어요. 술을 안 마실 수 없는데, 마시면 안 되니까요."

"제가 담배에 대해 느끼는 심정이네요."

볼턴이 씩 웃자 랠프는 이 무리에서 사회성이 가장 떨어지는 사람이 볼턴의 긴장을 풀어 주다니 희한한 일이라는 생각을 했다. 볼턴이 불안해하는 것 같지는 않았다. 그보다는 경계하는 눈치였다.

"네, 담배도 힘들죠. 어떻게 버티고 계세요?"

"거의 1년 동안 입에 대지 않았어요. 하지만 조급하게 생각하지 않으려고 해요. 안 돼 그리고 해야 해. 마음에 드네요."

홀리는 손가락에 새겨진 문신이 무슨 뜻인지 처음부터 알고 있었을까? 랠프로서는 알 수 없었다.

"안 돼와 해야 해의 역설을 깨뜨릴 수 있는 유일한 방법이 하늘의 도움을 받는 건데, 저는 받았어요. 그리고 금주 메달을 항상 들고 다녀요. 술을 마시고 싶으면 그 메달을 입에 넣으래요. 메달이 녹으면 마셔도 된다고."

홀리는 미소를 지었다. 랠프가 정말이지 좋아하게 된 그 환한 미소였다.

밴의 옆문이 열리고 삐걱거리며 녹슨 발판이 나왔다. 백발을 화려한 빛무리처럼 펼친 거구의 여인이 휠체어를 타고 내려왔다. 뭉툭한 초록색 산소통을 무릎에 얹었는데, 거기서 나온 플라스틱 줄이 콧속의 튜브로 연결됐다.

"클로드! 땡볕에 이분들이랑 왜 그렇게 서 있니? 출발할 거면 출발해야지. 조금 있으면 정오야."

"이분은 저희 어머니세요. 엄마, 이분이 제가 말씀드린 그 문제로 저를 신문하신 앤더슨 형사님이에요. 다른 분들은 전부 처음 뵙고요."

하위, 알렉, 유넬이 노부인에게 자기소개를 했다. 홀리가 맨 마지막이었다.

"만나 뵈어서 정말 반갑습니다, 볼턴 부인."

러비는 웃음을 터뜨렸다.

“글쎄요, 나를 알게 된 뒤에도 그 생각에 변함이 없을지 어디 두고 봅시다.”

“가서 렌터카 챙겨야겠어요. 문 옆에 주차된 저 차 같긴 한데.”

하위가 말하며 중간 크기의 짙은 파란색 SUV를 가리켰다.

“제 차로 앞장설게요.” 클로드가 말했다. “따라오시는 데 별문제 없을 거예요. 메리스빌의 도로에는 차가 별로 없거든요.”

“아가씨는 우리랑 같이 타지그래요?” 러비 볼턴이 홀리에게 물었다. “이 늙은이 심심하지 않게.”

랠프의 예상과 다르게 홀리는 당장 좋다고 했다.

“잠시만요.”

홀리가 눈치를 주자 랠프가 킹 에어 쪽으로 그녀를 따라갔고, 클로드는 어머니가 휠체어를 돌려서 차에 다시 올라타는 걸 지켜보았다. 소형 비행기가 이륙하는 중이라 처음에 랠프는 홀리가 뭐라고 묻는지 잘 알아듣지 못했다. 그는 몸을 기울였다.

“저분한테 뭐라고 해요, 랠프? 분명 무슨 일로 왔느냐고 물어볼 텐데.”

그는 고민하다가 말했다.

“그냥 요점만 간단히 얘기해요.”

“제 얘길 안 믿을 텐데요!”

그는 씩 웃었다.

“홀리, 내가 보기에 당신은 불신에 대처하는 노하우가 있어요.”

3

대다수의 전과자들이 그렇듯(적어도 다시 철창신세를 지고 싶지 않은 경우에는 그랬다.) 클로드 볼턴도 제한속도보다 정확히 시속 5킬로미터 느리게 닷지 컴패니언을 몰았다. 30분쯤 갔을 때 그가 인디언 모텔 겸 카페로 핸들을 틀었다. 차에서 내려, 렌터카를 운전 중이던 하위에게 미안하다는 듯이 말했다.

"잠깐 뭐 좀 먹고 갔으면 하는데요. 저희 엄마가 정해진 시각에 식사를 하지 않으면 가끔 문제가 생기는데 시간이 없어서 샌드위치를 못 만들었어요. 늦을까 봐서요." 그는 부끄러운 비밀을 고백하듯 언성을 낮추었다. "혈당 때문에요. 혈당이 떨어지면 기절하시거든요."

"다 같이 뭐 좀 먹고 가죠." 하위가 말했다.

"저 여자분이 한 얘기는……."

"그 얘기는 집에 가서 하면 어떨까, 클로드."

랠프의 말에 클로드는 고개를 끄덕였다.

"네, 어쩌면 그러는 게 좋을 수도 있겠어요."

카페에서는 기름과 콩과 튀긴 고기 냄새가 났다.(불쾌하지는 않았다.) 주크박스에서 닐 다이아몬드가 스페인어로 「아이 엠, 아이 새드*I Am, I Said*」를 불렀다. 카운터 뒤편에 (별로 특별하지 않은) 특별 메뉴가 걸려 있었다. 주방 창구 위에는 낙서가 된 도널드 트럼프 사진이 붙어 있었다. 금발에 까맣게 색칠이 됐고, 앞머리와 콧수염이 생겼다. 그 아래에 누군가가 인쇄체로 적어 놨다. *양키 베테 아 카사.*

양키 고 홈. 텍사스 주는 뼛속까지 공화당이다 보니 처음에 랠프는 놀라워했다가, 곧 이 국경 지대에서는 백인이 소수 인종에 가깝다는 사실을 상기했다.

그들은 식당 저쪽 끝으로 갔다. 알렉과 하위가 2인석에 앉고 나머지는 그 옆의 좀 더 넓은 테이블에 앉았다. 랠프는 버거를 주문했다. 홀리는 샐러드를 주문했는데, 알고 보니 살짝 데친 양상추가 거의 전부였다. 유넬과 볼턴 모자는 타코, 부리토, 엠파나다*로 이루어진 멕시코 풀세트를 주문했다. 달라고 하지도 않았는데 웨이트리스가 아이스티가 담긴 유리병을 쿵 하고 테이블에 놓고 갔다.

러비 볼턴은 새처럼 눈을 반짝이며 유넬을 뜯어보았다.

"성이 사블로라고 했죠? 특이한 성일세."

"네, 흔치 않죠."

"다른 나라에서 왔어요, 아니면 여기 토박이예요?"

"토박이예요." 두툼한 타코 절반이 한입 만에 사라졌다. "2세대요."

"다행이네요! 메이드 인 유에스에이! 내가 결혼 전에 남쪽에서 살았을 때 알던 사람 중에 어거스틴 사블로라고 있었는데. 라레도하고 누에보라레도 일대에서 빵 트럭을 몰고 다녔어요. 그이가 우리 집 앞을 지나가면 우리 자매들은 츄로 에클레어를 달라고 외쳤고요. 그이랑 친척은 아니죠?"

유넬은 올리브색 피부가 살짝 까매졌지만(빨개진 건 아니었다.), 신기해하는 눈빛으로 랠프를 쳐다보았다.

* 중남미에서 먹는 스페인식 파이.

"저희 *파피*(아빠)예요."

"어머나, 세상 참 좁기도 하지!" 러비는 말하고 웃음을 터뜨렸다. 잠시 후에 웃음이 기침으로 바뀌었고 기침이 다시 사레로 바뀌었다. 클로드가 등을 하도 세게 때리는 바람에 코에 꽂힌 튜브가 튀어 나와서 접시 위로 떨어졌다. "아이고, 아들아, 저것 좀 봐라." 러비는 숨을 고르고 이렇게 얘기했다. "부리토에 콧물이 묻었네." 그러고는 튜브를 다시 넣었다. "뭐 어때. 내 몸에서 나온 게 내 몸으로 다시 들어가는 건데. 괜찮아."

그녀는 우적우적 부리토를 씹었다.

랠프가 웃음을 터뜨리자 나머지도 따라서 웃었다. 심지어 촌극을 제대로 보지 못한 하위와 알렉마저 동참했다. 랠프는 웃음에 사람들을 한데 모으는 힘이 있다는 생각을 했다. 클로드가 어머니를 데려오길 잘했다. 인기 만점이었다.

"세상 참 좁네." 러비는 했던 말을 반복했다. "좁아." 그러고는 몸을 앞으로 숙여서 풍만한 가슴으로 접시를 밀었다. 새처럼 눈을 반짝이며 계속 유넬을 쳐다보았다. "저 아가씨가 뭐라 그랬는지 알아요?"

그녀는 살짝 미간을 찌푸린 채 샐러드를 깨작이는 홀리 쪽을 흘끗 쳐다보았다.

"네."

"그 얘길 믿어요?"

"글쎄요. 저는……." 유넬은 언성을 낮추었다. "믿는 쪽이에요."

러비는 고개를 끄덕이고 언성을 낮추었다.

"누에보에서 퍼레이드 본 적 있어요? *프로세소 도스 파소스?* 어렸을 때?"

"*시, 세뇨라.*(네, 부인.)"

그녀는 언성을 한층 낮추었다.

"그 남자는? *파르니코코.* 그이도 봤어요?"

"*시.*(네.)"

러비 볼턴은 더 이상 하얄 수 없는 백인인데도 유넬은 그녀를 대할 때 무의식적으로 스페인어를 쓰는 듯했다.

그녀는 언성을 아까보다 더 낮추었다.

"나쁜 꿈을 꾸었고?"

유넬은 머뭇거리다가 대답했다.

"*무차스 페사디야스.*(엄청나게 꾸었죠.)"

러비는 흡족스러워하는 한편 심각한 표정으로 의자에 기대고 앉았다. 클로드를 쳐다보았다.

"아들, 이분들 말씀 잘 들어라. 내가 보기에 너 큰일 났어." 그녀는 유넬을 향해 눈을 찡긋거렸지만 장난으로 그런 게 아니었다. 표정이 심각했다. "*무초스.*(아주.)"

4

소규모 행렬이 다시 고속도로로 진입하자 랠프는 유넬에게 '프로세소 도스 파소스'가 뭐냐고 물었다.

"성주간에 하는 퍼레이드요. 교회에서 승인하지는 않지만 묵인하는 퍼레이드예요."

"'파르니코크'는요? 홀리가 말한 엘 쿠코하고 같은 거예요?"

"더 끔찍해요." 유넬의 표정은 심각했다. "자루를 든 남자보다 더 끔찍해요. 그건 두건을 쓴 남자를 말해요. 사신(死神)이죠."

5

메리스빌에 있는 볼턴의 집에 도착했을 때는 3시가 거의 다 된 무렵이었고 열기가 망치처럼 그들을 덮쳤다. 그들은 조그만 거실로 옹기종기 들어가서 앉았다. 랠프 눈에는 연금을 받아도 될 만큼 오래돼 보이는 에어컨이 유리창을 시끄럽게 흔들어가며 여러 명의 뜨끈한 몸통을 식히느라 버둥거렸다. 클로드가 부엌에 가서 콜라를 스티로폼 아이스박스에 넣어 왔다.

"맥주 드시고 싶은 분이 계시다면 아쉽게 됐습니다. 제가 맥주는 사다 놓지를 않아서요."

"괜찮아요." 하위가 말했다. "이 문제를 최대한 매끄럽게 해결하기 전에는 아무도 술을 입에 대고 싶지 않을 거예요. 어젯밤 얘기 좀 들어 봅시다."

볼턴은 자기 어머니를 흘끗 쳐다보았다. 그녀는 팔짱을 끼고 고개를 끄덕였다.

"뭐. 지나고 나니 별일 없었어요. 평소처럼 야간 뉴스를 본 다음 자러 들어갔는데 그때까지만 해도 괜찮았……."

"삥치고 있네." 러비가 끼어들었다. "너는 여기 온 날부터 평소 같지 않았어. 가만히 있지 못하고……." 그녀는 다른 사람들을 돌아보았다. "입맛 없어 하고…… 잠꼬대를 하고……."

"제가 얘기해요, 아니면 엄마가 하실래요?"

그녀는 얘기 계속하라는 뜻에서 손사래를 치고 콜라를 한 모금 마셨다.

"뭐, 엄마 말씀이 틀리진 않아요." 볼턴은 실토했다. "하지만 직장 동료들한테는 비밀로 했으면 좋겠어요. 젠틀맨 플리즈 같은 곳의 보안 요원은 겁을 먹으면 안 되거든요. 하지만 줄곧 으스스하긴 했어요. 다만 어젯밤은 달랐어요. 차원이 달랐어요. 끔찍한 꿈을 꾸고 2시쯤에 눈을 떠서 문을 잠그려고 자리에서 일어났거든요. 제가 여기 있을 때는 문을 잠그지 않아요. 엄마 혼자 계실 때는 플레인빌에서 오는 요양보호사가 6시에 퇴근하면 꼭 문을 잠그라고 말씀드리지만."

"어떤 꿈이었는데요?" 홀리가 물었다. "기억나요?"

"누군가가 침대 아래에 누워서 올려다보고 있었어요. 그것밖에 기억이 안 나요."

홀리는 얘기 계속하라는 뜻에서 고개를 끄덕였다.

"앞문을 잠그기 전에 주위를 둘러보려고 밖으로 나갔더니 코요테들이 짖지 않더라고요. 원래는 달만 떴다 하면 미친 듯이 짖는데 말이죠."

"주위에 아무도 없으면 그렇게 짖어요." 알렉이 말했다. "그러다 누가 오면 딱 멈추죠. 귀뚜라미처럼."

"생각해 보니까 귀뚜라미 소리도 들리지 않았어요. 원래는 뒷마당에서 요란하게 울어 대는데. 다시 자리에 누웠는데 잠이 오지 않더라고요. 창문을 잠그지 않은 게 생각나서 거길 잠그려고 다시 일어났어요. 걸쇠가 끼익거리는 소리에 엄마가 깼죠. 엄마가 뭐 하느냐고 묻길래 저는 다시 주무시라고 했어요. 다시 침대 속으로 기어들어 가서 거의 잠이 들었어요. 3시가 거의 다 됐을 거예요. 그런데 화장실 욕조 위에 달린 창문을 잠그지 않은 게 생각이 나지 뭐예요. 누군가가 거기로 기어들어 오고 있는 듯한 느낌에, 일어나서 달려갔어요. 바보 같은 소리처럼 들릴 거라는 건 알지만……."

그는 그들을 쳐다보았지만 어느 누구도 웃거나 미심쩍어하는 표정을 짓지 않았다.

"그래요. 그래요. 다들 여기까지 오셨으니 그걸 바보 같은 소리라고 생각하지 않으실 수도 있겠네요. 아무튼 제가 엄마의 빌어먹을 무릎방석에 걸려서 넘어지는 바람에 엄마가 완전히 깼어요. 엄마가 집에 들어오려는 사람이 있느냐고 묻길래 저는 아니라고, 하지만 방에서 나오지 마시라고 했어요."

"하지만 나갔죠." 러비가 뿌듯해하는 목소리로 말했다. "나는 남편 말밖에 안 듣는데 그 양반은 일찌감치 저세상 사람이 됐거든."

"화장실에 아무도 없었고 창문으로 들어오려는 사람도 없었지만, 밖에 숨어서 기회를 엿보고 있는 듯한 예감이 들더라고요. 얼마나 강하게 느껴졌나 몰라요."

"침대 아래에는 없었고?" 랠프가 물었다.

"네. 거기를 제일 먼저 체크했거든요. 정신병자 아닌가 싶겠지만……." 그는 말을 하다 말고 멈추었다. "동이 튼 다음에서야 잠이 들었어요. 잠시 후에 엄마가 깨우면서 여러분을 만나러 비행장에 가야 할 시간이라고 하더라고요."

"최대한 늦게까지 재웠죠. 그래서 '샌디치'를 못 만든 거예요. 빵이 냉장고 위에 있는데 그걸 꺼내려고 하면 숨이 차거든."

"지금은 기분이 어때요?"

홀리가 클로드에게 물었다.

그가 한숨을 쉬고 한손으로 얼굴 옆면을 쓸어 올리자 수염 쓸리는 소리가 들렸다.

"이상해요. 저는 산타클로스를 믿지 않았을 때부터 귀신도 믿지 않았는데 피해망상 환자처럼 안절부절못하겠어요. 코카인을 했을 때처럼. 이자가 정말 저를 노리나요? 그렇게 생각하세요?"

그는 한 사람씩 차례대로 얼굴을 쳐다보았다. 대답을 한 사람은 홀리였다.

"저는 그렇게 생각해요."

6

그들은 잠깐 아무 말도 하지 않고 생각에 잠겼다. 잠시 후에 러비가 말문을 열었다.

"엘 쿠코, 그렇게 불렀죠." 홀리에게 하는 말이었다.

"네."

노부인은 고개를 끄덕이고 관절염 때문에 퉁퉁 부은 손가락으로 산소통을 톡톡 두드렸다.

"내가 어렸을 때는, 멕시코 애들은 *쿠쿠이*라고 부르고 백인 애들은 쿠키 아니면 추키, 아니면 그냥 축이라고 불렀어요. 우리 집에는 심지어 그놈이 주인공인 그림책도 있었다우."

"저희 집에 있었던 것도 똑같은 그림책일 거예요." 유넬이 말했다. "*아부엘라*가 주셨거든요. 큼지막하고 빨간 귀가 하나 달린 거인이죠?"

"*시, 미 아미고.*(맞아요, 내 친구.)" 러비는 담배를 한 대 꺼내서 불을 붙였다. 연기를 내뿜고 기침을 하고 하던 얘기를 계속했다. "그 이야기에는 세 자매가 등장했어요. 요리, 청소, 기타 집안일을 도맡은 막내. 동생을 놀려먹는 게으름뱅이 두 언니. *엘 쿠쿠이*가 왔어요. 대문을 잠가 놓았지만 *파피*처럼 생겨서 문을 열어 주고 말았죠. 그는 혼을 내려고 못된 언니들을 데려갔어요. 혼자 세 딸을 키우는 아빠를 위해 뼈 빠져라 일을 했던 착한 딸만 남겨 두었고. 기억나요?"

"그럼요. 어렸을 때 들은 이야기는 잊어버리지 않잖아요. 그 그림책 속의 *엘 쿠쿠이*는 착한 사람이었지만, 딸들을 산속의 자기 동굴로 끌고 갔을 때 얼마나 무서웠는지 기억나요. *라스 니냐스 요라반 이 레 로가반 케 라스 솔타라.* 소녀들은 울면서 놓아 달라고 애원했고요."

"맞아요. 나중에는 그가 놓아주었고 못된 언니들은 달라졌죠. 그게 그림책 버전이에요. 하지만 실제 *쿠쿠이*는 아이들이 아무리 울고 애원해도 놓아주지 않아요. 다들 아시죠? 그의 행적을 봤을 테니."

"그럼 부인도 믿으시는군요." 하워가 말했다.

러비는 어깨를 으쓱했다.

"*키엥 사베*, 누가 알겠수? 내가 *엘 추파카브라*를 믿을까? 늙은 *로스 인디오스*(인디언)는 '염소 거머리'라고 불렀던 괴물을?" 그녀는 콧방귀를 뀌었다. "차라리 빅풋*을 믿지. 그래도 희한한 일들이 벌어지긴 하죠. 한번은 성금요일에 갤버스턴 가에서 성체를 받다가 성모마리아의 피눈물을 본 적도 있어요. 그 자리에 참석한 신도들이 전부 봤지. 나중에 호아킴 신부님은 처마에서 떨어진 녹물이 성모마리아 상의 얼굴을 타고 흐른 거라고 했지만 우리는 그게 아니라는 걸 알았어요. 신부님도 알았지. 눈빛을 보면 그랬어요." 그녀는 시선을 다시 홀리에게로 돌렸다. "아가씨도 희한한 것들을 봤다면서요."

"네." 홀리는 조용히 대답했다. "제가 보기에는 뭔가가 있어요. 그 엘 쿠코는 아닐지 몰라도 여러 전설에 나오는 괴물인가 하면, 그건 맞다고 봐요."

"그자가 그 남자아이와 자매의 피를 마시고 살점을 먹었다고요? 이 이방인이?"

"아마도요." 알렉이 말했다. "사건 현장을 보면 그랬을 가능성이 있어요."

"그런데 이자가 지금은 저란 말이죠. 그렇게들 생각하시는 거죠?

---

* 북미 서부에 출몰한다는 원숭이 인간.

제 피 몇 방울만 있으면 가능한 얘기였다고. 그걸 마셨을까요?"

클로드의 물음에 아무도 대답하지 않았지만, 랠프는 테리 메이틀랜드처럼 생긴 그것이 피를 마시는 광경이 그려졌다. 섬뜩하리만치 선명하게 그려졌다. 이 말도 안 되는 논리가 그의 머릿속으로 얼마나 깊숙이 파고들었는지를 알 수 있는 대목이었다.

"간밤에도 그자가 살금살금 돌아다녔을까요?"

"육체적으로 그러지는 않을 거예요. 그리고 아직 당신이 되지 않았을 거예요. 아직 변신하는 중일 거예요."

"이 일대를 체크하고 있었을 수도 있고요." 유넬이 말했다.

우리에 대해서 파악하려고 했을 수도 있지. 랠프는 생각했다. *그리고 정말 그러기 위해 나선 거였다면 파악했을 거야. 우리가 온다는 걸 클로드가 알고 있었으니까.*

"그럼 이제 어떻게 되는 거유?" 러비가 따져물었다. "플레인빌이나 오스틴에서 어린애를 한두 명 죽이고 우리 아들한테 뒤집어씌우려고 할까요?"

"그건 아니라고 봐요. 아직은 그럴 만한 기운이 없을 거예요. 히스 홈즈에서 테리 메이틀랜드로 변신할 때는 몇 달이 걸렸거든요. 그리고 최근 들어 계속…… 활동을 하고 있고요."

"다른 측면도 있어요." 유넬이 말했다. "실질적인 측면. 이 일대는 너무 덥거든요. 영리한 녀석이라면…… 이렇게 오랫동안 목숨을 부지한 걸 보면 분명 영리한 녀석이에요, 다른 데로 옮기고 싶을 거예요."

어쩐지 그럴듯했다. 랠프는 클로드 볼턴의 얼굴과 클로드 볼턴의 근육질 몸으로 변신한 홀리의 이방인이 오스틴에서 버스나 기차를 타고 골든 웨스트로 떠나는 광경이 그려졌다. 어쩌면 라스베이거스. 아니면 로스앤젤레스. 어떤 남자와(어떤 여자가 될지도 모를 일이었다.) 다시금 우연히 부딪혀 피를 낼 수 있는 곳. 또 하나 추가되는 연결 고리.

유넬의 가슴 주머니에서 셀레나가 부르는 「바일라 에스타 쿰비아」의 도입부가 흘러나왔다. 그는 화들짝 놀란 눈치였다.

클로드가 씩 웃었다.

"맞아요. 여기서도 전파가 잡혀요. 21세기잖아요."

유넬은 전화기를 꺼내 화면을 확인하고는 말했다.

"몽고메리 카운티 경찰서네. 받아야겠어요. 잠깐 실례할게요."

그가 "여보세요, 사블로 경위입니다."라는 말과 함께 현관으로 나서자 홀리는 놀란 수준을 넘어 불안해하며 그를 따라갔다.

하위가 말했다.

"아마……."

랠프는 고개를 저었지만 왜 그러는지 자기도 몰랐다. 적어도 의식선상에서는 그랬다.

"몽고메리 카운티가 어디 있어요?" 클로드가 물었다.

"애리조나 주." 랠프는 하위나 알렉이 대답하기 전에 얼른 말했다. "다른 문제야. 이번 일하고는 상관없는."

"이번 일은 어쩔 건데요?" 러비가 물었다. "이자를 무슨 수로 잡을지 생각해 놓은 거 있어요? 나한테 남은 건 아들뿐이란 말이지요."

홀리가 돌아왔다. 러비에게 가서 허리를 숙이고 귓속말을 했다.

클로드가 엿들으려고 몸을 기울이자 러비가 저리 가라고 손짓했다.

"아들, 부엌에 가서 바람개비 모양 초코쿠키 들고 와. 이 더위에 녹지 않았는지 모르겠다만."

순종이 몸에 밴 클로드는 부엌으로 갔다. 홀리는 계속 귓속말을 했고 러비의 눈이 휘둥그레졌다. 그녀는 고개를 끄덕였다. 클로드가 쿠키 봉지를 들고 왔을 때 유넬도 휴대전화를 주머니에 넣으며 현관에서 들어왔다.

"그쪽에서……." 유넬은 말을 꺼냈다가 멈췄다. 홀리가 클로드 쪽으로 등이 보이도록 몸을 살짝 돌린 채 손가락을 입에 대고 고개를 저었기 때문이었다. "그쪽에서 누굴 잡았다는데 우리가 찾던 사람이 아니네요."

클로드는 테이블에 쿠키를 내려놓고(안타깝게도 셀로판 봉지 안에서 녹은 것 같았다.) 의심스러워하는 눈빛으로 좌우를 흘끗거렸다.

"원래 하려던 얘기는 그게 아니었던 것 같은데요. 왜들 그러세요?"

랠프는 좋은 질문이라는 생각을 했다. 픽업트럭이 집 앞길을 지나가자 짐칸에 실린 금고에 창살 같은 햇빛이 반사되는 바람에 그는 움찔했다.

"아들. 티핏의 하이웨이 헤븐에서 가서 다 같이 저녁 때 먹을 닭고기 좀 사 와. 거기 맛 괜찮잖니. 이분들 인디언 모텔로 다시 돌아가기 전에 저녁 대접해야지. 그 모텔이 별건 못 되지만 지붕은 있으니 그게 어디냐."

"티핏까지는 65킬로미터잖아요!" 클로드는 반발했다. "일곱 명이 먹을 저녁이면 떼돈이 들 텐데, 여기로 돌아올 때쯤이면 다 식을 테고요!"

"내가 레인지로 전부 데우면 되지." 그녀는 침착하게 말했다. "그럼 새로 만든 거나 다름없어질 거야. 자, 얼른 다녀와."

랠프는 허리춤에 손을 얹고 재미있어하는 한편 격분한 표정으로 어머니를 바라보는 클로드의 태도에서 호감을 느꼈다.

"지금 저를 내보내려는 거죠!"

"맞아." 러비는 죽은 병사들로 수북한 주석 재떨이에 담배를 비벼서 끄며 맞장구를 쳤다. "여기 이 홀리 양이 말하길 네가 알면 그자도 안대. 어쩌면 모든 비밀이 다 들추어져서 상관없을지 모르지만 또 모르지. 그러니까 가서 저녁 사 와라."

하위가 지갑을 꺼냈다.

"내가 사겠네, 클로드."

"됐습니다." 클로드가 조금 삐친 목소리로 말했다. "제가 내도 돼요. 저도 돈 있어요."

하위는 변호사 특유의 함박웃음을 지었다.

"그래도 내가 사고 싶은데!"

클로드는 돈을 받아서 허리띠에 체인으로 연결한 지갑에 넣었다. 손님들을 돌아보며 계속 삐친 척하려다 웃음을 터뜨렸다.

"우리 엄마는 뭐든 자기 마음대로예요. 지금쯤은 다들 알아차리셨겠지만요."

7

볼턴의 집 근처를 지나는 루럴 스타 루트2를 따라가면 오스틴을 빠져나가는 190번 고속도로가 나왔다. 그 전에 오른쪽으로, 편도 4차로지만 점점 망가져 가고 있는 비포장도로가 있었다. 역시 점점 망가져가고 있는 광고판이 표지판 역할을 했다. 나선형 계단을 내려오는 행복한 가족이 그려진 광고판이었다. 그들은 가스등을 들고 머리 위에 높다랗게 매달린 종유석을 보며 감탄하는 표정을 짓고 있었다. 그 아래에 적힌 유혹의 문구는 다음과 같았다. **자연의 경이로움을 최고로 만끽할 수 있는 메리스빌 홀로 놀러 오세요.** 클로드는 불안한 10대 시절을 메리스빌에서 갇혀서 지냈기 때문에 거기에 뭐라고 적혀 있었는지 알았지만 요즘 남은 건 **자연의 경**과 **로 놀러 오세요**뿐이었다. 그 나머지 부분은 **추후 공지가 있을 때까지 폐장**이라고 적힌(그 글씨 역시 희미해졌다.) 넓은 테이프로 덮였다.

동네 아이들이 (응큼하게 히죽거리며) '동굴 가는 길'이라고 부르는 곳을 지날 때 현기증이 났지만 에어컨을 조금 세게 틀자 가라앉았다. 구시렁거렸지만 사실은 집에서 탈출할 수 있어서 좋았다. 누군가가 그를 감시하는 듯한 느낌이 사라졌다. 그는 라디오를 틀어서 아웃로 컨트리 채널에 주파수를 맞췄고 웨일런 제닝스가 나오자(최고였다!) 따라 부르기 시작했다.

하이웨이 헤븐에서 저녁을 사다 먹는 건 괜찮은 선택일지 몰랐다. 어니언링을 독차지하고서 집으로 가는 길에 따끈하니 기름진 상태일 때 먹을 수 있으니까.

8

잭은 쳐 놓은 커튼 사이로 훔쳐보며, 장애인용 발판이 달린 밴이 사라질 때까지 인디언 모텔의 객실에서 기다렸다. 그 밴이 할망구를 태운 차일 수밖에 없었다. 뒤따라가는 파란색 SUV에는 플린트 시티에서 온 참견쟁이들이 가득 타고 있을 터였다.

그들이 시야에서 사라지자 잭은 카페로 가서 식사를 하고 어떤 물건들을 파는지 살폈다. 알로에 크림도 선크림도 없었기에 물 두 병과 말도 안 되게 비싼 반다나를 두 개 샀다. 뜨거운 텍사스 태양 아래에서는 별 도움이 되지 않겠지만 아무것도 없는 것보다는 나았다. 그는 트럭에 올라타 참견쟁이들이 사라진 남서쪽으로 가다가 광고판과 메리스빌 홀로 가는 길이 나오자 그쪽으로 방향을 틀었다.

6킬로미터쯤 더 갔을 때 세월의 풍파를 맞은 조그만 오두막집이 도로 한복판에 등장했다. 동굴이 영업 중이었을 때 매표소로 쓰인 곳인 듯했다. 한때 밝은 빨간색이었을 페인트가 이제는 물에 희석된 피처럼 빛바랜 분홍색이었다. 앞쪽에 **관광지 폐쇄, 돌아가시오**라고 적힌 팻말이 있었다. 매표소 너머의 길은 체인으로 막혔다. 잭은 체인을 빙 돌아서 잡초를 짓밟고 산쑥을 피해 가며 흙으로 덮인 단단한 지반을 덜커덩덜커덩 달렸다. 마지막으로 트럭이 한 번 튀어 오른 이후에 다시 도로가 등장했지만…… 그것도 도로라고 부를 수 있을지는 의문이었다. 체인 이쪽은 잡초로 틀어막힌 구멍과 유실된 지면으로 엉망진창이었다. 차체가 높고 4륜구동인 그의 램 트럭은 특대형 타이어로 흙과 돌멩이를 뱉어 가며 유실된 지면을 아무렇지 않게 통과했다.

3킬로미터를 10분 동안 천천히 달리자 4000제곱미터쯤 되는 텅 빈 주차장이 나왔다. 노란 선은 희미해져 거의 보이지 않았고 금이 간 아스팔트는 조각조각 들떴다. 그 왼쪽에 관목으로 덮인 가파른 언덕을 등지고 방치된 선물 가게가 있었다. 떨어진 간판은 거꾸로 읽어야 했다. **기념품 및 정통 인디언 공예품.** 그 바로 앞에 언덕의 동굴 입구로 향하는 널찍한 시멘트 보도의 잔재가 있었다. 예전에는 동굴 입구였겠지만 지금은 널빤지로 막혔고 여러 팻말로 뒤덮였다. **접근 금지, 출입 금지, 사유 재산, 카운티 보안관이 주기적으로 순찰함.**

그렇겠지. 2월 29일마다 한 번씩 휙 돌아볼 거야.

주차장에서 선물 가게를 지나는 바스러진 길이 또 하나 있었다. 언덕의 한쪽 면을 올라갔다가 내려가는 길이었다. 처음에는 쓰러져 가는 관광객용 통나무집들이 옹기종기 등장했고(역시 널빤지가 덧대어져 있었다.) 그다음에는 업무용 차량과 장비를 보관했을 창고 비슷한 곳이 나왔다. 여기에도 **출입 금지** 팻말이 몇 개 더 달려 있었고 거기에 **방울뱀 주의**라는 명랑한 문구가 추가됐다.

잭은 이 건물의 몇 뼘 안 되는 그늘에 트럭을 세웠다. 내리기 전에 반다나로 머리를 덮었다.(테리 메이틀랜드가 총에 맞던 날 랠프가 법원 앞에서 본 남자와 섬뜩하리만치 닮아졌다.) 남은 반다나는 빌어먹을 일광화상이 더 심해지지 않게 목에 둘렀다. 짐칸의 금고를 열고 그의 자부심과 기쁨이 담긴 소총 케이스를 꺼냈다. 그 안에는 크리스 카일이 이슬람 새끼들을 저격하는 데 썼던 윈체스터 .300 볼트 액션이 담겨 있었다.(잭은 영화 「아메리칸 스나이퍼」를 여덟 번 봤다.) 르폴드 VX-1 망원조준기가 달려 있기 때문에 1.8킬로미터 거리에서도 표적을 맞힐 수 있었다. 컨디션이 좋고 바람이 없는 날에는 여섯 발 중에서 네 발을 맞힐 수가 있었는데, 기회가 찾아왔을 때 그렇게 먼 거리에서 조준할 필요는 없을 것 같았다. 기회가 찾아올지 모르겠지만.

그는 잡초 사이에 방치된 공구 몇 개를 보고 방울뱀이 나타날 경우에 대비해 녹이 슨 쇠스랑을 슬쩍했다. 건물 뒤쪽에서 언덕 뒤편의 동굴 입구로 길이 이어졌다. 이쪽은 더 가팔라서 언덕이라기보다 바람에 깎인 절벽이었다. 맥주 캔 몇 개가 길바닥에 나뒹굴었고 바위에 **스팽키 11, 나 왔다 감**, 이런 식의 낙서가 되어 있었다.

중간쯤 갔을 때 또 다른 갈림길이 등장했다. 선물 가게와 주차장으로 빙 돌아가는 길이었다. 여기에 세월의 풍파를 맞고 총알 자국이 뚫린 나무 팻말이 세워져 있었다. 머리 장식을 완벽하게 장착한 북아메리카 원주민 추장이 그려진 표지판이었다. 추장 아래에 화살표와 함께 적힌 글씨는 하도 희미해져서 간신히 읽을 수 있을 정도였다. **가장 수준 높은 상형문자를 감상하려면 이쪽으로.** 그보다 최근에 어떤 재간둥이가 큼지막한 추장의 입 옆에 매직으로 말풍선을 그리고 이렇게 적었다. **캐럴린 앨런이 내 인디언 자지를 빨아 준다.**

이쪽 길이 더 넓었지만 잭은 아메리카 원주민의 예술 작품을 감상하러 온 것이 아니었기에 계속 위로 올라갔다. 길이 특별히 위험하지는 않았지만 지난 몇 년 동안 잭이 한 운동이라고는 여기저기 술집에서 팔을 구부린 게 거의 전부였다. 4분의 3 정도 올라갔을 때부터 숨이 찼다. 셔츠와 반다나가 땀으로 시커메졌다. 그는 소총 케이스와 쇠스랑을 내려놓은 다음 허리를 숙여서 무릎을 짚고, 눈앞에서 아른거리는 까만 점이 없어지고 심박수가 정상 비슷하게 내려갈 때까지 기다렸다. 그가 여기에 온 이유는 어머니처럼 게걸스러운 암세포에 피부를 갉아먹히는 끔찍한 죽음을 모면하기 위해서였다. 그러다 심근경색으로 죽으면 얼마나 웃픈 일이 될까.

그는 허리를 펴기 시작했다가 멈추고 눈을 가늘게 떴다. 튀어나온 바위로 그늘이 졌고 최악의 자연재해를 피할 수 있는 곳에 낙서가 몇 개 더 있었다. 하지만 아이들이 남긴 낙서라 할지라도 이미 몇백 년 전에 죽은 아이들이었다. 어떤 그림에서는 막대 인간들이 막대 창을 들고 영양인가 싶은 것들에게 둘러싸여 있었다. 아무튼 뿔 달린 동물이었다. 또 어떤 그림에서는 막대 인간들이 원뿔형 천막 같은 것 앞에 서 있었다. 거의 보이지 않을 정도로 지워진 또 다른 그림에서는 막대 인간이 의기양양하게 창을 치켜들고, 엎드린 또 다른 막대 인간 위에 서 있었다.

상형문자로군. 아까 저기 그려진 추장에 따르면 이게 제일 훌륭한 작품도 아니란 말이지. 유치원생들이 이보다 더 잘 그리겠지만 내가 죽고 한참 지난 다음에도 이 그림들은 남아 있겠지. 내가 암에 걸리면 특히 더 그럴 테고.

그런 생각이 들자 화가 났다. 그는 뾰족한 돌멩이를 들어서 지워질 때까지 상형문자를 내리찍었다.

됐다. 됐다, 이 죽은 개새끼들아. 너희들은 사라졌고 내가 이겼어.

그가 미쳐 가고 있거나…… 아니면 이미 미쳤을지도 모르겠다.

그 생각은 떨쳐 버리고 다시 오르막길을 걷기 시작했다. 절벽 꼭대기에 다다르자 주차장과 선물 가게와 널빤지가 덧대어진 메리스빌 홀 입구가 한눈에 보였다. 손가락에 문신을 새긴 손님은 참견쟁이들이 여기에 올지 잘 모르겠다고 했지만, 만약 그들이 온다면 잭이 처리할 예정이었다. 윈체스터가 있으니 문제없다고 자신할 수 있었다. 그들이 오지 않는다면, 만나러 온 남자와 이야기를 마치고 그냥 플린트 시티로 돌아간다면 잭의 임무는 그것으로 끝이었다. 손님은 어느 쪽이 됐건 잭이 멀쩡해질 거라고 장담했다. 암이 없어질 거라고 했다.

그게 거짓말이라면? 그가 줄 수는 있지만 거두어 갈 수는 없다면? 사실은 암에 걸린 게 아니라면? 나를 찾아온 사람은 없었다면? 내가 그냥 정상이 아니라면?

그런 생각들도 떨쳐 버렸다. 그는 케이스를 열어서 윈체스터를 꺼내고 조준기를 세웠다. 주차장과 바로 앞의 동굴 입구를 조준했다. 그들이 온다면 그가 방금 전에 지나온 매표소만큼이나 큼지막하게 이 조준기 안에 들어올 것이었다.

잭은 튀어나온 바위 아래의 그늘 안으로 기어들어 가(먼저 뱀이나 전갈이나 다른 야생동물이 없는지 확인했다.) 물을 한 모금 마시고 각성제 두 알을 같이 삼켰다. 코디에게 산 4그램짜리 병(콜롬비아산 코카인은 공짜가 없었다.)도 한 번 흡입했다. 이제 경찰로 근무하는 동안 수십 번 했던 잠복근무에 돌입하면 됐다. 그는 윈체스터를 무릎에 올려놓고 움직임을 감지할 수 있을 만큼 긴장한 상태로 간간이 졸아 가며 태양이 나지막이 기울 때까지 기다렸다. 그런 다음 일어나 뻣뻣해진 근육에 움찔했다.

"오지 않네. 적어도 오늘은."

그러게. 손가락에 문신을 새긴 남자도 맞장구쳤다.(아니면 잭이 상상한 것일 수도 있었다.) *하지만 내일 다시 올 거지?*

그럴 것이다. 필요하다면 일주일 동안이라도 올 것이다. 심지어 한 달이라도.

그는 조심스럽게 내려갔다. 뜨거운 태양 아래에서 몇 시간 동안 고생하고 나서 발목을 접질리는 사태만큼은 피해야 했다. 소총을 금고에 넣고, 트럭 운전석에 둔 물병의 물을 마시고(미지근한 수준을 넘어 뜨거워지려고 하고 있었다.), 다시 고속도로로 나서 이번에는 티핏으로 향했다. 거기로 가면 필요한 물건들을 살 수 있을지 몰랐다. 선크림은 분명 있을 것이다. 그리고 보드카도. 해야 할 일이 있으니 많이 마시지는 않겠지만, 바닥이 휜 쓰레기 같은 침대에 누워서 그 신발이 어떤 식으로 그의 손 쪽으로 움직였는지 생각하지 않을 정도로는 마셔야 했다. 맙소사, 애초에 캐닝 타운십의 그 빌어먹을 헛간으로 간 이유가 뭐였을까?

그는 반대편으로 달리는 클로드 볼턴의 차를 지나쳤다. 둘 다 상대방을 알아차리지 못했다.

9

"좋아요." 클로드가 차를 몰고 시야에서 사라지자 러비 볼턴이 말했다. "이게 다 무슨 일이에요? 우리 아들 모르게 하고 싶은 얘기가 뭐예요?"

유넬은 잠깐 그녀의 말을 못 들은 체하고 다른 사람들을 돌아보았다.

"몽고메리 카운티 보안관실에서 홀리가 촬영한 곳으로 보안관보를 두 명 보냈대요. 옆면에 나치 상징이 스프레이 페인트로 그려진 공장에서 피 묻은 옷 무더기가 발견됐답니다. 그중 한 벌이 태그에 HMU 용품이라고 수놓아진 잡역부용 재킷이었대요."

"HMU면 하이스먼 기억 병동이죠." 하워가 말했다. "옷에 묻은 핏자국을 분석하면 하워드 자매의 것으로 밝혀질 거라는 데 뭘 걸래요?"

"뿐만 아니라 히스 홈즈의 지문이 여기저기서 검출되겠죠." 알렉이 거들었다. "변신을 시작했다면 흐릿하게 남았을 테고요."

"아닐지도 몰라요." 홀리가 말했다. "변신하는 데 얼마나 걸리는지, 매번 똑같은지 알 수 없으니까요."

"그쪽 보안관이 몇 가지 궁금한 점이 있대요. 내가 답변을 미뤘어요. 지금 우리가 어떤 괴물을 상대하는지 감안했을 때 끝까지 피할 수 있으면 좋겠는데."

"당신들끼리 얘기하지 말고 나도 좀 끼워 줘요. 제발요. 우리 아들이 걱정돼요. 다른 두 남자처럼 이 아이도 아무 죄가 없는데, 둘 다 죽었잖아요."

"걱정하시는 거 이해합니다." 랠프가 말했다. "잠시만 기다려 주세요. 홀리, 공항에서 오는 길에 볼턴 부인과 아들한테 무덤 얘기했어요? 안 했죠?"

"네. 그냥 요점만 간단히 얘기하라면서요. 그래서 그렇게 했어요."

"아, 잠깐. 잠깐 있어 봐요. 내가 어렸을 때 라레도에서 본 영화가 있는데, 여자 레슬러가 등장하고……."

"「멕시코의 여자 레슬러 괴물을 만나다」요." 하워가 말했다. "저희도 봤어요. 기브니 씨가 DVD를 들고 와서. 아카데미상 수상감은 아니지만 그래도 흥미진진하더라고요."

"그건 로지타 무뇨스가 출연한 작품이었죠. *촐리타 루차도라*. 나랑 내 친구들은 전부 그녀처럼 되고 싶어 했어요. 나는 심지어 어느 해 핼러윈 때 그녀로 분장했고요. 어머니가 코스튬을 만들어 줬거든요. 그 *쿠코* 영화는 무서웠어요. 교수인가…… 과학자인가…… 둘 중 뭐였는지 기억은 안 나지만 엘 쿠코가 그로 변신했고, *루차도라스*가 마침내 그를 추적했을 때는 묘지의 지하실 아니면 지하 납골당에서 살고 있었죠. 그런 스토리 아닌가요?"

"맞아요." 홀리가 말했다. "스페인 전설에서는 그렇게 묘사되어 있으니까요. 엘 쿠코가 시체들과 함께 자는 걸로. 흡혈귀처럼."

"그게 실제로 존재한다면." 알렉이 말했다. "어느 정도는 흡혈귀라고 볼 수 있지 않나요. 피가 있어야 다음 연결 고리를 만들 수 있으니까. 영생을 누릴 수 있으니까."

랠프는 또다시 생각했다. *여러분, 생각이라는 걸 하고 얘기들을 하는 겁니까?* 그는 홀리 기브니를 많이 좋아했지만 그녀를 만난 걸 후회하는 마음도 있었다. 덕분에 그의 머릿속에서 전쟁이 벌어졌는데, 이제 그만 휴전했으면 하는 마음이 간절했다.

홀리가 러비를 돌아보았다.

"오하이오 경찰이 피 묻은 옷을 발견한 빈 공장은 히스 홈즈와 그의 부모님이 묻힌 묘지와 가까운 데 있어요. 테리 메이틀랜드의 일부 조상이 묻힌 오래된 묘지 근처의 헛간에서도 다른 옷이 발견됐고요. 그러니까 이쯤에서 여쭈어 보자면 이 근처에 묘지가 있나요?"

러비는 곰곰이 생각했다. 그들은 기다렸다. 이윽고 그녀가 말했다.

"플레인빌에는 묘지가 있지만 메리스빌에는 없어요. 망할, 심지어 교회도 없네. 예전에는 '용서의 성모'라고 있었는데 20년 전에 불타서 없어졌어요."

"젠장." 하위가 중얼거렸다.

"가족 묘지는요?" 홀리가 물었다. "자기 땅에 묻히는 사람들도 있잖아요."

"다른 가족은 모르겠지만." 노부인이 말했다. "우리는 그런 거 없었어요. 우리 엄마, 아빠는 라레도에 묻혔고 할머니, 할아버지도 마찬가지예요. 그 전에는 인디애나였고. 거기 살다가 남북전쟁 이후에 여기로 이주했거든요."

"부군은요?" 하위가 물었다.

"조지요? 그쪽 집안은 전부 오스틴 출신이라 거기 묻혔죠, 자기 부모님 바로 옆에. 가끔, 대개는 그이 생일에 꽃다발이며 뭐며 들고서 버스 타고 찾아갔었는데 이 COPD* 걸린 이후로는 못 가고 있어요."

"그럼 더 이상 없네요."

---

* Chronic Obstructre Pulmonary Disease, 만성 폐쇄성 폐질환.

러비는 유넬의 말을 듣지 않는 눈치였다.

"예전에 내가 숨을 쉬는 데 문제가 없었을 때는 노래를 잘 불렀어요. 기타도 쳤고. 고등학교를 졸업하고 라레도에서 오스틴으로 간 것도 음악 때문이었어요. 내슈빌 사우스라고들 하는. 캐러셀이나 브로큰 스포크나 뭐 그런 음반사에서 기회를 잡을 날을 기다리며 브라조스 가에 있는 제지공장에 취직해 봉투를 만들었어요. 기회는 잡지 못했지만 작업반장은 잡았어요. 그이가 조지였죠. 그리고 그이가 퇴직할 때까지 내 선택을 한 번도 후회한 적이 없었고요."

"본론과 상관없는 쪽으로 얘기가 흘러가고 있는 것 같은데요."

하위가 말했다.

"그냥 두세요." 랠프가 말했다. 뭔가가 조만간 터질 듯한 간질간질한 기분이 느껴졌다. 아직 가시선 밖이지만 분명 조짐이 있었다. "말씀 계속하세요, 볼턴 부인."

그녀는 미심쩍은 눈빛으로 하위를 보았지만 홀리가 고개를 끄덕이며 미소를 짓자 마주 미소를 지으며 담배에 또다시 불을 붙이고 하던 얘기를 계속했다.

"조지는 30년 근무하고 연금을 받을 나이가 되니까 우리를 데리고 오지로 이사했어요. 클로드는 그때 막 열두 살이었죠. 주님이 우리한테 아이를 허락하지 않으려나 보다고 포기하고 한참 지난 다음에서야 생긴 늦둥이였거든요. 클로드는 메리스빌을 질색했고, 화려한 네온사인과 쓰잘 데 없는 친구들을 그리워했어요. 전부터 질 나쁜 친구들이 우리 아들의 몰락의 원흉이었지요. 나도 처음에는 여기가 별로 마음에 들지 않았지만 평화로운 분위기를 좋아하게 됐어요. 나이를 먹으면 바라는 게 평화밖에 없거든요. 지금은 안 믿길지 모르겠지만 다들 알게 될 거예요. 그리고 이제 와 생각해 보니 가족 묘지도 괜찮을 것 같네요. 뒷마당에 묻히는 것도 나쁘지 않겠어요. 결국에는 클로드가 내 유골을 오스틴으로 들고 가서, 살아생전에 그랬듯이 내 남편 곁에 누이겠지만. 그럴 날이 얼마 남지도 않았고."

그녀는 기침을 하고 혐오스러워하는 눈빛으로 담배를 쳐다보더니 이미 넘치기 직전인 재떨이에 묻었다. 담배는 그 안에서 독한 연기를 피웠다.

"우리가 어쩌다 메리스빌에 오게 됐는지 알아요? 조지가 알파카를 키우려고 했거든. 알파카들이 금세 죽으니까 골든두들로 바꿨고. 골든두들이 뭔가 하면 골든리트리버하고 푸들을 교배시킨 잡종이에요. 그 뭐냐, 진화론적인 측면에서 그런 잡종이 환영을 받을 것 같아요? 그럴 리가 있나. 남동생이 그이의 머릿속에 그런 착각을 심어 놨지 뭐예요. 이 세상에 로저 볼턴보다 더 심한 멍청이도 없었는데, 조지는 그걸로 떼돈을 벌 수 있겠다고 생각했단 말이죠. 로저가 가족들을 데리고 여기로 내려왔고 그 둘이 동업을 했거든요. 아무튼 골든두들 새끼들도 알파카처럼 금세 죽었어요. 그 이후로 조지하고 나는 살림이 좀 쪼들리기는 했지만 그래도 먹고사는 데에는 별문제가 없었어요. 그런데 로저는 그 어처구니없는 사업에 모아 두었던 돈을 전부 쏟아부었거든요. 그래서 일자리를 찾으러 다녔는데……."

말을 멈춘 러비의 얼굴 위로 놀라워하는 표정이 번졌다.

"그래서 로저가 어떻게 됐는데요?" 랠프가 물었다.

"망할. 내가 늙긴 했어도 그건 변명이 될 수가 없지. 내 눈앞에 있었는데."

랠프는 몸을 앞으로 기울여 그녀의 손을 잡았다.

"그게 무슨 소리예요, 러비?"

취조실에서 막판에는 늘 그렇듯 그녀의 이름을 불렀다.

"로저 볼턴하고 두 아들, 그러니까 클로드의 사촌들이 여기서 6킬로미터도 안 되는 곳에 다른 네 명과 함께 묻혀 있어요. 아니, 다섯 명이라고 해야 하나. 그 애들은 쌍둥이였으니까." 그녀는 고개를 천천히 좌우로 저었다. "클로드가 절도죄로 게이츠빌에서 6개월을 살게 됐을 때 내가 얼마나 화가 났는지 몰라요. 창피하기도 했고. 그때부터 약에 손을 대기 시작했거든. 그런데 나중에 생각해 보니까 그게 주님의 은총이었지 뭐유. 클로드가 거기 들어가지 않았다면 그 아이들하고 같이 갔을 테니까. 애 아빠는 아니었지, 그 무렵에 조지는 이미 심장마비가 두 번 와서 갈 수가 없었거든. 하지만 클로드는…… 그래, 그 아이들하고 같이 갔을 거예요."

"어디로요?"

알렉도 이제는 몸을 앞으로 숙이고 열띤 눈빛으로 쳐다보고 있었다.

"메리스빌 홀. 그 애들이 죽어서 지금 거기 묻혀 있어요."

10

그녀가 들려준 이야기는 『톰 소여의 모험』에서 톰과 베키가 동굴에서 길을 잃은 사건과 비슷했다. 한 가지 차이가 있다면 톰과 베키는 결국 빠져나왔지만, 당시 열한 살이었던 제이미슨 쌍둥이는 그러지 못했다는 것이었다. 아이들을 구조하러 갔던 사람들도 마찬가지였다. 메리스빌 홀이 그들을 모두 삼켜 버렸다.

"개 사업이 실패했을 때 시동생이 취직한 곳이 거기였어요?"

랠프가 물었다.

그녀는 고개를 끄덕였다.

"거기서 탐사를 좀 한 적 있어요. 사람들한테 공개된 부분이 아니라 아히가 쪽을요. 그 덕에 지원했을 때 냉큼 뽑혔죠. 그와 다른 가이드들은 관광객을 열댓 명씩 모아서 데리고 들어갔어요. 텍사스 일대에서 제일 큰 동굴이었지만 가장 인기 있고, 사람들이 제일 구경하고 싶어 했던 곳은 본실이었어요. 엄청 으리으리했거든요. 무슨 대성당처럼. 그 뭣이냐, 음향 효과 때문에 '소리의 방'이라고 불렸고요. 가이드가 130에서 140미터 아래로 내려가서 국기에 대한 맹세를 속삭이면 위에서 그게 또렷하게 들렸거든요. 메아리가 끊임없이 이어지고. 뿐만 아니라 벽이 인디언 그림들로 뒤덮였어요. 그런 걸 뭐라고 부르는지 까먹었는데……."

"상형문자요." 유넬이 말했다.

"맞아요, 그거. 가스등을 들고 들어가서 그걸 보거나 아니면 천장에 매달린 종유석을 구경했어요. 바닥까지 400개쯤 되는 단이

빙글빙글 이어지는 쇠로 만든 나선형 계단도 있었어요. 지금도 있을 테지만 요즘은 어쩔지 모르겠네. 그 안에 워낙 습기가 많아서 쇠에 녹이 슬었을 테니까. 딱 한 번 그 계단으로 내려간 적이 있었는데 미친 듯이 어지럽더라고요, 남들처럼 종유석을 올려다보지도 않았는데. 올라갈 때는 엘리베이터를 탔어요. 내려가는 거야 그렇다 치지만 바보가 아닌 이상 엘리베이터도 있는데 400계단을 왜 걸어서 올라오겠어요.

바닥은 가로가 100미터? 110미터쯤 됐을 거예요. 색전구가 바위에 남은 광물의 흔적을 비췄고, 매점이 있었고, 둘러볼 수 있는 길이 여섯 개인가 여덟 개 됐어요. 각각 이름도 있었고요. 전부 기억은 나지 않지만 상형문자를 좀 더 볼 수 있는 나바호 아트 갤러리도 있었고, 데블스 슬라이드도 있었고, 허리를 구부리는 걸로도 모자라 어떤 구간에서는 기어가야 하는 스네이크 벨리도 있었어요. 상상이 돼요?"

"네." 홀리가 말했다. "우와."

"그게 큰길이었고 거기서 뻗어 나온 갈림길도 있었는데 전부 폐쇄됐어요. 그 동굴이 하나가 아니고 수십 개로 이어지고 또 이어지는데, 아무도 답사하지 않은 동굴도 있었거든요."

"길을 잃기 십상이었겠네요." 알렉이 말했다.

"내 말이요. 그게 어떻게 된 거냐면, 스네이크 벨리에서 갈라져 나온 구멍이 두세 개 있었는데 널빤지나 그런 걸로 막아 놓질 않았어요. 하도 작아서 그냥 내버려 둔 거지."

"그런데 그 쌍둥이한테는 그렇게 작지 않았던 거로군요."

랠프가 넘겨짚었다.

"맞아요, 바로 그거예요. 칼하고 캘빈 제이미슨. 말썽을 일삼던 꼬맹이들이었는데 말썽거리를 제대로 찾은 거지. 엄마, 아빠 바로 뒤에서, 제일 꼴찌로 다른 관광객들과 함께 스네이크 벨리에 들어갔는데 나오고 보니 아이들이 없더란 말이죠. 그 부모가 어떤 반응을 보였을지…… 말 안 해도 알겠죠? 우리 시동생은 제이미슨 가족이 포함된 그룹을 인솔하지 않았지만 수색대에 합류했어요. 확실하게는 모르겠지만 아마 앞장섰을 거예요."

"그 아들들도 같이 나섰나요?" 하위가 물었다. "클로드의 사촌들 말이에요."

"그렇답니다. 그 아이들도 동굴에서 파트타임으로 일하고 있었기 때문에 소식을 듣자마자 달려갔죠. 소문이 삽시간에 번졌기 때문에 달려간 주민들이 많았어요. 처음에는 별문제 없이 아이들을 찾을 수 있을 것 같아 보였지요. 스네이크 벨리에서 갈라져 나온 구멍에서 아이들이 외치는 소리가 들렸고, 어느 구멍으로 들어갔는지도 정확하게 알았거든요. 가이드 하나가 손전등을 비춰 보니 제이미슨 씨가 선물 가게에서 아들에게 사 준, 플라스틱으로 된 아히가 추장 장남감이 떨어져 있더래요. 아이가 기어가는 동안 주머니에서 떨어진 거죠. 얘기했다시피 아이들이 외치는 소리가 들렸는데, 문제는 어떤 어른도 그 구멍에 들어갈 수 없었다는 거예요. 심지어 장난감을 집을 수도 없을 정도였으니. 그래서 사람들이 아이들에게 자기들 소리가 들리는 데로 오라고, 몸을 돌릴 공간이 없으면 그냥 뒤로 기어 나오라고 했어요. 손전등을 안에 대고 막 흔들면서. 아이들이 처음에는 점점 가까워지는 것 같더니 나중에는 목소리가 점점 희미해지다가 결국에는 영영 사라져 버렸어요. 내가 보기에는 처음부터 거기가 절대 가깝지 않았던 거죠."

"음향 효과에 속기 쉽죠." 유넬이 말했다.

"*시, 세뇨르.* 그때 로저가 아히가 쪽으로 돌아서 들어가자고 했어요. 자기가 이른바 동굴 탐험을 해서 그쪽은 잘 안다며. 그쪽으로 가 보니 애들이 울며 고함을 지르는 소리가 아주 또렷하게 들리기에 창고에서 로프와 전등을 챙겨 들고 아이들을 데리러 나섰죠. 그때 당시에는 잘 생각한 것처럼 느껴졌는데, 오히려 그게 그들의 마지막이 됐어요."

"어쩌다가요?" 유넬이 물었다. "아세요? 누구 아는 사람 있나요?"

"아니, 내가 아까도 얘기했던 것처럼 그 동굴이 빌어먹을 미로예요. 로프를 풀어 주고 필요한 경우에는 길게 연결할 수 있게 사람 한 명을 두고 갔거든요. 그게 이브 브링클리였어요. 그는 사고 직후에 마을을 떠났어요. 오스틴으로 갔죠. 상심해서 그랬겠지만…… 그래도 살아서 햇빛을 쪼이며 걸어 다닐 수 있었잖아요. 그 나머지는……." 러비는 한숨을 쉬었다. "두 번 다시 햇빛을 보지 못했죠."

랠프는 그 말을 곱씹으며 경악했다. 다른 사람들의 표정을 보니 그와 마찬가지인 모양이었다.

"이브가 맡은 로프가 30미터쯤 남았을 때 변기 뚜껑을 닫고 폭음탄을 터뜨린 것 같은 소리가 들리더래요. 아이들이 그 소리를 듣고 구조대 쪽으로 오길 바라면서 어떤 멍청이가 총을 쏘는 바람에 동굴이 무너진 거였죠. 로저는 아니었을 거라는 데 1000달러 걸 수 있어요. 로저가 여러 면에서, 특히 그 개 사업 면에서 바보 같기는 했어도 총알이 어디로 튈지 모르는 동굴 안에서 총을 쏠 만큼 멍청하지는 않았거든요."

"그 소리 때문에 천장이 무너졌을 수도 있겠네요." 알렉이 말했다. "고산지대에서 엽총을 쏘면 산사태가 벌어지는 거랑 같은 이치죠."

"그래서 압사당했군요." 랠프가 말했다.

러비는 한숨을 쉬고 삐딱해진 콧속의 튜브를 바로잡았다.

"아뇨. 차라리 그랬더라면 나았을 텐데. 그랬더라면 일찌감치 끝났을 텐데. 메인 동굴, 그러니까 소리의 방에 있던 사람들 귀에 길을 잃은 그 꼬맹이들처럼 도와 달라고 외치는 그들의 소리가 들렸어요. 그때쯤에는 육칠십 명쯤 되는 사람들이 어떻게든 해 보려고 거기 모여 있었거든요. 남동생과 조카들이 갇혔으니 우리 남편도 거기로 나갔어요. 집에 붙잡아 놓으려다 포기하고 나도 같이 갔어요. 수색에 합류한다든지 하는 식의 바보 같은 짓을 저지르지 않게 감시하려고요. 그러면 목숨을 부지하지 못할 게 분명했으니까요."

"이 사건이 벌어졌을 때." 랠프가 말했다. "클로드는 소년원에 있었고요?"

"이름이 게이츠빌 트레이닝 스쿨이었던 걸로 기억하는데 맞아요, 소년원이었어요."

홀리가 가방에서 노란색 수첩을 꺼내 그 위로 허리를 숙이고 메모를 하기 시작했다.

"조지하고 같이 동굴에 도착했을 무렵에는 어둑어둑했어요. 주차장이 제법 큰데 거의 꽉 찼더라고요. 기둥에 큼지막한 조명을 설치했지, 온 동네 트럭이 다 모였지, 여기저기서 사람들이 종종거리며 왔다 갔다 하지, 무슨 할리우드 영화를 촬영하는 것 같더라고요. 사람들이 건전지 열 개짜리 손전등을 들고 안전모를 쓰고 방탄조끼처럼 불룩한 옷을 입고 아히가 입구 너머로 들어갔어요. 로프를 따라 붕괴 지점까지. 중간에 고인 물까지 헤치고 가야 하는 먼 길이었어요. 낙석이 상당히 심했고요. 그날 밤이 지나고 다음 날 오전 중반이 돼서야 돌을 치우고 지나갈 수 있을 만한 공간을 확보할 수 있었어요. 그즈음에는 안에 갇힌 사람들이 외치는 소리가 메인 동굴에서 들리지 않았고요."

"부인의 시동생이 속한 수색대가 반대편에서 구조를 기다리지 않았던 거로군요." 유넬이 말했다.

"네, 사라져 버렸어요. 로저나 다른 누군가가 메인 동굴로 가는 길을 안다고 생각했거나 천장이 좀 더 무너질지 모른다고 걱정했나 봐요. 알 수야 없죠. 하지만 그들이 적어도 초반에는 흔적을 남겼어요. 벽에 표시를 남기고 바닥에 동전이나 종잇조각을 떨어뜨리고. 심지어 티핏 레인스 볼링장 쿠폰을 떨어뜨린 사람도 있었어요. 한 번만 더 찍으면 무료로 한 게임 칠 수 있는 쿠폰을. 신문에 그렇게 소개됐더라고요."

"헨젤과 그레텔처럼 빵 조각을 남겼네요." 알렉이 중얼거렸다.

"그러다 갑자기 모든 게 뚝 끊겼어요. 통로 딱 중간에서. 흔적도 동전도 종이뭉치도. 뚝 끊겼어요."

빌 새뮤얼스의 애기에 등장하는 발자국처럼 말이지. 랠프는 생

각했다.

“두 번째 수색대는 조금 더 걸어가면서 이름을 부르고 손전등을 흔들었지만 아무 반응도 없었죠. 나중에 오스틴 신문사 기자가 두 번째 수색대를 인터뷰했는데, 다들 하는 얘기가 같았대요. 길이 너무 많았다고, 끝이 막힌 길도 있고, 우물처럼 시커먼 침니가 나오는 길도 있고. 또 붕괴될까 봐 소리를 지르지 않다가 한 명이 고함을 질렀더니 아니나 다를까, 천장이 한 조각 떨어지더래요. 그래서 얼른 빠져나오는 게 좋겠다는 결론이 내려졌죠.”

“그 길로 수색을 접지는 않았겠죠?” 하워가 물었다.

“그럼요.” 러비는 아이스박스에서 콜라를 하나 더 꺼내 뚜껑을 따고 단숨에 절반을 비웠다. “이렇게 말을 많이 한 적이 없어서 목이 타네.” 그녀는 산소통을 체크했다. “이것도 거의 다 떨어졌고. 저쪽 화장실에 다른 의약품이랑 같이 있는데 누가 좀 가져다줄래요?”

알렉 펠리가 이 일을 맡았고, 부인이 산소통을 갈 때 담배에 불을 붙이지 않는 걸 보고 랠프는 안도의 한숨을 내쉬었다. 산소 공급이 원활해지자 그녀는 하던 얘기를 계속했다.

“이후로 몇 년 동안 수색대가 십여 차례 꾸려졌지만 2007년에 지진이 났거든요. 그때 너무 위험하다는 판단이 내려졌죠. 리히터로는 3인가 4밖에 안 됐지만 동굴들이 워낙 약하잖아요. 종유석 몇 개가 떨어지기는 했지만 소리의 방은 제법 잘 버텼어요. 하지만 다른 길은 몇 개 무너졌지요. 아트 갤러리라고 불리던 곳도. 지진이 난 이후에 메리스빌 홀은 폐쇄됐어요. 메인 입구가 막혔고 아히가 쪽도 마찬가지일 거예요.”

잠깐 정적이 흘렀다. 다른 사람들은 어떨지 몰라도 랠프는 어두컴컴한 지하 깊숙한 곳에서 서서히 죽어 가는 심정이 어떨지 생각하고 있었다. 생각하고 싶지 않았지만 어쩔 도리가 없었다.

"예전에 로저가 나한테 뭐라 그랬는지 알아요? 죽기 6개월 전도 안 됐을 텐데, 메리스빌 홀이 통째로 지옥으로 떨어질지도 모르겠다고 그랬거든요. 당신들이 말하는 이 이방인이라는 작자 입장에서는 집처럼 느껴질 만한 곳 아니에요?"

"클로드가 오더라도 이 얘기는 절대 하지 마세요." 홀리가 말했다.

"아, 그 아이도 알아요. 자기 친척인걸요. 나이도 많았고 못살게 괴롭혀서 사촌들을 별로 좋아하지는 않았어요. 그렇지만 그래도 자기 친척인걸요."

홀리는 미소를 지었지만 그 환한 미소가 아니었다. 눈까지 웃지는 않았다.

"그렇겠지만 저희가 안다는 건 몰라야 해요. 앞으로도 계속."

11

이제 피곤한 수준을 넘어 기진맥진할 지경에 이른 러비가 부엌은 좁아서 일곱 명이 편히 식사를 할 수 없을 거라고 하기에 그녀가 정자라고 부르는 곳으로 들고 나가기로 했다. 그녀가 (자랑스러워하며) 밝힌 바에 따르면 클로드가 홈디포에서 장비를 사다가 직접 만든 곳이라고 했다.

"처음에는 좀 더울 수도 있지만 이 시간이면 바람이 불고 방충망도 있어요."

홀리는 자기들이 알아서 상을 차릴 테니 노부인에게 누워 있으라고 했다.

"하지만 뭐가 어디 있는지 하나도 모르잖아요!"

"걱정 마세요. 뭘 찾는 게 제 직업이잖아요. 그리고 이분들이 도와줄 거예요."

러비는 수긍하고 휠체어를 몰고 자기 방으로 갔다. 그녀가 힘겹게 끙끙거리는 소리에 이어 침대 스프링이 삐걱거리는 소리가 들렸다.

랠프가 앞 베란다로 나가서 전화하자 지넷은 신호가 떨어지자마자 받았다.

"E. T. 집에 전화한다." 그녀가 명랑한 목소리로 말했다.

"별일 없어?"

"텔레비전만 빼고. 래미지랑 예이츠 경관이 나스카 보고 있어. 내기를 했는지는 잘 모르겠지만 두 사람이 브라우니를 다 먹어 치운 건 확실해."

"유감스러운 소식이로군."

"아, 그리고 벳시 리긴스가 아기 보여 주러 데리고 왔어. 엄마한테 얘기할 일은 절대 없겠지만 아이가 윈스턴 처칠을 살짝 닮았더라."

"그렇군. 저기 있잖아, 트로이나 톰이 내일 아침까지 거기 있는 게 좋을 것 같은데."

"나는 둘 다 데리고 있으려고 했는데. 한 방에서 자게. 같이 끌어안고. 아니면 부비적부비적하든가."

"좋은 생각이야. 사진 찍는 거 잊지 마." 차 한 대가 달려오고 있었다. 티핏에서 저녁으로 먹을 닭고기를 사 온 클로드 볼턴이었다. "문 잠그고 도난 경보기 작동시키는 거 잊지 마."

"요전날 밤에는 문 잠그고 도난경보기 작동시켜 봐야 소용없었잖아."

"나를 생각해서라도 그렇게 해 줘."

악몽 속에서 그의 아내를 찾아왔던 자와 똑같이 생긴 사람이 그 순간 차에서 내리자 랠프는 눈앞이 두 개로 겹쳐 보이는 듯한 묘한 기분을 느꼈다.

"알았어. 뭐 찾았어?"

"잘 모르겠어." 랠프는 이렇게 진실을 우회했다. 그들은 많은 걸 찾았지만 그중에서 좋은 건 하나도 없었다. "나중에 전화할 수 있으면 할게. 지금은 이만 끊어야겠다."

"그래. 몸 조심해."

"응. 사랑해."

"나도. 그리고 진짜야. *몸 조심해.*"

그는 계단을 내려가 클로드가 하이웨이 헤븐에서 들고 온 열댓 개의 비닐봉지를 나눠서 들었다.

"제가 얘기했던 것처럼 음식이 다 식었어요. 하지만 엄마가 제 말을 들을 리 없잖아요. 예전에도 그랬고 앞으로 그럴 거예요."

"괜찮아."

"닭고기는 데우면 질겨지는데. 으깬 감자로 샀어요. 감자튀김은

데우면 '으악'이라."

그들은 집을 향해 걸음을 옮겼다. 클로드가 계단 발치에서 걸음을 멈추었다.

"엄마랑 얘기 많이 하셨어요?"

"음."

랠프는 대답하며 이 상황에 어떤 식으로 대처하면 좋을지 고민했다. 그런데 클로드가 알아서 대처했다.

"저한테는 아무 말도 하지 마세요. 그 인간이 제 생각을 읽을 수 있을지 모르니까."

"그러니까 그자를 믿는다?"

랠프는 진심으로 궁금했다.

"그 아가씨는 믿는다고 봐요. 홀리라는 아가씨요. 그리고 간밤에 누군가가 이 근처에 있었을지 모른다고 봐요. 그러니까 다들 무슨 얘기를 나누었을지 몰라도 듣고 싶지 않아요."

"어쩌면 그러는 게 나을지도 모르지. 하지만 클로드? 우리 중 한 명이 오늘 밤에 이 집에 남아야 할 것 같은데. 사블로 경위면 어떨까 싶고."

"무슨 일이 생길 것 같으세요? 저는 지금 배고프다는 거 말고는 아무 느낌도 없는데요."

"무슨 일이 생길 것 같아서라기보다, 이 근처에서 안 좋은 사건이 벌어졌는데 범인이 클로드 볼턴하고 많이 닮았다고 얘기하는 목격자가 있을 경우, 경찰이 자네는 엄마의 집에서 한 발짝도 움직이지 않았다고 증언하면 도움이 될 테니까."

클로드는 고민했다.

"그래도 괜찮을 것 같긴 하네요. 그런데 저희 집에 손님방이나 뭐 그런 게 없어서요. 소파에서 주무시면 되는데, 가끔 엄마가 한밤중에 깼을 때 다시 잠이 안 오면 거실로 나가서 텔레비전을 보세요. 헌금하라고 소리 지르는 한심한 전도사들을 좋아하시거든요." 그의 표정이 밝아졌다. "생각해 보니까 뒷마당에 남는 매트리스가 하나 있어요. 오늘 밤에 날이 따뜻할 테니까 야외 취침을 하시면 되겠네요."

"정자에서 말인가?"

클로드는 씩 웃었다.

"맞아요! 그걸 제가 만들었다는 거 아닙니까."

12

홀리가 닭고기를 오븐에 넣고 5분 돌리자 맛있게 바삭해졌다. 그들 일곱 명은 정자에서 저녁을 먹으며(러비가 휠체어를 타고 이동할 수 있게 경사로가 갖추어져 있었다.) 유쾌하고 활기 넘치는 대화를 나누었다. 뜻밖에도 클로드가 제법 이야기꾼이라 젠틀맨 플리즈에서 '보안 요원'으로서 겪은 다채로운 일화를 풀어 놓았다. 재미있었지만 비열하거나 천박하지는 않았고 클로드의 어머니가 가장 크게 웃었다. 하위가 예전에 의뢰인 한 명이 재판을 감당할 만한 정신 상태가 아님을 입증하기 위해 법정에서 바지를 벗고 판사를 향해 흔든 적이 있었다고 하자, 그녀는 웃다가 또 기침 발작을 일으켰다.

그들이 메리스빌에 찾아온 이유는 어느 누구도 언급하지 않았다.

러비는 저녁을 먹기 전에 잠깐 누워 있었을 뿐이라 식사가 끝나자 이제 그만 자러 들어가겠다고 했다.

"포장해서 먹었더니 설거지 거리가 많지도 않네요. 몇 개 있는 건 아침에 씻으면 되고. 내가 휠체어에 앉아서 설거지를 할 수 있거든요. 물론 빌어먹을 산소통을 조심해야 되긴 하지만." 러비가 유넬을 돌아보았다. "여기서 자도 정말 괜찮겠어요, 사블로 경위님? 어젯밤처럼 누가 와서 돌아다니면 어떻게 해요."

"중무장하고 있는걸요, 어머님. 그리고 여기도 아주 좋고요."

"그래도…… 아무 때고 들어오세요. 자정이 지나면 바람이 세게 불 수도 있어요. 뒷문을 잠가 놓겠지만 저 *올라 데 바*로 아래에 열쇠가 있어요." 그녀는 토분을 가리킨 다음 풍만한 가슴 위로 손깍지를 끼고 살짝 고개를 숙였다. "이렇게 좋은 분들이 우리 아들을 위해 여기까지 와 주셔서 감사해요."

이 말을 끝으로 그녀는 들어갔다. 남은 여섯 명은 좀 더 자리를 지켰다.

"좋은 분이네요." 알렉이 말했다.

"네." 홀리가 말했다. "그러게요."

클로드는 티파릴로 시가에 불을 붙이고 말했다.

"경찰이 제 편이라니. 새로운 경험인데요? 기분 좋아요."

"플레인빌에 월마트가 있나요, 볼턴 씨? 살 게 있는데 저는 월마트를 사랑하거든요."

"없어요, 그래서 다행이죠. 엄마도 월마트를 사랑하기 때문에 있었다면 거기서 끌어낼 방법이 없었을 텐데. 이 일대에서 월마트하고 가장 가까운 건 티핏에 있는 홈디포예요."

"거기면 될 거예요." 홀리는 말하고 자리에서 일어났다. "러비가 아침에 수고할 필요 없게 이 접시들 치우고 갈게요. 내일 와서 사블로 경위님을 태우고 집으로 돌아가고요. 우리가 여기서 할 수 있는 건 다 했다고 봐요. 그렇죠, 랠프?"

홀리가 눈빛으로 뭐라고 대답해야 하는지 말하자 그는 그녀가 시키는 대로 했다.

"그렇죠."

"골드 씨는요? 펠리 씨는요?"

"이 정도면 됐다고 봐요." 하워가 말했다.

알렉도 장단을 맞추었다.

"상당히 잘 마무리 지었죠."

13

러비가 먼저 일어나고 겨우 15분쯤 뒤에 집으로 들어갔는데도 그녀의 방에서 벌써부터 요란하게 코를 고는 소리가 들렸다. 유넬이 개수대에 비누 거품을 채운 다음 소매를 걷어붙이고 몇 개 안 되는 접시를 씻기 시작했다. 랠프가 물기를 닦았다. 홀리가 제자리에 넣었다. 저녁 햇살이 아직 강하게 남아 있었고 클로드는 하위,

알렉스와 함께 뒷마당을 돌아다니며 간밤에 살인범이 남긴 흔적이 있는지 찾았다.

“내 총기를 집에 두고 와도 괜찮았을 뻔했어요.” 유넬이 말했다. “화장실에 있는 산소통을 들고 오느라 볼턴 부인의 방에 들어갔는데, 중무장을 했더라고요. 화장대에 루거 아메리칸 10 플러스 1이 여벌 탄약통과 함께 나란히 놓여 있었고 12구경 레밍턴이 한쪽 구석, 청소기 바로 옆에 세워져 있었어요. 클로드도 뭔가 가지고 있을 테고요.”

“클로드는 전과자 아니에요?” 홀리가 물었다.

“맞아요.” 랠프가 대답했다. “하지만 여긴 텍사스잖아요. 그리고 내가 보기에는 새사람으로 다시 태어난 것 같은데.”

“맞아요. 정말 그렇죠?”

“내가 보기에도 그래요.” 유넬이 말했다. “180도 다른 인생을 사는 것 같아요. 예전에도 알코올중독자나 약물중독자 치유 모임에 나가는 사람들을 본 적 있는데, 잘 맞으면 기적 같은 효과를 보더라고요. 그나저나 이 이방인이 이보다 더 알맞은 가면을 찾기도 어려웠겠어요. 약물 판매와 흡입 전적이 있는 데다 ‘사탄스 세븐’이라는 조직 폭력배와 연루되어 있었던 사람이 억울하게 누명을 썼다고 하면 누가 믿겠어요?”

“테리 메이틀랜드도 아무도 안 믿었잖아요.” 랠프가 무겁게 말했다. “흠잡을 데 없는 사람이었는데도.”

14

그들은 해 질 무렵 홈디포에 도착했고, 9시가 지난 다음에 인디언 모텔로 돌아갈 수 있었다.(이번에도 잭 호스킨스는 자기 방에서 뒷덜미를 강박적으로 문지르며 커튼 사이로 이들을 감시했다.)

그들은 사 온 물건을 들고 랠프의 방으로 들어가 침대 위에 늘어놓았다. 짤막한 자외선 손전등 다섯 개(그리고 여분의 건전지)와 노란색 안전모 다섯 개였다.

하위는 손전등 하나를 집어서 켰다가 환한 보라색 불빛을 보고 움찔했다.

"이게 있으면 정말 그의 흔적을 파악할 수 있어요? 그의 자취를?"

"만약 남아 있다면요." 홀리가 말했다.

"흠." 하위는 손전등을 침대에 다시 내려놓고 안전모를 쓰고 화장대 거울 앞으로 가서 자신의 모습을 살폈다. "우스꽝스러워 보이네요."

어느 누구도 아니라고 하지 않았다.

"정말 실행에 옮길 거예요? 시도해 볼 거예요? 그냥 물어보는 거 아니에요. 나도 이걸 사실로 받아들이려고 애를 쓰고 있는 중이거든요."

"텍사스 고속도로 순찰대의 협조를 받으려면 엄청 힘들 것 같은데요." 알렉이 조심스럽게 말했다. "뭐라고 할 수 있겠어요? 메리스빌 홀에 괴물이 숨어 있는 것 같다고?"

"안 그러면 그자가 앞으로 애들을 계속 죽일 거예요. 그게 그자의 사는 방식이니까."

그러자 하위가 거의 비난조로 홀리를 돌아보았다.

"그 안에는 무슨 수로 들어가요? 노부인 말로는 수녀의 팬티보다 더 단단히 막혀 있다는데. 그리고 들어간다 한들 로프는 어디 있어요? 홈디포에서 로프 팔지 않아요? 분명히 팔 텐데."

"로프는 필요 없어요." 홀리는 조용히 말했다. "저는 거기 있을 거라고 거의 확신하는데요, 그자가 거기 있더라도 깊이 들어가지는 않았을 테니까. 무엇보다 길을 잃거나 동굴이 함몰될까 불안해서요. 게다가 그자는 지금 기운이 없어요. 사이클상 동면에 들어갔어야 하는데 힘을 쓰고 다녔으니 말이죠."

"여기저기 투영하느라?" 랠프가 물었다. "당신 생각에는 그렇단 말이죠?"

"네. 그레이스 메이틀랜드와 경관님의 부인이 본 건…… 투영이었다고 생각해요. 육신의 일부분이 이동해서 경관님의 거실에 흔적이 남았고 의자를 옮기고 레인지 등을 켤 수도 있었겠지만, 새로 깐 카펫에 자국을 남길 만큼은 아니었어요. 그러느라 기운이 다했을 거예요. 그가 몸소 출동한 적은 딱 한 번, 테리 메이틀랜드가 법원 앞에서 총에 맞은 그날뿐이었을 거예요. 배가 고팠는데, 거기에는 먹을 게 많았거든요."

"몸소 출동했는데 텔레비전 영상에는 남지 않았다? 거울에 비치지 않는 흡혈귀처럼?"

하위는 홀리가 부인해 주길 바라는 말투였지만 그녀는 부인하지 않았다.

"바로 그거죠."

"그럼 당신은 그자가 초자연적이라고 생각하는군요. 초자연적인 존재라고."

"어떤 존재인지는 몰라요."

하위는 안전모를 벗어서 침대 위로 던졌다.

"추측. 그것뿐이잖아요."

홀리는 그 말에 상처를 입은 눈치였고 어떤 식으로 대답하면 좋을지 몰라 했다. 그리고 랠프도 느꼈고 알렉도 느꼈을 게 분명한 걸 그녀는 보지 못했다. 하워드 골드는 두려워하고 있었다. 이 일이 잘못되면 판사에게 이의를 제기할 수 없었다. 무효심리를 요청할 수도 없었다.

랠프가 말했다.

"엘 쿠코나 변신 괴물 얘기는 지금도 못 믿겠지만 이방인이 있다는 건 믿어요. 오하이오와의 연관성도 있고, 테리 메이틀랜드가 동시에 두 공간에 등장할 수는 없으니까요."

"이방인은 거기서 실수를 저질렀죠." 알렉이 말했다. "테리가 캡시티에서 열리는 그 학회에 참석하는 줄 몰랐던 거예요. 그가 선택한 희생양들은 대부분 히스 홈즈처럼 알리바이가 삼베 천처럼 구멍이 뻥뻥 뚫려 있었을 텐데."

"그건 말이 안 돼요."

랠프의 말에 알렉은 눈썹을 추켜세웠다.

"그가 테리의…… 뭐라고 표현하면 좋을지 모르겠네. 기억은 맞지만 기억뿐만이 아니고 일종의……."

"일종의 의식의 지형도요." 홀리가 조용히 말했다.

"그래요, 그거라고 칩시다. 속독하는 사람들이 휙휙 넘기다 보면 놓치는 부분들이 있듯이 그도 놓치고 부분이 있었을 거라는 건 인정하지만 그 학회는 테리한테 중요한 일이었단 말이죠."

"그럼 쿠코가 왜……." 알렉이 말문을 열었다.

"어쩔 수 없었을지 몰라요." 홀리가 자외선 손전등을 집어서 벽에 대고 비추자 그 전에 이 방을 썼던 투숙객의 손자국이 유령처럼 드러났다. 그건 랠프가 눈을 감고서도 할 수 있는 일이었다. "너무 배가 고파서 더 괜찮은 타이밍을 기다릴 수 없었을 거예요."

"아니면 상관하지 않았든지요." 랠프가 말했다. "연쇄살인범들이 종종 그런 경지에 도달하거든요, 체포되기 직전에. 번디, 스펙, 게이시…… 결국에는 다들 자기 마음대로 해도 된다고 생각하기에 이르렀어요. 자신은 신과 같은 존재라고. 오만해졌고 도를 넘었어요. 그런데 이 이방인은 그 정도로 도를 넘지는 않았잖아요. 그 점에 대해서 생각해 봐요. 우리는 수많은 반증에도 불구하고 기소인 부절차를 밟고 테리 메이틀랜드를 프랭크 피터슨 살인범으로 재판정에 세우려고 했어요. 그의 알리바이가 아무리 튼튼해도 가짜일 거라고 확신했어요."

나는 아직도 그렇게 믿고 싶은 마음이 있어. 그렇지 않으면 내가 사는 이 세상에 대해 내가 안다고 생각했던 모든 것들이 거꾸로 뒤집힐 테니까.

그는 열이 나는 듯했고 속이 살짝 메슥거렸다. 21세기를 살아가는 평범한 인간이 무슨 수로 변신 괴물을 믿을 수 있겠는가? 홀리

기브니가 말하는 이방인을 믿는다면, 그녀가 말하는 엘 쿠코를 믿는다면 모든 게 가능해진다. 우주에 끝이 없어진다.

"그는 이제 오만하지 않아요." 홀리는 조용히 말했다. "원래는 살인을 저지른 뒤에 변신하는 동안 몇 달 동안 한 곳에 머무르거든요. 변화가 완료되거나 거의 완료되는 시기에만 움직이고요. 제가 읽은 자료와 오하이오에서 터득한 사실을 근거로 생각하기로는 그래요. 하지만 그의 패턴이 어그러졌어요. 거기 헛간에 머물렀다는 걸 그 아이에게 들킨 이후에는 플린트 시티에서 도망쳐야 했고요. 그는 경찰이 들이닥칠 걸 알았어요. 그래서 일찌감치 여기 이곳, 클로드 볼턴의 곁으로 내려왔고 완벽한 보금자리를 발견했죠."

"메리스빌 홀 말이죠." 알렉이 말했다.

홀리는 고개를 끄덕였다.

"하지만 그는 우리가 안다는 걸 몰라요. 그게 우리 쪽에 유리한 점이에요. 삼촌과 사촌들이 거기 묻혔다는 걸 클로드가 알긴 하죠. 하지만 이 이방인이 자기가 변신하려고 하는 인물이나 지난번에 변신했던 인물과 혈연 관계인 망자의 무덤 안이나 그 근처에서 어떤 식으로 겨울잠을 자는지는 모르잖아요. 제가 보기에는 그런 식이거든요. 분명히."

당신이야 그렇게 생각하고 싶겠지. 하지만 랠프는 그녀의 논리에서 아무 구멍도 찾을 수가 없었다. 그러니까 전통에 의거해서, 아니면 그들로서는 절대 이해할 수 없는 뭔지 모를 필요에 의거해서 어떤 규칙을 지켜야 하는 초자연적인 존재가 있다는 기본적인 전제를 받아들인다면 말이다.

"러비가 아들한테 아무 얘기도 하지 않을 거라고 믿어도 될까요?" 알렉이 물었다.

"아마도요." 랠프가 말했다. "아들을 생각해서 입 다물고 있을 거예요."

하위가 손전등을 하나 집어서 덜거덕거리는 에어컨을 비추고, 이번에는 유령처럼 반짝이는 지문 무더기를 살폈다. 그가 손전등을 끄고 물었다.

"그자를 돕는 사람이 있다면요? 그럼 어쩔 거예요? 드라큘라 백작한테는 그 렌필드가 있었잖아요. 프랑켄슈타인 박사한테는 곱사등이가 있었고요. 이고르……."

"많은 사람들이 그렇게 잘못 알고 있는데, 「프랑켄슈타인」 원작 영화에서 박사의 조수는 드와이트 프라이가 연기한 프리츠였어요. 나중에 벨라 루고시가……."

"오류를 인정할게요. 그래도 궁금증은 여전하단 말이죠. 우리 이방인에게 공범이 있다면? 우리를 감시하라는 지령을 받은 사람이 있다면? 내 생각이 말이 안 되나요? 이방인이 우리가 메리스빌 홀에 대해 알아냈다는 건 모를지 몰라도 불안할 정도로 가까이에 있다는 건 알 거예요."

"무슨 말인지 알겠네, 하위." 알렉이 말했다. "하지만 연쇄살인범들은 대개 단독범이고, 떠돌이들이 가장 늦게까지 체포되지 않고 잘 버티거든. 예외도 있지만 이자가 예외일 것 같지는 않아. 데이턴에서 플린트 시티로 껑충 건너온 걸 보면. 오하이오에서부터 그의 행적을 되짚으면 플로리다 주 탬파 아니면 메인 주 포틀랜드에서 살해된 아이들이 있을지 몰라. 이런 아프리카 속담도 있잖아. *혼자 여행하는 사람이 제일 빨리 간다.* 그리고 현실적인 관점에서 따졌을 때 누구한테 그런 임무를 맡길 수 있겠나?"

"또라이."

"좋아요." 랠프가 말했다. "하지만 어디서 그런 사람을 찾겠어요? 또라이 플러스 이런 데 가서 한 명 고르겠어요?"

"그래요." 하위가 말했다. "그자는 지금 혼자 메리스빌 홀에 숨어서 우리가 와서 자길 잡아가길 기다리고 있어요. 자길 태양이 내리쬐는 곳으로 끌어내거나 심장에 말뚝을 박거나 아니면 둘 다 해 주길 기다리고 있다고요."

"스토커의 소설에서는 드라큘라를 잡았을 때 머리를 자르고 입안 가득 마늘을 먹였죠."

홀리의 말에 하위는 침대 위로 손전등을 버리고 두 손을 들었다.

"그래요. 슈퍼에 들러서 마늘을 좀 삽시다. 홈디포에서 쇠톱을 미처 챙기지 못했으니 고기 써는 칼도 사고요."

그러자 랠프가 말했다.

"머리에 총알을 박으면 깔끔하게 해결할 수 있을 것 같은데요."

그들은 잠깐 말없이 묵상에 잠겼고, 잠시 후에 하위가 이제 그만 자러 가겠다고 했다.

"하지만 자러 가기에 앞서 내일 계획이 어떻게 되는지 알고 싶은데요."

랠프는 홀리가 계획을 알려 주길 기다렸지만 그녀는 오히려 랠프를 쳐다보았다. 그는 움푹 꺼진 그녀의 눈 밑과 입가에 생긴 주름을 보고 놀란 한편으로 뭉클해졌다. 랠프도 피곤했고 다들 그럴 테지만 홀리 기브니는 기진맥진한 상태에서 오로지 정신력으로 버티고 있었다. 몇 겹 아래에 숨겨진 원래 성격을 생각하면 가시밭길이나 깨진 유리 조각 위를 달리는 거나 다름없지 않을까 싶었다.

"9시 전까지는 아무 계획 없어요." 랠프가 말했다. "다들 최소한 여덟 시간은 수면을 취해야 해요, 그보다 더 잘 수 있으면 좋고요. 그런 다음 짐을 싸서 체크아웃하고 볼턴의 집으로 가서 유넬을 태울 거예요. 거기서 메리스빌 홀로 출발할 거고요."

"그쪽 방향으로 가면 집으로 가는 척 클로드를 속일 수가 없어요." 알렉이 말했다. "그 친구는 우리가 왜 플레인빌 쪽으로 돌아가지 않는지 궁금해할 거예요."

"좋아요, 그럼 클로드와 러비에게 먼저 티핏에 들러야 한다고 얘기하죠. 이유는…… 글쎄요, 홈디포에서 추가로 살 게 있다고 해야 하나?"

"너무 설득력이 떨어지는데요." 하위가 말했다.

알렉이 물었다.

"클로드를 만나러 갔던 주 경찰관이 누구였어요? 기억해요?"

랠프는 곧바로 대답하지 못했지만 아이패드에 사건 기록을 보관하고 있었다. 아무리 악귀를 추격하는 중이라고 해도 습관은 습관이었다.

"오언 사이프였어요. 사이프 순경."

"좋아요. 그럼 클로드와 그의 어머니에게 이렇게 얘기합시다. 이방인이 클로드의 머릿속으로 들어갈 수 있다면 그에게 얘기하는 거나 다름없을 텐데, 클로드와 인상착의가 비슷한 남자가 강도나 차량 도난이나 가택 침입으로 티핏에서 수배령이 내려졌다는 연락을 사이프 순경에게 받았다고요. 클로드가 밤새 집에 있었다고 유넬이 증언할 수 있을 테니……."

"정자에서 잤다면 안 되고요." 랠프가 말했다.

"지금 클로드가 차에 시동 거는 소리를 못 들었을 수도 있다는 거예요? 2년 전에 머플러를 교체했어야 하게 생겼던데?"

랠프는 미소를 지었다.

"인정할게요."

"좋아요, 그래서 확인차 티핏으로 가는데, 아무것도 아닌 걸로 밝혀지면 다시 플린트 시티로 돌아갈 거라고요. 이러면 어떻겠어요?"

"괜찮네요. 클로드가 보지 못하게 손전등과 안전모를 잘 감춰야겠어요."

15

11시가 지나는 동안 랠프는 바닥이 흰 객실 침대에 누워 있었다. 불을 꺼야 한다는 걸 알지만 끄지 않았다. 지넷에게 전화해 거의 30분 동안 수다를 떨었다. 사건 얘기도 하고 데릭 얘기도 했지만 대부분 시시껄렁한 잡담이었다. 그런 다음 러비 볼턴이 좋아한다는 심야 방송의 전도사들이 수면제 역할을 할지 모른다는(최소한 꼬리에 꼬리를 물고 이어지는 생각을 잠재울 수 있을지 모른다는) 생각을 하며 텔레비전을 켰지만 '현재 위성방송이 중단됐습니다, 양해해 주시기 바랍니다.'라는 메시지만 뜨고 그만이었다.

스탠드 쪽으로 손을 뻗었을 때 문을 조용히 두드리는 소리가 들렸다. 그는 객실을 가로질러서 문손잡이 쪽으로 손을 내밀었다가 생각을 바꾸고 구멍에 눈을 갖다댔다. 하지만 먼지나 뭐 그런 걸로 막혀서 소용이 없었다.

"누구세요?"

"저예요."

홀리였다. 목소리가 노크 소리만큼 작았다.

그는 문을 열었다. 그녀는 티셔츠가 삐져나왔고 쌀쌀한 밤공기를 막느라 걸친 정장 재킷은 한쪽으로 우스꽝스럽게 늘어져 있었다. 희끗희끗한 짧은 머리가 바람에 날렸다. 아이패드를 들고 있었다. 랠프는 그가 사각팬티를 입고 있고 단추 없는 앞섶이 살짝 벌어졌을 거라는 사실을 퍼뜩 알아차렸다. 어렸을 때 친구들끼리 했던 말이 생각났다. *누가 너한테 핫도그를 팔아도 된다고 했냐?*

"주무시는데 제가 깨웠나 봐요."

"아니에요. 들어와요."

그녀는 머뭇거리다 안으로 들어왔고, 그가 바지를 입는 동안 하나뿐인 의자에 앉았다.

"잠 좀 자야 해요, 홀리. 엄청 피곤해 보이는데."

"맞아요. 그런데 어떨 때는 피곤하면 할수록 잠이 더 안 와요. 특히 걱정이 있고 불안할 때는요."

"앰비엔 먹어 봤어요?"

"항우울제를 먹는 사람들한테는 그게 별로 좋지가 않아요."

"그렇군요."

"조사를 좀 했어요. 그러면 가끔 잠이 오거든요. 먼저 클로드의 어머니한테 들은 사건을 다룬 신문기사부터 뒤졌어요. 기사도 많고 배경 설명도 많더라고요. 형사님도 듣고 싶어 하실 것 같아서요."

"그걸 알면 도움이 될까요?"

"도움이 될 거라고 봐요."

"그럼 들어 볼게요."

그는 침대로 자리를 옮겼고 홀리는 무릎을 모으고 의자 끝에 걸터앉았다.

"좋아요. 러비는 계속 아히가 쪽을 운운했고, 제이미슨 쌍둥이 중 하나가 플라스틱으로 된 아히가 추장 장난감을 주머니에서 떨어뜨렸다고 했잖아요." 그녀는 아이패드를 펼쳤다. "이게 1888년에 찍은 사진이에요."

고귀해 보이는 아메리카 원주민 남자의 옆모습을 찍은 적갈색 사진이었다. 등의 절반까지 내려오는 머리 장식을 쓰고 있었다.

"이 추장은 엘패소 인근의 티구아 보호 구역에서 소수의 나바호족 대표단과 함께 지내다 백인 여자와 결혼해 오스틴으로 건너갔는데, 거기서 푸대접을 당하고 다시 메리스빌로 거처를 옮겨 머리를 자르고 기독교 신앙을 고백한 이후에 공동체의 일원으로 받아들여졌어요. 아내가 돈이 좀 있어서 둘이서 메리스빌 교역소를 차렸고요. 이것이 결국에는 인디언 모텔 겸 카페가 됐어요."

"즐거운 우리 집 말이죠."

랠프가 허름한 객실을 두리번거리며 말했다.

"네. 이게 1926년, 죽기 2년 전의 아히가 추장이에요. 그 무렵에는 개명해서 토머스 히긴스였죠."

그녀는 두 번째 사진을 보여 주었다.

"맙소사!" 랠프는 탄성을 터뜨렸다. "토박이들에게 동화됐을 줄은 알았지만 이건 정반대에 가깝네요."

마찬가지로 고귀해 보이는 옆모습이었지만, 이제는 카메라를 향한 뺨에 깊은 주름이 새겨졌고 머리 장식이 없었다. 전직 나바호족 추장이 무테안경을 쓰고 흰색 셔츠에 넥타이를 매고 있었다.

"메리스빌에서 유일하게 잘나가던 사업체를 운영했을 뿐 아니라 동굴을 발견하고 맨 처음 관광객을 유치한 사람도 아히가 추장, 일명 토머스 히긴스였어요. 이 관광 프로그램은 상당히 인기가 많았대요."

"하지만 동굴이 그가 아니라 마을 이름으로 불렸네요. 당연히 그랬겠죠. 기독교인이고 잘나가는 사업가였을지 몰라도, 마을 사람들이 보기에는 여전히 인디언이었을 테니까. 그래도 오스틴의 기독교도들보다 여기 사람들이 그를 더 따뜻하게 대했다는 것만큼은 인정해야겠네요. 계속해요."

그녀는 사진을 다시 한 장 보여 주었다. 머리 장식을 한 아히가 추장이 그려져 있고, 전설적인 인물의 아래에 **가장 수준 높은 상형문자를 감상하려면 이쪽으로**라고 적힌 나무 표지판이었다. 그녀가 손가락을 벌려서 줌아웃하자 랠프 눈에 바위 사이로 난 길이 보였다.

"동굴은 마을 이름으로 불렸죠. 하지만 추장도 얻은 게 있었어요. '소리의 방'처럼 으리으리하지는 않지만 그래도 거기하고 직접적으로 연결되는 아히가 입구요. 직원들이 여기로 필요한 물품을 날랐고 비상 출구로 쓰이기도 했어요."

"수색대가 다른 길로 아이들에게 접근하려고 이쪽으로 들어갔죠?"

"맞아요." 그녀는 눈을 반짝이며 몸을 앞으로 숙였다. "메인 입구는 단순히 널빤지로 막지 않았어요, 랠프. 시멘트를 발랐어요. 아이를 또다시 잃고 싶지 않았던 거죠. 아히가 입구, 그러니까 뒷문도 널빤지로 막았지만 어느 기사에도 거기에 시멘트를 발랐다는 얘기는 없었어요."

"그렇다고 해서 시멘트로 바르지 않았다는 건 아니잖아요."

그녀는 짜증 섞인 몸짓으로 고개를 휙 들었다.

"알아요. 하지만 시멘트로 막지 않았다면……."

"그럼 그자가 거기로 들어갔겠죠. 이방인이. 당신은 그렇게 생각하는 거죠."

"거기부터 가 봐야 해요. 만약 누가 들어간 흔적이 있다면……."

"알겠어요. 괜찮은 계획 같아요. 좋았어요. 당신은 탐정의 자질이 충분해요, 홀리."

그녀는 시선을 내린 채 칭찬에 어떤 식으로 대처하면 좋을지 모르는 여자답게 머뭇머뭇 고맙다고 했다.

"칭찬에 후하시네요."

"후한 거 아니에요. 당신이 벳시 리긴스보다 낫고, 월급만 축내는 잭 호스킨스라는 인간보다는 훨씬 나아요. 그 인간은 조만간 퇴직할 텐데, 내가 후임을 뽑을 수 있다면 당신을 뽑겠어요."

홀리는 고개를 저었지만 웃는 얼굴이었다.

"저는 보석금을 내고 도망친 범죄자, 자취를 감춘 채무자, 잃어버린 애완견이면 충분해요. 살인 사건 수사에는 두 번 다시 관여하고 싶지 않아요."

그는 자리에서 일어났다.

"이제 방으로 돌아가서 눈 좀 붙여요. 당신 생각이 맞는다면 내일은 서부극이 펼쳐질 테니까."

"잠깐만요. 제가 온 이유가 하나 더 있어요. 앉으세요."

16

홀리는 빌 호지스를 만나는 엄청난 행운이 찾아왔던 그날에 비하면 훨씬 강해졌지만 그래도 누군가에게 행동을 고쳐야 한다거나 영판 틀렸다고 얘기하는 데 서툴렀다. 젊은 시절의 그녀는 공포와 역부족과 걷잡을 수 없는 수치심을 해소하려면 자살이 상책일지 모른다는 생각을 하며 겁에 질려서 종종거리는 생쥐와도 같았다. 차마 들어가지 못한 장례식장 뒤편에서 빌이 그녀 옆에 앉았을 때 그녀가 가장 크게 느꼈던 감정은, 뭔가 중요한 걸 잃어버린 듯하다는 느낌이었다. 핸드백이나 신용카드가 아니라 상황이 조금만 달랐더라면, 하느님이 그녀의 몸속에 중요한 화학 물질을 조금만 더 넣어 주었더라면 누릴 수도 있었던 삶을 잃어버린 듯한 느낌이었다.

이거 잃어버리신 것 같은데요. 빌은 말없이 그렇게 얘기했다. *자, 주머니에 다시 넣어요.*

이제 빌은 죽었고 여러 면에서 빌과 너무나 닮은 남자가 이 자리에 있었다. 지적 능력, 번뜩이는 유머 그리고 무엇보다 근성. 빌이 그를 만났더라면 마음에 들어 했을 게 분명했다. 랠프 앤더슨 형사도 사건 추적의 의미를 믿었다.

하지만 빌이 세상을 떠났을 당시 나이보다 그가 서른 살 젊다는 것 말고도 여러 가지 차이점이 있었다. 랠프가 이 사건의 진정한 규모를 이해하지 못한 채 테리 메이틀랜드를 공개적으로 체포하는 끔찍한 실수를 저질렀다는 사실은 여러 가지 차이점 가운데 하나에 불과했고, 본인 스스로는 많이 괴로울지 몰라도 가장 중요한 차이점도 아니었다.

주님, 제가 해야 하는 이야기를 할 수 있게 도와주세요. 기회가 이번밖에 없거든요. 그리고 저 사람이 제 말을 듣게 해 주세요. 부탁드려요, 주님, 저 사람이 제 말을 듣게 해 주세요.

"형사님과 다른 분들은 이방인에 대해서 얘기할 때 항상 가정법을 쓰더라고요."

"그게 무슨 말인지 잘 모르겠는데요, 홀리."

"알면서 왜 그러세요. '만약 그가 존재한다면. 만에 하나 그가 존재한다면. 그가 존재한다고 가정한다면.'"

랠프는 아무 대꾸도 하지 않았다.

"다른 분들은 상관없지만 형사님은 믿어 줘야 해요. *형사님은 믿어 줘야 한다고요.* 나는 믿지만 나 하나로는 부족해요."

"홀리……."

"아뇨." 그녀는 사납게 말허리를 잘랐다. "아뇨. 제 말 잘 들으세요. 저도 이게 정상이 아니라는 거 알아요. 하지만 이 세상에서 벌어지는 일부 끔찍한 사건들에 비하면 엘 쿠코라는 존재가 오히려 더 납득이 되지 않나요? 자연재해나 사고가 아니라 인간이 다른 인간들에게 저지르는 짓을 두고 하는 얘기예요. 테드 번디도 따지고 보면 엘 쿠코라는 변신 괴물과 다를 바 없잖아요. 주변 사람들에게 보인 모습과 살해한 여자들에게 보인 모습이 달랐으니까요. 그 여자들이 마지막으로 본 건 그의 다른 얼굴, 내면의 얼굴, 엘 쿠코의 얼굴이었어요. 그런 자들이 더 있어요. 그들이 우리들 사이를 활보하고 다녀요. 형사님도 그렇다는 걸 알잖아요. 그들은 외계인이에요. 우리가 이해할 수 있는 범주를 넘어선 괴물이에요. 그런데도 형사님은 그들을 믿어요. 그들을 체포하고, 어쩌면 처형당하는 것까지 봤으면서도."

그는 아무 말 없이 묵상했다.

"제가 하나만 물을게요. 그 아이를 살해하고 살점을 뜯고 몸속에 나뭇가지를 쑤셔 넣은 범인이 테리 메이틀랜드였다면 어땠을까요? 그랬다면 동굴 속에 숨어 있을지 모르는 그것보다 이해하기 쉬웠을까요? '훌륭한 시민을 자처한 그 야구팀 코치의 가면 뒤에 어둠과 악의 기운이 숨겨져 있었다는 걸 알겠어요. 그가 어떤 이유에서 그런 범행을 저질렀는지 정확히 알겠어요.' 이렇게 말할 수 있었을까요?"

"아뇨. 나는 지금까지 끔찍한 범죄를 저지른 인간들을, 갓난쟁이 딸을 욕조에 빠뜨려 죽인 엄마를 비롯해서 여럿 체포했지만, 그들을 이해한 적은 없었어요. 대개는 그들도 자기 자신을 이해하지 못해요."

"브래드 하츠필드가 콘서트장에서 1000여 명의 아무 죄 없는 아이들과 함께 자살을 하려고 한 이유를 제가 이해할 수 없었던 것과 마찬가지겠죠. 제가 부탁드리는 건 간단해요. 이걸 믿어 달라는 거예요. 앞으로 24시간 동안만이라도. 그래 주실 수 있겠어요?"

"내가 그러겠다고 하면 잠을 좀 잘 수 있겠어요?"

그녀는 그에게 시선을 고정한 채 고개를 끄덕였다.

"그럼 믿을게요. 최소한 앞으로 24시간 동안은 엘 쿠코가 존재하는 걸로. 그가 메리스빌 홀에 있는지 없는지는 두고 봐야 알겠지만 그래도 존재하는 걸로."

홀리는 숨을 토하며 바람에 날린 머리와 한쪽으로 늘어진 재킷과 삐져나온 셔츠 차림으로 자리에서 일어났다. 랠프는 그녀가 귀여워 보이는 동시에 처참하리만치 연약해 보인다는 생각이 들었다.

"좋았어. 이제 자리에 가서 누울게요."

랠프는 문 앞까지 그녀를 배웅하고 문을 열었다. 그녀가 문 밖으로 나서자 그가 말했다.

"우주에는 끝이 없죠."

그녀는 엄숙한 표정으로 그를 쳐다보았다.

"맞아요. 그 빌어먹을 것에는 끝이 없어요. 잘 자요, 랠프."

7월 27일

메리스빌 홀

1

잭은 새벽 4시에 눈을 떴다.

밖에서 바람이 세게 불고 있었고 삭신이 쑤셨다. 목뿐만이 아니라 팔, 다리, 배, 엉덩이까지 아팠다. 일광화상의 느낌이었다. 이불을 젖히고 침대 가에 걸터앉아서 침대 옆 스탠드를 켜자 60와트짜리 누르스름한 불빛이 흘러나왔다. 그는 자기 몸을 내려다보았다. 피부에 아무것도 없었지만 통증은 여전했다. 문제는 안쪽이었다.

"뭐든 하라는 대로 할게요." 그는 손님에게 말했다. "그들을 막을게요. 약속해요."

응답이 없었다. 손님이 대꾸를 하지 않거나 옆에 없거나 둘 중 하나였다. 최소한 지금은 그랬다. 하지만 예전에는 있었다. 그 빌어먹을 헛간에서는. 거의 애무에 가깝게, 간질간질하게 살짝 한 번 건드렸을 뿐이었지만 그걸로 충분했다. 이제 그의 몸은 독으로 가득했다. 암이라는 독으로 가득했다. 그리고 동이 트기 한참 전에 이 거지같은 모텔 방에 앉아서 생각해 보니 손님이 그에게 준 걸 거두어 갈 만한 능력이 되는지 더는 자신할 수 없었지만 그래도 그에게는 선택의 여지가 없었다. 시도해 보아야 했다. 그 방법이 효과를 거두지 못하면…….

"총으로 쏴서 죽을까?" 이런 생각을 하자 기분이 조금 괜찮아졌다. 그의 어머니는 누리지 못한 선택지였다. 그는 좀 더 단호하게 다시 한 번 말했다. "총으로 쏴서 죽을까?"

그러면 숙취에 시달릴 일도 없었다. 검문을 당해서 음주 측정기를 불면 못 해도 1, 어쩌면 1.2까지 나올 수 있다는 걸 알기 때문에 제한속도를 지키고 모든 신호등마다 정차해 가며 집까지 차를 몰고 갈 일도 없었다. 다달이 주는 생활비가 또 늦었다며 헤어진 아내에게 전화를 받을 일도 없었다. 그가 몰라서 그러는 것도 아닌데. 그 돈이 끊기면 그녀는 어떻게 될까? 취직해서 자신의 반쪽은 어떤 식으로 살았는지 실감하는 수밖에 없을 것이다, 흑흑흑. 하루 종일 집에서 「엘런」과 「판사 주디」를 보지 못할 것이다. 아이고 안타까워라.

그는 옷을 입고 밖으로 나갔다. 바람이 춥지는 않았지만 싸늘했고 그를 뚫고 지나가는 듯이 느껴졌다. 플린트 시티에서 출발했을 때는 무더웠기 때문에 재킷을 챙길 생각을 하지 못했다. 갈아입을 옷도. 심지어 칫솔도.

당신이 그렇지, 뭐. 마누라의 목소리가 들렸다. *당신이 늘 그렇지, 뭐. 매사에 20퍼센트 부족하잖아.*

자동차, 픽업트럭, 캠핑카들이 젖을 먹는 새끼 강아지처럼 모텔 건물로 몰려들었다. 잭은 포장된 보도를 저 끝까지 걸어가 참견쟁이들이 타고 온 파란색 SUV가 아직 있는지 확인했다. 있었다. 그들은 모두 객실에서 이불을 푹 덮고 아무 고통 없이 기분 좋은 꿈을 꾸고 있을 게 분명했다. 그는 방마다 찾아다니며 그들을 모조리 쏴서 죽이는 상상을 잠깐 즐겼다. 매력적이지만 말도 안 되는 발상이었다. 그들이 몇 호에 묵는지도 몰랐고, 결국에는 참견대장은 아닐지 몰라도 누군가가 반격할 것이었다. 여기는 사람들이 소 떼를 몰고 총격전을 벌이는 시대에 살고 있다고 믿고 싶어 하는 텍사스였다.

그들이 올지 모른다고 손님이 얘기했던 곳에서 기다리는 편이 나을 것이다. 거기서 그들을 저격하더라도 처벌을 모면할 수 있을 것이다. 반경 몇 킬로미터 안에 아무도 없을 테니까. 임무를 마친 뒤에 손님이 독을 거두어 가면 모든 게 잘 끝날 것이다. 일이 잘 안 풀리면 총구를 입에 물고 방아쇠를 당길 것이다. 헤어진 아내가 앞으로 20년 동안 웨이트리스 아니면 장갑 공장에서 일을 하는 상상도 재미있었지만 그게 가장 중요한 포인트는 아니었다. 그는 움직이려고 할 때마다 피부가 찢어져서 벌어졌던 어머니처럼 죽을 생각은 없었다. 그게 가장 중요한 포인트였다.

그는 몸을 가볍게 떨며 트럭에 올라 메리스빌 홀로 향했다. 거의 지평선에 다다른 달이 차가운 돌 같았다. 몸 떨림이 너무 심해지는 바람에 차선을 두어 번 넘나들었다. 그래도 상관없었다. 대형 트럭들은 전부 190번 고속도로나 주간 고속도로를 이용했다. 이 어처구니없는 시각에 루럴 스타에는 그 혼자뿐이었다.

트럭 엔진이 따뜻해지자 히터를 세게 틀었고 그랬더니 좀 괜찮아졌다. 하반신의 통증이 가라앉기 시작했다. 그래도 뒷덜미는 계속 개같이 욱신거렸고, 문지르면 손바닥에 눈송이 같은 각질이 묻어나왔다. 뒷덜미가 아픈 건 정말로 일반적인 일광화상 때문이고 다른 모든 건 그의 상상일지 모른다는 생각이 들었다. 마누라의 개뼁 편두통처럼 심신증 아닐까? 심신증으로 인한 통증 때문에 깊은 잠을 자다가 깰 수도 있나? 알 수 없었지만, 그의 방 샤워 커튼 뒤에 숨어 있었던 손님은 진짜였고 그런 사람 앞에서 까불면 안 된다는 건 알았다. 시킨 일이나 제대로 해야 했다.

게다가 랠프 개썅 앤더슨은 사사건건 오지랖이 지나쳤다. 의견 없음 선생이 정직 처분을 받는 바람에 그는 고기를 잡다 말고 불려가지 않았던가. 휴직은 무슨 썅, 랠프 그 새끼는 정직 상태였다. 그가, 잭 호스킨스가 통나무집에서 DVD를 보며 보드카 토닉을 마시는 대신 캐닝 타운십으로 가게 된 것도 랠프 개썅 앤더슨 때문이었다.

광고판(추후 공지가 있을 때까지 폐장) 앞에서 방향을 틀었을 때 눈앞이 번쩍하면서 갑작스러운 깨달음이 찾아왔다. 랠프 개썅 앤더슨이 그를 일부러 거기로 보냈을지 모른다! 손님이 기다리고 있다는 것과 그가 어떻게 할지 알았을 것이다. 랠프 그 새끼가 오래전부터 그를 제거하고 싶어 했다고 가정했더니 그 모든 퍼즐이 딱 맞아떨어졌다. 논리적으로 완벽했다. 랠프 그 새끼가 딱 하나 예상하지 못했던 게 있다면 문신을 한 남자에게 배신을 당하는 거였다.

잭이 보기에 이 생쇼는 세 가지 방향으로 결론이 내려질 수 있었다. 손님이 잭의 몸속을 휘젓고 다니는 독을 없앤다. 그게 1번이었다. 이게 심신증이라면 저절로 사라질 것이다. 그게 2번이었다. 아니면 이 병은 진짜고 손님이 거두어 갈 수 없을 수도 있었다. 그게 3번이었다.

몇 번이 됐건, 의견 개썅 없음 선생은 역사의 뒤안길에 묻힐 것이다. 그건 잭이 손님이 아니라 자기 자신에게 한 약속이었다. 앤더슨은 쓰러질 테고 다른 사람들도 그와 함께 쓰러질 것이다. 대청소. 미국의 저격수, 잭 호스킨스.

그는 방치된 매표소 앞에 다다라 체인을 빙 돌아서 지났다. 해가 뜨고 기온이 다시 본격적으로 올라가기 시작하면 바람이 잠잠해지겠지만 지금은 바람에 먼지 섞인 모래가 장막처럼 날렸고 그래서 다행이었다. 참견쟁이들에게 발자국을 들킬까 봐 걱정할 필요가 없었다. 그들이 여길 찾아오는 경우에 말이다.

"그들이 오지 않더라도 병을 고쳐 줄 건가요?"

대답을 기대하지 않았는데 대답이 들렸다.

아, 그럼. 너는 멀쩡한 몸으로 떠날 수 있을 거야.

진짜로 대답이 들렸을까 아니면 그의 상상에 불과했을까?

어느 쪽이든 상관없었다.

2

잭은 무너진 관광객용 통나무집을 지나며, 땅바닥에 뚫린 구멍(적어도 이 동굴에 붙인 이름은 정직했다) 근처에서 지내겠답시고 거금을 투자하는 인간들의 심리를 궁금해했다. 여기보다 괜찮은 데도 많지 않은가? 요세미티. 그랜드캐니언. 하다못해 세계에서 가장 큰 실뭉치도 텍사스의 건조하고 흙먼지 날리는 이 똥창의 땅바닥에 뚫린 구멍보다는 나을 것이었다.

그는 지난번처럼 창고 옆에 트럭을 주차하고 사물함에서 손전등을 챙긴 다음 금고에서 윈체스터와 탄약이 든 상자를 꺼냈다. 주머니에 탄약통을 쑤셔 넣고 오솔길을 향해 나섰다가 다시 돌아와 차고처럼 위로 올리게 되어 있는 창고의 먼지 낀 유리창 사이로 손전등을 비추며 뭔가 쓸 만한 물건이 안에 없는지 살폈다. 그런 건 없었지만, 다른 걸 보고 그는 미소를 지었다. 흙으로 뒤덮인 경차가 한 대 있었다. 혼다 아니면 도요타였고, 뒷 유리창에 **우리 아들은 플린트 시티 고등학교 우등생!**이라는 문구가 붙어 있었다. 독이 온몸에 번졌는지 안 번졌는지 몰라도 잭의 가장 기본적인 형사 본능은 여전했다. 그의 손님이 여기 있었다. 플린트 시티에서 여기까지 이 훔친 차를 몰고 왔다.

기분이 좋아졌다. 문신이 새겨진 손이 샤워 커튼 뒤에서 슬금슬금 나오는 걸 본 이래 처음으로 배가 고파진 잭은 트럭으로 돌아가 다시 사물함을 뒤졌다. 땅콩버터 크래커 한 봉지와 소화제 반 통이 나왔다. 근사한 아침이라고 볼 수는 없었지만 그래도 아무것도 없는 것보다는 나았다. 그는 윈체스터를 왼손에 들고 냅스 크래커를 우적우적 씹어 먹으며 오솔길을 올라가기 시작했다. 총에 스트랩이 달려 있었지만 그걸 어깨에 메면 목이 쓸릴 것이었다. 어쩌면 피가 날 수도 있었다. 탄약통으로 무거워진 주머니가 흔들흔들 다리를 때렸다.

문득 생각이 하나 떠오르자 그는 희미해진 인디언 표지판(캐럴린 앨런이 자기 자지를 빨아 준다고 와후 추장이 증언하는 표지판이었다.) 앞에서 걸음을 멈추었다. 관광객용 통나무집으로 가는 샛길을 지나는 사람이 있다면 창고 옆에 주차된 그의 램 트럭을 보고 어쩐 일로 그 차가 있는지 의아하게 여길 것이었다. 그는 돌아가서 다른 데로 트럭을 옮길까 고민하다가 쓸데없는 걱정이라는 결론을 내렸다. 참견쟁이들이 오더라도 메인 입구 근처에 주차할 것이었다. 그들이 내려서 두리번거리기 시작하는 순간 그가 절벽 꼭대기에서 총격을 시작해 이게 무슨 일인지 알아차리기도 전에 두 명 어쩌면 세 명을 쓰러뜨릴 것이다. 그러면 그 나머지는 뇌우가 치는 날의 닭들처럼 허둥지둥 도망칠 것이다. 그들이 몸을 숨길 만한 곳을 찾기 전에 그가 처치할 것이다. 그들이 관광객용 통나무집 근처에서 뭘 발견할지 걱정할 필요가 없었다. 의견 없음 선생과 그의 친구들은 주차장에서 빠져나올 일이 없었다.

3

아무리 손전등이 있다 해도 어둠 속에서 절벽 꼭대기로 올라가는 길은 위험했기 때문에 서두르지 않았다. 다른 걱정거리도 많은데 넘어져서 어딜 부러뜨릴 것까지는 없었다. 초소에 도착했을 때 아침 첫 햇살이 머뭇머뭇 하늘을 물들이기 시작했다. 그는 전날 두고 간 쇠스랑을 손전등으로 비추며 그걸 집으려고 손을 내밀었다가 움찔했다. 이것이 그날의 운세를 암시하는 징조는 아니길 바랄 따름이었지만, 지금 이런 상황에서도 얼마나 아이러니한 일인지 느낄 수 있었다.

어제 쇠스랑을 들고 온 이유가 뱀을 상대할 때 쓰기 위해서였는데, 이제 보니 뱀 한 마리가 그 위에 몸을 일부 걸치고 누워 있었다. 방울뱀이었고 크기도 작지 않았다. 정말 거대했다. 총으로 쏠 수도 없는 것이, 그랬다가 상처만 내는 걸로 그치면 녀석이 달려들 텐데, 그는 티핏에서 깜빡하고 부츠를 사지 않는 바람에 운동화를 신고 있었다. 게다가 총알이 엉뚱한 방향으로 튀면 그가 크게 다칠 수도 있었다.

소총의 개머리판을 잡고 천천히, 최대한 길게 내밀었다. 꾸벅꾸벅 졸고 있는 방울뱀의 아래로 총을 넣어서 녀석이 빠져나갈 틈을 주지 않고 얼른 어깨 위로 높게 내던졌다. 그 흉측한 녀석은 그의 뒤로 6미터 거리의 길바닥 위로 떨어져 똬리를 틀더니 바짝 마른 박 속에서 구슬이 흔들리는 듯한 소리를 내기 시작했다. 잭은 쇠스랑을 낚아채고 뒤로 한 걸음 물러서 녀석을 향해 내질렀다. 방울뱀은 기우뚱하게 서 있는 두 바위 틈새로 스르르 사라졌다.

"잘 생각했다. 그리고 다시는 돌아오지 마라. 여긴 내 자리니까."

그는 앉아서 조준기 너머를 확인했다. 노란색 선이 보일락 말락 하게 남은 주차장, 무너져 가는 선물 가게, 널빤지로 막은 동굴 입구, 그 위에 달린 푯말이 눈에 들어왔다. 푯말에 적힌 글씨는 희미해졌지만 뭐라고 적혔는지 모를 정도는 아니었다. **메리스빌 홀에 오신 것을 환영합니다.**

이제 기다리는 것 말고는 할 일이 없었다. 잭은 그러기 위해 자리를 잡았다.

4

9시 전까지는 아무 계획 없어요. 랠프는 그렇게 얘기했지만 그들은 8시 15분까지 모두 인디언 모텔의 카페에 모였다. 랠피, 하위 그리고 알렉은 스테이크와 달걀을 주문했다. 홀리는 스테이크는 건너뛰었지만 달걀 세 개로 만든 오믈렛과 랜치 프라이를 주문했다. 랠프는 그걸 한 입도 남기지 않는 걸 보고 다행스러워했다. 그녀는 티셔츠와 청바지 위에 어제 그 정장 재킷을 입고 있었다.

"그렇게 입으면 나중에 더울 텐데요." 랠프가 말했다.

"맞아요. 게다가 엄청 쭈글쭈글하지만 큼지막한 주머니가 많아서 이것저것 넣기 좋아요. 숄더백도 들고 갈 거예요. 산길을 걸어야 하면 차에 두고 내려야겠지만." 그녀는 몸을 앞으로 숙이고 목소리를 낮추었다. "이런 데서는 메이드가 뭘 슬쩍하는 경우도 있거든요."

하위는 트림을 막기 위해서인지 아니면 미소를 감추기 위해서인지 모르겠지만 아무튼 입을 가렸다.

5

볼턴의 집으로 찾아가 보니 유넬과 클로드가 현관 앞 계단에 앉아서 커피를 마시고 있었다. 러비는 조그만 텃밭에서 산소통을 무릎에 얹고, 담배를 물고, 큼지막한 밀짚모자를 쓰고, 휠체어를 타고 돌아다니며 잡초를 뽑고 있었다.

"간밤에 별일 없었어요?" 랠프가 물었다.

"네." 유넬이 말했다. "뒷마당에서 바람 소리가 좀 크게 들리기는 했지만 일단 잠이 든 이후에는 꿀잠 잤어요."

"클로드, 자네는? 별일 없었나?"

"또다시 누가 주변을 살금살금 돌아다니는 기분이 들었느냐고 물으시는 거라면 아뇨. 엄마도 마찬가지였고요."

"그럴 만한 이유가 있었죠." 알렉이 말했다. "간밤에 티핏에서 가택 침입 사건이 벌어졌거든요. 집주인이 유리창 박살나는 소리를 듣고 엽총으로 겁을 줘서 침입자를 내쫓았어요. 경찰에 밝히길 침입자가 까만 머리에 염소수염을 기르고 문신이 많았다고 했대요."

클로드는 펄쩍 뛰었다.

"저는 간밤에 방 밖으로 한 발짝도 나간 적 없었어요!"

"우리도 그건 의심하지 않아." 랠프가 말했다. "우리가 찾고 있는 그자일 수 있겠지. 티핏에 가서 알아볼 작정이야. 그자가 사라졌다면, 아마도 그랬겠지만, 플린트 시티로 돌아가서 다음 행보를 고민할 생각이고."

"더 이상 뭘 할 수 있을지 모르겠지만요." 하위가 덧붙였다. "그자가 여기에도 없고 티핏에도 없으면 어디든 있을 수 있다는 얘기니까요."

"다른 단서는 없나요?" 클로드가 물었다.

"전혀요." 알렉이 말했다.

러비가 그들 옆으로 다가왔다.

"집으로 돌아갈 생각이면 공항으로 가는 길에 들렀다 가요. 남은 닭고기로 샌디치 만들어 줄게요. 그걸 또 먹어도 상관없을지 모르겠지만."

"그럴게요." 하위가 말했다. "두 분 다 감사합니다."

"고마워해야 할 쪽은 저죠."

그렇게 말한 클로드는 그들 모두와 악수를 했고 러비는 두 팔을 벌려서 홀리를 끌어안았다. 홀리는 놀란 눈치였지만 러비의 품속으로 들어가 안겼다.

"또 놀러 와요."

러비가 그녀의 귀에 대고 속삭였다.

"그럴게요."

대답한 홀리는 그게 지킬 수 있는 약속이길 바랐다.

6

하위가 랠프를 조수석에 태우고 운전대를 잡았고 나머지 셋이 뒷자리에 앉았다. 태양이 떴고 또다시 뜨거운 날이 될 예정이었다.

"티핏 경찰들이 무슨 수로 연락을 했는지 모르겠네요." 유넬이 말했다. "경찰 내에서는 우리가 여기 있는 줄 아는 사람이 없을 텐데."

"연락 없었어요." 알렉이 대답했다. "만약 이 이방인이라는 자가 실제로 존재한다면 우리가 왜 엉뚱한 방향으로 가는지 볼턴 모자가 의아하게 여기지 않게 하려고 둘러댄 거예요."

랠프는 독심술을 모르더라도 홀리가 지금 무슨 생각을 하는지 알 수 있었다. *형사님과 다른 분들은 이방인에 대해서 얘기할 때 항상 가정법을 쓰시더라고요.*

랠프는 조수석에서 뒤를 돌아보았다.

"내 말 잘 들어요. 앞으로 '만약'이나 '만에 하나'라는 단어는 쓰지 맙시다. 오늘 하루만큼은 이방인이 존재하는 거예요. 오늘 하루만큼은 그자가 아무 때나 클로드 볼턴의 생각을 읽을 수 있고, 다른 증거가 나타나지 않는 한 메리스빌 홀에 있는 거예요. 더 이상 추정하지 말고 그냥 믿어요. 그럴 수 있겠어요?"

잠깐 아무도 대꾸가 없었다. 잠시 후에 하위가 말했다.

"나는 변호사잖아요. 뭐든 믿을 수 있어요."

7

그들은 가스등을 들고 감탄하는 가족이 그려진 광고판에 다다랐다. 하위는 파인 구멍을 최대한 피해 가며 금이 간 아스팔트 진입로를 천천히 달렸다. 출발했을 때에는 10도 근처였던 기온이 이제는 20도를 향해 가고 있었다. 앞으로 점점 높아질 것이었다.

"저기 저 둔덕 보여요?" 홀리가 손가락으로 가리켰다. "그 기슭에 메인 입구가 있어요. 지금은 틀어막혔지만. 먼저 거기부터 체크해야 해요. 거기로 들어가려고 했다면 흔적이 남았을지 모르니까."

"나는 좋아요." 유넬은 말하고 주변을 두리번거렸다. "어휴, 황량하네."

"가족들 입장에서는 그 아이들과, 아이들 찾으러 나선 수색대를 잃은 게 끔찍한 사고였겠죠." 홀리가 말했다. "하지만 메리스빌 입장에서도 참사였어요. 동굴이 이 마을의 유일한 일자리였으니까요. 여기가 문을 닫은 뒤에 많은 주민들이 떠났어요."

하위가 브레이크를 밟았다.

"저게 매표소인가 본데, 체인이 도로를 막고 있네요."

"돌아서 가요." 유넬이 말했다. "이 차 서스펜션 좀 써 봅시다."

하위가 체인을 돌아서 가자 벨트를 맨 승객들의 몸이 위아래로 들썩였다.

"좋아요, 여러분, 이제 우리가 정식으로 사유지를 침범하고 있어요."

그들이 다가가자 숨어 있던 코요테 한 마리가 홀쭉한 그림자를 뒤로 늘어뜨리며 전속력으로 달아났다. 랠프는 바람에 쓸린 타이어 자국을 보고, 메리스빌에 남은 아이들이 몇 명은 될 테니 동네 아이들이 ATV를 끌고 왔나 보다고 짐작했다. 그의 이목은 메리스빌 유일의 관광지가 있었던 눈앞의 바위 절벽으로 향했다. 근사하게 표현하자면 그곳은 이 마을의 레종데트르*였다.

"모두 감수하는 겁니다." 유넬은 경계 태세를 갖추고 자기 자리에 꼿꼿하게 앉아서 앞을 똑바로 쳐다보고 있었다. "맞죠?"

남자들이 그렇다고 대답했다. 홀리 기브니는 아무 말도 하지 않았다.

8

잭은 절벽 꼭대기에서 그들이 주차장에 도착하기 한참 전부터 지켜보고 있었다. 무기를 체크했다. 탄창이 꽉 찼고 한 발이 장전되어 있었다. 낭떠러지 가장자리에 납작한 바위를 하나 가져다놓았다. 이제 그 위에 총신을 길게 얹었다. 조준기의 십자선을 앞 유리창의 운전석에 맞추었다. 햇빛이 반짝이는 바람에 잠깐 앞이 보이지 않았다. 그는 움찔하고 뒤로 몸을 빼서 떠다니는 점이 없어질 때까지 눈을 비빈 다음 다시 조준기를 들여다보았다.

자, 자. 주차장 한가운데에 차를 세워. 거기라면 완벽할 거야. 거

---

* 프랑스어로 '존재 이유'라는 뜻이다.

기에 차를 세우고 내려라.

그런데 SUV는 주차장을 대각선으로 가로질러 널빤지로 막은 동굴 입구에 멈추어 섰다. 모든 문이 열리고 남자 네 명과 여자 한 명, 이렇게 다섯 명이 내렸다. 다섯 명의 참견쟁이들이 일렬로 깔끔하게 섰다. 하지만 개떡 같은 상황이었다. 태양의 위치 때문에 동굴 입구에 그늘이 졌다. 르폴드 조준기가 워낙 훌륭했으니 모험을 감행할 수도 있었지만 SUV가 의견 없음 선생을 비롯해 다섯 명 중에서 최소 세 명을 가리고 있다는 게 문제였다.

잭은 소총 개머리판에 뺨을 대고 엎드려 가슴과 목젖을 천천히, 일정하게 두드리는 맥박을 느꼈다. 이제는 욱신거리는 뒷덜미가 신경 쓰이지 않았다. **메리스빌 홀에 오신 것을 환영합니다**라고 적힌 폿말 아래에 옹기종기 서 있는 참견쟁이들이 그의 유일한 관심사였다.

"거기서 나와라." 그는 속삭였다. "나와서 주위를 살짝 둘러봐. 그러고 싶잖아."

그는 그들이 그럴 때까지 기다렸다.

9

동굴의 아치 모양 입구는 시멘트로 막혔고 그 위로 20여 장의 널빤지가 녹이 슨 큼지막한 볼트로 박혀 있었다. 무단 접근을 이렇게 이중으로 차단했으니 접근 금지 폿말을 달 필요도 없었지만 그래도 두 개 달려 있었다. 거기에 희미해진 스프레이페인트 낙서가 몇 개 더해졌는데, 랠프가 보기에는 ATV를 타고 나온 애들이 남긴 낙서인 듯했다.

"여기를 누가 건드린 것 같다고 보시는 분?" 유넬이 물었다.

"아뇨." 알렉이 말했다. "나로서는 널빤지를 덧댄 이유를 모르겠네요. 다이너마이트를 엄청 동원해야 저 시멘트에 구멍이라도 뚫을 수 있겠는데."

"그러면 지진으로 시작된 사태를 끝냈을 수도 있었을 테고."

하워가 덧붙였다.

홀리는 몸을 돌려서 SUV 지붕 너머를 가리켰다.

"선물 가게 저쪽으로 난 저 길 보이죠? 저 길을 따라가면 아히가 입구가 나와요. 관광객들은 그쪽으로 동굴을 드나들지 못했지만 흥미진진한 상형문자가 많대요."

"그걸 어떻게 알아요?" 유넬이 물었다.

"인터넷을 검색하면 여기서 관광객들한테 나눠 준 지도가 떠요. 요즘은 인터넷에 없는 게 없어요."

"그런 걸 '자료 조사'라고 하지요, *아미고*." 랠프가 말했다. "나중에 해 봐요."

그들은 다시 SUV로 돌아갔고 이번에도 랠프가 조수석에 타고 하워가 운전대를 잡았다. 하워가 천천히 주차장을 가로지르며 말했다.

"저 길은 형편없네요."

"괜찮을 거예요." 홀리가 말했다. "오르막길을 넘으면 관광객용 통나무집이 나오거든요. 신문기사에 따르면 두 번째 수색대가 거길 집결지로 썼다고 했어요. 그뿐 아니라 소식을 접한 기자들과 걱정이 된 친척들까지 대거 달려왔을 텐데."

"흔히 볼 수 있는 구경꾼들은 말할 필요도 없고요." 유넬이 말했다. "그들은 아마……."

"잠깐, 하위." 알렉이 말했다. "기다려."

그들은 이제 주차장을 반 조금 넘게 가로질렀고, SUV의 뭉툭한 전면이 통나무집들로 이어지는 도로를 향해 있었다. 그 길을 따라가면 동굴의 뒷문이 나올 것이었다.

하위가 브레이크를 밟았다.

"왜?"

"우리가 쓸데없이 일을 어렵게 만들고 있는 걸지 몰라. 이방인이 동굴까지 가지 않았을 수도 있잖아. 캐닝 타운십에서는 헛간에 숨어 있었던 걸 보면."

"그 말인즉?"

"그 말인즉, 선물 가게를 체크해야 한다는 거지. 누가 거기에 들어갔던 흔적이 있는지."

"내가 가서 보고 올게요." 유넬이 말했다.

하위가 운전석 문을 열었다.

"다 같이 가죠, 뭐."

10

참견쟁이들은 널빤지로 막힌 동굴 입구에서 SUV로 돌아갔고, 머리가 벗어진 다부진 남자가 보닛을 빙 돌아서 다시 운전석으로 향했다. 이로써 잭의 시야가 완벽하게 확보됐다. 그는 십자선을 남자의 얼굴에 맞추고 숨을 한 번 마신 다음 방아쇠 위에 얹은 손에 힘을 주었다. 방아쇠가 꿈쩍하지 않았다. 윈체스터가 고장 났나 싶어서 잠시 등골이 서늘했지만, 깜빡하고 안전장치를 풀지 않았다는 데 생각이 미쳤다. 인간이 얼마나 바보 같아질 수 있는지를 보여 주는 대목이었다. 그는 조준기에서 눈을 떼지 않은 채 안전장치를 풀려고 했다. 땀범벅이 된 엄지손가락이 미끄러지는 바람에 안전장치를 풀었을 무렵에는 다부진 남자가 운전석으로 들어가 문을 닫았다. 나머지도 차에 올라탔다.

"젠장!" 잭은 속삭였다. "젠장, 젠장, *젠장!*"

그는 SUV가 주차장을 가로질러 옆길을 향해 움직이는 것을 지켜보며 점점 커지는 공포를 달랬다. 차가 옆길로 접어들면 그의 사선에서 벗어날 것이다. 첫 번째 언덕을 넘으면 통나무집들이 보일 테고, 창고가 보일 테고, 그 옆에 세워 둔 그의 트럭이 보일 것이다. 누구 트럭인지 랠프 앤더슨이 알아볼까? 두말하면 잔소리였다. 옆면에 붙어 있는 펄쩍 뛰어오르는 물고기 그림을 그냥 지나치더라도 뒤 범퍼 스티커(다음번에는 너희 엄마를 탈 차례다.)가 결정타였다.

저 길로 가게 내버려 두면 안 돼.

이게 손님의 목소리인지 그의 목소리인지 알 수 없었지만 맞는 말이었기에 어느 쪽이든 상관없었다. 그는 저 SUV를 막아야 했고 고성능 탄환을 두어 발 날려 실린더를 터뜨리면 목표를 달성할 수 있을 것이었다. 그런 다음 차창을 향해 총알을 퍼부으면 됐다. 태양이 유리창에 눈부시게 반사되고 있었으니 그들 모두를 잡을 수는 없을지 몰라도 남은 사람들은 어쩌면 부상을 당한 몸으로 분명 멍하니 아무도 없는 주차장으로 쏟아져 나올 것이었다.

그는 손가락으로 방아쇠를 감쌌지만 첫 발을 아직 날리지 않았을 때 SUV가 간판이 떨어진 선물 가게 앞에서 제 발로 멈추어 섰다. 문들이 열렸다.

"주님, 감사합니다."

잭은 중얼거렸다. 그는 다시 조준기에 눈을 갖다대고 의견 없음 선생이 나오길 기다렸다. 그들 모두를 처치해야 했지만 그중에서도 으뜸가는 참견대장을 먼저 보내야 했다.

11

등에 다이아몬드 무늬가 있는 방울뱀이 도망쳤던 바위틈에서 나왔다. 녀석은 양쪽으로 벌어진 잭의 발을 향해 슬금슬금 기어가다가 멈추고 혀를 날름거리며 따뜻한 공기의 맛을 보다가 다시 앞으로 움직였다. 공격할 의도는 없었고 오로지 탐색이 목적이었는데 잭이 첫 발을 발사하자 꼬리를 들고 방울을 흔들기 시작했다. 잭은 칫솔뿐 아니라 사격용 귀마개나 솜뭉치도 깜빡했기 때문에 그 소리를 듣지 못했다.

12

하위가 맨 먼저 SUV에서 내렸다. 그는 허리춤에 손을 얹고 서서 바닥에 떨어진 **기념품 및 정통 인디언 공예품** 간판을 쳐다보았다. 알렉과 유넬은 운전석 쪽으로 뒷자리에서 내렸다. 랠프는 조수석에서 내려 손잡이를 잡지 못하고 끙끙대는 홀리를 위해 문을 열어 주었다. 그러는 동안 금이 간 도로에서 나뒹구는 뭔가가 그의 눈에 들어왔다.

"망할. 저것 좀 봐요."

"뭔데요?" 그가 허리를 숙이자 홀리가 물었다. "뭔데요, 뭔데요?"

"아마 화살……."

총성이 들렸다. 물이 철썩이는 소리와 비슷한 고성능 소총의 총성이었다. 랠프는 탄환이 지나가는 걸 느꼈다. 그러니까 그의 정수리와 사오 센티미터 간격을 두고 지나갔다는 뜻이었다. SUV의 조수석 쪽 사이드미러가 박살이 나면서 날아갔고, 금이 간 아스팔트에 부딪혀 연속으로 반짝거리며 데굴데굴 굴렀다.

"*총이다!*" 랠프가 외치며 홀리의 어깨를 감싸고 주저앉혔다. "*총이다, 총, 총!*"

하위가 그를 돌아보았다. 놀란 동시에 어리벙벙한 표정을 짓고 있었다.

"뭐라고요? 지금……."

두 번째 탄환이 날아오자 하위 골드의 정수리가 사라졌다. 그는 뺨과 이마 위로 피를 흘리며 그 자리에 그대로 잠깐 서 있다가 쓰러졌다. 알렉이 그에게 달려간 순간 세 번째 탄환이 날아와 알렉을 SUV 보닛으로 내동댕이쳤다. 벨트 라인 바로 위에서 셔츠를 뚫고 피가 뿜어져 나왔다. 유넬이 그를 향해 움직였다. 네 번째 탄환이 날아왔다. 랠프는 그것이 알렉의 옆 목을 날리는 것을 보았다. 하위가 고용한 수사관은 차 뒤편으로 쓰러져 시야에서 사라졌다.

"*앉아요!*" 랠프는 유넬에게 고함을 질렀다. "*앉아요, 저 절벽 위에서 쏘는 거예요!*"

유넬이 무릎을 꿇고 기어서 움직였다. 세 발이 연속으로 날아왔다. SUV의 타이어에서 바람 빠지는 소리가 나기 시작했다. 앞 유리창이 젖빛으로 깨져 운전대 위쪽에 뚫린 구멍을 중심으로 꺼졌다. 세 번째 탄환은 운전석 쪽의 리어 쿼터 패널을 뚫고 조수석 쪽에 테니스공 크기의 큼지막한 구멍을 남기며 빠져나왔는데, 랠프와 유넬이 홀리를 사이에 두고 쭈그리고 앉은 바로 옆이었다. 잠시 멈추었다가 연속 사격이 이어졌다. 이번에는 네 발이었다. 뒤 유리창이 박살나 안전유리 덩어리가 물보라처럼 날렸다. 트렁크 리드에 또다시 우둘투둘한 구멍이 뚫렸다.

"여기 계속 있을 수는 없어요." 홀리의 목소리는 지극히 침착했다. "저 사람이 우리를 맞히지는 못하더라도 연료탱크를 맞힐 거예요."

"맞아요." 유넬이 말했다. "알렉하고 골드는 어떻게 생각해요? 가망 있을까요?"

"아뇨." 랠프가 말했다. "두 사람은……."

또다시 물이 철썩이는 소리가 났다. 그들은 일제히 움찔했고 또 다른 타이어에서 바람 빠지는 소리가 나기 시작했다.

"두 사람은 죽었어요." 랠프가 말문을 맺었다. "저 선물 가게로 달려가야 해요. 두 사람이 먼저 가요. 내가 뒤에서 엄호할게요."

"내가 엄호할게요. 당신하고 홀리가 먼저 달려가요."

저격수가 있는 곳에서 고함 소리가 들렸다. 고통의 표현인지 분노의 표현인지 랠프로서는 알 수 없었다.

유넬이 일어나 다리를 벌려 권총을 양손으로 잡고, 둔덕 꼭대기를 향해 간격을 두고 총을 쏘기 시작했다.

"*가요!*" 그가 고함을 질렀다. "*지금이에요! 가요, 가요, 가요!*"

랠프가 일어섰다. 홀리도 그 옆에서 일어섰다. 랠프는 테리 메이틀랜드가 총에 맞았던 날에 그랬듯이 모든 게 시야에 들어오는 느낌이었다. 그의 팔이 홀리의 허리를 감쌌다. 하늘에서는 새 한 마리가 날개를 펼치고 맴돌고 있었다. 타이어에서는 바람 빠지는 소리가 났다. SUV는 운전석 쪽이 주저앉았다. 둔덕 꼭대기에서 뭔가가 움찔움찔 움직이며 번쩍였다. 개자식의 소총 조준기일 수밖에 없었다. 랠프로서는 그게 왜 그런 식으로 움직이는지 알 수도 없었고 관심도 없었다. 두 번째에 이어 세 번째 고함이 들렸는데, 마지막은 거의 비명에 가까웠다. 홀리가 유넬의 팔을 잡고 홱 당겼다. 그는 꿈을 꾸다가 화들짝 깬 사람처럼 놀란 눈빛으로 그녀를 바라보았고, 랠프는 그가 죽을 마음의 준비를 하고 있었다는 걸 알아차렸다. 죽으리라고 생각하고 있었다는 걸 알아차렸다. 그들 셋은 선물 가게라는 피신처를 향해 전력 질주했다. 치명상을 입은 SUV와의 거리가 60미터를 넘지 않았을 텐데도 그들은 한심한 로맨틱 코미디 영화의 결말에 등장하는 3인의 절친처럼 슬로모션으로 달리는 느낌이었다. 다만 그런 영화에서는 90초 전까지만 해도 쌩쌩하게 살아 있었다가 지금은 짓이겨져 버린 사람들의 시신을 지나쳐서 달릴 일이 없었다. 방금 생긴 피 웅덩이를 밟는 바람에 새빨간 발자국을 남길 일이 없었다. 또다시 총성이 들렸고 유넬이 외쳤다.

"맞았어요! 저 새끼가 나를 맞혔어요!"

그가 쓰러졌다.

13

잭이 웅웅거리는 귀를 달래며 재장전을 하고 있었을 때 방울뱀이 자기 영역으로 침범한 이 성가신 인간을 두고 보지 않겠다는 결론을 내렸다. 녀석이 그의 오른쪽 종아리 위쪽을 물었다. 주머니 가득 독이 찬 송곳니가 잭의 치노팬츠를 아무렇지 않게 뚫었다. 잭은 소총을 오른손으로 높이 들고 몸을 굴리며 비명을 질렀다. 아파서 그랬다기보다(아직 본격적으로 아픈 단계는 아니었다.) 끝이 갈라진 혀를 날름거리고 까만 구슬 같은 눈으로 그를 똑바로 쳐다보며 다리를 타고 슬금슬금 기어오는 방울뱀 때문이었다. 미끌미끌한 녀석의 무게감에 소름이 끼쳤다. 녀석이 이번에는 허벅지를 물고, 계속 딸랑거리며 꿈틀꿈틀 위로 진격했다. 다음번 공격 대상은 그의 불알이 될 것이었다.

"저리 가! 썅, ***저리 가!****"*

소총으로 치우려고 해 봐야 녀석이 빠져나가면 소용없을 것이기에 잭은 총을 내려놓고 녀석을 양손으로 잡았다. 녀석은 그의 오른 손목을 향해 달려들었고, 첫 번째에는 놓쳤다가 두 번째에서야 물어서 신문 헤드라인의 구두점 크기만 한 구멍을 남겼지만 독주머니에 남은 독이 없었다. 잭은 그런 줄 알지도 못했고 관심도 없었다. 그는 수건을 짜는 것처럼 녀석을 양손으로 잡고 비틀어 껍데기가 찢어지는 것을 보았다. 아래에서 누군가가 연속으로 총을 쏘는 소리가 들렸지만(소리로 판단하건대 권총이었다.) 거리가 멀어서 근처까지 한 발도 오지 않았다. 잭은 방울뱀을 자갈이 깔린 비탈 위로 탁 내동댕이쳤고 녀석이 또다시 슬금슬금 멀어지는 걸 지켜보았다.

그들을 없애라, 잭.

"네, 알았어요, 그럴게요."

그가 실제로 이렇게 얘기를 했을까 아니면 단순히 상상이었을까? 알 수가 없었다. 울리던 귓속이 이제는 마찰 진동을 일으킨 강철선처럼 고음으로 웅웅거렸다.

그는 소총을 다시 들고 엎드려 총신을 납작한 돌 위에 놓고 조준기를 들여다보았다. 남은 셋이 여자를 가운데에 두고 선물 가게라는 피신처를 향해 뛰어가고 있었다. 그는 십자선을 앤더슨에게 맞추려고 했지만 손이 떨리는 바람에(그중 한쪽은 방울뱀에게 거듭해서 물렸다.), 올리브색 피부의 마지막 남자를 맞히고 말았다. 두 번의 시도가 필요했지만 그래도 맞혔다. 남자는 최고의 패스트볼을 던질 준비를 하는 투수처럼 팔을 뒤로 젖히고 옆으로 쓰러졌다. 나머지 둘이 그를 부축하려고 달리기를 멈추었다. 지금이 가장 훌륭한 기회이자 어쩌면 마지막 기회였다. 지금 그들을 해치우지 않으면 건물 뒤편으로 숨을 것이었다.

맨 처음에 물린 지점에서부터 통증이 다리를 타고 올라왔고 종아리가 붓는 게 느껴졌지만 가장 끔찍한 부분은 따로 있었다. 가장 끔찍한 부분은 돌발성 발열처럼, 아니면 지옥에서 입은 일광화상처럼 온몸으로 번지는 열기였다. 그는 다시 총을 쏘았고 처음에는 여자를 맞힌 줄 알았지만 그저 여자가 움찔한 것에 불과했다. 그녀는 올리브색 피부를 한 남자의 다치지 않은 쪽 팔을 잡았다. 앤더슨이 그의 허리를 감싸고 일으켜 세웠다. 잭은 다시 방아쇠를 당겼지만 건조하게 탁 하는 소리가 들리고 그만이었다. 그는 주머니를 뒤져 탄환을 꺼냈고 나머지는 모두 떨어뜨리고 두 발만 장전했다. 손이 점점 마비되고 있었다. 혀가 입안에서 부풀어 오르는 느낌이었다. 물린 쪽 다리도 점점 마비되고 있었다. 그는 소리를 질렀지만 이번에는 좌절의 고함이었다. 조준기에 다시 눈을 갖다 댔을 무렵에는 그들이 사라지고 보이지 않았다. 그림자가 잠깐 보이다가 그마저도 사라졌다.

14

유넬은 한쪽은 홀리, 다른 쪽은 랠프의 부축을 받으며 선물 가게의 무너진 쪽으로 넘어가 건물에 등을 대고 쓰러져 숨을 헐떡였다. 얼굴이 흙빛이었고 이마에 땀방울이 맺혔다. 셔츠 왼쪽 소매가 손목까지 피로 물들었다.

그가 앓는 소리를 냈다.

"쌍, 겁나게 욱신거리네."

둔덕에서 저격수가 다시 총을 쐈다. 탄환이 아스팔트를 긁는 소리가 났다.

"얼마나 심해요? 어디 봅시다."

랠프가 유넬의 소매 단추를 풀고 소매를 조심스럽게 올렸지만 유넬은 악 하고 비명을 지르며 이를 악물었다. 홀리는 휴대전화를 꺼냈다.

상처를 드러내고 보니 랠프가 걱정했던 것만큼 심하지는 않았다. 탄환이 그냥 스치고 지나간 수준이었다. 영화였다면 유넬이 금세 총격전에 다시 합류할 수 있었겠지만 이건 현실이었고, 현실은 달랐다. 고성능 탄환이 그의 팔꿈치를 제대로 망가뜨려 놓았다. 곤봉으로 맞은 것처럼 주변의 살이 벌써 부풀어 올랐고 자주색으로 변했다.

"팔꿈치가 그냥 빠진 거라고 얘기해 줘요."

"그러면 좋겠지만 내가 보기에는 부러진 것 같아요. 그래도 운이 좋았어요. 조금 더 깊숙이 맞았다면 팔이 떨어져 나갔을 텐데. 무슨 총을 쓰는지 모르겠지만 총알이 커요."

"어깨도 분명 빠졌을 거예요. 팔이 뒤로 젖혀지는 바람에. *젠장!* 이제 어쩌죠, *아미고*? 우리 꼼짝 못 하게 됐어요."

"홀리? 뭐 없어요?"

그녀는 고개를 저었다.

"볼턴의 집에서는 막대가 네 개 떴는데 여기서는 한 개도 뜨지 않아요. 저 남자가 '저리 가.'라고 했나요? 두 분 중에 혹시……."

저격수가 다시 총을 쐈다. 알렉 펠리의 몸이 풀썩였다가 다시 잠잠해졌다.

"*너를 잡고 말겠어, 앤더슨!*" 둔덕 위에서 이런 소리가 들렸다. "*너를 잡고 말겠어, 랠프 이 꼬맹아! 너희들을 모두 잡고 말겠어!*"

유넬은 놀란 표정으로 랠프를 쳐다보았다.

"망했네요." 홀리가 말했다. "이방인에게 렌필드 같은 존재가 있었어요. 그리고 누군지 몰라도 랠프, 당신을 알아요. 누군지 알겠어요?"

랠프는 고개를 저었다. 저격수는 거의 울부짖다시피 고래고래 소리를 지르고 있었고 메아리가 울렸다. 누군지 알 수가 없었다.

유넬은 다친 팔을 들여다보았다. 피가 나는 속도는 느려졌지만 붓는 속도는 그렇지가 않았다. 조만간 팔꿈치 관절을 알아볼 수 없게 생겼다.

"사랑니가 뒈졌을 때보다 아프네. 좋은 수가 있다고 얘기해 줘요, 랠프."

랠프는 건물 저쪽 끝으로 가서 오므린 손을 입에 대고 외쳤다.

"*경찰이 출동 중이다, 병신아! 고속도로 순찰대가! 너한테 항복하라는 말도 없이 광견병에 걸린 개처럼 쏴 버릴 거야! 살고 싶으면 도망가는 게 좋을걸?*"

잠시 정적이 흐르고 다시 고함이 들렸다. 아파서 지르는 소리일 수도 웃음소리일 수도, 어쩌면 양쪽 모두일 수도 있었다. 그 뒤를 이어 탄환이 두 발 더 날아왔다. 한 발이 랠프의 머리 위쪽 건물을 때리자 널빤지가 박살 나서 나뭇조각들이 바람처럼 날렸다.

랠프는 뒤로 물러나 매복에서 살아남은 다른 두 사람을 바라보았다.

"싫다는 뜻인 것 같네요."

"히스테리 환자 같은데요." 홀리가 말했다.

"제정신이 아니에요." 유넬도 맞장구쳤다. 그는 벽에 다시 머리를 기댔다. "망할, 아스팔트가 뜨겁네요. 정오가 되면 더 뜨거워질 텐데. *무이 칼리엔테.*(엄청나게 뜨겁네.) 여기 계속 있다가는 익겠어요."

"총을 쏠 때 오른손을 쓰세요, 사블로 경위님?"

"네. 그리고 소총을 들고 나온 정신병자 때문에 꼼짝 못 하게 된 마당에 그냥 유넬이라고 부르면 어떻겠어요? 여기 *엘 헤페*(보스)처럼?"

"랠프가 있는 저쪽 끝으로 가세요. 그리고 랠프는 제 쪽으로 오고요. 당신이 총을 쏘기 시작하면 우리 둘이 관광객용 통나무집과 아히가 입구가 나오는 길을 향해 달릴 거예요. 노출되는 거리가 끽해야 50미터예요. 15초면 갈 수 있어요. 아니면 12초."

"12초면 저자가 우리 둘 중 한 명을 쓰러뜨리기에 충분한 시간이에요, 홀리."

"성공할 수 있을 거라고 봐요."

그녀는 여전히 얼음이 담긴 통을 지나 불어오는 선풍기 바람처럼 서늘했다. 놀라웠다. 이틀 전 저녁에 하위의 회의실로 들어섰을 때만 해도 누가 요란하게 기침만 해도 천장까지 펄쩍 뛸 만큼 웅크리고 있지 않았던가.

이런 상황을 경험한 적 있는 거야. 랠프는 생각했다. *이런 상황일 때 홀리 기브니의 본모습이 드러나는 거지.*

다시 총성에 이어 탄환이 금속에 맞고 튕기는 소리가 들렸다. 다시 한 번 총성이 이어졌다.

"SUV 연료탱크를 노리는 거예요." 유넬이 말했다. "렌터카 회사에서 좋아하지 않겠네요."

"가야 해요, 랠프." 홀리가 그의 눈을 똑바로 쳐다보고 있었다. 이것도 전에는 어려워하더니 지금은 아니었다. 절대 아니었다. "그를 놓치면 앞으로 얼마나 많은 프랭크 피터슨을 죽일지 생각해 봐요. 애들은 자기가 아는 사람인 줄 알고 따라갈 거예요. 아니면 하워드 자매가 그랬던 것처럼 친절하게 보인다고 생각해서. 저 안에 있는 괴물, 그러니까 저 사람이 지금 보호하려는 괴물인 줄 모르고요."

세 번의 총성이 연거푸 이어졌다. SUV의 리어 쿼터 패널의 아래쪽에 뚫린 구멍이 랠프의 눈에 들어왔다. 과연 상대는 연료탱크를 노리고 있었다.

"'렌필드 씨'가 우리를 만나러 내려오면 어쩌죠?" 랠프가 물었다.

"안 그럴 거예요. 유리한 위치에 그대로 남아 있을 거예요. 아히가 입구로 연결되는 길까지만 가면 돼요. 우리가 거기 도착하기 전에 저 사람이 내려오면 당신이 쏘면 되잖아요."

"기꺼이요. 내가 먼저 맞지 않으면."

"저 사람한테 무슨 문제가 생겼을 수도 있어요. 비명을 지른 걸 보면."

유넬도 고개를 끄덕였다.

"'저리 가.' 나도 들었어요."

다음번 총성과 함께 SUV의 연료탱크가 터져서 아스팔트 위로 기름이 쏟아지기 시작했다. 아직은 폭발하지 않았지만 둔덕 위의 남자가 탱크를 다시 한 번 맞히면 SUV는 십중팔구 터질 게 분명했다.

"좋아요."

랠프가 보기에는 여기 쭈그리고 앉아서, 이방인의 공범이 그들을 처치하겠다는 일념으로 선물 가게를 향해 고성능 탄환을 퍼부을 때까지 기다리는 것 말고는 대안이 없었다.

"유넬? 최대한 엄호해 줘요."

유넬은 움직일 때마다 아파서 씩씩거려 가며 건물 모서리로 조금씩 다가갔다. 오른손으로 글록을 들고 가슴에 붙였다. 홀리와 랠프는 다른 쪽으로 움직였다. 언덕과 관광객용 통나무집으로 향하는 샛길이 랠프의 눈에 보였다. 큼지막한 바위가 양옆에 하나씩 있었다. 한쪽에는 미국 국기가, 다른 쪽에는 텍사스 주기가 그려져 있었다.

미국 국기가 그려진 바위 뒤편에 도착하면 안심할 수 있을 거야.

그럴 게 거의 분명했지만 50미터가 이런 식으로 500미터처럼 느껴진 적은 없었다. 그는 집에서 요가를 하거나 시내에서 볼일을 보고 있을 지넷을 생각했다. 캠프에서 새 친구들과 만들기를 하거나 텔레비전 프로그램, 비디오 게임, 여자아이들 얘기를 하고 있을 데릭을 생각했다. 심지어 홀리는 누구 생각을 하고 있을까 궁금해하는 여유까지 부렸다.

분명 그 사람일 터였다.

"준비됐어요?"

랠프가 뭐라고 대꾸하기도 전에 저격수가 다시 총을 쏘았고 SUV 연료탱크가 주황색 불덩이로 폭발했다. 유넬이 저쪽 모서리 밖으로 몸을 내밀고 둔덕 꼭대기를 향해 총을 쏘기 시작했다.

홀리가 달렸다. 랠프도 뒤따라 달렸다.

15

잭은 SUV가 폭발해 화염에 휩싸이는 걸 보고 승리의 함성을 질렀지만 사실은 그럴 이유가 없었다. 안에 누가 타고 있는 것도 아니지 않은가. 이때 어떤 움직임이 그의 시야에 포착됐다. 참견쟁이 두 명이 샛길을 향해 달려가고 있었다. 여자가 앞장섰고 앤더슨이 그 뒤를 바짝 쫓았다. 잭은 그들 쪽으로 총구를 돌리고 조준기를 들여다보았다. 아직 방아쇠를 당기지 못했을 때 *지지지지* 하는 소리가 점점 다가왔다. 바위 조각이 그의 어깨를 때렸다. 뒤에 남은 자가 총을 쏘고 있었다. 어떤 권총을 쓰고 있는지 몰라도 정확성을 기하기에는 거리가 너무 멀었지만 방금 전의 마지막 발은 불안할 정도로 가까웠다. 잭은 고개를 숙였고, 턱으로 목을 누르자 고름으로 가득 찬 것처럼 불룩 솟아서 욱신거리는 게 느껴졌다. 머리가 지끈거렸고 살갗은 지글거렸고 눈은 구멍에서 튀어나올 것 같았다.

그가 다시 조준기에 눈을 갖다 댄 순간, 앤더슨이 큼지막한 바위 뒤편으로 사라졌다. 그들을 놓친 것이다. 그뿐만이 아니었다. 화염에 휩싸인 SUV에서 시커먼 연기가 피어올랐는데, 대낮인 데다 그걸 흩뜨릴 바람 한 점 없었다. 누가 그걸 보고 이 똥창 마을의 의용소방대에 연락하면 어쩔 것인가.

내려가.

이번에는 그게 누구 목소리인지 의심할 여지가 없었다.

저들이 아히가 오솔길에 도착하기 전에 잡아야 해.

잭은 아히가가 뭔지 알 길이 없었지만 손님이 하는 얘기가 무슨 말인지는 알았다. 표지판에 와후 추장이 그려진 그 길을 말하는 거였다. 아래에서 날아온 총알이 가까운 노두를 맞혀 돌조각이 튕기자, 그는 움찔하며 뒤로 한 발짝 내디뎠다가 쓰러졌다. 순간 통증으로 모든 생각이 지워졌다. 잠시 후에 그는 두 바위 사이로 고개를 내민 덤불을 잡고 몸을 일으켰다. 자기 몸을 내려다보았다가 눈을 의심했다. 뱀에게 물린 다리가 다른 쪽의 두 배는 되는 듯했다. 바지가 꽉 조였다. 그보다 더 심각한 사태가 있다면 사타구니가 불룩했다. 안에 조그만 베개라도 넣은 듯이 그랬다.

내려가, 잭. 저들을 잡으면 암을 없애 줄게.

아, 하지만 지금 그에게는 좀 더 시급한 문제가 있었다. 그의 몸이 물먹은 해면처럼 부풀고 있었다.

뱀독도. 내가 낫게 해 주마.

문신 인간을 믿어도 좋을지 알 수 없었지만 선택의 여지가 없었다. 그리고 앤더슨 문제도 있었다. 의견 없음 선생을 그냥 돌려보낼 수는 없었다. 이게 다 그로 인해 벌어진 일인데, 그냥 돌려보낼 수는 없었다.

윈체스터를 붙잡고 개머리판을 지팡이처럼 써가며 어기적어기적 빠른 걸음으로 둔덕을 내려가기 시작했다. 자갈투성이 비탈길 위에서 왼발이 미끄러졌을 때 퉁퉁 부어서 욱신거리는 오른쪽 다리로 지탱하지 못하는 바람에 두 번째로 넘어졌다. 다음번에 넘어졌을 때는 바지가 뜯어져 시커먼 자주색으로 괴사한 살이 드러났다. 그는 땀범벅이 된 얼굴로 씩씩대며 바위를 움켜쥐고 다시 일어났다. 돌멩이와 잡초로 이루어진 이 외딴 곳에서 죽을 게 분명하다는 생각이 들었지만 절대 혼자 떠날 생각은 없었다.

16

랠프와 홀리는 허리를 접고 고개를 숙인 채 샛길을 달렸다. 첫 번째 언덕에 다다랐을 때 달리기를 멈추고 숨을 골랐다. 옹기종기 모여서 썩어 가는 관광객용 통나무집들이 왼쪽 아래로 보였다. 오른쪽으로 보이는 길쭉한 건물은 메리스빌 홀이 문을 열었을 때 장비와 용품을 보관하는 용도로 쓰인 창고인 듯했다. 트럭 한 대가 그 옆에 세워져 있었다. 랠프는 트럭을 쳐다보았다가 시선을 돌렸다가 다시 홱 돌렸다.

"맙소사."

"왜요? *왜요?*"

"그자가 나를 알 수밖에 없었네. 저거 잭 호스킨스 트럭이거든요."

"호스킨스? 그 플린트 시티 소속 형사요?"

"맞아요, 그 형사요."

"그 사람이 도대체 왜……." 그러다 그녀는 앞머리가 날릴 정도로 세게 고개를 저었다. "상관없어요. 총격을 멈춘 걸 보면 내려오고 있다는 뜻이에요. 얼른 가야 해요."

"어쩌면 유넬이 쏜 총에 맞았을지 몰라요." 랠프는 이렇게 말해 놓고 그녀가 못 믿겠다는 듯이 쳐다보자 시인했다. "맞아요, 알았어요."

그들은 창고를 얼른 지나쳤다. 저쪽에 둔덕 뒤편으로 이어지는 또 다른 샛길이 있었다.

"내가 앞장설게요. 내가 총을 들고 있으니까."

홀리는 왈가왈부하지 않았다.

그들은 이리저리로 구불구불 이어지는 좁은 길을 속보로 걸었다. 이삼 분쯤 지났을 때 저 위편 어딘가에서 돌멩이들이 부딪히고 튀는 소리가 들렸다. 호스킨스가 정말로 그들을 맞이하러 내려오는 중이었다.

랠프는 글록을 겨누고, 홀리는 그의 오른쪽 뒤편을 지키며 같이 노두를 돌아 나갔다. 15미터 정도 되는 직선 구간이 앞에서 펼쳐졌다. 호스킨스가 내려오는 소리가 더 크게 들렸지만, 워낙 돌멩이로 만들어진 미로 같아서 얼마나 가까이에 있는지 짐작할 수 없었다.

"뒤쪽 입구로 가는 샛길이 도대체 어디 있는 거예요? 호스킨스가 점점 가까워지고 있는데. 이거, 그 제임스 딘 영화에 나오는 담력 테스트하고 너무 비슷해요."

"네, 「이유 없는 반항」 말이죠? 저도 잘 모르겠지만 금방 나올 거예요."

"이 큰길에서 벗어나기 전에 그와 맞닥뜨리면 총격전이 벌어질 거예요. 유탄이 날아다닐 테고. 그가 보이자마자 허리를 숙이고……."

그녀는 엄지손가락으로 그의 등을 찔렀다.

"우리가 먼저 샛길에 도착하면 총격전을 벌일 일도, 허리를 숙일 일도 없잖아요. *가요!*"

랠프는 이만하면 숨 좀 돌렸다고 속으로 중얼거리며 직선 구간을 달렸다. 진짜 그런 건 아니었지만 긍정적으로 생각하면 도움이 됐다. 재촉하려는 건지, 잘 있다고 안심시키려는 건지 알 수 없었지만 홀리가 뒤에서 그의 어깨를 두드렸다. 다음 번 모퉁이에 다다랐다. 랠프는 호스킨스의 소총 총구가 그들을 맞이하겠거니 생각하며 모퉁이 너머를 슬쩍 내다보았다. 총구 대신 희미해져 가는 아히가 추장의 얼굴이 그려진 나무 표지판이 보였다.

"갑시다. 서둘러요."

그들은 표지판을 향해 달렸고, 이제 저격수가 숨을 헐떡이며 다가오는 소리가 가까이서 들렸다. 거의 흐느끼는 듯했다. 돌멩이들이 덜거덕거리는 소리와 아파서 지르는 비명 소리가 났다. 호스킨스가 넘어진 거였다.

좋았어! 계속 넘어져 있어라!

하지만 덜거덕덜거덕 미끄러져 가며 내려오는 소리가 다시 이어졌다. 바로 옆에서 점점 가까워졌다. 랠프는 홀리를 잡고 아히가 오솔길 쪽으로 떠밀었다. 조그맣고 핏기 없는 그녀의 얼굴이 땀범벅이었다. 입술을 굳게 다물고, 돌가루와 핏방울로 얼룩덜룩해진 정장 재킷 주머니에 두 손을 넣고 있었다.

랠프가 한 손가락을 입술에 갖다댔다. 그녀는 고개를 끄덕였다. 그가 표지판 뒤편으로 다가갔다. 텍사스의 건조한 열기로 나무들이 살짝 오그라들어서 그 틈새로 앞을 볼 수 있었다. 비틀비틀 다가오는 호스킨스가 시야에 들어왔다. 처음에는 유넬의 총에 요행히 맞았나 싶었지만 그걸로는 찢어진 바지와 섬뜩하게 부은 오른쪽 다리가 설명이 되지 않았다. *저러니 넘어질 수밖에.* 랠프는 생각했다. 그 다리로 가파른 비탈을 여기까지 내려온 게 기적이었다. 골드와 펠리를 죽인 소총을 들고 있었지만 지팡이로 쓰느라 손가락과 방아쇠의 거리가 멀었다. 랠프가 보기에는 아무리 근거리라도 뭐든 맞힐 수 있을지 의심스러웠다. 손을 떨고 있어서가 아니었다. 충혈된 두 눈이 퀭하니 들어갔다. 돌가루 때문에 얼굴이 가부키 화장이라도 한 것 같았지만 땀 때문에 지워진 곳은 끔찍한 발진이라도 돋은 듯이 시뻘겠다.

랠프는 글록을 양손으로 들고 표지판 밖으로 나섰다.

"거기 서, 잭. 그리고 총 내려놔."

잭은 9미터 앞에서 미끄러지며 멈추어 섰지만 개머리판을 계속 잡고 있었다. 랠프로서는 불안했지만 그 정도까지는 감수할 수 있었다. 하지만 총을 드는 순간 호스킨스는 끝장이었다.

"너는 여기 있으면 안 돼." 잭이 말했다. "우리 할아버지가 입버

릇처럼 했던 말을 빌리자면 처음부터 바보로 태어난 거냐 아니면 커 가면서 그렇게 된 거냐?"

"그런 헛소리 듣고 있을 생각 없어. 너는 사람을 둘 죽였고 다른 한 명에게 부상을 입혔다. 매복 공격으로."

"다들 여기 있으면 안 될 인간이었어. 그런데 와서 상관도 없는 일에 끼어들었으니 죗값을 치러야지."

"상관도 없는 일이라니 그게 뭔데요, 호스킨스 씨?"

호스킨스가 미소를 짓자 입술이 찢어지면서 가느다란 핏방울이 새어 나왔다.

"문신 인간. 너도 알잖아. 이 오지랖 넓은 년아."

"좋아, 이제 그 걱정은 할 필요 없게 됐으니까 총 내려놔." 랠프가 말했다. "그걸로 그 정도 피해를 입혔으면 충분하잖아. 그냥 바닥으로 떨어뜨려. 허리를 숙였다가는 앞으로 고꾸라지게 생겼으니까. 뱀에 물린 건가?"

"뱀은 살짝 팁을 얹은 것에 불과해. 떠나라, 랠프. 두 사람 모두. 안 그러면 나처럼 오염되는 신세를 면치 못할 거야. 내 말 들어."

홀리가 잭에게로 한 발짝 다가갔다.

"그자가 어떤 식으로 오염시켰는데요?"

랠프가 경고하는 뜻에서 그녀의 팔에 한쪽 손을 얹었다.

"그냥 건드렸어. 뒷덜미를. 그걸로 끝이었는데." 잭은 경이로워하는 표정으로 지친 듯 고개를 저었다. "캐닝 타운십의 그 헛간에서." 그의 언성이 높아졌고 분노로 부들부들 떨렸다. "네가 나를 거기로 보냈지!"

랠프는 고개를 저었다.

"서장님이 보냈겠지, 잭. 나는 전혀 모르는 일이었어. 마지막으로 얘기하겠는데, 총 내려놔. 이제 끝났잖아."

잭은 고민했다. 아니면 고민하는 눈치를 보였다. 그러다 방아쇠 쪽으로 한 손씩 번갈아 옮겨 가며 총을 아주 천천히 들었다.

"나는 어머니처럼 죽고 싶지 않아. 절대로. 저쪽의 네 친구를 먼저 쏘겠다, 랠프. 그다음이 너야. 네가 나를 막지 않는 한."

"잭, 그러지 마. 마지막 경고다."

"경고 따위는 개나……."

그가 총으로 홀리를 겨누려고 했다. 그녀는 꼼짝하지 않았다. 랠프가 그녀의 앞으로 나서 세 번 방아쇠를 당겼다. 워낙 빽빽한 공간이라 총성에 귀가 먹먹했다. 한 방은 하위, 한 방은 알렉, 한 방은 유넬 몫이었다. 권총을 쓰기에는 거리가 살짝 멀었지만 글록이 워낙 훌륭한 총이었고 그는 사격 연습장에서 아무 문제 없이 그만 한 거리의 테스트를 통과했다. 잭 호스킨스는 쓰러졌고 랠프가 보기에 그가 죽어 가며 지은 표정은 안도하는 표정이었다.

17

랠프는 입술처럼 튀어나온 표지판 맞은편의 바위에 앉아서 숨을 헐떡였다. 홀리는 호스킨스에게로 다가가 무릎을 꿇고 앉아서 그를 똑바로 뒤집었다. 한 번 훑어보고는 다시 자리로 들어왔다.

"여러 군데 물렸어요."

"방울뱀이었을 거예요, 그것도 덩치가 큰."

"다른 독극물에 먼저 오염이 됐어요. 뱀보다 더 지독한 독극물에. 그는 문신 인간이라고 불렀고, 우리는 이방인이라고 부르는 엘쿠코 말이에요. 이 사건에 종지부를 찍어야 해요."

랠프는 이 황량한 돌멩이 언덕 저편에 쓰러져 있는 하위와 알렉의 시신을 떠올렸다. 그들에게는 가족이 있었다. 그리고 살아 있지만 부상을 당해서 괴로워하고 있고, 지금쯤 쇼크를 일으켰을지 모르는 유넬에게도 가족이 있었다.

"당신 말이 맞아요. 이 권총 쓸래요? 나는 저 친구 소총 들고 가면 되는데."

홀리는 고개를 저었다.

"알았어요. 갑시다."

18

첫 번째 모퉁이를 돌자 아히가 오솔길이 넓어지면서 내리막길이 시작됐다. 양쪽에 상형문자가 있었다. 스프레이 페인트로 낙서가 그려졌거나 그걸로 완전히 뒤덮인 상형문자들도 있었다.

"그자는 우리가 가고 있다는 걸 알 거예요."

"나도 알아요. 손전등을 들고 왔어야 하는 건데."

그녀는 축 늘어져 있던 큼지막한 옆주머니에서, 홈디포에서 산

짤막한 자외선 손전등을 꺼냈다.

"이럴 수가. 혹시 그 안에 안전모는 없죠?"

"기분 나쁘게 듣지 말았으면 좋겠지만 당신은 유머 감각이 좀 달려요, 랠프. 그 방면으로 노력을 기울여야겠어요."

다음번 모퉁이를 돌자 지면에서 약 1.2미터 높이에 자연적으로 구멍이 뚫린 바위가 나왔다. 그 구멍 위에 희미해진 까만색 페인트로 이렇게 적혀 있었다. **절대 잊지 않을게요**. 그 안에 해골 손가락처럼 앙상한 가지가 담긴, 먼지 낀 꽃병이 있었다. 한때 이 가지를 장식했던 꽃잎들은 오래전에 사라졌지만 다른 뭔가가 남았다. 제이미슨 쌍둥이가 땅속 깊숙한 곳으로 기어 들어갔다가 행방불명됐을 때 떨어져 있었던 것과 비슷한, 아히가 추장 모양의 장난감 대여섯 개가 꽃병 주변에 흩뿌려져 있었다. 세월의 흐름과 더불어 누레졌고 햇볕 때문에 플라스틱에 금이 갔다.

"여길 드나든 사람들이 있었어요. 스프레이 페인트로 낙서가 되어 있는 걸 보면 아이들이겠죠. 그런데 이건 훼손하지 않았네요."

"보아하니 아예 건드리지도 않은 눈치예요. 갑시다. 총에 맞아서 팔꿈치가 망가진 유넬이 기다리고 있어요."

"네. 엄청 아프겠죠? 하지만 조심해야 해요. 그러니까 천천히 접근해야 한다고요."

랠프가 그녀의 팔꿈치를 잡았다.

"이자 손에 우리 둘 다 죽으면 유넬 혼자 남잖아요. 당신은 그냥 돌아가야 하지 않을까요?"

그녀는 불이 난 SUV에서 시커먼 연기가 피어오르는 하늘을 가리켰다.

"누가 저걸 보고 조만간 신고할 거예요. 그리고 우리한테 무슨 일이 벌어진다면, 이유를 알 사람은 유넬밖에 없겠죠."

홀리는 그의 손을 떨치고 오솔길을 걷기 시작했다. 랠프는 그 오랜 세월 동안 고스란히 보존된 조그만 성전을 다시 한 번 쳐다보고 그녀를 따라나섰다.

19

랠프가 이러다 선물 가게 뒤편으로 다시 돌아가는 건 아닌가 하는 생각이 들었을 때 아히가 오솔길이 거의 왔던 길을 되돌아가듯 왼쪽으로 급격하게 꺾이면서 근교 저택의 창고 입구처럼 생긴 곳이 등장했다. 다만 다른 게 있다면 초록색 페인트가 조각조각 벗겨지고 빛이 바랬고, 한가운데에 난 창문 없는 문이 살짝 열려 있다는 것뿐이었다. 문 양옆에 경고 문구가 있었다. 세월의 흐름과 더불어 플라스틱 케이스가 부예졌지만 그래도 뭐라고 적혀 있는지 읽을 수 있었다. 왼쪽은 **절대 출입 금지**였고 오른쪽은 **메리스빌 시의회가 안전 부적격 판정을 내린 바 있음**이었다.

랠프는 글록을 겨누며 문 앞으로 다가갔다. 홀리에게 오솔길의 바위 절벽 쪽에 기대고 서 있으라는 수신호를 보낸 뒤 문을 홱 열고, 무릎을 꿇으며 총을 내밀었다. 안은 조그만 입구였고, 어둠 속으로 이어지는 높이 1.8미터의 구멍에서 뜯겨 나온 널빤지 조각들 말고는 아무것도 없었다. 널빤지 끝부분은 아직도 녹이 슨 거대한 볼트로 돌에 박혀 있었다.

"랠프, 이것 좀 봐요. 신기해요."

그녀는 문을 잡고 허리를 숙여서 심하게 망가진 잠금장치를 들여다보고 있었다. 랠프가 보기에는 쇠지렛대나 타이어 지렛대를 쓴 것 같지는 않았다. 누가 부서질 때까지 돌멩이로 내리친 듯했다.

"왜요, 홀리?"

"보세요, 한쪽 방향에서만 작동이 돼요. 그러니까 밖에서만 잠글 수 있어요. 제이미슨 쌍둥이나 1차 구조대가 살아 있을지 모른다고 생각한 거죠. 여기까지 빠져나왔을 때 안에서는 문을 열 수 있게 해 놨어요."

"하지만 그런 사람이 없었죠."

"네." 그녀는 입구를 지나 바위 틈새로 다가갔다. "냄새 느껴져요?"

랠프도 느꼈고 그들이 다른 세상의 입구에 서 있다는 걸 알았다. 퀴퀴하고 축축한 냄새와 다른 냄새가 났다. 살이 썩어 갈 때 나는 달짝지근한 냄새였다. 희미했지만 분명히 있었다. 오래전의 캔털루프 멜론과 그 안에서 꿈틀거렸던 구더기들이 생각났다.

그들은 어둠 속으로 들어섰다. 랠프는 키가 컸지만 틈새가 더 높아서 고개를 수그릴 필요가 없었다. 홀리가 손전등을 켜서 처음에는 돌로 덮인 통로가 내리막으로 이어지는 앞을 똑바로 비추었다가 발치를 비추었다. 번들거리는 방울이 점점이 어둠 속으로 이어졌다. 홀리는 그의 집 거실에서 그녀가 대충 만든 자외선 카메라로 촬영한 그 흔적이라고 굳이 짚고 넘어가지 않는 예의를 보였다.

맨 처음 18미터까지만 나란히 걸을 수 있었다. 그 뒤로 통로가 좁아지자 홀리가 랠프에게 손전등을 건넸다. 그는 왼손으로는 손전등을, 오른손으로는 권총을 잡았다. 벽이 괴기스러운 줄무늬의 광물로 반짝거렸다. 빨간색도 있고 연보라색도 있고 초록빛이 도는 노란색도 있었다. 그는 어쩌다 한 번씩 위로 전등을 비춰 엘 쿠코가 뭉툭한 종유석 사이로 울퉁불퉁한 천장을 기어오고 있지는 않은지 확인했다. 공기가 차갑지는 않았지만(그가 어딘가에서 읽은 바에 따르면 동굴 안은 그 지역의 평균 기온과 대략 비슷한 온도를 유지한다고 했다.) 밖에 있다가 들어온 길이라 차갑게 느껴졌고, 두말하면 잔소리지만 두 사람은 아직까지 식은땀 범벅이었다. 저 안 깊은 곳에서 불어온 바람이 얼굴에 닿자 그 희미한 썩은 내가 느껴졌다.

랠프가 걸음을 멈추자 홀리가 와서 부딪히는 바람에 그는 화들짝 놀랐다.

"왜요?" 그녀가 속삭였다.

그는 대답 대신 왼쪽의 바위 틈새를 비췄다. 그 옆에 스프레이 페인트로 두 단어가 적혀 있었다. 확인과 없음이었다.

그들은 천천히, 천천히 걸음을 옮겼다. 홀리는 어떤지 모르겠지만 랠프는 점점 불안해졌고, 아내와 아들을 두 번 다시 만나지 못할 거라는 확신이 점점 커졌다. 햇빛을 두 번 다시 보지 못할 거라는 확신도 점점 커졌다. 인간이 얼마나 금세 햇빛을 그리워하게 되는지 놀라울 정도였다. 여기서 나가기만 하면 햇빛을 물처럼 마실 수 있을 듯했다.

홀리가 속삭였다.

"여기 정말 끔찍하죠?"

"그러네요. 당신은 그만 돌아가는 게 좋겠어요."

그녀는 그의 등 한가운데를 살짝 떠미는 것으로 대답을 대신했다.

그들이 내리막길을 걷는 동안 지난 몇 개의 바위 틈새마다 똑같은 단어가 스프레이 페인트로 적혀 있었다. 언제부터 적혀 있었을까? 클로드 볼턴의 10대 시절이라면 최소한 15년 어쩌면 20년 전이었다. 그 이후로 여기 들어온 사람이 이방인 말고 또 있었을까? 누구였을까? 그들이 여기에 들어온 이유는 뭐였을까? 홀리 말마따나 여기는 끔찍했다. 그는 한 걸음, 한 걸음 옮길 때마다 산 채로 묻히는 심정이었다. 그는 피기스 공원의 공터를 억지로 떠올렸다. 프랭크 피터슨을, 그의 몸에 박혀 있던 나뭇가지를, 여러 번 쑤시느라 껍데기가 벗겨진 나뭇가지에 찍혀 있었던 피 묻은 지문을 떠올렸다. 그리고 랠프에게 당신은 무슨 수로 양심의 가책을 덜 거냐고 물었던 테리 메이틀랜드를 떠올렸다. 죽어 가며 그렇게 물었던 그를.

그러면서 계속 걸음을 옮겼다.

통로가 갑자기 더 좁아졌다. 벽이 가까워지기도 했지만 양쪽에 쌓인 돌무더기 때문이기도 했다. 랠프가 손전등으로 위를 비춰 보니 암반 천장에 깊이 파인 구멍이 있었다. 이를 뽑으면 남는 구멍이 연상됐다.

"홀리…… 천장이 함몰된 지점이 여기예요. 큰 파편들은 2차 수색대가 들고 나갔나 봐요. 이건……."

그가 돌무더기를 가로질러서 손전등을 비추자 유령처럼 반짝이는 지점이 두어 군데 또다시 등장했다.

"이건 그들이 신경 쓰지 않은 파편들이죠." 홀리가 말문을 맺었다. "그냥 옆으로 치우기만 한."

"맞아요."

그들은 다시 전진하되 처음에는 벽에 붙어서 조금씩 걸음을 옮겼다. 덩치가 큰 축에 속하는 랠프는 옆으로 몸을 돌려야 했다. 그는 홀리에게 손전등을 건네고 총을 잡은 손을 얼굴 옆으로 올렸다.

"내 겨드랑이 아래로 전등을 비춰요. 똑바로 앞을 겨누어요. 놀라게 하지 말고."

"아……알았어요."

"어째 추워하는 것처럼 들리네요."

"추워요. 조용히 해요. 그자가 우리 소리를 듣겠어요."

"그럼 어때서요? 어차피 우리가 온다는 걸 아는데. 총으로 그를 죽일 수 있다고 생각하는 거 맞죠? 혹시……."

"*멈춰요, 랠프, 그만!* 그러다 밟겠어요!"

그는 쿵쾅거리는 심장을 달래며 즉시 걸음을 멈추었다. 그녀가 그의 발치에서 조금 앞쪽을 전등으로 비췄다. 통로가 다시 넓어지기 전 마지막 돌무더기 위에 개 아니면 코요테 사체가 걸쳐져 있었다. 코요테 쪽에 더 가까워 보였지만 머리가 없었기 때문에 단정 지을 수는 없었다. 누군가가 배를 갈라서 내장을 모조리 끄집어냈다.

"우리가 맡은 냄새가 이거였네요." 그녀가 말했다.

랠프는 조심스럽게 다가갔다. 3미터쯤 갔을 때 다시 걸음을 멈추었다. 과연 코요테였다. 거기에 머리가 있었다. 요란하게 놀란 눈빛으로 그들을 쳐다보는 것처럼 느껴졌는데, 처음에 그는 이유를 알아차리지 못했다.

홀리가 좀 더 눈치가 빨랐다.

“눈알이 없네요. 내장만으로는 부족했던 거예요. 저 가엾은 동물의 머리에서 눈알을 바로 떼서 먹었어요. 우웩.”

“그러니까 이방인은 인간의 살과 피만 먹는 게 아니네요.” 그는 말을 하다 말고 멈추었다. “인간의 슬픔만 먹는 것도 아니고.”

홀리가 조용히 말했다.

“녀석은 우리 덕분에, 가장 크게는 당신과 사블로 경위님 덕분에 동면을 해야 하는 시기에 아주 열심히 활동을 했어요. 그리고 좋아하는 음식도 먹지 못했고요. 배가 엄청 고플 거예요.”

“그리고 기운도 없고. 당신이 그랬잖아요, 기운이 없을 거라고.”

“그러길 바라야죠. 너무 무서워요. 답답한 공간은 싫은데.”

“지금이라도…….”

그녀는 또다시 엄지손가락으로 가볍게 찔렀다.

“계속 가요. 발밑을 조심하고.”

20

방울방울 희미하게 반짝이는 흔적이 계속 이어졌다. 랠프는 그것의 땀인가 보다고 생각하기에 이르렀다. 그들처럼 두려움에 흘린 식은땀일까? 그랬으면 좋겠다는 생각이 들었다. 그 개자식이 겁에 질렸었고 지금도 그랬으면 좋겠다는 생각이 들었다.

틈새가 계속 나왔지만 스프레이 페인트 글씨는 더 이상 없었다. 아무리 어린아이라도 들어가거나 빠져나올 수 없을 좁은 틈새였다. 빡빡하기는 했지만 홀리와 랠프가 다시 나란히 걸을 수 있었다. 저 멀리 어디에선가 물 떨어지는 소리가 들렸고, 랠프는 다시금 불어오는 바람을 느꼈다. 이번에는 왼쪽 뺨을 유령이 손가락으로 어루만지는 느낌이었다. 어느 틈새에서 불어오는 바람이었고, 맥주병 꼭대기에 대고 숨을 불었을 때처럼 거의 거울 비슷하게 공허한 신음 소리를 냈다. 여기는 분명 끔찍한 공간이었다. 사람들이 돈을 내고 이런 지하 동굴을 구경하러 들어왔다니 믿기지가 않았지만, 그들은 그가 알고 이제는 믿게 된 사실을 몰랐기에 가능한 일이었다. 땅속 깊숙이 들어오자 얼마 전까지만 해도 불가능한 수준을 넘어 어처구니없게 느껴졌던 사실을 믿게 되다니 신기할 따름이었다.

"조심해요." 홀리가 말했다. "또 있어요."

이번에는 갈기갈기 찢긴 땅다람쥐 두 마리였다. 그 뒤로 방울뱀의 잔해가 보이는데, 다이아몬드 무늬 껍데기에 달린 방울 말고는 남은 게 아무것도 없었다.

조금 더 걸음을 옮기자 댄스플로어처럼 반질반질하게 닦인 가파른 내리막길의 꼭대기가 나왔다. 랠프는 공룡들이 살던 시대에 흐르다 예수가 탄생하기 이전에 말라 버린 지하 하천이 만든 길일지 모르겠다는 생각을 했다. 한쪽 옆에 이제는 군데군데 꽃 모양으로 녹이 슨 철제 난간이 있었다. 홀리가 난간을 따라 전등을 비추자 점점이 떨어진 형광물질뿐 아니라 손바닥과 지문이 드러났다. 클로드 볼턴의 지문과 일치할 거라고 랠프는 단언할 수 있었다.

"그 새끼 참 용의주도했네요. 넘어지고 싶지 않다, 이거죠."

홀리는 고개를 끄덕였다.

"러비가 데블스 슬라이드라고 말한 그 길인가 봐요. 발밑을 조심……."

저 아래 어딘가에서 돌멩이들이 잠깐 쏟아지는 소리에 이어 쿵 하는 충격이 발을 타고 느껴질락 말락 하게 전해졌다. 랠프는 단단한 얼음도 가끔 움직일 때가 있다는 사실을 떠올렸다. 홀리는 눈을 동그랗게 뜨고 그를 쳐다보았다.

"괜찮을 것 같아요. 이 동굴은 오래전부터 혼잣말을 중얼거리고 있었을 거예요."

"맞아요. 하지만 러비가 얘기한 그 지진 이후로 대화가 좀 더 활발해졌겠죠. 2007년도에 벌어졌다는 그 지진 말이에요."

"지금이라도……."

"두 번 다시 묻지 마요. 전 이 사건을 끝까지 파헤쳐야겠으니까."

그도 짐작한 바였다.

그들은 난간을 잡되 남아 있는 지문을 건드리지 않도록 조심해 가며 비탈을 내려갔다. 맨 밑바닥에 표지판이 있었다.

데블스 슬라이드에 오신 것을 환영합니다.

난간을 잡고 조심스럽게 이동해 주세요.

슬라이드를 지나자 길이 좀 더 넓어졌다. 다시 아치 모양의 입구가 등장했지만 나무 덮개가 일부 떨어져 자연이 남긴 민낯이 고스란히 드러났다. 이건 삐죽빼죽한 구멍이었다.

홀리가 오므린 손을 입에 대고 나지막이 외쳤다.

"여보세요?"

홀리가 한 말이 완벽하게 그들 곁으로 되돌아왔고 메아리가 잇따라 겹쳤다. *여보세요…… 세요……세요……*

"이럴 줄 알았어. 여기가 소리의 방이에요. 러비가……."

"어서 와."

어서 와…… 서 와…… 서 와……

나지막한 목소리였지만 랠프는 숨을 마시다 말고 멈추었다. 홀리가 집게발처럼 그의 팔을 움켜쥐는 게 느껴졌다.

"이왕 여기까지 왔으니……."

여기까지 왔으니…… 왔으니…… 으니…… 으니……

"……거기다 나를 찾느라 엄청 고생했는데 들어오지그래?"

21

그들은 나란히 아치를 통과했다. 홀리는 무대 공포증이 있는 신부처럼 랠프의 팔에 매달렸다.

그녀가 손전등을 들었다. 랠프는 글록을 쥐고 표적이 보이면 당장 발사할 태세를 갖추었다. 딱 한 방. 하지만 표적이 보이지 않았다. 적어도 처음에는 그랬다.

아치를 지나자 동굴 바닥에서 20미터 위에 달린 일종의 발코니처럼 튀어나온 바위가 등장했다. 쇠 계단이 빙글빙글 아래로 이어졌다. 홀리는 위를 올려다보았다가 현기증을 느꼈다. 계단이 원래 메인 입구였을 구멍을 지나 종유석이 달린 천장까지 약 60미터 정도 위로 이어졌다. 아래로 내려가는 계단은 괜찮아 보였다. 위를 보면 고정하는 데 쓰인 주먹만 한 크기의 볼트가 풀려서 술 취한 듯이 축 늘어진 구간도 있었다.

계단 발치에서 평범한 스탠딩 램프(근사하게 꾸민 거실에서 볼 수 있음직한 램프였다.)의 불빛을 받으며 이방인이 그들을 기다리고 있었다. 램프의 전선은 나지막이 웅웅거리는 빨간색 상자를 향해 구불구불 이어졌다. 옆면에 '혼다(HONDA)'라고 적힌 상자였다. 빛의 동그라미 맨 바깥쪽에 발치에 담요를 접어 놓은 침대가 있었다.

랠프는 지금까지 도주범을 숱하게 체포했는데, 그들이 찾아온 상대는 도주범이라고 하기에 손색이 없었다. 눈은 퀭했고 너무 말랐고 몸을 혹사한 기미가 역력했다. 청바지를 입고 지저분한 흰색 셔츠 위에 생가죽 조끼를 걸치고 흠집으로 덮인 카우보이 부츠를 신었다. 무기는 없는 듯했다. 상대가 클로드 볼턴의 얼굴로 그들을 올려다보았다. 까만 머리, 몇 세대 전에 아메리카 원주민의 피가 섞였음을 암시하는 우뚝한 광대뼈, 염소수염. 지금 랠프의 위치에서는 손가락에 새겨진 문신이 보이지 않았지만 있을 게 분명했다.

문신 인간. 호스킨스는 그를 그렇게 불렀다.

"나랑 얘기할 작정이면 계단으로 내려와야 해. 나는 괜찮았지만 솔직히 얘기하면…… 별로 그렇게 튼튼하지는 않아."

그는 대화 투로 얘기했지만 두 번, 세 번씩 울려서 이방인이 한 명이 아니라 하나뿐인 램프의 불빛이 닿지 않는 어둠과 틈새 속에 그의 일당이 한 부대 숨어 있기라도 한 듯이 느껴졌다.

홀리가 계단으로 걸음을 내디뎠다. 랠프가 그녀를 막았다.

"내가 먼저 갈게요."

"내가 먼저 가야 해요. 내가 더 가볍잖아요."

"내가 먼저 갈게요." 그는 같은 말을 반복했다. "내가 다 내려간 다음에 내려와요, 다 내려갈 수 있을지 모르겠지만." 그는 나지막이 얘기했지만 음향 효과를 생각하면 이방인의 귀에 한마디도 남김없이 들릴 것이었다. *적어도 내 입장에서는 그랬으면 좋겠단 말이지.* "하지만 열두어 계단 위에 서 있어요. 저자하고는 내가 얘기할게요."

그는 그렇게 말하며 홀리를 뚫어져라 쳐다보았다. 그녀가 총을 흘끗 쳐다보자 그는 보일락 말락 하게 고개를 끄덕였다. 대화는 없을 것이다. 장황한 질의응답 시간은 없을 것이다. 그럴 단계는 지났다. 머리를 한 방 쏘고 여기서 빠져나갈 것이다. 천장이 무너지면 얘기가 달라지겠지만.

"알았어요. 조심해요."

그게 될 턱이 없었지만(오래된 나선형 계단이 버텨 주든 무너지든 둘 중 하나였다.) 랠프는 내려가며 몸이 가벼워졌다고 최면을 걸었다. 계단이 신음하고 악을 쓰고 부르르 떨었다.

"잘하고 있어." 이방인이 말했다. "벽에 붙어서 걸어. 그러는 게 아마 제일 안전할 거야."

안전할 거야…… 거야…… 거야……

랠프는 맨 밑바닥에 도착했다. 이방인은 묘하게 가정적인 분위기를 풍기는 램프 옆에 꼼짝 않고 서 있었다. 발전기와 침대와 함께 티핏의 홈디포에서 장만했을까? 랠프는 아마 그랬을 거라고 추측했다. 론 스타(Lone Star)라는 별명으로 불리는 이 주의 이 황량한 마을에서 갈 만한 데라고는 거기뿐이었다. 상관없는 문제이기는 했지만. 홀리가 내려오자 그의 뒤에서 계단이 다시 악을 쓰고 신음하기 시작했다.

이제 나란한 위치에 서자 랠프는 과학자에 버금가는 호기심을 느끼며 이방인을 바라보았다. 인간 같아 보였지만 그럼에도 어딘지 모르게 이상했다. 눈을 살짝 사시처럼 뜨고 사진을 쳐다보는 느낌이었다. 어떤 사진인지 알지만 모든 게 왜곡되고 살짝 어긋난 느낌이었다. 클로드 볼턴의 얼굴이긴 한데 턱이 둥그스름하지 않고 각이 진 데다 가운데가 조금 움푹 들어갔다. 오른쪽 턱선이 왼쪽보다 길어서 얼굴이 전체적으로 삐딱한 것이 그로테스크하게 느껴지기 직전이었다. 머리칼도 까마귀 날개처럼 새까맣게 반짝거리는 클로드의 머리칼이었지만 붉은 기가 도는 갈색이 희끗희끗 보였다. 가장 놀라운 곳은 눈이었다. 한쪽은 클로드처럼 갈색이었지만 다른 쪽은 파란색이었다.

랠프는 갈라진 턱과 긴 턱선과 붉은 기가 도는 갈색 머리칼을 알았다. 무엇보다 파란 눈을 알았다. 테리 메이틀랜드가 얼마 전, 무더웠던 7월의 어느 날 오전에 길거리에서 죽었을 때 그 눈에서 빛이 사라지는 걸 본 적 있었다.

"아직 변신이 끝나지 않았군. 내 아내가 본 투영은 클로드를 똑

닮았을지 몰라도 실제 너는 아직 따라잡지 못했어. 그렇지? 아직 진행 중이야."

그는 이 말이 이방인이 듣는 마지막 말이 되게 하려고 했다. 계단이 항의하듯 신음하는 소리가 그쳤으니 홀리가 안전한 높이에서 걸음을 멈추었다는 뜻이었다. 그는 글록을 들고 왼손으로 오른손목을 잡았다.

이방인은 두 팔을 양옆으로 벌리고 몸을 내밀었다.

"죽여, 그게 네가 원하는 거라면. 하지만 그러면 너랑 네 친구도 목숨을 부지하지 못할 거야. 클로드하고 다르게 네 머릿속으로는 들어가지 못하지만, 그래도 네가 무슨 생각을 하는지 짐작하고도 남거든. 한 방 정도는 괜찮을 거라고 생각하지. 그렇지?"

랠프는 아무 대꾸도 하지 않았다.

"그렇게 생각하고 있다고 장담할 수 있다만 괜찮지 않을 거야." 그는 언성을 높여 고함을 질렀다. **"내 이름은 클로드 볼턴이다!"**

고함보다 메아리 소리가 더 크게 느껴졌다. 천장 높이 매달려 있던 종유석 하나가 이미 많이 금이 갔었는지, 돌로 만든 단검처럼 떨어지자 홀리는 놀라서 비명을 질렀다. 희미한 램프 불빛이 비추는 동그라미 저 너머로 떨어졌기 때문에 위험할 건 없었지만 랠프는 무슨 뜻인지 이해했다.

"나를 여기까지 찾아왔을 정도니 이것도 이미 알고 있겠지." 이방인이 팔을 내리며 말했다. "하지만 모르는 경우에 대비해 설명하자면 남자아이 둘이 이 아래쪽에서 길을 잃었을 때 아이들을 찾으러 나선 구조대가……."

"총을 쏘는 바람에 천장 일부가 무너졌지." 홀리가 계단에서 말했다. "그래, 우리도 알아."

"데블스 슬라이드에서 쏜 거라 총성이 죽어서 그 정도였거든." 그는 미소를 지었다. "앤더슨 형사가 여기서 총을 쏘면 어떤 사태가 벌어질까? 아까보다 큰 종유석들이 비처럼 쏟아지겠지. 그렇더라도 종유석은 피할 수 있을지 몰라. 피하지 못하면 몸이 박살이 나겠지만. 그런데 절벽 꼭대기가 완전히 무너져서 우리가 생매장당할 수도 있어. 그 위험부담을 감수할 수 있겠나, 앤더슨 형사? 그걸 감수할 생각이 있으니 이 계단을 내려왔겠지만 내가 얘기하는데, 전망이 그리 밝지 않아."

홀리가 다시 한 걸음 내려오자 계단이 잠깐 삐걱거렸다. 두 걸음 더 내려왔을 수도 있었다.

멀리 떨어져 있어요. 랠프는 생각했지만 그녀에게 그걸 강요할 방법이 없었다. 이 여자는 고집이 셌다.

"네가 여길 선택한 이유도 알아." 그녀가 말했다. "클로드의 삼촌과 사촌들이 여기 있잖아. 이 땅속에."

"맞아." 그가, 아니면 그것이 좀 더 활짝 웃었다. 웃을 때 보이는 금니는 손가락에 새겨진 글씨처럼 클로드의 것이었다. "구하려고 했던 두 아이를 비롯해 수많은 다른 사람들과 함께. 땅속에 묻힌 그들이 느껴져. 몇 명은 가까이에 있어. 로저 볼턴과 두 아들은 저쪽에 있지. 스네이크 벨리에서 6미터도 안 되는 곳에." 그가 손가락으로 가리켰다. "그들이 가장 강하게 느껴져. 가까이 있기도 하고 내가 변신하려는 인물과 한 핏줄이니까."

"하지만 먹음직스럽지는 않은 모양이로군."

랠프는 침대를 쳐다보고 있었다. 그 옆쪽의 돌바닥 위 스티로폼 아이스박스 주변으로 지저분하게 널려 있는 뼈와 거죽이 아주 어렴풋이 보였다.

"당연히 아니지." 이방인은 짜증난 눈빛으로 그를 쳐다보았다. "하지만 그들의 잔해가 은은한 빛을 내거든. 뭐랄까…… 이런 얘기를 해 본 적이 거의 없어서 잘 모르겠지만…… 빛을 발산한다고 할까. 심지어 그 한심했던 녀석들도 빛을 내, 희미하긴 하지만. 그 아이들은 아주 멀리 있어. 메리스빌 홀에서 전인미답의 지대를 탐험하다 죽었다고 볼 수도 있겠네."

그렇게 얘기해 놓고 그가 다시 미소를 짓자 이번에는 금니뿐 아니라 치열이 거의 다 드러나 보였다. 랠프는 그가 프랭크 피터슨을 살해하고 살점을 먹고 아이가 죽어 가면서 느낀 고통을 피와 함께 마셨을 때도 이렇게 웃었을지 궁금해졌다.

"밤에 켜 놓는 스탠드 비슷한 불빛인가?"

홀리가 물었다. 진심으로 궁금해하는 말투였다. 그녀가 한 칸 아니면 두 칸 더 내려오자 계단이 다시 악을 썼다. 랠프는 그녀가 다른 방향으로 움직여 주길 간절히 바랐다. 뜨거운 텍사스의 태양이 내리쬐는 바깥으로 나가 주길 간절히 바랐다.

이방인은 어깨를 으쓱하고 그만이었다.

나가요. 랠프는 홀리에게 텔레파시를 보냈다. *돌아서 나가요. 당신이 아히가 뒷문 밖으로 나갔겠다 싶을 때까지 기다렸다가 내가 총을 쏠게요. 내 아내는 남편을, 아이는 아비를 잃게 되더라도 총을*

쏠게요. 테리 메이틀랜드와 그 이전의 다른 피해자들에게 진 빚이 있으니.

"밤에 켜 놓는 스탠드." 그녀는 했던 말을 반복하며 다시 한 칸 내려왔다. "무섭지 않게 켜 놓는 거 말이야. 나도 어렸을 때 그런 스탠드가 있었는데."

이방인이 랠프의 어깨를 넘어 그녀를 올려다보았다. 스탠딩 램프를 등지고 서 있어서 얼굴이 어둑어둑했다. 랠프는 그 짝짝이 눈이 이상하게 반짝이는 걸 볼 수 있었다. 아니, 그게 아니라 눈이 반짝인다기보다 거기에서 어떤 빛이 뿜어져 나왔다. 랠프는 그레이스 메이틀랜드가 어떤 뜻에서 눈 대신 빨대가 꽂혀 있었다고 했는지 이제 알 수 있었다.

"무섭지 않게 켜 놓는?" 이방인은 그 말에 대해 생각해 보는 눈치였다. "음, 비슷할 수도 있겠네. 나는 그런 식으로 생각해 본 적이 없지만. 하지만 정보가 담겨 있기도 해. 그들은 죽었어도 뼛속까지 볼턴이거든."

"기억 말이야?"

그녀가 한 계단 더 내려오며 물었다. 랠프는 오른손목을 감싸고 있던 왼손을 풀어서 올라가라고 손짓했지만 그녀가 들은 척도 하지 않을 것임을 알았다.

"아니, 그건 아니고."

이방인은 그녀를 보며 다시 짜증난 표정을 지었지만 다른 뭔가가 또 있었다. 랠프도 취조실에서 숱하게 접한 적 있는 열띤 표정이었다. 모든 용의자가 수다스러운 건 아니었지만 대부분이 그랬다.

자기만의 생각이라는 닫힌 공간 안에서 홀로 지내 왔기 때문이었다. 이 녀석은 자기만의 생각 안에서 아주 오랫동안 홀로 지내 왔을 것이다. 홀로. 보면 한눈에 알 수 있었다.

"그럼 뭔데?"

홀리는 더 이상 내려오지 않았고, 랠프는 그 조그만 축복에 감사했다.

"혈통. 혈통 안에는 단순한 기억이나 비슷한 외모를 넘어 몇 세대 동안 대물림되는 뭔가가 있거든. 존재 방식이랄까. 시각이랄까. 먹을 수 있는 건 아니지만 거기에서 힘을 얻을 수 있어. 영혼은 사라지더라도 숨이 끊긴 그들의 머리와 몸속에 뭔가가 남아 있거든."

"DNA 비슷한 거로군." 홀리가 말했다. "종족적인 것일 수도 있고 인종적인 것일 수도 있고."

"뭐, 그런 식으로 생각하고 싶다면." 이방인은 랠프 쪽으로 한 걸음 다가와서 **해야 해**라고 새겨진 쪽 손을 내밀었다. "이 문신 비슷한 거야. 살아 있지는 않지만 어떤 정보를……."

"*그만!*"

그녀가 고함을 지르자 랠프는 생각했다. *맙소사, 아까보다 더 가까워졌잖아. 소리가 들리지도 않았는데 무슨 수로 그랬지?*

메아리가 점점 커지는 듯이 느껴지더니 뭔가가 떨어졌다. 이번에는 종유석이 아니라 울퉁불퉁한 벽에서 떨어져 나온 돌덩이였다.

"그러지 마." 이방인이 말했다. "모든 게 우리 머리 위로 폭삭 주저앉길 바라지 않는 이상 그렇게 소리를 지르면 안 돼."

홀리가 아까보다 나지막하지만 여전히 다급한 목소리로 다시 말했다.

“저자가 호스킨스 형사한테 어떻게 했는지 명심해요, 랠프. 저자의 손이 닿으면 독극물에 오염이 돼요.”

“지금처럼 변신하는 시기일 때만 그래.” 이방인이 부드러운 목소리로 말했다. “일종의 천연 보호 장치고 치명적인 경우는 거의 없어. 방사능이라기보다는 덩굴옻나무에 가깝지. 물론 호스킨스 형사는…… 민감하게 반응했다고 할까. 그리고 내가 어떤 사람을 건드리면 100퍼센트의 확률은 아니지만 종종 그들의 머릿속으로 들어갈 수가 있어. 아니면 그들이 사랑하는 사람들의 머릿속으로. 프랭크 피터슨의 가족을 상대로 내가 그랬지. 이미 걷고 있던 방향으로 아주 조금 더 떠밀었을 뿐이긴 하지만.”

“그 자리에서 움직이지 마.” 랠프가 말했다.

이방인은 문신한 양손을 들었다.

“아, 그럼. 아까도 얘기했다시피 총을 들고 있는 쪽은 너니까. 하지만 너희들을 내보낼 수는 없어. 너무 지쳐서 다른 데로 이동할 수가 없거든. 너무 일찌감치 여기로 내려와야 했던 데다 필요한 용품을 몇 개 사느라 기운이 더 소진되고 말았어. 그래서 우리가 이러지도 못하고 저러지도 못하는 상황이 되고 말았네.”

“네가 의도한 상황이잖아. 너는 이렇게 될 줄 알고 있었으니까.”

이방인은 테리 메이틀랜드의 흔적이 아직까지 희미하게 남아 있는 얼굴로 그를 쳐다보며 아무 말도 하지 않았다.

“히스 홈즈는 괜찮았어. 홈즈 이전의 다른 사람들도 괜찮았고. 하지만 메이틀랜드가 말썽이었지.”

"그러게 말이지." 이방인은 곤혹스러워하는 표정을 지었지만 여전히 득의양양했다. "하지만 지금까지 아무리 알리바이가 탄탄하고 평판에 티끌 하나 없어도 별문제 없었는데. 증거와 목격자 진술이 있으면 알리바이와 평판은 아무짝에도 쓸모가 없어. 인간들이 워낙 자기들의 현실 인식에서 벗어나는 설명은 받아들이질 못하거든. 너는 나를 찾아오지 말았어야 했어. 그의 알리바이가 아무리 탄탄했어도 나를 감지하지 말았어야 했어. 그런데도 이렇게 찾아왔단 말이지. 내가 법원 앞에 등장했기 때문인가?"

랠프는 아무 대꾸도 하지 않았다. 홀리가 마지막 단을 내려와서 이제 그의 옆에 서 있었다.

이방인은 한숨을 쉬었다.

"그게 패착이었네. 텔레비전 카메라를 감안했어야 하는 건데. 하지만 배가 고팠단 말이지. 그래도 몸을 사릴 수 있었는데 내가 걸신들리는 바람에."

"그리고 너무 자신만만했지. 너무 자신감이 넘치다 보면 조심성이 없어지게 되어 있어. 경찰 일을 하다 보면 그런 경우를 자주 접하거든."

"뭐, 어쩌면 그 세 가지 모두였을지도 몰라. 하지만 그래도 무사히 도망칠 수 있었을 거라고 보는데." 그는 핏기 없는 얼굴과 희끗희끗한 머리를 하고 랠프의 옆에 서 있는 여자를 곰곰이 쳐다보았다. "내가 이런 상황에 놓인 게 네 덕분이지? 홀리. 클로드 말로는 네 이름이 홀리라던데. 어떻게 믿을 수 있었지? 오감 말고는 아무것도 믿지 않는 현대인들을 무슨 수로 설득해서 여기까지 끌고 내려왔지? 다른 데서 나 같은 존재를 본 적 있었나?"

누가 들어도 열띤 목소리였다.

"네 질문에 대답하려고 온 거 아니야." 홀리는 쭈글쭈글한 재킷 주머니에 한 손을 넣고 있었다. 다른 손은 자외선 손전등을 들고만 있을 뿐, 켜지는 않았다. 불빛이라고는 스탠딩 램프 불빛밖에 없었다. "너를 죽이려고 왔지."

"무슨 수로 그럴 수 있을지 모르겠네…… 홀리. 우리 둘뿐이었다면 네 친구가 총을 쐈을지 모르지만 네 목숨까지 위험해지는 일을 저지르지는 않을 거라고 보거든. 육탄 공격을 감행하면 내가 독성이 살짝 있고 생각했던 것보다 힘이 세다는 걸 알게 될 거야. 지금처럼 체력이 고갈된 상태라도 말이지."

"지금이야 이러지도 못하고 저러지도 못하는 상황일지 모르지." 랠프가 말했다. "하지만 길게 가지는 않을 거다. 호스킨스가 주 경찰청의 유넬 사블로 경위에게 부상만 입히고 죽이지는 못했거든. 지금쯤 그가 지원을 요청했을 거야."

"노력은 가상하다만 여기서는 헛수고야. 동쪽으로 10킬로미터, 서쪽으로 20킬로미터는 가야 휴대전화가 터지거든. 내가 그런 것도 체크하지 않았겠어?"

랠프는 그가 그랬길 바랐지만 가망 없는 바람이었다. 하지만 그에게는 카드가 한 장 더 남아 있었다.

"호스킨스가 우리가 타고 온 차까지 터뜨렸거든. 거기서 연기가 나고 있어. 그것도 아주 많이."

이방인이 랠프를 만난 이래 처음으로 진심으로 놀란 표정을 지었다.

"그럼 얘기가 달라지는데. 내가 도망쳐야 하잖아. 지금 이 상태로는 어렵고 힘든 일이 될 텐데. 나를 도발하려는 게 목적이었다면 성공했어, 앤더슨 형사……."

"너 같은 존재를 본 적 있느냐고 물었지?" 홀리가 끼어들었다. "나는 아니지만, 엄밀히 따지면 그렇지만, 랠프는 본 적 있어. 변신하고 기억을 흡수하고 눈을 반짝인다는 것만 빼면 너도 평범한 가학성애자나 소아성애자와 다를 바 없거든."

이방인은 그녀한테 한 대 맞기라도 한 듯 움찔했다. 순간 버려진 주차장에서 불길에 휩싸인 채 연기로 신호를 보내고 있는 SUV를 까맣게 잊은 듯했다.

"그건 모욕적이고 황당하고 사실과 다른 발언인데. 나는 살기 위해서 먹는 거야. 그뿐이야. 너희들도 그러기 위해서 돼지와 소를 잡아먹잖아. 너희들이 나한테는 그거야…… 가축."

"거짓말." 한 걸음 앞으로 나선 홀리는 랠프가 팔을 잡으려고 하자 뿌리쳤다. 핏기가 없었던 뺨에 빨간 장미꽃이 피기 시작했다. "너는 아무로든, 무엇으로든 변신해서 신뢰를 얻을 수 있잖아. 너는 메이틀랜드 씨의 친구를 선택할 수도 있었어. 그의 아내를 선택할 수도 있었어. 하지만 그 대신 어린아이를 선택했지. 넌 항상 어린아이를 선택하잖아."

"어린애들이 제일 튼실하고 제일 맛있으니까! 송아지 고기 안 먹어 봤어? 송아지 간은?"

"그냥 먹기만 하는 게 아니라 아이들 위에다 사정을 하잖아." 그녀는 혐오스러워하며 입술을 일그러뜨렸다. "그 위에다 싸질러 놓잖아. 으웩!"

"DNA를 남기려고 그러는 거지!" 이방인은 고함을 질렀다.

"다른 방식으로 남길 수도 있잖아!" 홀리가 마주 고함을 지르자 달걀 껍데기 같은 천장에서 뭔가가 떨어졌다. "하지만 네 거시기를 넣을 수는 없지? 발기 불능이라." 그녀는 손가락 하나를 들어서 구부렸다. "요렇게 생기지 않았나?"

"닥쳐!"

"네가 어린아이들을 선택하는 이유는 고추가 있어도 하질 못하는 아동 성폭행범이기 때문이야. 그래서……."

이방인은 증오로 얼굴을 일그러뜨리며 홀리에게 달려들었다. 그 표정 안에는 클로드 볼턴도 테리 메이틀랜드도 없었다. 제이미슨 쌍둥이들이 마지막에 목숨을 바친 저 깊은 땅속만큼이나 시커멓고 끔찍한 그 녀석 고유의 것이었다. 랠프가 총을 들었지만 발사하기 전에 홀리가 사선으로 끼어들었다.

"쏘지 마요, 랠프. 쏘지 마요!"

또 뭔가가 떨어졌다. 이번에는 덩어리가 커서 이방인의 침대와 아이스박스가 박살났고, 광물로 반짝거리는 파편들이 반질반질한 바닥 위에서 빙글빙글 돌았다.

아까부터 축 늘어져 있던 재킷 옆주머니에서 홀리가 뭔가를 꺼냈다. 길고 하얬고, 뭔지 모를 묵직한 게 담겨 있기라도 한 듯 늘어졌다. 그와 동시에 자외선 손전등을 켜서 이방인의 얼굴을 똑바로 비췄다. 이방인은 문신이 새겨진 클로드 볼턴의 손을 그녀 쪽으로 내민 채 움찔하고 으르렁거리는 소리를 내며 고개를 돌렸다. 홀리는 그 하얀 물건을, 가슴을 가로질러 어깨까지 올린 다음 있는 힘껏 휘둘렀다. 뭐가 잔뜩 들어 있는 끝부분이 이방인의 헤어라인 바로 아래에 있는 관자놀이를 때렸다.

이후에 랠프는 앞으로 몇 년 동안 꿈속에 등장할 광경을 목격했다. 뼈가 아니라 종이 반죽으로 만들어지기라도 한 듯 이방인의 머리 왼쪽 절반이 움푹 꺼졌다. 갈색 눈이 튀어나왔다. 녀석은 무릎을 꿇었고 얼굴이 녹아내렸다. 불과 몇 초 동안 랠프의 눈앞에서 100인의 얼굴이 등장했다가 사라졌다. 이마가 볼록했다가 납작해졌고, 눈썹 숱이 많았다가 보이지 않을 정도로 옅은 금색으로 변했고, 퀭했던 눈이 튀어나왔고, 입술이 두툼했다가 얇아졌다. 뻐드렁니가 튀어나왔다가 사라졌다. 턱이 나왔다가 꺼졌다. 하지만 맨 마지막 얼굴은, 가장 길게 머문 얼굴은, 이방인의 진짜 얼굴이었을 그 얼굴은 완전히 평범했다. 길거리에서 마주치면 그냥 지나칠 얼굴, 보자마자 까먹을 만한 얼굴이었다.

홀리가 그 무기를 다시 휘둘러 이번에는 광대뼈를 맞히자, 보자마자 까먹을 만한 얼굴이 흉측한 초승달로 변했다. 황당한 그림책에 나오는 초승달 같았다.

결국에는 아무것도 아니로군. 아무도 아니야. 클로드를 닮고, 테리를 닮고, 히스 홈즈를 닮았던 건…… 아무것도 아니었어. 가면이었어. 분장이었어.

이방인의 머리에 뚫린 구멍에서, 코에서, 물방울 모양으로 쪼그라들어 부들거리는 입에서 불그스름한 벌레 같은 것들이 쏟아져

나왔다. 그 벌레들이 꿈틀거리는 봇물처럼 '소리의 방'의 돌바닥 위로 쏟아졌다. 클로드 볼턴의 몸이 부들부들 떨고 껑충거리다 옷 속으로 오그라들었다.

홀리가 손전등을 떨어뜨리고 그 하얀 물건을(이제 보니 남자들이 운동할 때 신는 흰색 긴 양말이었다.) 양손으로 잡고 머리 위로 들었다. 그걸 마지막으로 한 번 내리쳐 녀석의 정수리를 박살냈다. 녀석의 얼굴이 썩은 박처럼 반으로 갈라졌다. 이로써 드러난 구멍 안에 뇌는 없고 이리저리 몸을 비트는 벌레들의 둥지만 있었다. 랠프로서는 오래전에 캔털루프 멜론 안에서 본 구더기들을 떠올릴 수밖에 없는 광경이었다. 이미 바닥으로 풀려난 벌레들은 꿈틀꿈틀 홀리의 발치로 다가오고 있었다.

홀리는 뒷걸음질 쳐서 랠프에게로 달려가다가 무릎이 꺾였다. 랠프가 그녀를 붙잡고 일으켜 세웠다. 얼굴에 핏기가 하나도 없었다. 눈물이 뺨 위로 쏟아졌다.

"양말 버려요." 랠프가 홀리의 귀에 대고 말했다.

그녀는 멍하니 그를 쳐다보았다.

"벌레 몇 마리가 거기 들러붙었어요."

그래도 놀란 눈빛으로 멍하니 계속 쳐다보기만 하자 랠프가 그걸 손에서 빼내려고 했다. 처음에는 빼낼 수가 없었다. 그녀가 죽을 둥 살 둥 붙잡고 있었다. 랠프는 그녀의 손가락을 뜯어 냈다. 그러다 부러뜨리지 않을까 걱정스러웠지만, 그래야 손을 놓게 만들 수 있다면 감수할 작정이었다. 이 벌레에 닿으면 덩굴옻나무보다 사태가 훨씬 심각했다. 피부 속으로 파고들기라도 하는 날에는…….

그녀는 살짝이었지만 아무튼 정신을 차리는 기미를 보이며 손을 벌렸다. 양말이 떨어졌고 돌바닥에 부딪히면서 쿵 하는 소리를 냈다. 그는 맹목적으로 먹잇감을 찾는 벌레들을 피해(어쩌면 맹목적이 아니라 그들을 노리고 오는 것일 수도 있었다.) 뒷걸음질 치며, 양말을 잡고 있었을 때처럼 아직까지 으스러져라 주먹을 쥐고 있는 홀리의 손을 잡고 당겼다. 그녀는 바닥을 쳐다보더니 위험을 인지하고 숨을 들이마셨다.

"소리 지르지 마요." 랠프가 홀리에게 말했다. "또 뭐가 떨어지면 안 돼요. 그냥 올라갑시다."

그가 그녀를 끌고 계단을 오르기 시작했다. 처음 네댓 계단 이후에는 그녀 혼자서 걸어갈 수 있었지만 그들은 갈라진 이방인의 머리에서 계속 쏟아져 나오는 벌레들을 주시하느라 뒤로 걸었다. 물방울 모양의 입에서도 쏟아져 나오고 있었다.

"잠깐." 그녀가 속삭였다. "잠깐, 저 벌레들 좀 봐요. 그냥 이리저리 움직이고 있어요. 계단을 올라오지 못해요. 게다가 죽어 가고 있어요."

그녀의 말이 맞았다. 벌레들이 기어 오는 속도가 느려졌고 이방인 근처에 모여 있는 거대한 무더기는 아예 꼼짝하지 않았다. 하지만 몸뚱이는…… 그 안 어딘가에 있는 생명력이 계속 살아나려고 버둥거렸다. 볼턴을 닮은 그것은 등을 구부리고 움찔거리며 풍선 인형처럼 팔을 휘저었다. 그들이 지켜보는 동안 목이 짧아졌다. 머리의 남은 부분이 셔츠 칼라 속으로 오그라들었다. 클로드 볼턴의 까만 머리가 삐죽 보였다가 사라졌다.

"저게 뭘까요?" 홀리가 속삭였다. "저것들은 뭘까요?"

"모르겠고 관심도 없어요. 앞으로 당신이 나하고 있을 때는 평생 술값 계산할 일이 없다는 것만 알겠어요."

"나는 술을 거의 안 마셔요. 먹는 약 때문에 부작용이 있어서. 이미 얘기한 걸로 아는……."

홀리가 갑자기 난간 너머로 몸을 기울여서 토악질을 했다. 랠프는 그동안 그녀를 잡아 주었다.

"미안해요."

"그럴 것 없어요. 우리 이제……."

"이 염병할 곳에서 나가요."

그녀가 대신 말문을 맺었다.

22

햇빛이 이렇게 기분 좋게 느껴질 수가 없었다.

아히가 추장이 그려진 표지판까지 갔을 때 홀리가 현기증이 나서 잠깐 앉아 있어야겠다고 했다. 랠프가 두 사람이 앉을 수 있을 만큼 널찍하고 평평한 바위를 찾아서 그녀 옆에 앉았다. 그녀는 대자로 쓰러진 잭 호스킨스를 흘끗 쳐다보더니 꽥 하고 외마디 비명을 지르고 울음을 터뜨렸다. 처음에는 다른 사람 앞에서 눈물을 보이는 건 절대 안 될 일이라고 교육받은 사람처럼 꾹꾹 누르고서 마지못한 듯 흐느꼈다. 랠프가 서글프리만치 가녀리게 느껴지는 그녀의 어깨를 팔로 감싸 안았다. 그러자 그녀는 그의 셔츠에 얼굴을 묻고 목 놓아 울기 시작했다. 그들은 유넬이 있는 곳으로 돌아가야 했다. 그가 보기보다 훨씬 심하게 다쳤을 수 있었다. 포화가 쏟아지는 와중이라 정확하게 진단할 겨를이 없었다. 최소한 팔꿈치가 부러지고 어깨가 빠졌다. 하지만 그녀는 잠깐이나마 숨 돌릴 틈이 필요했고, 이 덩치 큰 형사도 하지 못한 일을 했으니 그럴 자격이 있었다.

45초 만에 폭풍이 잠잠해지기 시작했다. 1분 만에 완전히 끝났다. 그녀는 훌륭했다. 강했다. 홀리가 눈물이 그렁그렁 맺힌 충혈된 눈으로 올려다보았지만 랠프가 보기에는 여기가 어딘지 모르는 눈치였다. 그가 누군지도 모르는 눈치였다.

"다시는 못해요, 빌. 절대. 절대 절대 절대! 이 사람이 브래디처럼 부활하면 차라리 죽어 버리겠어요. 알겠어요?"

랠프는 가볍게 그녀를 흔들었다.

"그자는 부활하지 않아요, 홀리. 내가 장담해요."

그녀는 눈을 깜빡였다.

"랠프. 랠프라고 부르려고 했는데. 그거 봤어요? 그 벌레들 봤어요?"

"봤죠."

"우웩! *우웩!*" 그녀는 구역질하는 소리를 내며 입을 막았다.

"양말로 곤봉 만드는 법 누구한테 배웠어요? 그렇게 긴 양말로 만들면 엄청 세게 때릴 수 있다는 건요? 빌 호지스한테 배웠어요?"

홀리는 고개를 끄덕였다.

"그 안에 뭐 넣었어요?"

"볼 베어링이요. 빌이 썼던 곤봉처럼. 플린트 시티의 월마트 자동차용품 코너에서 샀어요. 나는 총을 쓰지 못하니까. 해피 슬래퍼를 쓸 일도 없을 줄 알았는데 그냥 충동적으로 저질렀어요."

"아니면 직관적으로 저질렀다고 해야 할지도요."

그는 미소를 지었지만 자기가 그러는 줄도 거의 몰랐다. 아직도 온몸에 감각이 없었고, 새로운 숙주를 찾는 데 혈안이 된 벌레들이 꿈틀꿈틀 쫓아오는 게 아닌가 싶어서 계속 주변을 두리번거렸다.

"이름이 뭐라고요? 해피 슬래퍼?"

"빌이 그렇게 불렀어요. 랠프, 이제 가야 해요. 유넬이……."

"알아요. 하지만 그 전에 내가 해야 할 일이 하나 있거든요. 여기 가만히 앉아 있어요."

그는 호스킨스의 시신 앞으로 다가가 주머니를 뒤졌다. 픽업트럭의 열쇠를 찾아서 홀리 옆으로 돌아왔다.

"됐어요."

그들은 오솔길을 걷기 시작했다. 홀리가 한 번 비틀거리자 그가 잡아 주었다. 그다음 번에는 그가 하마터면 넘어질 뻔하자 그녀가 잡아 주었다.

불구 커플 같네. 그는 생각했다. *하지만 그런 광경을 보고 나면…….*

"우리가 모르는 게 너무 많아요. 그자가 어디서 왔는지. 그 벌레들이 병균인지 아니면 외계 생명체인지. 그에게 당한 피해자들은 누가 있는지. 살해당한 아이들 말고 살인범의 누명을 쓴 사람들 말이에요. 많을 거예요. *아주.* 막판에 그자 얼굴 봤어요? 어떤 식으로 변했는지?"

"봤어요."

랠프가 대답했다. 절대 잊지 못할 광경이었다.

"그자가 얼마나 살았는지도 몰라요. 어떤 식으로 자기를 투영할 수 있었는지도. 정체가 뭐였는지도."

"그건 알잖아요. 그자는, 그 녀석은 엘 쿠코였죠. 아, 그리고 아는 게 하나 더 있다. 그 개자식이 이제는 죽었다는 거."

23

오솔길을 거의 다 내려왔을 때 경적이 짧게 울리기 시작했다. 홀리는 걸음을 멈추고 이미 혹사당할 대로 혹사당한 입술을 씹었다.

"긴장 풀어요. 유넬일 거예요."

이제 길이 넓고 경사가 완만해졌기 때문에 좀 더 빨리 걸을 수 있었다. 창고를 돌아나가자 유넬이 보였다. 과연 그가 호스킨스의 픽업트럭에 반쯤 걸터앉아서 오른손으로 경적을 누르고 있었다. 피투성이로 퉁퉁 부은 왼쪽 팔은 통나무처럼 무릎 위에 놓여 있었다.

"이제 그만 눌러도 돼요." 랠프가 말했다. "엄마, 아빠가 왔으니까. 좀 어때요?"

"팔이 돌아 버리게 아프지만 그것 말고는 괜찮아요. 죽였어요? 엘 쿠코요."

"죽였어요. 홀리가 죽였어요. 인간은 아니었지만 아무튼 죽였어요. 그자가 어린애들을 살해하고 다니던 시절은 끝났어요."

"홀리가 죽였다고요?" 그는 그녀를 쳐다보았다. "어떻게요?"

"그 얘기는 나중에 해요." 그녀가 말했다. "지금은 당신이 더 걱정되니까. 기절했어요? 머리가 멍해요?"

"여기까지 걸어오는 동안 살짝 어지럽긴 했어요. 너무 멀게 느껴져서 두어 번 쉬어야 했고요. 그 입구로 마중 나가고 싶었거든요. 그럴 수 있길 기도했다고 해야겠지만. 그러다 이 트럭을 발견했어요. 그 저격수가 타고 온 거겠죠? 등록증에 존* P. 호스킨스라고 되어 있던데. 내가 아는 그 사람 맞아요?"

랠프가 고개를 끄덕였다.

"플린트 시티 경찰서 소속의 그 사람 맞아요. 그리고 이제는 과거지사예요. 죽었거든요. 내가 총으로 쐈어요."

유넬의 눈이 휘둥그레졌다.

"그자가 여긴 어쩐 일로 왔대요?"

"이방인이 보냈어요. 무슨 수로 그랬는지는 전혀 모르겠지만."

"열쇠를 두고 갔을 줄 알았더니 허탕이에요. 사물함에 진통제도 없고. 등록증이랑 보험증서랑 쓰레기들뿐이에요."

"열쇠는 내가 챙겼어요. 주머니에 있더라고요."

"그리고 진통제는 저한테 있어요."

홀리가 말하고 너덜너덜한 정장 재킷에 달린 큼지막한 옆주머니에서 커다란 갈색 약병을 꺼냈다. 아무 라벨이 없었다.

---

* 잭(Jack)이란 이름은 존(John)의 애칭으로도 종종 쓰인다.

"그 안에 또 뭐 있어요? 캠핑용 버너? 커피 포트? 단파 라디오?"

"유머 감각 좀 어떻게 해 봐요, 랠프."

"웃기려고 한 얘기 아니에요. 정말 존경스러워서 그러는 거지."

"저도 진심으로 동의하는 바입니다." 유넬이 말했다.

홀리는 여행용 약병을 열어서 여러 가지 알약들을 손바닥에 쏟은 다음 약병을 트럭의 계기판 위에 조심스럽게 내려놓았다.

"이건 졸로프트…… 팍실…… 이제 거의 안 먹는 바륨 그리고…… 이거다." 그녀는 주황색 두 개만 남겨 놓고 나머지는 조심스럽게 다시 약병에 넣었다. "모트린. 긴장성 두통이 있을 때 먹는 약이에요. 그리고 턱관절이 아플 때. 하지만 나이트가드* 쓴 뒤로 그건 좋아졌어요. 저는 하이브리드 모델 써요. 비싸긴 하지만 그보다 더 좋은 제품은……." 그녀는 자기를 쳐다보는 두 사람의 시선을 느꼈다. "왜요?"

"이번에도 존경스러워서 그러는 거예요, *케리다*(내 사랑). 나는 모든 돌발 상황에 대처할 수 있는 여자를 사랑하거든요." 유넬은 물도 없이 약을 그냥 삼키고 눈을 감았다. "고마워요. 정말로. 나이트가드가 항상 기대에 부응하길 빌게요."

홀리는 병을 다시 주머니에 넣으며 의심스러워하는 눈빛으로 그를 쳐다보았다.

"두 알 더 있으니까 필요하면 얘기해요. 소방차 사이렌 소리 들렸어요?"

---

* 수면 중에 치아를 보호하는 장치.

"아뇨. 오지 않으려나 보다고 생각하던 참이에요."

"올 거예요. 하지만 도착할 때까지 여기 있으면 안 돼요. 얼른 병원에 가야지. 플레인빌이 티핏보다 조금 가깝고 게다가 볼턴의 집이 가는 길이에요. 거기 들러야 할 테니까. 홀리, 내가 여길 지킬 테니까 운전하고 갈 수 있겠어요?"

"네. 하지만 왜……." 그러고 나서 홀리는 손바닥으로 살짝 자기 이마를 때렸다. "골드 씨하고 펠리 씨요."

"맞아요. 그냥 내버려 둘 수 없어서요."

"범죄 현장을 어지럽히면 욕먹는데." 유넬도 말했다. "당신도 알 테지만요."

"알아요. 하지만 훌륭한 시민 두 명을 뜨거운 태양을 맞으며 불이 난 자동차 옆에서 익어 가도록 내버려 둘 수는 없잖아요. 이의 있어요?"

유넬은 고개를 저었다. 해병대 스타일로 짧게 깎은 뻣뻣한 머리칼 속에서 땀방울이 반짝였다.

"*포르 수푸에스토 노.*(당연히 없죠.)"

"내가 주차장까지 운전하고 홀리한테 운전대를 넘길게요. 그 모트린 덕분에 좀 편안해졌어요, *아미고*?"

"네. 엄청 대단하지는 않지만 괜찮아졌어요."

"다행이네요. 왜냐하면 출발하기 전에 얘기를 좀 나눠야 하거든요."

"뭐에 대해서요?"

"이걸 어떤 식으로 설명할 것인지에 대해서요." 홀리가 말했다.

24

주차장에 도착하자 랠프가 트럭에서 내렸다. 그가 트럭의 보닛을 돌아서 다가온 홀리를 맞이했고 이번에는 그녀 쪽에서 그를 끌어안았다. 짧지만 힘찬 포옹이었다. 빌린 SUV는 거의 전소돼서 연기가 점점 가늘어지고 있었다.

유넬이 조수석에서 몇 번 움찔하고 아파서 씩씩거려 가며 조심스럽게 움직였다. 랠프가 몸을 앞으로 기울이자 그가 물었다.

"죽은 거 확실해요?" 랠프도 알다시피 호스킨스에 대해서 묻는 게 아니었다. "*확실해요?*"

"네. 사악한 서쪽 마녀처럼 녹지는 않았지만 그 비슷했어요. 경찰이 들이닥치더라도 옷하고 죽은 벌레 한 무더기 말고는 아무것도 없을 거예요."

"벌레요?" 유넬은 미간을 찌푸렸다.

"그 정도 속도로 죽은 걸 감안하면, 부패도 순식간에 이루어질 거예요. 하지만 옷에 DNA가 남아 있을 테고 경찰 측에서 우연히 그걸 클로드의 DNA와 대조하면 일치한다는 걸 알겠죠."

"아니면 클로드와 테리의 DNA가 섞였을 수도 있어요. 변신이 아직 완료되지 않았으니까. 당신도 봤죠?"

홀리는 고개를 끄덕였다.

"그러면 폐기처분될 텐데. 클로드는 별문제 없을 거예요." 랠프가 주머니에서 휴대전화를 꺼내 유넬의 성한 쪽 손에 쥐여 주었다. "전파가 잡히자마자 전화 몇 통 돌릴 수 있겠죠?"

"*클라로.*(물론이죠.)"

"통화 순서도 알고요?"

유넬이 하나씩 꼽는 동안 티핏 방향에서 다가오는 희미한 사이렌 소리가 들렸다. 결국 연기를 본 사람이 있었던 모양이지만, 그자가 무슨 일인지 직접 와서 살피지는 않았다. 어떻게 보면 다행이었다.

"빌 새뮤얼스 검사. 그다음엔 부인. 그러고 나서 겔러 서장. 마지막으로 텍사스 고속도로 순찰대의 호러스 키니 경감. 번호는 모두 저장돼 있음. 볼턴 모자는 직접 만나서 얘기할 것."

"제가 얘기할게요." 홀리가 말했다. "경위님은 가만히 앉아서 팔을 달래고 계세요."

"클로드랑 러비와 말을 맞추는 게 아주 중요해요." 랠프가 말했다. "이제 가요. 소방차가 도착했을 때 여기 있으면 꼼짝 없이 붙잡힐 거예요."

홀리는 좌석과 사이드미러, 룸미러를 알맞게 조절하고 유넬과, 아직까지 조수석 쪽으로 몸을 내밀고 있는 랠프를 돌아보았다. 피곤해 보였지만 기진맥진하지는 않았다. 눈물 바람은 지나갔다. 이제는 오로지 집중과 목적의식으로 이글거리는 표정이었다.

"간단하게 해야 해요. 간단하고 진실에 최대한 가깝게."

"전에도 이런 일 겪은 적 있죠?" 유넬이 물었다. "아니면 이 비슷한 일을. 맞죠?"

"네. 그리고 경찰은 우리 말을 믿을 거예요, 절대 해소할 수 없는 궁금한 부분들이 남겠지만. 두 분 다 왜 그럴지 이유는 알죠? 랠프,

사이렌 소리가 점점 가까워지고 있어서 이제 그만 출발해야겠어요."

랠프는 조수석 문을 닫았고, 죽은 플린트 시티 형사의 픽업트럭을 타고 멀어져 가는 그들을 지켜보았다. 그는 홀리가 체인을 피하려면 지나야 하는 단단한 지반을 떠올리며, 유넬의 팔이 아프지 않게 가장 심하게 구멍이 파인 곳과 비에 쓸린 곳을 돌아가겠거니 생각했다. 그런데 지금보다 그녀를 더 존경할 수는 없을 거라고 생각했던 순간…… 더 존경스러워졌다.

그는 먼저 수습하기 더 어려운 알렉의 시신 쪽으로 다가갔다. SUV에 붙은 불이 거의 꺼졌지만 뿜어져 나오는 열기가 어마어마했다. 알렉의 얼굴과 팔이 시커메졌고 머리는 타서 민머리가 됐다. 랠프는 허리띠를 잡고 그를 선물 가게 쪽으로 끌고 가며, 녹아서 바닥에 남은 덩어리와 바삭한 조각에 대해서는 애써 생각하지 않으려고 했다. 알렉이 그날 법원 앞에 있었던 그 남자와 얼마나 비슷해 보이는지에 대해서도 애써 생각하지 않으려고 했다. *머리에 노란색 셔츠만 두르면 되겠어.* 랠프는 생각했고 이로써 선을 넘었다. 그는 벨트를 놓고 간신히 비틀비틀 스무 발짝을 이동해 허리를 숙이고 무릎을 쥐고 배 속에 있던 걸 전부 게워 냈다. 그 단계가 끝나자 다시 돌아가서 시작했던 일을 마무리 지었다. 먼저 알렉을, 그 다음에는 하위 골드를 선물 가게의 시원한 그늘 안으로 옮겼다.

잠깐 쉬면서 숨을 돌린 다음 선물 가게 문을 살폈다. 자물쇠가 달려 있었지만 문 자체가 낡고 엉성해 보였다. 두 번 때리자 경첩이 빠졌다. 안은 어두침침하고 폭발할 듯이 뜨거웠다. 선반이 텅텅 비어 있지는 않았다. '메리스빌 홀을 탐험했어요(I EXPLORED THE

MARYSVILLE HOLE)'라고 적힌 기념 티셔츠가 몇 장 남아 있었다. 그는 두 장을 집어서 최대한 먼지를 털었다. 밖에서는 사이렌 소리가 아주 가까워졌다. 랠프가 생각하기에는 그들이 그 비싼 장비를 몰고 단단한 지반을 통과하지 않을 듯했다. 차를 멈추고 체인을 자를 것이다. 아직 시간적인 여유가 조금 있었다.

그는 무릎을 꿇고 두 사람의 얼굴을 덮었다. 살날이 많이 남았던 훌륭한 시민이었다. 죽음을 슬퍼할 가족이 있었다. 딱 한 가지 다행스러운 일이 있다면(이런 사건에도 다행스러운 일이 있을지 모르겠지만), 그들의 슬픔이 어느 괴물의 배를 불리는 데 쓰이지는 않을 거라는 점이었다.

그는 무릎에 팔을 얹고 턱을 가슴에 묻고 그들 옆에 앉았다. 이들의 죽음도 그의 책임이었을까? 거슬러 올라가면 테리 메이틀랜드를 공개적으로 체포한 어리석은 참사가 시발점일 테니 일부는 그의 책임이었다. 하지만 이렇게 기진맥진한 와중에도 그 모든 일을 그의 탓으로 여길 필요는 없다는 생각을 했다.

경찰은 우리 말을 믿을 거예요. 홀리는 그렇게 얘기했다. *두 분 다 왜 그럴지 이유는 알죠?*

랠프는 알았다. 발자국은 그냥 끊기지 않았고 질긴 껍질에 흠집 하나 없이 잘 익은 캔털루프 멜론 안에서 구더기들이 부화할 방법은 없을 테니 그들은 아무리 엉성한 이야기라도 믿을 것이다. 다른 가능성을 인정하면 현실을 의심해야 하기 때문에 믿을 것이었다. 피할 길 없는 아이러니였다. 살인을 저지르고 다니던 그 오랜 세월 동안 이방인을 보호했던 바로 그것이 이제는 그들을 보호할 것이었다.

우주에는 끝이 없지. 랠프는 생각하며 선물 가게 그늘에서 소방차가 도착하길 기다렸다.

25

홀리는 10시와 2시 방향으로 운전대를 잡고 꼿꼿하게 앉아서 유넬의 통화 내용을 들으며 볼턴의 집으로 트럭을 몰았다. 빌 새뮤얼스는 하위 골드와 알렉 펠리가 죽었다는 소식을 듣고 경악했지만 유넬이 질문을 차단했다. 나중에 질의응답 시간이 있겠지만 지금은 그럴 때가 아니었다. 새뮤얼스가 윌로 레인워터부터 시작해 이전에 신문했던 목격자들을 전부 다시 만나야 했다. 그녀가 스트립 클럽에서 더브로 기차역까지 태우고 간 남자의 신원을 둘러싸고 진지한 반론이 제기됐다고 실토해야 했다. 그런데도 그가 테리 메이틀랜드였다고 장담할 수 있겠느냐고 물어야 했다.

"의구심을 불러일으키는 쪽으로 신문해야 해요." 유넬이 말했다. "그럴 수 있겠어요?"

"물론이죠. 지난 5년 동안 배심원단 앞에서 해 온 일이 그건데. 게다가 진술서에 따르면 레인워터 씨는 이미 몇 군데 의구심을 품었어요. 특히 캡 시티에서 열린 학회에 참석한 테리의 영상이 공개된 이후로 다른 목격자들도 마찬가지고. 그 영상은 유튜브에서 바로 얼마 전에 조회수 50만을 넘겼어요. 이제 하위하고 알렉 얘기를 들어 봅시다."

"나중에요. 시간이 없어서요, 새뮤얼스 씨. 다시 한 번 강조하지만 레인워터부터 먼저 만나요. 그리고 또 한 가지. 우리가 그제 밤에 만났잖아요? 이거 *무이 임포르탄테*(아주 중요)하니까 잘 들어요."

새뮤얼스는 잘 들었고, 새뮤얼스는 동의했고, 유넬은 지넷 앤더슨 차례로 넘어갔다. 그녀에게는 좀 더 자세하게 설명할 필요가 있는 데다 그녀가 상세한 설명을 들을 자격이 있었기에 통화 시간이 좀 전보다 길었다. 그의 설명이 끝나자 지넷은 눈물을 흘렸지만 거의 안도의 눈물이었다. 두 남자가 죽고 유넬이 다친 건 끔찍한 일이었지만 그녀의 남편이자 아이 아빠는 무사했다. 유넬이 해야 할 일을 알려 주자 지넷은 당장 실행에 옮기겠다고 했다.

그가 플린트 시티의 로드니 겔러 경찰서장에게 세 번째로 전화를 걸려고 했을 때 점점 다가오는 다른 사이렌 소리가 들렸다. 텍사스 고속도로 순찰 차량 두 대가 쌩하니 그들 옆을 지나 메리스빌 홀로 향했다.

"운이 따라 준다면 저 순찰 차량에 볼턴 모자를 만난 경관이 타고 있을지 몰라요. 이름이 스테이프였던 걸로 기억하는데."

"사이프예요." 홀리가 바로잡아 주었다. "오언 사이프. 팔은 좀 어때요?"

"아직도 돌아 버리게 아파요. 남은 모트린 두 알까지 먹어야겠어요."

"안 돼요. 한꺼번에 너무 많이 먹으면 간이 상해요. 얼른 전화해요. 하지만 먼저 통화 기록으로 들어가서 새뮤얼스 씨하고 앤더슨 부인의 번호를 삭제해요."

"마음만 먹으면 아주 엄청난 범죄자가 될 수도 있겠어요, 세뇨리타."

"만전을 기하자는 거죠. *프루덴테.*(신중하게.)" 그녀는 도로에서 시선을 떼지 않았다. 다른 차량이 한 대도 없었지만 워낙 그런 성격이었다. "얼른 삭제해요. 그런 다음 다른 데 전화해요."

26

알고 보니 러비 볼턴에게 허리 아플 때 먹었던 퍼코셋*이 몇 알 있었다. 유넬은 모트린 대신 그걸 먹었고, 홀리가 얘기하는 동안 세 번째이자 마지막으로 복역하는 동안 응급구조 수업을 들은 클로드가 그의 상처에 붕대를 감아 주었다. 그녀가 속사포처럼 얘기를 쏟아 낸 이유는 사블로 경위가 얼른 제대로 된 치료를 받아야 하기 때문만은 아니었다. 경찰이 찾아오기 전에 볼턴 모자에게 그들의 역할을 이해시켜야 하기 때문이기도 했다. 고속도로 순찰대가 랠프에게 물으면 그가 대답할 수밖에 없을 테니 경찰이 조만간 들이닥칠 게 분명했다. 적어도 그들이 그녀의 얘기를 못 미더워하지는 않았다. 러비와 클로드는 이틀 전날 밤에 이방인의 존재를 느낀 적이 있었고, 클로드는 그 전부터 느끼고 있었다. 불안하고 혼란스럽고 감시를 당하는 기분이었다.

* 마약성 진통제.

"당연히 그자를 느낄 수밖에 없었죠." 홀리는 엄숙하게 말했다. "그자가 당신 머릿속을 헤집고 다녔으니까요."

"그자를 봤단 말이죠? 그 동굴에 숨어 있어 있던 그자를 거기서 봤단 말이죠?"

"네."

"나처럼 생겼다고요."

"거의 똑같이요."

러비가 소심한 목소리로 물었다.

"내가 봤다면 다르다는 걸 알아차렸을까요?"

홀리는 미소를 지었다.

"한눈에요. 제가 장담해요. 사블로 경위님, 아니, 유넬, 이제 가도 되겠어요?"

"네." 그는 자리에서 일어났다. "독한 약의 좋은 점이 있다면 여기저기 여전히 아프지만 그러거나 말거나가 된다는 거예요."

클로드가 폭소를 터뜨리고 그를 향해 손가락 총을 겨누었다.

"형님, 그 말이 정답이네요." 그는 러비가 자길 향해 미간을 찌푸리는 걸 보고 얼른 덧붙였다. "죄송해요, 엄마."

"뭐라고 해야 하는지 알아들으셨죠?" 홀리가 물었다.

"네. 워낙 간단해서 헷갈릴 일도 없겠어요. 플린트 시티 지방검사가 메이틀랜드 사건을 재조사할 생각이라 다 같이 나를 신문하러 왔다고요."

"그리고 당신은 뭐라고 얘기했다고요?"

"생각하면 할수록 그날 저녁에 내가 만난 사람은 테리 코치가 아니었다고, 그냥 닮은 사람이었다고요."

"또요?" 유넬이 물었다. "아주 중요한 거 있잖아요."

이번에는 러비가 대답했다.

"당신들이 오늘 아침에 작별 인사도 하고 잊어버린 건 없는지 물어보려고 들렀다고요. 이제 그만 출발하려고 하는데 전화가 왔다고요."

"집전화로요."

홀리는 덧붙이고 나서 생각했다. *아직 집전화를 쓰고 있다니 얼마나 다행이야.*

"맞아요, 집전화로. 앤더슨 형사님이랑 같이 근무하는 사람이라고 했어요."

"그러고는 그와 통화를 했죠."

"맞아요. 그가 앤더슨 형사님한테 찾는 사람이, 그러니까 진범이 메리스빌 홀에 숨어 있다고 얘기했어요."

"끝까지 그렇게 얘기해 주세요. 감사해요, 두 분 모두."

"고마워해야 할 쪽은 우리죠." 러비가 말하고 팔을 벌렸다. "이리 와요, 홀리 기브니 양. 와서 이 할망구 좀 안아 줘요."

홀리는 휠체어 앞으로 다가가 허리를 숙였다. 메리스빌 홀에서 그런 일을 겪은 뒤에 러비 볼턴의 품에 안겼더니 기분이 좋았다. 심지어 필요했던 것이기도 했다. 그녀는 최대한 오래도록 포옹을 풀지 않았다.

27

마시 메이틀랜드는 남편의 공개 처형은 물론이고 공개 체포 이후에 손님을 극도로 경계했기 때문에 누가 문을 두드리는 소리가 들리자 먼저 창문 앞으로 가서 커튼을 살짝 들고 밖을 내다보았다. 앤더슨 형사의 아내가 현관 앞에 서 있었고 보아하니 우는 듯했다. 마시는 얼른 달려가서 문을 열었다. 과연 지넷은 우는 얼굴이었고, 걱정하는 마시를 보자마자 다시금 눈물을 흘렸다.

"왜 그래요? 무슨 일 생겼어요? 다들 별일 없는 거죠?"

지넷은 안으로 들어왔다.

"애들은요?"

"뒷마당 큰 나무 아래에서 테리 나무판으로 크리비지 게임을 하고 있어요. 어제 밤새도록 하더니 오늘 꼭두새벽부터 다시 시작이에요. 무슨 일이에요?"

지넷은 그녀의 팔을 잡고 거실로 데려갔다.

"앉는 게 좋겠어요."

마시는 그 자리에 그냥 서 있었다.

"얼른 얘기해요!"

"희소식이 있지만 끔찍한 소식도 있어요. 랠프하고 기브니라는 여자는 무사해요. 사블로 경위는 총에 맞았지만 생명이 위험하지는 않을 것 같다고 하고요. 하지만 하위 골드하고 펠리 씨는…… 죽었어요. 우리 남편이랑 같은 지서에서 근무하는 저격수가 매복하고 있다가 쏜 총에 맞아서. 형사예요. 이름은 잭 호스킨스고요."

"죽었다고요? *죽었다고요?* 어떻게 그럴 수가……." 마시는 테리의 지정석이었던 안락의자에 털썩 주저앉았다. 그러지 않았다면 쓰러졌을 것이다. 그녀는 이해가 안 된다는 눈빛으로 지넷을 올려다보았다. "그게 무슨 말씀이에요, 희소식이라니? 어떻게 희소식이 있을 수가……. 맙소사, 일이 점점 끔찍해져 가고 있어요."

그녀는 손으로 얼굴을 덮었다. 지넷은 의자 옆에 무릎을 꿇고 앉아서 그 손을 부드럽지만 단호하게 치웠다.

"정신을 단단히 차려야 해요, 마시."

"못 그러겠어요. 남편이 죽더니 이제는 이런 일까지. 두 번 다시 정신 못 차릴 것 같아요. 아무리 그레이스와 세라가 있어도."

"그만해요." 지넷의 목소리는 나지막했지만 마시는 뺨이라도 한 대 얻어맞은 듯 눈을 깜빡였다. "테리를 살릴 길은 없지만, 그의 명예를 되찾고 딸들이 이 마을에서 살 방편을 마련하기 위해 선량한 두 남자가 나섰다가 죽었어요. 그들에게도 가족이 있고, 나는 이 집을 나서면 일레인 골드를 찾아가야 해요. 얼마나 끔찍하겠어요. 유넬은 다쳤고 우리 남편도 자기 목숨을 걸었어요. 당신도 괴롭긴 하겠지만 이번에는 당신이 주인공이 아니에요. 당신이 랠프를 도와야 해요. 다른 사람들도 마찬가지고요. 그러니까 정신 차리고 내 말 잘 들어요."

"알았어요. 그럴게요."

지넷은 마시의 손을 들어서 잡았다. 손이 차가웠고 지넷이 생각하기에는 그녀의 손도 별로 따뜻하지 않을 듯했다.

"홀리 기브니가 한 얘기가 진짜였어요. 이방인이 있었고 인간이 아니었어요. 뭔가…… 다른 거였어요. 엘 쿠코가 됐건 드라큘라가 됐건 샘의 아들*이나 사탄의 아들이 됐건 거기 동굴에 있었대요. 거기서 찾아내서 죽였어요. 랠프가 그러는데 클로드 볼턴을 닮았지만 진짜 클로드 볼턴하고는 천지 차이였다고 했어요. 여기 오기 전에 빌 새뮤얼스랑 통화했어요. 우리가 입을 잘 맞추면 별일 없을 거래요. 테리의 누명을 벗길 수 있을지 몰라요. *우리가 입을 잘 맞추면*. 할 수 있겠어요?"

지넷은 우물을 채우는 물처럼 마시 메이틀랜드의 눈에 희망이 차오르는 것을 보았다.

"네. 네, 할 수 있어요. 뭐라고 입을 맞추면 되는데요?"

"우리가 오로지 테리의 누명을 벗길 방법을 찾으려고 만났다고요. 그렇게만 하면 돼요."

"그이의 누명을 벗기려고 만났다고요."

"그 자리에서 빌 새뮤얼스가 랠프와 다른 경관들이 만난 목격자들을 다시 신문하기로 했어요. 윌로 레인워터부터 시작해서 역순으로. 그렇죠?"

"네, 맞아요."

"클로드 볼턴에서부터 시작할 수 없었던 이유는 볼턴 씨가 텍사스에서 몸이 안 좋은 어머니를 돕고 있기 때문이었어요. 그래서 하위가 알렉, 홀리 그리고 우리 남편과 함께 내려가서 클로드를 만나겠다고 했어요. 유넬은 시간이 맞으면 합류하겠다고 했고요. 그랬

---

* 미국의 악명 높은 연쇄살인범 데이비드 버코위츠의 별명.

던 거 기억해요?"

"네." 마시는 대답하며 열심히 고개를 끄덕였다. "우리 모두 좋은 생각이라고 했고요. 그런데 기브니 씨가 그 자리에 참석한 이유는 기억이 나지 않네요."

"알렉 펠리가 오하이오에서 테리의 행적을 체크해 달라고 홀리에게 일을 맡겼잖아요. 그러다보니 이 사건에 관심이 생겨서 좀 더 도울 일이 없는지 알아보려고 여기로 건너왔고요. 이제 기억나요?"

"네."

지넷은 마시의 손을 잡고 마시의 눈을 들여다보며 마지막이자 가장 중요한 부분을 말했다.

"변신 괴물이 됐건 엘 쿠코가 됐건 투영된 유령이 됐건, 초자연적이라고 불릴 만한 것에 대해서는 일절 얘기한 적 없어요."

"네, 그럼요. 우리는 그런 생각조차 한 적 없어요. 그런 생각을 왜 하겠어요?"

"우리는 테리를 닮은 사람이 피터슨이라는 아이를 죽이고 그에게 뒤집어씌우려고 했다고 생각했죠. 이자를 이방인이라고 지칭했고요."

"맞아요." 마시가 지넷의 손을 꼭 잡으며 말했다. "그렇게 지칭했어요. 이방인이라고."

그 이후

플린트 시티

1

이제는 고인이 된 하워드 골드가 빌린 전세기가 오전 11시 직후에 플린트 시티 공항에 착륙했다. 하워도 알렉도 탑승하지 않았다. 검시가 끝났을 때 플레인빌 장례식장 영구차에 실려 플린트 시티로 시신이 이송됐다. 랠프, 유넬 그리고 홀리가 잭 호스킨스를 실은 또 다른 영구차까지 비용을 분담했다. 유넬이 그 개자식을 그의 손에 죽은 사람들과 한 차에 태울 수 없다고 했을 때 다른 두 사람의 의견까지 대변한 셈이었다.

지넷 앤더슨이 유넬의 아내와 두 아들과 함께 활주로에서 기다리고 있었다. 아이들이 지넷을 지나(사춘기를 앞두고 목소리가 허스키해진 헥터는 하마터면 그녀를 쓰러뜨릴 뻔했다.) 한쪽 팔에 깁스를 하고 삼각건으로 고정한 아버지를 향해 달려갔다. 그는 성한 팔로 그들을 최대한 성의껏 끌어안은 다음 포옹을 풀고 아내에게 손짓했다. 그녀는 남편을 향해 달려갔다. 지넷도 치맛자락을 펄럭이며 달려갔다. 랠프를 두 팔로 감싸고 으스러져라 끌어안았다.

조그만 개인 터미널 입구에서 서로 끌어안고 웃는 사블로 가족과 앤더슨 가족을 두고 랠프가 좌우를 두리번거려 보니 홀리가 킹에어의 날개 근처에 혼자 서서 그들을 지켜보고 있었다. 가장 가까운 월마트가 오스틴 외곽까지 65킬로미터 거리였기 때문에 하는 수없이 플레인빌 레이디스 어패럴에서 산 바지 정장을 입고 있었다.

랠프가 손짓하자 그녀는 조금 쭈뼛거리며 다가왔다. 조금 멀찍이 떨어진 곳에서 걸음을 멈추었지만 지넷이 그냥 두고 볼 리 없었다. 홀리의 손을 잡고 당겨서 끌어안았다. 랠프는 두 사람을 한꺼번에 감싸안았다.

"고마워요." 지넷이 홀리의 귀에 대고 속삭였다. "그이를 데리고 돌아와 줘서 고마워요."

"검시가 끝나자마자 돌아오려고 했는데 병원에서 하루 동안 사블로 경위님, 그러니까 유넬의 경과를 지켜봐야 된다고 해서요. 팔에 혈전이 생겨서 그걸 없애자고 했어요."

홀리는 벌게졌지만 기뻐하는 얼굴로 두 사람의 품에서 벗어났다. 3미터 멀리에서는 가브리엘라 사블로가 *파피*를 괴롭히지 말라고, 그러다 팔이 다시 부러지겠다고 두 아들을 말리고 있었다.

"데릭은 어디까지 알고 있어?" 랠프가 아내에게 물었다.

"아빠가 텍사스에서 총격전을 벌였지만 다치지 않았다고. 두 명이 죽었다는 것도 알아. 집에 일찍 오고 싶대."

"그래서 뭐라고 했어?"

"알았다고 했어. 다음 주에 올 거야. 그래도 괜찮겠어?"

"응."

아들을 다시 보면 좋을 것이다. 수영을 하고 배를 타고 활을 쏘느라 까무잡잡하니 건강해지고 몇 군데 근육이 생기지 않았을까. 그리고 그는 지금 저승이 아니라 이승에 있었다. 그게 가장 중요한 부분이었다.

"오늘 저녁은 우리 집에서 먹을 거예요." 지넷이 홀리에게 말했다. "그리고 이번에도 당신은 우리 집에서 자고 갈 거예요. 토 달지 마요. 손님방 시트도 다 깔아 놨으니까."

"감사해요." 홀리는 이렇게 얘기하고 미소를 지었다. 그러다 미소가 사라진 얼굴로 랠프를 돌아보았다. "골드 씨랑 펠리 씨도 같이 저녁 먹을 수 있었으면 좋았을 텐데. 그 두 분이 죽다니 너무 잘못됐어요. 이건 마치……."

"알아요." 랠프는 그렇게 얘기하고 한 팔로 그녀를 감싸 안았다. "어떤 심정인지 알아요."

2

랠프가 그릴에 스테이크를 구웠다. 그가 휴직한 덕분에 그릴이 끝내주게 깨끗했다. 샐러드와 옥수수도 있었고 디저트는 아이스크림을 곁들인 사과파이였다.

"정통 미국식이네요, *세뇨르*."

유넬은 아내가 스테이크를 잘라 주는 걸 지켜보며 말했다.

"맛있었어요." 홀리가 말했다.

빌 새뮤얼스는 배를 두드렸다.

"노동절쯤 되면 배가 꺼질지 모르겠지만 자신 없어요."

"말도 안 되는 소리." 지넷은 그렇게 얘기하고 피크닉 테이블 옆 아이스박스에서 맥주를 한 명 꺼내 새뮤얼스의 잔에 반, 그녀의 잔에 반 따랐다. "너무 말랐어요. 부인이 옆에서 잘 챙겨 먹여야 할 텐데."

"개업하면 헤어진 아내가 돌아올지 몰라요. 이 마을에는 실력 있는 변호사가 필요하잖아요. 하위가……." 그는 하마터면 뭐라고 할 뻔했는지 깨닫고 삐친 머리(사실 머리를 자른 덕분에 이제는 없었다.)를 쓸어넘겼다. "제 말은, 실력 있는 변호사는 언제든 일거리가 끊이지 않을 거라고요."

다들 잠깐 동안 아무 말도 하지 않았다. 이윽고 랠프가 맥주병을 들었다.

"이 자리에 없는 친구들을 위해."

그들은 건배했다. 홀리가 들릴락 말락 하게 중얼거렸다.

"가끔은 사는 게 너무 개떡 같아요." 아무도 웃지 않았다.

7월의 폭염이 누그러졌고 가장 지독한 벌레들이 사라져 앤더슨의 뒷마당은 쾌적했다. 식사가 끝나자 유넬의 두 아들과 마시 메이틀랜드의 두 딸은 차고 옆쪽의 농구대로 가서 호스*를 시작했다.

* 앞 사람이 슛을 성공하면 그 사람과 똑같은 자세로 차례차례 슛을 쏘는 게임.

"그래서." 마시가 말했다. 아이들이 멀찌감치 떨어져 게임에 집중하고 있는데도 언성을 낮추었다. "검시 얘기해 봐요. 우리 진술이 먹혔나요?"

"음." 랠프가 말했다. "호스킨스가 볼턴의 집으로 전화해서 우리를 메리스빌 홀로 불러낸 거예요. 거기서 무차별 총격으로 하위와 알렉을 죽이고 유넬에게 부상을 입혔죠. 그가 사실은 나를 노린 것 같다고 얘기했어요. 오래전부터 우리 둘 사이에 불화가 있었는데 술을 마시면 마실수록 그게 그의 머릿속을 파고들었을 거라고. 검시 결과 체내에서 코카인의 흔적이 검출된 걸로 보아, 신원 미상의 공범이 술과 약물을 조달하고 피해망상을 부채질했을 것으로 추정하고 있어요. 텍사스 고속 순찰대가 '소리의 방'에 들어갔다 왔지만 공범은 찾지 못했고."

"옷만 몇 벌 있었죠." 홀리가 말했다.

"그리고 그자는 분명 죽었단 말이지." 지넷이 말했다. "그 이방인. 분명 죽었단 말이지."

"응." 랠프가 말했다. "당신도 그 광경을 봤다면 알았을 거야."

"보지 않은 게 다행이에요." 홀리가 말했다.

"이제 끝난 거예요?" 가브리엘라 사블로가 물었다. "제가 궁금한 건 그것뿐이에요. 정말 끝났는지."

"아뇨." 마시가 말했다. "저랑 아이들 입장에서는 아니에요. 테리의 누명이 벗겨질 때까지는. 무슨 수로 그이가 누명을 벗을 수 있겠어요? 재판을 받아 보지도 못하고 죽었는데."

새뮤얼스가 말했다.

"우리가 손을 쓰는 중이에요."

3

8월 1일

플린트 시티로 복귀하고 다음 날이 밝았을 때 랠프가 또다시 뒷짐을 지고 침실 창가에 서서 밖을 내려다보니 홀리 기브니가 또다시 뒷마당 의자에 앉아 있었다. 그는 지넷이 약하게 코를 골며 자고 있는 걸 확인하고 1층으로 내려갔다. 몇 개 안 되는 짐을 담은 홀리의 가방이 부엌에 나와 있는 걸 보고 놀라지 않았다. 그녀는 자기 생각이 뚜렷할 뿐 아니라 조금도 가만히 있지 못하는 성격이었다. 게다가 한시라도 빨리 플린트 시티에서 벗어나고 싶을 것이었다.

그전에 아침 일찍 홀리와 함께 여기 나와 있었을 때 지넷이 커피 냄새를 맡고 깼으니 이번에는 오렌지주스를 들고 나갔다. 그는 아내를 사랑했고 그녀와 같이 있는 걸 좋아했지만 이번만큼은 홀리와 단둘이서 시간을 보내고 싶었다. 그들 사이에는 끈끈한 정이 생겼고 두 번 다시 만나지 못한다 하더라도 그 사실에는 변함이 없을 것이었다.

"고마워요. 아침에는 오렌지 주스만 한 게 없죠." 그녀는 흡족한 표정으로 잔을 쳐다보다가 반 잔을 비웠다. "커피는 나중에 마셔도 돼요."

"몇 시 비행기예요?"

"11시 15분이요. 여기서 8시에 출발할 거예요." 그녀는 놀라는 그를 보고 살짝 멋쩍은 미소를 지었다. "알아요, 제가 강박적으로 서두른다는 거. 졸로프트가 여러 면에서 도움이 되는데 그 방면에서는 도움이 안 되나 봐요."

"잠은 좀 잤어요?"

"조금요. 당신은요?"

"조금요."

그들은 한동안 아무 말도 하지 않았다. 첫 새가 부드럽고 달콤하게 지저귀는 소리가 들렸다. 다른 새가 화답했다.

"나쁜 꿈 꾸었어요?"

"네. 당신은요?"

"나도요. 그 벌레들이 나오더라고요."

"저는 브래디 하츠필드 사건 이후에도 나쁜 꿈 꾸었어요. 두 번 다." 홀리는 그의 손을 아주 살짝 건드리고 손을 치웠다. "처음에는 자주 꾸지만 시간이 지날수록 줄어요."

"완전히 없어지기도 할까요?"

"아뇨. 그리고 저는 없어지길 바라지도 않는 것 같아요. 꿈을 통해서 보이지 않는 세상과 접촉한다고 생각하거든요. 그것도 특별한 재능이에요."

"나쁜 꿈이라도?"

"나쁜 꿈이라도요."

"계속 연락할 거예요?"

그녀는 놀라는 표정을 지었다.

"당연하죠. 어떻게 됐는지 궁금할 거예요. 제가 워낙 호기심이 많거든요. 가끔 그것 때문에 난처해질 때도 있어요."

"가끔은 그 덕분에 난처한 상황에서 벗어날 때도 있고요."

홀리는 미소를 지었다.

"그렇다고 생각하고 싶네요." 그녀는 주스를 마저 마셨다. "새뮤얼스 씨가 도움이 될 거예요. 그분을 보면 유령을 세 번 만난 스크루지가 연상되거든요. 사실 당신도 그래요."

그 말에 그는 폭소를 터뜨렸다.

"빌은 마시와 두 딸을 위해 모든 노력을 아끼지 않을 거예요. 나도 도울 테고요. 우리 둘 다 지은 죄가 많으니까요."

그녀는 고개를 끄덕였다.

"할 수 있는 건 다 해야죠, 당연히. 하지만 그런 다음에는…… 그 빌어먹을 걸 잊어요. 과거를 놓지 못하면 예전에 저지른 실수에 매몰될 수 있어요." 그녀는 그를 향해 고개를 돌리고 여느 때와 다르게 똑바로 쳐다보았다. "제가 알아요."

부엌 불이 켜졌다. 지넷이 일어난 것이었다. 조만간 여기 이 피크닉 테이블에서 세 사람이 커피를 마시겠지만 그는 아직 둘뿐일 때 해야 할 말이, 그것도 중요한 말이 있었다.

"고마웠어요, 홀리. 와 줘서, 믿어 줘서 고마웠어요. 나를 믿게 만들어 줘서 고마웠어요. 당신이 없었다면 그자는 계속 활개를 치고 다녔을 거예요."

그녀는 미소를 지었다. 그 환한 미소였다.

"별말씀을요. 하지만 다시 돌아가서 자취를 감춘 채무자, 보석금을 내고 도망친 범죄자, 잃어버린 애완동물을 찾을 생각을 하면 아주 기뻐요."

문 앞에서 지넷이 외쳤다.

"커피 드실 분?"

"우리 둘 다!" 랠프가 큰 소리로 대답했다.

"금방 갈게! 내 자리 비워 놔!"

홀리가 허리를 숙여야 들릴 만큼 작은 목소리로 말했다.

"그자는 악마였어요. 시커먼 악마."

"100퍼센트 동의해요."

"하지만 계속 마음에 걸리는 부분이 있어요. 당신이 밴에서 주웠다는 종이쪼가리 말이에요. 토미와 터펜스 전단지. 그게 어쩌다 그 안에 들어가게 됐는지 우리끼리 답을 고민한 적 있잖아요. 기억나요?"

"그럼요."

"하나같이 설득력이 없게 느껴져요. 거기 있을 일이 없는 쪼가린데 거기 있었단 말이죠. 그리고 그 쪼가리가 없었다면, 오하이오에서 벌어진 사건과의 연결 고리가 없었다면, 그 녀석은 지금도 활개를 치고 다녔을 거예요."

"그러니까 하고 싶은 말이 뭐예요?"

"간단해요. 이 세상에는 선한 기운도 있다는 거. 저는 그렇다는 것도 믿거든요. 그래야 주변에서 벌어지는 온갖 끔찍한 일들을 생각해도 미쳐 버리지 않을 수 있기 때문이기도 하지만 또 한편으로는…… 음…… 그걸 입증하는 증거들이 있지 않아요? 여기뿐 아니라 온 사방에. 균형을 다시 맞추려는 힘이 있다는 증거 말이에요. 나쁜 꿈을 꾸면 그 종이 쪼가리를 떠올려요, 랠프.”

그가 아무 대꾸도 하지 않는 걸 보고 그녀가 무슨 생각하느냐고 물었다. 방충망 달린 문에서 쾅 소리가 났다. 지넷이 커피를 들고 나왔다. 단둘이서 보낼 수 있는 시간이 얼마 남지 않았다.

“우주에 대해서 생각하고 있었어요. 정말이지 끝이 없지 않아요? 그리고 설명할 방법도 없고요.”

“맞아요. 설명하려는 시도조차 무의미한 일이죠.”

4

8월 10일

플린트 카운티의 윌리엄 새뮤얼스 지방검사가 한 손에 얇은 서류폴더를 들고 법원 회의실 단상으로 뚜벅뚜벅 걸어갔다. 옹기종기 모여 있는 마이크 뒤에 섰다. 텔레비전 조명이 켜졌다. 그는 뒤통수를 쓰다듬고(삐친 머리가 없었다.) 모인 기자들이 조용해지길 기다렸다. 랠프가 앞줄에 앉아 있었다. 새뮤얼스는 그를 향해 짧게 고개를 끄덕이고 시작했다.

“안녕하세요, 여러분. 프랭크 피터슨 살인 사건과 관련해서 간단하게 설명을 하고 질문을 받도록 하겠습니다.

많이들 아시다시피 프랭크 피터슨이 여기 이 플린트 시티에서 유괴에 이어 살해당한 그 순간에 캡 시티에서 열린 회의에 참석한 테런스 메이틀랜드를 촬영한 영상이 존재합니다. 그와 함께 학회에 참석해 메이틀랜드 씨가 그 자리에 있었음을 증언한 동료들의 진술도 의심의 여지가 없고요. 뿐만 아니라 사건을 수사하는 과정에서 학회가 열린 캡 시티의 호텔에서 메이틀랜드 씨의 지문이 입수됐고, 피터슨의 살해 시점과 워낙 가까운 시점에 찍힌 지문이라 메이틀랜드 씨를 용의자로 간주하기에는 무리가 있음을 입증하는 부수적인 진술도 확보됐습니다."

기자들이 웅성거렸다. 그 중 한 명이 외쳤다.

"그럼 살인 현장에 남은 메이틀랜드의 지문은 뭡니까?"

새뮤얼스는 가장 검사다운 인상을 쓰며 그 기자를 쳐다보았다.

"질문은 자제해 주세요. 막 설명하려던 참이니까. 좀 더 심층적인 법의학 검사를 벌인 결과 아이를 납치하는 데 동원된 밴과 피기스 공원에서 검출된 지문이 이식된 게 아니었나 하는 결론을 내리기에 이르렀습니다. 흔한 일은 아니지만 얼마든지 가능한 얘기죠. 가짜 지문을 이식하는 다양한 방법은 법 집행기관뿐 아니라 범죄자들에게도 귀중한 자료실 역할을 하는 인터넷에 잘 나와 있습니다.

하지만 그걸 보면 이 살인범이 변태적이고 매우 위험한 동시에, 얼마나 영리한지 알 수 있죠. 그가 테리 메이틀랜드에게 원한이 있었는지 여부는 알 수 없지만요. 그 부분에 대해서는 계속 수사할 예정입니다."

그는 엄숙한 표정으로 청중을 둘러보았고, 플린트 시티에서 재선에 출마할 필요가 없다는 데 무한한 기쁨을 느꼈다. 일이 이렇게 됐으니 우편 주문으로 학위를 취득한 사기꾼이라도 그를 간단히 이길 수 있을 것이었다.

"제가 지금까지 나열한 사실들을 감안했을 때 그럼에도 저희가 메이틀랜드 씨를 기소한 이유가 궁금하실 겁니다. 이유는 두 가지였습니다. 가장 명백한 이유는 메이틀랜드 씨가 체포되던 날 또는 기소인부절차를 밟기로 했던 날까지 이 모든 사실을 전부 알지는 못했다는 겁니다."

아, 하지만 거의 다 알고 있었잖아요, 빌? 랠프는 가장 근사한 양복을 입고 가장 근사한 경찰용 포커페이스를 유지한 채 그를 지켜보며 생각했다.

"두 번째 이유는." 새뮤얼스는 하던 얘기를 계속했다. "메이틀랜드 씨와 일치하는 것으로 보이는 DNA가 사건 현장에 있었다는 겁니다. DNA 결과는 절대 틀리지 않는다는 것이 일반적인 추측입니다만, 책임 있는 유전학을 위한 회의에서 학술지에 기고한 「법의학 DNA 검사의 오류 가능성」이라는 논문에 따르면 그건 오해라고 합니다. 예컨대 샘플이 섞이면 검사 결과를 신뢰할 수가 없는데, 피기스 공원의 사건 현장에서 채취한 샘플이 실제로 그런 사례였습니다. 범인과 피해자, 양쪽 모두의 DNA가 공존했으니까요."

그는 기자들이 메모를 다할 때까지 기다렸다가 다시 말을 이었다.

"그뿐 아니라 사건과는 무관한 제2의 검사 과정에서 샘플이 자외선에 노출됐습니다. 그래서 안타깝게도 저희 검사실에서 판단한 결과 법정에 제출할 수 없는 수준으로 훼손이 됐죠. 간단하게 말해서 샘플이 쓰레기가 된 겁니다."

그는 말을 멈추고 서류 폴더에 들고 온 종이를 다음 장으로 넘겼다. 안에 든 게 백지뿐이었으니 단순한 연출이었다.

"테런스 메이틀랜드 살인 사건에 이어 텍사스 주 메리스빌에서 벌어진 사건들에 대해서도 간단하게 짚고 넘어갈까 합니다. 저희가 생각하기에는 플린트 시티 경찰서의 존 호스킨스 형사가 프랭크 피터슨 살인범과 왜곡된 공범 관계가 아니었나 싶습니다. 호스킨스는 이자의 은신을 도왔고 둘이서 유사한 흉악범죄를 계획하고 있었을지 모릅니다. 랠프 앤더슨 형사와 그 일행의 용감한 활약 덕분에 그들의 계획은 실현되지 못했지만 말입니다." 그는 엄숙한 표정으로 고개를 들고 청중을 바라보았다. "하워드 골드와 알렉 펠리는 텍사스 주 메리스빌에서 유명을 달리했고 저희는 그들의 죽음을 애도합니다. 하지만 저희와 유족들은 지금 이 순간, 프랭크 피터슨과 비슷한 운명에서 구제를 받은 아이가 있다는 데서 위안을 얻습니다."

작전 잘 짰네. 너무 질척거리지 않고 비애감을 딱 적당하게 조성했어.

"메리스빌에서 벌어진 사건에 대해 궁금한 점들이 많으시겠습니다만, 제가 임의로 답변할 수 없는 상황임을 이해해 주시기 바랍니다. 텍사스 고속 순찰대와 플린트 시티 경찰서의 협동 수사가 진행 중입니다. 주 경찰청의 유넬 사블로 경위가 연락 담당자로 양쪽 기관과 공조를 벌이고 있으니 적절한 시기에 여러분에게 정보를 공개할 겁니다."

이제 보니 이런 데 엄청 소질이 있네. 랠프는 진심으로 감탄했다.

구구절절 제대로구만.

새뮤얼스는 서류 폴더를 닫고 고개를 숙였다가 다시 들었다.

"제가 여러분 앞에서 모든 걸 100퍼센트 솔직하게 공개하는 이런 귀한 기회를 누릴 수 있는 것도 재선에 출마할 생각이 없기 때문이죠."

점입가경이야.

"좀 더 시간을 두고 증거를 점검했더라면 본 검사실에서는 메이틀랜드 씨에 대한 기소를 철회했을 겁니다. 재판을 고집했더라도 그는 분명 무죄 판결을 받았을 테고요. 그리고 이건 사족이겠습니다만, 사망 당시 그는 법적으로 무죄였습니다. 그럼에도 그에게 드리워진, 그리고 결과적으로 그의 가족에게까지 번진 의혹의 그림자가 사라지지 않았죠. 저는 그 의혹을 불식하고자 오늘 이 자리에 섰습니다. 테리 메이틀랜드가 프랭크 피터슨 살인 사건과 하등의 관계가 없었다는 것이 저희 지방검사실의 소견입니다. 저의 개인적인 소견도 마찬가지고요. 따라서 이 자리에서 수사 재개를 선포합니다. 현재는 텍사스에 집중돼 있지만 플린트 시티, 플린트 카운티, 캐닝 타운십에서도 수사가 진행 중입니다. 이제 기꺼이 질문을 받겠습니다."

질문이 많았다.

5

나중에 랠프는 검사실로 새뮤얼스를 찾아갔다. 조만간 자리에서 물러날 지방검사의 책상 위에 부시밀 위스키가 한 병 놓여 있었다. 그는 각자의 잔에 술을 따르고 자기 잔을 들었다.

"이제 난리법석이 끝나고 전쟁의 승자와 패자도 가려졌네요. 십중팔구 내가 패자지만 뭐 어때요. 난리법석을 위해 건배합시다."

그들은 건배했다.

"질문에 대처를 아주 잘하던데요. 그게 다 헛소리였다는 걸 감안하면 더욱 놀라워요."

새뮤얼스는 어깨를 으쓱했다.

"모든 능력 있는 변호사의 무기가 헛소리예요. 테리는 이 마을에서 완전히 오명을 벗지 못했고 앞으로도 절대 그럴 리 없다는 걸 마시도 알지만 사람들의 태도가 점점 바뀌고 있어요. 마시의 친구 제이미 매팅리만 해도 그래요. 마시가 전화해서 얘기하더라고요, 그 친구가 찾아와서 사과했다고. 같이 펑펑 울었대요. 가장 크게는 캡 시티에서 테리를 촬영한 영상 덕분이지만 내가 지문과 DNA에 대해서 한 얘기도 도움이 많이 될 거예요. 마시는 여기에서 그냥 살아 보기로 했어요. 아마 잘 살 수 있을 거예요."

"DNA 말이 나왔으니 말인데. 플린트 시티 종합병원 혈청학과의 에드 보건이 검사를 맡았잖아요. 자기 명예가 걸린 문제라 요란하게 투덜거리고 있을 텐데."

새뮤얼스는 미소를 지었다.

"그래야 맞는 거겠죠? 그런데 진실은 입맛대로 되지 않는다고 하잖아요. 발자국이 갑자기 끊긴 또 다른 사례라고 할까요. 자외선에 노출된 적도 없는데 샘플에 출처를 알 수 없는 하얀 반점들이 생겨서 완전히 훼손됐어요. 보건이 오하이오 주 경찰청의 과학수사반에 연락했더니 뭐라는 줄 알아요? 히스 홈즈의 샘플에도 마찬가지 현상이 벌어졌대요. 사진을 보니까 아예 분해가 됐더라고요. 피고 측 변호인이 환호성을 지를 만한 일인데, 안 그래요?"

"목격자들은요?"

빌 새뮤얼스는 폭소를 터뜨리고 위스키를 한 잔 더 따랐다. 그가 병을 내밀자 랠프는 고개를 저었다. 집까지 운전을 해야 했다.

"간단했어요. 다들 자기가 착각했다는데 두 사람만 예외였어요. 알린 스탠호프하고 준 모리스. 그 둘은 자기 주장을 고수했어요."

랠프로서는 놀랄 만한 일이 아니었다. 스탠호프는 제럴스 파인 그로서리 마트 주차장에서 이방인이 프랭크 피터슨에게 접근해 차에 태우고 가는 걸 본 노부인이었다. 준 모리스는 피기스 공원에서 그가 피 묻은 셔츠 차림으로 나오는 걸 본 아이였다. 나이가 아주 많거나 아주 어린 계층의 눈이 항상 가장 정확했다.

"그럼 이제 어쩌죠?"

"술잔 비우고 각자의 길을 가면 돼요. 다만 한 가지 물어보고 싶은 게 있어요."

"뭔데요?"

"그자가 한 명뿐이었을까요? 아니면 또 있을까요?"

동굴에서 마지막으로 대치했던 순간과 이방인이 탐욕스러운 눈빛으로 물었던 질문이 랠프의 머릿속에 떠올랐다. *다른 데서 나 같은 존재를 본 적 있었나?*

"아닐 거라고 봐요. 하지만 100퍼센트 장담할 수는 없겠죠. 이 세상에는 뭐든 있을 수 있어요. 이제는 그렇다는 걸 알겠어요."

"젠장, 안 그랬으면 좋겠는데!"

랠프는 아무 대꾸도 하지 않았다. '우주에는 끝이 없어요.'라고 말하는 홀리의 목소리가 그의 머릿속에서 들렸다.

6

9월 21일

랠프는 커피를 들고 화장실로 들어가 면도를 했다. 명령에 의해 일선에서 떠나 있던 동안에는 대충 하고 넘겼지만 현역으로 복귀한 지 2주가 지났다. 지넷은 1층에서 아침을 준비하고 있었다. 베이컨 냄새가 났고 「투데이」의 시작을 알리는 요란한 트럼펫 소리가 들렸다. 먼저 오늘 하루에 할당된 홍보를 소개한 뒤에 이 주의 유명인사 소개를 거쳐 수많은 약 광고로 넘어갈 것이다.

그는 조그만 테이블에 커피를 내려놓았다가 엄지손톱 아래에서 꿈틀꿈틀 기어 나오는 빨간 벌레를 보고 그대로 얼어붙었다. 거울에 비친 얼굴을 보니 클로드 볼턴의 얼굴로 변신하고 있었다. 비명을 지르려고 입을 벌렸다. 구더기와 빨간 벌레 떼가 그의 입술을 지나 셔츠 앞섶으로 쏟아졌다.

7

그는 침대에서 벌떡 일어났다. 심장이 가슴뿐 아니라 목젖과 관자놀이를 두드렸고, 두 손은 비명이나…… 아니면 그보다 더 끔찍한 무언가를 막으려는 것처럼 입을 틀어막고 있었다. 지넷이 옆에서 계속 자고 있는 걸 보면 비명은 지르지 않았다. 다행이었다.

그날 내 몸속으로 한 마리로 들어오지 않았어. 심지어 몸에 닿지도 않았어. 너도 알잖아.

그렇다, 그도 알았다. 거기서 직접 확인했을 뿐 아니라 복직하기 전에 (뒤늦게나마) 건강검진도 완벽하게 받았다. 체중과 콜레스테롤이 약간 는 것 말고는 건강하고 별문제 없다고 했다.

시계를 흘끗 확인해 보니 3시 45분이었다. 그는 다시 누워서 천장을 올려다보았다. 동이 트려면 아직 멀었다. 생각할 시간이 많았다.

8

랠프와 지넷은 아침형 인간이었다. 데릭은 7시에 깨우면 그제야 일어날 것이다. 스쿨버스에 늦지 않는 한도 내에서 최대한 늦게까지 잘 수 있는 시각이 그때까지였다. 랠프는 잠옷 차림으로 식탁에 앉았고 지넷은 번 커피머신을 켜고 데릭이 내려오면 고를 수 있게 이런저런 시리얼을 꺼냈다. 그녀가 랠프에게 잘 잤느냐고 물었다. 그는 잘 잤다고 대답했다. 그녀는 잭 호스킨스의 후임을 구하는 문제는 어떻게 돼 가고 있느냐고 물었다. 그는 구했다고 대답했다. 그와 벳시 리긴스의 추천 아래 겔러 서장이 트로이 래미지 경관을 플린트 시티의 3인 형사대로 승진시키기로 했다.

“상들리에에서 가장 밝게 빛나는 전구는 아니지만 성실하고 팀플레이를 할 줄 친구니까. 잘할 거라고 믿어.”

“잘됐네. 다행이다.” 그녀는 그의 머그잔을 채우고 그의 뺨을 손으로 쓸어내렸다. “까칠까칠하시구만요, 선생님. 면도를 하셔야겠어요.”

그는 커피를 들고 2층으로 올라가 화장실 문을 닫고 충전기에 꽂아 둔 휴대전화를 꺼냈다. 원하는 번호가 연락처에 입력돼 있었고 아직 이른 시각이기는 했지만(「투데이」의 시작을 알리는 요란한 트럼펫 소리가 들리려면 최소한 30분이 남았다.) 그녀는 분명 일어나 있을 것이었다. 그녀에게 전화하면 첫 번째 신호도 제대로 듣지 못하는 날이 많았다. 오늘도 그런 날이었다.

“좋은 아침, 랠프.”

“좋은 아침, 홀리.”

“잠 잘 잤어요?”

“잘 못 잤어요. 벌레가 나오는 꿈을 꾸는 바람에. 당신은요?”

“어젯밤은 괜찮았어요. 컴퓨터로 영화 보고 곧바로 곯아떨어졌거든요. 「해리가 샐리를 만났을 때」요. 그 영화 보면 늘 웃게 돼요.”

"다행이네요. 다행이야. 요즘은 어떤 사건 맡고 있어요?"

"대부분 예전이랑 비슷한 사건들이에요." 그녀의 목소리가 밝아졌다. "하지만 탬퍼에서 가출한 아이를 유스호스텔에서 찾았어요. 엄마가 6개월 동안 찾던 아이를요. 아이하고 얘기해 봤는데 집에 가겠대요. 엄마의 남자친구가 질색이지만 다시 한 번 노력해 보겠대요."

"당신이 버스표 사라고 돈을 준 모양이네요."

"뭐……."

"지금 이 순간 저기 어디 무료 쉼터에서 그 돈으로 마약을 사서 피우고 있을지 몰라요. 알죠?"

"모두 그러는 건 아니에요, 랠프. 믿음을……."

"알아요. 믿음을 가져야 한다는 거."

"맞아요."

그의 세상과 그녀의 세상을 잇는 연결 고리 안에서 잠깐 정적이 흘렀다.

"랠프……."

그는 기다렸다.

"그것들…… 그의 몸에서 나온 그것들이…… 우리 몸에 닿지 않았잖아요. 알죠, 그렇죠?"

"알아요. 내가 어렸을 때 갈랐던 캔털루프 멜론 안에 있었던 구더기 때문에 그런 꿈을 꾸는 걸 거예요. 내가 그 멜론 얘기했죠?"

"네."

그녀의 목소리에서 웃음기가 느껴지자 그는 한 방에 있기라도 한 듯 마주 미소를 지었다.

"당연히 얘기했겠죠, 어쩌면 여러 번. 가끔 내가 점점 이성이 마비되어 가는 게 아닌가 싶을 때도 있어요."

"무슨 소리예요. 다음번에는 내 쪽에서 그자가 브래디 하츠필드의 얼굴을 하고 우리 집 벽장에 숨어 있는 꿈을 꾸었다고 전화할 거예요. 그리고 잘 잤다고 얘기하는 쪽은 당신이 될 테고요."

예전에 이미 있었던 일이기에 그도 맞는 말이라는 걸 알았다.

"당신이 지금 느끼는 감정이나…… 내가 느끼는 감정은…… 정상적인 반응이에요. 현실은 얇은 얼음과도 같은데, 대부분의 사람들은 평생 그 위에서 얼음을 지치는 동안 막판까지 물속에 빠지지 않아요. 우리는 빠졌지만 서로 도와 가며 빠져나왔어요. 지금도 서로 돕는 중이고요."

당신 쪽에서 나를 더 많이 돕고 있지. 랠프는 생각했다. *당신은 나름대로 고민거리가 있을지 모르지만 이 문제에서는 나보다 더 잘 대처하고 있어. 훨씬 잘.*

"그리고 당신은 괜찮아졌어요?" 그는 그녀에게 물었다. "진심으로?"

"네. 진심으로. 당신도 괜찮아질 거예요."

"알았어요. 발밑에서 얼음에 금이 가는 소리가 들리면 전화해요."

"당연하죠. 당신도 그래야 해요. 우리, 그런 식으로 헤쳐 나가는 거예요."

1층에서 지넷이 외쳤다. "여보, 10분 뒤에 아침 먹을 거야!"

"이제 그만 끊어야겠어요." 랠프가 말했다. "거기 있어 줘서 고마워요."

"별말씀을요. 건강 잘 챙겨요. 몸조심하고요. 꿈이 멈출 때까지 기다려요."

"그럴게요."

"들어가요, 랠프."

"들어가요."

그는 잠깐 뜸을 들였다가 통화가 끝나고 난 다음에 덧붙였다.

"사랑해요, 홀리."

늘 그런 식이었다. 대놓고 얘기하면 그녀가 당황해서 아무 말도 하지 못할 것임을 알기 때문이었다. 화장실로 들어가 면도를 했다. 이제 중년이라 면도 크림으로 덮인 까칠한 수염이 희끗희끗해지기 시작했지만 아내와 아들이 아는 얼굴, 사랑하는 얼굴이었다. 그는 앞으로 영원히 이 얼굴로 지낼 테고 그래서 좋았다.

그래서 좋았다.

〈끝〉

작가의 말

자료 조사를 맡은 유능한 어시스턴트 러스 도어, 부자지간에 호흡을 맞춰서 이 작품의 법률적인 부분을 책임진 워런 실버와 대니얼 실버에게 감사의 말을 전한다. 워런은 메인에서 변호사로 오랜 기간 동안 활약했고, 아들은 지금은 개업을 했지만 뉴욕에서 검사로 탁월한 능력을 발휘한 바 있으니 이 둘은 특별한 자격을 갖춘 조합이었다. *엘 쿠코*와 *라스 루차도라스*에 대해 모르는 게 없었던 크리스 로츠, *엘 쿠쿠이*가 등장하는 어린이 책을 샅샅이 뒤진 내 딸 나오미에게도, 스크리브너 출판사의 낸 그레이엄, 수전 몰도, 로즈 리펠에게도, 호더 앤드 스토턴 출판사의 필리파 프라이드에게도 감사의 뜻을 전한다. 투어를 하는 동안 비행기 안에서 이 작품의 초반부를 100쪽 정도 읽고 더 없느냐고 물어주었던 캐서린 '케이티' 모너핸에게는 특별한 감사 인사를 전하고 싶다. 소설을 쓰는 작가에게는 그보다 더 힘이 되는 말이 없다.

늘 그렇듯 고마운 아내. 사랑해, 태비.

마지막으로 작품의 배경에 대해 한마디 하자면 오클라호마는 멋진 지방이고 나는 거기서 멋진 사람들을 만난 바 있다. 그 멋진 사람들 가운데 일부는 내가 그곳을 아주 엉뚱하게 그려 놓았다고 할 텐데 어쩌면 그 말이 맞을지 모른다. 어떤 곳이든 몇 년은 살아 봐야 분위기를 제대로 파악할 수 있을 테니 말이다. 그래도 나로서는 최선을 다했다. 그 나머지 부분에 대해서는 용서해 주기 바란다. 두말하면 잔소리지만 플린트 시티와 캡 시티는 가상의 지명이다.

스티븐 킹

옮긴이 | 이은선

연세대학교에서 중어중문학을, 국제학대학원에서 동아시아학을 전공했다. 편집자, 저작권 담당자를 거쳐 전문 번역가로 활동 중이다. 옮긴 책으로는 스티븐 킹의 『11/22/63』, 『닥터 슬립』, 『리바이벌』, 빌 호지스 3부작 (『미스터 메르세데스』, 『파인더스 키퍼스』, 『엔드 오브 왓치』), 『악몽을 파는 가게』, 『자정 4분 뒤』, 『악몽과 몽상』을 비롯하여 『실크하우스의 비밀』, 『모리어티의 죽음』, 『맥파이 살인 사건』, 『아킬레우스의 노래』, 『그레이스』, 『도둑 신부』, 『할머니가 미안하다고 전해달랬어요』, 『베어타운』, 『초크맨』, 『애니가 돌아왔다』 등이 있다.

아웃사이더 2

1판 1쇄 펴냄 2019년 7월 19일
1판 3쇄 펴냄 2024년 8월 27일

지은이 | 스티븐 킹
옮긴이 | 이은선
발행인 | 박근섭
편집인 | 김준혁
책임편집 | 장은진
펴낸곳 | 황금가지

출판등록 | 2009. 10. 8 (제2009-000273호)
주소 | 06027 서울 강남구 도산대로 1길 62 강남출판문화센터 5층
전화 | **영업부** 515-2000 **편집부** 3446-8774 **팩시밀리** 515-2007
홈페이지 | www.goldenbough.co.kr

도서 파본 등의 이유로 반송이 필요할 경우에는 구매처에서 교환하시고
출판사 교환이 필요할 경우에는 아래 주소로 반송 사유를 적어 도서와 함께 보내주세요.
06027 서울 강남구 도산대로 1길 62 강남출판문화센터 6층 민음인 마케팅부

ISBN 979-11-5888-551-9 04840(2권)
ISBN 979-11-5888-552-6 04840(set)

㈜민음인은 민음사 출판 그룹의 자회사입니다.
황금가지는 ㈜민음인의 픽션 전문 출간 브랜드입니다.